»Ausgangspunkt war ein Gegensatz in der mittelalterlichen Weltdeutung, die sich teils auf den Wortlaut der Bibel, teils auf zeitgenössische Erfahrungen berief. Das lateinische Mittelalter hielt Hebräisch für die Ursprache Adams, Israel für das Urvolk der Menschheit und empfand den Verlust der paradiesischen Einheit von Sprache und Volk als Strafe Gottes für den freventlichen Turmbau von Babel. Gleichwohl zählte man genau 72 Weltsprachen und Weltvölker, sah also in ihrer geschichtlichen Entfaltung eine gottgewollte zahlensymbolische Ordnung. Bei allem Drängen nach Glaubenseinheit ließ die Kirche die Vielfalt der Nationalsprachen und Dialekte als Bedingung überschaubaren Zusammenlebens auf Erden unangetastet und erwartete sogar im Jenseits keine Wiedervereinigung des Auseinanderwachsens.«

ARNO BORST

DER TURMBAU VON BABEL

Geschichte der Meinungen über Ursprung
und Vielfalt der Sprachen und Völker

Band II
Ausbau
Teil 1

dtv

Deutscher Taschenbuch Verlag

Unveränderter Nachdruck der 1957 bis 1963 erschienenen Originalausgabe

November 1995
Deutscher Taschenbuch Verlag GmbH & Co. KG,
München
Lizenzausgabe mit freundlicher Genehmigung
des Anton Hiersemann Verlags, Stuttgart
Umschlaggestaltung: Dieter Brumshagen
unter Verwendung eines Gemäldes von Pieter Brueghel d. Ä.

Satz: Ensslin & Laiblin, Reutlingen
Druck und Bindung: C. H. Beck'sche Buchdruckerei,
Nördlingen
Printed in Germany · ISBN 3-423-59028-9

VORWORT

Die Geschichte der Meinungen über Ursprung und Vielfalt der Sprachen und Völker ist zwar kein speziell mediävistisches Thema; der zweite, mittelalterliche Band des Werkes war anfangs nicht umfangreicher als die beiden anderen. Aber die Aussagen der viel weitläufigeren antiken und orientalischen und der viel reichhaltigeren neuzeitlich-europäischen Literatur sind meist zufälliger, abseitiger oder unverbindlicher als die mittelalterlichen; bei diesen mußte also der Schwerpunkt und Höhepunkt der Darstellung liegen. Der tiefere Ernst mittelalterlicher Bemühungen schien zunächst aufgewogen durch beschränktere Produktion und begrenztere Thematik; bei wiederholtem Zusehen erwies sich indes die Ansicht von der Überschaubarkeit und Enge mittelalterlichen Denkens als Trugschluß. An der unübersehbaren Zahl der Werke und Meinungen scheiterte jedes Bemühen um Vollständigkeit, aber auch um Beschränkung: Kaum ein mittelalterliches Werk von Rang, das nicht bedeutsam und bedachtsam Wichtiges beitrug. Eine Unzahl dissonanter Details hätte verwirrt und ermüdet; doch fügte sich jeder neu auftauchende Einzelzug überraschend in den bereits abgesteckten Rahmen, der dichter gefüllt, nicht gesprengt wurde. Die Neubearbeitung verstärkte den Eindruck von Mannigfaltigkeit in Eintracht; um Fülle und Harmonie zugleich anschaulich vorzuführen, mußte der Band allerdings beträchtlich erweitert und in zwei Hälften geteilt werden. Dem Verlag Hiersemann danke ich für verständnisvolle Zustimmung, der Deutschen Forschungsgemeinschaft für fortdauernde Beihilfe. Die so ermöglichte breite Analyse zeigt an der Vielzahl der Details vielleicht besser als alle Impressionen und Abstraktionen, daß sich die Welt des mittelalterlichen Abendlandes in solchen Kleinigkeiten nicht nur spiegelt, sondern sich aus ihnen zur geschichtlichen Gestalt gebildet hat.

Münster in Westfalen, Juli 1958

Arno Borst

INHALT

III. AUSBAU

Wir haben zunächst die sehr verschiedenartigen Kulturen des fernen Altertums nebeneinandergestellt, danach die Wirkungen des Zusammentreffens von Judentum und Griechentum in immer noch recht verschiedenen Kulturkreisen verfolgt; jetzt haben wir es nur noch mit einer Kultur, der abendländisch-europäischen, zu tun. Ihre Einheit ist eine Einheit der Tradition. Wohl lauschten auch die Frühkulturen einander manches ab; die jüdisch-hellenistische Welt hat allen ihren Einzelkulturen gemeinsame Züge eingeprägt; doch Isolierung und „natürliche" Originalität überwogen. Die abendländische Kultur hingegen war nicht originell; weil sie ihren Stoff von den vorhergehenden Kulturen übernahm, muß auch unsere Darstellung ständig auf das „Vormittelalter" zurückgreifen.

Die große Schwankungsbreite des griechisch-jüdischen Erbes wurde bei der Übernahme der Traditionen beträchtlich eingeengt, vor allem dadurch, daß die neu hinzukommenden keltischen, germanischen und slavischen Völker diese Überlieferungen erst schulmäßig erlernen mußten. Mit liebevoller, oft kindlicher Andacht sammelten sie, was ihnen von Griechen, Juden, Römern, Byzantinern und Mohammedanern angeboten wurde, und behielten aus deren reichen, gegliederten Toposfeldern oft nur wenige Fragmente, die nicht immer zueinander passen wollten. Aber die Formeln, die aus längstvergangenen Situationen erwachsen und in ihrer Heimat seither zu verspielten Topoi geworden waren, hatten nun erst ihre ganze Lebenskraft zu bewähren; sie vertraten hier nicht literarische Kontinuitäten oder Formalitäten. Nichts Unverbindliches blieb mehr an ihnen; sie wurden nackte, ernste und heilige Weisheit, die das Dilemma des Daseins erklärte und ordnete. Wo diese Verwandlung der Überlieferung anfing, begann das Mittelalter. Schwer rang man mit der Fülle und den Widersprüchen der Traditionen; aber alle tiefe Einsicht klammerte sich an sie. Wir werden daher im folgenden nicht sehr viele originelle Ansichten über Sprachen und Völker antreffen, bis zu dem Augenblick, in dem an die Stelle der Tradition die eigene Forschung tritt und die Formeln der Überlieferung, entlastet und befreit, wieder zu Spielzeugen der Literaten werden. In diesem Moment ist, im großen gesehen, das Mittelalter zu Ende.

Es ist, von einzelnen Ausnahmen abgesehen, eine aneignende und bewahrende Zeit, schon in ihrer überkommenen Sprache. War bis zu den Griechen die je eigene Sprache die einzige und wurde danach das Griechische zur Weltsprache, so deckt sich der mittelalterliche Zeitraum unserer Betrachtung ungefähr mit der Vorherrschaft des Lateinischen; es war zunächst „eine Arche, die die Saat der griechischen Kultur durch die Sintflut der Barbarei zu tragen vermochte"[1]). Die Sprache des Römischen Reiches wurde die der Katholischen Kirche. Mit anderen Kultur- und Volkssprachen trat sie zunächst kaum in fruchtbaren Austausch; sie beherrschte allein das Feld. Im lateinischen Frühmittelalter vermissen wir die missionarische Übersetzungsliteratur des östlichen Christentums[2]). Nur aus dem Griechischen nahm man das Fremde auf; an die Sprachen Europas gab man es erst spät ab. Wegen ihrer neuen zentralen Stellung blühte die lateinische Sprache selbst weiter; sie wandelte sich, glich sich sogar den Forderungen der Volkssprachen weithin an und behütete doch das Erbe der Alten[3]).

Die bewahrende Denkhaltung ist der exegetischen nahe verwandt; sie will das Vorgegebene erläutern und sich dadurch aneignen, wohl auch zurechtbiegen, aber nirgends entwerten. Im Gegenteil, man denkt sich erst recht in das Überlieferte hinein und identifiziert sich mit ihm, ohne zu bemerken, daß dadurch die Traditionen die Farbe des Betrachters annehmen. Diese „unbewußte Originalität" der Topik und Exegese tut sich bereits in der Auswahl aus dem reichen Angebot der Überlieferung kund. Wer an die Tradition anknüpft, wählt aber nicht nur aus, sondern er verbindet die *disiecta membra* neu. Wie in allen Schulbüchern wurden in der mittelalterlichen Literatur aus verschiedenartigen und -wertigen Hypothesen systematisierte Dogmen gemacht. Wir werden sehen, wie unvollkommen dieser Versuch im einzelnen gelang; in einem Punkt ist er gelungen. Während bis zu den Griechen hin das Allgemeine allein die religiöse, natürliche und geschichtliche Welt erklärte, sie freilich in divergierenden Wirklichkeiten jeweils sehr unterschiedlich konzipierte, trennte sich in dem geschlosseneren jüdisch-griechischen Kreis von der universalen, den Einzelnen ansprechenden Religion die das Einzelne formende, überall wirksame Natur; selbst wo, wie bei den griechischen Kirchenvätern, diese Scheidung überwunden wurde, war nicht das religiöse Geschichtsdenken, sondern die Vernunft das Bindeglied. Im abendländischen Mittelalter aber gewann

---

[1]) Christopher DAWSON, Die Gestaltung des Abendlandes, Eine Einführung in die Geschichte der abendländischen Einheit, Köln 1950, S. 60; CURTIUS, Literatur 34 ff.

[2]) SCHNEIDER, Geistesgeschichte Bd. 1, S. 553.

[3]) Paul LEHMANN, Vom Leben des Lateinischen im Mittelalter, in: P. L., Erforschung des Mittelalters, Ausgewählte Abhandlungen und Aufsätze, Leipzig 1941, S. 62–81; Richard MEISTER, Mittellatein als Traditionssprache, in: Liber floridus, Mittellateinische Studien, Paul Lehmann zum 65. Geburtstag, St. Ottilien 1950, S. 1–9, hier S. 2 ff.; Walter STACH, Wort und Bedeutung im mittelalterlichen Latein, in: DA 9 (1952) 332–352, hier S. 345 ff., 351 f.

das natürliche, kreatürliche Einzelfaktum unmittelbare Beziehung zum Göttlichen; die Bestandteile der Tradition wurden in einen Wirkungszusammenhang gebracht durch das religiöse Geschichtsdenken, das nun erst Ursprung und Entfaltung wirklich miteinander verkettete und auch die Vielfalt der Sprachen und Völker als fortdauerndes, heute und hier zu lösendes theologisches Problem behandelte.

Daß dieses Problem lebendig blieb, ist dem Einströmen der keltischen, germanischen und slavischen Völker, der Völkerwanderung und der Bildung der europäischen Nationen zu verdanken, die die Traditionen der Einheit trotz ihrer Differenzierung übernehmen wollten. Europa ist schon geographisch in seinen Grenzen unbestimmt und wandlungsfähig, in seinen Räumen vielgestaltig und regional zersplittert. Vollends die Völker, die es besiedelten und bewohnen, gehörten zwischen Irland, Ungarn und Estland keiner einheitlichen Rasse, nicht einmal einer uniformen, nur auf Europa beschränkten Sprachfamilie an. Die lokalen Mentalitäten, die nationalen Eigenheiten verquickten sich zudem mit der spezifisch abendländischen Idee der Freiheit; einer großräumigen Ordnung und Einheit schien sich alles zu widersetzen. Und dennoch ist der Kontinent eine internationale Einheit geworden, aber nur eine spirituelle Ordnung, die von keinem Kaiser voll verwirklicht werden konnte. Das einende Band war die antike Bildung und vor allem der christliche Glaube in seiner lateinischen, römischen Prägung. Wie die in sich selbst vielgestaltige Tradition zu einem geordneten System, wie diese geistige Einheit mit der faktischen Vielfalt zu einem Ganzen aus Freiheit und Bindung gemacht werden könnte, wurde zum Kernproblem dieser tausend Jahre[4]). Darum liegen in diesem Zeitraum unsere Fragen dicht am Lebensnerv des Abendlandes.

Es kam also eines zum andern, Überlieferungen, Erlebnisse und Absichten; die Formen und die Inhalte verschmolzen miteinander: Man lernte todernst die Traditionen in der Schule der Alten, um mit ihnen die Welt zu meistern. Man mußte die christliche Religion und die abendländische Umwelt, die lateinische Sprache und die Völkervielfalt des Kontinents vereinen, und die Überlieferung schien von fern her die Grundfragen zu klären, die Grundkräfte zu bestätigen. Es wäre ein hoffnungsloses Unternehmen, bei alledem Ursache und Wirkung scheiden zu wollen; alle diese Faktoren bewirkten, daß Ursprung und Entfaltung, Einheit und Vielfalt der Sprachen und Völker zu einem immer neu durchdachten Fragenkreis wurden und daß man darauf Antworten fand, die nicht durch ihre Originalität, wohl aber durch ihre Intention und Intensität alle früheren weit überragen. Wie es dazu kam, ist leicht gefragt; die Antwort muß, will sie diesem komplizierten und labilen Gebilde des mittelalterlichen Abend-

[4]) Oskar HALECKI, Europa, Grenzen und Gliederung seiner Geschichte, Darmstadt 1957, S. 6 f., 11, 15 f.

landes gerecht werden, behutsam und am konkreten Einzelfall, sie muß historisch gegeben werden. Wir stellen unsere Fragen zunächst den Schulmeistern des Mittelalters, den lateinischen Kirchenvätern.

1. Lateinische Kirchenväter

Anders als in der vorwiegend religiös gerichteten Welt des Vorderen Orients, anders auch als bei den mehr philosophisch orientierten Griechen, ist der geistige Raum der lateinischen Kirchenväter abgegrenzt durch das praktische, politische Denken der Römer[1]). Deren Sprache haben sich die Christen schon im 2. Jahrhundert als Umgangssprache, bald auch als Literatur-, später als Liturgiesprache angeeignet[2]). Mit dem römischen Weltstaat haben sich die Christen allerdings bis ins 5. Jahrhundert hinein meist nicht gleichgestellt; ihr Denken war zunächst überhaupt nicht auf Staat und Welt gerichtet. So glitt es anfangs achtlos über die Vielfalt der Sprachen und Völker hinweg und hielt sich auch bei ihrem Ursprung nicht auf. Erst als die stillschweigenden christlichen und römischen Voraussetzungen dieser Denkweise ins Bewußtsein traten, wurden auch solche Fragen akut; doch trug dazu weniger die Intensität des Fragens als die Krise des spätrömischen Reiches bei. Nicht die Konsequenz der Gedanken, sondern die Bedrohung des Daseins rückte je länger, je mehr die geschichtliche Vielfalt des Irdischen in den Blickpunkt.

Der leidenschaftliche Afrikaner Tertullian (ca. 160–222/3), der erste lateinisch schreibende Kirchenvater, mit dem das Latein seine besondere christliche Tönung anzunehmen begann[3]), war vom nahen Weltende noch fest überzeugt und sah auch das Irdische ganz von dem neuen endzeitlichen Gottesvolk her, als er 197 gegen den heidnischen Polytheismus zu Felde zog. Herodots Erzählung von Psammetichs Sprachenversuch diente ihm zwar als Erweis dafür, daß die Sprache die Schülerin der Natur und aus ihr entstanden sei[4]). Doch diese Natur wurde, betonter als in der griechischen Patristik, unmittelbar auf Gott, den *magister ipsius naturae*, bezogen; sie war, noch vor 200, nur Ausdruck göttlichen Willens. Die Diskussion um göttliche Einsetzung oder natürliche Entstehung der Sprache ist hier sinnlos geworden. Auch die Vielfalt der Sprachen interessierte Tertullian nicht; wenn die Seele von Natur christlich ist, dürfen das Lateinische und das mit ihm verwandte Griechische in der Kirche keinen

---

[1]) Joseph LORTZ, Geschichte der Kirche in ideengeschichtlicher Betrachtung, 15./16. Aufl., Münster 1950, S. 15 ff.

[2]) Christine MOHRMANN, Die Rolle des Lateins in der Kirche des Westens, in: Theologische Revue 52 (1956) 1–18, hier Sp. 1 ff.

[3]) Berthold ALTANER, Patrologie, Leben, Schriften und Lehre der Kirchenväter, 5. Aufl., Freiburg i. Br. 1958, S. 6 f., 131; MOHRMANN, Latein 4.

[4]) Ad nationes I, 8, 2 ff., CCSL Bd. 1, S. 21 f.; dazu ROTTA, Filosofia 89.

Vorrang haben. Zwar sei der Klang der Worte in jedem Volk ein anderer, *propria cuique genti loquela*, aber der Gegenstand der Sprache sei doch überall der nämliche, *omnium gentium ... una anima, varia vox*[5]). Vor der natürlichen, von Gott in alle Menschen gelegten Wahrheit des christlichen Glaubens verblassen alle geschichtlichen und nationalen Differenzen. Der Glaube erhebt sich über die menschliche Sprache, und Tertullian bewundert die Weisheit derer, die den Herrn der Welt nur mit dem Namen „Gott" anrufen und ihm keine nähere Bestimmung in menschlicher Rede hinzufügen. Daß das Wort „Gott" in den verschiedenen Sprachen nicht gleich klingt, ist unwichtig. Die Vielfalt wird nicht gewürdigt; die Zahl 72 bleibt für die 72 Bibelübersetzer der LXX und ihre einhellige Arbeit vorbehalten[6]). Zwar klingen 207 die Formulierungen des spätantiken Synkretismus noch durch, aber sie sind von Grund auf verwandelt: Das Gewissen, das Gott den Menschen geschenkt hat, ist dasselbe bei Ägyptern, Syrern und Pontiern[7]). Mögen, wie es 210/11 heißt, die Römer und Barbaren auch ein anderes Wort für „Seele" benutzen als die Griechen, sie meinen doch alle mit verschiedenen Wörtern dieselbe Sache[8]). Die Sprache selbst ist für Tertullian notwendig und beinahe göttlich, aber als die eine, nicht als die geteilte. Christus selbst, so sagte er um 210/12, kam in menschlichem Gewande auf die Erde, nicht in seiner göttlichen Jenseitsnatur, nicht *sine lingua loquens*, denn nur durch seine Leibhaftigkeit wurde sein Wort Wirklichkeit und blieb nicht ein phantastisches Wortgebilde[9]). Gottes schöpferisches Wort hat volle Kraft, *vocalis potestas*[10]); auch der Denker kann überall die *proprietates vocabuli* aufdecken, die zu einem Namen gehörige Sache ohne Irrtum auffinden[11]). Zwar ist der *sermo* nur ein Lufthauch, *aer offensus*, aber zwischen Wort und Sache, auch zwischen Erkennen und Sprechen steht keine Kluft. Selbst Gott überlegt zunächst im schweigenden Gedanken, was er dann sprechend ausführt, und hierin ist der Mensch nach Gen. 1, 26 Gottes Ebenbild; Denken und Sprechen sind eng verknüpft. Zwar ist die *ratio* älter als die Rede; aber *quodcumque cogitaveris, sermo est.* Justin und Irenäus hatten Gott von der Sprache scharf distanziert; Tertullian, der von griechischer Philosophie nichts hielt, huldigte dem Sprach-Realismus. Darum urteilte er über die dabei störende Sprachverschiedenheit so gereizt; er sah sie nur als Strafe Gottes, von Christus ausgeführt; die *turris superbissima* wurde der Heilsgeschichte nicht inkorpo-

---

[5]) De testimonio animae V, 1 – VI, 3, CCSL Bd. 1, S. 180 ff.; dazu Rotta, Filosofia 106 f.
[6]) Apologeticum XVII, 6, CCSL Bd. 1, S. 117 („Gott"); XVIII, 7 S. 119 (LXX).
[7]) Adversus Marcionem I, 10, 3, CCSL Bd. 1, S. 451.
[8]) De anima XXV, 6, CCSL Bd. 2, S. 820.
[9]) De carne Christi V, 9, CCSL Bd. 2, S. 882.
[10]) De resurrectione mortuorum V, 7, CCSL Bd. 2, S. 927.
[11]) De virginibus velandis VI, 3, CCSL Bd. 2, S. 1216.

riert und fiel unter die Strafgerichte Gottes wie Sodom und Gomorrha[12]). Tertullian fühlte sich nicht vom Turmbau betroffen.

Ähnlich drückte sich der Dialog „Octavius" des römischen Rechtsanwalts Minucius Felix aus, von dem man bis heute nicht sicher weiß, ob er von Tertullian abschrieb oder umgekehrt: *Nos gentes nationesque distinguimus: Deo una domus est mundus hic totus.* Da Gott einzig ist, bedarf er nicht der Sprache und ihrer Distinktionen, die das Massige zu gliedern suchen; auch der Mensch, der Gott erkennen will, muß das Beiwerk der Namen abtun und mit seinem *naturalis sermo* den Ewigen schlicht „Gott" nennen[13]). Die Vielzahl der Sprachen scheint dem heidnischen Polytheismus nahezustehen; aber während die griechische Patristik auf die Argumente der Heiden mit einer nominalistischen Deutung der Sprache antwortete, betonten die Lateiner die Macht des Wortes. Damit wurde der Weg zu einer realistischen Weltdeutung geebnet. Sowohl bei Tertullian wie bei Minucius Felix ist die Verschiedenheit der Sprachen, Völker und Stämme mit anderem Akzent als bei den Griechen erwähnt; der vergleichbare Irenäus schrieb auch auf römischem Boden, in Lyon.

Noch deutlicher tritt uns diese lateinische Rücksicht auf die Vielfalt des Wirklichen entgegen bei dem griechisch schreibenden, römisch denkenden Gegenpapst Hippolyt von Rom (gest. 235), der möglicherweise ein Schüler des Irenäus war und „den nicht so sehr wissenschaftliche Probleme als vielmehr praktische Fragen beschäftigten"; immerhin war er „ein Gelehrter von Rang" [14]). Er hatte ein feines Gespür für die Universalität des christlichen Glaubens, aber auch wieder für die Macht der Sprache: Erst durch das Wort wird der unsichtbare Gott sichtbar, wie Hippolyt nach 200 sagte[15]). Ganz konkret nahm er auch die Inspiration der Heiligen Schrift: der Heilige Geist habe sie diktiert[16]). Die Eingießung des Geistes verwandelt sich ohne Katalyse in das gültige Wort, das Überzeitliche läßt sich voll ins Geschichtliche aufnehmen; es bedarf dazu nicht der Spiritualisierung und nicht der Zuspitzung des geschichtlichen Denkens zum eschatologischen. Aus dieser Frontstellung erwuchs um 204 die älteste uns bekannte exegetische Schrift der christlichen Kirche, Hippolyts Danielkommentar. Er brandmarkte die römische Weltreichsidee als Plagiat

---

[12]) Adversus Praxean VII, 6, CCSL Bd. 2, S. 1166 (sermo); V, 3 ff. S. 1164 (Denken und Sprechen; dazu ROTTA, Filosofia 106 f., 110, 114); XVI, 2 S. 1181 (Turmbau).

[13]) Octavius XXXIII, 1, CSEL Bd. 2, S. 47 (ein Haus); XVIII, 10 S. 24 f. (Gott und Sprache).

[14]) ALTANER, Patrologie 144 (praktische Fragen); Johannes HALLER, Das Papsttum, Idee und Wirklichkeit, 2. Aufl., 5 Bände, Stuttgart 1950–53, hier Bd. 1, S. 27 f., 489 (Gelehrter von Rang).

[15]) Contra haeresin Noeti c. 10, MPG Bd. 10, Sp. 817.

[16]) Contra Artemonem, Fragment bei Eusebius, Kirchengeschichte V, 28, 18, GCS Bd. 9, 1 S. 506. Die Echtheit der Schrift ist zweifelhaft.

des christlichen Gedankens vom Gottesvolk aus allen Sprachen: „Denn da im 42. Jahre der Herr unter dem Kaiser Augustus geboren wurde, von dem an das Reich der Römer sich entwickelte, durch die Apostel aber der Herr alle Nationen und alle Zungen hinzurief und das gläubige Volk der Christen schuf, das Herrenvolk und das Volk derer, die einen neuen Namen im Herzen tragen, so ahmte das Reich dieser Zeit, das da herrscht nach Kraftwirkung des Satans, dies genau nach und sammelt seinerseits auch aus allen Völkern die Edelsten und rüstet zum Streit, sie Römer nennend." Dies letzte und größte der vier Weltreiche umfaßt auch schon Menschen „aus allen Sprachen"[17]). Es ist, als sollte Caracallas Constitutio von 212 schon vorher entkräftet werden: das neue Gottesvolk überwindet die vier Weltreiche.

So wurden die Lehre von den Weltreichen und die Geschichtsschreibung vom Gottesvolk, die christliche Weltchronistik, begründet[18]). In seiner nach 222 geschriebenen „Refutatio" füllte Hippolyt diesen Rahmen mit konkreten Fakten einer zusammenhängenden Geschichtsdeutung aus. Sie stützte sich auf Gottes Schöpfermacht. Gedanke und Wort werden bereits schärfer unterschieden als bei Tertullian; Gott schuf den Logos nicht wie einen Laut, sondern aus innerer Überlegung, aber Wort und Wesen sind vor allem im Logos, in Christus, eins: der Logos hat alles geschaffen. Gott und nicht Adam bezeichnete die Dinge der Welt, „indem er sie beim Namen nannte" (ὀνόματι καλέσας ἐσήμηνεν). Darum steht er auch über den Wörtern; der wahre Gott ist für Hellenen und Barbaren, Chaldäer und Assyrer, Ägypter und Libyer, Inder und Äthiopier, Kelten und Lateiner, kurz, für alle in Europa, Asien und „Libyen" Wohnenden ein und derselbe. Wie über den Räumen waltet er über den Zeiten: Er ist der Gott des jüdischen Volkes, und dieses war am Anfang, noch vor den Ägyptern, die doch nächst den Phrygern die ältesten aller Menschen sind. Vom Ursprung her ordnet sich die Erde genealogisch, die Ägypter stammen von dem Noachiden Misraim, auch die Griechen sind als Javans Kinder nur jüngere Nachfahren des noachischen Gottesvolkes[19]). Gottes Kinder ordnen sich nach Zahl und Maß; Gott hat jeglichem Volk nach Deut. 32, 8 seinen Engel bestellt[20]). In seinem Dienst rief König David 288 Sänger zusammen, so daß zu

[17]) In Danielem IV, 8 f., GCS Bd. 1, 1 S. 204 ff.; dazu Adolf von HARNACK, Die Mission und Ausbreitung des Christentums in den ersten drei Jahrhunderten, Bd. 1, 4. Aufl., Leipzig 1924, S. 278, hiernach auch die Übersetzung.

[18]) Edmund KOKKEN, De theorie van de vier wereldrijken en van de overdracht der wereldheerschappij tot op Innocentius III, Nijmegen 1935, S. 14 ff. (Weltreiche); Benedetto CROCE, Theorie und Geschichte der Historiographie (Gesammelte philosophische Schriften I, 4), Tübingen 1930, S. 168 ff. (Gottesvolk, Weltchronistik).

[19]) Refutatio omnium haeresium X, 33, GCS Bd. 26, S. 289 f. (Gedanke und Wort); X, 34, 1 S. 292 (Hellenen, Barbaren); V, 7, 22 S. 83 f. (Ägypter, Phryger); X, 31, 3 f. S. 287 (Misraim, Javan).

[20]) Kapitel gegen Gaius aus dem Apokalypsenkommentar des Dionys bar Salibi, GCS Bd. 1, 2 S. 243 zu Apoc. 9, 14 f.

jedem der vier Chorführer 72 Männer gehörten, „indem er diese 72 Sänger mit Beziehung auf jene 72 Völker, deren Sprachen vor Zeiten verwirrt wurden, in der prophetischen Voraussicht bestellte, daß alle Völker einst Gott preisen werden. Jene wollten nämlich damals den Turm bauen; (sie) waren 72 verbündete Völker. Als aber der gerechte Zorn über sie losbrach, trat eine Teilung der 72 Sprachen ein, und da sie nicht mehr gleich sprachen, gerieten sie in Feindschaft, indem sie von 288 Fürsten unterjocht und von ihnen vertrieben wurden". Es waren 32 Hamiten, 25 Semiten und 15 Japhetiten[21]). Wir sahen, daß Theodoret von Kyrrhos sich diese Erklärung von 1 Par. 25, 7 stark vereinfacht zu eigen machte und daß Epiphanios die Proportionszahlen der Noachiden übernahm; Hippolyts prägnante Formeln hatten eine glänzende Zukunft vor sich. In der „Refutatio" kamen sie auch vor; hier verwies Hippolyt darauf, daß er die Namen dieser 72 Völker „in anderen Werken" aufgezählt habe, damit man erkenne, „welche Liebe wir für die Gottheit und die sichere Wahrheitserkenntnis haben, die wir uns mit vieler Mühe erworben haben"[22]). Hier enthüllt sich der Hintergrund all dieser Zahlenspiele: Die irdische Welt selbst soll zum Gottesbeweis werden, indem sie die Einheit ihrer geschichteten Ordnung und ihrer Herkunft dem Forscher zeigt.

Diesem Ziel, Gottes Schöpfung zu preisen, dienten auch Hippolyts „andere Werke", vor allem seine Weltchronik von etwa 234/5. Sie sollte wie das Buch des Sextus Julius Africanus, auf dem sie aufbaute, die chiliastischen Hoffnungen der Zeitgenossen, auch Tertullians, zerstreuen und, obwohl die nachchristliche Zeit fast gar nicht ausdrücklich behandelt wurde, die Kongruenz des Christentums mit dem gegenwärtigen Weltganzen zeigen. Nicht der Altersvorrang des jüdischen Volkes wie in der „Refutatio", nicht wie im Danielkommentar die Einheit, sondern die Vielfalt des Gottesvolkes stand hier zur Debatte. Wo vom babylonischen Turmbau die Rede war, sagte Hippolyt, die Zahl der Sprachen sei 72 gewesen; die *ἔθνη*, die den Turm bauten, waren hier freilich nur wieder, wie bei den Juden, 70 an der Zahl. Sie gliederten sich in 15 Japhetiten, 25 Semiten und diesmal nur 30 Hamiten: hier fehlten der Assur von Gen. 10, 11 und die Kasluchim. Nun wurden die Völker der Erde aufgezählt und gesichtet in dem sog. *Διαμερισμὸς τῆς γῆς*, der „das Glanzstück der Chronik" ist und für den sich bisher noch keine literarische Vorlage hat feststellen lassen; er dürfte nicht aus Africanus stammen und Hippolyts eigenes Gut sein[23]). Die-

[21]) Syrische Einleitung zu den Psalmen, Fragment 1, GCS Bd. 1, 2 S. 127 f.

[22]) Refutatio omnium haeresium X, 31, 2, GCS Bd. 26, S. 287 (Zahlen); X, 30, 5 S. 286 (Zitat).

[23]) Brincken, Weltchronistik 55 (Glanzstück). Karl Müllenhoff, Deutsche Altertumskunde, Bd. 3, Berlin 1892, S. 268 behauptet Abhängigkeit von Africanus; dagegen schon Alfred von Gutschmid, Über Müllenhoffs „Weltkarte und Chorographie des Kaiser Augustus", in: Kleine Schriften von A. v. G., hg. Franz Rühl, Bd. 5, Leipzig 1894, S. 232–239, hier S. 235 ff. und Gutschmid, Diamerismos 613.

ser Diamerismos schließt die geographischen Kenntnisse der Antike und die biblische Ethnologie zu einem Kompendium zusammen; doch anders als Josephus bezog Hippolyt die biblischen Namen auf Völker seiner eigenen Zeit und Umwelt. Um hier nur die Behandlung der Japhetiten herauszugreifen: Gomer bedeutete nun nicht mehr wie bei Josephus die Galater, sondern die Kappadokier, Magog statt der Skythen die kleinasiatischen Kelten und Galater, Mosoch (der hebräische Meschek) die Illyrier, Tubal nicht mehr die Iberer, sondern die Thessalier; die Kittim waren die Römer selber, nicht mehr die Kyprioten des Josephus. Gleichzeitig wurde der zweite Elisa der LXX ersetzt durch einen *Χαταίν*, den keine Bibelversion kennt, der aber wohl einer Verwechslung oder Verdoppelung der Kittim sein Dasein verdankt. Wir hörten schon früher, wie umstritten die Lokalisierung der Kittim war; Griechenland und Italien waren die Hauptbewerber gewesen. Hippolyts Lösung zerschlug den gordischen Knoten: Chatain wurde zum Ahnherrn der Makedonen – genau wie der zweite Elisa der LXX, den er ersetzte –, und die Kittim waren jetzt die „Römer, die auch Lateiner heißen". Römer und Griechen hatten nun je ihren eigenen Stammvater, wobei freilich Chatain der Onkel von Kittim blieb, aber Javans Kinder nun samt und sonders nach Italien verwiesen wurden. Bei den östlichen Christen schlug Hippolyts „Chetteim" vielfach den Elisa ihrer Bibelversion aus dem Felde; im Westen erfreute man sich indessen ungestört an den römischen Kittim. Für Aschkenaz wurden statt der unverständlichen Rheginer des Josephus die Sarmaten eingesetzt, für Togarma statt der Phryger die Armenier, für Riphat an Stelle der Paphlagonier die Rhodier. Alle Japhetkinder rückten näher an das griechisch-römische Mittelmeer heran, die biblische Völkertafel wurde mit Hilfe der antiken Ethnographie geordnet. Die LXX blieb dabei links liegen, gegen sie ist Ebal unter Joktans Kindern genannt; immerhin galt wie in der LXX Nimrod als Riese.

In allem Wichtigen war Hippolyt erregend selbständig, so bescheiden er auch hinter seinen Listen zurücktrat. Nachdem die Völkertafel erklärt war, gab er eine Liste der jetzigen Völker, nach den drei Noachiden aufgeteilt, und dabei fanden sich zwar alle eben erklärten Namen noch einmal ein, aber daneben zahlreiche neue, z. B. Ligurer, Kalabrier, Albaner, Lusitanier und die auf den Inseln wohnenden Britannier. Hier trifft man 47 Völker als Nachfahren Japhets, ohne daß sie einem der 15 Japhetiten zugeordnet wären. Hippolyt wußte also, daß die Völkerwelt Europas sich seit den biblischen Zeiten erweitert und verändert hatte. Bei Cham sind aus den 30 Kindern nur 32 heutige Völker geworden, die Semiten sind von 25 Noachiden gar auf 16 moderne Völker herabgesunken; den Japhetiten gehört also die halbe Welt. Die Zahl der Völker ist von 70 biblischen Ahnen auf 95 gegenwärtige angestiegen; die heilige Zahl der „ursprünglichen" 70 Völker ist „heute" längst überschritten. Die Völker dehnen sich aus, aber sie sind alle einheitlichen, noachischen Ursprungs, auch wenn Hippolyt klug genug ist, auf eine detaillierte Ahnentafel der Britannier, Troglodyten oder Gymnosophisten zu verzichten.

Eine weitere Liste gilt den „Kulturvölkern", denjenigen, die eine eigene Schrift entwickelt haben. Das sind nach Hippolyts Meinung längst nicht alle biblischen oder gegenwärtigen Völker, nur ein Bruchteil. Unter den 16 aufgeführten Namen befinden sich gleich viel Semiten und Japhetiten, je sechs; die vier Hamiten stehen zurück: In Asien und Europa liegen die Schwerpunkte der Bildung. Bei den Japhetiten gelten als Schriftbesitzer nicht nur die Lateiner, Griechen und Meder, sondern auch die Spanier, Armenier und Iberer, Völker, von deren Schrift um diese Zeit noch niemand wußte. Unter den Semiten kehren, ethnographisch zu Unrecht, die Meder noch einmal wieder, auch die Perser werden den Hebräern, Chaldäern, Assyrern und Indern beigesellt. Als Hamiten zählen Phönizier, Ägypter, Pamphylier und – wohl ein Reflex von Psammetichs Experiment – die Phryger. Wir sind ähnlichen Schriftenkatalogen im christlichen Orient schon begegnet; dort hat man Hippolyts Vorlage vielfach verändert. Um so klarer tritt seine eigene Tendenz hervor, nicht nur den altbekannten Kulturträgern, sondern auch den ferne wohnenden und für barbarisch gehaltenen Stämmen ihr Recht angedeihen zu lassen.

War in dieser Liste schon auf „geographische Gerechtigkeit" Wert gelegt, so noch mehr in der nächsten Tabelle, die die von den Noachiden in Besitz genommenen Länder zusammenstellt. Dabei verfuhr Hippolyt wieder nicht schematisch nach der Zahl der Noachiden oder der „heutigen" Völker. Die 84 aufgezählten Länder verteilen sich allerdings proportional den Völkerzahlen auf 41 japhetitische, 26 hamitische und 17 semitische, aber Volk und Land decken sich nicht.

Nun folgt bei Hippolyt noch eine weitere Liste, die der Weltsprachen oder vielmehr derjenigen Völker, die in Babel eine eigene Sprache erhalten haben. Wieder sind die meisten Namen schon in den vorangehenden Listen aufgeführt, wieder nicht alle: Pannonier, Noriker, Aquitanier, Spanier und Germanen – um nur die Europäer zu nennen – erhielten hier ihren Platz neu zugewiesen, und hier war die Summe genau 72. Hippolyt kannte die klementinischen Stromata und hat wohl daher die Vorstellung von 72 Sprachen; er benutzte offenbar auch die Listen der Bibel; einige andere Namen sind, vielleicht indirekt, aus Herodots Völkerlisten entnommen; manche kehren bei Strabo wieder; aber auch ein jüdischer Name scheint vorzukommen, denn die *Μάζικες* der hippolytischen Sprachenliste, die freilich auch die spätantike Ethnographie kennt, sind die *Mazaces* der talmudischen Völkertafel-Exegese. Das ganze ethnographische Wissen der Zeit sammelte sich hier. Hippolyt gab keine Liste der „heutigen" Sprachen; die Zahl der Sprachen, das ist wohl seine Meinung, ist nicht gewachsen, nur ihre Träger haben hie und da gewechselt. Sie sind nirgends mehr unmittelbar mit den 72 Noachiden identifiziert, stimmen auch nicht mit den Völkern und noch weniger mit den Ländern überein; Sprache und Volk sind nicht dasselbe, aber gemeinsam entstanden, in Babel. Hippolyt hat also nicht nach der Manier des griechischen Organismusbegriffs vom reinen Volk gearbeitet; Völker, Länder, Sprachen, Schriften überschneiden und durchkreuzen sich bei ihm; die Wirklichkeit soll beschrieben, nicht theoretisch geordnet werden. Darum wird die Differenzierung nicht als Strafe begriffen, sondern als göttliche Harmonie, die sich bei den Völkern, nicht bei den Sprachen inzwischen dank der natürlichen Entfaltung verschoben hat, aber noch immer durchscheint und von dem einen Ursprung Kunde gibt[24]). Hippolyt hat diese Betrachtungsweise nicht konsequent fortgeführt; die 70 Jünger Christi hat er mit den 70 oder 72 Völkern und Sprachen nicht in Verbindung gebracht[25]).

Vielleicht hat Hippolyt sich bei der Zusammenstellung all der dürren Namenlisten nicht so viel gedacht, wie wir meinen; aber man sollte ihn doch nicht als primitiven und ideenlosen Kompilator und sein Werk als überaus schwache Leistung schmähen[26]). Er begründete die Geographia sacra, die seinen Diamerismos zum grundlegenden Bestandteil der byzantinischen und abendländischen Weltkunde und Geschichtsschreibung machte; er wußte antikes Gut mit jüdisch-christlichem Geist zu vereinen, und hinter seinem Werk stehen zwei große Gedanken, deren vielleicht nur ein christlicher Grieche im römischen Raum fähig war: Gottes Allmacht drückt sich in der natürlichen Ordnung der Welt, noch in ihren unübersichtlichsten und wandelbarsten Formen, sichtbar aus; diese gegenwärtige Welt ist schon vor Christi Mission und außerhalb des römischen Reiches nicht feindlich und teuflisch, sondern hat ihr theologisches und zugleich geschichtliches Gewicht. Von diesen beiden Kerngedanken aus beginnt der eigentliche Siegeszug der Vorstellung von 72 Sprachen und Völkern, der Einbruch der Theologie in Sprachwissenschaft und Völkerkunde; sie fördern die innige Verbindung von Bibelexegese und Weltgeschichtsschreibung; mit Hippolyt beginnt, wenn man so will, das Mittelalter avant la lettre.

---

[24]) Chronik Nr. 44–201, GCS Bd. 46, S. 10–33. Zur komplizierten Überlieferungsgeschichte BAUER-STRZYGOWSKI, Weltchronik 93 ff. Edition und Erläuterung der Sprachenliste unten Bd. II, 2 Anhang I.

[25]) De LXX apostolis, MPG Bd. 10, Sp. 953–957.

[26]) CAMPENHAUSEN (o. S. 227 Anm. 2) S. 43 („primitiv und ideenlos"); BRINCKEN, Weltchronistik 55 f. („sinnlose Kompilation"); GELZER, Africanus Bd. 2, S. 23 („überaus schwache Leistung"). Die äußere Einheit von Hippolyts Werk ist gegen Pierre NAUTIN, Notes sur le catalogue des œuvres d'Hippolyte, in: Recherches de science religieuse 34 (1947) 99–107, 347–359 gesichert worden durch Bernard CAPELLE OSB, Hippolyte de Rome, in: RTAM 17 (1950) 145–174; A propos d'Hippolyte de Rome, in: RTAM 19 (1952) 193–202. Die innere Einheit bleibt noch zu demonstrieren.

Fürs erste hielt freilich, Hippolyts Bemühung zum Trotz, inmitten der sich verstärkenden Christenverfolgungen die Abkehr von der Welt, die Endzeitstimmung vor, und in diesen Gedankenkreisen war weder für die Vielfalt des Irdischen noch für die Zahl 72 Platz. Der rigoristische römische Priester Novatian trug zwar durch seine Schriften dazu bei, daß sich in Rom die lateinische Literatursprache neben der griechischen bei den Theologen durchsetzte[27]); aber von der Sprache hielt er nicht viel. Vor 250 stellte er Gott weit jenseits der Worte und der Sinne, Gott sei *omnibus et sermonibus et sensibus maior* und rational unbegreiflich. Der Logos selbst, Gott Sohn, bleibt, schon weil er *sermo* ist, Gott untergeordnet. Darum auch erwähnte Novatian den Turmbau von Babel, weil er im Anschluß an Tertullian zeigen wollte, daß nicht der Vater, sondern Christus herabstieg, um die Sprachen zu verwirren[28]). Ganz ähnlich argumentierten später im Osten die Monophysiten. Nur Gottes Macht, nicht was daraus auf Erden wurde, war das Thema. Novatians Gegner sahen die geteilte Wirklichkeit ebensowenig im direkten Bezug zur göttlichen Harmonie; sie verteidigten die Einheit, nicht die Vielfalt der Kirche. Der von Tertullian geprägte Bischof Cyprian von Karthago (ca. 200–258), der fruchtbarste lateinische Kirchenschriftsteller vor Augustin, schrieb 251 gegen Novatian, die Kirche breite sich zwar über die ganze Welt hin aus, aber ihre *numerositas* komme von ihrer Einheit her, so wie die Sonnenstrahlen von der einen Sonne ihr Licht, die Zweige des Baumes von der einen Wurzel ihre Kraft bezögen[29]). Daß diese Einheit gegliedert, diese Zahl harmonisch aufgeteilt sein könne und müsse, hat Cyprian in der kirchenpolitischen Praxis auch Rom gegenüber stets vertreten, aber nicht theoretisch verankert. Sogar die Sendung der Apostel in alle Welt war für ihn ein Argument, um die Einheit der Kirche, nicht nur ihre Eintracht, zu betonen[30]).

Inmitten der äußeren Verfolgungen und inneren Wirren blieb den Christen für großzügige Gesten freilich keine Zeit. Der von Cyprian unterstützte Papst Cornelius I. gab zwischen 251 und 253 eine Aufstellung der römischen Hierarchie; der Vergleich mit den Jüngern Christi hätte nahegelegen, aber die Zahl 72 klang nicht entfernt an[31]). Und der erste lateinisch schreibende Exeget, Victorin von Pettau (gest. 304), unter Diokletian zum Märtyrer geworden, verachtete die Welt: Assur ist der Antichrist, Nimrod der Teufel; die apokalyptische Hure heißt Babel *propter diffusionem populorum*; die Verwirrung ist teuflisch und

---

[27]) Christine MOHRMANN, Les origines de la latinité chrétienne à Rome, in: Vigiliae christianae 3 (1949) 67–106, 163–183, hier S. 163 ff.

[28]) De trinitate liber, hg. William Yorke FAUSSET, Cambridge 1909: c. 2 S. 8 (Sprache und Sinn); c. 17 S. 60 f. (Babel).

[29]) De catholicae ecclesiae unitate c. 5, CSEL Bd. 3, 1 S. 214.

[30]) Epistola 73, 18, CSEL Bd. 3, 2 S. 791.

[31]) Epistola IX, 3, MPL Bd. 3, Sp. 765 ff.

die Vielfalt ungeordnet. Erst Hieronymus zog in seiner Bearbeitung aus der LXX, Deut. 32, 8, den Schluß des Klemens und Origenes, daß jedem Volk ein Engel zugeordnet sei, aber auch er berechnete im Anschluß an einen Gedanken Hippolyts die Zahl dieser Völker nicht nach dem ersten, sondern nach dem letzten Buch der Bibel: die vier Engel von Apoc. 9, 14 bedeuten die vier Völker der Erde[32]). Allenfalls die vier Himmelsrichtungen, aber nicht die Ethnologie und Genesisexegese gaben dazu den Anstoß. In der diokletianischen Verfolgung und in der Polemik gegen die Heiden berief sich zwar der ältere Arnobius (gest. ca. 307) um 305 auf die *gentes*, *populi*, *nationes* als Zeugen für die Wunder Christi und meinte, auch die barbarischen Nationen seien durch sie veredelt worden; aber das Ziel konnte doch nur die Aufhebung der irdischen Unterschiede sein. Selbst dem hochangesehenen Rhetor schien die Sprache dann ihre Funktion zu verlieren. *Humana ista sunt placita*; was liegt daran, ob das, was wir *sella* nennen, *paries* heißt oder anders, ob man auf Genus, Numerus und Casus achtet oder nicht? Gott läßt sich nicht mit unseren Worten, sondern nur *tacitae mentis cogitatione* erfassen. Tertullian hatte auf das *tacite cogitare* noch unmittelbar den *sermo* folgen lassen; Arnobius betonte, daß unsere Worte nur für menschliche Geschäfte erdacht seien[33]).

Wo bleibt die Würde des ewigen Menschen? Über die Welt hinweg und auf das Ende, das in 200 Jahren eintreten würde, sah der Schüler des Arnobius, der Afrikaner Laktanz, von Diokletian berufen und verfolgt. Doch von Cicero, den er eifrig studierte, ließ er sich auch gedanklich beeinflussen und lenkte schon 303/4 zu einer humanistischen Sprachbetrachtung zurück. Laktanz suchte den Menschen als Gottes Werk zu verstehen, die Schönheit und Zweckmäßigkeit seines Organismus zu enthüllen, fast auf dieselbe Weise wie später im Osten Basilios der Große. Dabei besann er sich auf das Wesen der Sprache. Nach der Meinung der Philosophen wäre der Laut nur ein Lufthauch, *aer spiritu verberatus*, und hieße darum *verbum*. Doch die Etymologie trügt, denn das Wort entsteht im Munde des Menschen, nicht in der Luft. Die Sprache ist dem Menschen eigen, nicht nur als ein physiologischer Vorgang, sondern als Dolmetsch des Gedankens (*interpres animi*, *cogitationis*), als ein Geschenk, das nur der Mensch, kein anderes Geschöpf erhalten hat (*accepit*). Von wem das Geschenk kam, brauchte Laktanz nicht mehr zu sagen; er hatte die Sprache

---

[32]) Commentarii in Apocalypsin, editio Victorini VIII, 1, CSEL Bd. 49, S. 84 (Assur, Nimrod); XVII, 3 S. 132 (Babel); recensio Hieronymi VI, 6 S. 78 f. (Deut. 32, 8). Zur Tendenz des Werkes Wilhelm KAMLAH, Apokalypse und Geschichtstheologie, Die mittelalterliche Auslegung der Apokalypse vor Joachim von Fiore (Historische Studien 285), Berlin 1935, S. 9 ff.

[33]) Adversus nationes I, 54, CSEL Bd. 4, S. 37 (Wunder); II, 5 S. 50 (Barbaren); I, 59 S. 39 ff. (humana placita); III, 19 S. 124 f. (Gott und Sprache).

nahe genug zum Denken und zum Wesen des Menschen gestellt[34]). Da diese Gabe allen gemeinsam gehört, sind die Menschen alle eins. Deshalb sagte Laktanz in der ersten lateinischen Gesamtdarstellung des christlichen Glaubens zwischen 304 und 313, die Menschen seien verbunden durch das gemeinsame Band der *humanitas*; alle Menschen stammten ja von einem einzigen ab und erfanden nicht, wie die Ungläubigen wollen, allmählich und vielerorts die Sprache, sondern nahmen sie aus Gottes Hand einmal für immer entgegen. Die Sprache ist, wie bei Novatian, eng mit dem Logos, Christus, verbunden, aber bei Laktanz ist das keine Entwertung mehr. Christus, der *vocalis spiritus*, ist mehr als die Engel, die nur schweigender Geist sind, denn Christus ist zugleich Wort, *sermo*, er ist *spiritus cum voce aliquid significante prolatus*. Indem Laktanz so am Beispiel menschlicher Sprache die Menschwerdung Gottes erläuterte, gab er der Sprache eine neue religiöse Weihe, Dauer und innere Einheit. Daß diese Einheit durch Babel gestört wurde, erwähnte Laktanz nicht, obgleich der Afrikaner als Lehrer für lateinische Rhetorik in Nikomedia gelehrt und dort kaum mehr jemanden gefunden hatte, der Latein lernen wollte; noch bevor er nach Trier kam, muß er die Vielfalt der Idiome als hemmend empfunden haben. Doch er bezog sie nicht in seine Theologie ein. Auch die Vielfalt der Völker war ein weltliches Phänomen; Laktanz erzählte, wie die Jugend einst, von den Älteren geschickt oder auch freiwillig, in die Welt hinauszog, um den Lebensunterhalt zu suchen und, zuerst in Ägypten, zu finden. Dem Theologen kam es nicht darauf, sondern auf Ende und Ewigkeit an: Christi am Kreuze ausgebreitete Hände deuten darauf hin, daß er *ex omnibus linguis et tribubus* sein Volk sammeln will, ja schon gesammelt hat [35]). Die Einheit in der Geschichte beruht also nur auf Gott, Anfang und Vollendung fließen zusammen; was dazwischen liegt, die Mannigfaltigkeit der Welt, wird noch ausgespart, doch schon humanistisch verklärt.

Die konstantinische Wende, die sich im Osten im Werke des Eusebius spiegelte, wurde auch im Westen bald spürbar. Es war eine noch auf das Ende der Zeiten zielende Schrift, die sog. Tiburtinische Sibylle, in deren ältestem, wohl in Rom um 350/60 entstandenem Teil sich zum ersten Mal seit Hippolyt die neue Weltbezogenheit des christlichen Glaubens in einer Neuwertung der Sprachenwelt äußerte. Während die Sibylle die Urgeschichte der Welt ganz nach dem ovidischen Schema vom goldenen Zeitalter abhandelte, ohne die verachteten Juden und ihre Geschichte zu berühren, variierte sie bedeutungsvoll

---

[34]) De opificio Dei XV, 1 ff., CSEL Bd. 27, 1 S. 50 f. (Wort); X, 13 S. 35 (interpres animi); XIV, 2 S. 105 (cogitationis interpres).

[35]) De divina institutione IV, 8, 6 ff., CSEL Bd. 19, S. 296 f. (sermo); VI, 10, 4 ff. S. 514–518 (Anfänge der Sprache); II, 13, 9 S. 161 (Ausbreitung der Völker); IV, 26, 36 S. 383 (Christus am Kreuz); VII, 15, 5 S. 631; IV, 12, 20 S. 315 (Sammlung aus allen Sprachen).

Christi Aussendungsbefehl von Matth. 28, 19: *Ite et doctrinam, quam accepistis a me, docete omnes gentes, et per septuaginta et duas lignas (!) subicientes omnes nationes*[36]). Der Anklang an die 72 Jünger Christi und die Gelehrsamkeit Hippolyts, der 72 Sprachen eruiert hatte, wurden in Rom, am Sitz der künftigen Weltkirche ausgeweitet zur Konzeption der universalen Mission in dieser Welt, freilich noch immer nicht zur universalen Geschichtsanschauung.

Aber bald nahm man die Welt nicht nur als Missionsobjekt ernst. Wieder in der Hauptstadt entstand um dieselbe Zeit, im Jahre 354, als „Not- und Hilfsbüchlein für den Gebrauch der Stadt Rom"[37]) der sog. Chronograph vom Jahr 354. In seine knappe Weltchronik nahm der ungenannte Kompilator die hippolytischen Völker- und Sprachenlisten in wörtlicher Übersetzung auf. Die Summe der Völker und Sprachen wurde wieder mit 72 angegeben, aber die Überschrift der Sprachenliste verhieß gleich, nicht die in Babel entstandenen oder seither veränderten Idiome zu sammeln, sondern *gentes quae linguas suas habent*, als hätte man es nur mit der Gegenwart zu tun, in der überdies zu jedem Volk „seine" Sprache gehört, ohne daß die Sprache freilich als konstituierendes Merkmal des Volkes gälte[38]). Von allen Einzelheiten abgesehen, zeigt der Chronograph, daß die Vielfalt der Sprachen und Völker auch in der christlichen Geschichtsbetrachtung ihren Platz einnahm; hier hat sich Hippolyt durchgesetzt.

*

Anders in der theologischen Literatur. Auch hier wurde die Sprache stärker als bisher und als in der griechischen Patristik beachtet, und zwar, weil sich der Westen sprachlich und kirchlich von dem griechischen Bereich sonderte. Noch einmal suchte man durch Übersetzungen den Bruch zu heilen; sie brachten Gelehrsamkeit und Philologie bei den Theologen in gesteigerten Kredit, machten aber auch klar, daß man im Westen vom Gut fremder Sprachen zehrte. Man konnte auch da noch eine Brücke schlagen; einer der Übersetzer des Origenes, Hilarius von Poitiers (ca. 315–367) hat es versucht, wohl ohne die Folgen zu ahnen. Sein Erstlingswerk, ein Matthäuskommentar, verstand vor 355 unbeschwert die Anteile der drei Noachiden als drei *gentes*, die berufen seien, als verkörperten sie die ganze Welt und als gäbe es nur diese drei Völker[39]). Bald danach verbannte ihn der kaiserliche Spruch von Gallien nach Kleinasien; nun be-

---

36) Sibylla Tiburtina, hg. Sackur (o. S. 269 Anm. 32) S. 179 f.; hg. Kurfess (o. S. 146 Anm. 48) S. 268. Datierung nach Sackur S. 162.

37) Theodor Mommsen, Über den Chronographen vom J. 354, in: Abhandlungen der philol.-hist. Kl. der Kgl. Sächs. Gesellsch. d. Wiss. 1 (1850) 547–693, hier S. 549.

38) Liber generationis Nr. 47–197, MGH AA Bd. 9, S. 95–107, auch bei Frick, Chronica 8–28. Die Sprachenliste unten Bd. II, 2 Anhang I.

39) In evangelium Matthaei commentarius XIII, 6, MPL Bd. 9, Sp. 995.

tonte er die Einheit der Völker nicht mehr, wohl aber pries er im Exil zwischen 356 und 359 die Macht der Sprache, als er gegen die Arianer stritt. Der inspirierte Bibeltext, *Dei sermo*, kann die unbegreiflichen Geheimnisse Gottes verdeutlichen, aber auch *sermo de Deo*, also „Theologie", ist möglich. Zwar überschreiten diese Aussagen die natürliche Wortbedeutung, hier versagt der *naturae sermo*, weil in Gott die Wahrheit über ihrer Benennung steht; ferner hat sich die Sprache nach den Gegenständen zu richten, nicht umgekehrt: *Non sermoni res, sed rei est sermo subiectus*, und das gilt in höchstem Grade von der Benennung Gottes. Aber diese *nuncupatio* ist trotzdem nicht falsch, sondern ein Bildnis und Gleichnis des Höchsten. Deshalb kommt der Sprache, insbesondere der Bibelsprache, der höchste Rang zu[40]).

Der Mensch wäre von sich aus zu solcher abbildenden Rede unfähig; Hilarius bekennt 358, wie schwer es ihm werde, den Inhalt (*sensus*) seines Glaubens, wie er ihn in sich trägt, durch die Sprache kundzutun[41]). Aber Gott hilft der menschlichen Schwäche mit der biblischen Offenbarung auf. Im Prolog seines Psalmenkommentars von etwa 365 erklärte der heimgekehrte Hilarius, Hebräisch, Griechisch und Latein seien nach Joh. 19, 20 an Christi Kreuze zu lesen gewesen, weil „vor allem in diesen drei Sprachen das Geheimnis (*sacramentum*) des göttlichen Willens und die Erwartung des Himmelreiches gepredigt wird". Zwar hätten, so meinte der gallische Bischof und Zeuge der ersten germanischen Invasionen, inzwischen viele Barbarenstämme das Evangelium kennengelernt, das Christentum sei auch faktisch über das Römische Reich hinausgewachsen; *tamen specialiter evangelica doctrina in Romano imperio, sub quo Hebraei et Graeci continentur, consistit*. Das Hebräische des Alten und das Griechische des Neuen Bundes haben also seit Konstantin im Römerreich und bei dessen Sprache eine Heimstatt gefunden – zwei Jahre vorher war Julians heidnische Reaktion gescheitert. Setzte Hilarius damit nicht das Latein sogar über die beiden Bibelsprachen? Er wollte Barbaren und Skythen nicht vom Gottesreich ausschließen, *unum Dei nomen in omnibus gentibus sanctum est*; aber der vornehme Provinzialrömer stellte Rom so sehr in den Mittelpunkt seines Denkens, daß er die Sprachenvielfalt nicht als die christliche Form des Gotteslobes preisen konnte, wie Laktanz es immerhin angedeutet hatte. Hilarius definierte die drei *linguae principales* noch nicht als heilige Sprachen; es waren gelehrte Fachsprachen der Theologen und zugleich Weltsprachen – aber wie lange noch? Für den Gelehrten anders als für den Ekstatiker galt die Sprachenvielfalt nur als Strafe, den Menschen *ad causam aeternae inter se concertationis* auferlegt. Fast froh-

---

[40]) De trinitate I, 5, MPL Bd. 10, Sp. 28 (Geheimnisse); II, 1 Sp. 50 (Dei sermo); II, 5–7 Sp. 54–57 (sermo de Deo); III, 11 Sp. 82 (Wahrheit, Benennung); IV, 14 Sp. 107 (res, sermo); VII, 37 Sp. 230 f. (Bild, Gleichnis).

[41]) Liber de synodis c. 5, MPL Bd. 10, Sp. 484.

lockend wies Hilarius auf die Ohnmacht der Juden hin, die zerstreut sind *in omnes linguas, cum quibus nunc habitant et quibus loquuntur divisi*; fast klingt sein Vergleich zwischen Babel und Juden *(haud dispar nunc)* so, als schriebe er den Juden die Schuld auch an der babylonischen Trennung zu. Für das theologische Positivum der Mannigfaltigkeit hatte Hilarius keinen Sinn; *loqui universarum gentium linguis* war ihm gleichbedeutend mit *confusio* und erinnerte ihn nur an Babel, nicht an Pfingsten[42]). An Hilarius knüpft der Gedanke einer hieratischen Sprache an, die Ausbildung des Lateinischen zur Liturgiesprache[43]) und die Minderbewertung der anderen Idiome, die Lehre vom Vorrecht der drei Hauptsprachen.

Die Zahlensymbolik bei Hilarius bestätigt dieses Bild: Sie repräsentiert nur das Auserwählte, nicht die Fülle. Es gibt nach Josephus 22 Bücher des Alten Testaments, weil das hebräische Alphabet ebenso viele Buchstaben hat; nach anderen – gemeint war 4 Esdr. 14,44 – wären es gemäß dem griechischen Alphabet 24. Die Varianten führten zum Mittelwert: Das lateinische Alphabet mit seinen 23 Buchstaben stand in der Mitte zwischen Hebräern und Griechen und umgriff sie beide; die Vielfalt der Welt blieb unbeachtet[44]). Selbst dort, wo Hilarius die Konkordanz von Altem und Neuem Testament behandelte, sprach er nicht von der Zahl der Völker und Sprachen. Die 70 Jünger, die Christus nach Luk. 10, 1 aussandte, wurden auf überraschende Weise mit Ex. 15, 27 verbunden: wie die Apostel zu den Gläubigen, so seien die Jünger zu den Ungläubigen gesandt[45]). Hier symbolisiert die 70 auf fast spätjüdische Art „die anderen". Die Dogmatik war dem Bekämpfer des Arius wichtiger als die Mission. Die Gegenwart der christologischen Streitigkeiten, die Philologia sacra, der allegorische, immer gültige Sinn der Heiligen Schrift beschäftigten den Heiligen mehr als das Phänomen der ineinander verflochtenen und sich wandelnden Wirklichkeiten. Hilarius versuchte auf eine neue Weise die Vereinigung von griechischem und christlichem Geist, aber es war nicht Hippolyts Geist.

Freilich ließ sich auch die philologische Sehweise des Hilarius anders wenden. Zwischen 366 und 384 nahm in Rom der sog. Ambrosiaster hellwach und geistreich, mit starkem geschichtlichen Sinn, die Themen der Griechen wieder auf, um Hilarius in den Rücken zu fallen. Die Hebräer, schrieb er, müßten

---

[42]) Instructio psalmorum c. 15, CSEL Bd. 22, S. 13 (drei Sprachen; dazu Julius Schwering, Die Idee der drei heiligen Sprachen im Mittelalter, in: Festschrift August Sauer zum 70. Geburtstag, Stuttgart 1925, S. 3–11, hier S. 4 f.). Tractatus in psalmos 137, 10, CSEL Bd. 22, S. 740 (Barbaren und Skythen); 54, 11 S. 154 f. (Strafe der Juden); 136, 5 S. 726 (Sprachenvielfalt).

[43]) Mohrmann, Latein 4 f.

[44]) Instructio psalmorum c. 15, CSEL Bd. 22, S. 13. Zu Josephus o. S. 171 Anm. 52.

[45]) Tractatus mysteriorum I, 14, CSEL Bd. 65, S. 14 (70 Jünger); I, 37 S. 27 (Apostel und Jünger).

eigentlich *Abraei* heißen, weil Abraham, und nicht schon Heber, ihr Vater sei. Die erste Sprache habe zwar keinen Namen gehabt und benötigt, weil sie die einzige, „die" Sprache war; sie wurde Abraham wiedergeschenkt und erhielt nach ihm den Namen „Hebräisch". Das ist also nicht die kontinuierlich von Urzeiten her weitergereichte Judensprache; zwischen der Ursprache und dem Hebräischen steht Abrahams Dialekt, das „Chaldäische"[46]). Eine andere, schon deshalb mit Recht dem Ambrosiaster zugesprochene Schrift formulierte diese Ansicht etwas deutlicher: Abraham, *natione Syrus* (die syrische Sprache heißt oft „chaldäisch"), habe die Hebräer seine Sprache gelehrt, denn in Babel hätten nicht die Völker, sondern jeder einzelne damals lebende Mensch je eine Sprache erhalten[47]). Der Ambrosiaster drückte sich hier nicht eindeutig aus: Wie sind die Ursprache, das „Chaldäische" und das Hebräische miteinander verwandt? Identisch sind sie schwerlich. Ist das Aramäisch-Syrische oder Adams Sprache dem Abraham in Babel geschenkt worden? Die letztere Ansicht hat im Osten Theodoret erst hundert Jahre später entwickelt. Wie dem auch sei, der Ambrosiaster entthronte das Hebräische, kaum daß Hilarius es erhoben hatte. Wer sich durchsetzen würde, konnte keine Frage sein, denn der Vorschlag des Ambrosiaster hätte bedeutet, daß das älteste Buch der Erde nicht in der ältesten Sprache der Welt geschrieben wäre.

Wie eine Vermittlung zwischen Hilarius und dem Ambrosiaster klingt eine Briefstelle des spanischen Gegners der Novatianer, des Bischofs Pacian von Barcelona, zwischen etwa 360 und 390 verfaßt. Als ihn ein Freund wegen eines Vergilzitates tadelte, antwortete Pacian, er müsse lateinisch sprechen wie der Grieche, Parther, Punier, Meder, Ägypter und Jude in seiner Sprache redet, wie es überhaupt ein jeder tut und tun soll *secundum copiam Domini*, *qui eam* (das Hebräische) *in centum viginti ora modulatus est*[48]). Die hebräische Ursprache wurde also beibehalten, aber die Sprachenzahl auf eine neue Weise ermittelt. Deren Quelle ist Act. 1, 15, wonach beim Pfingstwunder 120 Apostel und Jünger zugegen waren. Damit bekommt Pacians Ansicht einen tiefen Hintergrund: Jeder Jünger – nicht nur jeder Apostel – erhielt von Gott eine besondere Sprache oder gar die Kenntnis aller Idiome. Dadurch sind alle Muttersprachen geheiligt, auch das Latein des Vergil, aber ebenso jede andere Sprache,

---

[46]) Commentaria in epistolam ad Philippenses III, 5–7, MPL Bd. 17, Sp. 438.

[47]) Liber quaestionum veteris et novi testamenti 108, 5–8, CSEL Bd. 50, S. 254 ff. Zuweisung an den Ambrosiaster bei Friedrich STEGMÜLLER, Repertorium biblicum medii aevi, 5 Bände, Madrid 1940–55, hier Bd. 2, S. 145 Nr. 1486; ALTANER, Patrologie 351.

[48]) Epistola II, 5, MPL Bd. 13, Sp. 1060. Dazu BOCHART, Phaleg 62: *Linguas numerat centum viginti*, *quo fundamento fretus haudquaquam scio.* Gegen Pacians Meinung wendet sich der Ambrosiaster, Commentaria in epistolam I ad Corinthios 14, 5, MPL Bd. 17, Sp. 268.

denn jede ist Teil der *copia Domini*; Gottes Überfülle belebt die Welt mit Vielfalt. Das wurde in Spanien geschrieben, noch bevor die Wandalen kamen.

Nicht weniger eigenwillig gebärdete sich der Bischof Filastrius von Brescia (gest. ca. 397), wahrscheinlich kein gebürtiger Italiener. Aus den Vorarbeiten für sein Hauptwerk, das zwischen 385 und 391 geschriebene „Panarion" der Ketzerbekämpfung, kannte er Irenäus und Epiphanios[49]). Aber es fiel ihm nicht ein, deren Lehre von 72 Sprachen zu übernehmen, so gerne er sonst mit dieser Zahl spielte, wenn es um die aus Hippolyt bekannten 72 Sänger Davids, einen Einschnitt nach dem 72. Psalm oder die 72 Übersetzer der Septuaginta ging. Filastrius griff vielmehr auf die Ansicht des ungenannten Hellenisten Ephoros, aber auch auf Act. 7, 14 zurück, sprach von einer Teilung in 75 Sprachen zu Babel und wußte dies mit der Unterteilung der Völkertafel in 35 Kinder Chams, 25 Söhne Sems und 15 Nachkommen Japhets halbwegs zu rechtfertigen. Er gab die Gründe seiner von Hippolyt entlehnten Zählung nicht an und berief sich, fast entschuldigend, dafür auf Noah, den Vater der Geographie: von ihm, nicht von Griechen und Ägyptern, stamme diese Teilung – in 75 Sprachen, mochte der arglose Leser denken. Der kuschitische Riese Nimrod hatte nichts damit zu tun. Der Stammvater des Filastrius, der Römer, Lateiner, Italiker und Abendländer, Japhet, wurde ebenfalls unter der Hand von dem bisher üblichen, aber exegetisch anrüchigen Norden nach dem weniger belasteten Westen verschoben, in *occidentis universas partes*: ein Zeugnis für die zunehmende Kenntnis von der Welt nördlich der Alpen, die dem Brescianer nicht mehr ferner Norden war. Dafür schlug er ohne Angabe von Gründen Spanien den Hamiten zu, vielleicht nur, damit das Ausgreifen Japhets, „der damals die kleinste Nachkommenschaft hatte", nur um so wunderbarer die Prophezeiung von Gen. 9, 27 bestätige. Denn offenbar glaubte Filastrius nicht, daß die Völker und Sprachen in seiner Gegenwart noch das Gepräge und die Grenzen der biblischen Zeiten hätten; sie veränderten sich dauernd – und diese Ansicht war die umstürzlerische Neuerung des Filastrius. Er ließ das Hebräische, wie Pacian, als alte Sprache gelten, aber nicht als besonders heilige Sprache Gottes, denn Gott habe zu den Menschen stets in verschiedenen Sprachen geredet; Hebräisch war auch vor Babel nicht die einzige Sprache. Unzweideutig protestierte Filastrius gegen die damals schon herrschende Meinung, alle Sprachen seien in Babel entstanden. Anfangs habe es, dozierte er, nur eine Sprache gegeben – das mochte Hebräisch sein –, weil der Menschen wenige waren; später vermehrte sich die Zahl der Sprachen, *quia multi creverant iam nati homines in saeculo*. Die Sprachgeschichte ist also mit der Menschheitsgeschichte – und nur mit ihr – ge-

[49]) Ernesto SESTAN, Stato e nazione nell' alto medioevo, Ricerche sulle origini nazionali in Francia, Italia, Germania, Neapel 1952, S. 72 (Herkunft); ALTANER, Patrologie 332 (Quellen).

koppelt, wird aber nicht durch Gottes Eingreifen eigens gelenkt. Nur hätten, so fuhr Filastrius fort, vor dem Turmbau die Menschen die Engelsgnade besessen, alle die vielen Sprachen ihrer Zeit noch zu verstehen. In Babel sei nicht die Einheit der Sprache, sondern die Einheit des Verständnisses und der Verständigung zerbrochen. Erst den Aposteln sei diese Engelsgnade wieder zuteil geworden; *angelicae enim virtutis est linguas scire omnium hominum*[50]). Diese beinahe humanistische Hochschätzung der Sprachenkenntnis war vielleicht von den Zeitumständen beschwingt: Theodosius schien die mehrsprachige Welt des Mittelmeers noch einmal geeint zu haben. Dennoch blieb der Versuch nicht weniger kühn, auf die antike Tradition zurückzugreifen, den Komplex der Sprachen- und Völkergeschichte aus dem theologischen Bereich herauszunehmen und als gottgewollte, aber zugleich naturbedingte Vielfalt zu begreifen. Von daher ist das Widerstreben des Filastrius gegen den theologisch vorgeprägten Topos von 72 Sprachen leicht zu verstehen. Seine Ansicht ist jenem ebenso mutigen Vorstoß des Gregor von Nyssa vergleichbar, der fast genau zur selben Zeit in Kappadokien auf seine Weise von der natürlichen Entwicklung der Sprachen schrieb. Sollte Filastrius aus Kappadokien stammen? Jedenfalls verband sich bei ihm Griechisches und Christliches auf ganz andere Weise als bei Hilarius.

Aber eben damals brach die Brücke nach dem Osten endgültig ein. Schon unter Diokletian war das Latein eine Art Nationalsprache geworden; die Lateiner lernten nicht mehr Griechisch[51]). Es gab immer noch Übersetzer wie den Origenes-Interpreten Rufinus von Aquileia (ca. 345–410), der noch um 404 die origenistische Lehre von den Völkerengeln vertrat, *quibus regeretur et dispensaretur mortalium genus*. Neben und über diese Aufteilung wurde freilich die Zusammenfassung gestellt: Die Apostel sprachen an Pfingsten in jeglicher Zunge, damit ihnen kein fremdes Volk, keine barbarische Sprache unzugänglich und unwegsam erscheine und sie allen Völkern predigen könnten[52]). Wie bei Gregor von Nazianz waren es wirkliche Sprachen, die Gott selber an Pfing-

[50]) Diversarum haereseon liber 129, 5, CCSL Bd. 9, S. 293 (Sänger Davids); 130, 4 S. 294 (72. Psalm); 142 ff. S. 306 ff. (72 Bibelübersetzer); 112, 1 S. 278 (75 Sprachen; der Druck von Johannes SICHARDUS, Basel 1528, wiederholt in MPL Bd. 12, Sp. 1235, setzte die Emendation *LXXII* in den Text – so anstößig war die Ansicht noch in der frühen Neuzeit); 121, 1 ff. S. 284 ff. (Unterteilung der Noachiden; dazu Jürgen FISCHER, Oriens-Occidens-Europa, Begriff und Gedanke „Europa" in der späten Antike und im frühen Mittelalter [Veröffentlichungen des Instituts für Europäische Geschichte Mainz 15], Wiesbaden 1957, S. 12); 108, 1 S. 272 (Nimrod); 138, 1 S. 302 (Gottes Sprache); 104, 1 ff. S. 267 f. (Ursprache und Entwicklung; dazu GIESSWEIN, Sprachwissenschaft 214).

[51]) Henri-Irénée MARROU, Histoire de l'éducation dans l'antiquité, 3. Aufl., Paris 1955, S. 348 ff.

[52]) Commentarius in Symbolum Apostolorum c. 15, MPL Bd. 21, Sp. 353 (Völkerengel); c. 2 Sp. 337 (Pfingsten).

sten lehrte. Auch die sonstigen Ansichten Gregors von Nazianz über Babel und Pfingsten übertrug Rufin ins Lateinische, bevor ihn 407 die Westgoten aus seiner Heimat trieben[53]). Doch das war nun schon eine Ausnahme. Rufin selbst berichtete in seiner Fortsetzung der eusebianischen Kirchengeschichte zwar von der Kreuzauffindung durch Konstantins des Großen Mutter; dabei fand sich auch die Inschrift in den drei Sprachen wieder. Doch abseits der Archäologie interessierte die Vielfalt der Völker und Sprachen kaum, nur im fernen Indien wußte Rufin zahlreiche Völker mit *variae linguae* [54]). Währenddessen zerfiel die sprachliche Einheit der christlichen Ökumene. Im Westen konnte man das Griechische trotz gelegentlicher Kenntnis griechischer Bibeltexte[55]) aus der Reichsteilung von 395 nicht mehr als selbstverständlichen Besitz retten[56]); nur griechische Emigranten beherrschten es noch[57]). Aus der Sprachverschiedenheit erwuchsen alsbald schwere dogmatische Mißverständnisse und Differenzen[58]). Vollends hebräische Sprachkenntnisse wurden erschreckend selten[59]). Schon bevor die Germanen kamen, war der geistige Zusammenhalt der spätantiken Mittelmeerwelt gestört; man war mit der lateinischen Sprache allein, die damals nicht nur für die feierliche Liturgie, sondern auch für die Hymnen bereits in einer archaisierten Gestalt verwendbar wurde[60]).

Der eigentliche Schöpfer dieser Hymnensprache, Ambrosius von Mailand (339–397), sah nun, ähnlich wie der geistesverwandte Hilarius, weder in der Aufgliederung der Sprachen und Völker noch auch nur in ihrer Verschiedenheit einen positiven Wert. Seine Skrupel erstreckten sich, ähnlich wie bei Hilarius, auf das Wesen der Sprache selbst. Das zweifelhafte Wort vermag den festen Sinn *(mens)* nicht immer auszudrücken[61]). Wort und Tat sind nur in Christus eins; bei Gott und seiner durchdringenden Erkenntnis wiederum

---

53) De pentecoste c. 15 ff., CSEL Bd. 46, S. 160 ff.

54) Historia ecclesiastica X, 7, GCS Bd. 9, 2 S. 969 (Kreuz); X, 9 S. 971 (Indien).

55) Arthur ALLGEIER, Exegetische Beiträge zur Geschichte des Griechischen vor dem Humanismus, in: Biblica 24 (1943) 261–288.

56) Bernhard BISCHOFF, Das griechische Element in der abendländischen Bildung des Mittelalters, in: Byzantinische Zeitschrift 44 (1951) 27–55, hier S. 27.

57) Harold STEINACKER, Die römische Kirche und die griechischen Sprachkenntnisse des Frühmittelalters, in: Festschrift Theodor Gomperz dargebracht zum 70. Geburtstage, Wien 1902, S. 324–341, hier S. 340 f.; DERS., Die römische Kirche und die griechischen Sprachkenntnisse des Frühmittelalters, in: MIÖG 62 (1954) 28–66, hier S. 43 ff.

58) Gustave BARDY, La question des langues dans l'église ancienne, Bd. 1 (Etudes de théologie historique), Paris 1948, S. 79 ff., 155 ff.

59) Berthold ALTANER, Zur Kenntnis des Hebräischen im Mittelalter, in: Biblische Zeitschrift 21 (1933) 288–308 beginnt erst mit dem 9. Jahrhundert; Heinrich SCHNEIDER, Das Hebräische als „Ancilla Theologiae", in: Jahrbuch für das Bistum Mainz 5 (1950) 9–17, hier S. 10 f.

60) MOHRMANN, Latein 8 f.

61) Epistola 48, 6, MPL Bd. 16, Sp. 1203.

stehen die Dinge weit über ihren Benennungen[62]). Darum ist er durch Sprache nicht zu erklären *(fatu ininterpretabilis)*. Nur mit Anstrengung kann unsere Sprache über die Ohnmacht der nackten Namen hinaufdringen und etwas von Gottes wirksamer Kraft spürbar machen[63]). So bleibt, wie Ambrosius nach 386 hervorhob, die Sprache ein Zuchtmittel zu moralischem Verhalten und ein Hilfsmittel des Gedankens: Da das Denken schon bei den Kindern natürlicherweise vor und über dem Sprechen stehe, müsse der Mensch rechtzeitig bedenken, wann er zu reden und wann er zu schweigen habe[64]).

Die geschichtlichen Formen der Sprache lagen unterhalb des Interessenkreises; auch die Völker tangierten ihn kaum. Dort, wo Ambrosius um 375 aus der Schöpfung des Menschen die „Möglichkeit vieler und ungleicher Naturen" deduzierte, führte er sie sofort auf den adamischen Ursprung und die „eine Natur" des Menschen zurück[65]). So wurden die Völker beinahe zur Bedrohung der Menschennatur. Um 381 waren die anstürmenden Westgoten, die soeben Kaiser Valens erschlagen hatten, nur Boten des Antichrist, die von Ez. 38, 2 verheißenen Endvölker Gog und Magog. *Gog iste Gothus est, quem iam videmus exisse*, schrieb Ambrosius an Kaiser Gratian[66]). Hier wurden zum ersten Mal seit Hippolyt die neu auftauchenden Germanenvölker mit der Bibel verknüpft, aber eschatologisch und nicht genealogisch. Noch 385/9 sah Ambrosius in der Bekehrung der Goten und Armenier nach Matth. 24, 14 nur den Beweis dafür, daß die Welt zu Ende geht, nicht daß die Kirche Gottes pfingstlich alle Sprachen ergreift. Die Verwirrung von Babel wurde nicht als Zerstreuung, sondern als Eingrenzung verstanden: Gottes weiser Ratschluß verhinderte das weitere Umsichgreifen menschlicher *inpietas*; sie hat die *exstruentes turrem* betroffen, und daß das die ganze Menschheit gewesen wäre, hat Ambrosius nicht gesagt. Draußen blieben nach Babel die Unfrommen, die Heiden und Blinden, die Nachfahren von Cham und Japhet; diese selbst waren zwei verschiedene Personen, aber sie bedeuteten nur den einen *populus gentilis*, nicht die Vielzahl der Völker[67]).

An die ganze vielgliedrige Welt dachte Ambrosius überhaupt selten und lau. Obgleich er mit Origenes an Schutzengel der einzelnen Kirchen und Stände

---

[62]) Explanatio psalmorum 38, 25, CSEL Bd. 64, S. 203 (Wort und Tat); 43, 20 S. 277 f. (Dinge und Benennung).

[63]) De fide ad Gratianum I, 16, 106, MPL Bd. 16, Sp. 576 (fatu); I, 2, 17 Sp. 555 (Benennung).

[64]) De officiis ministrorum I, 10, 33, MPL Bd. 16, Sp. 37.

[65]) De paradiso X, 48, CSEL Bd. 32, 1 S. 306.

[66]) De fide ad Gratianum II, 16, 138, MPL Bd. 16, Sp. 612; dazu Pierre COURCELLE, Histoire littéraire des grandes invasions germaniques, Paris 1948, S. 11.

[67]) Expositio evangelii secundum Lucam X, 14, CCSL Bd. 14, S. 349 f. (Goten und Armenier); X, 69 S. 366 (Babel); VIII, 80 S. 329 (Cham und Japhet).

glaubte[68]), hat er dessen Lehre von den Völkerengeln nicht angenommen. Und wenn er sich über die drei Noachiden äußerte, nahm er auf Länder, Völker und Sprachen wenig Rücksicht, sondern griff rasch zu der allegorischen Deutung Philons: Sem ist „das Gute", Cham „das Böse", Japhet „das Indifferente", das Reichtum, Ansehen und Adel verkörpert, aber wohl nur innerhalb des Orbis Romanus[69]). Im Jahre 387/8 sagte Ambrosius zwar: *Ecclesia dicitur et orbis terrarum*, aber er mußte wissen, daß Roms Reich nicht mit dem Erdkreis identisch war. Dennoch gab Rom allein, sein Staat und seine Sprache, das Maß des Klassischen an: ein Barbar ist nach der Definition des Ambrosius jeder Nichtrömer, der zugleich Heide ist[70]). Es paßt in dieses Bild, daß Ambrosius nach 386 der lateinischen Bibelversion manche Etymologien entnahm und sie so preßte, als hielte er den lateinischen Bibeltext für wörtlich inspiriert[71]).

Die Psalmen, die die *varietas* als Schmuck der Kirche preisen und die von der Verteilung der Sprachen reden, ließ er in seiner Interpretation aus. Bei der Erläuterung des Pfingstwunders heißt es nur, der Heilige Geist habe *diversitates linguarum* geschenkt[72]); noch 393 sagte Ambrosius konstant, die Apostel hätten *diversis linguis* geredet – beileibe nicht in allen Sprachen[73]). Und wer sollte es glauben, daß der Kirchenvater um 386/9 bei der Erörterung des Sechstagewerkes und der Schöpfung des Menschen drei Druckseiten lang die menschliche Sprache, *divinae vocis organum*, und ihre Organe erörterte, ohne die Frage ihrer menschlichen oder göttlichen Entstehung, geschweige denn ihrer Zerteilung auch nur zu erwähnen[74])? Kein Zweifel, Ambrosius, Meister der lateinischen Sprache, fühlte sich als christlich römischer Bürger noch in einer gesicherten Welt: „Erwählt ist das Haupt der Völker zum Sitz des Lehrers der Völker"[75]). Doch den Prediger und Seelsorger gingen die Einzelnen an, nicht Sprachen und Völker.

Aber auch der Dalmatiner Hieronymus (ca. 347–419/20), der auf weiten Reisen noch einmal die ganze griechisch-römische Mittelmeerkultur kennenlernte, gehörte noch in die auslaufenden Zeiten friedlicher Gelehrsamkeit, be-

---

[68]) Explanatio psalmi 37, 43, CSEL Bd. 64, S. 171.

[69]) De Noe et arca XXXIII, 124 f., CSEL Bd. 32, 1 S. 495; Expositio evangelii secundum Lucam VI, 44, CCSL Bd. 14, S. 189 f.; VIII, 80 S. 329. Dazu Fischer, Oriens 11 f.

[70]) Commentarius in epistolam ad Romanos 1, 14, MPL Bd. 17, Sp. 57.

[71]) Adolf Ebert, Allgemeine Geschichte der Literatur des Mittelalters im Abendlande, Bd. 1, Leipzig 1874, S. 146.

[72]) Expositio in psalmum 118, sermo XVII, 32, CSEL Bd. 62, S. 393.

[73]) Explanatio psalmi 35, 19, CSEL Bd. 64, S. 63.

[74]) Hexaëmeron VI, 9, 65–67, CSEL Bd. 32, 1 S. 253 ff.

[75]) Hymnus in festo Petri et Pauli apostolorum Str. 3, AH Bd. 50, S. 18, auch bei Guido Maria Dreves, Ein Jahrtausend lateinischer Hymnendichtung, Eine Blütenlese aus den Analecta Hymnica, revidiert von Clemens Blume SJ, 2 Bände, Leipzig 1909, hier Bd. 1, S. 13. Dazu Klingner, Geisteswelt 502.

schützt von jenem Römischen Reich, das als letztes der Weltreiche „jetzt noch alle Völker festhält“[76]). Des Kirchenlehrers Leben, in dem die schrittweise Aneignung des Lateinischen, Griechischen und Hebräischen nahezu die Bedeutung von Entwicklungsstufen hatte, zeugt dafür ebenso wie seine Schriften, in denen er bewußt noch einmal die Brücke zwischen Hebräern, Griechen und Lateinern schlug[77]). Der Rahmen war weit gespannt, und doch blieb Hieronymus im Gehäuse. Das Wesen der Sprache gab ihm keine ernstlichen Probleme auf. Sie verhält sich wie Vernunft, Wissenschaft und Glaube, denn sie ist ohne Werke eitel und unbeständig. Zwischen Gedanke und Wort ist keine Scheidung nötig: die *tacita animae cogitatio* ist wie bei Tertullian schon ein *arcanus sermo*, der nur noch nach außen dringen muß. So steht die Sprache auf dem sicheren Boden zulänglicher Erkenntnis. Sprache ist im Grunde stets lateinische Sprache; als Hieronymus in griechischer Umwelt *absque usu Latinae linguae* zu einem *semibarbarus* wurde, war ihm Griechisch fast gleichbedeutend mit „barbarisch“. Selbst Hebräisch fiel unter dieses Verdikt des *sonus barbarus*, der den einfachen Gläubigen fremd im Ohr klingt und sich überdies nach der Willkür der Sprechenden und der Vielzahl der Gegenden leicht wandelt. Hieronymus hielt zwar zeitweise den griechischen Text der LXX für wörtlich inspiriert und ermahnte sich und andere, von den mangelhaften lateinischen Übersetzungen zur *Graeca origo* zurückzugehen; doch das waren philologische, nicht theologische oder historische Erwägungen, dieselben, die ihn später immer ausschließlicher der *veritas Hebraica* vertrauen ließen[78]).

Die Geschichte als Schicksal und Weg betraf den Literaten nicht ernstlich; der Genesis hat er nur philologische Erläuterungen gewidmet, der Apokalypse nur die Überarbeitung des halb häretischen Kommentars von Victorin von Pettau. Er wollte alles reinigen, an den rechten Ort stellen, wie die Antiochener und Rabbiner den Buchstaben genau wiedergeben, ihn aber dann wie die Alexandriner nicht historisch, sondern allegorisch deuten[79]). Das war sein Hauptbestreben auch in dem Danielkommentar, der die Lehre von den vier Weltreichen kritisch sichtete und ordnete. Wie wenig Hieronymus historisch dachte, zeigt seine Behandlung von Dan. 1, 4. Hebräisch und Chaldäisch galten

---

[76]) Epistola 121, 11, CSEL Bd. 56, S. 54.

[77]) Pierre Courcelle, Les lettres grecques en Occident, De Macrobe à Cassiodore, Paris 1948, S. 40 ff.

[78]) Epistola 98, 20, CSEL Bd. 55, S. 206 (arcanus sermo); ep. 50, 2, CSEL Bd. 54, S. 390 (Griechisch); ep. 75, 3, CSEL Bd. 55, S. 32 (Hebräisch); ep. 73, 8 S. 21 (Wandlungen); ep. 27, 1, CSEL Bd. 54, S. 224 (origo).

[79]) Angelo Penna, Principi e carattere dell' esegesi di S. Gerolamo (Scripta Pontificii Instituti Biblici 102), Rom 1950, S. 3 ff.; Louis N. Hartmann CSSR, St. Jerome as an Exegete, in: A Monument to Saint Jerome, Essays on some aspects of his life, works and influence, hg. Francis Xavier Murphy CSSR, New York 1952, S. 35-81, hier S. 49 ff., 72.

den Zeitgenossen als identisch, nicht aus philologischer Kenntnis, sondern aus exegetischem Grund: Abraham stammte aus Chaldäa. Nun lehrte aber die Danielstelle, daß hebräische Jungen Chaldäisch lernten, also eine Sprache, die sie schon kannten! Hieronymus rettete sich aus dem Dilemma mit der Vermutung „einiger“, vielleicht des Ambrosiaster, Abraham habe zwei Sprachen beherrscht, Hebräisch und Chaldäisch[80]). Daß sich die Sprachen zwischen Abraham und Daniel differenziert haben könnten, kam dem Kommentator nicht in den Sinn; er setzte hier nicht einmal die Sonde des Philologen an.

Die Historie fesselte ihn nur als literarische Tradition. Seinen Plan, eine Geschichte der christlichen Zeit zu schreiben, verwirklichte er nie. Als er 381, wohl in Konstantinopel, die Chronik des Eusebius ins Lateinische übersetzte, da führte er sie zwar, immer ausführlicher werdend, bis in seine Gegenwart fort und brachte, wie er selber sagt, für die Zeit nach der Eroberung Trojas Ergänzungen an; diese Nachträge beschränkten sich indes vorwiegend auf römische Literaturgeschichte. Die klaffendste und erst vom Exordium chronicorum notdürftig geschlossene Lücke, das bei Eusebius fehlende erste Stück der Heilsgeschichte zwischen Adam und Babel zu ergänzen, fiel ihm nicht ein. Wir werden uns bei fast allen Weltchronisten nach Hieronymus davon überzeugen können, daß man schon bald nachher diese Lücke spürte und zu schließen versuchte. Dem Kirchenvater selbst stand die antike Völkergenealogie noch näher als die biblische; wie Euseb begann auch er mit dem Assyrerherrscher und Sohne Bels, Ninus, mit dessen Gegner Zoroaster-Zarathustra und ihrem um eine Generation jüngeren Zeitgenossen Abraham, *natione Chaldaeus*. Die Stammbäume bleiben geschieden: Von Abraham und der Agar kamen Ismael, die Agarener und Sarazenen; die Juden sind Kinder Jakobs, sein Bruder *Esau qui et Edom* ist nicht wie in der jüdischen Exegese der Ahnherr der Römer, sondern nur der Idumäer. Die antiken Völker haben ihre eigenen Väter, die Griechen den Phoroneus der argivischen Sage und den Hellen Hesiods, die Römer Janus und Aeneas[81]). Die Genealogie stand bei Hieronymus in hoher Achtung, obgleich er sonst nur eigenes Verdienst gelten lassen wollte; er rühmte im tiefsten Ernst die Römerin Paula, ihr Stammbaum reiche zu Agamemnon zurück, der ihres Gemahls gar zu Aeneas. Wie die Chaldäer, Griechen und Römer ihren Sprachen und ihrem Stamm nach sich teilten, erfuhr man nicht, obgleich Hieronymus doch an dem gemeinsamen Ursprung der Menschheit und ihrer Sprache festhielt. Denn auch in dieser Frage war er

---

[80]) Commentarii in Danielem I, 4, MPL Bd. 25, Sp. 496.

[81]) Chronik, GCS Bd. 47, S. 6 f. (Zusätze; dazu BRINCKEN, Weltchronistik 65 f.), 20 (Ninus, Abraham), 24 (Sarazenen), 27 (Jakob, Esau), 29 (Phoroneus), 43 (Hellen), 62 (Janus). Dazu Francis Xavier MURPHY CSSR, St. Jerome as an Historian, in: A Monument (o. Anm. 79) S. 113-141, hier S. 177 ff.

kein Revolutionär wie der Ambrosiaster oder Filastrius. Im Jahre 381 schloß er sich der Meinung der *universa antiquitas* an, das Hebräische, die Sprache des Alten Testaments, sei die älteste Sprache der Welt; erst der Turmbau habe Gott beleidigt und zur *sermonis varietas* geführt[82]). In Bethlehem angekommen, bemerkte Hieronymus 386 die enge Verwandtschaft des Hebräischen mit dem Aramäischen, wieder ohne daraus die Folgerungen des Ambrosiaster zu ziehen und ohne sich in der Auslegung von Dan. 1, 4 beirren zu lassen[83]).

Um Text und Sprache der hebräischen Bibel kreiste die Genesiserklärung von 388/9, doch die Sprachentrennung der Turmbauer wurde nur in zwei Nebensätzen erwähnt. Aber die Völkertafel und ihre Rätsel reizten den Philologen. Daß die Goten, wie eben Ambrosius vermutet hatte, die Gog und Magog seien, wies Hieronymus energisch zurück, sie seien eher „Geten“ als „Gog“ zu nennen. Er schloß sich in allem an Josephus an, als gäbe es keinen Hippolyt. Der Gelehrte zog sich mehrfach auf ein vorsichtiges *ignoramus* zurück, so etwa bei der Frage, wo Misraims oder Joktans Kinder oder Regma (der hebräische Ra'ma) und Sabatacha mit ihren Nachkommen heute zu finden seien; daß alle biblischen Völkerschaften, wenn auch unter anderem Namen, bis in die Gegenwart irgendwo fortleben, zog er freilich nicht in Zweifel. Nur eine Neuerung brachte Hieronymus gegenüber Josephus an, aber man weiß nicht recht, ob es eine neue Deutung oder ein Versehen ist: die kleinasiatisch-iberischen Galater verband er mit den Iberern Spaniens und machte Tubal, der bei Josephus als Ahnherr der Iberer stand, zum Stammvater der *Hispani*[84]). Hieronymus hat an anderer Stelle selbst beobachtet, daß die kleinasiatischen Galater annähernd dieselbe Sprache sprächen wie die keltischen Treverer in Trier[85]); wenn man die Keltiberer in die Völkertafel bringen wollte, war die richtigste Stelle also die neben den Galatern des Gomer. Offenbar ging Josephus dem Kirchenvater über die eigene Erfahrung. Da das Jubiläenbuch dem Tubal Griechenland und Italien zugesprochen hatte, versäumte Hieronymus nicht, auch dies anzubringen: *licet quidam Italos suspicantur*. Wir werden noch sehen, welche unschätzbare Stärkung des nationalen Selbstbewußtseins die Spanier 1300 Jahre lang aus diesem Sätzchen *Iberi qui et Hispani* schöpften, und wie stolz die Italiener später auf den Nachsatz waren. Hieronymus lag nichts ferner als Gegen-

---

[82]) Epistola 108, 3 f., CSEL Bd. 55, S. 308 f. (Paula); ep. 18, 6, CSEL Bd. 54, S. 82 (Hebräisch).

[83]) Commentarii in epistolam ad Galatas I, 2, MPL Bd. 26, Sp. 366.

[84]) Quaestiones Hebraicae in libro Geneseos 10, hg. Paul de Lagarde, Leipzig 1868, S. 14 ff.

[85]) Commentarii in epistolam ad Galatas II, prol., MPL Bd. 26, Sp. 382; dazu Theodor Mommsen, Römische Geschichte, Bd. 5, 2. Aufl., Berlin 1885, S. 92; Johann Sofer, Das Hieronymuszeugnis über die Sprachen der Galater und Treverer, in: Wiener Studien 55 (1937) 148-158.

wartswirkung. Nur an einer Stelle entzog er sich ihr nicht: Als die Hunnen kamen, schrieb Hieronymus, sie brächen von den mäotischen Sümpfen herein, von der Don-Gegend und dem Land der Massageten, von dort, wo Alexander der Große die wilden Völker Gog und Magog eingeschlossen hatte[86]). Damit war noch nicht gesagt, daß die Hunnen die Gog und Magog seien, aber zumal da Hieronymus Magog als Stammvater der Skythen ansah, lag die Gleichung Hunnen = Skythen = Magog nahe genug; sie wurde bald aufgegriffen.

Hieronymus wandte sich indessen wieder den alten Sprachen zu. Daß das Hebräische *omnium linguarum matrix* sei, war ihm 391 selbstverständlich; verdächtig ist nur der schroffe Nachsatz: *quod non est huius temporis disserere*. Hatte er etwa Zweifel? Jedenfalls fand Hieronymus Zeit, die jüdische Meinung zu referieren, das Hebräische sei wie die erste so auch am Ende der Zeiten die letzte Sprache, wenn der ganze Erdkreis dem Herrn dienen werde[87]). Die Stelle meint nicht nur in übertragenem Sinn die Einheit der eschatologischen, unbekannten Sprache, die nur verhüllt „Hebräisch" heißt. Denn Hieronymus stand den Juden und ihrer Sprache damals nahe: Im gleichen Jahr 391 begann er mit der gewaltigen Aufgabe, das hebräische Alte Testament ins Lateinische zu übertragen und dadurch die Herrschaft der Septuaginta und der auf ihr beruhenden altlateinischen Bibelversionen zu brechen. Da mußte dem Übersetzer auffallen, daß die Rede von 72 Sprachen und Völkern, streng genommen, mit den Zusätzen der LXX zur mosaischen Völkertafel stand und fiel, denn der hebräische Text, der dem Übersetzer vorlag, zählte, die drei Noahsöhne abgerechnet, nur 70 Namen. Hieronymus gab in seiner Version die Völkerliste genau nach dem hebräischen Text, und so steht sie bis heute in der lateinischen Vulgata[88]).

Hieronymus hielt damals schon die Aristeas-Legende von den 72 Bibelübersetzern für eine Lüge, weil er der LXX nicht mehr traute. Doch so stark hing der Philologe an den geläufigen Überlieferungen, daß er gerade zur Zeit seiner Bibelübersetzung die von ihm aus dem Sattel gehobene Formel von 72 Sprachen erst recht benutzte. Eine Parallele dazu liegt darin, „daß derselbe Kirchenvater für die Wirkung der Septuaginta-Chronologie im Abendland bestimmend wurde, der durch die Übersetzung des hebräischen Bibeltextes bereits die Voraussetzungen zu ihrer Kritik schuf"[89]). Hieronymus war

---

[86]) Epistola 77, 8, CSEL Bd. 55, S. 45; dazu Jean-Remy PALANQUE, St. Jerome and the Barbarians, in: A Monument (o. Anm. 79) S. 171-199, hier S. 180 ff.

[87]) Commentarii in Sophoniam 3, 8 f., MPL Bd. 25, Sp. 1378 f. (Endsprache); 3, 14 Sp. 1384 (Ursprache; dazu GIESSWEIN, Sprachwissenschaft 213; irreführend SCHWERING, Idee 5 f.).

[88]) Liber Genesis ex interpretatione Sancti Hieronymi, hg. Henri QUENTIN OSB (Biblia sacra iuxta Latinam Vulgatam versionem 1), Rom 1926, S. 176–182.

[89]) Praefatio in Pentateuchum, QUENTIN (o. Anm. 88) S. 66; auch in Apologia adversus Rufinum II, 25, MPL Bd. 23, Sp. 470 (Aristeas); BRINCKEN, Weltchronistik 66 (Zitat).

auch hierin konservativ; natürlich wußte er, daß bisweilen *emendatiora sunt exemplaria Latina quam Graeca, Graeca quam Hebraea*, aber er traute der Tradition mehr als seiner Erudition[90]). Etliche Jahre zuvor hatte er sich bei der Überarbeitung des altlateinischen Neuen Testaments gegen die griechische Koine bei Luk. 10, 1 für die Lesart „72 Jünger" entschieden, obwohl er die andere Möglichkeit, „70", noch später durchaus offenließ[91]). Aber nun, im Jahre 398, erklärte er bei Gelegenheit von Matth. 26, 53, wo von 12 Legionen Engel die Rede ist, daß *apud veteres* eine Legion 6000 Mann zähle, und fuhr fort: *Pro brevitate temporis* – wir wissen, daß der Matthäuskommentar in 14 Tagen entstand – *numerum non occurrimus explicare, typos tantum dixisse sufficiat: septuaginta duo millia angelorum, in quot gentes hominum lingua divisa est, duodecim legionibus fieri*[92]). Man wischt sich die Augen; Hieronymus kann nicht im Ernst an 72000 Völker und Sprachen gedacht haben und hat sich nur flüchtig ausgedrückt; aber warum hatte er auch diesmal „keine Zeit", sich näher zu erklären? Offenbar interessierte ihn die Zahl der Völker und Sprachen gar nicht; sie fiel ihm nur als typologisches Exempel bei den 12 Legionen Engel ein – bei der exegetischen Behandlung der biblischen Völkertafel hatte er nicht daran gedacht. Immerhin fand er die Sprachenzahl der Gliederung des Engelheeres vergleichbar, konnte die Sprachenvielfalt also in die Harmonie der göttlichen Schöpfung miteinbeziehen; nur blieben die Sprachenfragen jenseits aller bedrohlichen Nähe, rein auf die akademische Theorie beschränkt.

Zudem beherrschte den Kirchenpolitiker Hieronymus das stolze Bewußtsein, seit Pfingsten habe das Gottesvolk das Schlimmste überwunden. Zwischen 401 und 406 jubelte er darüber, daß Skythen, Inder, Perser und Äthiopier sich bekehren; *Hunni discunt psalterium*[93]). Die Welt schien im Glauben eins zu werden. Und bald, um 408/10, sah er kein Hindernis mehr, das, was er früher referiert hatte, selbst anzunehmen: die Sprache im Himmel ist hebräisch. Man mag vermuten, dieses auf Is. 19, 18 zurückgehende „Hebräisch" sei auch hier nicht wörtlich, sondern eschatologisch-spirituell gemeint; aber Hieronymus erinnerte nicht an 1 Kor. 13, 8, wonach die Sprachen im Jenseits aufhören werden; er schlug nicht den Weg des Theodoret von Kyrrhos zum Spiritualismus ein. Hier auf Erden leben wir freilich noch in der ägyptischen *commotio*, und daher hat kein Idiom einen Vorrang, auch die drei Kreuzessprachen stehen nur *in testimonium universarum gentium*, nur stellvertretend für alle Dialekte der Erde. Alles, was in dieser Zwischenzeit zwischen Anfang und Ende der Welt geschieht, ist eigentlich, wenn es nicht auf das Ende hinzielt, nur ein Kuriosum:

---

[90]) Praefatio in Pentateuchum, Quentin (o. Anm. 88) S. 69.
[91]) Epistola 78, 8, CSEL Bd. 55, S. 58.
[92]) In Matthaei evangelii commentarius IV, 26, MPL Bd. 26, Sp. 208.
[93]) Epistola 107, 2, CSEL Bd. 55, S. 292.

Der Babelturm wurde nur als monströses, 4000 Fuß hohes Bauwerk erwähnt; seinen Schrecken hatte er verloren – aber auch sein Segen war vergessen[94]). Der Glaube würde die Welt bald überwinden und verwandeln.

Es blieb dem Alternden nicht erspart, die Wurzeln seiner Sicherheit bloßgelegt und abgehauen zu sehen. Als Rom 410 fiel, war er fassungslos: *In una Urbe totus orbis interiit*; und er hatte recht, mit dem Orbis Romanus war es zu Ende. Noch immer weigerte sich der Kirchenvater, in den Goten oder Skythen die Boten des Endes zu sehen[95]); aber er konnte auch die neuen Träger christlichen Glaubens nicht in ihnen begrüßen. Obwohl plündernde Sarazenen ihm persönlich in Bethlehem beängstigend naherückten, blieb er aufrecht; aber konnte er jetzt die Sprachen und Völker positiver bewerten und tiefer begreifen als früher? Hieronymus hatte nichts Neues schaffen wollen. *Damnamus veteres? Minime! Sed post priorum studia in domo Domini quod possumus laboramus*[96]). Der Satz zeugt von bewundernswerter Selbsterkenntnis und tiefer Einsicht in das Wesen geistiger Überlieferung. Aber die Anreicherung des schon Vorhandenen wurde dem Zeitalter des Hieronymus von der Geschichte nicht lange mehr gegönnt. Seine Zeit war abgelaufen, die Zeit, in der wenigstens noch für einen *vir trilinguis*[96a]) die Welt eine Einheit schien.

*

Vor der gleichen Situation stand ein Größerer und sah sie ganz anders. Augustin (354–430) war kein Gelehrter, sondern ein Gottsucher, hintergründig und tief, aber im Denken paradox und wenig um Konsequenz bemüht, darum auch bis heute umstritten und immer modern. Vielleicht ist seine Gedankenwelt aus sehr heterogenen Bereichen zusammengezwungen[97]); vielleicht spiegelt sie darum den Geist der Epochenwende am reinsten wider. Aber jedenfalls hat Augustin diese Wende am klarsten erfaßt und am tiefsten gedeutet.

Die irdische, geschichtliche Welt hatte in seinen Gedanken ihren Platz, weil der allmächtige Gott das Ziel seines Bemühens war; die Kraft des Irdischen

[94]) In Isaiam commentarii VII, 19, MPL Bd. 24, Sp. 264 f. (Sprache); V, 14 Sp. 164 (Babelturm). Die Vermutung von PETERSON, Monotheismus 136, die Meinung von der jüdischen Endsprache sei aus Origenes entnommen, erübrigt sich: Hieronymus kannte die Lehre direkt aus jüdischen Quellen, s. o. Anm. 87.

[95]) Commentarii in Ezechielem, prologus, MPL Bd. 25, Sp. 15 f. (Fall Roms); IX, praefatio Sp. 325 f. (Goten); XI, 38 Sp. 356 (Skythen); dazu PALANQUE (o. Anm. 86) S. 191 ff.

[96]) Praefatio in Pentateuchum, QUENTIN (o. Anm. 83) S. 68, auch in Apologia adversus Rufinum II, 25, MPL Bd. 23, Sp. 470.

[96a]) Apologia adversus Rufinum III, 6, MPL Bd. 23, Sp. 483.

[97]) SCHNEIDER, Geistesgeschichte Bd. 1, S. 641; Carl SCHNEIDER, Die Christen im römischen Weltreich, in: Historia Mundi, Bd. 4, München 1956, S. 311–335, hier S. 328.

wirkt, hindernd zumeist, bisweilen auch förderlich, quer zu Gottes Willen. In Augustins Anschauungen von Sprachen und Völkern wiederholt sich dieses Verhältnis zur Welt. Bei den Manichäern konnte der junge Augustin lernen, daß das Irdische verderbt ist: Im manichäischen System vertritt Nimrod die Materie, weil sein hebräischer Name „Empörung, Auflehnung" bedeutet. Den von ihm angerichteten Schaden machen die Manichäer gut durch weltweite Mission. Mani (215/6–277) nannte sich „Dolmetscher des Glaubens" und wandte sich durch Übersetzungen an die Menschheit aller Sprachen. „Die früheren Religionen herrschten nur in einem Land und in einer Sprache. Meine Religion ist derart, daß sie sich in jedem Land und in allen Sprachen zeigen kann und in den fernsten Ländern gelehrt werden wird"[98]). Vielleicht gab es darum, wie uns Augustin berichtet, 72 manichäische Bischöfe[99]), obgleich diese Zahl sonst im Manichäismus neben der sehr beliebten 12 keine Rolle spielte[100]). Der manichäische Universalismus diente freilich dem Dualismus und Spiritualismus, und von dieser Verbindung vermochte sich Augustinus nur langsam freizumachen; sie entsprach in diesen wirren Zeiten allzusehr der Sehnsucht der Besten.

Vor seiner Bekehrung hielt Monikas Sohn es wohl noch für eine *res mea sententia nimis curiosa et non nimis necessaria*, dem Ursprung der Sprache oder gar eines einzelnen Wortes nachzugehen[101]). Doch bald nach der Konversion, im Jahre 386, wurde die Sprache, wie alles Irdische, für ihn theologisch relevant: Sie sei zwar Gottes Werk, aber die Namengebung, wie sie Gen. 2, 19 f. schildere, entspringe aus der Tat des Menschen, veranlaßt durch *illud, quod in nobis est rationale*. Vom Menschen geschaffen, dient die Sprache dem Menschen zum Austausch der Gedanken und zur Festigung der Brüderlichkeit, *ad copulandos animos*. Ganz ähnlich hatte kurz vorher Basilios der Große gemeint: die Sprache ermöglicht erst Gesellschaft. Gerade darum ist sie, wie die geschichtlichen Gemeinschaften selbst, wandelbar. Sogar die lateinische Sprache ist *nostris temporibus*, im Zeitalter der barbarischen Unterwanderung des Römerreiches, so sehr mit Barbarismen durchsetzt, daß sie als barbarisch gelten muß[102]). Der lateinische Stolz des Ambrosius hat hier keine Stelle mehr. Bald bildete sich Augu-

---

98) Karl Preisendanz, Nimrod, in: RE Bd. 33, Sp. 624–628 (Nimrod); Franz Altheim, Arsakiden und Sassaniden, in: Historia Mundi, Bd. 4, München 1956, S. 516–541, hier S. 528 (Mission).

99) De haeresibus c. 46, MPL Bd. 42, Sp. 38.

100) Luise Troje, Die 13 und die 12 im Traktat Pelliot (Dogmen in Zahlenform), Ein Beitrag zu den Grundlagen des Manichäismus (Veröffentlichungen des Forschungsinstituts für vergleichende Religionsgeschichte an der Universität Leipzig II, 1), Leipzig 1925, S. 99 ff., 127.

101) Principia dialecticae c. 6, MPL Bd. 32, Sp. 1411. Die Echtheit der Schrift ist bestritten worden.

102) De ordine II, 12, 35, CSEL Bd. 63, S. 172 (rationale); II, 17, 45 S. 178 (Latein).

stin von dieser Grundlage aus seine eigene Ansicht vom Wesen der Sprache. Sie gilt als irdisches Phänomen. Gott spricht zwar, wie es vor 387 hieß, *voce grandi et forti*[103]), aber das ist keine menschliche Sprache; diese vermag an die Wirklichkeit Gottes nicht entfernt heranzureichen, auch die Worte des Apostels sind unzulänglich[104]); denn in unserem Reden läßt sich die Kluft zwischen Wort, Klang und Ding nicht schließen[105]). Die tönenden Wörter sind nur ein schwacher Abglanz der Wahrheit, lediglich Christus ist zugleich *verbum* und *veritas*. Aber Laktanz wurde sofort desavouiert, nachdem er zitiert war: Unsere Sprache schlägt ja nur die Luft *(verberare – verbum)* und dauert nicht länger, als sie klingt. Alle Gegenthesen von Tertullian bis Hieronymus wurden in den Wind geschlagen: es gibt kein „inneres Sprechen", zwischen unserem *animus* und unseren Worten ist der Abstand groß[106]).

Die „Confessiones" führten dann zwischen 397 und 400 diese spiritualistische und insgeheim recht pessimistische Sprachdeutung weiter aus: „Ein anderes sind die Worte, ein anderes die Gegenstände. Denn die Worte klingen anders im Griechischen, anders im Lateinischen, die Gegenstände aber sind weder griechisch noch lateinisch noch überhaupt von sprachlicher Art. ... Denn nicht griechisch, nicht lateinisch ist die Sache selber, nach der es Griechen und Lateiner und die Menschen aller anderen Sprachen dürstet", nämlich das ewige Leben; die Wahrheit ist „nicht hebräisch, nicht griechisch, nicht lateinisch, noch barbarisch; ohne das Werkzeug von Mund und Zunge, ohne Silbengetön" spricht sie schweigend. Es ist, als würde der Psalmenprolog des Hilarius zerfetzt: Es gibt keine heiligen Sprachen, nur menschliche Idiome mit ihrer Dürftigkeit und Unschärfe. Wer Gott hören wollte, der müßte jede Art Sprache, jedes Zeichen und alles, was in Flüchtigkeit sich ereignet, zum Verstummen bringen; dann würde Er sprechen, nicht durch Menschensprache, Engelsstimme oder Wolkendonner, sondern Er selbst. Weit drunten kommunizieren die Menschen und teilen sich ihre Gedanken mit; aber ihre Rede hat fast nichts Göttliches mehr an sich. Man empfängt ihre Regeln von den Vorfahren, qualvoll genug. Hier sprach Augustins Jugenderinnerung mit; niemand hat so schön wie er seine ersten Sprechversuche dargestellt, bei denen Gott nur den Verstand *(mens)* gab, der Knabe aber alles übrige selbst mühsam hinzulernen mußte. Von der *difficultas ediscendae linguae peregrinae* wußte er ein bewegtes Lied zu singen: Während er Lateinisch unter den Koseworten der Kindermädchen und mit den Scherzen der Nächsten fast von selbst, durch bloßes Hinhören, spielend lernte, lehrte man ihn das Griechische mit Schlägen.

---

[103]) Soliloquia animae I, 1, 8, MPL Bd. 40, Sp. 865.
[104]) De trinitate III, 4, 10, MPL Bd. 42, Sp. 873 f.
[105]) De magistro XI, 36, MPL Bd. 32, Sp. 1215.
[106]) De fide et symbolo c. 3 f., CSEL Bd. 41, S. 6 f.

Muttersprache und Schulsprache traten auseinander, und von einer Gabe Gottes ist weit und breit nichts zu entdecken[107]).

Ähnelte nicht auch die durch Katastrophen gegliederte Sprachgeschichte der Menschheit der Entwicklung des Knaben? Diese Erfahrung gab den Anstoß zu dem Vergleich zwischen der Sprachentwicklung des Einzelmenschen und den Weltaltern, den Augustin 388/90 zog: Die erste Zeit der Welt gleiche der *infantia*, die nicht reden kann und an die man sich nicht erinnert, so wie die Sintflut das Gedächtnis der ersten Zeit vertilgte; die zweite, mit Noah beginnende Epoche sei die *pueritia*, in der – so muß man ergänzen und so hat Beda später ergänzt – der Mensch das Sprechen lernt; der Abend dieses Zeitalters ist die *confusio linguarum*, mit der das harte Mannesalter der Welt beginnt[108]). Denn, so heißt es 396/7, nun können die *signa* nicht mehr allen Völkern gemeinsam sein; die Menschen bestimmen seit dem Turmbau ihre Rede *non natura, sed placito et consensione*. Seither sind die *signa* den *res* weit unterlegen. Es herrscht Verwirrung und infolgedessen das Streben nach Macht, *cum ad se quisque principatum rapit*; selbst die Heilige Schrift muß sich diesem Wirrwarr einfügen und, anstatt in ihrer Sprache alle zu erreichen, in viele Sprachen übersetzt werden. Nun kann nur noch die mühselige *linguarum cognitio* den Schaden halbwegs bessern. Augustin glaubte freilich wie der frühe Hieronymus, daß die griechische Bibel wörtlich vom Heiligen Geist inspiriert sei – hier griff Gott also einmal durch alle Scheidewände zwischen Wahrheit und Wort hindurch – und darum dem hebräischen Text vorzuziehen sei. Denn er vertraute der Aristeaslegende, nach der die LXX-Übersetzer *os unum* gehabt hätten, also in Gegenwart des Heiligen Geistes ihre Arbeit taten, fast in einer Art Pfingstwunder[109]). Trotzdem war auch die Bibel der Geschichte ausgesetzt; Augustin suchte aber die Bereiche Bibel und Geschichte möglichst getrennt zu halten. Ob die Bibelsprache die älteste sei, hat er nicht klar gesagt; der erwähnte Vergleich mit den Weltaltern ließ auch offen, ob Adam überhaupt schon sprechen konnte. Daran lag Augustin wenig, er war kein gelehrter Antiquar, konnte auch nicht Hebräisch. So

---

[107]) Confessiones X, 12, 19, CSEL Bd. 33, S. 240 (Worte und Gegenstände; zu Augustins Sprachtheorie Warnach, Erkennen 272–288); X, 20, 29 S. 249 (ewiges Leben); XI, 3, 5 S. 284 (Wahrheit); IX, 10, 25 S. 217 (Verstummen; verwandte Stellen bei Herbert Grundmann, Jubel, in: Festschrift für Jost Trier zu seinem 60. Geburtstag, Meisenheim 1954, S. 477–511, hier S. 483 f.); I, 18, 29 S. 26 (Vorfahren); I, 8, 13 S. 11 f. (erste Sprechversuche); I, 14, 23 S. 20 f. (Fremdsprachen).

[108]) De Genesi contra Manichaeos I, 23, 35 f., MPL Bd. 34, Sp. 190.

[109]) De doctrina christiana II, 24, 37, MPL Bd. 34, Sp. 54 (placitum); III, 5, 9 Sp. 69 (signa, res); II, 4 f. Sp. 38 (Bibelübersetzung); II, 11, 16 Sp. 42 (Sprachenkenntnis; dazu Dorothea Roth, Die mittelalterliche Predigttheorie und das Manuale Curatorum des Johann Ulrich Surgant [Basler Beiträge zur Geschichtswissenschaft 58], Basel-Stuttgart 1956, S. 15 ff.); II, 15, 22 Sp. 46 (Inspiration, Aristeaslegende).

sagte er zwischen 401 und 415 fast barsch, es habe vor dem babylonischen Turmbau eine Ursprache gegeben; *quaecumque autem illa lingua fuerit, quid adtinet quaerere?*[110])

Nicht die ferne Vergangenheit des Ursprungs erregte Augustins wache Aufmerksamkeit, wohl aber die Überwindung der Geschichte, die Wiederherstellung des gottgewollten Zustandes, die Aufhebung der Sprachenvielfalt an Pfingsten. Um 400 hob er hervor, daß der Heilige Geist damals alle 120 Anwesenden erfüllt habe[111]); demnach hätte also jeder unter ihnen in allen Sprachen geredet, wie Pacian meinte. Und zwar mußten, wie Augustin um 406 sagt, die Jünger alle Sprachen reden, weil die Kirche sich über alle Welt hin ausbreiten sollte; wir kennen auch diese Ansicht schon von dem gleichzeitigen Kyrill von Alexandria[112]). Das war ein Wunder, das *repente* geschah, wie der Bischof von Hippo 412 spezifizierte[113]), und das doch ständig fortwirkt bis zum heutigen Tag. Denn – und das ist ein neuer und großer Gedanke Augustins – nicht nur jene 120 Jünger reden in allen Zungen, der eine in dieser, der andere in jener[114]), sondern heute spricht die Kirche alle Sprachen und verkündet in ihnen die Gemeinschaft der Gotteskinder über alle Grenzen hinweg[115]). Der Psalmenkommentar, um 416 abgeschlossen, wies in immer neuen Wendungen auf dieses eigentliche, fortdauernde Pfingstwunder hin: Gott hatte zwar Israel zum auserwählten Volke und zu seinem Erbteil erkoren, aber er verschloß die Quelle seiner Güte den Fremdvölkern nicht, die er seinen Engeln unterstellte. Noch galt die jüdisch-griechische Auslegung von Deut. 32, 8, aber schon war sie unterhöhlt; nicht nur ein Engel, Gott selbst sorgt für alle. Darum ist nun auch die Kirche umkleidet mit der *varietas* der Zungen, sie alle schmücken die Gemeinschaft der Gläubigen; in allen Idiomen – afrikanisch, syrisch, griechisch, hebräisch – wird die gleiche Lehre des Heils auf dieselbe Weise verkündet. Solange die wütenden Heiden sich nicht bekehren, müssen sie ja wie die Turmbauer verschiedene Sprachen haben, die ihnen ihr Stolz und ihre Herrschsucht eingeben; kommen sie zur Kirche und werden sie demütig und fromm wie die Apostel, dann umfängt sie die Einheit nicht des Idioms, aber, was mehr ist, des Glaubens, *et in diversitate linguarum carnis una est lingua in fide cordis.* Was an Pfingsten nur einigen gegeben war, kann heute jeder. Doch warum – die gleiche Frage mußte zur selben Zeit in Konstantinopel Chrysostomus beant-

---

[110]) De Genesi ad litteram IX, 12, CSEL Bd. 28, 1 S. 282.
[111]) Contra epistolam Parmeniani II, 15, 34, CSEL Bd. 51, S. 88.
[112]) Contra Cresconium II, 14, 17, CSEL Bd. 52, S. 376; ähnlich Sermo 175, 3, MPL Bd. 38, Sp. 946; Sermo 271 Sp. 1245.
[113]) Epistola 137, 16, CSEL Bd. 44, S. 119.
[114]) Sermo 266, 1, MPL Bd. 38, Sp. 1225; Sermo 267, 2 Sp. 1230; Sermo 268, 1 Sp. 1232. Dazu ADLER, Pfingstfest 4.
[115]) Sermo 19, 11, MPL Bd. 46, Sp. 896 f.; Sermo 71, 28, MPL Bd. 38, Sp. 461.

worten – warum ist der einzelne Christ heute nicht mehr polyglott? Augustin antwortete: Das Pfingstwunder sollte, solange es nur wenige Gläubige gab, ankündigen, daß bald alle Sprachen Christus hören würden; *ubi impletum est, quod significabatur, miraculum ablatum est*. Wenn die Kirche als Ganzes alle Dialekte redet, gehören sie auch alle jedem Christen; *mea est (lingua) Graeca, mea est Syra, mea est Hebraea, mea est omnium gentium, quia in unitate sum omnium gentium*. Hat Augustin sich etwa deshalb nie ernstlich darum bemüht, das Griechische, Aramäische und Hebräische gründlich zu erlernen? Als barbarisch gilt jetzt, ganz anders als noch bei Ambrosius und Hieronymus, nur noch die Sprache, die Gott nicht preisen kann, also im Grund nicht die Sprache, sondern der gottlose Mensch; mit den positiven fallen auch die negativen Vorzeichen der Einzelsprachen.

Nicht als ob Augustin alle Sprachen gleich hoch oder gering schätzte. Der sonst vorwiegend allegorische Psalmenkommentar nahm die drei Kreuzessprachen keineswegs metaphorisch oder auch nur, wie Hieronymus, stellvertretend, sondern ganz wörtlich: *Quae linguae toto orbe maxime excellunt*[116]). Das Präsens zeigt, daß Augustin hier wie beim Pfingstwunder eine Fortwirkung bis in die Gegenwart annimmt; und da er, anders als Hieronymus, keiner Frage auswich, erläuterte er zur selben Zeit in seinem Johanneskommentar von 416/7 näherhin, warum gerade diese drei Sprachen hervorragen: *Hebraea propter Judaeos in Dei lege gloriantes, Graeca propter gentium sapientes, Latina propter Romanos multis ac paene omnibus iam tunc gentibus imperantes*. Das *iam tunc* sollte nicht historisch relativieren, sondern die fortdauernde Geltung bekräftigen. Pilatus, der die Inschrift anbringen ließ, handelte nur im Auftrag Gottes; des Römers eigene Absicht, auf die es zur selben Zeit dem Theodor von Mopsvestia allein ankam, war für Augustin unwichtig geworden. Noch immer verehrte er die drei Sprachen nicht als „heilig", aber sie vertraten die Religion, die Kultur und den Staat – eine Dreiteilung der Sphären, die bis zu Alexander von Roes und Jacob Burckhardt ihre Nachfolger fand. Doch urteilte der Kirchenvater hier nicht allzu schematisch? Konnte man noch von *toto orbe* reden, nachdem Rom in die Hand der Goten gefallen war und die Wandalen in Spanien saßen? Fiel es Augustin nicht auf, daß er von diesen drei Sprachen nur die der Macht wirklich beherrschte und daß er seine schmalen Griechisch-Kenntnisse nicht für die Lektüre der „Weisen", sondern nur zum Nachschlagen in der LXX benutzte[117])? Hier war Augustin offenbar dem ablaufenden Zeitalter

---

[116]) Enarrationes in psalmos 88, 3, CCSL Bd. 39, S. 1221 (Deut. 32, 8); 44, 24, CCSL Bd. 38, S 512 (varietas); 54, 11 und 15 Bd. 39, S. 664 f., 667 f. (Kirche und Heiden); 18, 10 Bd. 38, S. 110 (Kirche und Einzelner); 130, 4 Bd. 40, S. 1901 (Wegnahme des Wunders); 147, 19 S. 2156 (alle Sprachen für jeden Christen); 113, 5 S. 1638 (barbarisch); 58, 1 Bd. 39, S. 730 (drei Hauptsprachen; dazu SCHWERING, Idee 5).

[117]) Berthold ALTANER, Die Benützung von original griechischen Vätertexten

verpflichtet; doch sogleich erhob er sich wieder darüber und verwies auf das Pfingstwunder: Die Trennung von Babel ist überwunden, die *societas in linguis gentium* ist hergestellt, dadurch, daß an Pfingsten jeder der 120 alle Zungen redete, und dadurch, daß heute die Kirche es tut[118]). Genau besehen, gehört nämlich keine der drei hervorragenden Sprachen untrennbar zur Kirche; der Ruhm des Hebräischen ist die *lex*, die durch die *gratia* Christi schon überwunden ist. Das betonte auch die Briefstelle von den Juden, die zu Bibliothekaren der Christen geworden sind und ihnen wie der Sklave dem Herrn die Bücher nachtragen[119]). Selbst Griechen und Römer sprechen nur die *gentes* an, die in der Kirche übertroffen sind.

Für die Theologie und die Kirche kommt es also im Grunde auf die Verschiedenheit und den Rang der Sprachen und Völker gar nicht an. Adam und Eva sind ja die Stammeltern aller Völker, nicht nur der Juden; diese sind also nicht das Urvolk[120]). Noch 419 redete Augustin zwar von der einen Ursprache, vergaß aber hinzuzufügen, daß sie im Hebräischen fortlebe[121]); auch 426, beim Abschluß der Schrift „De doctrina christiana", wurde die Frage umgangen[122]). Die jüdische Exklusivität war für Augustin 428 nur ein Zeichen der Schwäche: sie seien auf ihr irdisches Jerusalem beschränkt, während die Christen in aller Welt opfern[123]). Hier wurde der bisher auch den Christen nahegelegte Glaube an heilige Weltzentren brüsk bestritten. In seiner letzten, unvollendeten Schrift von 429/30 setzte Augustin dann freilich zeitlich wieder einen archimedischen Punkt, den er im Raum nicht fand: Daß Adam allen Geschöpfen den Namen gegeben habe, sei ein Zeichen seiner besonderen Weisheit auch in weltlichen Dingen. Denn nach Pythagoras sei der am weisesten, der zuerst den Dingen ihre Namen gab. Wieder wurde das Hebräische dabei nicht erwähnt, aber der unverdorbenen, ursprünglichen Menschennatur traute Augustin die höchste Weisheit und wohl auch die Identität von Name, Klang und Sache zu. Adams Fall wirkte dann allerdings um so schrecklicher; hier schon und nicht erst in Babel war es mit der Schöpferkraft menschlicher Sprache vor-

---

durch Augustinus, in: Zeitschrift für Religions- und Geistesgeschichte 1 (1948) 71–79, hier S. 71 f; Henri-Irénée Marrou, Saint Augustin et la fin de la culture antique, Bd. 2 (Bibliothèque des écoles françaises d'Athènes et de Rome 145 bis), Paris 1949, S. 631 ff.

118) Tractatus in evangelium Joannis 117, 4, CCSL Bd. 36, S. 653 (drei Hauptsprachen; dazu Schwering, Idee 5); 6, 10 S. 58 f. (Gemeinschaft der Sprachen); 32, 7 S. 303 f. (Kirche aus allen Sprachen). In epistolam Joannis ad Parthos tractatus II, 2, 2, MPL Bd. 35, Sp. 1991 (120 Jünger).

119) Enarrationes in psalmum 56, 9, CCSL Bd. 39, S. 669.

120) Tractatus in evangelium Joannis 9, 10, CCSL Bd. 36, S. 96.

121) Locutiones de Genesi I, 32 f., CSEL Bd. 28, 1 S. 512. Die Sprachenfrage ist nicht berührt in Quaestiones de Genesi c. 20 ff., CSEL Bd. 28, 2 S. 10 f.

122) De doctrina christiana III, 36, 53, MPL Bd. 34, Sp. 87.

123) Tractatus adversus Judaeos IX, 12 f., MPL Bd. 42, Sp. 61 f.

bei[124]). Aber jene Urzeit war im Grunde noch vorgeschichtlich, weil sie ganz im Banne Gottes stand. War die Geschichte im ganzen nicht ein Abfall von Gott?

In dem großen Alterswerk „De civitate Dei", dessen hier interessierende Teile meist nach 418 geschrieben wurden, hat sich Augustin dieser Frage gestellt. Freilich schloß er sich nur halben Herzens der Meinung des Hieronymus an, das Hebräische sei die älteste Sprache der Welt; jedenfalls hätten die Ägypter Unrecht, wenn sie mit ihrem Altertum prahlten. Aber diese eine Sprache, die damals noch nicht Hebräisch hieß, weil sie die einzige unter den Menschen war – das ist der Gedanke des Ambrosiaster –, unterstand nicht der natürlichen Entwicklung, und hier weicht Augustin von seinen Jugendauffassungen etwas ab: Gott leitet die Sprachgeschichte, Gott, *qui sermonis facultatem usumque donavit*, auch den *usus*. So gewann das Hebräische, in deutlicher Antithese zur Meinung des Ambrosiaster, bei Augustin den Rang einer inspirierten Sprache. Die stillschweigende Polemik gegen Filastrius folgte: Daß sich die eine Sprache teilte, sei nicht der Ausbreitung des Menschengeschlechtes zuzuschreiben, sondern war wie schon bei Tertullian allein Strafe Gottes für die *superbia* der Menschen und für den Turmbau von Babel, den der Riese *Nebroth* – sogar die Schreibweise von Nimrods Namen folgt hier der LXX – anstiftete. Das verbrecherische Werk hatte die Entfremdung der Menschen, Kriege, Zwietracht und alles Übel bis auf den heutigen Tag zur Folge. Das Schauspiel der heidnischen Philosophenschulen, die sich über die wichtigsten Fragen des Daseins endlos streiten, erinnert Augustin an die babylonische Konfusion; nur die frommen Juden bewahrten einträchtig Gottes Wort. In der Gliederung der sechs Aetates markierten darum, anders als in Augustins früherer Einteilung, die Sintflut und Abraham die großen Wendepunkte, nicht mehr Völkertrennung und Sprachenverwirrung; so fielen diese Ereignisse aus dem Rahmen der Heilsgeschichte und gehörten nur unter die Strafgerichte ohne heilsame Folgen. Gottes Tun wurde als reine Reaktion aufgefaßt, als habe er die Strafe nicht auch teilweise zu einem Segen machen wollen. Der Mensch sei, sagt Augustin, heute mit seinem Hund vertrauter als mit einem Fremden, dessen Sprache er nicht versteht. Aber wenigstens ist diese Strafe Gottes Wille und darum unaufhebbar; der Versuch des Römerreiches, den Unterworfenen auch eine einheitliche Sprache aufzuzwingen, sei in Blut und Tränen erstickt.

Dennoch, ist Vielfalt nicht schon ein Segen? In Babel sind ja die Sprachen plötzlich, ohne inneren Zusammenhang mit der Ursprache geschaffen worden, allein durch Gottes Schöpfermacht, nicht durch die differenzierende Kraft der Zeit und der Umstände; stehen also nicht auch diese Sprachen ganz in der Hand des Höchsten? Das ist in der Tat Augustins Meinung; er hat sie ange-

[124]) Opus imperfectum in Julianum V, 1, MPL Bd. 45, Sp. 1432 (Adams Weisheit); VI, 22 Sp. 1553 (Adams Fall).

deutet, als er den besonderen Rang der griechischen Sprache, die *in gentibus praeminet*, und der lateinischen rühmte; zumindest in diesen Sprachen verbirgt sich tiefer etymologischer Sinn, durch den Wort und Sache sich verschmelzen. Der lateinische Name des griechischen Hermes, Merkur, bedeutet *medius currens*, und das ist dem Gott der Sprache angemessen, *quod sermo currat inter homines medius*. Selbst im heidnischen Götternamen offenbart sich das Wesen der Sprache, allerdings nur für eine fast magische Betrachtungsweise[125]).

Sie ist nicht plan ausgesprochen, sondern oft in Zahlensymbolik eingehüllt. In einem langen Kapitel von „De civitate Dei" suchte Augustin nachzuweisen, daß in Babel 72 Völker und 72 Sprachen sich schieden. Dabei wurde die Geo- und Ethnographie der Erde beiseitegelassen; Hippolyts Listen waren zu profan; hier ging es nur um Theologie. Augustin stellte entgegen der Meinung der nicht erwähnten Theophil und Epiphanios den Satz auf, die biblische Völkertafel enthalte nicht Einzelpersonen, sondern Repräsentanten von Stämmen, *gentes, non homines*. Die Liste der Noachiden ist also kein Familienstammbaum, sondern ein Völkerverzeichnis. Die Namen werden genau gezählt. Überraschendes, peinliches Ergebnis: es sind keine 72, sondern 73, 15 Japhetiten, 31 Hamiten und 27 Semiten. Dieses Ergebnis ist sehr seltsam, denn Augustin folgte bei der Zählung nicht der sonst gelegentlich benutzten Vulgata des Hieronymus, sondern erläuterte *secundum vulgatam editionem* durch den Zusatz *hoc est interpretum septuaginta*. Ihr vertraute Augustin, weil sie nach Aristeas von den 72 jüdischen Weisen, je sechs aus jedem Stamme Israels, einmütig und mit Hilfe des Heiligen Geistes übertragen wurde. Die Zählung ist denn auch die der LXX, es ist von acht Japhetiten die Rede, also der zusätzliche Elisa der LXX anerkannt, Kainan erscheint wie in der LXX zweimal, unter Joktans Söhnen fehlt wie in der LXX Ebal. Aber die Rechnung der LXX ergab doch gerade 72! Der 73. Noachide bei Augustin ist Nimrod; anscheinend durfte er nicht fehlen, da Augustin ja schon früher ihn als den Anstifter des Turmbaus bezeichnet hatte, und es wurde ihm nun auch zugestanden, daß er eine eigene *gens* gestiftet habe. Augustin gibt nun offen zu, daß es mit der begehrten 72 nichts ist, es sind *septuaginta tres, vel potius, ut ratio declaratura est, septuaginta duo*. Was ist das für eine Ratio, die auf Umwegen, gegen den biblischen Wortlaut, doch zu 72 Völkern und Sprachen kommt? Die „Rechnung" besteht darin, daß unter diesen 73 auch Heber und sein Sohn Phaleg genannt

---

[125]) De civitate Dei XVI, 11, CCSL Bd. 48, S. 513 ff.; XVIII, 39 f. S. 634 f. (Alter des Hebräischen; dazu GIESSWEIN, Sprachwissenschaft 213); VII, 30, CCSL Bd. 47, S. 211 (Gott als Sprachschöpfer); XVI, 4 Bd. 48, S. 504 ff. (Turmbau, superbia; zur superbia Ernst BERNHEIM, Mittelalterliche Zeitanschauungen in ihrem Einfluß auf Politik und Geschichtschreibung, Teil 1, Tübingen 1918, S. 27 ff.); XIX, 7 S. 671 (böse Folgen); XVIII, 41 S. 637 (Philosophen); XXII, 30 S. 865 f. (Aetates-Gliederung); VIII, 11 Bd. 47, S. 227 (Vorrang des Griechischen); VII, 14 S. 197 (Merkur).

sind, die doch wohl beide die gleiche Sprache gehabt und demselben Volk angehört hätten, so daß sich aus den 73 Noachiden nur 72 Sprachen und Völker bildeten. Tausend Jahre lang ist man im Mittelalter dieser Argumentation gefolgt, obwohl man längst die Bibelversion, auf die sie sich bezog, durch die Vulgata mit ihrer anderen Namenliste ersetzt hatte. Erst im Spätmittelalter bemerkte man plötzlich bestürzt, wie schwach diese Ratio Augustins ist: Sind doch unter den 73 nicht weniger als 10 Namen von Söhnen, deren Väter ebenfalls aufgeführt sind; warum sollte für sie nicht gelten, was dem Phaleg zugebilligt wurde? Auch im Spätjudentum stellte erst der Midrasch Haggadol diese Frage, im östlichen Christentum tauchte sie gar nicht auf. Durfte Hebers Sohn als einziger Noachidensohn kein Völkervater, sondern ein Einzelmensch sein?[126]) Augustin hat offenbar so gerechnet, weil die Zahl 72 ihn lockte; er kannte sie als Zahl der manichäischen Bischöfe von Jugend an und schätzte sie auch als Zahl der Jünger Christi[127]). Die eigentliche Ratio Augustins war also die Zahlensymbolik, der Glaube, daß Gott, wie Sap. 11, 21 sagt, alles auf Erden nach Maß und Zahl geordnet habe[128]), auch dort, wo die *superbia* der Menschen seine Strafe herausforderte.

Aber ist damit Ruhe geschaffen, ist diese Ordnung endgültig, gibt es immer nur 72 Sprachen und 72 Völker? Augustin weiß von afrikanischen Stämmen – er meint wohl Berber –, die vielfach gespalten sind, aber die gleiche Sprache haben, und schließt daraus – parallel zum Gedankengang Hippolyts –, daß die Zahl der Völker viel stärker gewachsen sei als die der Sprachen; dieses *multo amplius* besagt aber bei Augustin, anders als bei Hippolyt, daß auch die Sprachenzahl nicht konstant geblieben ist, daß Gott nur einmal, nicht für immer die Sprachen und Völker nach Maß und Zahl gerichtet hat. Was aber danach geschah, ließ Augustin beiseite; um die fluktuierende Geschichte machte er einen weiten Bogen, die natürliche Mannigfaltigkeit geschichtlicher Formen galt ihm fast als Folge des Sündenfalls. Was er den konstanteren Einheiten der Sprache eben noch zugebilligt hatte, versagte er den – nach seiner Meinung kurzlebigen – Einheiten der Völker; ja er subsumierte sie fast unter die Sprachen: *Quid enim aliud intelligendum est terram esse divisam nisi diversitate linguarum?* Gab es für ihn außer der linguistischen nicht auch noch eine ethnische Gliederung

---

[126]) De civitate Dei XVI, 3, CCSL Bd. 48, S. 501 ff. (72 Völker und Sprachen); XVIII, 42 S. 638 (Aristeaslegende); XVI, 3 und 6 und 11 S. 503, 507, 514 f. (Korrektur der 73 zu 72); XVI, 10 S. 512 (Benutzung der LXX; zur Zahl Weigand, Languages 250 ff.).

[127]) De consensu evangelistarum II, 23, CSEL Bd. 43, S. 156; De opere monachorum VI, 7, CSEL Bd. 41, S. 541.

[128]) Hopper, Symbolism 78 ff.; Ursula Grossmann, Studien zur Zahlensymbolik des Frühmittelalters, in: Zeitschrift für katholische Theologie 76 (1954) 19–54, hier S. 22 ff.

der Menschheit? „Volk" *(populus)* war ihm jedenfalls nur ein Zweckverband, *coetus multitudinis rationalis rerum quas diligit concordi communione sociatus*; und wie rasch wechseln diese Ziele! Ohne den Gegner zu nennen, wandte sich Augustin gegen Hippolyt: Die Völker der biblischen Völkertafel kann man nur zum kleinen Teil noch identifizieren, *ita ut vix homines doctissimi antiquissimas historias perscrutantes nec omnium, sed aliquarum ex istis origines gentium potuerint reperire*[129]). Hinter dem Kompliment für Hieronymus stand wohl eine tiefe Einsicht in geschichtliche Veränderungen, aber nicht die Achtung vor der geschichtlichen Welt und ihren Zusammenhängen. Augustin gab zwar die seit den Pseudo-Klementinen überall geläufigen Erzählungen vom baktrianischen Erfinder der Zauberei Zarathustra und seiner Niederlage gegen Ninus, den Begründer Ninives und Sohn des Belus, wieder, ebenso die Geschichte vom trojanischen Ursprung der Römer. Aber woher diese Stifter kamen und was aus ihren Gründungen wurde, verfolgte er nicht weiter; in der biblischen Völkertafel fand er sie nicht. So wich Augustin genauen Gleichsetzungen aus; nicht einmal für das Weltende wurden die Gog und Magog bestimmten Völkern zugeteilt; und wenn er einmal Sem und Japhet mit Juden und Griechen in eins setzte, dann doch auch nur, weil Paulus in Kol. 3, 11 ganz ähnlich auf das Verhältnis der Juden und Heiden zu den Christen anspielte. Näher berührte den Afrikaner Augustin, daß Cham der Vater der Häretiker war: So wurden die drei Noachiden zu Repräsentanten der Hauptreligionen, der jüdischen, heidnischen und häretischen. „Die geographische Herkunft der Heiden, also Gen. 10, ist religiös unwichtig"; vor einem Vergleich der drei Noahkinder mit den drei Erdteilen hütete sich Augustin sorgfältig[130]). Die Kirche Christi ist über alle irdischen Grenzen und Gemeinschaften hinausgewachsen.

Das geschichtliche Leben des Menschengeschlechts und seiner Gruppierungen, dessen Vielfalt ihn immer neu anzog, reduzierte sich doch für den Denker auf einige wenige Linien, die in der programmatischen Einleitung zum 14. Buch benannt werden: *Ut cum tot tantaeque gentes per terrarum orbem diversis ritibus moribusque viventes multiplici linguarum, armorum, vestium sint varietate distinctae, non tamen amplius quam dua quaedam genera humanae societatis existerent* – und das sind die beiden *civitates*. Die hier schon beiseitegeschobene *varietas* ist nahezu ein Kennzeichen der diabolischen *civitas*; denn *haec ergo caelestis civitas dum peregrinatur in terra, ex omnibus gentibus cives evocat atque in omnibus linguis pere-*

[129]) De civitate Dei XVI, 6, CCSL Bd. 48, S. 507 (Anwachsen der Völker und Sprachen); XVI, 10 S. 511 (Sprachentrennung = Erdteilung); XIX, 24 S. 695 (Definition von „Volk"); XVI, 11 S. 515 (Identifizierungs-Schwierigkeiten).

[130]) De civitate Dei XXI, 14, CCSL Bd. 48, S. 780 (Zarathustra); XVI, 3 S. 501 f. (Ninus); I, 4 Bd. 47, S. 4; III, 2 S. 66 (Römer); XX, 11 Bd. 48, S. 720 (Gog, Magog); XVI, 2 S. 498 ff. (Sem, Japhet, Cham). Zitat aus Fischer, Oriens 13.

grinam colligit societatem, non curans quidquid in moribus, legibus institutisque diversum est. Diese himmlische Bürgerschaft mag sich aus den verschiedensten Bereichen und Sprachen rekrutieren, sie konstituiert sich doch durch die Einheit des Glaubens und die Mißachtung der Verschiedenheiten. Weil sich Augustin nicht um diese Verschiedenheit kümmern wollte, war ihm auch der Ablauf der Geschichte, *hoc universum tempus sive saeculum*, nur ein *excursus* der beiden *civitates*, und das heißt eher „Abschweifung" als „Entwicklung", denn nicht die Geschichte klärt die Gegensätze, sondern erst das Ende der Geschichte trennt die *civitates*, *permixtae*, *donec ultimo iudicio dirimantur* [131]). Immer wieder fühlte sich Augustin zu den Fragen hingezogen, die er zu verachten vorgab; aber nicht ihnen galt seine ernsthafteste Bemühung. Nicht die Geschichte in ihrer Vielfalt, nicht der Mensch und sein Bild oder seine Formung stehen im Mittelpunkt, selbst wenn „die unlösliche Verbundenheit und die feindliche Spannung zwischen Christentum und Humanismus" Augustins tiefste Schicht wäre[132]). Das Menschliche, Geschichtliche, Irdische ist, wenn auch vielleicht nur in der Forderung Augustins an sich selbst, ein vordergründiges Gleichnis, ob es nun die Sprachen oder noch mehr die Völker betrifft; sehr oft hat es keinen Erkenntniswert. Mögen auch die *verba sonantia* nur ein entfernter Abglanz von Gottes Wahrheit sein, sobald man diesen Aussagen über Gott glaubt, können sie doch verständlich werden; auch die Wissenschaft von den Zahlen ist unmittelbar glaubhaft und einleuchtend. Hingegen gehört *omnis historia temporalia et humana gesta percurrens* zu den Dingen, die man immer glaubt und nie versteht[133]). Auch was von der irdischen Geschichte des israelitischen Gottesvolkes überliefert wurde, ist nur mit *historica diligentia* geschrieben; sie steht gewiß weit über der Dichtung und bloßen Meinung der *fabulosa garrulitas*, aber auch sie kommt nicht aus der *inspiratio divina*[134]). Augustin meint wohl, die Hand Gottes auch in der Profangeschichte hie und da zu spüren, aber für sich genommen ist dieses Profane heillos und hat keinen autonomen Wert[135]). Nichts Individuelles, historisch Gewachsenes soll bestehen bleiben. Der stürmischen Gegenwart bot Augustin nicht eigentlich eine „Theologie der Völkerwanderung". Er begegnete auch dem Römerreich weder mit Sympathie noch

---

[131]) De civitate Dei XIV, 1, CCSL Bd. 48, S. 414 (zwei Arten von Menschen); XIX, 17 S. 685 (Sammlung aus allen Sprachen); XV, 1 S. 453 (excursus); I, 35 Bd. 47, S. 33 f. (Trennung beim Jüngsten Gericht).

[132]) Otto Herding, Augustin, in: Stadelmann, Geschichtsdenker 57–75, hier S. 75. Die Kritik von Prof. Herding-Münster kam diesem Abschnitt besonders zugute.

[133]) De diversis quaestionibus 83, 48, MPL Bd. 40, Sp. 31.

[134]) De civitate Dei XVIII, 38, CCSL Bd. 48, S. 633 f.

[135]) Heinz Müller, Die Hand Gottes in der Geschichte, Zum Geschichtsverständnis von Augustinus bis Otto von Freising, Diss. phil. (Masch.-Schr.) Hamburg 1949, S. 8 ff. (Hand Gottes); Franz Georg Maier, Augustin und das antike Rom (Tübinger Beiträge zur Altertumswissenschaft 39), Stuttgart 1955, S. 168 ff., 206 ff. (Profanes).

mit Antipathie[136]). Er war kein Verehrer des Großstaates noch auch der kleinen Staaten mit Nationalitätenrecht[137]) noch auch der Menschheitsidee und des Fortschrittsglaubens[138]). Alles das mochte den Menschen Augustin in seiner Zeit aufs höchste bedrängen, aber vielleicht gerade wegen ihrer brennenden Aktualität mußte der Theologe diese Fragen beiseiteschieben: *Quid interest sub cuius imperio vivat homo moriturus?*[139]) Er suchte keinen Kompromiß mit der traurigen Wirklichkeit, keine *civitas terrena spiritualis*[140]) – er suchte Gott und nichts als Gott. Sein „heilsgeschichtliches" Denken von den zwei *civitates* hat mit der wirklichen Geschichte menschlicher Verbände und deren Vielfalt wenig gemein. Darum aber kam es zu allen diesen Mißverständnissen, weil Augustins Denken auf nichts anwendbar und zu allem verwendbar scheint. Obgleich er das extreme Ende der altchristlichen lateinischen Patristik bezeichnet[141]), hat Augustin das folgende Jahrtausend bestimmt, auch in der Frage nach Sprachenvielfalt und Völkerstammbaum, die er selber fast ganz beiseiteschob.

Er summiert dennoch den Entwicklungsgang der lateinischen Patristik, die beim Gottesvolk aus allen Sprachen begann, sich zeitweise in die Welt des Römerreiches hineinziehen ließ, aber nach deren Untergang dort halt machte, wo sie begonnen hatte. Die schwankende politische Situation des Westens ließ

---

[136]) Joseph Fischer, Die Völkerwanderung im Urteil der zeitgenössischen kirchlichen Schriftsteller Galliens unter Einbeziehung des heiligen Augustinus, Diss. theol. Würzburg, Heidelberg 1948, S. 51 („Theologie der Völkerwanderung"); Klingner, Geisteswelt 580 f.; Alberto Vecchi, Introduzione al De civitate Dei, Modena 1957, S. 127 ff. (Römerreich); einseitiger Richard Wallach, Das abendländische Gemeinschaftsbewußtsein im Mittelalter (Beiträge zur Kulturgeschichte des Mittelalters und der Renaissance 34), Leipzig-Berlin 1928, S. 4 f.; Löwith, Heilsgeschehen 148 ff.

[137]) Johan Huizinga, Wachstum und Formen des nationalen Bewußtseins in Europa bis zum Ende des XIX. Jahrhunderts, in: J. H., Im Bann der Geschichte, Betrachtungen und Gestaltungen, Zürich-Basel 1942, S. 131–212, hier S. 137 f.; Dempf, Imperium 127 f. (Nationalitätenrecht); ähnlich Heinrich Finke, Weltimperialismus und nationale Regungen im späteren Mittelalter (Freiburger wissenschaftliche Gesellschaft 4), Freiburg-Leipzig 1916, S. 10.

[138]) Theodor Ernst Mommsen, St. Augustine and the Christian Idea of Progress, in: Journal of the History of Ideas 12 (1951) 346–374; anders Johannes Spörl, Grundformen hochmittelalterlicher Geschichtsanschauung, Studien zum Weltbild der Geschichtsschreiber des 12. Jahrhunderts, München 1935, S. 40; Friedrich-August Frhr. von der Heydte, Die Geburtsstunde des souveränen Staates, Ein Beitrag zur Geschichte des Völkerrechts, der allgemeinen Staatslehre und des politischen Denkens, Regensburg 1952, S. 192 f.

[139]) De civitate Dei V, 17, CCSL Bd. 47, S. 149.

[140]) Paolo Brezzi, Una „Civitas terrena spiritualis" come ideale storico-politico di Sant Agostino, in: Augustinus magister, Congrès international augustinien, Communications, Bd. 2, Paris 1954, S. 915–922, vor allem S. 917. Richtiger Johannes Spörl, Augustinus – Schöpfer einer Staatslehre? in: HJb 74 (1955) 62–78, hier S. 70.

[141]) Ernst Troeltsch, Augustin, die christliche Antike und das Mittelalter (Historische Bibliothek 36), München-Berlin 1915, S. 157 f.; Wilhelm Kamlah, Christentum und Geschichtlichkeit, Untersuchungen zur Entstehung des Christentums und zu Augustins „Bürgerschaft Gottes", 2. Aufl., Stuttgart 1951, S. 317 ff.

auch die Christen von Anfang an auf die Sprachen- und Völkervielfalt achten, weit mehr als das im griechischen Bereich geschah. Die handfeste römische Einstellung scheint allenthalben noch durch; die lateinische Patristik verstand, ganz anders als die griechische, die meisten Traditionen realistisch. Kein lateinischer Vätertheologe übernahm von Philon und Origenes die ausschließlich urbildlich-spiritualistische Deutung von Adams Namengebung und vom babylonischen Turm; die biblischen Geschichten blieben stets zuerst historische Ereignisse. Die Sprache war stets, bei der Schöpfung wie nach dem Ende der Zeiten, eine menschliche, bestimmte Sprache, und ihre Treffsicherheit wurde kaum grundsätzlich angezweifelt. Eine Diskussion um Adams Namengebung und um die Kraft der menschlichen Sprache entstand im lateinischen Bereich nicht; die meisten Autoren dachten sich den Zusammenhang von Sprache, Gedanke und Dingen recht eng; selbst Augustin, der der menschlichen Sprache am wenigsten traute, gestand doch der ursprünglichen Menschennatur die höchste Sprachkraft zu. Das mag damit zusammenhängen, daß in diesen Jahrhunderten das Latein eine höchst lebendige, von allen Schichten und Provinzen gesprochene Sprache war. Der Weg zu den Konkretisierungen des Mittelalters war gebahnt; dennoch blieb die lateinische Patristik im ganzen spiritualistischer als die griechische, weil sie den Kompromiß mit der „Natur", mit der „Welt" nur zögernd einging. Auch der Geschichte, die sich ihr so stürmisch aufdrängte, trat sie nur verhalten und vorsichtig näher. Um so leichter sollte es ihren Nachfolgern werden, ein unbefangenes, universales und den Realitäten nahes Geschichtsdenken zu entwickeln, das sich vom Niederbruch des römischen Reiches nicht mitziehen ließ und weder die Exklusivität noch die Starre der Byzantiner kannte.

Die Nachfahren haben Augustin ständig zitiert, als hätte er ihnen die unmittelbarste Verbindung von Theologie und Geschichte gezeigt. Der eigentliche Sieger wurde, freilich nicht sogleich, Hippolyt von Rom, nicht Augustin. Das lag zum Teil an den Tendenzen der Patristik selbst, aber nicht viel weniger auch daran, daß sich seit dem Jahre 375 die Geschichte selber zunehmend bemerkbar machte; ihr Lärm, der schon an die Studierstuben in Hippo und Bethlehem drang, ließ in den folgenden zweihundert Jahren auch die christlichen Denker nicht mehr zur Ruhe des Gottsuchens kommen.

2. Romanen in der Völkerwanderung

Augustins Nachwirkung wurde durchkreuzt von äußeren Ereignissen, die vor allem Westeuropa betrafen: Seit 375 brachte der Ansturm der Hunnen die germanischen Völker in Bewegung; die Westgoten, die 378 den römischen Kaiser getötet hatten, drangen 410 nach Rom selbst vor, um sich dann nach

Spanien und Gallien zu wenden; dorthin strebten auch Wandalen und Sueven, die 406 den Rhein überschritten. Für den romanischen Christen gab es gegenüber diesen Geschehnissen mehrere mögliche Haltungen, und ihr Nebeneinander kennzeichnet die folgende Epoche bis ins 7. Jahrhundert. Am nächsten mochte dem Gläubigen die Abkehr von der Welt liegen, vielleicht verbunden mit der Hoffnung auf ein baldiges Ende; man konnte sich aber auch als Romane an den vergehenden Glanz der Welthauptstadt klammern; endlich mochte man versuchen, mit den neuen Völkern auszukommen, sie etwa gar zu gewinnen. Alle diese Verhaltensweisen begegnen uns nun in allen Ländern der Romania rund um das westliche Mittelmeer, die – soll man sagen: noch immer, oder: schon wieder? – eine geschlossene Einheit bildete, geprägt durch die gemeinsame Sprache, ein schon provinziell abgetöntes Latein.

Die Einstellung zur Sprachen- und Völkervielfalt läuft der allgemeinen Haltung zu den neuen Völkern fast überall parallel. Der nordafrikanische Bischof Quintus Julius Hilarianus hat 397 seinen Blick nicht auf die andrängenden Völker, sondern auf das nahe Ende gerichtet; seine Chronologie bekümmerte sich nicht um die Abläufe der Vergangenheit und die Ereignisse der eigenen Zeit, sondern nur um Anfang und Ende der Zeiten. Sprachverwirrung und Völkerteilung haben ihm nicht einmal als chronologische Epoche dienen können: er hat das Ereignis weggelassen, obwohl er wahrscheinlich den Africanus benutzte[1].

Anders verfuhr der eigenwillige Aquitanier Sulpicius Severus (ca. 360 bis ca. 425). Der aus einem Juristen zum Eremiten Gewordene sah in den Germanen den Auftakt zum Weltende; aber bei ihm wurde Babel nicht verschwiegen, sondern erhielt einen besonderen Akzent als das Ereignis, mit dem das gegenwärtige Unglück eigentlich begann. Die um 403 abgeschlossene, sehr knappe, literarisch anspruchsvolle Weltchronik berichtete die antiken Herkunftssagen und bog sie, auf Africanus und Hippolyt gestützt, ins Christliche um. Der älteste Babylonierkönig ist zwar Belus, aber Ninus wird nicht erwähnt, die Stadt Ninive stammt von Sems Sohn Assur, der auch das Assyrerreich gründete: der Assur von Gen. 10, 11 wird also mit dem von Gen. 10, 22 identifiziert. Als König der Meder tritt unvermittelt der Semit Arphaxad auf; Roms Gründer erscheint nicht. Babylon verdankt seine Entstehung dem Riesen Nimrod, der freilich mit dem Turmbau nicht in Beziehung gebracht wird. Die Darstellung erweckt den Eindruck, als hätten sich unter den Noachiden längst die Weltreiche gesondert und gefestigt, bevor sich in Babel die schon vervielfachten Stämme der Erde alle versammelten, um den Turm zu bauen. Aber

---

[1]) Chronologia sive libellus de mundi duratione, MPL Bd. 13, Sp. 1097–1106, vor allem Sp. 1099 f.; auch bei Frick, Chronica 159 f. Zur Benutzung des Africanus Gelzer, Africanus Bd. 2, S. 121 ff.; zur Tendenz Brincken, Weltchronistik 57 ff.

nutu Dei wurde ihre Sprache geteilt, *a sueto sermonis genere multa diverso neque ulli invicem intellecto linguarum ritu loquebantur*. Ob sie lallten oder artikulierte Idiome sprachen, war nebensächlich. Nicht in eine feste Zahl, die dem Sulpicius aus Hippolyt bekannt sein mußte, verzweigten sich die Sprachen. Der geläufigen Zahlensymbolik verschloß sich Sulpicius auch sonst: Nach Ägypten zogen 75 Jakobskinder, die Palmbäume von Ex. 15, 27 waren ebenso wie die Ältesten des Moses genau 70 an der Zahl; typologische Querverbindungen und Ausgleiche liebte er nicht. Die Trennung der Sprachen war eine uneingeschränkte Katastrophe, denn seither steht – Augustin hatte ähnlich gesagt – ein Mensch dem anderen *velut alienigena* gegenüber.

Seither ist die Ordnung zerrüttet; nun breitet sich die Menschheit natürlich und unaufhaltsam über alle Welt hin aus. Sulpicius rückte bei der noachischen Erdverteilung in den Osten den Sem, der bislang nach allgemeiner Meinung die gesegnete Erdmitte innehatte; der verfluchte Cham erhielt eben diese Mitte zugewiesen, um von den beiden frommen Brüdern überwacht und in Schranken gehalten zu werden *(mediis contineretur)*; Japhet aber bezog den Westen, wie schon Filastrius angegeben hatte. Der stolze Aquitanier, der sogar von den benachbarten Galliern abrückte, mißbilligte jede Gemeinschaft mit Fremden als verderblich, vermochte aber doch den Blick frei zu erheben: Das Denken der Zeit richtete sich auf den Westen, den neuen Barbaren entgegen. Das Volk der Juden, von Sulpicius unter die *barbarae nationes* gerechnet, wurde möglichst übergangen; die zehn verlorenen Stämme seien längst den barbarischen Parthern, Medern, Indern und Äthiopiern anheimgefallen. Sulpicius, der noch Griechisch, nicht Hebräisch konnte, redete zwar wie Augustin von der einen Ursprache, doch ängstlich vermied es der Judenfeind, dabei das Hebräische zu erwähnen. Er suchte sich zu konzentrieren auf die Geschichte des Gottesvolkes und der Kirche, die *per sacram historiam*, dank der Bibel, für die älteren Zeiten deutlich erkennbar war. In der Gegenwart drängten sich dazwischen die *barbarae nationes*, die zum guten Teil auch noch Ketzer waren; gegen die spanischen Priscillianer schrieb Sulpicius heftige Polemiken, aber darüber rückte ihm das tröstliche Gegengewicht zum Babelturm in weite Ferne: Das Pfingstwunder erwähnt er gar nicht. Er wagte, wie er sagt, nicht über die in den Evangelien und der Apostelgeschichte berichteten Ereignisse zu schreiben; aber hätte die pfingstliche Grundlage aller folgenden Kirchengeschichte nicht doch erwähnt werden müssen?[2])

---

[2]) Chronicon II, 8, 3, CSEL Bd. 1, S. 63 (Belus); I, 48, 1 S. 50 (Assur); II, 15, 1 S. 70 (Arphaxad); I, 4, 3 S. 6 (Nimrod); I, 4, 4 ff. S. 6 (Babel); I, 15, 2 S. 16 (Jakobskinder); I, 16, 4 S. 17 (Ex. 15, 27); I, 19, 2 S. 21 (Älteste); I, 24, 2 S. 26 f. (Gemeinschaft mit Fremden); Sestan, Nazione 69 (Aquitanier, Barbaren); Chronicon II, 3, 6 S. 59 (Juden als Barbaren); II, 11, 7 S. 67 (zehn Stämme); I, 1, 3 S. 3 (heilige Geschichte); II, 1 ff. S. 56 ff. (nichtrömische Völker); II, 27, 3 S. 82 (Evangelien). Zur Africanus-

Sulpicius mißtraute der Gegenwart, ohne in der Vergangenheit Trost und Halt zu finden. Er sehnte sich nach Weite und sprach mit hohem Respekt von Hieronymus, der Latein, Griechisch und Hebräisch noch beherrschte, aber seine eigene sprachliche Welt war enger, in ihr regierte unbestritten das Latein. Wenn der heilige Martin von Tours mit den Engeln konferierte, kann es nur auf lateinisch geschehen sein; wer eine Reise von Südfrankreich nach Afrika machte, konnte sich mit den Einheimischen verständigen, also gewiß wiederum lateinisch; die lateinisch verfaßte Martinsvita war ja auch in Ägypten bekannt. Etwas gönnerhaft erhielt bei Klostergesprächen über den Heiligen der Partner die Erlaubnis, auch im *sermo rusticior* zu reden, auf keltisch oder „wenn du lieber willst" auf gallisch, wenn er nur Martins Lob verkünde. In der Klosterzelle wiederholte sich also das Pfingstwunder, aber Sulpicius vollzog diese Entschränkung doch nur mit halbem Herzen; er stand noch in der großen lateinischen Ökumene. Sein Anliegen war fast ausschließlich moralisch-theologisch, sein Werk orientierte sich fast nur an der Bibel; aber man spürt bei ihm, daß die äußerliche Ruhe, die den Kirchenvätern die ungestörte Verfolgung ihrer Probleme erlaubt hatte, vorüber war und nicht mehr über die tiefen Zweifel hinweghalf, die aus der erlebten Geschichte sich aufdrängten[3]).

Aber noch stand die Weltmacht unbewegt, fast unbeweglich; noch immer bildete das Römische Reich einen scheinbar festen Halt für den Kosmopolitismus. Im spätrömischen Reich hat man zwar, vielleicht wegen dieses nahezu ungestörten Selbstbewußtseins, nirgends den Versuch unternommen, alle Völker auf einen gemeinsamen Stammbaum zurückzuführen, und die ethnischen Partikularitäten blieben im Reichsverband ziemlich ungestört erhalten[4]); aber gerade darin lag ein Vorzug Roms. Allenfalls versuchte man, die neu hereinbrechenden Völker in die Listen der antiken Ethnographie einzureihen und ihnen dadurch etwas von ihrem Schrecken zu nehmen. Aus solchem Bemühen entsprang wohl die später so folgenreiche Gleichung Goten=Geten. Vor 380 tauchte sie in den oft unglaubwürdigen „Scriptores historiae Augustae" auf; sie melden, Caracalla habe die Goten besiegt und darum den Beinamen *Geticus* angenommen, *quod... Gothi Getae dicerentur*[5]). Man konnte, sobald man mit den

---

und Hippolytkenntnis GELZER, Africanus Bd. 2, S. 10 ff., 108 ff., zur Enderwartung FISCHER, Völkerwanderung 110 ff., zur Chronik allgemein Max Ludwig Wolfram LAISTNER, Some Reflections on Latin Historical Writing in the Fifth Century, in: Classical Philology 35 (1940) 241–258, hier S. 247 ff.

[3]) Dialogus I, 8, 3, CSEL Bd. 1, S. 159 f. (Hieronymus); I, 25, 3 S. 177; Vita sancti Martini 21, 1 S. 130; 23, 3 S. 132 (Martin und die Engel); Dialogus I, 3 ff. S. 154 ff. (Afrikareise); I, 23, 6 S. 176 (Martinsvita in Ägypten); I, 27, 4 S. 179 (sermo rusticior). Zur Tendenz des Autors BRINCKEN, Weltchronistik 71 ff.

[4]) SESTAN, Nazione 53 ff.

[5]) Antoninus Caracalla 10, 6, hg. Ernst HOHL, Scriptores historiae Augustae, Bd. 1, Leipzig 1955, S. 192; dazu Ludwig SCHMIDT, Geschichte der deutschen Stämme bis

Barbaren in Berührung kam, noch bedauern, daß sie fremdartig waren. Der weltmännische, zunächst noch heidnische Gallier Ausonius (ca. 310 bis nach 393) besang das schwäbische Mädchen, das ihm 368 im Feldzug gegen die Alemannen als Beute zugefallen war: die blonde Bissula spreche zwar die „rheinische" Sprache, könne aber ihrer Schönheit nach aus Latium stammen – als ob die bäurische Sprache die Schönheit und den Reiz der *ambigua puella* minderte, als ob alles Begehrenswerte eigentlich nur römisch sein dürfte, in Rom, *caput rerum*, seine natürliche Heimat hätte. Dabei hatte Ausonius' eigener Vater noch nicht recht Latein verstanden, und Ausonius selbst beherrschte noch das Keltische[6]). Aber wenn er sich nicht scheute, keltische Druiden noch als Ahnherren gallischer Adelsgeschlechter zu rühmen, war er doch schon eine Ausnahme: gerade die gallische Aristokratie der Zeit berief sich, um ihre nichtrömische Herkunft zu übertönen, am lautesten auf erlauchte römische Ahnen[7]).

Wirklich vornehme Römer waren toleranter; sie wollten die Uniformität der Ahnen und der Sitten nicht. Ambrosius' größter Gegner, Quintus Aurelius Symmachus (ca. 345–405), verkündete 384 noch einmal, zum letzten Mal, das Glaubensbekenntnis des Heidentums: „Ein jeder hat seinen eigenen Brauch, seinen eigenen Gottesdienst; verschiedene Wächter gab der göttliche Geist den Staaten; wie den Menschen die Seelen bei der Geburt, so werden den Völkern vom Schicksal verschiedene Schutzgötter zugeteilt"[8]). Die noblen Worte sind schon ein Widerhall der christlichen Lehre von den Völkerengeln und eine letzte Erinnerung an Kelsos und Kaiser Julian. Stand nicht auch die Vielzahl der Sprachen unter dem Schutz des göttlichen Geistes? So meinte es wohl der hervorragendste heidnische Dichter der Zeit, der Grieche Claudius Claudianus (gest. nach 404). Aus Alexandria gebürtig, hatte er die Sprache seiner Gedichte erst an den Klassikern, nicht wie Augustin von der Amme gelernt, und so blieb ihm die Vielfalt der Idiome ein hoher Wert. Vergils *centum linguae* klangen an, als Claudian 403 den Ruhm des Kaisers Honorius besang, der über Völker mit vielen Sprachen regiert und doch die Welt zu einem einzigen Volk mit einem gemeinsamen Namen macht[9]). Schon zuvor, im Jahre 400, rühmte Claudian das römische Vielvölkerheer,

---

zum Ausgang der Völkerwanderung, Die Ostgermanen, 2. Aufl., München 1934, S. 201.

[6]) Bissula v. 11 f., MGH AA Bd. 5, 2 S. 126 (Bissula); Mosella v. 409 S. 95 (caput rerum); Epicedion in patrem v. 9 S. 33 (Vater); Ordo urbium nobilium v. 160 S. 103 (Keltisch).

[7]) Karl Friedrich Stroheker, Der senatorische Adel im spätantiken Gallien, Tübingen 1948, S. 10 ff.

[8]) Relatio III, 8, MGH AA Bd. 6, 1 S. 281 f.; dazu Klingner, Geisteswelt 510 ff.; Schneider, Geistesgeschichte Bd. 2, S. 305.

[9]) Panegyricus de sexto consulatu Honorii v. 436, MGH AA Bd. 10, S. 250 (centum linguae); v. 69 S. 238 (Honorius; dazu Klingner, Geisteswelt 494 ff.).

...Certe nec tantis dissona linguis
Turba nec armorum cultu diversior umquam
Confluxit populus...

Man ahnt an dem Aufgebot der Kolchier, Iberer, Araber, Armenier, Inder, Rhodier, daß dieser zweite Lukan hier einen zweiten Pompeius verewigte: Stilicho war es, der wandalische Barbar, der in Roms Dienst und zu Roms Ehre die Stämme der Erde bändigte[10]).

Die Vielfalt der Welt schien in Rom Platz zu finden. Doch Alarichs Goten störten 410 alle Träume, und danach schalt man Stilicho einen Verräter des heiligen Reiches, der mit gotischen Waffen einherschritt: *Geticis armis* heißt es mit ovidischem Vers, als wäre es ein Trost, daß man die Sieger schon vor vier Jahrhunderten kannte. Aber war das Alte nicht gerade jetzt der einzige Anker? Stilichos und der Goten Gegner, der heidnische Gallier Claudius Rutilius Namatianus, meinte es 416/7. Er pries Rom: *Fecisti patriam diversis gentibus unam*, sagte aber gleich auch, daß aller Welt gemeinsame Ahnen Venus und Mars, die Vorfahren des Aeneas und damit Roms, seien[11]). Die Heiden wiederholten also den Versuch Hippolyts von Rom, räumliche Universalität in genealogische Abstammung umzudeuten; nur war im beginnenden 5. Jahrhundert das eine wie das andere eine Fiktion wider besseres Wissen. Hatten die Barbaren keine Ahnen? Auch der heidnische Römer Martianus Capella hielt sich zwar zwischen 410 und 439 am Hof des Wandalenkönigs Geiserich in Karthago auf, aber er tat, als gäbe es die neuen Völker nicht, als wäre die griechisch-römische Kultur die Welt. In seiner schwülstigen Darstellung der sieben freien Künste von etwa 420 tritt die Grammatik als hochbetagte Greisin auf und rühmt sich ihrer Abstammung vom ägyptischen König Osiris. Nach dieser Verbeugung vor den Exoten klingt die Huldigung an die Heroen nur um so voller: Hellas stammt von Hellen, die Städte Italiens von Jupiter, Saturn und Herkules, dessen Nachfahren auch Sardinien und Afrika benannten; selbst das ferne Lissabon darf sich auf Ulixes-Odysseus berufen. Die beigefügte Erdbeschreibung stützt sich auf Plinius und Solin, als wäre seither nichts geschehen. Die Vielfalt wird nicht zugelassen; sie treibt ihr Wesen nur irgendwo bei den Hyperboräern, wo sich die Weltachse dreht; erst in Skythien wimmelt es von der *multiplex diversitas barbarica* der „Geten", Alanen und Germanen; nur die Insulaner im Indischen Ozean und die Chinesen haben ihre besondere Sprache; die Mitte der Welt spricht Griechisch und Latein. Wenn Martianus die *vox* in zwei Arten teilt, *continuum atque divisum*, braucht er sich gar nicht gegen das

[10]) De consulatu Stilichonis I, 152 ff., MGH AA Bd. 10, S. 194; der zugrundeliegende Vers Lukans o. S. 164.

[11]) De reditu suo, hg. Rudolf HELM, Heidelberg 1933: I, 336 S. 30; II, 41 ff. S. 57 f. (Geten, Stilicho); I, 63 ff. S. 7 (Rom).

Mißverständnis abzusichern, es handle sich um die Verschiedenheit der Idiome: gemeint ist selbstverständlich nur die Modulationsstufe[12]).

Lag es nicht auch für die lateinischen Christen nahe, gerade den neuen Barbaren gegenüber die Kontinuität mit dem Römerreich und die Scheidung von der Vielfalt der Völker zu betonen? Der größte altchristliche Dichter im Abendland, der Spanier Prudentius (348 bis nach 405) schrieb um 402/3, das Pfingstziel, die Vereinigung der *discordes linguis populi et dissona cultu regna* sei durch Gottes Willen im Römischen Reich erfüllt und nur die römischen Heiden hätten es noch nicht begriffen. Römer und Barbar unterschieden sich für ihn wie der Mensch vom Vierfüßler, der Redende vom Stummen, der Gläubige vom Heiden[13]). Menschliche Stimme hat also im Grunde nur der römische Christ. Er kann, selbst wenn man ihm die Zunge abschneidet, von Christus singen, dem *verborum dator*, der die Sprache eingerichtet hat[14]). Es blieb ein frommer, aber ferner Wunsch, wenn Prudenz sang:

Nulla linguarum silescat,
vox et omnis consonet

im Lobe Gottes[15]); freilich drängte die christliche Erwartung über das Romlob hinaus. Auch der Bischof Eucherius von Lyon (gest. 450/55) meinte 432 noch, unter Roms Leitung sei zwischen Thrakien, Libyen, Syrien und Spanien ein großer Teil des sprachlich weitverzweigten Menschengeschlechtes zu einem Volke geworden, damit Christi Botschaft sich überall durchsetzen könne[16]). Die 72 Jünger, die 12 Apostel lernten an Pfingsten nicht alle Sprachen, nur *diversae*, aber sie wurden trotzdem nach Indien, Skythien und Äthiopien zur Mission gesandt. Auch die Völkertafel des Eucherius ist ausgeweitet: Die Galater Gomers sind die *Galli*, Magog die Skythen, Gog und Magog „nach einigen" die Goten. Nur zögernd werden die germanischen Fremdlinge aus dem Norden in die biblische Landkarte eingetragen, zuversichtlicher die gallischen Landsleute und die Nachbarn am Mittelmeer: Der spanische Tubal wird aus Hieronymus, der afrikanische Namengeber und Nachfahre Abrahams *Afer* aus

---

[12]) Martianus Capella, hg. Adolf Dick, Leipzig 1925: II, 223 S. 82 (Osiris); VI, 654 S. 323 (Hellen); VI, 642 ff. S. 314 ff. (Jupiter, Saturn, Herkules); VI, 667 S. 331 (Afrika); VI, 629 S. 308 (Ulixes); VI, 663 f. S. 329 (Hyperboräer, Skythen, Geten); VI, 697 S. 346 (Insulaner); VI, 693 S. 344 (Chinesen); IX, 937 S. 500 (vox).

[13]) Contra Symmachum II, 586 ff., CSEL Bd. 61, S. 268 (Pfingstziel; dazu Peterson, Monotheismus 84 f.; Klingner, Geisteswelt 513 ff.); II, 808 ff. S. 276 (Römer und Barbar).

[14]) Peristephanon X, 928 ff., CSEL Bd. 61, S. 404 f.

[15]) In nativitate domini Str. 3, AH Bd. 50, S. 25; auch bei Dreves-Blume, Hymnendichtung Bd. 1, S. 18.

[16]) Epistola paraenetica de contemptu mundi, MPL Bd. 50, Sp. 721; dazu Fischer, Völkerwanderung 126 f.

Josephus entlehnt; auch die *Agareni-Saraceni* tauchen auf. Asiens und Afrikas Steppenvölker schnürten allerdings bereits die Ökumene ein[17]).

Konnte man da noch an die Universalität und Realität des Pfingstwunders glauben? Der Nachfolger des Filastrius, Bischof Gaudentius von Brescia (gest. nach 406) schwächte die Bedeutung des Pfingstwunders ab: nur *in linguis variarum gentium* sprachen die Apostel; damit war die Welt noch nicht geeint[18]). Etwas später meinte der südfranzösische Schüler des Ausonius, Paulinus von Nola (353–431), auch er wie Sulpicius erst spät der Welt entsagend und dann Bischof in Italien, an Pfingsten hätten sich in Jerusalem zwar Männer *omni ex gente* versammelt, aber das Zungenwunder war ein Lobgesang Gottes, *incutiens varias humana per organa voces*[19]); wiederum war dadurch die Einheit der Welt noch nicht gesichert. Sie war abgebildet gewesen im römischen Reich; auch der gallische Poet und Priester Cyprian schwärmte in der ersten Hälfte des 5. Jahrhunderts von den *civica verba* der einen Ursprache, als wäre sie Ausdruck der Weltstadtkultur, der *eximiae vastis suspectibus urbes*, gewesen. Das Hebräische paßte dafür schlecht, und so verschwieg der Dichter, welches diese Ursprache gewesen sei; daß seit Babel *raptim* jedes Volk eine andere Sprache redet, betrachtete er als großes Unglück[20]). Wer auf die Einheit drängte, suchte sich eine greifbarere Institution als das Gottesvolk aus allen Sprachen, und diese Institution war noch immer das geschwächte Römische Reich.

*

Sie war es nicht mehr ganz für den Freund und Schüler Augustins, den spanischen Priester Paulus Orosius (ca. 390 bis nach 418). Zwar fühlte er sich als Kosmopolit: *Ubique patria, ubique lex et religio mea est*; schon die Beherrschung des Griechischen erhob ihn über lateinischen Eigensinn. Und doch war es nicht mehr die römische Herrschaft, aber die römische Kultur, die *Romania*, die ihm den Halt im Allgemeinen gab: Christus war eben doch römischer Bürger. Das half über die wandalischen Verwüstungen hinweg, ja das ermutigte dazu, die Barbaren einzuladen, durch Annahme des römischen Glaubens die Zukunft der Welt zu sichern. War das nur eine isokratische Gebärde, nicht doch schon ein echtes Entgegenkommen? Daß es auf der Welt auch vor Christi Erscheinen stets Unheil gegeben habe, war nicht nur eine apologetische Wendung gegen die heidnischen Römer, es war ein Herzenstrost für den, der seiner eigenen

[17]) Formulae c. 10, CSEL Bd. 31, S. 61 f. (72 Jünger); Instructiones I, CSEL Bd. 31, S. 135 (Pfingsten; dazu ADLER, Pfingstfest 4); II S. 150 f. (Völkertafel).

[18]) Tractatus paschalis VIII, 44, CSEL Bd. 68, S. 72.

[19]) Carmen XXVII, 98–102, CSEL Bd. 30, S. 266.

[20]) Heptateuchos Genesis v. 363 ff., CSEL Bd. 23, S. 14 ff.; identisch mit Pseudo-Juvencus, Liber in Genesim v. 326 ff., MPL Bd. 19, Sp. 355; dazu Stanislas GAMBER, Le livre de la Genèse dans la poésie latine au Vme siècle, Paris 1899, S. 1 ff.

Selbstsicherheit nicht mehr trauen konnte. Seit Erschaffung der Welt ist die Menschheit durch abwechselnde Perioden guter und schlechter Zeiten erzogen worden; alles Traurige, Furchtbare und Schreckliche, was aus der Fackel der Begierde zu brennen begann, soll nun, von Adams Sündenfall beginnend, dargestellt werden. Das zweite große Unglück der Weltgeschichte, die Sintflut, wird gleichfalls erörtert. Um Babel kristallisierten sich die Anfänge der Machtgeschichte; als erste Stadt wurde es nach der Sintflut von dem Riesen Nimrod errichtet; der erste Assyrerkönig Ninus, der Bezwinger des Zauberers Zarathustra, und die Königin Asiens, Semiramis, Ninus' Gemahlin, haben die Stadt wieder aufgebaut. Es wird dargelegt, daß mit Ninus, dem Herrscher des ersten Großreiches, die Geschichte der bösen Macht begonnen habe; nach den vier Himmelsrichtungen verteilten sich die vier Weltreiche[21]). Doch wenn wir fragen, warum Babylon wieder aufgebaut werden mußte, wodurch es nach Nimrod und vor Ninus zerstört wurde, wenn wir nach dem traurigen Ergebnis menschlicher *superbia*, nach dem Turmbau von Babel und der Sprachen- und Völkerteilung suchen, finden wir kein Sterbenswörtlein darüber. Eben noch wetterte Orosius mit Vehemenz gegen die heidnischen Universalhistoriker, die ihre Werke mit Ninus, dem Sohne des Belus, beginnen lassen anstatt beim *initium peccati humani*. Nun gut, Orosius schrieb die Unheilsgeschichte der antiken, profanen Welt, nicht eine Geschichte des Gottesvolkes; aber wenn er zeigen wollte, daß alles Unheil der Weltgeschichte durch die Sünde oder durch die Strafe für Sünde zustandekam, welches Beispiel läge da näher als der Turmbau? Oder hätte er die Strafe gar nicht so schmerzlich empfunden?

Orosius betonte, daß ein und derselbe Gott die Geschichte vom Anfang Babylons bis zum Ende Roms lenkt – aber wie, wenn wir dann eine Beschreibung der Welt und ihrer Völker finden, auf die *maiores nostri* gestützt, in der kein einziger biblischer Völkername vorkommt, dafür aber die Namen der antiken Ethnographie? Asien allein zählt hier mindestens 216 Völker, das Dreifache der 72, in Europa haben bereits die Germanen 54 Völker: Warum hat der Spanier gerade hier seiner Leidenschaft für Zahlenmystik nicht gefrönt? Orosius hielt sich auch sonst lieber an die antike als an die biblisch-christliche Literatur [22]); verwunderlich bleibt es doch, wie er die Stammbäume der Völker

---

[21]) Historia adversum paganos V, 2, 1 ff., CSEL Bd. 5, S. 280 (Kosmopolit); III, 20, 11 S. 184; VII, 43,5 S. 560 (Romania; dazu CURTIUS, Literatur 40 ff.); VI, 22, 6 S. 428 (Christus römischer Bürger); praefatio 10 S. 3 f. (Unheilsgeschichte); II, 6, 7 und 11 S. 96 f. (Babylon); I, 4, 3 S. 43 (Zarathustra); II, 1, 5 S. 82 (Weltreiche und Himmelsrichtungen). Zur Erheiterung des heutigen Lesers sei angemerkt, daß vor fünfzig Jahren der Ranke-Schüler BÜDINGER, Universalhistorie I, S. 18 die Weltreichslehre des Orosius nur „zur Erheiterung des heutigen Lesers" notierte.

[22]) Historia adversum paganos I, 1, 1 ff., CSEL Bd. 5, S. 5 f. (initium peccati); II, 3, 5 S. 86 f. (ein Gott lenkt alles); I, 2 S. 9–40 (Völkerbeschreibung); VII, 2, 8 ff. S. 435 ff.

traktierte. Zwar den Ahnherrn der Hellenen, Hellen, zitierte er nicht, aber dafür den Argiverkönig Phoroneus, den wir seit Platon als ältesten Menschen der argivischen Sage kennen und der lange vor Deukalion, Hellens Vater, zur Zeit des ägyptischen Joseph lebte. Auch den Römern widerfuhr die schuldige Ehre: Der Trojaner Aeneas kam nach Italien, aber die Latiner hatten ihre eigenen Urkönige wie Procas, den Urgroßvater des Romulus, oder *Aremulus*, einen Zwitter aus Romulus und Remus. Selbst den Persern wurde ihr Perseus zugestanden, die Goten sogar wurden einbezogen: Die Gleichung der Historia Augusta, eben in Orosius' Tagen von Rutilius Namatianus wiederholt, übergab Orosius nun der christlichen Literatur: die Goten sind Geten. Wer sind aber die Ureltern von Phoroneus und Procas, von Perseus und Geten? Noahs Name kommt in der Chronik des Orosius nicht vor. Aber freilich, die Kategorien von Herkunft und Sprache, von Volk und Reich sind überwunden, sie gehören den Fieberschauern der Vergangenheit an, denen gegenüber man die Leiden der Gegenwart nur noch als „Flohstiche" empfindet. Die neuen Völker werden offen aufgenommen, mag das Römerreich darüber zerbrechen: Wenn es der Sinn der barbarischen Invasionen sei, die Kirche Gottes zu den Hunnen, Sueven, Wandalen und Burgundern zu tragen, müsse man Gott dafür loben; so komme das Heil zu allen, *etsi cum labefactione nostri*. Orosius hoffte, daß es nicht zum Bruch kommen werde; seine ganze Anschauung ist in dem einen erstaunlichen Satz zusammengepreßt, der zum Christen gewordene Gote sei „dem Römer näher", der heidnische Gote hingegen sei ein barbarischer Skythe. Noch sind Römer und Christ im Idealfall identisch, aber schon mißt sich die Gesittung am Glauben allein, nicht an der Zugehörigkeit zum Römischen Reich, nicht an der Volkszugehörigkeit und erst recht nicht an der Rede, denn der christliche und der heidnische Gote bedienen sich derselben nichtlateinischen Sprache[23]).

Wo Orosius gleichmütig schwieg, dürfen wir ihm keine Antwort unterschieben; aber hätte er vielleicht darum Babel und die Völkertafel nicht erwähnt, weil ihm im Licht der neuen christlichen Universalität die Verschiedenheit der Sprachen und Völker gewiß nicht als ein Unglück, vielleicht gar als ein geheimer Segen erschien? Er schrieb „gegen die Heiden" und brauchte ihnen mit Hilfe ihrer Stammbäume kaum mehr zu verdeutlichen, was sie schon wußten und was ihnen Symmachus zum letzten Mal gesagt hatte: daß die viel-

---

(Zahlensymbolik; dazu Kurt Artur SCHÖNDORF, Die Geschichtstheologie des Orosius, Diss. phil. [Masch.-Schr.] München 1952, S. 33 ff.). Zur Benutzung antiker Literatur BRINCKEN, Weltchronistik 82 f.

[23]) Historia adversum paganos I, 7, 1, CSEL Bd. 5, S. 48 (Phoroneus); I, 9, 2 S. 53 (Deukalion); I, 18, 1 S. 70 (Aeneas); II, 2, 3 S. 83 (Procas); I, 20, 5 S. 74 (Aremulus); I, 11, 4 S. 60 (Perseus); I, 16, 2 S. 68 (Goten-Geten); IV, praef. 4 S. 204 (Flohstiche); VII, 41, 8 S. 554 (Heil für alle); VII, 37, 9 S. 539 (Gote, Römer, Skythe).

fältige Welt des göttlichen Segens nicht ermangelte. Aber es war mehr als Symmachus, wenn diese Vielfalt sich keiner irdischen Institution beugte, nicht der Deduktion aus einer gemeinsamen Wurzel bedurfte und doch dem einen Gott gehorchte.

Auch andere Zeitgenossen flüchteten nicht in die Vergangenheit, sondern sahen sie unter dem Blickpunkt ihrer persönlichen Erfahrung. So der Rhetor Claudius Marius Victor (gest. 425/50) aus Marseille. Zwar ist sein Werk viel ärmer an zeitgeschichtlichen Bezügen als das des Orosius; nur nebenbei erwähnt es heidnische Relikte bei Alanen und Germanen. Aber wie lebendig ist die Klage der Urmenschen über die bevorstehende Zerstreuung: „Nirgends kann man sicher wohnen. Es tut uns schon leid, daß wir so viele Kinder haben; überall zerstreut werden wir begraben werden. Keinen Ruhm nach dem Tode werden wir haben: wir wollen vorher noch einen Turm bauen." Niemand zuvor hatte den Turmbau von Babel so menschlich, beinahe rührend motiviert. Gott hat freilich die größeren Ziele vor Augen und muß die Sprachen teilen, damit die Menschen nicht mehr *gens una* seien, und darum ist *confusae ... melior discordia linguae*. Wieder, wer hatte zuvor die Sprachentrennung als wohltätig verstanden? Und doch wurde die Tragik des Vorganges ausgekostet: Der Sohn versteht nicht mehr den Vater, die Familien werden auseinandergerissen; wer in der *ignotae perfectio linguae* überhaupt noch einen Nachbarn verstehen kann, tut sich mit ihm zusammen, und so ziehen die Gruppen davon. *Gentem lingua facit*; nicht die Herkunft, sondern die Sprache allein, also im Grunde Gottes Wunder schafft die Völker. Inmitten der germanischen Flut mochte der Rhetor an den schuldlos gebliebenen *sermo antiquus* der Hebräer denken; er tat es ohne Wehmut[24]). Auch im Gestammel der Barbaren wohnte Gottes Wunder.

Ebenso stellte sich der veränderten Welt der weitgereiste, vielleicht aus der römischen Dobrudscha stammende, asketische Johannes Cassianus (ca. 360 bis 430/5), der in Marseille die Westgoten kennenlernen mußte. Auch er blieb nicht im Ressentiment stecken. Gott zwang, so sagte er nach 420, durch sein plötzliches Eingreifen in Babel die Menschen, von ihrem *consensus noxius* abzulassen; die Sprachenteilung verhinderte die ruchlosen Anschläge kollektiver Bosheit und ist darum *bona utilisque discordia*. Freilich, dem Propagator des Mönchtums mochte es naheliegen, die kleinen Gemeinschaften und die Tugenden des inneren Menschen hervorzuheben; aber konnte, wer so sprach, seine Hoffnung noch auf ein Weltreich, auf Rom setzen? In der Tat sah Cassian in den Stürmen der Völkerwanderung, in der großen Not, den Mahnruf Gottes, sich vom Irdischen zu lösen. Dazu gehörte auch die äußere Sprache. Es blieb nur der verschwiegene Gedanke des innerlichen Menschen; in diese *interna*

---

[24]) Alethia III, 210 ff., CSEL Bd. 16, S. 414 ff.; dazu GAMBER (o. Anm. 20) S. 8 ff., 158 ff.

animae findet kein unreiner Geist ohne äußere Hilfe Eingang[25]). Und es blieb als *summa ratio* Gottes eigenes Wort[26]). Nur im Gespräch mit Gott lag der Friede, auf den die nützliche Zwietracht der Völker hinwies. Verband sich nicht die weltabgewandte, verinnerlichte Askese aufs eigenartigste mit den neuen Völkern, um den weltbeherrschenden Römern ihre Sicherheit zu nehmen?

Auch Commodian, dessen umstrittene Lebenszeit vielleicht ins 5. Jahrhundert und nach Gallien gehört, verlor kein bedauerndes Wort mehr über die Teilung der Sprachen und Völker, *ut fierent gentes vario sermone loquentes*. Allerdings hielt er die neuen Goten nun schon für apokalyptische Völker, unter dem Eindruck des Völkersturms, den Ezechiel geweissagt hatte. Die Barbaren waren keine Neulinge in der Welt- und Heilsgeschichte, sie hatten ihren furchtbaren Rang[27]). Die früheren Trennungen wurden unter ihrem Anprall zunichte, aber neue Definitionen bildeten sich. Commodian, der das Weltende erwartete, hielt sich nicht dabei auf; aber allgemein wurde nun die Sprache als unterscheidendes Merkmal des Volkes betont, weil sich die Germanen eben durch die Sprache zuerst von den Romanen abhoben und gegenüber der romanischen Kultureinheit als *gentes* auswiesen. Auch Augustins von den Wandalen vertriebener Freund, der Bischof von Karthago Quodvultdeus (gest. ca. 453), bestand darauf: *Confusae quippe linguae... gentes quasque suo distinxere eloquio*. Nur der tägliche Umgang mit den Barbaren konnte so die antiken Vorstellungen ändern, die wohl viele *gentes*, aber eigentlich nur zwei *linguae* gekannt hatten. Quodvultdeus setzte noch radikaler an die Stelle des römischen den christlichen Kosmopolitismus: Die Juden waren nach Ex. 4, 22 und Deut. 32, 8 das Urvolk. Hebräisch war die Ursprache; darum auch stand es an Christi Kreuze zuoberst von den drei Sprachen, die den Primat bei fast allen Völkern innehatten. Nachmals freilich verlor das Hebräische seinen Ehrenplatz; das Gottesvolk aus allen Sprachen trat an seine Stelle. Nach Philipp. 2, 11 soll jede Sprache Gott loben; Christus hat die babylonische Verwirrung nicht aufgehoben, aber überwunden, nicht durch eine an Pfingsten restaurierte Ur- oder Universalsprache, sondern durch den allen gemeinsamen Glauben; die Verschiedenheit der Völker und Sprachen war also durchaus kein Hindernis der christlichen Einheit[28]). Der Gedanke war nicht neu, aber nun schien er zu zünden. Auch

[25]) Collationes patrum IV, 12, 7, CSEL Bd. 13, S. 108 f. (discordia; dazu FISCHER, Völkerwanderung 202 f.); VII, 15, 1 S. 194 (interna animae).

[26]) De incarnatione domini contra Nestorium IV, 6, 4, CSEL Bd. 17, S. 292.

[27]) Carmen apologeticum v. 170, CSEL Bd. 15, S. 126 (Teilung); v. 810 ff. S. 168 (Goten; dazu ANDERSON, Gog 9). Zur Datierung ALTANER, Patrologie 373; für das 3. Jahrhundert plädiert Manlio SIMONETTI, Sulla cronologia di Commodiano, in: Aevum 27 (1953) 227–239, hier S. 237 f.

[28]) De promissionibus et praedicationibus Dei I, 8, 14 f., MPL Bd. 51, Sp. 741 f. (Sprachen, Juden); III, 35, 37 Sp. 832 (neues Gottesvolk).

der Volksprediger Bischof Maximus von Turin (gest. 408/23) deutete in dreien seiner kernigen Predigten das Pfingstwunder so: Die Pfingstgabe stellte nicht nur die seit Babel gestörte Einheit der *gentium varietas* wieder her, sondern die *varietas linguarum* kündet auch von der *divinitatis unitas* auf die angemessenste Art; denn alle Völker sollen zum Heile kommen, der Römer, der Parther, der Meder, der Phryger, der Jude und jedweder Barbar; alles, was Sprache hat,kann Christus nun vernehmen, und alle Sprachen bezeugen Gottes universales Heilswerk[29]).

Das schrieb man in jenem Italien, das zwischen 410 und 452 vor den neuen Völkern Ruhe hatte, das von Papst Leo I. angeblich gegen die Hunnen, gewiß gegen die Wandalen kraftvoll geschützt wurde, in dem gleichen Italien, das damals erste Ansätze eines nationalsprachlichen Ehrgefühls gegenüber den germanischen Barbaren entwickelte[30]). Die Kirche griff, wenigstens in ihren führenden Köpfen, über den immer kleiner werdenden römischen Bereich sichtlich hinaus.

Nach Rom floh, aus Afrika durch die Wandalen vertrieben, auch der Mönch Arnobius der Jüngere (gest. nach 451). Und selbst dieser pedantische Sammler und engstirnige Feind Augustins, der insgeheim seinen Gegner plünderte, hatte einige originelle Gedanken, die der Zeit gerecht wurden. In seinem Psalmenkommentar von 433/9 gab er dem Psalmvers 18, 4 eine neue Deutung: Die Sprachen und Reden, in denen die Himmel des Ewigen Ehre rühmen, sind an Pfingsten alle erklungen; die Worte der Apostel drangen bis an die äußersten Grenzen der Erde. Das Pfingstwunder wurde so zum Vorgeschmack des himmlischen Lobgesanges und blieb doch ein Geschehnis an irdischen Sprachen. Dennoch dachte der Querkopf nicht daran, dort, wo Augustin etwas zur Sprachen- und Völkervielfalt gesagt hatte, bei den Psalmen 44 und 54, sich zu äußern; er tat es an der abgelegensten Stelle, bei Ps. 104, 8. Die hier genannten *mille generationes* seien nicht zeitlich zu verstehen, sondern als *gentes*, Abstammungsgemeinschaften; es müsse also 1000 Völker auf Erden geben. Dazu mußte Arnobius einige antike Definitionen wieder ausgraben. Daß es auch 1000 Sprachen gebe, glaubte er selbst nicht; er trennte also die Sprachen von den Völkern *(gentes)*, die ihrerseits mit den Ländern *(patriae)* gleichzusetzen seien. Hippolyts einsichtigere Unterscheidungen wurden zum Teil wieder verwischt. Als Beispiel für derartige Divergenzen zwischen Sprache und Volk wählte Arnobius sein Gastland: In Italien übergreife das eine Latein mehrere

---

[29]) Sermones 49–51, MPL Bd. 57, Sp. 634 ff.; Sermo 55 Sp. 641 f. Zur zweifelhaften Echtheit der Predigten Almut MUTZENBECHER, Zur Überlieferung des Maximus Taurinensis, in: Sacris erudiri 6 (1954) 343–372, hier S. 368; allgemein ALTANER, Patrologie 421 f.

[30]) Franz PETRI, Die Sprache in der Geschichte, in: Studium Generale 4 (1951) 183–191, hier S. 185.

gentes und *patriae*, wie Bruttier, Lukanier, Apulier, Kalabrier, Picentier, Tuscier. Daß mehrere Stämme die gleiche Sprache haben können, hatte Augustin am Beispiel der Berber demonstriert; Arnobius machte daraus einen Grundsatz und übernahm, schon der Zahlensymbolik halber, die Auffassung seines größeren Gegners, daß die Zahl der *gentes* viel stärker angewachsen sei als die der Sprachen. Denn bei der Summe von 72 Sprachen blieb auch Arnobius; nur stellte er seine eigene Berechnung an. Da wurde dem frommen Sem die höchste Zahl zugeteilt, nämlich 27 Sprachen *sermone barbarico*; das stimmte noch zu den 27 Semiten der Völkertafel. Aber nun wurde alles umgestürzt, Japhet, der Ahnherr der Europäer, folgte mit 23 nicht näher gekennzeichneten Sprachen, und der verfluchte Neger Cham sah sich mit 22 Sprachen, *sermone punico, ... barbarico, ... latino*, an den Schluß verwiesen, ohne daß die Völkertafel eine Stütze dafür bot. Arnobius wird die acht Kinder Misraims oder andere zum Christentum bekehrte Hamiten den 15 Japhetiten zugeschlagen und den 30 Hamiten abgezogen haben; aber er verschwieg seine Gründe. Die gelehrte Vermutung, Arnobius habe diese Aufteilung älteren Kommentaren entlehnt, ist nicht nur unwahrscheinlich, sie nimmt dem Verfahren auch nichts von seiner Willkür. Denn gleich anschließend verteilte Arnobius auch die eben ermittelten 1000 Völker souverän unter die drei Noachiden. Japhet erhielt die kleinste Zahl von *patriae*, nämlich nur ein Fünftel, 200, Sem aber 406, und Cham doch noch fast ebensoviel, 394 Länder. Wieder scheint hier die afrikanische Erfahrung das Bild mitzubestimmen, das Auftauchen zahlloser Wüstenstämme am Rande der Kulturwelt. Sem mochte den Ehrenplatz behaupten; daß es 1000 Völker auf der Welt gebe, konnte doch nur ein Mann des 5. Jahrhunderts glauben, der täglich neue Gruppen vor Augen sah und offenbar der Meinung war, daß sich Kulturhöhe mit reicher Differenzierung der Sprachen verbinde, eine Einsicht, die Hippolyts Schriftenkatalog noch ferne gelegen hatte. Bei Japhet, dessen Sprachen nicht als barbarisch bezeichnet sind, treffen etwa neun *gentes* auf eine Sprache, in Italien nur sechs, bei Cham dagegen etwa achtzehn. Diese merkwürdige arithmetische Ethnographie enthielt manches Antikische, etwa die Distanzierung von Sprache und Kultur einerseits, Volk und Land andererseits; sie übernahm wohl auch Hippolyts Abgrenzung der drei Weltbezirke und setzte nicht einfach die Anteile der drei Noachiden den drei Kontinenten gleich[31]). Im Grunde war es doch recht „mittelalterlich", die Völkerzahl nicht empirisch, sondern exegetisch zu ermitteln, obendrein aus einer Bibelstelle, die von den Psalmenkommentaren vorher und nachher anders, nämlich zeitlich,

---

[31]) Commentarii in psalmos 18, MPL Bd. 53, Sp. 349 (Pfingsten); 104 Sp. 480 f. (Aufteilung; dazu nicht überzeugend Gutschmid, Diamerismos 619 ff.). Vgl. 44 Sp. 388; 54 Sp. 401.

von der Dauer der Welt *usque ad finem*, verstanden wurde[32]). Aber die Tradition geht seltsame Wege: Dank Bedas Abschrift geriet die Berechnung des Arnobius in die Genesiskommentare und Weltchroniken, ja sogar in die jüdische Historienbibel des Jerachmeel und hat bis ins 17. Jahrhundert nicht ohne Grund einen Ehrenplatz eingenommen, denn der afrikanische Mönch hatte auf seine lederne Weise etwas vom Bildungsprozeß der neuen, der mittelalterlichen Völker- und Sprachenwelt begriffen.

In ganz anderem Format versuchte man ebenfalls in Rom zum gleichen Ziel zu gelangen. Augustins bester Schüler, Prosper Tiro von Aquitanien (ca. 390 bis 463), war theologisch ein Gegner des Arnobius, seit 440 als Laie in der Kanzlei von Papst Leo I. tätig. Augenzeuge der westgotischen Herrschaft, hat er in seiner Weltchronik von 433, die später überarbeitet und ausgedehnt wurde, die Chronik des Eusebius-Hieronymus bis zu seiner Gegenwart, immer breiter werdend, fortgeführt, aber zugleich auch bis zum Anfang *ab ortu rerum* zurückverlängert, anscheinend weil er die Geschichte des Gottesvolkes nicht nur auf der schmalen Basis der Kinder Abrahams gründen wollte. Spätere Chronisten benutzten vielfach und dankbar diese Ausweitung des hieronymianischen Geschichtsbildes. Prosper mißbilligte die Scheidung der Sprachen und Völker durchaus: *Hoc tempore ad perturbandam superbae turris extructionem divisae sunt linguae et per orbem terrae gentium est facta dispersio*. Dem strafenden, ablehnenden Ton der Aussage entsprach Prospers negative Beurteilung der germanischen und sarmatischen Invasionen; nicht die Vielfalt war sein Ideal, sondern eine neue Einheit, eine verchristlichte Rom-Idee beherrschte ihn: Rom als Hauptsitz des Hirtenamts mußte die Einheit der Welt sichern[33]). Das neue Israel erhebt sich über die babylonische Konfusion, über die Barbaren und die Lästerungen der *impiae gentes*, so wie die Stimme des hoffenden und lebenden Menschen über die Laute der niederen Tierwelt[34]).

Sollte sich der Glaube mit so einfachen Kontrasten abfinden? Bald, um 450, vertiefte Prosper seine Anschauung, während Italien vor Attila und den Wandalen zitterte, in der ihm sicher mit Recht zugewiesenen Schrift „De vocatione

---

[32]) So interpretieren u. a. Victorin von Pettau, recensio Hieronymi XX, 2, CSEL Bd. 49, S. 141; Augustinus, De civitate Dei XX, 7, CCSL Bd. 48, S. 710 f.; Cassiodor, Expositio in psalmos, MPL Bd. 70, Sp. 744; Gregor der Große, Moralia in Job IX, 3, MPL Bd. 75, Sp. 859; XXXV, 42 Bd. 76, Sp. 774; Eugippius, Excerpta ex operibus S. Augustini c. 126, CSEL Bd. 9, 1 S. 465; Pseudo-Haimo (Anselm v. Laon), Explanatio in psalmos, MPL Bd. 116, Sp. 553; Pseudo-Beda, Commentarius in psalmos, MPL Bd. 93, Sp. 1013; Oddo von Asti, Expositio in psalmos, MPL Bd. 165, Sp. 1282.

[33]) Epitoma chronicon c. 20, MGH AA Bd. 9, S. 386. Dazu Landsberg, Weltchroniken 23 ff.; Brincken, Weltchronistik 67 ff.; zur Romidee Fischer, Völkerwanderung 127 ff.

[34]) Psalmorum expositio 136, 1, MPL Bd. 51, Sp. 390 (Babel); 113, 1 Sp. 326 (Barbaren); 139, 7 Sp. 400 (Mensch und Tier).

omnium gentium". Hier verfocht er beredt die Berufung der Heidenvölker zum Heil, da die Gnade Christi sich nicht mit denselben Grenzen wie Rom begnüge, und staunte über Gottes Wunder, das in Babel die Turmbauer zwang, sich in alle Welt zu verteilen. Aus einer Sprache wurde da die *varietas* der 72 Zungen; die folgende *opportuna dispersio* war eine Wohltat Gottes. Ähnliche Töne hörten wir bei Prospers Landsleuten Claudius Marius Victor und Cassian; überraschend ist es, daß Prosper als Gegengewicht gegen Babel nicht das Pfingstwunder ansah. Die Sprachenvielfalt werde, so heißt es vielmehr, bis zur Endzeit andauern, wie es der Philipperbrief 2, 11 ankündige. Bis dahin aber ist nach Prospers Ansicht die Vielsprachigkeit der Wille Gottes. Dennoch bildete Christi Erdenleben eine entscheidende Epoche der Sprachgeschichte: Dadurch daß das Wort Gottes allen gepredigt wurde, vermischte sich das Wirken der göttlichen Kraft mit dem Klang der menschlichen Stimme und gab ihr einen neuen Adel und einen Anker im Ewigen; doch sie wurde zugleich in allen irdischen Verflechtungen belassen. Natürlich hatten auch andere Autoren nicht gemeint, daß seit Pfingsten alle Differenzierung aufgehoben sei; aber so unumwunden hatte noch niemand den gegenwärtigen Zustand nicht als vorübergehend, sondern als heilsnotwendig dargestellt wie Prosper in folgendem Satz: „Wenn wir an den Zeiten, bei den Völkern *(nationibus)*, in den Familien, an den Kindern, bei noch nicht Geborenen und Zwillingen Unterschiede oder Besonderheiten feststellen, zweifeln wir nicht, daß dies zu den Geheimnissen zählt, die der gerechte und barmherzige Gott uns in dieser vergänglichen Welt nicht wissen lassen wollte" [35]). Die Vielfalt in Natur und Geschichte ist also Gottes Absicht, die wir nicht verstehen, aber verehren müssen. So erhält auch die Verschiedenheit der Sprachen und Völker einen besonderen, geheimnisvollen Wert, und man darf ihn nicht wegwischen und meinen, seit Pfingsten sei diese Vielfalt schon fast überwunden. Sie ist noch immer da, weil Gott sie will; die wirre Gegenwart ist nicht Abfall vom Ursprung, sondern Aufgabe für das Verständnis.

Diese Gedanken sind die Krönung aller bisher beobachteten Ansätze zu einer erneuerten Universalität christlichen Denkens, zur Bewältigung der durch die Völkerwanderung neu geschaffenen politischen und geistigen Situation. Die Kirche schien bereit, sich den neuen Mächten zu öffnen.

*

Prospers Ansichten überlebten Papst Leo I. (gest. 461), dessen eigenste Gedanken nicht dem Irdischen galten und auch der Sprache mißtrauisch begegneten; wenigstens die Glaubensgeheimnisse, auf die alles ankommt, sind nur

[35]) De vocatione omnium gentium II, 16, MPL Bd 51, Sp. 704 (Gnade Christi); II, 14 Sp. 699 (Völker); I, 8 Sp. 656 (Wort Gottes); II, 30 Sp. 716 (Verschiedenheiten;

dem Glauben, nicht der Sprache zugänglich: *Nisi fides credat, sermo non explicat*[36]). Es war, als wollte man die kostbarsten Güter vor dem Zerreden und vor den barbarischen Vereinfachungen schützen. So rettete man sie schweigend auch über die Zeiten der Rikimer und Odoaker. Die nächsten Zeugen lassen sich nicht mehr aus dem zerrütteten Italien vernehmen, das für ein Halbjahrhundert das Refugium der Romania gewesen war. Auch Bischof Ennodius von Pavia (474–521) kam aus Südgallien. Dort gelang die Fusion von Altem und Neuem leichter; das Ewige ragte in die Zeit. Ennodius pries Gott als den Lenker der vielfachen Sprache, die wüten und fließen kann, die jedes Bild abmalt und das Wahre wiedergibt. Sie bringt die Geheimnisse der Seele ans Licht, und immer steht hinter ihr Gott[37]). Ennodius' Pfingsthymnus pries die Einheit der Sprachen und Völker, indem er sie unmittelbar mit dem Logos in Verbindung brachte. Das Wort verteilte an Pfingsten die Worte,

Homo habet ora gentium.
Thrax, Gallus, Indus unus est;

das schmeichelnde Griechisch, das drohende Barbarisch, das knarrende Ägyptisch, das bellende Parthisch klingen zusammen[38]). Ist es ein Zufall, daß hier das Lateinische, nicht aber das Gallische fehlt? Es waren nicht die Römer, sondern die mit den Germanen zusammenlebenden Romanen, die Prospers Idee aufgriffen.

Zu ihnen zählt zuerst der Priester Salvian von Marseille (ca. 400–480), der schon 440 an den neu auftauchenden Germanenvölkern die Mannigfaltigkeit, auch im moralischen Sinn, bemerkte und unbefangen schrieb, schließlich hätten alle Völker ihre Fehler, aber doch auch ihre Vorzüge. Die Verschiedenheit der Idiome konnte ihn nicht stören; wichtiger war die Einheit der Moral. Was helfen Karthago alle *linguarum gymnasia*, wenn es unkeusch lebt? Auch die Tradition der hohen und hohlen Worte besagt wenig: Nicht jeder Lateiner sei ein Christ, dieser wie jeder Name gelte nur mit den Tätigkeiten und Dingen zusammen. Selbst wer Christus dauernd im Munde führe, besitze damit noch kein *sacramentum*, sondern nur einen *sermo*[39]). Damit wurde den romanischen Chri-

---

Übersetzung nach FISCHER, Völkerwanderung 168 f.). Prospers Verfasserschaft wurde vermutet von Maïeul CAPPUYNS OSB, L'auteur du „De vocatione omnium gentium", in: Revue bénédictine 39 (1927) 198–226, hier S. 226, auch zur Datierung. Joseph James YOUNG, Studies on the Style of the De vocatione omnium gentium ascribed to Prosper of Aquitaine (Patristic Studies 87), Washington 1952 war mir unzugänglich.

[36]) Sermo 29, 1, MPL Bd. 54, Sp. 226. Allzu skeptisch über den Wert dieser „geistlichen Gelegenheitsreden" HALLER, Papsttum Bd. 1, S. 154.

[37]) Epistola I, 1, MGH AA Bd. 7, S. 8 (Sprache); IV, 17 S. 143 (Seele).

[38]) Hymnus de Pentecoste Str. 4 f., AH Bd. 50, S. 63, auch bei DREVES-BLUME, Hymnendichtung Bd. 1, S. 33 und in MGH AA Bd. 7, S. 251.

[39]) De gubernatione Dei VII, 64, CSEL Bd. 8, S. 176 (Fehler und Vorzüge); VII, 68 S. 177 (Karthago); IV, 1–3 S. 63 f. (lateinische Christen); IV, 71 S. 90 f. (sermo).

sten erbarmungslos jeder Rückzug abgeschnitten; sie konnten sich nicht hochmütig auf ihre heilige Sprache oder verzweifelt in die Spiritualität zurückziehen; nur die Taten inmitten einer stürmisch bewegten Welt wurden gewogen. Als der asketische Bischof Hilarius von Arles (gest. 449) nach 429 das Leben seines Vorgängers Honoratus schrieb, rechnete er es ihm hoch an, daß er im Kloster Lerin eine Mönchsschar aus vielen Teilen der Welt sammelte; sie war *tam moribus quam linguis dissona*, aber einig in christlicher Liebe[39a]).

Auf die christlichen Taten, auf das unermüdliche Wirken inmitten der Wirren drängte auch einer der letzten Vertreter römischer Bildung in Gallien, der Burgundermissionar Avitus von Vienne (ca. 450–518). Er klammerte sich in der Praxis noch an das alte Rom, an etwas Greifbares inmitten der Stürme; der Vielfalt der Sprachen mißtraute er instinktiv. Doch er nahm sie als Realität ernst. Auch in Babel waren es keine Giganten, sondern Menschen wie wir, die den Turm zum Himmel errichten wollten. Sie ließen erst ab, als „plötzliche Sprachen" alles verwirrten und den Einklang der Verbrecher störten. Damals schloß sich ein jeder an diejenigen an, deren Sprache er noch verstehen konnte *atque novas sequitur gens quaeque loquellas*. Seit Marius Victor lagen solche Bilder nahe; der Verkehr mit barbarischen Besatzungen brachte sie täglich näher. Doch Avitus führte sie weiter, zum Pfingstwunder hin, und hier zeigte sich seine Größe: Keine Aufhebung der Sprachverschiedenheit, keine Diffamierung der Völkerwelt, kein Rückzug in einen rein spirituellen Kirchenbegriff. Die Kirche konstituiere sich, sagte er, nach Amos 3, 2 *ex omnibus cognationibus terrae*, die *universitas gentium* werde zu dem einen Leib Christi; *fiunt ex diversis mundi partibus unus populus*[40]). Es klingt so leicht, den Gottesvolk-Gedanken zu wiederholen; ihn angesichts der Burgunder durchzuhalten, war schwer.

Nicht alle Gebildeten überwanden das Mißtrauen vor dem Unberechenbaren und brachten es ohne Verärgerung übers Herz, sich mit den Barbaren abzufinden. Der heilige Sidonius Apollinaris (432 bis ca. 480), ein Verwandter des Kaisers Avitus, las die Komödien des Aristophanes noch im Urtext, aber zu dessen selbstsicherem Spott fand er den Weg nicht mehr. Als er den letzten römischen Machthaber Galliens, Syagrius, rühmen wollte, wußte er nur das grämliche, in Spott gekleidete Lob, in seiner Gegenwart scheue sich der Barbar, den Barbarismus seiner Sprache zu verwenden; mit schlecht verhehltem Kummer vermerkte er, daß Syagrius sich die wertlose Kenntnis der germanischen und keltischen Sprache aneignete. Ein Lichtblick war ihm der strebsame gallische Adel,

---

[39a]) Vita Honorati episcopi Arelatensis IV, 19, MPL Bd. 50, Sp. 1260. Das Motiv wurde um 800 aufgegriffen von der Vita Ansberti archiepiscopi Rothomagensis c. 28, MGH SS rerum Merovingicarum Bd. 5, S. 637.

[40]) Poemata IV, 108 ff., MGH AA Bd. 6,2 S. 239 (Babel); Homilia 7 S. 113 (Gottesvolk; dazu FISCHER, Völkerwanderung 145 f., 216 f.).

der jetzt nicht mehr keltisch spreche, sondern lateinisch; Sidonius klammerte sich an die seit Ciceros Zeit lebendige Fiktion, die Bewohner der Auvergne hätten sich einst Brüder Latiums genannt und dürften sich zu den Völkern trojanischer Abstammung rechnen; um so schlimmer, daß sie jetzt unter der Herrschaft der Barbaren schmachten[41]). Sidonius hielt Gallien, nicht Rom, für sein Vaterland, aber er machte es zu einem Land, in dem seit eh und je edle Römer lateinische Bildung pflegten, zu einem Wunschraum voller Illusionen. Ein anderer war stärker. Der doch wohl aus Italien stammende heilige Severin (gest. 482) hatte alle Bindungen abgestreift, als er in Norikum die alte Kultur und das Christentum tätig gegen die andrängenden Alemannen, Rugier und Ostgoten in Schutz nahm. Mit den Barbaren sprach er selbstverständlich Gotisch, aber er ließ sich von römischem oder germanischem Sippen- und Institutionsdenken nicht hinreißen: Auf die Frage eines Freundes, woher er stamme, verweigerte Severin die Antwort; wer das Gottesreich sucht, für den ist es gleichgültig, welchem Volk und welcher Sprache er und seine Genossen vorher angehörten[42]).

Diese vorwärtsgewandte Haltung blieb nicht vereinzelt. Im ganzen Zeitraum zwischen 400 und 600 haben nur sehr wenige christliche Romanen versucht, die neu auftauchenden Germanen, aber auch das eigene Volk genealogisch mit dem biblischen Altertum zu verbinden; zu keiner Zeit erfreute sich die mosaische Völkertafel, überhaupt die gelehrte Exegese, geringerer Beliebtheit. Eine Ausnahme macht nur jene Quellengruppe des 5. Jahrhunderts, die sich auf Hippolyts Werk stützt, der „Liber generationis“[43]) und der 427 vielleicht in Afrika kompilierte „Liber genealogus“[44]). Beide brachten die von Hippolyt her bekannten Listen und erwähnten dabei auch die 72 Sprachen und Völker, die letztgenannte Chronik wußte sogar von Noahs Erdteilung und von Chams Übergriffen in das gelobte semitische Land. Doch bleibt dieses Interesse vereinzelt.

---

[41]) Epistola V, 5, 1–3, MGH AA Bd. 8, S. 80 f. (Barbarismus, Syagrius); III, 3, 2 S. 41 (gallischer Adel); VII, 7, 2 S. 110 (Auvergne; dazu Egidio Gorra, Testi inediti di storia Troiana, preceduti da uno studio sulla leggenda Troiana in Italia, Turin 1887, S. 68; Erich Zöllner, Die politische Stellung der Völker im Frankenreich [Veröffentlichungen des Instituts für österreichische Geschichtsforschung 13], Wien 1950, S. 87 f.).

[42]) Eugippius, Epistola ad Paschasium c. 7 ff., CSEL Bd. 9, 2 S. 4 f. Zur gotischen Verkehrssprache Fritz Kaphan, Zwischen Antike und Mittelalter, Das Donau-Alpenvorland im Zeitalter St. Severins, München 1947, S. 197 f.

[43]) Liber generationis Nr. 46–77, MGH AA Bd. 9, S. 95–105, auch bei Frick, Chronica 86 ff., dessen einleitende Bemerkungen S. LX ff. zu vergleichen sind.

[44]) Liber genealogus Nr. 62–223, MGH AA Bd. 9, S. 164–170, auch bei Frick, Chronica 136 ff. Zu beiden Werken Auguste Molinier, Les sources de l'histoire de France des origines aux guerres d'Italie (1494), Bd. 1, Paris 1901, S. 173; zu ihren Stammbäumen Wilhelm Karl Prinz von Isenburg, Historische Genealogie, München-Berlin 1940, S. 15.

Ein anderes Werk ist für die Zeit typischer, die sog. „Chronica Gallica", eine kleine, nach 511 in Südfrankreich, vielleicht in Marseille verfaßte Weltchronik, die unter dem Namen des „Severus Sulpitius" geht. Sie beginnt zwar mit Adam und behandelt die Heilsgeschichte ausführlicher als Prosper, weiß von Phaleg Geburtsjahr und Lebensdauer anzugeben, aber über Völker- und Sprachenteilung sagt sie gar nichts, als wäre der Autor nicht Zeuge von Chlodwigs Kämpfen gewesen und als hätte seine vermutliche Vorlage, die lateinische Version von Hippolyts Chronik, nicht genügend Stoff für diese Frage geboten. Auch sonst rückte die Chronik für die vorchristliche Zeit die religiösen, seitdem die profanen Ereignisse in den Blickwinkel; ihr Zusammenhang blieb im Hintergrund [45]). Allem Anschein nach interessierte die ferne Vergangenheit wenig; das Bild der Gegenwart in ihr zu sehen, war man, vielleicht angesichts des allen sichtbaren Bruchs zwischen einst und jetzt, auch nicht geneigt. An Genesiskommentaren fehlte es überdies fast ganz. Es ging nicht um Herkunft und Adel, sondern um Überleben und Sichbehaupten. Der Biograph des heiligen Severin, Eugippius (gest. nach 532), wußte nur Augustins Worte über Pfingsten ohne jeden Zusatz zu wiederholen, daß die Gottessöhne aus allen Sprachen zusammenkämen [46]). Der nicht näher bekannte gallische Dichter Hilarius Poeta schloß in der Mitte des 5. Jahrhunderts seine Genesisdichtung mit dem Lob auf den *populus melior*, der nach der Sintflut erstand, und sagte von Babel gar nichts [47]). Das alles waren keine Ereignisse, die die gegenwärtige Lage beleuchten konnten. Es gab einige Unbelehrbare, die starr nach rückwärts blickten; zu ihnen muß man wohl den rätselhaften Luculentius rechnen, der irgendwann zwischen 430 und 600 lebte und von der hebräischen Ursprache, vom Turmbau unter Nimrods Leitung, von den 72 Sprachen und der anschließenden Völkerteilung ohne jede Begründung, ohne jeden Zweifel, aber auch ohne Bezug zu seiner Zeit schrieb [48]). Alle die anderen werden sich recht und schlecht mit dieser Gegenwart und mit den neuen Völkern auseinandergesetzt haben; manche nahmen auch die Barbaren in das gegenwärtige Gottesvolk auf, großzügiger als ihre byzantinischen Zeitgenossen; zum großen geschichtlichen Überblick erhob sich zunächst niemand mehr.

In Rom selbst hat man die Universalität wenigstens zahlensymbolisch aufrechtzuhalten gesucht. Das unter Papst Symmachus zwischen 498 und 514 gefälschte „Constitutum Silvestri" behauptete, daß der Papst von niemandem, der *praesul* aber nur von 70 Richtern verurteilt werden dürfe. Diese Bestimmung

---

[45]) Chronica Gallica III, 1 ff., MGH AA Bd. 9, S. 632. Dazu Brincken, Weltchronistik 69 ff.

[46]) Excerpta ex operibus S. Augustini c. 116 und 169, CSEL Bd. 9, 1 S. 417, 590.

[47]) In Genesin v. 194 ff., CSEL Bd. 23, S. 238 f.; dazu Gamber (o. Anm. 20) S. 17 ff.

[48]) Commentum in epistolam ad Hebraeos I, 1, MPL Bd. 72, Sp. 852 f.

könnte auf irgendwelchen Umwegen aus der spätjüdischen Vorstellung von den 70 Sanhedrinmitgliedern hervorgegangen, aber auch bestärkt worden sein durch die annähernd 70 Presbyterstellen, die es seit dem 4. Jahrhundert an den römischen Titelkirchen gibt[49]). Aktuelle Bedeutung gewann sie erst viel später; im Prozeß gegen Papst Leo III. hat Alkuin 799 an sie erinnert, aber aus den 70 schon 72 gemacht[50]); fünfzig Jahre danach nahm Papst Leo IV., kurz darauf Papst Nikolaus I. die so veränderte Formel wieder auf[51]). Schon vorher hatte sie die germanischen Volksrechte zur Festsetzung von 72 Eideshelfern veranlaßt; wir werden darauf zurückkommen. Das ist aber auch der einzige aus dieser Epoche stammende Versuch, die Bedeutungen der Zahl 72 selbständig weiterzubilden. Eine Neubelebung des universalen Anspruchs der Kirche ergab sich daraus fürs erste nicht. Die Pflicht des Tages ließ kein lautes Pathos zu; Sorge und Plage überstimmten die Verheißungen der Tradition.

*

Die Sterilität und Beschränkung des Denkens wurde noch einmal durchbrochen. Der von Theoderich dem Großen hingerichtete Boethius (ca. 480–ca. 525) war nicht nur ein Stubengelehrter; sein Sprachdenken, wie er es 507/9 in seinem Perihermeneias-Kommentar darlegte, war zwar das des Aristoteles, doch es paßte plötzlich in die Zeit der Wirren. Die Ursprungsfrage interessierte den Boethius so wenig wie einen seiner Zeitgenossen oder den Aristoteles selber. Die Aussagen der lateinischen Patristik über das göttliche Geschenk der Sprache und über die festlegende Kraft der Worte waren im Wirbel der fremden Idiome und nach der Aushöhlung der Begriffe längst untergegangen. Die Sprache war reine Setzung der Menschen nach dem Gutdünken dessen, „der als erster der Sache den Namen gab". Wer das war, wurde nicht erörtert. Wohl aber erweist sich die Willkür der Sprachfindung aus der Verschiedenheit der Sprachen. Der Intellekt und die von ihm erfaßten Dinge sind von niemandem gemacht, sondern von Natur her vorhanden. Was bei den Römern ein Pferd ist, gilt bei den

---

[49]) Constitutio Silvestri c. 3, MANSI, Concilia Bd. 2, Sp. 623 (hier „72"); besser bei Carl MIRBT, Quellen zur Geschichte des Papsttums und des römischen Katholizismus, 5. Aufl., Tübingen 1934, S. 88 Nr. 193. Dazu Carl Josef HEFELE – Henri LECLERCQ OSB, Histoire des conciles, Bd. 1, 1, Paris 1907, S. 627 ff. Zur Zahl der Presbyter Johann Peter KIRSCH, Die römischen Titelkirchen im Altertum (Studien zur Geschichte und Kultur des Altertums IX, 1–2), Paderborn 1918, S. 174 f.

[50]) Epistola 179, MGH Epistolae Bd. 4, S. 297. Dazu Karl HELDMANN, Das Kaisertum Karls des Großen, Theorien und Wirklichkeit (Quellen und Studien zur Verfassungsgeschichte des Deutschen Reiches in Mittelalter und Neuzeit VI, 2), Weimar 1928, S. 81 f., 93 f.; Erich CASPAR, Das Papsttum unter fränkischer Herrschaft, Neudruck Darmstadt 1956, S. 127 f.

[51]) Leo IV., Epistola 16, 3, MGH Epistolae Bd. 5, S. 593 f.; Nikolaus I., Epistola 107, MGH Epistolae Bd. 6, S. 621.

Barbaren nicht als Hirsch; die Natur der Dinge ist überall dieselbe. Ganz anders steht es mit der Sprache, die den Intellekt widerspiegelt; sie ist weder mit dem Denken noch gar mit den Dingen identisch. Darum heißt das Pferd bei Römern und Barbaren verschieden. *Si natura essent nomina, eadem apud omnes essent gentes: ut sensus, quoniam naturaliter sunt, idem apud omnes sunt.* Nur Tränen, Klagelaute und Tierstimmen sind überall dieselben und allen verständlich; alles Artikulierte ist differenziert[52]). Die Sprachenvielfalt wäre demnach nicht Gottes Strafe, sondern Eigenart der Menschen. Dies Bild widersprach der Bibel nicht; denn es ließ sich konstruieren, daß die in Babel zerstreuten Menschen die Identität von Sprache und Dingen einbüßten und ihre Sprachen differenziert und willkürlich erfanden; aber es ist zweifelhaft, ob Boethius der Sprache Adams eine höhere Weihe zubilligte.

Die skeptische, nüchterne Ansicht von der Sprache traf Not und Wirrwarr der Zeit viel besser als ein Glaube an Gottes unmittelbares Eingreifen in die Sprachgeschichte. Seine Sätze sind, wie der ganze Kommentar, im Mittelalter immer wieder abgeschrieben worden; wir werden sie bei Abälard, in der Hochscholastik und noch bei Duns Scotus wiederfinden[53]). Der Neuplatoniker Boethius hat den Glauben an die Magie der Sprache, wie er im griechischen Neuplatonismus noch gang und gäbe war, nicht mehr teilen können und dieses Mißtrauen dem lateinischen Mittelalter vererbt; freilich hat er schwerlich dieses natürliche Durcheinander der Sprachen gebilligt. Um 523/4, im Kerker, erklärte er ausdrücklich, daß alles in der Welt von Gott ausgehe; doch für die Sprache traf das noch immer nicht recht zu. Sie soll zwar mit den Dingen, die sie benennt, verwandt *(cognatus)* sein, ist es aber keineswegs, denn viele geben den Dingen bewußt falsche Bezeichnungen; die Sprache ist ambivalent. Augustins Zweifel werden hier höchst aktuell. Daß es keinen Orbis Latinus mehr gab, mag zu solcher Resignation einiges beigetragen haben; die *loquendi diversitas* ist, so sagte sich der Gefangene des Theoderich zum Trost, ein Damm gegen die weite Verbreitung irdischen Ruhms; so wird auch die menschliche *superbia* in Schranken gehalten und wohltätig gezüchtigt[54]). Boethius selbst konnte noch Griechisch, aber überall begann man in kleinen, eng

---

52) Commentarii in librum Aristotelis Peri Hermeneias, hg. Carl Meiser, 2 Bände, Leipzig 1877–80: Editio prima I, 1 Bd. 1, S. 37 f. (Pferd und Hirsch); editio secunda I, 1 Bd. 2, S. 21 f. (Name für Pferd); I, 2 S. 55 (überall dasselbe). Zu Bs. Sprachtheorie Rotta, Filosofia 134 ff.; besser Ernst Schlenker, Die Lehre von den göttlichen Namen in der Summe Alexanders von Hales (Freiburger theologische Studien 46), Freiburg i. Br. 1938, S. 288 ff.

53) J. Isaac OP, Le Peri Hermeneias en Occident de Boèce à Saint Thomas (Bibliothèque thomiste 29), Paris 1953, S. 15 ff.

54) De consolatione philosophiae I, 6, 7 ff., CSEL Bd. 67, S. 18 (Gott und Welt); III, 12, 38 S. 76 (Sprache und Ding); II, 6, 19 f. S. 38 f. (falsche Namen); II, 7, 7 S. 40 (Sprachenverschiedenheit).

umgrenzten Räumen zu denken und zu zweifeln, ob Gott den Wirrwarr der Sprachen wirklich übersichtlich leite oder nicht vielmehr einfach wachsen lasse.

Diesen Zweifel meldete der merkwürdige Nordafrikaner Fabius Claudius Gordianus Fulgentius (ca. 480–ca. 550) in einer schrulligen und verspielten Weltchronik an. Die eine Ursprache, in der Adam den Tieren ihre Namen gab, wurde nicht beim Namen genannt; sie war in der ganzen Epoche nirgends Gegenstand akuten Interesses. Die kauzige Methode des Autors, die Weltgeschichte nach der Zahl der Buchstaben, nicht der hebräischen 22, nicht der griechischen 24, sondern der lateinischen 23, *in quibus universus loquendi cursus colligitur*, darzustellen, gefiel sich in dem Zwang, im ersten Kapitel den Buchstaben A nicht zu benutzen; doch hätte Fulgentius die *lingua Hebraica* trotzdem, etwa als *sermo Eber*, erwähnen können; sichtlich wollte er nicht. Denn er stellte die Sprachgeschichte in die seit Augustin nahegelegte Parallele zur Entwicklung des Kleinkindes, das sprechen lernt und den Dingen Namen gibt. Gott kann demnach nicht Urheber der Sprache sein, sie erwächst aus wilder Wurzel. Ganz konsequent gab Fulgentius auch für die Sprachenteilung eine originelle Erklärung. Beim Turmbau entstand die *linguarum varietas* durch ein Wunder, ein *divortium, ut aliud vox, aliud sensisset auditus*. Das Ereignis von Babel war also, wenn wir die gewundene Ausdrucksweise recht verstehen, ein bloßes Hörwunder, eine Bedeutungsverwirrung der alten Wörter, die zur Sprengung der bisherigen Gemeinschaft, also nur sehr kurzfristig, vonnöten war. Nach der Trennung der Völker – die Fulgentius allerdings nicht eigens erwähnt – entstand dann eine *rudis loquella*. Wenn wir dieses *rudis* genau nehmen, besagt es das, was der Aristoteleskommentar des Boethius erraten läßt: Die Menschen haben sich nach Babel wie schon vorher ihre Sprachen selber erfunden; mit Abraham ließ Fulgentius ja auch das Jünglingsalter der Menschheit beginnen, ihr selbständiges Ausgreifen in die Welt der Dinge. Gott wirkt nur an den Wendepunkten auf die Geschichte ein und gibt ihr den zahlensymbolischen Rhythmus; alles andere verläuft nach den Regeln der Natur. Babel – und wohl auch Pfingsten, aus dessen Bereich der Begriff des Hörwunders entlehnt sein muß – gehört eigentlich nicht zur Sprachgeschichte, weil es ein Wunder ist[55]). Die bedrängende Fülle des Geschehens rund um das Wandalenreich mit seinen tausend Zufällen schien sich nicht in eine Geschichtstheologie zu fügen; Theologie und Weltkunde widerstrebten der Synthese Hippolyts.

Dazu paßt die Meinung des Mannes, der mit Fulgentius den Namen, die Zeit und den Wirkungskreis teilt, aber nicht mit ihm verwechselt werden darf, denn

---

[55]) De aetatibus mundi et hominis, hg. Rudolf Helm, Fulgentii opera, Leipzig 1898: praefatio S. 131 (Buchstaben); c. 1 S. 133 f. (Urzeit und Kindheit); c. 3 S. 138 ff. (Babel). Zu dem Werk Brincken, Weltchronistik 76 ff.

Bischof Fulgentius von Ruspe (467–533) war der bedeutendste Theologe seiner Zeit, eifriger Verteidiger der augustinischen Gnadenlehre gegen die Semipelagianer. Mehr als Augustin und Boethius hielt der auch im Griechischen Versierte 520 von der Kraft der Sprache, wenigstens von ihrer Verbindung mit dem Gedanken: Das Wort ist im *mens*; „bei sich sagen" ist dasselbe wie „bei sich denken"; durch das Denken erzeugt der *mens* in sich das Wort, und zwar nicht nur in Gott, sondern analog auch im Menschen[56]). Freilich, die Kluft zwischen Sprache und Außendingen blieb ungeschmälert; sie zu überbrücken, gab es nur den Weg des Sprachenlernens, auf den Fulgentius schon von seiner Mutter gewiesen worden war, die ihn zuerst nicht das vertrautere Latein, sondern das fernerstehende Griechisch lehren ließ[57]). Wie Augustin nahm denn auch Fulgentius das Pfingstwunder nicht als eine Epoche, sondern nur als vorübergehendes Zeichen. Wer damals alle Sprachen redete, wies sich dadurch als Träger des Heiligen Geistes aus; einstmals war die Sprachengabe notwendige Voraussetzung für die Ausbreitung der Urkirche. Heute bedarf es des Wunders nicht mehr: *ipsa unitas ecclesiae linguis omnibus loquitur*[58]). Das war nicht neu, aber jetzt war es, anders als in Augustins Tagen, eher eine missionarische Forderung: Fulgentius hatte lange und vergeblich mit den arianischen Wandalen, auch mit ihrem König disputiert. Der afrikanische Bischof Primasius von Hadrumet (gest. nach 552) hat bald, nachdem die Wandalen den Byzantinern erlagen, gesagt, die Kirche sammle Menschen aller Stämme und Sprachen um sich[59]). Der Lateiner Primasius mochte den Byzantinern willfahren; auch ihm wie Fulgentius bot Pfingsten keine Sicherung, sondern eine Mahnung, eine noch unerfüllte Aufgabe, um so mehr, als er die Möglichkeiten menschlicher Vollendung nicht so hoch schätzte wie sein Gegner Pelagius.

Nur Arator (ca. 515–ca. 550), der römische Subdiakon, der aus Theoderichs Ravenna stammte, vertrat im Jahre 544 eine preziöse und geschraubte Meinung. Pfingsten sei nicht nur die Aufhebung der babylonischen Verwirrung, sondern sogar *nova vocis origo*; hier kam die eine Sprache Christi auf die Erde herab, die den Menschen des Erdkreises genügt[60]). Während Justinians Heere die Ostgoten bedrängten, konnte nur ein frommer Wunsch oder Flucht vor der Wirklichkeit die Menschheit unter Christi Banner einig wähnen. Es blieb die Aufgabe, die gedachte Universalität in die Tat umzusetzen. Immerhin mehrten sich im 6. Jahrhundert die Stimmen, die darauf drangen.

---

[56]) Ad Monimum III, 7, MPL Bd. 65, Sp. 204.
[57]) Vita I, 4 f., MPL Bd. 65, Sp. 119.
[58]) Sermo 8, MPL Bd. 65, Sp. 742 f.
[59]) Commentarii super Apocalypsim II, 5, 9, MPL Bd. 68, Sp. 833. Dazu KAMLAH, Apokalypse 10 f.
[60]) De Actibus Apostolorum I, 127–138, CSEL Bd. 72, S. 18 f.; dazu ADLER, Pfingstfest 4.

Als die Byzantiner in Italien ihre Herrschaft aufrichteten, versicherte das älteste römische Meßbuch, das aus früheren Vorlagen zusammengestellte sogenannte „Sacramentarium Leonianum", um 550 in Norditalien, die in Babel erwachsene Sprachenverschiedenheit werde sich durch die Verbreitung des Evangeliums in alle Welt endlich auflösen und dem Bau der Kirche keine Schwierigkeiten mehr bereiten, sondern nur ihre Einheit vermehren. Aber man wußte wohl, daß nur durch Gottes Gnade Abhilfe zu erwarten war und bat ihn, *ut gentium facta dispersio divisione linguarum ad unam confessionem tui nominis caelesti munere congregetur*. Denn gleichzeitig brach der Dreikapitelstreit zwischen Justinian und dem Papst aus, und man meint das Echo des Theologenzankes noch zu hören in der beschwörenden Versicherung, *ut ... vocum varietas aedificationi aecclesiasticae non difficultatem faceret, sed augeret potius unitatem*[61]).

Daß es auf eine neue Vereinigung der auseinanderstrebenden Tendenzen ankomme, hat der größte Geist des 6. Jahrhunderts wohl gewußt, Cassiodorus Senator (ca. 490–583), der Helfer Theoderichs des Großen und Retter der antiken Bildungstradition. Seine Chronik von 519, auf Wunsch von Theoderichs Kronprinzen geschrieben, war freilich mehr auf die Zeitrechnung und das Geschehen um das römische Reich als auf Welt- und Heilsgeschichte abgestellt: Die Sintflut und dann Ninus, der erste König, und Semiramis, später Latinus und Romulus setzten eine Epoche, aber Babel wurde nicht erwähnt, obgleich Prospers Chronik als Vorlage diente; die Weltherrscher standen höher als die Patriarchen, die Profangeschichte höher als die Kirchengeschichte[62]). Mochte hier der Römer sprechen, der freilich schon in der Chronik den Goten manche Verbeugung machte, so schloß sich der Gotenfreund in seiner verlorenen Gotengeschichte von 526/33 dem Sippendenken der Germanen enger an und machte die gotische Urgeschichte zu einem Teil der römischen Geschichte, aber vielleicht auch schon zum Bestandteil der Weltgeschichte, wenn er die Goten mit den Geten identifizierte und weiter mit den Skythen gleichsetzte[63]). Seit Josephus waren in der gelehrten Welt die Skythen mit dem biblischen Magog verbunden. Cassiodor kannte die Historia Augusta; die Gleichung Goten-Geten war nicht seine Erfindung, wir trafen sie seit Orosius und Prokop allent-

[61]) Sacramentarium Veronense (Cod. Bibl. Capit. Veron. LXXXV [80]), hg. Leo Cunibert MOHLBERG OSB u. a. (Rerum ecclesiasticarum documenta, Series maior, Fontes 1), Rom 1956: Nr. 191 S. 24 (gentium dispersio); Nr. 217 S. 28 (vocum varietas).

[62]) Chronica c. 3 ff., MGH AA Bd. 11, S. 120 ff. Dazu Oswald HOLDER-EGGER, Die Chronik des Cassiodorus Senator, in: NA 1 (1876) 247–250, hier S. 247 (Quellen); LANDSBERG, Weltchroniken 25; BRINCKEN, Weltchronistik 86 f. (Profan- und Kirchengeschichte).

[63]) Variae IX, 25, 5, MGH AA Bd. 12, S. 292; dazu Herbert GRUNDMANN, Geschichtsschreibung im Mittelalter, in: Deutsche Philologie im Aufriß, hg. Wolfgang STAMMLER, Bd. 3, Berlin 1956, Sp. 1273–1336, hier Sp. 1280 f.

halben[64]). Auch daß die Goten von Magog kamen, wußten zumindest die Juden seit dem Talmud. Doch die antike und jüdische Genealogie mit der biblischen zu verbinden, wagte Cassiodor anscheinend nicht; die Gleichung Goten-Skythen-Magog fehlt noch bei seinem Nachschreiber Jordanes, von dem wir später sprechen müssen. Von der oft bewunderten Originalität Cassiodors an dieser Stelle läßt sich nicht viel retten; bedeutsam bleibt, daß ein Christ und Romane eines der germanischen Völker genealogisch in den weltgeschichtlichen Zusammenhang stellte. Frohlockend konnte er 534 schreiben, daß Christi wunderbare Lehre sich *per multiplices linguas* verbreite, und hob den hohen Wert von Sprachkenntnissen hervor, die jeder Nation ihr Recht *patriotica responsione* zukommen lassen[65]). Antike, Christentum und Germanentum schienen sich zu einem großen Ganzen zu vereinen; schon erklang der Akkord, den das Mittelalter wieder und wieder fand.

Doch die Geschichte war stärker als ihr Prophet; Cassiodors Vermittlungspolitik brach in den Kämpfen zwischen den Goten und Justinians Heeren zusammen. Als er im Kloster um 544 seine „Institutiones" schrieb, suchte er nur noch die Trümmer der Traditionen zu retten. Es hat etwas Rührendes, wie Cassiodor die Heilige Schrift dadurch zu bewahren suchte, daß er ihre Büchertitel auf- und zusammenzählte. Aber welche Verwirrung! Hieronymus hatte nach den hebräischen Buchstaben 22 alttestamentliche und – wie wir heute auch noch – 27 neutestamentliche Schriften zusammengestellt. Die 49 verweisen nach Cassiodor, wenn man die ungeteilte Dreifaltigkeit hinzunimmt, auf das 50jährige Jubeljahr. Augustin aber hatte in „De doctrina christiana" eine andere Liste gegeben, in der die deuterokanonischen Bücher mitenthalten und die aus mehreren Büchern bestehenden Schriften, wie Samuel, Könige, Chronik und das Zwölfprophetenbuch, aufgeteilt sind; so erhielt er 44 – anstelle der heute allgemein gezählten 39 – Schriften des Alten Bundes, im ganzen also 71 biblische Bücher. Cassiodor jubelte: *Quibus cum sanctae trinitatis addideris unitatem, fit totius libri competens et gloriosa perfectio.* Aber auch mit der 72 war es nichts; andere Codices, die nach der LXX angelegt waren, enthielten nur 70 Bücher. Sogleich fand sich Ex. 15, 27 als passende Erklärung dieser Zahl ein, und für den Fall von 75 Büchern wurde noch Gen. 46, 27 oder vielmehr Act. 7, 14 mit den 75 Seelen Jakobs in Ägypten dreingegeben. Vergaß Cassiodor vor lauter Freude an der Zahlensymbolik, daß sie durch das Überangebot entwertet wurde? Die treffende und glorreiche Vollkommenheit der Zahl 72 verlor ihre

---

[64]) Johannes STRAUB, Studien zur Historia Augusta (Dissertationes Bernenses I, 4), Bern 1952, S. 138 f. (Kenntnis der H.A.); ZÖLLNER, Stellung 50 (mißverständlich über C.s Originalität).

[65]) Variae X, 4, 6, MGH AA Bd. 12, S. 300 (Christi Lehre); XI, 1, 6 ff. S. 328 (Sprachkenntnisse).

Überzeugungskraft, wenn daneben die 50, die 70 und die 75 angeboten wurden. Neben die formale Weltharmonie trat doch inhaltlich die Beschränkung auf das Vertraute. Der Römer Cassiodor fand die Vollkommenheit der 72 Sprachen nicht einleuchtend genug, um sie aus Augustin zu entlehnen; auch die Kraft der Rede konnte er nicht hoch einschätzen, wenn er aus Donat den Lehrsatz übernahm, die *vox articulata* sei Luft, von einem *sensibilis auditus* erschüttert; vom Bedeutungsgehalt dieses Fühl- und Hörbaren sprach Cassiodor dabei nicht. Höher als die Vielfalt der Idiome stand ihm der römische *patrius sermo*, höher auch als das Griechisch der Byzantiner, das er nur noch unvollkommen beherrscht zu haben scheint. Er mochte den *Atticus sermo* der griechischen Kirchenväter verehren, ihre Übersetzer rühmen und den Dionysius Exiguus als Meister in beiden Sprachen bewundern: *Scytha natione, sed moribus omnino Romanus*; ihm selbst rückte das Ideal der Vielsprachigkeit immer weiter in die Ferne, auch wenn er noch Übersetzungen aus dem Griechischen besorgen ließ[66]).

Selbst der hebräischen Sprache kann er kaum freundlich gegenübergestanden haben; sein Psalmenkommentar, wohl in der ersten Hälfte der vierziger Jahre entstanden, sagte zwar, in sehr zurückhaltender Formulierung mit einem *sicut putamus*, das Hebräische sei die älteste Sprache der Weltgeschichte; seit Augustin hatte kein bedeutender Autor mehr dergleichen geäußert. Doch Cassiodor meinte bei derselben Gelegenheit, die Teilung der Sprachen erweise sich als heilsam wegen der Bosheit des jüdischen Volkes: *Hic Judaeo populo salutariter imprecatur*, heißt es zu Psalm 54, 10, *ut divisione linguarum malitiae suae non impleret effectum, sicut in turri illa factum est.* Der Satz ist vielleicht wie die Parallelstelle bei Hilarius mit Absicht unklar gefaßt: Sind die Juden heute über die Sprachgebiete der Erde zerstreut in einer bloßen Analogie zur babylonischen Verwirrung, oder sind sie seit und infolge jener Verwirrung gestraft, sind sie also die Schuldigen von Babel? Die zweite Alternative drängt sich auf, wenn im folgenden und im Kommentar zu Psalm 18, 4 die Apostel gepriesen werden, die seit Pfingsten allen Völkern in allen Teilen der Erde in deren eigener Sprache die Wahrheit predigen; durch dieses Wunder habe Gott die Christen – aber eben nur sie – wieder vereint *(adunavit)*. Diese christliche Einheit wurde nicht als Einheit in der Mannigfaltigkeit gedeutet,

---

[66]) Institutiones, hg. Roger Aubrey Baskerville MYNORS, Oxford 1937: I, 12–14 S. 36–41; I, 8, 15 S. 32 (Bibelbücher; dazu CURTIUS, Literatur 446. Cassiodor bezieht sich auf Augustinus, De doctrina christiana II, 8, 13, MPL Bd. 34, Sp. 41); II, 1, 2 S. 95 (vox); praefatio c. 4 S. 5 (patrius sermo; dazu Heinz LÖWE, Cassiodor, in: Romanische Forschungen 60 [1947] 420–446, hier S. 423 ff.); I, 1, 1 S. 11; I, 3, 3 S. 19; I, 8, 3 f. S. 29 (Atticus sermo); I, 23, 2 S. 62 f. (Dionysius Exiguus); I, 17, 1 S. 55 f. (Übersetzungen; dazu Max Ludwig Wolfram LAISTNER, Thought and Letters in Western Europe A. D. 500 to 900, 2. Aufl., London 1957, S. 100).

denn Cassiodor wich in diesem angeblich „von Augustin abhängigen" Kommentar recht erheblich von Augustin ab, der die *varietas* im Psalm 44 als Sprachenvielfalt verstanden hatte. Cassiodor betonte, daß der Ruhm der Kirche innerlich ist, die *secreta sensuum* und nicht die *concrepantia labiorum* betrifft; er kann nur mit voller Absicht die *varietas* auf die vielfachen Tugenden der Kirche umgedeutet haben: die Sprache, überhaupt die Mannigfaltigkeit ist kein Schmuck, sondern ein Mangel, *confusa divisio*[67]). Demgemäß urteilte Cassiodor auch über Pfingsten sehr vorsichtig: Die Apostel predigten – so heißt es im Perfekt – in den Sprachen „verschiedener Völker", nicht aller; den Optimismus Augustins, die Kirche rede heute in allen Zungen, hat Cassiodor nicht geteilt[68]). Der Psalmenkommentar hatte noch hellere Farben aufgetragen – hat Cassiodor im Alter zunehmend mehr resigniert?

*

Andere, einfachere Geister fanden in ihrer schlichten Frömmigkeit mehr Hoffnung. Zu ihnen gehörte wohl auch Rusticus Helpidius. Seine Lebensumstände sind umstritten; vielleicht starb er 501/2 als Bischof von Lyon, vielleicht war er Leibarzt Theoderichs des Großen und schrieb um 570. In schönen Versen verglich er Babel und Pfingsten miteinander. Der Turmbau war ein Wahnsinn *(vesania)*, Gott griff gütig ein, *ne quid stulta manus supra sua iura pararet.* Pfingsten hat das Unheil behoben, und nun sind auch die Barbaren willkommen: *Barbara quaeque suam cognoscit natio vocem*[69]). Nicht mehr nur, wie im 5. Jahrhundert, die überlegenen Köpfe, auch die anonymen, dem Volke nahen Hymnendichter erfaßten die neue Einheit der Welt gläubig. Der älteste Pfingsthymnus des Abendlandes, dem heiligen Ambrosius zugeschrieben, irgendwann zwischen 400 und 700 entstanden und, in leicht geglätteter Form, noch heute in der Pfingstmatutin des Römischen Breviers verwendet, singt:

Ex omni gente cogitur
Graecus, Latinus, Barbarus,

---

[67]) Expositio in psalterium 54, 10, MPL Bd. 70, Sp. 387 f. (Hebräisch, Juden, confusa divisio); 18, 4 Sp. 138 f. (Pfingsten); praefatio c. 15 Sp. 20 (alle Teile der Welt); 44,15 Sp. 326 (varietas). Die Abhängigkeit von Augustin wird überschätzt von Max MANITIUS, Geschichte der lateinischen Literatur des Mittelalters (Handbuch der Altertumswissenschaft IX, 2), 3 Bände, München 1911–31, hier Bd. 1, S. 50; LAISTNER, Thought 99; ALTANER, Patrologie 452.

[68]) Complexiones Actuum Apostolorum I, 5, MPL Bd. 70, Sp. 1383; dazu ADLER, Pfingstfest 4 f.

[69]) In historiam testamenti veteris et novi carmina, MPL Bd. 62, Sp. 545 (Ausgabe von D. H. GROEN, Groningen 1942 nicht erreichbar). Dazu Luigi ALFONSI, Note ad Elpidio Rustico, in: Vigiliae christianae 10 (1956) 33–42, hier S. 33 ff.; ALTANER, Patrologie 463.

cunctisque admirantibus
linguis loquuntur omnium[70]).

Waren hier die Völker der Welt nur als staunende Zuschauer geschildert, so hat die mozarabische Liturgie Spaniens, die wohl aus der westgotischen Zeit stammt, die Gedanken Prospers begeistert aufgegriffen. Pfingsten brachte es zustande, den babylonischen Fluch aufzuheben, ja in Segen zu verwandeln, *ut quod fuerat in condemnatione, esset in munere*. Wie dies Geschenk verstanden wurde, sprach das Missale in den erstaunlichen Worten aus: *Confessioni Dominice non impedit diversitas lingue, nec interest quam vario quis sermone fateatur, dummodo unus sit ille, qui creditur*. Der Gedanke vom Gottesvolk aus allen Sprachen unter dem einen göttlichen Herrn führte hier zu der Folgerung, daß der Lateiner den Juden, der Grieche den Ägypter, der Skythe den Inder verstehen und daß der eine Gott in allen Sprachen gelobt werden soll: *etiam gentium barbararum lingua non taceat*. Die lateinisch geschriebene Liturgie bezeichnete die Vielfalt der Sprachen und der Gaben als schön und wunderbar[71]). Sie suchte nicht Einheit, sondern Harmonie; diese gehört, wie das westgotische Gebetbuch sagt, zur Verherrlichung des Schöpfers: *Et linguarum et pectorum tibi armonia suaviter concinatur; et ita te laudet concorditer diversitas gentium*[72]). Theoretisch waren diese Gedanken seit Tertullian nichts Neues; aber sie jetzt im Trubel der germanisch-romanischen Auseinandersetzungen vor den Ohren der Barbaren im Gottesdienst zu wiederholen, dazu fanden nicht alle christlichen Romanen den Mut; denn man riskierte damit die Preisgabe der eigenen Bildungstradition, die noch Cassiodor der Anerkennung der Mannigfaltigkeit vorgezogen hatte.

Dabei betrieb ein jüngerer Zeitgenosse Cassiodors bereits mit Eifer und Erfolg die Germanenmission selbst um den Preis eines Niveauverlustes: der vornehme Stadtrömer Papst Gregor der Große (ca. 540–604). Die Angelsachsenmission, die er zunächst selber unternehmen wollte, mußte er anderen übertragen; freilich ließ er sie gründlich vorbereiten: Die Missionare machten sich vor ihrer Reise mit der angelsächsischen Sprache vertraut. Mit Franken, Langobarden, Westgoten suchte Gregor noch später Kontakt, auch wenn er in ihnen die Vorboten des nahenden Weltendes witterte. Er sah 590/1 das Pfingstwunder dennoch als hoffnungsvolles Zeichen, als Voraussage, daß die Gotteskirche sich an alle Völker wenden werde, daß in der Kirche – nur in ihr – die babylonische Verwirrung seit Pfingsten aufgehoben sei; in ihr sind alle Spra-

---

[70]) In Pentecoste ad matutinas laudes Str. 6, AH Bd. 51, S. 98, auch bei Dreves-Blume, Hymnendichtung Bd. 2, S. 154. Die heutige Form z. B. im Breviarium monasticum, Bd. 1, 4. Aufl., Brügge 1953, S. 693, vgl. S. 701, 704.

[71]) Liber mozarabicus sacramentorum Nr. 786 ff., hg. Marius Férotin OSB (Monumenta ecclesiae liturgica 6), Paris 1912, Sp. 338 ff.

[72]) Oracional Visigotico Nr. 1030, hg. José Vives (Monumenta Hispaniae sacra, Series liturgica 1), Barcelona 1946, S. 333.

chen geeint *(unitae)*. Sonst war Gregor, wie Cassiodor, behutsamer und predigte, an Pfingsten habe man *in linguis variis* geredet[73]). War Pfingsten nur eine Durchgangsstation? Gregor glaubte ja auch sonst, die *incrementa temporum* brächten geistliche Fortschritte[74]). Das erscheint auch hier als Gregors Meinung, wenn man eine Stelle des zwischen 580 und 595 abgefaßten, vorwiegend moraltheologischen Hiob-Kommentars hinzunimmt, die zugleich die seltsame Zahlensymbolik des Papstes enthüllt. Die 120 Gläubigen, die in Jerusalem den Heiligen Geist erwarteten, symbolisieren die Einheit der Welt. Diese Allgemeinheit, *universitas temporalitatis*, ist ausgedrückt durch die Zahl 7. Sie erwartet die Ewigkeit, symbolisiert durch die Zahl über der 7, die 8. Addiert man beide Zahlen zur 15 und zählt man, aufsteigend *per incrementa*, die Zahlen von 1 bis 15 zusammen, so erhält man eben 120: Durch das Irdische soll die Welt duldend hindurchgehen und das Ewige sehnsüchtig erwarten. Auch das Sprachenwunder ist nur etwas Vorläufiges. Gregor betont, daß Gott und Satan im Jenseits nicht vernehmlich sprechen; Gottes Sprache ist ein *sermo sine strepitu, sine verbis ac syllabis*, nur ein ganz innerliches Reden: dies hätten die Engel beim Befehl zur babylonischen Verwirrung, aber auch die Apostel an Pfingsten vernommen[75]). Die äußere Sprache ist etwas Allzuirdisches, Vergängliches – hier klingen Augustins skeptische Töne wieder an: *Nihil in rerum natura tam velociter quam sermo transit*[76]). Von der Kraft der innerlichen Sprache und ihrem Vergleich mit Gottes Schöpferwort hört man nichts mehr. Darum kann es eigentlich keine „heilige" Sprache geben.

Im Medium des Irdischen wird alles, was geschieht und Gestalt annimmt, zur Vielfalt; freilich will Gregor, etwa in einem Brief von 593, sie nicht grundsätzlich verwerfen: Daß ein Satz der Heiligen Schrift unzählige Auslegungen verträgt, die dennoch alle zum Schmuck der himmlischen Braut beitragen, ist ein Anklang an Ps. 44, 10, den vor Gregor nicht leicht ein Kirchenvater gefunden hätte und den Spätere, noch Beda und Abälard, überzeugt aufnahmen. Gregor bestimmte großzügig, wenn nur der Glaube nicht betroffen werde, könne in allem Äußeren eine *consuetudo diversa* nicht schaden[77]). Gott sorgt für diese Vielfalt auch dadurch, daß er den einzelnen Völkern besondere Engel zugewiesen hat, die deren Rechte verteidigen[78]). Allerdings darf man Deut. 32, 8

[73]) Homiliae in evangelium XXX, 4, MPL Bd. 76, Sp. 1222 (Voraussage); XXVI, 3 Sp. 1198 (Pfingstsprachen).

[74]) In Ezechielem homilia II, 4, 12, MPL Bd. 76, Sp. 980.

[75]) Moralia in Job XXXV, 17, MPL Bd. 76, Sp. 758 f. („120"); II, 8, MPL Bd. 75, Sp. 558 f. (Gott und Satan, Babel); XXVIII, 2 Bd. 76, Sp. 447 f. (Gottes Sprache, Pfingsten).

[76]) Homiliae in evangelium I, 4, MPL Bd. 76, Sp. 1080.

[77]) Registrum III, 62, MGH Epistolae Bd. 1, S. 223 (Auslegungen); I, 41 S. 57 (consuetudo diversa).

[78]) Moralia in Job XVII, 17, MPL Bd. 76, Sp. 19 f.

nicht auf die Zahl der Völker hin untersuchen wollen: die Stelle fordert uns auf *ad incrementa virtutum*, sie weist auf die Endzeit hin, in der die Zahl der gefallenen Engel durch die neu hinzugekommenen reinen Menschen aufgefüllt sein wird[79]).

Es ist nicht ganz konsequent, wenn Gregor der Große nun doch glaubte, daß die irdische Vielfalt auch im Jenseits herrsche und daß man im Himmel nicht sprachlos sein werde, aber er hatte den Mut, als Himmelssprache entgegen Hieronymus nicht das Hebräische anzunehmen. In seiner Sammlung glaubwürdiger Wundergeschichten von 593/4 erzählte Gregor von einem ungebildeten italischen Knecht, der im Sterben lag und plötzlich behauptete, er sei schon im Himmel gewesen; zum Beweis dafür gab er an, er könne jetzt Griechisch und Bulgarisch, ohne es je gelernt zu haben, ja er verstehe alle Sprachen. Und da er zwei beherrschte, glaubte man ihm alle übrigen[80]). Alle Sprachen also spricht man im Himmel, und es ist schon eine überirdische Gnade, Griechisch zu können. Gregor hat aus seiner Unkenntnis dieser Sprache kein Hehl gemacht; möglicherweise kokettierte er nur mit seiner Unbildung, aber wer tat das vor ihm[81])? Wenn Sprachenkenntnis als wunderbar galt, konnte von Kultur nicht mehr viel die Rede sein. Folgerichtig wehrte sich Gregor in scharfen Worten dagegen, die Heilige Schrift den Regeln des Donat zu unterwerfen; er selber scheute vor Verstößen, vor der *barbarismi confusio* nicht zurück, nicht aus Unkenntnis, sondern mit Willen[82]). Aber um den Preis der Abwendung vom Hergebrachten, auch von Byzanz, öffnete Gregor das Tor weit nach Norden.

Nach Norden strahlten bald auch jene Notizen aus, die möglicherweise zu Gregors Zeit, jedenfalls nach 568, in Italien entstanden und spätestens im 7. Jahrhundert bei Iren und Angelsachsen auftauchten: die „Joca monachorum". In ihren ältesten Schichten bemerkt man eine gegenüber den griechisch-orientalischen Mustern verstärkte Anteilnahme an der Vielfalt der Sprachen und Völker; allerdings ist sie zugleich auf ein paar handliche Formeln reduziert. Das erste Wort, das Adam sprach, hieß *Deo gratias* – als ob Adam Latein gesprochen hätte; vom Hebräischen kein Wort. Noah hatte drei Söhne, und sie teilten sich die Kontinente: Asien im Osten fiel an Sem, Afrika im Süden an Cham, Europa im Westen an Japhet. Hier tritt zum ersten Mal die exe-

---

[79]) Homiliae in evangelium XXXIV, 11, MPL Bd. 76, Sp. 1252.

[80]) Dialogi IV, 27, FSTI Bd. 57, S. 269 f.

[81]) Registrum VII, 29, MGH Epistolae Bd. 1, S. 476; XI, 55 Bd. 2, S. 330. An der Richtigkeit dieser Aussage zweifeln MANITIUS, Literatur Bd. 1, S. 96; HALLER, Papsttum Bd. 1, S. 541. Zutreffender F. Homes DUDDEN, Gregory the Great, His Place in History and Thought, Bd. 1, London 1905, S. 153 f.; MICHEL, Sprache und Schisma 50.

[82]) Moralia in Job, epistola missoria c.5, MPL Bd. 75, Sp. 516.

getische Europa-Idee auf, die unbesehen den Erdteil mit Japhets Erbteil gleichsetzt; von hier aus wirkte sie weit ins Mittelalter hinein. Die drei Noachiden hatten 72 *generationes*. Von den Semiten werden uns Chaldäer, Hebräer und Griechen genannt: die „Chaldäer", also die Syrer, stehen an erster Stelle; daß die Griechen zu den Semiten geschlagen werden, ist uns in syrischen Quellen schon begegnet; hier wird man die Vorlage zu suchen haben. Zu den Hamiten gehören traditionsgemäß Afrikaner, Ägypter und Mauren; die Liste wird vor dem Aufbruch des Islam zusammengestellt sein. Unter den Japhetiten finden wir nur die romanischen Hauptnationen, Italien, Gallien, Spanien. „Europa" ist hier genau wie bei Gregor dem Großen das römische Gebiet am Mittelmeer, aber schon ohne Byzanz, halb geöffnet nach dem nordalpinen Raum[83]).

Die Formeln der „Joca monachorum" erinnern uns daran, wie wenig in der Zeit zwischen 400 und 600 die herkömmlichen Topoi der Tradition galten, obwohl die Zeitgenossen alles andere als originell waren. Sie hielten sich sonst an die Maxime des heiligen Vinzenz von Lerin (gest. vor 450), man solle in den vielen möglichen Auslegungen der Heiligen Schrift der *universitas* und der *antiquitas* folgen, nicht den Neuerern, und solle im Altbekannten den Fortschritt der Einsicht suchen, der in der natürlichen Vielfalt die Einheit wahrt[84]). Diese Regel konnte den Bruch der Traditionen verhindern oder wenigstens verdecken. Aber auf unserem Sektor befolgte man sie kaum; von denAnschauungen der Patristik blieb nicht allzuviel übrig. Die Rede von der hebräischen Ursprache wurde nur mißtrauisch weitergegeben, meist fallen gelassen. Der Turm von Babel ist nicht zum Symbol der Völkerwanderung geworden; die ältesten Mosaiken der römischen Kirchen schilderten zwar seit dem 4. Jahrhundert – im Anschluß an jüdisch-hellenistische Darstellungen – Szenen des Alten Testaments, aber sie begannen mit Abraham oder ließen seine Geschichte gleich auf die Arche Noah folgen. Auch die Namengebung durch Adam wurde nicht abgebildet, weder in den großen Mosaiken noch in den erschließbaren stadtrömischen Bilderbibeln des 5. Jahrhunderts. Das mag mit der Emanzipation der künstlerischen Formen von der Wirklichkeit zusammenhängen, mit ihrem Streben nach einer Weltenharmonie[85]). Aber auch das Pfingstwunder

[83]) Max Förster, Das älteste mittellateinische Gesprächbüchlein, in: Romanische Forschungen 27 (1910) 342–348 publiziert die Handschrift Schlettstadt, Stadtbibliothek, Cod. 1093: Nr. 2 S. 344 (Adams erstes Wort); Nr. 21 f. S. 347 (Noachiden). Zu Gregors Europa-Begriff Wallach, Gemeinschaftsbewußtsein 8; Fischer, Oriens 45 ff.

[84]) Commonitorium I, 2, MPL Bd. 50, Sp. 639 f. (gegen Neuerer); I, 23 Sp. 667 f. (Fortschritt).

[85]) Hans Weigert, Geschichte der europäischen Kunst, 3. Aufl., Stuttgart 1951, S. 15 f.; Joseph Wilpert, Die römischen Mosaiken und Malereien der kirchlichen Bauten vom IV. bis XIII. Jahrhundert, Bd. 1, Freiburg i. Br. 1916, S. 377, 424; Bd. 2,

fehlt unter den dargestellten Themen. Standen die Fragen der Sprachen und der Völker dem täglichen Jubel und Jammer noch allzunahe? Konnten sie noch nicht zur Erkenntnis werden, solange man der Sprache selbst die Kraft zur Erkenntnis absprach? Auch die Geschichte verwundete noch zu sehr, als daß sie belehren konnte; ihre Ordnung wurde nicht transparent. Biblische Völkergenealogien fehlen fast ganz; von 72 Sprachen und Völkern hört man fast nirgends.

Die Zahl 72 selber war halb vergessen und spielte nur zwischen 530/40 in der Kapiteleinteilung der Regula des Benedikt von Nursia eine recht unsichere Rolle. Die Regel Benedikts selbst gibt uns indirekt den Grund für diese Abneigung an. Sie kennt *lingua* nur als geschwätzige Zunge und *sermo* nur als erbauliche Rede; Benedikt schrieb sie in der Umgangssprache, obgleich er besseres Latein kannte; er war lieber verständlich als korrekt, er sah auf die Absicht, nicht auf die Fakten und ihre kosmische Gliederung [86]). Eher geriet die Zahl auf die Schattenseite der Moral: Die Lebensbeschreibung des Märtyrers Bonifatius reicherte sich wohl um die Wende des 6. zum 7. Jahrhundert mit lokalrömischen Traditionen an. Nach ihnen wurden die Güter der edlen Römerin Aglae von 73 Aufsehern verwaltet; an ihrer Spitze stand Bonifatius, der mit der schönen Aglae in unzüchtigem Umgang lebte [87]).

In aller Munde waren nicht Ursprung und Schöpfung, Entfaltung und Fortschritt, sondern das Pfingstwunder und das Weltende, die Spanne Weges, die man eben ging. Hier hat die christliche Romania, meist zögernd, aber heilsam erschüttert, auch den neuen Völkern ihren Platz eingeräumt, sie mehr und mehr als gleichwertige Partner christlichen Lebens anerkannt. Damit war freilich, anders als in Byzanz, der römische Einheitsgedanke verlassen; die Vielfalt des Gottesvolkes mußte an seine Stelle treten. In diesen beiden Jahrhunderten hat die Romania auch ihre gemeinsame lateinische Sprache eingebüßt oder

---

Freiburg i. Br. 1916, S. 604 (Mosaiken); Wilhelm Köhler, Die Schule von Tours (Die karolingischen Miniaturen 1), Bd. 1, Teil 2, Berlin 1933, S. 186 ff. (Bilderbibeln); Arnold Hauser, Sozialgeschichte der Kunst und Literatur, Bd. 1, München 1953, S. 134 f. (Emanzipation).

[86]) Regula monachorum, hg. Philibert Schmitz OSB, 2. Aufl., Maredsous 1955, S. 147 (s. v. lingua), 178 (s. v. sermo). Nach Hans Urs von Balthasar u. a., Die großen Ordensregeln (Menschen der Kirche in Zeugnis und Urkunde 8), Einsiedeln-Zürich-Köln 1948, S. 215 Anm. 4 wäre das letzte, 73. Kapitel später hinzugefügt. Da schon die Kapitel 67 ff. Nachträge enthalten, ist die Zahlensymbolik nur beiläufig, wenn überhaupt, beabsichtigt. Zur Sprache der Regel Philibert Schmitz OSB, Geschichte des Benediktinerordens, Bd. 1, Einsiedeln-Zürich 1947, S. 22 f.; Christine Mohrmann, La latinité de saint Benoît, in: Revue bénédictine 62 (1952) 108–139, hier S. 132.

[87]) Vita sancti Bonifatii I, 2, AASS Mai Bd. 3, S. 281. Unzugänglich ist mir Pio Franchi de' Cavalieri, Dove fu scritta la leggenda di S. Bonifazio? in: Nuovo bullettino di archeologia cristiana 6 (1900) 205–234.

vielmehr den Literaten überlassen; die gesprochene Sprache wandelte sich langsam zu den romanischen Idiomen[88]). Geschichte und Sprache wurden so gegenwärtig und lebendig begriffen, daß vielleicht deshalb alle Formeln und Zahlensymbole, alle heilsgeschichtlichen Entwürfe an Wert verloren. Die Romanen bahnten, durch die Völkerwanderung gezwungen, die Verbindung von Religion und Welt an, die der lateinischen Patristik im ganzen noch fremd gewesen war. Die Sprachtheorie der Zeit lehrt uns allerdings, daß zunächst erst die alte Sicherheit und Bindung an das Absolute abgebaut werden mußte; auch die Romanen haben die Religion noch nicht zur irdischen Institution gemacht. Erst als dies geschah, begannen alle die Topoi der Sprachen- und Völkertheologie aufzuleuchten; es geschah, als die stummen „Barbaren", die uns im Spiegel gallischer, italischer, spanischer und afrikanischer Lateiner begegneten, Christen wurden und selbst die Feder führten.

3. Die neuen Völker

Die gegen das Römische Reich anbrandenden und sich von ihm abhebenden Völker waren keine von gleichen Ursprüngen getragene, von gleichen Zielen gelenkte Gemeinschaft. Ihre Zusammenfassung als „Barbaren" oder gar als „Germanen" führt in die Irre. Nach Sprache und Struktur unterschieden sie sich voneinander, von ihren Gegnern und Untertanen; die Anschauungen nomadischer Reiterscharen wie der Hunnen konnten sich mit denen der germanischen Bauernkrieger kaum decken; die abseitige, aber höchst einflußreiche Welt der Kelten, besonders der Iren, will sich so wenig wie die slavische in einen Rahmen fügen. Doch eben dies kennzeichnet die Epoche zwischen dem ausgehenden 4. und dem beginnenden 8. Jahrhundert, daß die Eigenarten der durchziehenden Horden, der etablierten Sieger, der seßhaften Unterworfenen, der unbehelligt Gebliebenen sich frei entfalteten, einander überlagerten, aufeinander abfärbten und lokal recht unterschiedlich Meinungen und Haltungen neu formten. Aus diesem wüsten Trümmerfeld erwuchs dann doch etwas wie ein gegliederter Bau. Die Vielfalt der Sprachen und Völker, die so sehr das Thema der geschehenden Geschichte bildete, beherrschte auch die Anschauungen; das Stammesdenken der Nomaden wie der Bauern erfüllte nun erst die genealogischen Traditionen mit kräftigem Leben. Die Sprachtheorie ging im Lärm des Tages unter; die Historie gesellte sich nur langsam zu den Stammesmythen; die Theologie krönte erst spät das fremde Gebäude; Exegese, Tradition und

---

[88]) Ferdinand LOT, A quelle époque a-t-on cessé de parler latin? in: ALMA 6 (1931) 97-159, hier S. 133 ff.; Herbert GRUNDMANN, Litteratus – illitteratus, Der Wandel einer Bildungsnorm vom Altertum zum Mittelalter, in: AKG 40 (1958) 1-65, hier S. 22.

Topik konnten sich kaum entwickeln. Und doch hing am Erfolg der neuen Synthese Schicksal und Richtung aller folgenden Jahrhunderte; seit ihrem Gelingen ist die Vielfalt in der Einheit das Grundgesetz des Abendlandes.

Die Hunnen, die schon seit dem ausgehenden 4. Jahrhundert von den Römern genealogisch mit Skythen und Goten verknüpft wurden[1]), hinterließen uns keine Völkergenealogien; sie kannten nur die gegenwärtige, geschichtslose Vielfalt und duldeten sie mit jener barbarischen Toleranz der Nomaden, die später Dschinggis Chan zum Gipfel führte. Schon Attila liebte die umfassende Geste: In seinem Reiche galt die Vielfalt der Völker und Sprachen als Zeichen von Kraft und Macht; an seinem Hofe sprachen die Herren wohl hunnisch, aber man verkehrte mit Fremden auf gotisch, griechisch und lateinisch. Nicht daß man das Gewachsene und Eigene schätzte; es war ein verächtliches Werkzeug. Attilas Hofnarren brachten die Hofgesellschaft durch ihr Kauderwelsch aus hunnischen, gotischen und lateinischen Brocken zu brüllendem Gelächter[2]). Zwischen dieser Haltung und der eines Sidonius Apollinaris lag eine ganze Welt. Dazwischen standen die Slaven, die damals ganz Osteuropa unterwanderten, sich aber erst später ins Licht der Literatur begaben, und die Germanen.

Die Einstellung der Germanen zur Sprachen- und Völkerwelt ist zu verschiedenen Zeiten und bei verschiedenen Stämmen höchst unterschiedlich. Das vorchristliche Denken der Germanen ist uns nur durch fremde oder späte Zeugnisse zugänglich, doch lassen sie erkennen, daß den Germanen, so hochkultiviert sie auf manchen Sektoren schon früh gewesen sein mögen, vor der Berührung mit der antiken und christlichen Kultur ein eigenes universales Geschichtsdenken abgeht[3]). Zwar erzählte Tacitus, wie die Germanen ihre Hauptstämme von mythischen Personen ableiteten, doch griffen solche Stammbäume auch später noch nur um wenige Glieder zurück, um gleich im zeitlosen Mythos zu enden, nach Tacitus bei dem erdentsprossenen Gott *Tuisto*; schon dessen Enkel galten als Begründer der zur Zeit der Sage gegenwärtigen Stämme[4]).

---

[1]) Edward Arthur Thompson, A History of Attila and the Huns, Oxford 1948, S. 9 f., 15 ff.

[2]) Priskos, Excerpta de legationibus (o. S. 294 Anm. 11) S. 135, 145; dazu Michael de Ferdinandy, Die nordeurasischen Reitervölker und der Westen bis zum Mongolensturm, in: Historia Mundi, Bd. 5, Bern 1956, S. 175–223, hier S. 190.

[3]) Hermann Aubin, Vom Altertum zum Mittelalter, Absterben, Fortleben und Erneuerung, München 1949, S. 9 ff., 25 f. (Kulturstufe). Rudolf Buchner, Das Geschichtsbewußtsein der Germanen, in: Mannus, Zeitschrift für deutsche Vorgeschichte 29 (1937) 459–477 kann S. 461 als frühesten Zeugen für germanisches Geschichtsdenken erst Jordanes benennen.

[4]) Germania 2, 2 (o. S. 166 Anm. 28) S. 6 f.; dazu Ernst Alfred Philippson, Die Genealogie der Götter in germanischer Religion, Mythologie und Theologie (Illinois Studies in Language and Literature 37, 3), Urbana 1953, S. 12 ff. Spätere Beispiele bei Wilhelm Grönbech, Kultur und Religion der Germanen, 5. Aufl., 2 Bände, Darmstadt 1954, hier Bd. 1, S. 308 ff., 371 ff., 412 ff.

„Die Zeit lag rings um jene Menschen ausgebreitet. Die Vergangenheit war ihnen Norden, die Zukunft Süden, das Gleichzeitige Osten und Westen: alles gewissermaßen gleich nahe, gleich anwesend“[5]). Wenn in heidnischer Zeit solche Stammbäume die Stelle der Theologie vertraten, so war das kein geschichtliches Denken, mag die Genealogie auch „Anfang und Form geschichtlicher Erinnerung“ sein[6]). Solche germanischen Geschichtsvorstellungen vererbten sich nicht ins christliche Mittelalter; mythische, zeitlose Stammbäume konnte die Bibel selbst bieten, und sie gab mehr[7]).

Ähnlich unreflektiert und einfach wie die Geschichtsanschauungen waren die germanischen Vorstellungen von der Sprache. Tacitus sagt, während der Name „Germanen“ *recens et nuper additum*, von Fremden erst kürzlich erfunden worden sei, beteuerten die Germanen, andere ihrer Völkernamen seien *vera et antiqua nomina*[8]). Wie andere Indogermanen, wie Zarathustra und der Rigveda, zweifelten auch die Germanen nicht an der Wirkkraft des Wortes, weil sie an seine göttliche Herkunft glaubten. Ein Lied der jüngeren, von Snorri um 1220 zusammengestellten Edda verkündete diese Ansicht: Einer der drei göttlichen Söhne des Allvaters, die den Menschen in Midgard schufen und mit Geistesgaben ausstatteten, verlieh ihm „Antlitz, Rede, Gehör und Sehkraft“; auch den Namen Ask erhielt der Mensch von ihnen[9]). Vollends die schon mit christlichen Ansichten durchsetzte „Völuspa“ wußte von den Göttern: „Für Nacht und Neumond wählten sie Namen, benannten Morgen und Mittag auch, Zwielicht und Abend, die Zeit zu messen“. „Erschaffen“ ist „benennen“. Darum waren Wort und Name den Dingen adäquat und gaben Macht über sie, wie noch späte Zeugen lehren[10]).

Uralt, göttlich und zutreffend war nur das Wort der eigenen Sprache, und

---

[5]) GRÖNBECH (o. Anm. 4) Bd. 1, S. 294, 388; Bd. 2, S. 223 f.

[6]) Karl HAUCK, Lebensnormen und Kultmythen in germanischen Stammes- und Herrschergenealogien, in: Saeculum 6 (1955) 186–223, hier S. 190, 219 (Theologie der Stammbäume); Georg BAESECKE, Vor- und Frühgeschichte des deutschen Schrifttums, Bd. 1, Halle 1940, S. 333 (Anfang und Form).

[7]) Herbert GRUNDMANN, Die Grundzüge der mittelalterlichen Geschichtsanschauungen, in: AKG 24 (1934) 326–336, hier S. 328 f.

[8]) Germania 2, 2 f. (o. Anm. 4) S. 7; dazu Rudolf MUCH, Die Germania des Tacitus (Germanische Bibliothek V, 3), Heidelberg 1937, S. 30 f.; Walter STEINHAUSER, Der Namensatz im Cap. 2 der Germania des Tacitus, in: Rheinische Vierteljahrsblätter 20 (1955) 12–29 (mit gewagter Deutung).

[9]) Snorra-Edda, Gylfaginning c. 9, übers. Felix NIEDNER, Thule, Altnordische Dichtung und Prosa, Bd. 20, Jena 1925, S. 57; dazu John Arnott MAC CULLOCH, Eddic (The Mythology of all Races 2), Boston 1930, S. 327. Zu dem Werk Jan DE VRIES, Altnordische Literaturgeschichte (Grundriß der germanischen Philologie 15–16), 2 Bände, Berlin-Leipzig 1941–42, hier Bd. 2, S. 328 ff. – Ähnlich eine Schöpfungsstrophe in: Thule, Bd. 2, Jena 1920, S. 76.

[10]) Völuspa Str. 6, übers. Felix GENZMER, Thule, Bd. 2, Jena 1920, S. 36. Späte Zeugen bei GRÖNBECH (o. Anm. 4) Bd. 1, S. 153 ff.; Bd. 2, S. 43 ff.

wenn auch Entwicklung und Bedeutung des Begriffs *modurmal* nur sehr hypothetisch erschließbar sind[11]), so verstanden die Germanen sicher ihre Sprache naiv als „die" Sprache. In der älteren, der sog. Saemundar-Edda führt der Gott Thor einen Rätselkampf mit einem Zwerg und fragt ihn nach den Namen der wichtigsten Dinge „in allen neun Welten"; die stabreimenden Antworten des Zwerges Alwis, „Allwissend", enthalten aber keine Sprachenkonkordanz, sondern die Sprache der Menschen, der Asen, der Wanen, der Riesen, der Alben, der Luftherrscher, der Zwerge, der Hel und der Thursen. Die Sprache ist also nach theologischen Ständen geschieden; auch die Götter haben ihre eigene Redeweise, zum Teil mit altmodisch-feierlichem Vokabular, – aber sämtliche Wörter sind isländisch. Das Gedicht gehört wohl frühestens in das 12. Jahrhundert[12]); doch auch wenn die Edden kaum vorchristliche Auffassungen widerspiegeln sollten, wären sie beweiskräftig: Noch im christlichen Island hielten sich solche Erzählungen, die keine Universalität kannten. Auch dieses herrische Sprachbewußtsein erwies sich für andere, Spätere nicht als fruchtbar; denn es sah die andern gar nicht.

Dieser sprachlich und geschichtlich enge Horizont von „Großbauern, die den Mittelpunkt der Welt nicht außerhalb ihrer Sippe zu denken vermögen"[13]) erscheint wieder in der von Tacitus überlieferten Sage: Tuistos Sohn *Mannus* sollte gewiß „den" Menschen verkörpern, aber aus seinen Kindern erwuchsen nur die drei Germanenverbände des Festlands; selbst die Nordgermanen rechnete man also nicht mehr unter „die" Menschen. Was Tacitus von einem weitgereisten *Ulixes* der Germanensage und von seinen in griechischer Schrift abgefaßten Denkmälern weiß, kann aus der antiken ethnographischen Tradition stammen oder von einem Römling erfunden sein; die Germanen selbst haben solche Sagen schwerlich tradiert[14]). Sie sahen so wenig wie andere Bauernvölker über ihre Grenzen hinaus. Was wir heute „Germanen" heißen, hatte keinen zusammenfassenden Namen; die Bezeichnungen, die sie sich selber gaben, sind allem Anschein nach von kleinsten politischen Gemeinschaften hergenommen, und das waren die einzelnen Stämme[15]). Jenseits der nächsten Nachbarn ist diese Welt „umgeben von einem nebligen Horizont von Horden

---

[11]) Weisgerber, Muttersprache 53 ff.

[12]) Alwis-Lied, in: Thule, Bd. 2, Jena 1920, S. 100–104; dazu Güntert, Göttersprache 130–157. Datierung nach Vries, Literatur Bd. 2, S. 124.

[13]) Baesecke, Vorgeschichte Bd. 1, S. 4.

[14]) Germania 3, 2 (o. Anm. 4) S. 7; dazu Eduard Norden, Die germanische Urgeschichte in Tacitus Germania, 3. Abdruck, Leipzig-Berlin 1923, S. 182 ff., 202 ff.

[15]) Jost Trier, Völkernamen, in: Westfälische Zeitschrift 97 (1947) 9–37, hier S. 14 f., 33 ff. (Germanenname; andere Deutung bei Steinhauser, o. Anm. 8); Paul Joachimsen, Vom deutschen Volk zum deutschen Staat, Eine Geschichte des deutschen Nationalbewußtseins (Aus Natur und Geisteswelt 511), 2. Aufl., Leipzig-Berlin 1920, S. 6 f. (Stämme).

lallender oder sprachloser Menschen"; „unser Volk ist Midgard, und was außerhalb liegt, ist Utgard"[16]). Diese Anschauung ist uns aus der Völkerwanderungszeit bezeugt; vielleicht spricht sie bereits aus den scharfen Worten, mit denen Arminius seinen im römischen Heer dienenden Bruder Flavus als *propinquorum et adfinium, denique gentis suae desertor et proditor* beschimpfte, übrigens in lateinischer Sprache, die Arminius beherrschte[17]). Das Universale gehörte zum Fremden, es stand nicht hoch im Kurs, selbst wenn man es kannte.

Wenn hie und da im altgermanischen Nordseeraum die Zahl 72 als Symbol verwendet wurde, so mochten die 24 Buchstaben des älteren Runenalphabets mit ihren je drei Namensformen für Zauber und Orakel dazu reizen. Der Zahl 72 ist auf dem Stein von Rök ein besonderer Platz eingeräumt; „sie enthält in sich die Gesamtheit der in den Runennamen verkörperten Wirkkräfte". Im jüngeren Runenalphabet mit seinen 16 Zeichen und vollends in den Edden spielte die 72 dann keine Rolle mehr[18]). Tiefgreifend war ihr Einfluß also nicht; die universale Bedeutung, die sie andernorts hatte, konnte sie hier nicht annehmen[19]). Denn man suchte nicht den Überblick über das Ganze. Ausland ist „Elend", „es ist übel, im Unland zu leben". Wenn die Germanen dann dieses Unland in weiten Wanderzügen unterwarfen, wurden sie getrieben wohl auch von der Neugier nach Fremdem, vor allem aber vom Willen zur Selbstbehauptung[20]).

Die Wanderzüge der Germanen haben die bis heute bestehenden Nationen Europas in ihrer handgreiflichen Unterschiedenheit und ihrer bisweilen nebelhaften Einheit erst geschaffen; diese Wanderungen haben auch den Grund für Europas sprachliche Differenzierung gelegt[21]). Hierbei haben wenigstens jene

---

[16]) GRÖNBECH (o. Anm. 4) Bd. 1, S. 250 f., 285 ff., 289 f.

[17]) Tacitus, Annales II, 10, 1, hg. Carl HALM – Georg ANDRESEN – Erich KOESTERMANN, Taciti libri qui supersunt, Bd. 1, 7. Aufl., Leipzig 1952, S. 49; dazu ZÖLLNER, Stellung 41.

[18]) Otto HÖFLER, Der Runenstein von Rök und die germanische Individualweihe (Germanisches Sakralkönigtum, Band 1), Tübingen-Münster-Köln 1952, S. 30, 72, 258, 288, 309 f., 376 (über die 24 und 72); Hans SCHWARZ, Varin und das ältere Futhark, in: PBB 78 (Halle 1956) 323–356, hier S. 356 (Zitat); Wolfgang LANGE, Zahlen und Zahlenkompositionen in der Edda, in: PBB 77 (Halle 1955) 306–348 (Zahlen in der Edda). Weit häufiger ist im Germanischen die Zwölfzahl; dazu Georg WAITZ, Deutsche Verfassungsgeschichte, 8 Bände, 2. bis 4. Aufl., Darmstadt 1953-55, hier Bd. 1, S. 497 ff.

[19]) Altdeutsche Wälder, hg. Brüder GRIMM, Bd. 2, Frankfurt/Main 1815, S. 10; Jacob GRIMM, Deutsche Rechtsaltertümer, 4. Aufl., Bd. 1, Leipzig 1922, S. 303; SCHRÖDER, Germanentum 9 ff.

[20]) GRÖNBECH (o. Anm. 4) Bd. 1, S. 348 (Unland), 24, 31 (Neugier).

[21]) Hermann HEIMPEL, Der Mensch in seiner Gegenwart, Acht historische Essais, 2. Aufl., Göttingen 1957, S. 78; Paul Egon HÜBINGER, Elemente eines europäischen Geschichtsbildes: Mittelalter, in: Geschichte in Wissenschaft und Unterricht 5 (1954) 13–28, hier S. 26 (Nationen Europas); AUBIN (o. Anm. 3) S. 148 (sprachliche Differenzierung).

Germanenstämme, die im romanischen Gebiet herrschten und untergingen, ihre heimische Beschränktheit erstaunlich rasch abgelegt und Kompromisse mit ihrer Umwelt zu schließen gesucht. Die Einflüsse von Antike und Christentum auf ihre Sprache sind allenthalben bald spürbar geworden[22]). Schnell haben sie sich der lateinischen Sprache bemächtigt, wie es im späten 5. Jahrhundert Sidonius Apollinaris dem Franken Arbogast bei aller Abneigung gegen die Barbaren nachrühmte[23]). Das war ein einzelner; aber auch im ganzen gaben die germanischen Wanderstämme ihre Dialekte rasch und immer gründlicher zugunsten des Vulgärlateinischen preis[24]). Die Burgunder gingen darin voran; sie behaupteten um 400 auch schon ihre Stammesverwandtschaft mit den alten Römern. Von Tiberius seien sie zur Bewachung der römischen Burgen eingesetzt worden und hießen danach *vulgo* Burgunder – als wäre das Wort „Burg", auf dessen Verwandtschaft mit dem Namen „Burgunder" die Sage ruht, lateinisch[25]). Die Wandalen ließen in Afrika die lateinische Bildung ebenfalls nicht untergehen, Martianus Capella war der undankbare Zeuge ihrer Beflissenheit; freilich bewahrten sie bis zum Ende neben dem Lateinischen auch ihre Muttersprache, aber fast paritätisch[26]).

Auch die Ostgoten, von der Wolga bis Italien wandernd, bemühten sich um den Kontakt mit fremden Sprachen und Gedanken; Ulfilas wuchs zweisprachig auf und lebte sich in hellenistisches Erbe ein, bevor er durch seine Bibelübersetzung das Gotische zu der zwischen Wolga und Nordafrika gebrauchten Bibel- und Liturgiesprache machte, die mit dem Arianismus zusammen blühte und unterging[27]). Sie wollte nicht exklusiv sein; der Codex Brixianus, eine Ulfilas nahestehende lateinische Bibelhandschrift des frühen 6. Jahrhunderts, wies ausdrücklich auf die Verschiedenheit der Sprachen hin

---

[22]) Theodor FRINGS, Grundlegung einer Geschichte der deutschen Sprache, 2. Aufl., Halle 1950, S. 11 ff., 44 ff.

[23]) Epistola IV, 17, 1 f., MGH AA Bd. 8, S. 68; dazu Eduard JACOBS, Die Stellung der Landessprachen im Reiche der Karolinger, in: Forschungen zur deutschen Geschichte 3 (1863) 363–382, hier S. 366. Zur Abneigung gegen die Barbaren SESTAN, Nazione 143 f.

[24]) Henri PIRENNE, Geburt des Abendlandes, Untergang der Antike am Mittelmeer und Aufstieg des germanischen Mittelalters, 2. Aufl., Nijmegen 1941, S. 36 ff., 132 f., 275 ff.

[25]) Vita sancti Faronis episcopi Meldensis c. 8, hg. Jean MABILLON OSB, Acta sanctorum ordinis sancti Benedicti, Saeculum II, Paris 1669, S. 611; vgl. Orosius, Historia adversum paganos VII, 32, 11 f., CSEL Bd. 5, S. 514; dazu Eduard NORDEN, Alt-Germanien, Völker- und namengeschichtliche Untersuchungen, Leipzig-Berlin 1934, S. 63 f.; ZÖLLNER, Stellung 111.

[26]) Ludwig SCHMIDT, Geschichte der Wandalen, 2. Aufl., München 1942, S. 185, 189 ff.

[27]) Kurt Dietrich SCHMIDT, Die Bekehrung der Ostgermanen zum Christentum (Die Bekehrung der Germanen zum Christentum, Band 1), Göttingen 1939, S. 232, 284 ff.; MELZER, Sprache 322 ff. (Hinweis von Prof. Ernst BENZ-Marburg).

und unterstrich, daß die abweichenden Übersetzungen im Griechischen, Lateinischen und Gotischen nur Äußerliches betreffen und betreffen dürfen[28]). Alle Sprachmagie wurde verleugnet. Noch Theoderich der Große versuchte eine volle Synthese zwischen Germanischem und Römischem und räumte, anscheinend selbst im Schriftverkehr mit Blutsbrüdern, der lateinischen Sprache den Ehrenplatz ein, obwohl er zugleich den Gedanken einer germanischen Staatengemeinschaft gefaßt hatte und aller Wahrscheinlichkeit nach selbst nicht lesen und schreiben konnte[28a]). Der Versuch mißlang; wenn ein Römer neben Griechisch auch Gotisch verstand, war das im Italien Theoderichs eine seltene Ausnahme[29]). Immerhin zeigte sich an den Ostgoten, wie rasch die Weitung des Horizonts die Germanen zum Verständnis für das Fremde führte, vielleicht nur allzu rasch.

Die Goten wollten sich der römischen Gedankenwelt ganz einpassen. Der erste, wenigstens halb germanische Geschichtsschreiber, der alanisch-gotische Priester Jordanes, versuchte 551 die Gotengeschichte in die römische einzugliedern und baute dabei auf Orosius und Cassiodor auf. Die Goten, mit den Geten identisch, kämen aus Skandinavien, das Volk, aus Ost- und Westgoten vereint, sei alt und angesehen und den Skythen am Schwarzen Meer verwandt; einige gotische Hexen, aus ihrem Volk verbannt, waren noch immer gut genug, um die Ahnfrauen der Hunnen zu werden. Die Stationen der gotischen Wanderung wurden markiert; doch ging Jordanes nicht bis zum Weltbeginn zurück. Theoderich der Große erhielt eine Liste von nur 14 Vorfahren, also höchstens bis ins erste christliche Jahrhundert zurückreichend; die Bibel wurde nicht bemüht, obwohl Jordanes die Verflechtung der Skythen mit Magog aus Josephus kannte und sich wunderte, warum Josephus nur die skythische, nicht auch die gotische Urgeschichte referierte; den von Cassiodor nahe genug gelegten Schritt, Goten und Skythen zusammen auf Magog zurückzuführen, tat auch Jordanes nicht; sein Anliegen war bescheidener[30]). In der meist „Romana" genannten, gleichzeitig mit der Getica verfaßten Weltchronik, die doch vorzugsweise römische und profane Geschichte behandeln und die Ursprünge kurz abtun wollte, überließ Jordanes neidlos der *Hebreorum genus et lingua*

---

[28]) Die gotische Bibel, hg. Wilhelm STREITBERG (Germanische Bibliothek II, 3), 1. Teil, 3. Aufl., Heidelberg 1950, S. XLII ff.

[28a]) GRUNDMANN, Litteratus 24 ff.

[29]) Cassiodor, Variae V, 40, 5, MGH AA Bd. 12, S. 167; dazu Wilhelm ENSSLIN, Theoderich der Große, München 1947, S. 202.

[30]) Getica I, 9, MGH AA Bd. 5, S. 55 f.; III, 16 ff. S. 57 f.; IV, 25 S. 60 (Goten); IV, 29 S. 61 (Goten und Skythen. BUCHNER [o. Anm. 3] S. 467 f. hat zweifellos recht gegen Theodor MOMMSEN, der nach dem Vorschlag MÜLLENHOFFS und GUTSCHMIDS in der Ausgabe die einhellige Überlieferung *tantum ab hoc loco* durch die Konjektur *tantu Magog* verdarb); XXIV, 121 S. 89 (Hunnen); XIV, 79 f. S. 76 f. (Theoderichs Ahnen).

prisca den Altersvorrang, denn die Hebräer hätten an der Konspiration des Turmbaus nicht teilgenommen[31]). Heber, der Ahnherr der Juden, galt dem Autor als Prototyp der Frommen, als Vorbild aus einer fernen, verehrten Vergangenheit; der Gegenwärtige nimmt sie scheu zum Muster, ohne mit ihr wetteifern zu wollen. Die biblische Verbindung von Abstammungsgemeinschaft und Sprache, *genus* und *lingua*, leuchtete dem Germanen unmittelbar ein, und damit war auch die Lehre von der hebräischen Ursprache gestützt; die Traditionen begannen in der von vielen Späteren gern benutzten Chronik schon zusammenzuwachsen und sich gegenseitig zu tragen, aber auch zu klaren, unbezweifelbaren Formeln zu werden.

Die Langobarden Norditaliens ließen sich nicht mehr so weit auf Kompromisse ein. Vielleicht haben sich darum von ihrer Sprache mehr Überbleibsel erhalten als von anderen germanischen Idiomen[32]). Doch wurden auch sie nun aus Geschichtsbewußtsein, *propter futuris temporis memoriam*, zu jener Stammtafel bewogen, die dem Edictus Rothari von 643 vorangestellt ist. Sie gliedert sich in zwei Teile; die Genealogie des Rothari gipfelt bei einer Frühlingsgöttin *Ustbora*. Davor aber steht eine einfache Herrscherliste, *nomina regum antecessorum nostrorum*; wenigstens vier der sechzehn genannten Könige sind nicht miteinander verwandt; diese Liste führt allenfalls ins 3./4. Jahrhundert zurück und endet im Leeren[33]). Auch hier treffen wir die Bescheidung mit dem Näherliegenden, die sich doch mit hohem Respekt vor Fremdem verbindet: ist doch dieses Gesetz, das sich nur an Langobarden wendet, in der Sprache der Unterworfenen abgefaßt. Dieselbe Tendenz zeigt eine anonyme, dem Edictus Rothari bald als „Vorwort“ beigegebene und vielleicht von seiner Königsliste angeregte „Origo“ der Langobarden aus dem 7. Jahrhundert, die sich mit der Herkunft des Volkes aus Skandinavien, der Gotenheimat, zufriedengibt[34]). Noch der aus dieser „Origo“ schöpfende Geschichtsschreiber der Langobarden, Paulus Diaconus, begnügte sich in der Karolingerzeit mit der skandinavischen Abstammung seines Volkes, ohne durch biblische Namen Glanz und

---

[31]) De summa temporum vel origine actibusque gentis Romanorum c. 9, MGH AA Bd. 5, S. 3. Zu dem Werk und seinen Quellen Brincken, Weltchronistik 88 ff.

[32]) Ernst Gamillscheg, Romania Germanica, Sprach- und Siedlungsgeschichte der Germanen auf dem Boden des alten Römerreichs (Grundriß der germanischen Philologie 11), 2 Bände, Berlin-Leipzig 1934–35, hier Bd. 2, S. 57 ff.; Wartburg, Entstehung 146 ff.

[33]) Edictus ceteraeque Langobardorum leges, MGH Fontes juris germanici antiqui Bd. 2, S. 1 f.; dazu Georg Baesecke, Über germanisch-deutsche Stammtafeln und Königslisten, in: Germanisch-Romanische Monatsschrift 24 (1936) 161–181, hier S. 164 ff.; Baesecke, Vorgeschichte Bd. 1, S. 313 ff.; Hauck (o. Anm. 6) S. 205.

[34]) Origo gentis Langobardorum c. 1, MGH SS rerum Langobardicarum, S. 2 f. Dazu Ernst Bernheim, Über die Origo gentis Langobardorum, in: NA 21 (1896) 373–399, hier S. 378 ff.

Alter seiner Ahnen zu heben. Längst waren, seit dem 7. Jahrhundert, die Langobarden katholisch und romanisch geworden.

In solchen Zeitläuften wurde die Weltkunde schematisch und summarisch, auch auf dem Boden älterer Kultur, im byzantinischen Ravenna. Um 700, vielleicht auch erst um 800, gab sich hier ein anonymer Geograph alle Mühe, noch einmal ganz Europa zu überblicken. Er setzte es nach der Art der „Joca monachorum" und Isidors rundweg als *portio Jafet*. Die anderen Erdteile kannte man nur vom Hörensagen; daß Cham Afrika erbte, mußten *nonnulli phylosophi* bezeugen; daß die drei Erbteile und Kontinente genau gleich groß seien, war eine beruhigende Versicherung, die niemand nachprüfen konnte. Die Welt teilte sich more geometrico von Indien bis Britannien den Stunden des Tages entsprechend in zwölf *patriae* und von Germanien bis Skythien, den Nachtstunden gleich, in weitere zwölf. Was ist wirklich noch „Vaterland"? Skythien ist die Wiege der Slaven, Hunnen und Avaren werden, vielleicht hier zum ersten Mal, miteinander gleichgesetzt; das sind trotz der zahlreichen verwerteten Quellen die wenigen Rückgriffe zur Genealogie[35]). Die Geographie vermag den weiten Rahmen der biblischen Völkertafel nicht mehr auszufüllen; sie bewahrt die Formeln für spätere reichere Erfahrungen auf; aber wie die Ostgoten und Langobarden, so fanden auch die Romanen Italiens damals noch nicht in größere Räume.

*

Enger war die Symbiose der Romanen mit den Westgoten Spaniens und Südfrankreichs. Wie weit die westgotische Sprache in Spanien Einfluß behielt, ist umstritten[36]); ihre Gedanken mischten sich mit denen der Romanen, und das Zusammentreffen führte hier zu einer sehr realistischen Sprachen- und Völkertheologie. Das berühmte Diktum des Königs Athaulf (gest. 415) erhärtet, wie sehr sich die *Gothia* in den Dienst der *Romania* stellte[37]). Noch vor Ende des 5. Jahrhunderts wurde das westgotische Recht als das erste eines germanischen

[35]) Ravennatis anonymi Cosmographia et Guidonis Geographica, hg. Joseph SCHNETZ (Itineraria Romana 2), Leipzig 1940: Cosmographia I, 15 S. 13; IV, 1 S. 44 (Europa, Japhet); III, 1 S. 33 (Cham); V, 16 S. 96 f. (Noachiden-Anteile); I, 4 S. 4; I, 13 S. 12 (patriae); I, 12 S. 11 (Skythien); IV, 14 S. 53 (Avaren). Über die Quellen Joseph SCHNETZ, Untersuchungen über die Quellen der Kosmographie des anonymen Geographen von Ravenna (Sitzungsberichte der Bayer. Akad. d. Wiss., Philol.-Hist. Kl., Jg. 1942, Nr. 6), München 1942, S. 12 ff., 50 ff. Nicht zur Hand ist mir Bernardus Hendrikus STOLTE, De cosmographie van den anonymus Ravennas, Een studie over de bronnen van boek II–V, Zundert 1949. Zur Datierung Wilhelm WATTENBACH, Deutschlands Geschichtsquellen im Mittelalter, Vorzeit und Karolinger, bearb. Wilhelm LEVISON – Heinz LÖWE, 3 Hefte, Weimar 1952–57, hier S. 69.

[36]) WARTBURG, Entstehung 88 ff. hält ihn für gering; anders GAMILLSCHEG (o. Anm. 32) Bd. 1, S. 297 ff.

[37]) Orosius, Historia adversum paganos VII, 43, 2–5, CSEL Bd. 5, S. 559 f.; dazu

Stammes lateinisch aufgezeichnet[38]); ein Jahrhundert danach war Latein die allgemeine Amtssprache. Weitere hundert Jahre später stand der Romane Isidor von Sevilla (ca. 565–636) mit den erst seit 587 vom Arianismus bekehrten Goten zusammen gegen die von Anfang an katholischen Franken, und der Bischof lobte die *florentissima gens* der Goten[39]). Er verlieh ihnen, denen nun die römische *victrix omnium populorum* untertan sei, eine alte Vorgeschichte und den biblischen Adel; er schloß die noch bei Jordanes klaffende Lücke: Goten und Geten-Skythen sind Magogs Kinder [40]). Goten und Spanier sind sozusagen Vettern, jene stammen von Magog, diese von Tubal her; beide sind Japhetiten. Der hier noch vor Pseudo-Methodius auf dunklen Wegen aus der syrischen „Schatzhöhle" entnommene vierte Noachide Jonitus muß nicht als Stammvater für Spätlinge herhalten[41]). Die Goten gehörten seit Urzeiten der allgemeinen Geschichte an.

War das nur eine Verbeugung vor der Staatsmacht? Was Isidor sonst schrieb und dachte, bezog sich allerdings nicht auf die Zeitgeschichte; wenigstens scheint es so. Der Turmbau von Babel wird zwar nicht zu einer Allegorie verflüchtigt, aber Nimrod ist doch dem Teufel vergleichbar, sein Übermut ist der Stolz der Welt oder die infame Lehre der Ketzer, die *curiositate non licita* zum Himmel aufsteigen wollen; wie durch Stolz und Eigensinn aus einer Sprache viele wurden, so sind die trotzigen Häretiker *ab unitate fidei* abgewichen, und die Ursprache bleibt nur im Hause Heber, das heißt in der Kirche Gottes. Dies liest man im Genesiskommentar des Spaniers; die biblische Völkertafel ist hier ganz übergangen. Soll der Rückgriff auf Philons Allegorese eine Abkehr von der Gegenwart und ihrem naheliegenden Bezug zur biblischen Erzählung sein? Freilich sieht man im Hintergrund andere, auf dem Umweg über die Allegorie doch der Gegenwart zugewandte Interessen am Werk. Der Vater der ruchlosen Juden ist nicht etwa Sem, sondern Cham, der zugleich die Häretiker repräsentiert; Sem, der Ahnherr der Patriarchen, Propheten und Apostel, wird mit Japhet, dem Vater der *gentes*, verbunden, und beide wachsen über den Orbis Romanus hinaus, sie erfüllen als Vertreter Asiens und Europas den *orbis terrarum*[42]). Von hier aus wird die Gleichung Japhet=Europa ihren Siegeszug

---

Alexander Graf SCHENK VON STAUFFENBERG, Das Imperium und die Völkerwanderung, München 1948, S. 133.

[38]) Rudolf BUCHNER, Die Rechtsquellen, Beiheft zu WATTENBACH-LEVISON, Geschichtsquellen, Weimar 1953, S. 7.

[39]) De laude Spaniae, MGH AA Bd. 11, S. 267 (Echtheit unsicher); dazu CURTIUS, Literatur 166 f.; ZÖLLNER, Stellung 126 f.

[40]) Historia Gothorum c. 66, MGH AA Bd. 11, S. 293 f.; ähnlich c. 1 S. 268.

[41]) Dedicatio historiarum ad Sisenandum, MGH AA Bd. 11, S. 304; dazu ZÖLLNER, Stellung 49.

[42]) Quaestiones in Genesin VIII, 6 ff., MPL Bd. 83, Sp. 235 ff.; dazu FISCHER, Oriens 14 ff.

durchs Mittelalter antreten; hier werden bald auch die anknüpfen können, die Sem zum Vorläufer der Priester, Japhet zum Patron der Freien machen wollen. Alle historischen Einzelheiten, so gewichtig sie bleiben, spiegeln vor allem den großen, immerwährenden Kampf zwischen Glauben und Unglauben.

Das Thema Isidors war Ordnung, nicht Mannigfaltigkeit. Auch in seiner Chronik von 615, der sogenannten Chronica maiora, ging es ihm nicht um die geschichtliche Mannigfaltigkeit, sondern um die augustinische Aetates-Lehre, die Einteilung der Weltgeschichte in sechs Zeitalter, die den sechs Altersstufen des Menschen entsprechen. Die zweite dieser Epochen reichte von Noah bis Abraham; hier war, anders als bei Augustin, den Ereignissen von Babel kein markanter Platz eingeräumt, der Chronist meldete nur knapp, zur Zeit Phalegs sei der Turm gebaut, die Sprache getrennt worden; der Riese Nimrod, der den Turm errichten ließ, habe später auch den Götzendienst eingeführt. Von allen Erklärungen der Völkertafel, die er aus seinen Vorlagen Josephus und Hippolyt hätte entnehmen können, wählte Isidor nur die zwei für den Europäer entlegensten aus, nämlich die beiden Ahnherrn der Hebräer, aber auch sie nicht mit ihren wichtigsten, hebräischen Nachfahren: von Arphaxad leitete er die Chaldäer und von Sale die Samaritaner oder Inder her. Dieses *vel* enthüllt die Gleichgültigkeit des Verfassers; bedeutsamer schien ihm, daß der erste Assyrerkönig Ninus den Erfinder der Zauberei, Zarathustra, tötete; auch dies entnahm er Euseb-Hieronymus, daß von Abrahams Magd Agar die *Agareni* und *Saraceni* stammten. Noch konnte niemand ahnen, daß zur selben Zeit Mohammed den Grund zur Ausbreitung all jener fernen Völker zwischen Indien und Afrika legte und daß sie hundert Jahre später vor Spaniens Toren stehen würden. Der Bischof gab nur ein paar einprägsame Fakten der biblischen Geschichte an die Hand, mochten sie auch mit der Zeitgeschichte nichts zu tun haben; er wollte nicht Reichs- und Volksgeschichte, sondern eine „Histoire spirituelle" bieten. Dafür waren seine Angaben ungewöhnlich präzis. Er vergaß nicht anzugeben, daß sich die 72 Stämme der Völkertafel aus 15 Japhetiten, 30 Hamiten und 27 Semiten zusammensetzten; stillschweigend berichtigte er dabei die wohl aus Augustins „Civitas Dei" übernommene Zählung und verwarf die Angaben des sonst herangezogenen Chronographen von 354. Aber warum Isidor den Hamiten ein Mitglied abzog, warum er der künstlichen Ratio Augustins nicht folgte, das erfuhr der Leser nicht; er sollte glauben, nicht prüfen[43]).

Alles mußte sich harmonisch zueinander fügen. In einem vermutlich 612–15 geschriebenen Buch über die Zahlen sprach Isidor von den 72 Jüngern Christi,

---

[43]) Chronica Nr. 18–34, MGH AA Bd. 11, S. 429–432; dazu Hugo HERTZBERG, Über die Chroniken des Isidorus von Sevilla, in: Forschungen zur deutschen Geschichte 15 (1875) 289–360, hier S. 349 f. Zu der Chronik LANDSBERG, Weltchroniken 26 ff.; BRINCKEN, Weltchronistik 93 ff.

die zu den 72 Zungen in alle Welt gesandt wurden und, sich verdoppelnd, das Maß des himmlischen Jerusalem, die Zahl 144, erfüllen[44]). Ein anderes allegorisches Werk bezog sogar den Makrokosmos mit ein: In 24 Stunden dreht sich die Welt um sich selbst, im Hinblick auf die Dreifaltigkeit bedeutet die 72 also die im dreifachen Gott geeinte Welt. Dies Gleichnis fand bis zu Beda und Bonaventura hin viel Zustimmung; es war, als hätte die Zahl nichts mehr von Nimrods schwarzer Sünde an sich. Sogar die 70 Ältesten von Num. 11, 16 durften mitspielen; sie hätten den Heiligen Geist empfangen als Vertreter der 72 *nationum linguae*; vielen Menschen aus allen Sprachen habe der Heilige Geist sich mitgeteilt[45]). Auch die 70 Palmbäume von Ex. 15, 27 blieben nicht abseits; in einem anderen Kommentar verdeutlichten sie das Zusammenspiel der 7 Gaben des Heiligen Geistes mit den 10 Geboten, aber auch die Harmonie der *populi in septenario numero decuplato*, als gäbe es 70 Weltvölker[46]). Hinter den Zahlenspielereien steht ebenso wie hinter der Aetates-Lehre der einfache Glaube, daß Gottes Wege überschaubar und zu messen seien; Religion und Weltkunde fließen ineinander, denn Gott tut sich in sichtbaren Ordnungen und Institutionen kund. Auf eben diesem Grund ruht aber die ganze mittelalterliche Sprachen- und Völkertheologie; das bei Augustin stets gegenwärtige Kontrastbild des Bösen, das Verwirrung und Vermischung schafft, wurde von Isidor übermalt und korrigiert zu einfachen, verständlichen Linien.

Diese Linien sind kräftig nachgezeichnet in Isidors Hauptwerk, das bei seinem Tode noch nicht abgeschlossen war. Man hat sich in der Forschung daran gewöhnt, diese „Etymologiae sive origines", sogar beim Vergleich mit byzantinischen Lexika, als dürftiges Kompendium zu schmähen[47]). Diese Haltung wäre eines Byzantiners würdig; der Historiker hätte zu fragen, ob Isidor wirklich wahllos und geistlos alles abschrieb, was ihm die Kirchenväter boten. Seit langem weiß man, daß Isidor gegen alle Tradition der Patristik mit den antiken Kosmographen an die Kugelgestalt der Erde glaubte; daß er wie in Fragen der Weltkunde so auch in der Theologie, etwa in der Abendmahlslehre, durchaus nicht nur kompilierte und sein eigenwilliges und fundiertes System hatte, ist gleichfalls längst bekannt[48]). Sollte er nicht auch auf anderen Gebieten eine

---

[44]) Liber numerorum XIII, 69 f., MPL Bd. 83, Sp. 193. Dazu GROSSMANN, Zahlensymbolik 19, 51 f.; Claudio LEONARDI, Intorno al „Liber de numeris" di Isidoro di Siviglia, in: BIME 68 (1956) 203–231.

[45]) Allegoriae quaedam scripturae sacrae II, 137, MPL Bd. 83, Sp. 117 (Weltdrehung); I, 65 Sp. 109 f. (Sanhedrin).

[46]) Quaestiones in Exodum XXII, 1 f., MPL Bd. 83, Sp. 297.

[47]) DÖLGER (o. S. 294 Anm. 9) S. 106; ähnlich AUBIN (o. Anm. 3) S. 94 f. („flach, abgeschmackt, töricht"). Einen vorzüglichen Ausgangspunkt zu gerechterer Würdigung gibt CURTIUS, Literatur 447 ff.

[48]) KRETSCHMER, Erdkunde 51 (Erdgestalt); Josef Rupert GEISELMANN, Die Abendmahlslehre an der Wende der christlichen Spätantike zum Frühmittelalter,

selbständige und wohlabgewogene Auswahl aus der Überlieferung gegeben haben? Der Titel des Werkes ist programmatisch, Sprache und Herkunft stehen im Mittelpunkt; und doch ist man noch überrascht, wie vollständig Isidor nahezu alles, was vor ihm über die Geschichte der Sprachen und Völker geschrieben wurde, registrierte, und zwar nicht in der geisttötenden Buchstabenfolge der byzantinischen Suda, sondern in sinnvollem Sachzusammenhang. Sehen wir näher zu.

Über den Ursprung der Sprache konnte Isidor sich bei vielen Autoren auf verschiedene Weise informieren; er legte sich konsequent fest auf die Meinung, daß Adam zu Beginn die Namen gegeben habe *ex praesenti institutione iuxta condicionem naturae*, daß aber auch später *a veteribus* teils nach dem Wesen der Dinge, teils nach Willkür benannt wurde; denn auch wir geben unseren Sklaven und Besitztümern Namen nach unserem Wunsch. Ganz ähnlich verbanden sich Natur und Willkür bei der Bezeichnung der Buchstaben. A ist der erste, weil mit ihm die Neugeborenen Stimme gewinnen; aber Namen, Stelle und Wert der Buchstaben werden von den einzelnen Völkern teils *ex placito*, teils nach dem Klang ihrer eigenen Sprache festgesetzt. Ebenso sind für Isidor Sprache und Erkenntnis, Wort und Ding unlösbar miteinander verquickt, etwa in dem lapidaren Satz: *Nisi enim nomen scieris, cognitio rerum perit.* Die Etymologie des Wortes enthüllt zugleich die Natur der bezeichneten Sache, deckt sich jedoch nicht immer mit ihr. Gewiß, das war aus Augustin und antiken Theoretikern entlehnt und folgte mehr oder weniger der aristotelischen Richtung, aber nicht blindlings. War es etwa keine schwere und folgenreiche Entscheidung, hier nicht dem Tertullian, dem Hieronymus und den Befürwortern der göttlichen Sprachinspiration zuzustimmen? War es kein Meisterstück, wie er sich zwischen den Standpunkten, etwa in der Frage Sprechen und Denken, hindurchwand? Ungeachtet Laktanzens Einspruch billigte er Augustins Etymologie von *verbum*: *verberato aere sonat*; dennoch gab er den Worten gegen Augustins Meinung starke Kraft als *mentis signa*, mit denen die Menschen einander ihre Gedanken zeigen: Gedanke, Schall und Wesen sind also im Wort vereint. Abgewogener und umfassender ließ sich nicht urteilen.

Ebenso klug wurden die Einzelsprachen taxiert. Das Hebräische ist nach Isidor die älteste Sprache, Patriarchen und Propheten benutzten sie; aber wieder schrieb Isidor nicht unüberlegt ab. Er wies die These Theodorets von der „chaldäischen", also syrischen Ursprache energischer als Hieronymus mit dem Hinweis auf Dan. 1, 4 zurück; auch aus lautgeschichtlichen Gründen mußte Hebräisch die Ursprache sein. Isidor behauptete aber keineswegs, daß es allein den Dingen angemessen sei; fast historistisch klingt der Satz, wer sich

München 1933, S. 259 ff. (Eucharistielehre; Hinweis von Prof. Otto Herding-Münster).

heutigentags *(praesentis temporis)* genau ausdrücken wolle, der müsse Latein reden. Zwar verstand Isidor selber nur ein paar Vokabeln Hebräisch und Griechisch und gab unter den Bibelversionen der lateinischen Vulgata den Vorzug vor der griechischen Septuaginta; die Aristeaslegende wurde stillschweigend übergangen[49]). Doch das war beileibe kein „metaphysischer Primat" des Lateinischen[50]). Denn das Lateinische hat eine bewegte Geschichte hinter sich, die auf den Gehalt der Sprache abfärbte: Isidor unterscheidet vier Epochen der Sprachgeschichte. Das alte Latein *(prisca)*, wie es in den Anfängen Italiens unter Janus und Saturn gesprochen wurde, war regellos, wie die Salierlieder zeigen. Es folgte seit Latinus und unter den etruskischen Königen das latinische Latein, wie es in den Zwölftafelgesetzen erhalten ist. Die nächste Stufe bildete das römische Latein *(Romana)*, die Sprache der Dichter Naevius, Plautus, Ennius, Vergil und der Redner Gracchus, Cato und Cicero. Die letzte Schicht, unserer „silbernen Latinität" halbwegs entsprechend, ist die *Mixta*, in die nach der Ausbreitung des Römerreiches die Soloecismen und Barbarismen eindrangen. Das ist der erste uns erhaltene große Entwurf einer lateinischen Sprachgeschichte, bemerkenswert durch die enge Verbindung von Sprachentwicklung und politischer Situation. Aber das „gegenwärtige" Latein war eben diese *Mixta*, die vom Standpunkt der Sprachgeschichte aus eine Verderbnis bedeutete. Wenn Isidor trotzdem auch dieses Latein noch für exakt hielt, tat er es in der vollen Kenntnis seiner Schwäche, aber auch in der nüchternen Erkenntnis, daß die geschliffene Kultursprache sich den Dingen geschmeidiger anpaßt als das barbarische Idiom. Isidor meinte damit nicht, daß die Germanen nun alle Latein lernen sollten. Die Sprache gehört nach seiner Auffassung untrennbar zum Begriff des Volkes; jedermann lernt ganz von selbst *suae gentis linguam*, und offenbar muß das so sein[51]). Mit all ihren Mängeln, in ihrer ganzen geschichtlichen Gebrechlichkeit sind die Sprachen ein unveränderlicher Teil menschlicher Existenz.

Dasselbe gilt von den Völkern. Das Verständnis für ihre historische Gestalt zeigt sich besonders klar in Isidors Behandlung der biblischen Altertümer. In

---

[49]) Etymologiarum sive originum libri XX, hg. Wallace Martin LINDSAY, 2 Bände, Oxford 1911 (unpaginiert): XII, 1, 1 (Adam als Namengeber); I, 29, 2 f. (Benennung nach Willkür); I, 4, 16 f. (Natur und Willkür, Buchstabe A); I, 7, 1 (nomen, cognitio). ROTTA, Filosofia 143 f. (Abhängigkeit von Aristoteles zu stark betont). Etymologiae I, 9, 1 (verbum; ähnlich III, 20, 2); XII, 1, 2 (hebräische Ursprache); IX, 1, 1 (Propheten, Patriarchen); IX, 1, 9 (exegetische Gründe); I, 3, 4 (lautgeschichtliche Begründung); II, 16, 2 (Latein); VI, 4, 5 (Vulgata).

[50]) CURTIUS, Literatur, 1. Aufl., Bern 1948, S. 33 (metaphysischer Primat). Es zeugt für die Gründlichkeit der Neubearbeitung, daß in der 2. Aufl. S. 35 der entsprechende Satz fehlt.

[51]) Etymologiae IX, 1, 6 f. (lateinische Sprachgeschichte); IX, 1, 10 (Barbaren, Volk).

seiner den „Etymologien“ inserierten „Kleinen Chronik“ von 627 wiederholte er zwar nur die wenigen Angaben der Größeren Chronik, präzisierte sie aber: Sale ist nun der Vater der *Samaritae et Indi*. Auch die Etymologie der biblischen Namen ist nun scharf umrissen und beziehungsreich. Cham ist *calidus* und deutet auf sein südliches, der Sonne nahes Herrschaftsgebiet, besonders Ägypten. Japhet heißt *latitudo* wegen der Vielzahl seiner Völker, die sich in der *multitudo credentium* sammeln: Japhet wird also hier zum Vater der Christenheit oder Europas. Wie die Erwählung der Heiden, so drückte sich auch die Verwerfung der Juden schon im Namen ihres Stammvaters aus: Heber bedeutet *transitus*. Hatten die syrischen Christen diese Etymologie zur Waffe gegen die hebräische Ursprache benutzt, so fand Isidor erst ihre schärfste Schneide: Von Hebers Volk werde Gott ausgehen, aber „hinübergehen“ in die Welt der *gentes*, der Christen. Nimrod aber besagt „Tyrann“: er habe als erster Tyrannei ausgeübt und den verruchten Turm bauen wollen. Die Heils- und Machtgeschichte summiert sich in diesen wenigen Namen; alles Spätere entwickelt nur diese Etymologien, unter anderem in der biblischen Völkertafel. Auch hier folgte Isidor nicht gedankenlos dem Josephus oder Hieronymus, sondern setzte zu Gomer und den Galatern hinzu: *id est Galli*, zu Magog und den herkömmlichen Skythen: *et Gothos*. Beide Modernisierungen waren vor Isidor nur von Eucherius einmal schüchtern vorgebracht worden. Die erste lag seit Hieronymus, die zweite seit dem Talmud bereit, und man wußte, daß die Goten vor 375 am „Skythischen“ Schwarzen Meer gesessen hatten. Aber wie schwer war es, das in der Luft Liegende klar auszusprechen! Isidor unternahm es, weil er in den Büchern Mosis – in bezeichnender Verbindung – eine *divinae historiae cosmographia* sah, weil ihm Gott, Geschichte und Natur ohne lange Umwege zusammengehörten. Auch die Zahlensymbolik deutete ohne die quälende Unsicherheit Cassiodors darauf hin: Die 22 Schöpfungswerke Gottes, die 22 Generationen von Adam bis Jakob, die 22 Buchstaben des hebräischen Alphabets und die 22 Bücher des Alten Testamentes bestätigen den Zusammenhang von Schöpfung, Geschichte, Sprache und Bibel. Alles, was von Belang war, mußte also in der Bibel stehen, auch Gallier und Goten.

Allerdings sind die Völker nicht ewig, und so war für Isidor nicht alles Alte biblisch. Viele Genealogien blieben isoliert und wuchsen nicht synkretistisch zusammen. Zwar brachte Isidor die Gleichung des spätantiken Synkretismus Kronos = Saturn = Baal = Bel ins christliche Abendland und gab dem Assyrerkönig Bel den Sieger über den Magier Zoroaster, Ninus, zum Sohn, aber weiter führte die Ahnentafel nicht zurück; auch von den Griechenahnen Deukalion und Hellen ging nicht wie bei Malalas und der Suda der Weg zu den Noachiden weiter. Isidor brachte Dutzende von Völkernamen der antiken Ethnographie, ohne sie in der Art Hippolyts biblisch zu erläutern. Wo sich, wie bei den Medern, eine biblische Herleitung von Madai und eine antike von Medea anbot, wählte der Sevillaner die biblische; aber den Sarazenen wurde es von Isidor wie schon von Sozomenos verübelt, daß sie sich als Nachfahren der Sarah ausgäben, während sie doch von der Magd Agar herkämen und ihr Name, der auch *Syriginae* heiße, nichts mit der Bibel zu tun habe. Über die byzantinische Gelehrsamkeit hinausgehend las also Isidor die „syrische", semitische Herkunft der Araber aus ihrem Namen heraus. Die Hunnen wurden nicht ausdrücklich durch die bösen Gog und Magog erläutert, aber mit Hieronymus suchte Isidor sie hinter den Kaspischen Bergen, wo Alexander der Große die wilden Völker zerniert hatte. Dagegen wurden mit einem gewissen Selbstgefühl die spanischen Völker dargestellt; eines davon, die *Galleci*, stammte von dem Griechen Teukros aus der Zeit des Trojanischen Krieges. Isidor scheint diesen griechischen Teukros nicht mit dem gleichnamigen König der Trojaner verwechselt zu haben; dennoch liegt hier eine bisher unerkannte Anregung für alle späteren Trojanerfabeln, mit denen sich junge Völker einen Platz neben den Römern sichern wollten. Auch die fränkische Trojanersage wurde grundgelegt mit der Erklärung, die Franken hätten ihren Namen nach einem ihrer Führer – der Trojaner Francus wird uns bald begegnen. Alle Spanier zusammen aber sind Kinder des biblischen Tubal: hier war die Neuerung des Hieronymus gerade recht[52]). Zwar nannte Isidor den Erfinder der Musik, Jubal von Gen. 4, 21 gleichfalls Tubal, aber er hielt ihn nicht für einen Spanier; das blieb erst der Renaissance vorbehalten[53]). Vieles ist bei Isidor vorbereitet, was den Lokalpatrioten später behagte; er selbst führte dergleichen nicht im Schilde. Höchstens daß er auf die ihm schon vertraute Weise die Goten, *quos veteres magis Getas quam Gothos vocaverunt*, als Kinder Magogs aufführte; so trafen sich in Spanien also Japhets edelste Nachfahren. Aber nicht alle Geschichte erklärte sich aus der Bibel. Isidor ließ daneben auch hier die antike Tradition und die „natürlichen" Erklärungen zu Worte kommen; elfhundert Jahre vor Montesquieu schrieb er, daß es die *natura climatum* sei, die die Völker verschieden mache; und diese Verschiedenheit wurde nirgends mit einem abfälligen Urteil bedacht. Mit feinem Instinkt für den diskriminierenden Unterton der Lehre von den Völkerengeln umging Isidor diese Anschauung; er betonte wohl, daß

---

[52]) Etymologiae V, 39, 5 (Kleine Chronik); VII, 6, 17–24 (Cham, Japhet, Heber, Nimrod); IX, 2, 1–37 (Völkertafel); VI, 2, 1 (Bibel und Geschichte); XVI, 26, 10 (Zahlensymbolik der 22); VIII, 11, 23 (Ninus, Saturn, Bel); V, 39, 7; VIII, 9, 1; IX, 2, 43 (Zoroaster); XIV, 4, 10 (Deukalion, Hellen); IX, 2, 38–132 (nichtbiblische Völkernamen), hier 46 (Meder), 57 (Sarazenen), 66 (Hunnen; dazu ANDERSON, Gog 12), 110 f. (Galicier), 101 (Franken; dazu ZÖLLNER, Stellung 76).

[53]) Etymologiae III, 16,1; dazu Paul Edward BEICHNER, The Medieval Representive of Music, Jubal or Tubalcain (Texts and Studies in the History of Mediaeval Education 2), Notre Dame 1954, S. 6 ff.

über jeden Ort und Menschen ein Engel wacht, und zitierte Dan. 10, 13, wo vom „Engel der Perser“ die Rede ist; aber nicht über die Völker, sondern über die *loca et homines* wachen die Engel seit Anbeginn der Welt; Israel war nicht Gottes besonderes Erbteil. Den Juden, Goten und Spaniern blieb der biblische Adelsbrief, aber der geschichtliche Adel mußte täglich neu errungen werden.

Aus Respekt vor der Historie nahm Isidor jetzt die Geschichte von Babel ganz wörtlich: der Riese Nimrod, der Babylon erbaute und später die Perser das Feuer anbeten lehrte, verursachte durch den Turmbau die Trennung der Sprachen und der Völker; *ex linguis gentes, non ex gentibus linguae exortae sunt.* Hier ist aus exegetischen Gründen das bisher so vielumstrittene Verhältnis zwischen Sprache und Volk einseitig im Sinne des Marius Victor, aber auch eindeutig festgelegt worden, auch für das kommende Jahrtausend. Die Historiker sollten dieser Definition nicht die Bedeutung absprechen mit der Begründung, daß Isidor „dabei die Erzählung vom Turmbau zu Babel im Sinne gehabt haben wird“; gerade die Exegese der Turmbaugeschichte ließ seit Filastrius auch die umgekehrte Lösung zu[54]). Isidor wollte die Mannigfaltigkeit der Völker nicht von der Sprachenvielfalt trennen wie den Segen vom Fluch; beide entstanden gemeinsam, zuerst durch die Sünde der Menschen, aber sogleich auch durch das Walten Gottes verursacht.

Gott behielt seine Hand im Spiel. Darum trug Isidor den Sprachen und Völkern den Makel ihrer Entstehung nicht nach; auch in den Etymologien wies er auf die Harmonie der Zahlen hin. Hier übernahm er allerdings Augustins Worte von den 73 Söhnen, 15 Japhetiten, 31 Hamiten und 27 Semiten, die, *ut ratio declarat*, 72 Sprachen ergeben. Augustin hatte freilich geschrieben: *ut ratio declaratura est*, und danach seinen Standpunkt erläutert; Isidor änderte das Tempus und sparte sich die Begründung. Hätte er in seiner Vulgata nachgezählt, dann hätte er bemerken müssen, daß Augustins Zahlen nicht zutrafen; aber es lag ihm wohl vor allem am Endergebnis, an der schönen Ordnung der 72 Sprachen. Die Zahl half auch entlegene Bereiche ordnen. Daß das ägyptische Maß Artaba 72 Sextarien habe, war wohl dem Josephus nachgesprochen, aber Isidors Begründung überrascht: *propter septuaginta et duas gentes vel linguas, quae orbem inpleverunt.* Daß das Gewand des jüdischen Hohenpriesters mit 72 Glöckchen geschmückt ist, war seit dem Talmud den Juden geläufig; aber welcher Christ vor Isidor hatte Wert darauf gelegt? Die 70 blieb daneben ge-

---

[54]) Etymologiae IX, 2, 89 (Goten-Geten; vgl. XIV, 3, 31); IX, 2, 105 (Klima); VII, 5, 28 f. (Völkerengel); XV, 1, 4 (Nimrod, Turmbau); IX, 1, 14 (Entstehung der Sprachen und Völker); dazu Paul Kirn, Aus der Frühzeit des Nationalgefühls, Studien zur deutschen und französischen Geschichte sowie zu den Nationalitätenkämpfen auf den britischen Inseln, Leipzig 1943, S. 20 f. (Definition durch Turmbauerzählung beeinflußt; ebenso Zöllner, Stellung 51).

achtet: sie vertrat die 70 Dolmetscher, die nach der Aristeaslegende die LXX einhellig übersetzten; annähernd 70 Namen Christi enthält auch Isidors Namenkatalog: In den Möglichkeiten der Sprache dokumentiert sich die geordnete Fülle Gottes [55]).

Da Isidor Gottes fortwährendes Wirken in der Welt an allen Kleinigkeiten entdeckte, schrieb er auch aus Augustins Johanneskommentar die Erklärung der drei Hauptsprachen ab, scheinbar wörtlich, nur mit einem Wort Unterschied: Wo Augustin von *linguae principales* geschrieben hatte, hieß es bei Isidor *linguae sacrae*. Er und kein anderer ist also der „Erfinder" der Lehre von den drei heiligen Sprachen. Aber man muß sogleich nach Isidors Gründen fragen. Nicht Augustins historische Erwägungen über die drei Weltsprachen imponierten ihm, sondern die Tatsache allein, daß in diesen drei Sprachen, Hebräisch, Griechisch und Lateinisch, die Inschrift an Christi Kreuze abgefaßt war, daß sie also mit zum Erlösungswerk gehörten; ferner waren sie alle drei für den Benutzer der hieronymianischen Vulgata selbstverständlich Bibelsprachen. Den Ausschlag gab ihre Verwendung, nicht ihr innerer Wert; allerdings hob Isidor nach Quintilians Muster die Schönheit des Griechischen besonders hervor, und die drei Sprachen vertraten ihm die drei verschiedenen Aussprachemöglichkeiten, das Hebräische die gutturale orientalische, das Griechische die palatale, das Lateinische die dentale des Okzidents, der Spanier und Italiener, – mindestens für die beiden letzteren Sprachengruppen stark schematisierend. Die drei Sprachen vertraten freilich nicht wie bei Augustin die Bereiche von Religion, Kultur und Staat. Zwar hat es seine besondere Bedeutung, wenn Isidor die Namen Jesu Christi gerade in diese drei Sprachen übersetzte, aber wiederum war hier kein „metaphysischer Primat" gemeint, etwa in dem Sinn, daß diese drei Sprachen die himmlischen oder den Himmlischen nächststehenden wären. Gott und die Engel, sagte Isidor, sprechen nicht eigentlich. Damit setzte sich die griechische Patristik, durch Gregors des Großen Autorität unterstützt, gegenüber der lateinischen durch. Auch die Schöpfung geschah wortlos; *nondum enim erant linguae*. Hier folgte Isidor also nicht wörtlich dem Bibeltext, der betont: *Dixitque Deus...*, *Appellavitque lucem diem...* (Gen. 1, 3 und 5). Konsequent vertraute der Bischof auch in der Frage der Endsprache nicht dem Hieronymus, sondern verwies wie Theodoret auf 1 Kor. 13, 8: die Sprachen werden

---

[55]) Etymologiae IX, 2, 2 (Sprachenzahl); die Stelle ist aus Augustinus, De civitate Dei XVI, 6, CCSL Bd. 48, S. 507 übernommen und variiert, das haben weder August Friedrich POTT, Anti-Kaulen oder mythische Vorstellungen vom Ursprung der Völker und Sprachen, Lemgo-Detmold 1863, S. 59 noch HOPPER, Symbolism 111 noch WEIGAND, Languages 254 bemerkt. Etymologiae XVI, 26, 16 (Artaba); XIX, 21, 4 (72 Glöckchen); VI, 4, 1 f. (Dolmetscher, Aristeas); VII, 2, 2–44 (Namen Christi; dazu Ernst Robert CURTIUS, Nomina Christi, in: Mélanges Joseph de Ghellinck SJ, Bd. 2, Gembloux 1951, S. 1029–1032, hier S. 1030).

aufhören. Welche dann folgen wird? *Nusquam reperitur*[11]). Sprachen und Völker bleiben also auf das Feld der Geschichte und des Diesseits beschränkt.

Von wunderbar verliehenen Sprachkenntnissen, vollends vom Pfingstwunder schwieg Isidor, und das erleichtert es uns, die „innere Linie" zu finden, die sich durch alle diese scheinbar gedankenlosen Exzerpte zieht. Die Vielfalt der Sprachen und Völker gilt als eine natürliche und gegenwärtige, zugleich historische Tatsache; sie gehört zum Menschsein, hat keine negative Bedeutung, ist von Gott zugelassen und geordnet, spielt aber nicht eigentlich in die Religion mit hinein; sie hat keinen überzeitlichen Bezug und wird nicht durch Gottes Eingreifen entschärft. Die Späteren haben über die Einschränkungen hinweggesehen und nur die klaren, handlichen Formeln beachtet, die eine glatte Verbindung zwischen Welt und Gott zu ermöglichen schienen, und zweifellos überwog diese Seite auch bei Isidor selbst. Sein Hauptverdienst bleibt es, die Sprachen und Völker als Teil der irdischen Welt gesehen zu haben, vor der der Christ nicht flieht, sondern in der er die Wunder Gottes aufspürt. Keiner hat so unmittelbar und so nachhaltig die mittelalterlichen Anschauungen über Sprachenvielfalt und Völkerstammbaum bestimmt wie Isidor von Sevilla.

Das ist um so erstaunlicher, wenn man die öde Umwelt seiner Zeit vergleicht; in Spanien lebte man überall sonst stumpf und stumm in den Tag. Die älteste spanische Bibelillustration, der aus dem 7. Jahrhundert stammende sogenannte Ashburnham-Pentateuch, weiß über alle Fragen, die Isidor berührt hatte, nur zu schweigen. Sie schildert Gottes fürchterliche Strafgerichte: auf die Sintflut folgt gleich Sodom und Gomorrha. War Babel kein Strafgericht mehr?[57])

Erst recht ist es ein weiter Sprung von Isidor zu den nächsten Nachbarn. Aus Südgallien läßt sich um die Mitte des 7. Jahrhunderts der rätselhafte Grammatiker Virgilius Maro vernehmen, der Isidors „Etymologien" schon benutzte, aber sie nur auf die äußerlichste Art auswertete. Das Wesen der Sprache ergab sich aus primitiven Wortanklängen: die Lippen, *labia*, sollten ihren Namen vom *labor loquendi* haben, *verbum* sollte von *lingua profertur et voce* definiert sein; *sermo* ergab sich aus *serendo* und *monendo*. Hier näherte sich die Etymologie der Kabbala; Virgilius glaubte, zwölf Arten von *latinitas*, mit je verschiedenem Wortschatz, unterscheiden zu können. Je mehr das Latein verfiel, desto mehr wurde es zur hermetischen Sprache, die nicht mehr rational durchschaubar, gleichwohl aber den Manipulationen solcher Grammatiker ausgeliefert war,

---

[56]) Etymologiae IX, 1, 3 (Hauptsprachen; SCHWERING, Idee, hat die Stelle übersehen); IX, 1, 4 (Griechisch); IX, 1, 8 (Aussprache; dazu WALLACH, Gemeinschaftsbewußtsein 9); VII, 2, 6 f. (Namen Jesu); IX, 1, 11 ff. (Gottes-, Engels- und Endsprache).

[57]) The Miniatures of the Ashburnham Pentateuch, hg. Oscar von GEBHARDT, London 1883, S. 13 und Tafel V.

ohne Halt an den Dingen, ein Gebräu aus Willkür und Magie[58]). Wenn das in den alten römischen Provinzen geschah, was war dann noch von den Franken im Norden zu erwarten?

*

Die Franken wanderten nicht wie Goten und Langobarden in alle Welt, sie weiteten nur ihre Wohnsitze aus und sind deshalb nicht im Romanischen untergegangen, sondern die Begründer des abendländischen Mittelalters geworden – politisch, nicht geistig. Denn sie mußten ihren Zoll zahlen, zwar nicht mit ihrem kulturellen Niveau, aber mit ihrem Horizont. Es fehlte ihnen oft die Weltoffenheit und Beweglichkeit ihrer unsteteren Brüder; sie blieben näher am Status der „Germania" des Tacitus und der Edden. Selbst ihr Christentum wurde zwischen Chlodwig und Bonifatius „aus der universalen gewissermaßen zu ihrer Nationalreligion" [59]); sie haben sich in unseren Fragen – anders als etwa in ihren liturgischen Anschauungen – mehr den römischen als den jüdisch-christlichen Universalismus zum Vorbild genommen[60]). Freilich gab ihnen der lange enge Kontakt mit den Römern zugleich eine Sicherheit des Urteils, die sich andere Germanenstämme erst mühsam erwerben mußten; aber in der romanisch-fränkischen Symbiose übertrug sich nicht nur die römische Kanzleisprache, die in den Merowingerdiplomen, freilich vulgarisiert und verarmt, fortlebte[61]), sondern auch das spätrömisch-gallische Selbstbewußtsein, das nach Adel, nicht nach Alter fragte.

Woher kamen Völker und Sprachen? Der erste Historiker der Franken, der aus dem romanischen Senatorenadel stammende Bischof Gregor von Tours (538/9 bis 594) ist dafür nach 575 ein beredter Zeuge, denn er verweigert die Aussage. Seine Chronik will *ab ipso mundi principio* beginnen, aber nicht, um die universale Heilsgeschichte oder die Aetates darzulegen, sondern nur *pro supputatione annorum*, des Kalenders und des Weltendes wegen. Das erste, die vorfränkische

---

[58]) Thomas STANGL, Virgiliana, Die grammatischen Schriften des Galliers Virgilius Maro, München 1891, S. 64 (labia), 67 (verbum, sermo, latinitas); dazu MANITIUS, Literatur Bd. 1, S. 123; D. TARDI, Sur le vocabulaire de Virgile le Grammarien, in: ALMA 3 (1927) 22–27; Ferdinand LOT, La fin du monde antique et le début du moyen âge (L'évolution de l'humanité), Paris 1951, S. 437. Zum kabbalistischen Element CURTIUS, Literatur 437 Anm. 4. Anders, als Parodie, interpretiert LAISTNER, Thought 176 f. Virgils Werk.

[59]) WALLACH, Gemeinschaftsbewußtsein 10; vgl. WAITZ, Verfassungsgeschichte Bd. 2, 1, S. 70 ff.

[60]) Gerd TELLENBACH, Römischer und christlicher Reichsgedanke in der Liturgie des frühen Mittelalters (Sitzungsberichte der Heidelberger Akad. d. Wiss., Philos.-Hist. Kl., Jg. 1934/35, Nr. 1), Heidelberg 1934, S. 21 (Liturgie).

[61]) Peter CLASSEN, Kaiserreskript und Königsurkunde, Diplomatische Studien zum römisch-germanischen Kontinuitätsproblem II, in: Archiv für Diplomatik 2 (1956) 1–115, hier S. 38 f.

Weltgeschichte behandelnde Buch ist unter den zehn Büchern seines Werkes das kürzeste. Die Sprachverwirrung von Babel wird nicht ganz verschwiegen, aber erst nach der Erdteilung unter Noahs Söhne erzählt, als wäre sie deren Appendix: Als die Menschen sich vervielfältigten und über alle Lande ausdehnten, da kamen Leute aus dem Osten nach dem wiesenreichen Sinear und bauten einen Turm. Kann, wer solches schrieb, ernstlich geglaubt haben, daß alle Erdbewohner in Babel beteiligt waren? Traf die Sprachverwirrung nicht nur die *vana cogitatio* des Riesen Nimrod, der Hamiten und der boshaften Juden? Die vage Formulierung ist vielleicht der Tatsache zu verdanken, daß Gregor die Bibel meist aus dem Gedächtnis zitierte; aber das läßt zumindest tief blicken: Wie Cassiodor, den Gregor nicht kannte, wälzte der Bischof die Schuld an der Sprachenteilung von den jungen Völkern ab. Diese sind, mit Ausnahme der verhaßten arianischen Westgoten, rechtgläubig und fromm; das von Gregor an den Anfang gestellte Glaubensbekenntnis soll es bezeugen, und das erste, mit der Weltschöpfung beginnende Buch liest sich eher wie eine Rechtfertigung fränkischer Orthodoxie als wie eine Darstellung der Heilsgeschichte. Außerdem zerstreuten sich die Völker nach Gregors Ansicht schon vor dem Turmbau; die Vorfahren der Franken können also gar nicht mitschuldig sein.

Nicht einmal wer diese Vorfahren sind, erfährt der Leser. Es gibt wenige so nichtssagende Kommentare zur biblischen Völkertafel wie diesen: *De Jafeth egressae sunt gentes, similiter et de Cham sive de Sem. Et sicut ait vetus historia* (nämlich Gen. 9, 19), *ab his disseminatum est genus humanum sub universo caelo.* Jedem Leser mußte die Frage auf der Zunge brennen: Auch die Franken? Aber Gregor schwieg und erläuterte nicht einmal den Zusammenhang Japhets mit dem Abendland. Er gab überhaupt nicht die Andeutung einer Völkergenealogie; die Franken seien, sagte er nur, nach Meinung vieler aus Pannonien gekommen. Nicht einmal die gemeingermanische, skandinavische Genealogie wurde aufgegriffen. Wer der erste Frankenkönig war, wußte er nicht anzugeben. Man mag Gregors Anschauung von Grund auf christlich nennen und es darauf zurückführen, daß er für ethnische Verschiedenheiten kein Gefühl hatte. Von der germanischen Ahnenprobe hielt er nicht viel; daß Christus, wie der heidnische Chlodwig bemängelte, nicht von Göttern abstammt, beschämte den Chronisten gar nicht[62]). Er hat in der Tat die fränkische Volksgeschichte ganz von

---

[62]) Libri historiarum X, praefatio prima, MGH SS rerum Merovingicarum Bd. 1, Teil 1, 2. Aufl., S. 1 (Beginn bei Weltanfang); I, 5 ff. S. 7 ff. (Völker- und Sprachenteilung); I, prol. S. 3–5 (Glaubensbekenntnis; dazu BRINCKEN, Weltchronistik 97); II, 9 S. 52, 57 (Franken, Pannonien); II, 29 S. 74 (Christi Abkunft). Zum christlichen Moment Siegmund HELLMANN, Studien zur mittelalterlichen Geschichtschreibung, I. Gregor von Tours, in: HZ 107 (1911) 1–43, hier S. 11; SESTAN, Nazione 179 ff.; Rudolf BUCHNER, Gregor von Tours, Zehn Bücher Geschichten, Bd. 1, Darmstadt 1955, S. XV ff.; LAISTNER, Thought 133.

der Kirche her gesehen und im Gegensatz zu seinen adligen Verwandten seinen Stammbaum nicht auf alten Römeradel, sondern auf einen christlichen Märtyrer zurückgeführt[63]). Schrieb also Gregor insgeheim Kirchengeschichte?

Was ist das für eine Geschichte des Gottesvolkes, die nur vom schlimmen Ergehen der Gegner erzählt? Wir werden eingehend informiert, daß der Erfinder der Zauberei und Feueranbeter Zoroaster mit dem hamitischen Götzendiener Kusch identisch, also der Vater des riesigen Bauherrn von Babylon, Nimrod, ist. Mit Abrahams Zeitgenossen Ninus, dem Gründer Ninives, konnte Zoroaster dann freilich nicht mehr gekämpft haben wie bei Orosius und Augustin. Bel und Semiramis versanken; selbst die mythologischen Stammbäume wurden versimpelt. Aber was sollten Kusch und Zoroaster anstelle von Japhet und Gomer, von Sem und Heber? Welch merkwürdige Kirchengeschichte, die dort, wo das Pfingstwunder, das Stiftungsfest der Kirche, erwähnt werden müßte, behaglich vom grausigen Tode des Manichäers Pilatus und des Frevlers Herodes berichtet! Man hat wohl mit Recht betont, daß Gregors Werk keinen übergreifenden geschichtstheologischen Gedanken enthält; es ist auch in seinem universalhistorischen Aspekt eine Geschichte der Barbarei, derselben Barbarei, der sich die fränkische Kultur nur langsam entwand. Das Vorhandensein von Gregors Buch mag den fränkisch-gallischen Ausgleich bezeugen, aber was war das für eine Symbiose, wenn Gregor das Fränkische *barbaries* nannte? Mit warmen Farben schilderte Gregor, wie in Orléans 585 alle Völker in ihren Sprachen, Syrer, Romanen und Juden, zum Lob des frommen Königs Gunthramn bunt durcheinander sangen. Warum fehlt bei diesem „fränkischen Pfingstwunder" nur gerade das Fränkische? Gregor befand sich mit König Chilperich I. im dogmatischen Gegensatz, gewiß, aber warum hatte er keine Sympathie für Chilperichs Versuch, das lateinische Alphabet dem Gebrauch germanischer Sprachen anzupassen?[64]) Ist die neue fränkisch-gallische Symbiose, von der Gregor zeugt, vielleicht bloß der Gleichklang des beiderseitigen Eigensinns?

Man könnte meinen, daß diese Beschränktheit nur Sache des Romanen war, der nicht auf Isidors Höhe stand; und wenigstens von Chilperich I. erzählte sein Lobredner, Venantius Fortunatus (ca. 530–ca. 609), der Freund Gregors von Tours, er habe alle Sprachen seines Reiches verstanden und gesprochen, *dis-*

---

[63]) Liber vitae patrum VI, 1, MGH SS rer. Merov. Bd. 1, Teil 2, S. 680.

[64]) Historiae I, 5 S. 7 (Zoroaster); De cursu stellarum ratio c. 3, MGH SS rer. Merov. Bd. 1, Teil 2, S. 858 (Nimrod); Historiae I, 24 S. 19 (Pilatus, Herodes). Zum Fehlen einer Geschichtstheologie MÜLLER, Hand Gottes 48 ff. Historiae III, 15 S. 112 ff. (fränkische Barbaren; daß *barbarus* bei Gregor abschätzig gemeint ist, zeige ich in einer gesonderten Studie über den mittelalterlichen Barbarenbegriff); VIII, 1 S. 370 (Orléans); V, 44 S. 254 (Chilperichs Versuche; dazu GRUNDMANN, Litteratus 33 f.).

cernens varias sub nullo interprete voces, also jedenfalls auch romanische Dialekte. Aber auch Venantius rügte seinen Helden deshalb nicht, wie es hundert Jahre vorher Sidonius Apollinaris getan hatte. Im Gegenteil, er empfand es als Demonstration der Macht, daß Charibert von Neustrien, der auch die lateinische Sprache beherrschte, von Barbaren und Römern *diversis linguis* gepriesen wurde. Die Symbiose des Romanischen und Germanischen erscheint bei Venantius in viel hellerem Licht als bei seinem Freunde Gregor; die gerühmte Frau Dagaulfs ist *Romana studio, barbara prole*, wie denn Venantius auch in seiner Dichtung am Übergang von antiker Form zu mittelalterlichem Inhalt stand[65]).

Germanische Herkunft, römische Bildung und christlicher Glaube – war es nicht Aufgabe der fränkischen Kirche, den Übergang bruchlos zu lenken? In der fränkischen Weltchronik des sogenannten Fredegar, die in der ersten Hälfte des 7. Jahrhunderts von mehreren dem Merowingerhaus nahestehenden Verfassern kompiliert wurde, scheint sich in der Tat eine neue überparteiliche Sicht durchgesetzt zu haben. Das ethnische Interesse war noch sehr stark, immer wurde angegeben, woher die handelnden Personen stammten. Aber das erste Buch, wohl 613 von einem Burgunder verfaßt, versuchte ernsthaft „die Einreihung der Geschichte des eigenen Volkes und Reiches in den großen Zusammenhang der kirchlichen und weltlichen Universalgeschichte" [66]). Dazu wurde der Chronograph von 354 ausgiebig benutzt und in einer Kurzfassung eingerückt; Hippolyts Blickweite steckte auch den nicht eben geistreichen Kompilator noch an. Er schrieb die Lehre von 72 Sprachen, vom gemeinsamen Stammbaum der 72 Völker ab und gab auch die Liste mit den 72 Namen wieder. Dabei erlaubte sich der Autor einen eigenmächtigen, höchst bedeutsamen Zusatz. Bei Hippolyt und im Chronographen von 354 bezeichneten die Kittim, Kinder des Griechenvaters Javan, zugleich die Römer, *Romani qui et Latini*. Anderswo hatte man die Kittim mit Makedonien und Rhodos verbunden. Unserem Verfasser fiel dabei wohl Vergil ein, nach dem die Römer auch Trojaner und Phryger waren. Warum nicht Bibel und Antike vereinen? *Cetthin, unde Trociane, Frigiiae, Macedones*. Und um es allen recht zu machen, gleich noch einmal: *Cythii, de quo Romani, qui et Latini, Rodivivi et Priami*. So kamen die Trojaner zum ersten Mal in das erste Buch Moses, in dem sie tausend Jahre bleiben sollten. Dieser Zusatz, der den Franken nicht zugute kam, hatte für unseren Schreiber

[65]) Carmina IX, 1, 91–94, MGH AA Bd. 4, 1 S. 203 (Chilperich; dazu Sestan, Nazione 173); VI, 2, 7 f. S. 131 (Charibert); IV, 26, 14 S. 95 (Dagaulfs Frau; dazu Zöllner, Stellung 39, 88 f.). Zu V.s Platz zwischen Antike und Mittelalter Richard Koebner, Venantius Fortunatus, Seine Persönlichkeit und seine Stellung in der geistigen Kultur des Merowinger-Reiches (Beiträge zur Kulturgeschichte des Mittelalters und der Renaissance 22), Leipzig-Berlin 1915, S. 115 ff.

[66]) Sestan, Nazione 186 (ethnisches Interesse); Siegmund Hellmann, Das Fredegarproblem, in: Historische Vierteljahrsschrift 29 (1935) 36–92, hier S. 88 (Zitat).

keinen aktuellen Zeitbezug; um so reiner war die Absicht: auch Vergils Völker sollten in der Bibel zu finden sein.

Die antik-christlich-germanische Synthese erregte alsbald Widerspruch. Das zweite Buch des „Fredegar", vielleicht um 643 von einem anderen Burgunder oder einem in Burgund lebenden Franken verfaßt, brachte, wohl auf Hieronymus bauend, auch zwei biblische Genealogien, die sich an die ehrwürdigsten Patriarchen anschlossen: Von Abraham und der unfreien Magd Agar stammten die Sarazenen ab, von Jakob die Juden – nicht gerade die dem Autor sympathischsten Völker. Die Franken selbst hatten nichts mit der Bibel zu tun, sie waren – und das ist die dritte und letzte Genealogie dieses Buches – Nachfahren des Aeneas und der Trojaner, also nicht nur mit den *Turchi* verwandt, sondern auch mit den Römern gleichen Alters und Blutes. Das erste Buch mochte den Autor des zweiten Buches dazu ermutigen. Vielleicht erinnerte er sich aus Jordanes an *Priamum Frygum regem*; er verstand fälschlich *Friga* als Namen eines Trojanerkönigs. Lange nach diesem *Friga* wählten sich dann die Trojaner – und dazu mag Isidor angeregt haben – einen *Francio* zum König: nach ihm heißen die Franken. Die Genealogie war noch lückenhaft, denn Francio war gewählter Monarch und nicht Priamus' Erbe; aber das Volk der Franken im ganzen war der Held dieses Stammbaums. Von den biblischen Kittim hören wir nichts mehr. Wollte der Autor des ersten Buches die Franken in die Universalgeschichte hineinstellen, so wollte der des zweiten sie aus ihr herausheben; die Tendenzen beider Verfasser sind diametral entgegengesetzt, viel schroffer als die von Venantius und Gregor[67]). Man hätte die Genealogie des zweiten Buches kaum unglücklicher motivieren können als mit dem „kosmologischen Gefühl des Mittelalters"; sie bedeutete im Gegenteil „das Erwachen einer national gefärbten geschichtlichen Besinnung"[68]). Sie war nicht möglich ohne Kenntnis der biblischen Genealogien. Wenige Jahre zuvor schrieb Isidor von den Agarsöhnen und von der griechischen Herkunft der Galicier, die bis in die Zeit des Trojanerkrieges zurückgingen. Solche Sätze mögen den Franken zur Nachahmung und Überbietung gereizt haben. Er

---

[67]) Chronica I, 3 ff., MGH SS rer. Merov. Bd. 2, S. 20 ff. (Völker und Sprachen; die Sprachenliste unten Bd. II, 2 Anhang I); II, 2 S. 44 (Araber und Juden); II, 4 f. S. 45 f.; III, 2 S. 93 (Trojaner). Der Name *Friga* hat nichts mit germanischen Überlieferungen (Frigga) zu tun, wie ZÖLLNER, Stellung 70 meint; er bedeutet *Phryga*. Seine Verwendung wird anders als oben erklärt von Gustav SCHNÜRER, Die Verfasser der sogenannten Fredegar-Chronik (Collectanea Friburgensia 9), Freiburg i. Ü. 1900, S. 196 ff.

[68]) Maria KLIPPEL, Die Darstellung der fränkischen Trojanersage in Geschichtsschreibung und Dichtung vom Mittelalter zur Renaissance in Frankreich, Diss. phil. Marburg 1936, S. 2 (kosmologisches Gefühl); Anneliese GRAU, Der Gedanke der Herkunft in der deutschen Geschichtschreibung des Mittelalters (Trojasage und Verwandtes), Diss. phil. Leipzig 1938, S. 4 ff., 10 (Erwachen).

wollte nicht einem Volk unter Völkern angehören wie der Autor des ersten Buches und optierte fast noch auf germanische Weise: für griechisch-römischen Adel, nicht für biblisches Alter.

Darum kann man schwerlich die fränkische Trojanersage als eine bewußte und gezielte „fränkische Antwort auf die patristische Lehre von den vier Weltreichen" bezeichnen; auch ein romanisches Kompliment an die fränkischen Herren wäre wohl weniger parteiisch ausgefallen[69]). Sie war eher eine einseitige, ehrgeizige Nachahmung Isidors und der biblischen Genealogie des ersten Buches. Man kümmerte sich um das Weltganze nicht und beschwor lieber die Macht als den Geist, eher Rom als die Bibel. Nur wenig später bewies in Britannien der Autor der „Historia Brittonum" ein sehr viel feineres Gespür dafür, daß man mindestens die europäischen Nachbarvölker an der eigenen Rang- und Alterserhöhung beteiligen müsse. Die fränkische Trojanerfabel war zunächst krasser Egoismus.

Zum Glück beherrschte sie nicht allein das Feld, obgleich sie länger lebendig blieb als die höherstehende sogenannte Fränkische Völkertafel, die gegen Ende des 7. oder Anfang des 8. Jahrhunderts wahrscheinlich im alemannischen Sprachraum konzipiert wurde. Hier sind, in Kenntnis des Tacitus, die drei Germanenahnen *Erminus*, *Inguo* und *Istio* statt dem taciteischen *Mannus* einem Vater namens *Alaneus* zugeschrieben, der vielleicht an die Alemannen erinnert. In anderen Handschriften wird er freilich zu einem vier Generationen älteren Römerkönig. So machen sich die germanischen Stämme zu Nachfahren der Römer. Wichtiger noch sind die Nachkommen der drei germanischen Brüder. Dem ersten waren *Gothi*, *Walagotus*, *Wandalus*, *Gepedes et Saxones* zugewiesen; zu den Ingwäonen zählten *Burgundiones*, *Toringus* (in einer anderen Handschrift *Loringus*), *Langobardus*, *Baiarius*; und Istios Kinder hießen *Romani*, *Brictones*, *Francus*, *Alamannus*[70]). Die Aufstellung berichtet eindringlich vom Sieg des gentilen Denkens und vom Selbstgefühl derer, die die weltbeherrschenden Römer zu ihresgleichen rechneten, aber auch von der Annäherung zwischen Franken und Romanen, und nicht zuletzt von einem neuen Gefühl für die innere Zusammengehörigkeit der Völkerfamilie West- und Mitteleuropas[71]).

---

[69]) Helmut BEUMANN, Einhard und die karolingische Tradition im ottonischen Corvey, in: Westfalen 30 (1952) 150–174, hier S. 168 (Zitat).

[70]) Generatio regum, MGH SS Bd. 8, S. 314, auch MGH SS rer. Merov. Bd. 7, S. 851. Dazu Bruno KRUSCH, Der Bayernname, Der Kosmograph von Ravenna und die Fränkische Völkertafel, in: NA 47 (1928) 31–76, hier S. 65 ff.

[71]) Heinz LÖWE, Von Theoderich dem Großen zu Karl dem Großen, Das Werden des Abendlandes im Geschichtsbild des frühen Mittelalters, in: DA 9 (1952) 353–401, hier S. 373 f. (gentiles Denken); Franz PETRI, Zum Stand der Diskussion über die fränkische Landnahme und die Entstehung der germanisch-romanischen Sprachgrenze, Darmstadt 1954, S. 56 (Franken und Romanen); ZÖLLNER, Stellung 47 (Völkerfamilie).

Zwar blieben die meisten Romanen und alle Slaven unberücksichtigt, nur die germanischen Völker sind, auch wenn sie nicht zum Frankenreich gehören, aufgezählt, aber diese kühne Nachahmung der mosaischen Völkertafel war doch wie eine Antwort auf den Partikularismus der Trojanerfabel. Wohlgemerkt, auch dieser doch wohl geistliche Anonymus nannte keine biblischen Namen.

Auf sie verzichtete auch jene frühe Fassung der „Joca monachorum", die, aus früheren Zeiten stammend, zu Beginn des 8. Jahrhunderts niedergeschrieben wurde und sich aus den Vorlagen nicht mehr die Aufzählung der Noachiden und einiger ihrer Länder borgte. Aber der Wille zur Universalität blieb lebendig, sei es auch nur in der schematischen Frage: *Quod (!) provincias (!) sunt? CXXXVIII* [72]). Nach anderer Lesart wären es 132; die Zahl knüpft wohl an die 127 Provinzen bei Esther 8, 9 und nicht an eine Provinzenliste des 5. Jahrhunderts mit 112 Namen an[73]). Und dann als zweite Frage: *Quod (!) linguas (!) sunt? LXXII.* Eine St. Gallener Handschrift der Zeit hielt den 72 Sprachen 142 Provinzen für angemessener[74]). Es lag wenig an der Zahl; schematisch und ohne Kenntnis der Einzelheiten suchte man sich der Welt zu vergewissern, aber wenigstens der ganzen Welt. Dann hatte man jedoch dem fränkischen Stolz nichts zu bieten.

Die Zahl 72 blieb trotzdem im Schwange. Wir erinnern uns, daß in Rom um die Wende des 5. zum 6. Jahrhundert ein Bischof nur von 70 Richtern verurteilt werden sollte. Die fränkischen Volksrechte verwischten den universalen Charakter der Zahl. Die „Lex Ribuaria" des 7. Jahrhunderts sprach an sechs Stellen von 72 Eideshelfern[75]). Diese 72 Eideshelfer traten noch im Jahre 899 tatsächlich auf, ohne daß erkennbar bliebe, warum nur in diesen und jenen, nicht in allen Fällen gerade 72 Eideshelfer gefordert wurden[76]). Einige Handschriften der „Lex Alamannorum" um 724 erwähnten gar 72 *comites* des Königs, und diese Grafen waren zugleich Königsrichter[77]). Der König umgab sich also gleichsam mit einem Sanhedrin oder mit Jüngern; der universale Ge-

---

[72]) Handschrift Paris, Bibliothèque Nationale, Cod. lat. 13246, f. 8, hg. Paul MEYER, Joca monachorum, Texte du VIe siècle (?) écrit au VIIIe, in: Romania 1 (1872) 483–490, hier S. 487 Nr. 27 f.; auch bei DEMS., Recueil d'anciens textes bas-latins, provençaux et français, Bd. 1, Paris 1877, S. 17 f.; zuletzt bei Elias Avery LOWE, The Bobbio Missal, A Gallican Mass-Book (Ms. Paris. lat. 13246) (Henry Bradshaw Society 58), London 1920, S. 6 f.

[73]) Walther SUCHIER, Das mittellateinische Gedicht Adrian und Epictitus nebst verwandten Texten (Joca monachorum), Tübingen 1955, S. 38 verweist auf die Provinzenliste des Römerreiches in MGH AA Bd. 9, S. 535–542 mit 112 Namen.

[74]) Handschrift St. Gallen, Stiftsbibliothek, Cod. 908, zitiert nach SUCHIER, Joca 109 f.

[75]) Lex Ribuaria c. 12, 1 und 2, MGH LL Sectio 1, Bd. 3, Teil 2, S. 78; auch c. 11, 2 S. 78; c. 17, 18, 19, 1 S. 80 f.

[76]) Annales Fuldenses a. 899, MGH SSRG Bd. 7, S. 132.

[77]) Lex Alamannorum Hlotharii, Incipit, MGH LL Sectio 1, Bd. 5, Teil 1, S. 37, 62.

halt der Zahl war fast ganz säkularisiert. Wir werden der Zahl noch im Spätmittelalter bei der Organisation des Kölner Oberhofs, der Hanse und der Zünfte von Gent begegnen, die bei diesen Volksrechten angeknüpft hat. Das Allgemeine wurde in den engsten Rahmen gepreßt, und das war zunächst der fränkische. Zu genealogischer Anlehnung an Antike und Bibel zeigten die Volksrechte wenig Neigung. Die im 7. oder 8. Jahrhundert von einem fränkischen Gesetzgeber erlassene „Lex Baiwariorum" beginnt mit einem Überblick über frühere Gesetzgeber; Moses und der Grieche Phoroneus treten dabei auf. Man stellte sich aber nur sachlich, nicht genealogisch in die Tradition der Alten[78]).

Andere waren ehrgeiziger. Der „Liber historiae Francorum", in seiner ersten Fassung wohl 727 von einem Neustrier niedergeschrieben, wandelte die Trojanersage ab. Aeneas floh nach Italien; doch Priamus' und Antenors Schar schlug am mäotischen Sumpf die Alanen; *Attica lingua* hieß man sie *Franci*, d. h. *feri*, „Wilde". (Der germanische Name bedeutet tatsächlich „mutig, kühn".) Und schon ihr erster gewählter König am Niederrhein, Priamus' Enkel, hieß gut fränkisch *Faramundus*. In den Tagen Karl Martells und der Anfänge des Bonifatius richtete sich die Urgeschichte nicht mehr nach der römischen Tradition aus. Die biblischen Sprachen und Völker wurden ganz verschwiegen, obwohl der Autor Gregor von Tours, also auch den Turm von Babel kannte und vorgab, die Herkunft und die Taten der Frankenkönige und ihrer Völker zu schildern[79]). Es ging um die Legitimation des eigenen Selbstbewußtseins; und darin war diese Haltung dem römischen Geschichtsdenken eines Vergil und Tacitus verwandter als dem christlich-jüdischen. Vielleicht fand diese Gruppe darum den Weg leichter zu den Trojanern als zu den Kittim. Der Rahmen ihres Stammbaums füllte sich mit fabelhaften Namen und Ereignissen. Nach 736 wurde in die Fredegarfortsetzungen die Ursprungsgeschichte eines angeblichen Phrygers Dares einverleibt. Der kecke Schwindler hatte sich aus Isidors „Etymologien" seinen eigenen Namen besorgt: *Dares* war nach Isidor der erste Historiker der Griechen und Trojaner, der zweite hieß *Pherecydes*. Diesen ernannte unser Fälscher kurzerhand zum Trojaner und Vater des *Frigio*; dessen Kinder waren ohne Umschweif *Franco* und *Vasso*[80]). Spätere ließen Pherecydes wieder fallen, aber Franco blieb nun der Sohn des *Frigius*, und diese Wiederanknüpfung an das zweite Fredegarbuch dürfte ihre politischen Hintergründe

---

[78]) Lex Baiwariorum, Prolog, MGH LL Sectio 1, Bd. 5, Teil 2, S. 198 ff. Datierung nach Buchner (o. Anm. 38) S. 26 ff.; Franz Beyerle, Die beiden süddeutschen Stammesrechte, in: ZRG GA 73 (1956) 84–140.

[79]) Liber historiae Francorum c. 1 f., MGH SS rer. Merov. Bd. 2, S. 241 ff. (Trojanersage; dazu Klippel, Trojanersage 10; Grau, Herkunft 10 ff.); c. 4 S. 244 (Faramundus); c. 1 S. 241 (Absicht des Werkes).

[80]) Historia Daretis Frigii de origine Francorum, MGH SS rer. Merov. Bd. 2, S. 199. Dares bezieht sich auf Isidor, Etymologiae I, 42, 1 f.

haben: Denn nun galten Franken und Römer zwar noch immer als trojanische Verwandte, aber auch als Feinde: Die Römer hätten die Franken aus Italien nach dem Norden vertrieben[81]). Man mochte die Römer nur noch zu Vettern, nicht mehr zu Vätern haben; man trat in den Konkurrenzkampf mit ihnen.

Am heftigsten spricht sich dieses Gefühl aus im jüngeren Prolog der „Lex Salica". Dieses „stärkste Dokument fränkischen Selbstbewußtseins", wohl erst in der Mitte des 8. Jahrhunderts entstanden[82]), hob vielleicht in Anlehnung an Isidors Gotenlob, aber weit darüber hinausgreifend, die frommen christlichen Franken über die Römer, aus deren grausamem Joch sie sich befreit hätten. Noch als die Franken barbarisch, also heidnisch waren, standen sie sittlich höher als die Römer; selbst die Vorgeschichte mußte dem Eigenlob dienen[83]). Haben nicht die Päpste selber diesen Ton angeschlagen, als sie den Franken die besondere Gunst des heiligen Petrus und Herrschaft über alle Völker versprachen?[84]) Papst Stephan III. weckte 770/1 auch den genealogischen Hochmut der Franken, wenn er mit ihnen die Langobarden verglich, die gar nicht zur Zahl der Völker gehörten und aus deren Stamm das Geschlecht der Aussätzigen gewiß geboren sei[85]).

Das Fazit aus alledem ist schwer zu ziehen. Der neue fränkische Universalismus schien jedenfalls zuerst auf die Sicherung der eigenen Position, nicht auf Verständnis des Weltganzen bedacht zu sein. Freilich haben wir auch fränkische Gegenstimmen vernommen; die selbstbewußte Einheit wurde zur gleichen Zeit auch von innen her gefährdet, durch sprachliche und völkische Differenzierung in dem eben zusammenwachsenden Merowingerreich. Als „Fredegar" schrieb und die Fränkische Völkertafel entstand, bildete sich nicht nur die fränkisch-romanische Einheit, die sich in der Sprache niederschlug[86]), sondern die sprachlich zusammengehörigen Franken schlossen sich auch schon wieder gegenüber den Romanen mit dem Worte „Deutsch" zu einer neuen Einheit zu-

---

[81]) Origo Francorum, MGH SS rer. Merov. Bd. 7, S. 528.

[82]) Ruth Schmidt-Wiegand, „Gens Francorum inclita", Zu Gestalt und Inhalt des längeren Prologes der Lex Salica, in: Festschrift Adolf Hofmeister zum 70. Geburtstage, Halle 1955, S. 233–250; Wattenbach-Levison, Geschichtsquellen 95. Zitat aus Zöllner, Stellung 68.

[83]) Prologus legis Salicae, hg. Wilhelm Altmann – Ernst Bernheim, Ausgewählte Urkunden zur Erläuterung der Verfassungsgeschichte Deutschlands im Mittelalter, 5. Aufl., Berlin 1920, S. 208 Nr. 107; dazu Elisabeth Pfeil, Die fränkische und deutsche Romidee des frühen Mittelalters (Forschungen zur mittelalterlichen und neueren Geschichte 3), München 1929, S. 83 ff.

[84]) Johannes Haller, Die Karolinger und das Papsttum, in: J. H., Abhandlungen zur Geschichte des Mittelalters, Stuttgart 1944, S. 1–40, hier S. 15 ff.

[85]) Codex Carolinus Nr. 45, MGH Epistolae Bd. 3, S. 561; dazu Kirn, Nationalgefühl 25.

[86]) Gamillscheg (o. Anm. 32) Bd. 1, S. 41 ff.; Wartburg, Entstehung 110 ff.; skeptischer Harri Meier, Die Entstehung der romanischen Sprachen und Nationen (Das Abendland 4), Frankfurt/Main 1941, S. 61 f.

sammen[87]); zugleich bildeten sich neue Ländernamen, Austrasien, Neustrien, Burgund[88]). So umstritten und verschwommen alle diese Verschiebungen auch sind, „der Fanfarenton eines völlig neuen Nationalbewußtseins" ist nicht zu überhören[89]). Fast ebenso stark sind die Töne einer vielleicht rudimentären, aber robusten Universalität. Schwer faßbar ist das chaotische Beieinander von Aufbau und Destruktion, von Einung und Spaltung. Das unbeholfene Latein der Quellen, die wenigen Themen unseres Kreises, die sich fast nur um die Ahnentafel der Franken bemühen, nicht um die Vielfalt der Sprachen und Völker, verstärken den Eindruck von ungelenker Kraft ohne rechtes Ziel. Der Turm von Babel konnte den Franken noch nicht zum Symbol der Selbsterkenntnis werden; auch daß dieselben Franken bald die Idee der abendländischen Einheit erst eigentlich schaffen würden, konnte man noch kaum vermuten. Sie wurden dazu allerdings erst langsam und mühsam erzogen, und ihre Lehrer waren nicht Romanen, sondern Iren und Angelsachsen.

*

In Irland erreichte das Christentum am frühesten im nichtrömischen Abendland eine profilierte Eigenart; durch Patricks Mission seit dem 5. Jahrhundert gefestigt, wandte es sich bald besonders der Wissenschaft zu. Hier hat sich die Kenntnis der griechischen Sprache früh festgesetzt und lange erhalten, freilich ohne gründlicheres Eindringen in den Geist der Sprache; selbst das Latein wurde hier mit fremden Wendungen versetzt. Aber man lernte sogar die hebräischen Schriftzeichen, mit einer nicht sehr tiefgehenden und bisweilen skurrilen, doch stets wachen Neugier. Ein Gedicht über das Alphabet, aus der Mitte des 7. Jahrhunderts stammend, verrät Kenntnis hebräischer und griechischer Buchstaben; es bezeichnet übrigens den Buchstaben A als *principium vocis veterumque inventio mira*. Die Sprache wäre also menschliche Erfindung, wenn auch von antiken Kennern[90]). Die Weisheit der Alten genoß höchstes Ansehen; aber

---

[87]) Leo WEISGERBER, Deutsch als Volksname, Ursprung und Bedeutung, Darmstadt 1953, S. 220, 280 u. ö.; anders Carl ERDMANN, Der Name Deutsch, in: Karl der Große oder Charlemagne? Acht Antworten deutscher Geschichtsforscher, Berlin 1935, S. 94–105.

[88]) Eugen EWIG, Die fränkischen Teilungen und Teilreiche (511–613) (Abhandlungen der Akad. d. Wiss. u. d. Lit. in Mainz, Geistes- und sozialwiss. Kl., Jg. 1952, Nr. 9), Wiesbaden 1953, S. 45 ff.

[89]) HUIZINGA, Nationalbewußtsein 138; ähnlich JOACHIMSEN, Volk 9. Die Neubearbeitung von JOACHIMSENS Buch durch Joachim LEUSCHNER (Kleine Vandenhoeck-Reihe 24/25), Göttingen 1956, S. 6 f. hat die Stelle verändert.

[90]) Versus cuiusdam Scoti de alphabeto, hg. Emil BAEHRENS, Poetæ Latini minores, Bd. 5, Leipzig 1883, S. 375–378, auch bei Horst KUSCH, Einführung in das lateinische Mittelalter, Bd. 1, Darmstadt 1957, S. 26 f. Dazu James Francis KENNEY, The Sources

die Vorliebe für Zahlenspielereien, durch den Streit um den Ostertermin verstärkt, führte nur zu chronologischen Studien, nicht weiter zur Produktion welthistorischer Werke. Die kompilatorische Exegese des Alten Testaments konzentrierte sich auf Psalmen und Propheten; unter den erhaltenen Bibelkommentaren Altirlands sind nur wenige und späte Genesiskommentare[91]). Eines der frühen Zeugnisse altirischer Exegese, die Schrift des Mönchslektors Aileran (gest. 665), deutete die Namen der Vorfahren Christi allegorisch aus; die Liste, die nicht die etwa 70 Namen des Lukas, sondern die 42 des Matthäus zugrundelegte, verwandelte die jüdische Historie in einen zeitlosen Hymnus auf Christus[92]). Das Vergangene und Fremde wurde eingeebnet. Hindernd wirkte auch die einheimische irische Heldensage mit ihrem engen Horizont. In der Sage „Táin bó cúalnge", deren Kern in das 6. bis 8. Jahrhundert, vielleicht in die Mitte des 7. Jahrhunderts gehört, verschwimmen die fremden Namen der Armenier, Skythen, Germanen und Griechen und des angeblichen Römerkönigs Darius ganz im poetischen Nebel; wer besonders gerühmt werden soll, hat „weder in Irland noch in Schottland" seinesgleichen. Wie die räumliche, so die zeitliche Spannweite: Die Ahnentafel der irischen Stämme zählt nur elf Generationen. Kein biblischer Name ist darunter[93]). Alle Voraussetzungen zu einer eindringlichen Erfassung der Sprachen- und Völkervielfalt schienen zu fehlen.

Doch der Lerneifer der irischen Mönche schuf sie schnell; zudem erweiterte die *peregrinatio* früh den Horizont der Iren. Der größte irische Missionar auf dem Kontinent, Columban der Jüngere (ca. 530–615), versuchte bereits an seinem eigenen Namen das gelehrte Spiel, lateinische Worte griechisch und hebräisch, *prisco hebraeo nomine*, wiederzugeben. Wenn er dann *vestrae idiomate linguae nuncupato* bei dem lateinischen Eigennamen blieb, war das wieder wendige Anpassung eines freien Geistes. In der Frage des Ostertermins mochte er sich um 603/4 etwas großspurig auf die Tradition der *omnes ecclesiae totius occi-*

---

for the Early History of Ireland, Bd. 1, New York 1929, S. 275; Bernhard BISCHOFF, Übersicht über die nichtdiplomatischen Geheimschriften des Mittelalters, in: MIÖG 62 (1954) 1–27, hier S. 20 ff.

[91]) KENNEY (o. Anm. 90) S. 630 ff. (mit Aufzählung der erhaltenen Kommentare); Walter DELIUS, Geschichte der irischen Kirche von ihren Anfängen bis zum 12. Jahrhundert, München-Basel 1954, S. 83; grundlegend jetzt Bernhard BISCHOFF, Wendepunkte in der Geschichte der lateinischen Exegese im Frühmittelalter, in: Sacris erudiri 6 (1954) 189-281, hier S. 195 ff., 211, 213, 223 ff.

[92]) Interpretatio mystica progenitorum Christi, MPL Bd. 80, Sp. 327–342; dazu KENNEY (o. Anm. 90) S. 279 f.

[93]) Die altirische Heldensage Táin bó cúalnge nach dem Buch von Leinster, in Text und Übersetzung hg. Ernst WINDISCH, Leipzig 1905: Z. 1476 S. 183 (Armenien); Z. 5087 f. S. 722 (Skythien u. a.); Z. 5671 S. 821 (Germanien); Z. 4143 S. 591 (Griechen); Z 2531 S. 355 (Darius); Z. 875 S. 109 (Irland und Schottland); Z. 10 ff. S. 5 (elf Generationen). In der sehr unsicheren Datierung folge ich Myles DILLON, Early Irish Literature, Chicago 1948, S. 3.

dentis berufen, wenn er die keltische Kirche meinte; aber von aller nationalen Eitelkeit hielt er sich frei: *Unius enim sumus corporis commembra, sive Galli, sive Britanni, sive Iberi, sive quaeque gentes*[94]). Der so lange verschüttete Gedanke vom Gottesvolk hatte bei Columban praktische Folgen: Bei der Alemannenmission achtete er darauf, daß in der Landessprache gepredigt würde[95]). Eine nach Gallien verschlagene Syrerin, *ex longinquo Orientis solo*, stand noch 639 dem Herzen von Columbans erstem Biographen, Jonas von Susa, näher als die Franken, denn sie war mildtätig[96]). Daß diese Liebe dem Nächstliegenden nicht mehr uneingeschränkt galt, bezeugte im letzten Jahrzehnt des Jahrhunderts der Biograph des älteren Columban, Abt Adamnan von Jona (ca. 624–704). Er wußte wiederum den Namen Columbans auf hebräisch, griechisch und lateinisch zu erklären; in den drei verschiedenen Sprachen bedeute er dasselbe. Auf seine „schottische" Muttersprache hingegen blickte er verächtlich herab: *vilis lingua*. Doch auch alle anderen *gentium diversae linguae* zielen am Wesen vorbei. Es schadet nichts, daß Columban den Pikten das Wort Gottes nur durch Dolmetscher predigen kann: auf die Sache, nicht auf die Worte kommt es an[97]).

Der Griff hinter die Erscheinungen und die wachsende Liebe für das Ferne mußten nun der Urgeschichte zugute kommen. Vielleicht versuchte schon Abt Sinlán moccu Min von Bangor (gest. 607) in einem verlorenen Werk, die irische Geschichte in die Weltreichs-Chronologie von Eusebius-Hieronymus einzupassen[98]). Noch im 7. Jahrhundert bahnte man sich den Pfad von der irischen Gegenwart zur biblischen Völkertafel und verband die Heimatliebe der Heldensage mit dem Fernweh der Mönche. Einige Gedichte dieser Zeit verfolgen die Ahnentafel eines irischen Königs bis auf Japhet zurück, zur selben Zeit, als man auch auf dem Kontinent dieselbe Legitimation des eigenen Volkes suchte. Für die irische Mentalität war aber schon hier bezeichnend, daß mehrere Lösungen zur Auswahl geboten wurden. Die Stammbäume blieben unverbindlich und hypothetisch; weitere „Forschung" wurde angereizt, und so kam es später zu den verwirrend vielschichtigen und widerspruchsvollen mitteliri-

---

[94]) Epistola 5, MGH Epistolae Bd. 3, S. 176 (Name; dazu G. S. M. Walker, On the Use of Greek Words in the Writings of St. Columbanus of Luxeuil, in: ALMA 21 [1951] 117–131, hier S. 122, 131); ep. 2 S. 162, 164 (Kirche; dazu Albert Hauck, Kirchengeschichte Deutschlands, 5 Bände, Neudruck Leipzig 1952, hier Bd. 1, S. 262; Fischer, Oriens 38, 47).

[95]) Gregorius, Muttersprache 121; anders Grentrup, Muttersprache 185 f.

[96]) Vita Columbani abbatis I, 21, MGH SSRG Bd. 37, S. 199 f.

[97]) De vita sancti Columbae, hg. Joseph Thomas Fowler, Oxford 1920: Praefatio II S. 86 (Name Columban); praef. I S. 85 (Schottisch usw.; dazu einseitig Edmund Curtis, A History of Ireland, London 1936, S. 20); I, 33 S. 110; II, 32 S. 144 f. (Dolmetscher).

[98]) Aodh de Blacam, A First Book of Irish Literature, Hiberno-Latin, Gaelic, Anglo-Irish, Dublin 1934, S. 17; Robin Flower, The Irish Tradition, Oxford 1947, S. 4 f.

schen Genealogien. Zwei der altirischen Gedichte des 7. Jahrhunderts nahmen die Route über Riphat und Gomer, also – nach Isidor – über Paphlagonier und kleinasiatische Galater. Die Gaelen rechneten sich demnach zu den Galliern. Wir werden noch hören, wie reich sich dieser Faden ausspinnen ließ. Andere hingegen erfanden einen neuen Sohn Javans oder auch Magogs, *Ibath;* somit wären die Iren den Griechen oder den Skythen verwandt, eine These, die noch ferner, also noch lockender war als die gallische. Eines der Gedichte suchte schon zu vermitteln, Ibath wurde Gomers Sohn; die Konfusionen begannen. Jedenfalls stellten sich die Iren zunächst zu den Rand- und Wandervölkern, nicht zu den Weltreichen wie die Franken. Das Fernweh überwog. Die irische Bescheidenheit paarte sich – wieder im Gegensatz zu den Franken – mit dem Willen zum universalen Überblick. Zwei der drei Gedichte brachten eine Völkertafel, die zum größeren Teil aus Isidors Weltbeschreibung im 14. Buch der „Etymologien" entnommen war, aber auch die Erklärung der biblischen Völkertafel in Isidors 9. Buch heranzog. Die meisten Namen weisen in den Mittelmeerraum, doch auch Schotten und Briten treten auf. Unter den Schotten sind die Iren wohl mitgemeint und erhalten keinen weiteren Namen. Neu gegenüber Isidor sind die Friesen aufgenommen, das einzig bekannte nordische Volk – die Däneninvasion sollte das Bild bald ändern. Man hat vermutet, daß die Liste, die in dem einen Gedicht 65, in dem anderen 56 Namen umfaßt, ursprünglich auf 72 Völker berechnet gewesen sei; doch spricht die Wahrscheinlichkeit dagegen. Man wollte ohne alle Zahlensymbolik sich einen Überblick verschaffen. So entstand die früheste europäische Völkerliste, die nicht auf Hippolyt fußt[99]). Doch führten die neuen Wege der irischen Gelehrsamkeit von selbst zu den alten Traditionen, zur Weisheit der uralten Topoi.

Die Sympathie für das Fremde, Heiligmäßige und für die prägnante Sentenz schlug sich in der beim jüngeren Columban schon angedeuteten Lehre von den drei heiligen Sprachen nieder, die von den Iren geradezu zum „Bestandteil des didaktischen Programms" gemacht wurde[100]). Dabei stellte sich auch die wie für irische Vorlieben berechnete Formel von den 72 Sprachen ein. Im Jahre 655 entstand in Irland die pseudo-augustinische Schrift „De mirabilibus sacrae scripturae". Sie kopierte Augustin in der Frage der drei Hauptsprachen, die als Bibelsprachen einen Ehrenvorrang genießen; daß das Hebräische die älteste

---

[99]) Kuno Meyer, Über die älteste irische Dichtung, I. Rhythmische alliterierende Reimstrophen (Abhandlungen der Kgl. Preuß. Akad. d. Wiss., Philos.-Hist. Kl., Jg. 1913, Nr. 6), Berlin 1913, S. 26 ff., 38 ff., 51 ff. Der Nachweis der Quelle, Isidor, Etymologiae XIV, 3, 1 ff. von Macalister (u. S. 611 Anm. 67) Bd. 2, S. 148 f. ist unvollständig; zutreffend ist wohl Macalisters Vermutung, daß es nicht auf 72 Sprachen abgesehen war.

[100]) Bischoff, Bildung 28 ff.; Bischoff (o. Anm. 91) S. 207 f., 216, 227, 233, 238, 243, 254, 257, 259, 270 f. mit Beispielen.

unter ihnen sei, wurde freilich nicht wiederholt und auch das isidorianische Attribut der *Linguae sacrae* gemieden. Gott habe in Babel die Zungen wunderbar geteilt: *Linguas autem illas septuaginta duos esse plurimi auctores consentiunt*, weil nämlich beim Turmbau 72 *patres* beteiligt gewesen seien. Im Namen Augustins desavouierte man also Augustin und ergriff die Partei der Theophil und Epiphanios: Einzelne Männer, nicht ganze Völker bauten Babel. Das Ereignis war kein hochdramatischer, universalhistorischer Wendepunkt. Gottes Strafe störte zwar die Beharrungskraft der Sprache, sie ist aber ohnehin nicht von Natur aus ewig, sondern nur von Gewohnheit her dieselbe; ein Lateiner oder Grieche, unter Barbaren aufgewachsen, spricht deren Idiom und umgekehrt. Der menschlichen Sprache haftet also nichts Heiliges an, sie gehört dem Menschen. Auch in Babel hat Gott nichts Neues geschaffen, nicht die Natur des Menschen und seiner Rede verwandelt, sondern lediglich die *dicendi modi et formae* in verschiedene Gruppen geteilt. Wären also aus der einen Ursprache durch „Zellteilung" alle die übrigen Sprachen hervorgegangen? Wie auch immer, der Autor glaubte, daß die Heils- und Sprachgeschichte von alters her fast natürlich abläuft und nur je und dann lautlos und unmerklich von Gott neue Impulse erhält. In diesem normalen Ablauf zeigt sich die Weisheit des lenkenden Gottes, die auch dem Menschen, wenigstens im Symbol, begreiflich ist. Deshalb habe Christus auch 72 Jünger *in omnes gentes* gesandt; deren Präfiguration, die 70 Alten des Sanhedrin, seien eigentlich auch 72 an der Zahl. Ihre 70 Erben übersetzten dann die Septuaginta. Die Sprachenteilung sei an Pfingsten wieder aufgehoben worden durch den Heiligen Geist *de excelso linguarum omnium scientiam afferentem*[101]). Hier sprach sich die ganz christliche, aber mit verschrobener Gelehrsamkeit untermischte Überzeugung aus, daß Gott alle Ereignisse der Sprachgeschichte still und behutsam lenkt und daß die Vielfalt der Sprachen im Grunde natürlich, nicht böse ist. Der Einklang von Gott und Natur war leicht durch feste Formeln erfaßbar, der realistische Optimismus war lehrbar und konnte schulmäßig abgehandelt werden.

Alles Sichtbare, selbst der Globus, gab willig seine frommen Geheimnisse preis. Die wohl irische Evangelienauslegung eines Pseudo-Hieronymus aus dem Ende des 7. oder dem Anfang des 8. Jahrhunderts schob Geographie, Zahlenordnung und Allegorie ineinander: Die drei Magier kamen aus dem Orient (Matth. 2, 1), weil sie den Orient, nämlich nach Zach. 6, 12 Christus, suchten; gleichzeitig verkörperten sie aber die drei Söhne Noahs, als lebten auch Japhets und Chams Nachfahren im Osten. Denn alle Völker sollten zu Christus kommen. Andere Iren verwoben auch die Sprachenkunde in das Ge-

---

[101]) De mirabilibus sacrae scripturae I, 9, MPL Bd. 35, Sp. 2160 f. Datierung nach Kenney (o. Anm. 90) S. 275 ff.; vgl. Paul Grosjean SJ, Sur quelques exégètes irlandais du VIIe siècle, in: Sacris erudiri 7 (1955) 67–98, hier S. 67 ff.

flecht der Beziehungen und wußten die Namen der drei Magier in den drei Hauptsprachen anzugeben; obgleich sie großenteils auf den Vorderen Orient verweisen (*Arem*, *Damascus*, *Saracin*), wurde doch der Anschein erweckt, als wären sie in aller Völker Munde und verträten die ganze Erde. Die Allegorie verkündete die heilige Weltordnung, als wäre sie wirklich[101a]).

So begegnen wir in einer typisch irischen, vielleicht im 8. Jahrhundert angelegten Kollektaneensammlung den drei heiligen Sprachen, *linguae consecratae*, wieder; *primatum in omnibus linguis obtinent*, also auch „heute" noch. In einer Art von Katechismus fragten sich hier die Mönche ihr Wissen ab, und dabei kam es, zur selben Zeit wie bei den Franken, zu ähnlichen Problemen und zu den Antworten der „Joca monachorum": Adam hatte 30 Söhne und 30 Töchter; Ninus war der erste Fürst, Ninive die erste Stadt. Babel und Nimrod blieben abseits; natürliche Weltkunde triumphierte über die Geschichte der Sünde. *Quot sunt provinciae? Centum et triginta* war die Antwort, die an Esther 8, 9 oder Pseudo-Aristeas anknüpfen mochte. Dann folgte die Frage: *Quot linguae?* und die Antwort: *Septuaginta duae*[102]). Warum eigentlich, das wurde nicht erforscht; man hätte es nicht in knappen Worten darlegen können: Die *auctores* mußten ja wohl ihre Gründe haben.

Die irische Gelehrsamkeit beschränkte sich trotz allem Eifer im ganzen auf ein paar Formeln, ohne zunächst recht ihre Hintergründe und Zusammenhänge aufzudecken. In der Jagd nach Kuriositäten erschöpfte sich die irische *curiositas*. Sie ähnelt in ihrer diffusen Kraft den ständigen Stammesfehden Irlands und erinnert an die gleichzeitigen fränkischen Bemühungen, die freilich egozentrischer blieben. Seit etwa 800 versanken die irischen Klöster im Sturm der Normannen; aber zuvor gaben sie anderen Völkern Anregung und Vorbild, das freilich bald überboten wurde von den benachbarten Angelsachsen.

*

Die Angelsachsen waren aus Nordeuropa übers Meer gekommen und mußten sich auf den englischen Inseln, von der Heimat getrennt, gegen eine völkisch und sprachlich andersartige, zum guten Teil feindselige Bevölkerung durchsetzen, gegen die vielleicht vorkeltischen Pikten, deren Sprache sich noch heute schwer klassifizieren läßt, gegen die keltischen, „kymrisch" sprechenden Briten und gegen die gleichfalls keltischen Schotten mit „gaelischer" Sprache,

---

[101a]) Expositio IV evangeliorum, MPL Bd. 30, Sp. 537, in späteren Drucken Sp. 553 f., auch MPL Bd. 114, Sp. 865; dazu Bischoff (o. Anm. 91) S. 199, 212, 216, 236 f.; zu Christus als Orient Fischer, Oriens 61.

[102]) Pseudo-Beda, Collectanea, MPL Bd. 94, Sp. 547 (drei Sprachen), 544 (Provinzen und Sprachen). Zu dem Schriftchen Bischoff, Bildung 29; Datierung nach Kenney (o. Anm. 90) S. 680.

die mit den Iren stammverwandt waren[103]). Die germanischen Eindringlinge wußten ihre Eigenart kräftig zu wahren; es ist ihnen gelungen, was selbst den Franken und auf die Dauer auch den Goten versagt blieb, ihre Volkssprache neben dem Latein zur Schriftsprache zu erheben. Freilich wurde der Siegeszug des Angelsächsischen wohl auch dadurch erleichtert, daß die keltische Kultur mündlich blieb und schriftliche Tradierung erst sehr spät erlaubte. Dabei haben die Angelsachsen im freund-feindlichen Verkehr mit dem britischen Westen und dem iro-schottischen Norden der Insel das Gefühl für die Mannigfaltigkeit des Wirklichen stärker als die fabulierenden Kelten ausgebildet und durch historischen Sinn ergänzt. Hier ist die neue Form der Geschichtsschreibung in Annalen zwar nicht entdeckt worden, aber aufgekommen[104]). Das religiöse Empfinden war wach: schon früh verfolgte man die Ahnentafel der angelsächsischen Könige bis zum Gott Wodan zurück. „Der Ase (Wodan) ist der Urheber aller Rede", heißt es, anders als bei den Iren, in dem altenglischen Runenlied[105]). Schon knapp hundert Jahre nach dem Beginn der gregorianischen Mission wurde das Christentum wirklich heimisch. Der aus Kleinasien stammende Erzbischof Theodor von Canterbury (ca. 602–690) erläuterte den Angelsachsen den Pentateuch ohne allegorischen Hintersinn, historisch-buchstäblich, nach den Schriften der christlichen Orientalen; in den Bibelglossen seiner Schule wurde der Turmbau von Babel wahrscheinlich nach Kosmas Indikopleustes erklärt[105a]). Nüchtern, fromm und wißbegierig blickte man sich um.

Wir erkennen diese Bausteine für ein tiefdringendes Verständnis der Sprachen- und Völkerwelt bereits in der frühesten Literatur, schon im „Beowulf", dem ältesten germanischen Buchepos überhaupt. Stoff und Niederschrift sind nur annähernd, zwischen dem 6. und 9. Jahrhundert, zu fixieren; dennoch schimmert die älteste Schicht, die von irischen Mythologemen und christlicher Ethik schon überlagerte germanische Weltsicht noch durch[106]). Lange Stammbäume spielten hier keine Rolle; des Dänen Beowulf Vater *Scyld* ist Nachfahre eines *Scef*; das ist alles. Nur die Trolle und Unholde von Grendels Art waren Überbleibsel von Kain und den Giganten, die die Sintflut sonst alle verschlang. Die Völker wurden zwar an eine ferne Vorzeit erinnert, in der der siegreiche

---

[103]) WALLACH, Gemeinschaftsbewußtsein 21 f.

[104]) WATTENBACH-LEVISON, Geschichtsquellen 180 ff.; GRUNDMANN, Geschichtsschreibung 1292; BRINCKEN, Weltchronistik 103 ff.

[105]) Erna HACKENBERG, Die Stammtafeln der angelsächsischen Königreiche, Diss. phil. Berlin 1918, S. 102 ff., 113 ff. (Stammtafel); Karl SCHNEIDER, Die germanischen Runennamen, Versuch einer Gesamtdeutung, Meisenheim 1956, S. 17 f., 374 (Runenlied Vers 10). Prof. SCHNEIDER-Münster danke ich für freundliche Auskunft.

[105a]) BISCHOFF (o. Anm. 91) S. 191 ff.

[106]) Charles DONAHUE, Beowulf, Ireland and the Natural Good, in: Traditio 7 (1949/51) 263–277.

Gott Sonne und Mond, Blätter und Blüten schuf, allen Atmenden zu Nutze; aber die Einheit des Menschengeschlechts ruhte doch im Grunde nur auf der von Boethius gescholtenen Reichweite des Ruhms. Beowulfs Name klingt von Nord bis Süd, soweit die Sonne läuft und die Meere fluten; er ist aller Weltkönige bester. Dabei ging es doch nur um Midgard, den Nordseekreis; im Ernstfall betrachteten die Dänen auch die aus dem benachbarten schwedischen Gautland Kommenden höchst mißtrauisch als Ausländer. Die eigene Heimat galt als Mitte der Welt; in so begrenzten Räumen wurde die Verschiedenheit der Sprachen und Völker gar nicht bemerkt[107]). Aber schon war man wenigstens gewohnt, auch andere Stämme zu sehen und ihre Taten zu verstehen.

War das Gesicht des Beowulfdichters noch halb nach der Heimat gewandt, so entzogen sich gegen Ende des 7. oder Anfang des 8. Jahrhunderts die unbekannten Verfasser der „Historia Brittonum" nicht den Spannungen, die auf der britischen Insel selber herrschten. Sie waren keine Angelsachsen, sondern Briten, voll von der Fabulierlust und Gelehrsamkeit der Kelten, aber durch die politische Situation zu scharfer Beobachtung aufgeweckt. Genau hörten sie auf die Sprachunterschiede und trennten ihre Sprache, *lingua nostra*, sorgfältig von den Idiomen der Pikten, Schotten und Angelsachsen. Die Rivalität führte zu einem Wettrennen um den Altersvorrang, und unsere Autoren, die wohl in einer klösterlichen Gemeinschaft schrieben, hatten denn auch gleich ein ganzes Bündel von Ursprungsgeschichten zur Hand. Ob sie alle schon in der ältesten Fassung des vielfach bearbeiteten Werkes standen, ist unsicher; doch darf man nicht meinen, derselbe Autor könne nicht einander widersprechende Stammbäume zugleich bieten, und deren Verknüpfung und Ausgleich habe Jahrhunderte benötigt[108]). Alles, was uns in diesem Sammelwerk vorgelegt wird, sind ja – wie bei den Iren – *experimenta*, wirkliche Experimente, um auf verschiedenen Wegen zum gleichen Ziel, nämlich zum Uraltertum des eigenen Volkes zu gelangen.

Selbstverständlich hatten die Briten den ältesten und vornehmsten Stammbaum: sie kamen von einem *Bruto*, *Britto* oder *Brutus consul Romanus* her, einem

[107]) Beowulf, hg. Else von SCHAUBERT (Bibliothek der ältesten deutschen Literaturdenkmäler III, 1), 17. Aufl., Paderborn 1958: v. 4 S. 13 (Scyld, Scef); v. 107, 113 S. 16; v. 1260–66 S. 49 (Kain und Giganten; dazu Johannes HOOPS, Kommentar zum Beowulf, Heidelberg 1932, S. 30 f.); v. 90–98 S. 15 (Vorzeit, Schöpfung); v. 856–861 S. 37 (Beowulfs Ruhm); v. 1771 S. 63; v. 2995 f. S. 98 (Midgard); v. 336 S. 22 (Ausland).

[108]) Ferdinand LOT, Nennius et l'Historia Brittonum, Etude critique suivi d'une édition des diverses versions de ce texte (Bibliothèque de l'Ecole des Hautes Etudes, Sciences historiques et philologiques 263), Paris 1934, S. 10 f., 24, 37, 49 ff., 91 ff. stützt u. a. darauf seine Kritik an MOMMSENS Edition. S. 52 f. gibt er zu, daß das entscheidende Kapitel 18, das einen Ausgleich der Genealogien versucht, schon der Urform der H.B. angehört haben könnte. Ich bleibe daher bei MOMMSENS Thesen.

Enkel des Trojaners Aeneas. In seiner Ahnenreihe erscheint als Vater des Dardanus auch Saturn. Zur Zeit des israelitischen Priesters Heli, lange Zeit nach dem Turmbau also, kam Bruto aus Italien nach England. Das war die Geburtsstunde der britischen Trojanerfabel, die fast ein Jahrtausend am Leben bleiben sollte. Woher man sie nahm? Die Elemente mögen auch hier, wie bei der fränkischen Trojanersage, zum Teil Isidor entliehen sein; dieser nannte mehrfach Römer namens Brutus, die Römer galten als Trojaner, und Isidor erklärte: *Brittones latine nominati ... eo quod bruti sint.* Dieses „häßlich" war in einer Schrift ohne Großbuchstaben leicht als Genitiv von Brutus mißzuverstehen. Hatten die Briten einen hochadligen trojanisch-römischen Ahnherrn, so gönnte man doch auch den übrigen Kelten, in gemessenem Abstand, ihre exotische Herkunft. Pikten, Iren und Schotten hatten ihre Sitze viel später eingenommen, die Schotten ausgehend von einem vornehmen Skythen namens *Partholomus*, der zu Moses' Zeiten nach Ägypten kam, dort verjagt wurde und über Spanien den Weg zur Grünen Insel fand. Diese Erzählung kann, wie man gemeint hat, aus irischen Quellen stammen; zuvörderst ist sie gelehrten Ursprungs, und wieder gab nebst der Etymologie Schotten-Skythen Isidor den Anstoß: Partholomus ist *Bartholomeus*, dessen Name von Isidor gedeutet wird als *filius suspendentis aquas*, ein Name also, der mit der Sintflut zusammenhängt und uns in diesem Zusammenhang noch oft begegnen wird[109]).

Doch mit einigen gewagten Konjekturen war nichts gewonnen; einem der Autoren mochten diese vagen Herleitungen aus der Antike zu unbestimmt und undeutlich vorkommen. Ließ sich der Britenstammbaum nicht aus schriftlichen lateinischen Quellen rekonstruieren, ohne alles Etymologisieren? Also: *Aliud experimentum inveni de isto Bruto ex veteribus libris veterum nostrorum.* Der Autor konnte seine Animositäten den nächsten Nachbarn gegenüber nicht verleugnen; Iren und Schotten fielen nun ganz weg; und die Sachsen wurden in einen Winkel gedrängt. Aber der Stammespatriotismus kleidete sich doch wieder in eine großartige genealogische Übersicht, die sich an die wohl nur mittelbar benutzte, gleichzeitige Fränkische Völkertafel anlehnte, aber über sie hinausgriff. Nun wurde nämlich den Namen der Fränkischen Völkertafel noch ein biblischer vorangestellt: *Alanus* aus dem Hause Japhet betrat als erster Europa. *Alaneus* aus der Fränkischen Völkertafel gab das Vorbild; zudem fand man bei Isidor die Alanen einmal an der Spitze einer ganzen Reihe von Völkernamen, vor Briten, Schotten, Pikten, Armeniern, Albaniern, Alemannen, Germanen und Goten, alles Namen der Fränkischen Völkertafel. Da diese selbst 15 Namen bot, genau so viele, wie Isidor Japhetiten zählte, da überdies Isidor

---

[109]) Isidor, Etymologiae IX, 2, 102 (Brittones); VII, 9, 16 (Bartholomeus). Letztere Beziehung wurde entdeckt von Thomas Francis O'Rahilly, Early Irish History and Mythology, Dublin 1946, S. 75.

und die „Joca monachorum" Europa als Japhets Erbteil angaben, war die Verbindung zu Japhet leicht gezogen. Die drei Kinder des Alanus waren die Stammväter der europäischen Völker; in diesen dreien, *Hessitio*, *Armenon* und *Negue* erkennt man leicht die verballhornten taciteischen Namen der Fränkischen Völkertafel, deren Genealogie auch im folgenden übernommen ist, nur daß aus den Alemannen *Albani* geworden sind und die Sachsen nicht den Herminonen, sondern den Ingwäonen zugezählt, aber auch hier nicht der vornehmsten Gruppe beigesellt wurden. Diese bestand aus den *Latini*, den Kindern des *Romanus*, den Franken und, wie könnte es anders sein, den *Britti*.

Mit der Bildbreite war noch nicht die gewünschte Tiefenschärfe erreicht. Wie ließ sich von den taciteisch-germanisch-römischen Namen die Brücke zur Bibel schlagen, wie stammte Alanus von Japhet ab? Wieder half ein doppeltes „Experiment". Man füllte den Stammbaum des Alanus mit hebräischen und irischen Namen auf; darunter war der uns schon bekannte Ibath – hier heißt er *Jobaath* –, den man jetzt aber nicht auch an Magog und die Skythen, sondern allein an Javan und die Griechen und Trojaner anschloß. Nur war zu bemängeln, daß der Stammbaum fast lauter unbekannte Namen enthielt und überdies die doch schon zuvor festgestellte trojanische Herkunft der Briten nicht präzis genug wiedergab. Darum also konstruierte man die Genealogie des Alanus nun über Rhea Silvia, Aeneas, Anchises, Trous, Dardanus, *Flisa* – das ist der biblische Elisa – und wieder über Javan zurück zu Japhet. So waren jetzt auch hier, wie kurz zuvor im ersten Fredegarbuch, die Trojaner in die Bibel aufgenommen, freilich nicht wie dort über die römischen Kittim, sondern über die vornehmeren Griechen. Daß Trojaner und Griechen Feinde gewesen waren, daß in der Ilias Dardanus der Sohn des Zeus war, blieb unbeachtet. Die Briten hatten sich die erlauchtesten Ahnen erhandelt, aber es macht unseren Autoren Ehre, daß sie wenigstens noch die Frage stellten, was aus den nichtgriechischen Japhetiten geworden sei. Entgegen der Meinung selbst Hippolyts wurden hier die drei Noachiden genau auf die drei Erdteile verteilt, so daß die Besiedlung Europas durch Japhet schon dadurch nahezu als Gottes Gebot erschien. Doch die Einheit Europas wurde noch stärker hervorgehoben: alle Kinder Japhets traten in der wiederum aus Isidor bekannten Art auf, also als Gallier, Skythen und Goten, Meder, Griechen, Spanier und Italer, Kappadokier und Thraker[110]). Hier mündete die Volksgeschichte in die universale Heilsgeschichte ein.

Durch die biblische Spitze wurde im ganzen der Charakter der Fränkischen Völkertafel vollständig verändert, sie rückte zum Bestandteil der Weltgeschichte auf und verlor ihre Exklusivität. Erst in späteren Teilen der „Historia Britto-

[110]) MOMMSEN (in der Ausgabe) und LOT (o. Anm. 108) S. 52, 162 nahmen Hieronymus als Quelle an; doch steht bei diesem *Galatae* ohne *Galli*, unter Magogs Kindern fehlen bei ihm die Goten. Quelle ist also Isidor, Etymologiae IX, 2, 26–31.

num" sammelten sich auch sächsische Genealogien mit Wodan an der Spitze, und an einer Stelle hat man sie mit irischen Namen, die uns noch beschäftigen werden, zurückverlängert über einen *Finn* bis zu einem *Geta*, „Sohn Gottes"[111]). Aber diese heidnischen Stammbäume wurden längst nicht so weitbekannt wie der kombinierte antik-jüdische, der noch später, auch außerhalb Englands, gerne abgeschrieben wurde[112]). Die Verbindung von kurzsichtigem Gentildenken und biblischem Universalismus wurde jedenfalls auch in England, wie in Spanien, nicht von Germanen zuerst hergestellt; sie wurde vollzogen mit Hilfe einer mönchischen Gelehrsamkeit, der man das Odium des Fälschens und der Pseudo-Wissenschaft anzuheften geneigt ist. Es war in der Tat eine „politische" Wissenschaft, aber den Spott moderner Gelehrter hat sie nicht verdient, vor allem dann nicht, wenn man diesen „Mönchsfabeleien" die aus der Volkstiefe quellenden Heldensagen gegenüberstellt. Nicht durch die Heldensagen, sondern durch die irisch-britischen Mönchsgenealogien ist aus dem Wirrwarr der Völkerwanderung ein in Vielfalt geschichtlich gegliederter geistiger Raum Europa abgegrenzt worden.

Die Angelsachsen traten bald gelehrig in diese Traditionen ein, zunächst vor allem in Northumbria, im Grenzland zwischen Briten, Schotten und Iren. Insbesondere von den Iren lernte „Englands ältester Klassiker", der aus Wessex gebürtige Abtbischof Aldhelm von Malmesbury (ca. 639–709). In ihrer Schule mag er nicht nur das Griechische, sondern nach einigen Angaben auch das Hebräische erlernt haben, dazu die Freude an Zahlensymbolik. Die Zahl 72 erschien dabei sofort, aber in neuen Bereichen: Die Bücher der Bibel, aus dem Hebräischen durch Hieronymus übertragen und der viergeteilten Welt zugänglich gemacht, seien 72 an der Zahl, sagte Aldhelm in einem Gedicht vor 690[113]). Das war eine reichlich kühne Fortführung von Cassiodors Rechnung mit 71 Bibelbüchern und der einen Dreifaltigkeit; überdies traf auch diese schon nur bei Einbeziehung der deuterokanonischen Bücher für die lateinische Vulgata wirklich zu. Sie unterstrich aber den Charakter der Bibel als Kompendium alles Wissenswerten und tauchte darum noch im Anfang des 9. Jahrhunderts in einer beinahe heidnisch anmutenden magischen Beschwörungsformel aus der northumbrischen Diözese Durham auf: Durch die 72 Bücher des Alten und

---

111) Historia Brittonum c. 37, MGH AA Bd. 13, S. 179; c. 44 S. 187 (Sprachunterschiede); c. 7 S. 147; c. 10 S. 149 f.; c. 11 ff. S. 153–157 (antike Genealogie); c. 17 f. S. 159–161 (biblische Genealogie; dazu Paul Feuerherd, Geoffrey of Monmouth und das Alte Testament, mit Berücksichtigung der Historia Brittonum des Nennius, Diss. phil. Halle 1915, S. 90 ff.); c. 57 ff. S. 202 ff. (Wodan); c. 31 S. 171 (Finn, Geta; dazu Hackenberg, Stammtafeln 89 ff.).

112) Georg Waitz, in: MGH SS Bd. 8, S. 314 Anm. hat diese Zeugnisse aus Handschriften des 9. bis 12. Jahrhunderts gesammelt.

113) De virginitate carmen v. 1626, MGH AA Bd. 15, S. 420. Dazu Manitius, Literatur Bd. 1, S. 134. Unzugänglich blieb mir J. Fowler, Aldhelm, Sherborne 1947.

Neuen Bundes sollte das glühende Eisen beim Gottesurteil gezwungen werden, die Wahrheit zu sagen. Dieselbe Formel zählte nur 70 Jünger Christi[114]). Auch Aldhelm selbst ließ sich vom Systemzwang nicht beengen und berichtete in einem Lob der Siebenzahl frisch und unbekümmert von den 70 Sprachen, die den Aposteln an Pfingsten vom Heiligen Geist eingegossen wurden[115]). Ein Dichter aus Aldhelms Kreis konnte ebenso naiv nach dem Topos Vergils und Homers annehmen, daß mancher vielleicht in hundert Sprachen redet:

Jam si centenis clamitet
quisque linguis et vocitet... [116])

Aber jedenfalls war Aldhelm, der auch angelsächsische Lieder dichtete, nicht mit seiner eigenen Sprache zufrieden und wollte in weitausholender Gebärde alle Idiome umfassen, überhaupt die geordnete Vielheit durchdringen. Und diese Haltung machte Schule.

Ungleich stärker ist die Eigenart von Aldhelms jüngerem Zeitgenossen aus Northumbria, Beda Venerabilis (ca. 673–735). Der seit dem siebten Lebensjahr in Klostermauern lebende Mönch suchte wie Aldhelm hinter die Gesetze des irdischen Ablaufs zu kommen und begründete, zunächst aus chronologischem Interesse, aber auch schon, um die Heilsgeschichte zu ordnen, die innere Notwendigkeit der Aetates-Abgrenzung[117]). Schon in einer seiner frühesten Schriften stieß er dabei 703 auf die Sprache. Er verglich die Aetates dem Ablauf des Menschenlebens, wie es vor ihm Augustin und Isidor getan hatten. Auf Isidors fünftes Etymologienbuch stützte sich ja Bedas Schriftchen überall. Doch Beda zog den Vergleich enger. Die erste *aetas* ging in der Sintflut unter, *sicut infantiam mergere solet oblivio.* Mit Noah begann die zweite *aetas*, *quae in lingua inventa est, id est Hebraea; a pueritia namque homo incipit nosse loqui post infantiam, quae et nomen inde accepit, quod fari, id est loqui, non potest*[118]). Wer diese Stelle beim Wort nahm, mußte glauben, daß die Menschen vor der Sintflut gar nicht sprechen konnten. Im 11. Jahrhundert hat man, wie wir noch sehen werden, Beda

---

114) Rituale ecclesiae Dunelmensis, hg. Joseph STEVENSON (Publications of the Surtees Society 10), London-Edinburgh 1840, S. 113.

115) De metris et enigmatibus ac pedum regulis II, MGH AA Bd. 15, S. 67.

116) Carmina rhythmica V, 51 f., MGH AA Bd. 15, S. 537.

117) Charles William JONES, Bede as Early Medieval Historian, in: Medievalia et Humanistica 4 (1946) 26–36; Wilhelm LEVISON, Bede as Historian, in: W. L., Aus rheinischer und fränkischer Frühzeit, Ausgewählte Aufsätze, Düsseldorf 1948, S. 347 bis 382, hier S. 348 ff. (chronologisches Interesse); LANDSBERG, Weltchroniken 30 ff.; Heinz RICHTER, Englische Geschichtschreiber des 12. Jahrhunderts (Neue deutsche Forschungen 187), Berlin 1938, S. 16 ff. (Ordnung der Heilsgeschichte).

118) De temporibus liber c. 16, hg. Charles William JONES, Bedae opera de temporibus (The Mediaeval Academy of America Publications 41), Cambridge-Mass. 1943, S. 303. Zu Quellen und Tendenz BRINCKEN, Weltchronistik 109. Muster waren Augustinus, De Genesi contra Manichaeos I, 23, MPL Bd. 34, Sp. 190 ff.; Isidor, Etymologiae V, 38, 5.

tatsächlich so verstanden, und es ist nicht leicht, seine wirklichen Gedanken zu erraten; das nachgestellte *id est Hebraea* und auch das sonderbare *quae in* statt eines zu erwartenden *in qua* zeigen, daß Beda selber an der Stelle herumgefeilt hat. War etwa das Hebräische, das er hier als die älteste Sprache ausgab, erst durch Noah über die Erde verbreitet, von ihm gar erfunden worden? Oder sollte das *quae in* besagen, daß es schon zuvor Sprache gab? Jedenfalls faßte Beda die zweite *aetas* als die Zeit des Sprachenlernens, wenn nicht gar des Sprechenlernens auf, und das war eine ungewöhnliche Betonung der Sprache und ihrer Rolle in der Weltgeschichte.

Bedas Lukaskommentar, zwischen 709 und 716 fertiggestellt, knüpfte wieder an Isidor an. Die Exegese der Angelsachsen nahm ja überhaupt den Faden der spätlateinischen Patristik wieder auf und legte – im Gegensatz zu den Iren – weniger den Literalsinn als die allegorische, „höhere" Bedeutung des Bibeltextes frei. Die biblischen Zahlen gaben dazu willkommene Handhaben. Die 72 Jünger Christi wurden den Priestern der Kirche verglichen; wie die 12 Apostel zu den 12 Stämmen Israel gesandt seien, so weise die Zahl der 72 Jünger auf die *exterae gentes* der Erde, denen nun das Evangelium gepredigt werden sollte, wie ja auch die Sonne zu einem dreitägigen Umlauf, der an die Dreifaltigkeit erinnere, 72 Stunden brauche[119]). Die Beziehung der 72 auf die *exterae gentes* fehlte bei Isidor ebenso wie der Vergleich Jünger-Priester. Wer ihn genau besah, mußte sich über die Zahlensymbolik wundern: Wenn Israel den 72 Völkern gegenübergestellt wird, kann die Gesamtzahl der Völker eigentlich nur 73 sein. Ob Beda diesen Anklang an die augustinische Ratio bemerkte?

Der aus der gleichen Zeit stammende Kommentar zur Apostelgeschichte griff das Problem tiefer an. Die Einheit der Sprache sei durch die *superbia* von Babel zerrissen worden und müsse von der Kirche wieder versammelt werden; das hatte ganz ähnlich schon Gregor der Große gesagt. Beda aber fuhr nachdenklich fort: *Spiritualiter* betrachtet weise die *varietas linguarum* auf die verschiedenen Gnadengaben hin, wie 1 Kor. 12, 4 erläutere. Wäre also Babel ein Segen, kein Fluch? Oder brachte das Pfingstwunder die Wandlung? Die Kirche sollte nach Pfingsten über alle Welt verbreitet werden und mit der Stimme aller Völker reden. Indes hatte Beda auch hier seine Bedenken und gab wörtlich aus Rufins Übersetzung die Skrupel Gregors von Nazianz wieder: Hörwunder oder Sprachenwunder? Beda entschied sich noch nicht, aber selbst daß er an dem Sprachenwunder gezweifelt hatte, verübelten ihm die Zeitgenossen; in seiner „Retractatio" mußte er sich dagegen verwahren. Im Hintergrund stand freilich schon hier bei ihm die Vermutung, daß Pfingsten nicht nur ein Fest der Polyglotten, sondern auch des allgemeinen Segens über die Völker

---

[119]) In Lucae evangelium III, 10, MPL Bd. 92, Sp. 461. Zu Bedas Exegese Smalley, Study 35 f.; Bischoff (o. Anm. 91) S. 189 ff., 194 f.; Laistner, Thought 158 ff.

war. Zu Act. 3, 25, wo der Segen über Abraham aus Gen. 12, 3 zitiert ist, vermerkte Beda, diesen Segen erhalte jede Familie der Erde, und leise und eindringlich wiederholte er „jede, sage ich, von den 72 Familien oder Sippen *(cognationes)*, in die, wie wir lesen, nach der Sintflut beim Turmbau das Menschengeschlecht geteilt wurde". Verdutzt hält man inne: Der Segen Gottes galt Abraham, nachdem am Turmbau die fromme Einheit der Welt zerschellt war – und doch galt er eben denen, die sich getrennt hatten[120]). Beda hielt die Verschiedenheit der Sprachen also nicht um jeden Preis für ein Übel; sie mochte es durch den Turmbau und seine Folgen geworden sein, aber war sie es nach dem Segen über Abraham und nach Pfingsten noch? Man fühlt sich in die unbefangene Weltoffenheit orientalischer Christen versetzt und spürt, wie Beda das Problem der Sprache immer wieder umkreiste und den Wert der Sprachenvielfalt theologisch zu rechtfertigen suchte. Eine Pfingstpredigt schwieg von Bedas Zweifeln und bekräftigte, daß der Heilige Geist den Aposteln die Kenntnis aller Sprachen vermittelt habe[121]). Bedas Pfingsthymnus wiederholte:

His omnium mox contulit
late loquelam gentium,

damit alle Völker auf Erden in ihrer eigenen Sprache Jesu Macht besingen und ihn preisen könnten. Der Geist verbindet nun die zuvor in Sitte und Sprache uneinigen Scharen; in einem Geist verherrlicht die gleiche Frömmigkeit überall den einen Ruhm Christi, *linguae sonis distantibus*[122]). Gerade in der Sprachenvielfalt liegt erst die ganze Macht des Gotteslobes. Es ist, als wünschte Beda gar nicht die Vereinheitlichung der Sprachen und Völker.

Im Genesiskommentar von 720 klärten sich die Fronten erneut. Auf die an Gen. 1, 5 anknüpfende Frage, ob Gott die Dinge hebräisch, griechisch, lateinisch oder in einer anderen Sprache benannt und erschaffen habe, entgegnete Beda schroff, bei Gott sei der reine Intellekt *sine strepitu et diversitate linguarum*. Der Mensch – zuerst Adam, aber auch seine späteren Nachfahren bis zur Gegenwart – habe allein und selbständig den Dingen den Namen gegeben; Gott mischte sich nicht ein. Isidor und die Iren hatten sich damit gegen alle Widerstände durchgesetzt: Normalerweise entstand die Sprache *per singulas gentes iuxta ... placitum*. So etwa die Namen der Fische, von denen Gen. 2, 19 nichts sagt: sie seien wohl erst später *paulatim* den Menschen bekanntgeworden.

---

120) Expositio Actuum Apostolorum et retractatio, hg. Max Ludwig Wolfram Laistner (The Mediaeval Academy of America Publications 35), Cambridge-Mass. 1939: Expositio II, 4 ff. S. 16 (Babel, Pfingsten); II, 3 S. 15 (alle Völker); Retractatio II, 6 S. 99 (Vorwürfe; dazu ungenügend Adler, Pfingstfest 7 f.); III, 25 S. 110 (Abrahams Segen).

121) Homelia II, 17, CCSL Bd. 122, S. 306.

122) Hymnus in die sancto Pentecostes, CCSL Bd. 122, S. 425, auch bei Dreves-Blume, Hymnendichtung Bd. 1, S. 52.

Adams Namengebung war also nicht vollständig und nicht ausreichend. Als Adams Sprache gab Beda nun klar und eindeutig das Hebräische an, nicht nur, weil *plurimi auctores* derselben Meinung waren, sondern auch, weil die Namen in Gen. 1–11 ihrer Etymologie nach hebräisch seien; ganz so hatte Isidor gesagt. Das hieß aber wieder wie bei Isidor, daß das Hebräische nur faktisch, fast zufällig die älteste Sprache ist und keinen metaphysischen Primat besitzt. Denn Gott griff erst in Babel in die Sprachgeschichte ein. *Cum Deus suam cuique genti propriam atque diversam tribueret linguam, tunc eis credendus est etiam animantium vocabula quomodo et rerum ceterarum iuxta suam cuique distinxisse loquelam.* Gott tat hier ein Wunder und schuf ganz neue Sprachen. Es ist, als kehrte sich Beda gegen den irischen Pseudo-Augustin: nicht das Hebräische gab das Muster ab für verderbte, minderwertige Dialekte der Muttersprache. Erläutert diese Stelle nicht überraschend den früheren Satz über die zweite Aetas? Beginnt nicht wirklich erst in ihr, und zwar in Babel, die Heilsgeschichte der Sprachen? Sind nicht alle in Babel von Gott gegebene Idiome in gleicher Weise „heilig"? In der Tat verwies der Kommentar immer und immer wieder auf die Parallele zwischen Babel und Pfingsten, das nun den *exterae gentes* auch das Heil brachte, die Sprachenvielfalt entsühnte und ihre ursprüngliche Heiligkeit klar hervortreten ließ. Das alles knüpfte nur an den altchristlichen Gottesvolk-Gedanken an; aber wer hatte ihn bis zu diesem Ende durchdacht! Die Folgerung hat Beda nicht gescheut: Die Rede Isidors von den heiligen drei Sprachen fehlt bei ihm, ausgenommen einen Traktat, der schwerlich dem Ehrwürdigen zugehört, da er die isidorianische Vorlage wörtlich und ohne jeden Zusatz abschreibt[123]).

Doch zurück zum Genesiskommentar. Ist die Sprachenvielfalt vom Alten Testament an Gottes Wille, so muß es die Teilung der Welt in Völker nicht minder sein. Die Zahl der Völker wurde wieder nach der Zahl der 72 Jünger angegeben; die Zahlensymbolik schien Beweis genug. Aber da kamen Beda plötzlich Zweifel; vielleicht hatte ihn die Diskrepanz zwischen der LXX-Chronologie und der hebräischen Bibel-Zeitrechnung, die er als erster seit Hieronymus aufgriff, schon stutzig gemacht. Er kam auf einen scheinbar banalen, in Wahrheit genialen Gedanken: Er holte die Vulgata vom Bord und zählte nach. Dabei entdeckte er, was drei Jahrhunderte seit Augustin übersehen hatten, daß die Zahl 72, an der Septuaginta gewonnen, nicht mehr durch die Vulgata gerechtfertigt wurde. Beda schrieb also, der *diligens lector* werde die Unstimmigkeit der üblichen Zählung bemerken, denn in der Bibel stünden zwar 31 Hamiten, aber nur 14 Japhetiten und nur 26 Semiten – Beda hat bei seiner Zählung also, wie billig, die drei Noachiden weggelassen, aber Nimrod mitgezählt –; das seien zusammen 71 Sprachen und Völker, *vel potius LXXII, ut clarior fama habet.*

---

[123]) De linguis gentium, MPL Bd. 90, Sp. 1179 ff. (aus Isidor, Etymologiae IX, 1, 1 ff.).

Aber damit war die Unsicherheit nicht beseitigt; die *clarior fama* mußte doch ihre Gründe haben? Bedas Lösung war nicht so elegant wie Augustins Ratio, aber exegetisch „richtiger“: Der in Gen. 10, 11 mitten unter Chams Söhnen genannte Assur müsse von dem Semiten Assur, der Gen. 10, 22 erwähnt ist, unterschieden werden; Sulpicius Severus wäre also im Irrtum gewesen. Oder aber, meinte Beda, durch Augustins Ratio irritiert, einer der Noachiden müsse zwei Völker hervorgebracht haben. Etwas ratlos brach Beda ab; aber dieser Augenblick der kritischen Unruhe zeugt von seiner Größe. Erst im 13. Jahrhundert hat man wieder gewagt, die Tradition am Bibeltext nachzuprüfen oder wenigstens das Ergebnis dieser Prüfung niederzuschreiben. Beda selber suchte nicht analytisch nach Kriterien, er ging auf die klare, verständliche Harmonie des göttlichen Weltplans aus. Als er die biblische Völkertafel streng nach Hieronymus erläuterte, da unterdrückte er die Bemerkung des Kirchenvaters, daß man mehrere der genannten Völker nicht mehr auffinden könne, und glaubte sogar eines der bislang vermißten Kinder Joktans nachweisen zu können[124]). Und doch blieb der Stachel der Kritik.

Die Chronik von 725/26 berichtete wieder von der Sprachenverwirrung, aus der die Völkerteilung entsprang. Aber anstatt die fünf Jahre vorher errechneten Zahlen zu wiederholen, zitierte Beda nun den immerhin etwas abseitigen Psalmenkommentar des jüngeren Arnobius mit seiner Berechnung der 27 semitischen, 23 japhetitischen und 22 hamitischen Sprachen und Völker – und das, obwohl Beda in der Chronik sonst Augustins „Civitas Dei“ zugrundelegte, also zweifellos Augustins eigene, ganz andere Zählung kannte. Warum übernahm er sie nicht? Warum folgte Beda nun dem obskuren Arnobius? Es ist wahrhaftig erheiternd, was vor fünfzig Jahren ein Historiker dazu schrieb: „Mit einem heitern Citate aus Arnobius wird die Frage der Sprachentrennung bei dem babylonischen Turmbau erledigt“[125]). Dem Autor war gewiß nicht sehr heiter dabei zumute; vielleicht wählte er die Zahlen des Arnobius, weil ihm angesichts der Rechnung Augustins aufging, daß die Zahl 72 aus der Bibel überhaupt nicht ohne dunkle Manipulationen zu gewinnen ist, schon gar nicht aus der hebräischen Bibel, die ihm ebenso wie Augustin vor jeder Übersetzung den Vorzug zu verdienen schien. Arnobius erhob gleich gar nicht den Anspruch, seine Zahlen aus der Bibel entnommen zu haben. Das Zitat klingt eher resigniert[126]). Wieviel einfacher machten es sich die Nachfolger, wie jene un-

---

[124]) Hexaëmeron I, MPL Bd. 91, Sp. 17 (Gott), 50 (Ursprache, Sprachenwunder); III Sp. 127, 130 (Pfingsten), 123 (Völker- und Sprachenzahl; die „13“ Japhetiten sind wohl ein Druckfehler), 115–121 (Völkertafel). Zu Bedas chronologischen Zweifeln Brincken, Weltchronistik 110 f.

[125]) Büdinger, Universalhistorie II, S. 7.

[126]) Chronica c. 26 ff., MGH AA Bd. 13, S. 253 f. (Arnobius); c. 19 S. 251 f. (he-

berechtigt unter Bedas Namen gehende Genesiserklärung, für die die 27 Semiten, 30 Hamiten und 15 Japhetiten unbesehen den 72 Jüngern Christi entsprachen[127]), oder die zahlreichen Späteren, die sich aus Bedas Chronik das Arnobius-Zitat herüberholten.

Bedas Alterswerk, die anglische Kirchengeschichte von 731, schien noch stärker zu resignieren. Der Jugendgedanke, daß Gottes Ordnung sich in der Welt mathematisch genau nachweisen lasse, daß die Welt ein Ganzes sei, dessen Anfänge unmittelbar mit dem späteren Fortgang harmonieren, tauchte nicht wieder auf. Am Anfang schon steht eine geographische Einleitung, die mehr an Plinius als an Orosius angelehnt ist und keinen biblischen Namen braucht, als wäre die Bibel nicht das allumfassende geographische Handbuch. Der Stammbaum der Angelsachsen wird lediglich durch einige trockene Namen angedeutet, und man muß schon genau zusehen, um zu bemerken, daß an ihrer Spitze der Heidengott Wodan steht. Beda verlor kein Wort darüber, aber eine biblische Genealogie im Stil der „Historia Brittonum" setzte er nicht daneben, obwohl er das Werk offenbar kannte und ihm die Angabe entnahm, die Pikten seien, *ut perhibent*, aus Skythien gekommen. Die Briten, die frühesten Bewohner, schifften nur aus *Armorica*, wohl der Bretagne, herüber. Noch einmal flammte die Freude an symbolischer Verquickung von Urgeschichte und Gegenwart auf: Wie es fünf Bücher des Pentateuch gebe, so auch einen Glauben und fünf *gentium linguae* auf der Insel: Angeln, Briten, Schotten, Pikten und – Lateiner. Um der Sprache willen mußte es also eine *gens Latinorum* geben, und wer wäre das, wenn nicht die Geistlichkeit? Das Lateinische hatte für Beda als Bildungs- und Kirchensprache eine besondere Funktion: *meditatione scripturarum ceteris omnibus est facta communis*. Das Latein als Schriftsprache überwölbte die getrennten Idiome, und auf diese Einheit in der Vielfalt kam es Beda an[128]).

Auch wenn er an anderer Stelle nur vier *nationes et provinciae Brittaniae* nannte, die sich in vier Sprachen teilten, so setzte er gleich hinzu, daß sie durch König Oswalds Frömmigkeit alle vereint seien. Liebevoll erzählte Beda von

---

bräische Bibel; dazu BRINCKEN, Weltchronistik 112). Zur Quellenfrage Georg WETZEL, Die Chroniken des Bæda Venerabilis, Diss. phil. Halle 1878, S. 11, 36 ff.

[127]) Pseudo-Beda, Commentarius in Pentateuchum I, 10 f., MPL Bd. 91, Sp. 228 f.; STEGMÜLLER, Repertorium Bd. 2, S. 186 Nr. 1647 bringt nichts über Alter und Herkunft. WEIGAND, Languages 255 bemerkt die Unechtheit der Schrift wie auch Bedas Schwanken nicht.

[128]) Historia ecclesiastica gentis Anglorum, hg. Charles PLUMMER, Venerabilis Baedae opera historica, 2 Bände, Neudruck Oxford 1946: I, 1 Bd. 1, S. 9 ff. (Geographie, Pikten, Briten, fünf Sprachen; dazu Bd. 2, S. 7 f.); I, 15 S. 31 f. (Stammbaum der Angelsachsen; dazu HACKENBERG, Stammtafeln 88 f.; Karl HAUCK, Geblütsheiligkeit, in: Liber floridus [o. S. 364 Anm. 3] S. 187–240, hier S. 195). Zur Kenntnis der Hist. Britt. MANITIUS, Literatur Bd. 1, S. 240.

der Predigt des ersten irischen Bischofs in Lindisfarne; da der „Schotte“ die Sprache der Angeln noch nicht recht beherrschte, sprang König Oswald als Dolmetscher ein, denn er war beider Sprachen mächtig. Nicht die sprachliche Uniformierung war Bedas Ideal; er starb über einer angelsächsischen Übersetzung des Johannesevangeliums und forderte noch 734, in dem Brief, den man seinen Schwanengesang genannt hat, daß Priester und Laien in der Volkssprache unterrichtet würden. Es bereitete ihm keinen Kummer, daß die Missionare Gregors des Großen sich in England zunächst mit fränkischen Dolmetschern weiterhalfen und daß die Engländer bald Bischöfe ihres eigenen Volkstums und Sprachraums verlangten. Wenn freilich ein König, der nur Sächsisch konnte, einen fränkischen Bischof wegen seiner *barbara loquella* absetzte, durfte Beda nicht zustimmen: Alle sollten Teil haben, ohne ihr Eigenes aufzugeben, aber keiner sollte isoliert bleiben. Wie freute sich Beda, wenn einer neben der angelsächsischen *lingua naturalis* auch noch Griechisch und Latein beherrschte! *Nostra, id est Anglorum gens* war ebenso wie die Pikten, Schotten und die den Angeln *domestico odio* abgeneigten Briten nur ein Einzelglied, nicht etwa eines Größeren Britannien, sondern des *Christi regnum perpetuum*; in ihm freut sich, wie der ergreifende Schluß der Kirchengeschichte sagt, Britannien, in ihm jubelt die Erde[129]).

Worauf gründete sich nach aller Skepsis Bedas Glaube? Offenbar auf den Gedanken, der sein ganzes Werk durchzieht: Gottes Ordnung ist ewig und unverbrüchlich, aber nicht in der fernen Vergangenheit brauchen wir unsere Ideale zu suchen, sie sind unter uns lebendig; denn Gottes Welt umfängt uns in aller Fülle des Geschaffenen. In der Kirche, im *corpus Christi*, vereinen sich die Völker und die Sprachen, selbst beinahe „Gedanken Gottes“, nicht zur Einheit, aber zur Harmonie[130]). Wenn irgendetwas, dann ist dies eine „Theologie der Völkerwanderung“ und die reife Frucht aus der vergeblichen Saat des Theoderich, die Vollendung von Isidors Ansatz und die Krönung der irischen Bemühung.

Ohne Bruch sind nun Sprachen und Völker unmittelbar als mannigfaltige Gottes Werk; nur darum kann die Symbolik die Beziehungen so direkt nehmen. Die Folge davon wird sein, daß zwischen Idee und Institution nicht mehr unterschieden wird, daß die Kirche, das Reich und die Völker einfach zu Repräsentanten des Gottesvolkes aus allen Sprachen werden. Die keltischen und

---

[129]) Historia ecclesiastica III, 6 S. 138 (vier Nationen); III, 4 S. 132 (Oswald als Dolmetscher). Epistola ad Ecbertum c. 5 S. 408 f.(Unterricht in der Volkssprache; dazu GRENTRUP, Muttersprache 181f.; GRUNDMANN, Litteratus 6, 35). Historia ecclesiastica I, 25 S. 45 (Gregors Missionare). Historia abbatum c. 3 S. 366 (englische Bischöfe). Historia ecclesiastica III,7 S. 140 (barbara loquella); IV, 2 S.205 ; V, 8 S. 296; V, 20 S. 331; V, 23 S. 348 (Sprachkenntnisse); II, 1 S. 73; V, 23 S. 351 (Christi Reich).

[130]) LÖWE, Theoderich 371.

germanischen Völker wurden ja allenthalben genealogisch in die Bibel hineininterpretiert und konnten sich seither als Nachfahren der frommen Juden fühlen. Der Turm von Babel, der der wildbewegten Epoche recht wohl als Symbol des Selbstverständnisses hätte dienen können, blieb freilich unbeachtet, vielleicht auch darum, weil im Westen seit dem 6. Jahrhundert der wohl germanische Turmgedanke in die christliche Kirchenbaukunst eindrang[131]). Man stand Babel allzunahe, als daß man sich in ihm gespiegelt hätte. Auf die Sprachen Europas, die sich doch in dieser Periode formierten, sah man kaum; meist empfand man sie als irdische Werkzeuge; ihre Magie und ihre Theologie waren fast vergessen. Sprachtheorie war vollends unzeitgemäß. Das bedeutete gewiß eine Verarmung und Versimpelung gegenüber Augustin, zugleich aber eine Aktualisierung. Die Wirren der Völkerwanderung lösten sich beileibe nicht von selbst in wohlgefügte Ordnungen auf; neben dem Streben nach Universalität regte sich immer wieder das urtümliche Eigeninteresse, und zu den wahrhaftig nicht homogenen Traditionen der lateinischen Patristik und der romanischen Literatur kam nun noch ein ganzes Sammelsurium neuer, vor allem genealogischer Überlieferungen hinzu; daneben blieben viele Lücken offen. Aber wenn auch die Eule der Minerva erst am Abend ihren Flug beginnen sollte, die Mönche waren vom zweiten Tag nach den Invasionen an emsig dabei, zu sichten und zu ordnen und die Einheit in der Mannigfaltigkeit zu finden. Daß Einheit und Vielfalt gleichwertig zueinander gehören, war Bedas großer Gedanke, auf dem die geistige Einheit des Abendlandes fortan ruhte. Das war auch der Gedanke, der dann auf dem Festland mit den Angelsachsen Bonifatius und Alkuin Fuß faßte; seine Träger wurden, dank ihrem energischen Herrscherhaus, die Franken.

4. Die karolingische Kultur

Die Zeit von der Mitte des 8. bis zum Ende des 9. Jahrhunderts brachte die Ernte der Völkerwanderung ein und schuf aus christlichen und antiken Bausteinen das neue Haus des Abendlandes. Vieles Alte zerbrach dabei; nicht alles Wertvolle wurde aufbewahrt, und die widerstrebenden Traditionen in ein System zu fassen, ist keinem gelungen. Aber in ein Feld waren sie nun eingegrenzt, und dessen Ausbau begann, zögernd oft und mit vielen Rückschlägen, aber je länger desto kräftiger unterstützt durch die segensreiche Macht der Überlieferungen, die noch nicht zur Last geworden war. In diesen Traditionen hatten sich geschichtliche Erfahrungen niedergeschlagen; wer sie wieder auf-

[131]) Hans Riehl, Die Kunst des Gottesreiches, in: Randa, Handbuch 1226 ff.; vgl. Magda Révész-Alexander, Der Turm als Symbolik und Erlebnis, Den Haag 1953, S. 91 ff.

nahm, bereicherte sie mit seinen eigenen Erlebnissen und Wünschen. Daß auch politisch das Abendland für die kurze Zeit Karls des Großen eins wurde, gab den Meinungen über Ursprung und Vielfalt der Sprachen und Völker ein nicht mehr verwischtes Signum.

Am Beginn der neuen, politisch von Pippin dem Kurzen eingeleiteten Entwicklung standen auf geistigem Gebiet noch nicht die Franken, sondern Angelsachsen und Kelten. Sie haben ihren Schülern die neue Auffassung vom universalen Wert der Mannigfaltigkeit rasch vermittelt, zunächst nicht ohne Widerstände. Der heilige Bonifatius (672/3–754), Verehrer Aldhelms und jüngerer Zeitgenosse Bedas, bemühte sich zuerst um die Grundlagen; er hob durch die enge Verbindung der fränkischen Landeskirche mit dem Papsttum die altfränkische Enge auf und suchte die Einheit der Kirche erneut herzustellen. Das Bewußtsein von der germanischen Verwandtschaft zwischen Angelsachsen, Sachsen und Franken trug den Missionar[1]); dennoch mißtraute er wohl den germanischen Genealogien und seufzte über die Schwierigkeiten *per (!) diversitate et declinatione linguarum gentilitatis*, als wäre ihm sprachliche Gleichförmigkeit lieber gewesen. Wenn ein Priester kein Latein konnte und die lateinische Taufformel verkehrt aussprach, schien dem Gewissenhaften die Wirksamkeit des Sakraments gefährdet, nicht weil er nur das Lateinische geschätzt hätte, sondern weil die festgesetzte Formel verfehlt wurde[2]). Es gehörte auch zu seinem apostolischen Wirken, daß er eine lateinische Grammatik verfaßte: Die fehlerfreie Sprache führte zum Bibelverständnis und damit zum Himmel [2a]). Nichtliterarische Sprachen wurden weniger beachtet; aber Bonifatius, der die romanische Volkssprache am päpstlichen Hof schlecht verstand, hat natürlich den Franken, Hessen, Thüringern und Friesen in ihrer Muttersprache, der *rustica lingua*, gepredigt[3]). Aber der Apostel der Einheit wehrte sich doch mit auffälliger Heftigkeit gegen seinen keltischen Rivalen, den Bischof Vergil von Salzburg (ca. 700–784), der auf die grammatische Korrektheit der lateinischen Taufformel nicht achtete; zudem schien Vergil, vielleicht an Isidor und Beda angelehnt, vielleicht durch die Erfahrungen irischer Seeleute angeregt, die

---

[1]) KIRN, Nationalgefühl 36 f.; Gerd TELLENBACH, Wann ist das deutsche Reich entstanden? in: DA 6 (1943) 1–41, hier S. 7 f., auch in: Die Entstehung des Deutschen Reiches, hg. Hellmut KÄMPF (Wege der Forschung 1), Darmstadt 1956, S. 171–212, hier S. 178.

[2]) Daniel von Winchester an Bonifatius 723/4, MGH Epistolae selectae Bd. 1, S. 39 Nr. 23 (Genealogien); Papst Gregor III. an Bonifatius 739, S. 73 Nr. 45 (diversitas); Papst Zacharias an Bonifatius 746, S. 141 Nr. 68 (Taufformel; dazu irrig MELZER, Sprache 46).

[2a]) Jean LECLERCQ OSB, L'amour des lettres et le désir de Dieu, Initiation aux auteurs monastiques du moyen âge, Paris 1957, S. 41 ff.

[3]) Vita Bonifatii auctore Willibaldo c. 6, MGH SSRG Bd. 57, S. 28 (Romanisch); c. 8 S. 49 (rustica lingua), 50 (Mission). GRENTRUP, Muttersprache 187 ff.; GREGORIUS, Muttersprache 122 stellen die sonstigen Quellen zusammen.

Lehre von den Antipoden zu vertreten und damit die Einheit des Menschengeschlechts zu negieren[4]). Noch zu Bonifazens Lebzeiten wurden seine allzu engen, traditionalistischen Begriffe gesprengt.

Vergil dachte im Grunde ähnlich wie der Angelsachse; aber nach dem Regierungsantritt Karls des Großen, der allen universal gerichteten Kräften nahezu schlagartig Auftrieb gab, sah man auch den Wert der Vielfalt deutlicher. Wenn es wirklich Vergil war, der nach 768 die sogenannte Kosmographie des Aethicus Ister verfaßte[5]), gebührt ihm das Verdienst, zuerst die fränkischen Traditionen mit dem biblischen Universalismus, nach beiden Seiten konziliant, verbunden zu haben. Die dem Iren verhaßten Briten, *imperitissima gens*, wurden in dieser Erdbeschreibung nicht als Nachkömmlinge des Trojanersohns Brutus anerkannt, obwohl der Autor von *insolae Brutanicae* redete, also wohl die Erzählung der „Historia Brittonum" kannte. Doch die Franken wurden als Nachfahren der Trojaner ausgegeben, aber zugleich eingereiht in den Umkreis der Weltvölker, wie ihn die antike Literatur und das Alte Testament umschrieben. Vergil verband die Franken wie Dares und die „Origo Francorum" eng mit den Römern: Die trojanischen Ahnherrn der Franken *Francus* und *Vassus* stammten aus römischem Königsblut; freilich verfeindeten sich auch nach Vergils Erzählung Römer und Franken miteinander und wurden zu Nebenbuhlern; der Usurpator Romulus besiegte die Brüder, die ins unwegsame Germanien flohen und dort ihre Städte bereits *barbarica sua lingua,* also auf fränkisch benannten. Wie und wann aus der trojanischen und römischen die fränkische Sprache wurde, blieb freilich offen; hier lag wohl der wundeste Punkt der Sage, über den auch Vergil schweigend hinwegging. Dafür spiegelt sich bei ihm klarer als bei seinen Vorgängern die neue soziale Lage im Frankenreich. Seit der Mitte des 8. Jahrhunderts war der fränkische Vasall, *vassus,* nicht mehr ein höriger Knecht, sondern ein freier Dienstmann, der dem Königsdienst und der adligen Geburt oft hohes soziales Ansehen verdankte [5a]). Vergils Erzählung bekräftigte die Entwicklung der karolingischen Reichsaristokratie: Auch die Vasallen entstammten dem gleichen königlichen Blut wie die „Freien", die *franci.*

---

[4]) Papst Zacharias an Bonifatius 748, MGH Epistolae selectae Bd. 1, S. 178 f. Nr. 80; dazu Kretschmer, Erdkunde 56 f.; Hermann Krabbo, Bischof Virgil von Salzburg und seine kosmologischen Ideen, in: MIÖG 24 (1903) 1–28, hier S. 14 (Überinterpretation Isidors und Bedas; ähnlich Laistner, Thought 184 f.); Löwe (u. Anm. 5) S. 40–44 (Seeleute).

[5]) Heinz Löwe, Ein literarischer Widersacher des Bonifatius, Virgil von Salzburg und die Kosmographie des Aethicus Ister (Abhandlungen der Akad. d. Wiss. u. d. Lit. in Mainz, Geistes- u. sozialwiss. Kl., Jg. 1951, Nr. 11), Wiesbaden 1952, S. 30–39.

[5a]) Waitz, Verfassungsgeschichte Bd. 2, 1, S. 260 f.; Eberhard Friedrich Otto, Adel und Freiheit im deutschen Staat des frühen Mittelalters, Studien über nobiles und Ministerialen (Neue Deutsche Forschungen 130), Berlin 1937, S. 78–136; François-Louis Ganshof, Qu'est-ce que la féodalité? 3. Aufl., Brüssel 1957, S. 34, 40.

Doch blieb der Autor auch sonst nicht bei Reprisen stehen. Er wagte sogar die Bibel zu ergänzen, in der Überzeugung, daß seit den biblischen Zeiten manche neuen Völker nicht abrupt aufgetaucht sind, aber sich kontinuierlich entfaltet haben. Darum handelt ein Kapitel *de gentibus quae (!) Vetus Testamentum non habet*. Da erscheinen die Türken – *Turchos enim alia scriptura omittit* – und werden von den Gog und Magog hergeleitet; damit sind wohl die Bulgaren gemeint, die ein Turkvolk waren und erst hundert Jahre nach Vergil Christen wurden. Auch andere östliche Völker stammen von den Gog und Magog oder *Gogetae* und *Magogetae*; die beschriebenen Stämme gehören angeblich fast alle zum Hause Japhet; dessen Kinder Magog und Mosoch haben ihre Städte erbaut. Vergil suchte den Anschluß an die biblische Völkertafel auch, wenn er erwähnte, daß Noahs Arche in Armenien landete, oder wenn er die *Morini* in Äthiopien und Afrika – also wohl die semitischen Sarazenen – als Hamiten bezeichnete oder Meder und Kaspier an Japhets Stamm angliederte; der Riese *Phyros* setzte zu Zeiten von Gomers Sohn *Anech* – niemand wußte von ihm – nach dem kaukasischen Albanien über. Auf solche Weise wurden die biblischen Namen mit Leben erfüllt, freilich erhielten die apokryphen Verbindungen den Vorrang; bei den Skythen tauchte nicht, wie überall seit Josephus, der Name Magogs auf, sondern der des grausamen Ninus; das schöne und berühmte Babylon wurde ohne seinen Turm geschildert. Nur das Unbekannte war reizvoll, etwa ein fremdes, auf Grund des glagolitischen hergestelltes Alphabet oder die geheimnisvollen Schriftzeichen der Hebräer, Griechen, Lateiner, Chaldäer, Syrer und Ägypter; aber auch Wörter der wilden Völker wurden mit Vorliebe in deren *barbarica lingua* mitgeteilt[6]). So ließ der Autor seiner „leichtgläubigen und märchenfrohen Erzählerfreude" gelegentlich die Zügel schießen; sie war mit der Askese der Keltenmönche recht wohl vereinbar und gehörte mit zu der keltischen „Empfindsamkeit der Seele für alles Außenliegende"[7]).

Diese Empfindsamkeit wurde bald auch in den Franken wach. Ein unbekannter Franke, der vor 738, vermutlich in Frankreich, schrieb, leitete die Franken zwar wieder von dem Trojaner *Franco* ab, bewies aber zugleich ein unge-

---

[6]) Die Kosmographie des Istrier Aithikos, hg. Heinrich WUTTKE, Leipzig 1853: c. 26 S. 14 (Briten); c. 102 f. S. 76 f. (Trojaner, auch gesondert ediert in MGH SS rer. Merov. Bd. 7, S. 524 f.; dazu KLIPPEL, Trojanersage 12 ff.; LÖWE [o. Anm. 5] S. 74 f.); c. 30 S. 17 (Kapitelüberschrift; dazu LÖWE S. 47); c. 32 S. 18 (Türken; dazu ANDERSON, Gog 13, 52 f.); c. 41 S. 28 (Gogetae); c. 30 S. 17; c. 38 f. S. 26 f.; c. 58 S. 35, 37 (Japhetiten); c. 60 S. 40 (Magog); c. 61 S. 41 (Mosoch); c. 70 S. 53; c. 105 S. 78 f. (Arche Noah; dazu LÖWE S. 76); c. 59 S. 40 (Morini, Japhet); c. 64 S. 43 (Phyros); c. 67 S. 50 (Ninus); c. 108 S. 80 f. (Babylon); Tafel S. 85 (Alphabet; dazu BISCHOFF, Geheimschriften 8 f.); c. 66 S. 48; c. 73 S. 56 (Hebräisch usw.); c. 32 S. 19; c. 35 S. 21; c. 36 S. 23; c. 57 S. 35; c. 103 S. 77 (barbarische Wörter).

[7]) Theodor SCHIEFFER, Winfrid-Bonifatius und die christliche Grundlegung Europas, Freiburg i. Br. 1954, S. 249 f. (erstes Zitat); GRÖNBECH (o. S. 438 Anm. 4) Bd. 1, S. 29 (zweites Zitat).

wöhnliches Interesse für Babylon, *intra que (!) sunt confuse linguas (!)*, und für das Vielerlei der Dialekte in deutschen Ländern: *Plurime in ipsis locis variantur lingue*[8]). Dergleichen war zuvor keinem Franken aufgefallen. Auch die Historiker blickten nun um sich. Zwischen 768 und 775 schrieb in der Gegend von Autun, vielleicht in Flavigny, ein Mönch das „Chronicon universale“, das bis 741 reicht, eine an Beda angelehnte Weltgeschichte, die erste fränkische seit Fredegar. Sie übernahm aus diesem die fränkische Trojanerfabel, bevorzugte auch sonst nicht nur die Profangeschichte, sondern auch die germanischen Stämme, ließ aber doch daneben den Turm von Babel erscheinen. Aus Arnobius nach Beda zitiert, traten hier auch die 72 Sprachen un Völker auf; von den biblischen Genealogien wurde wenigstens die Abkunft der Chaldäer von Arphaxad nach Isidors Vorgang erwähnt[9]).

Allem Anschein nach erhielt auch die Bibelexegese schon in den Anfängen Karls des Großen neue Impulse. In Karls Auftrag schrieb ein fränkischer Abt Wigbod (gest. 788) einen Oktateuchkommentar, von dem allerdings nur der Anfang, bis Gen. 3, 20, unter Wigbods Namen überliefert ist. Doch ist dieser Anfang identisch mit einem Pseudo-Beda-Genesiskommentar, der das ganze Buch umfaßt; die Vermutung, daß Wigbod dessen Verfasser ist, hat viel für sich. Der Autor hielt sich freilich sehr zurück; Sem vertrat wie bei Isidor die Patriarchen und Apostel, Japhet die Christen, Cham die Juden und Ketzer; keiner der drei Noachiden wurde auf einen Erdteil eingeschränkt. Der Kommentator suchte keine gegenwärtigen Völker in der Bibel; Joktans Kinder seien verschollen – Beda war optimistischer gewesen. Die Völkertafel des Exegeten lehnte sich an Hieronymus an und ließ nur Griechen, Spanier und vermutungsweise Italer zu. Umgekehrt behagte der Verdacht des Ambrosius, die Goten seien die verfluchten Endvölker Gog und Magog, dem Germanenfreund wenig; ob sie zutreffe, meinte er, sei erst am Weltende zu erfahren, und dieses Ende dachte er sich offenbar noch in weiter Ferne. Der Autor verstand wie Isidor die Sprachenverwirrung vorwiegend symbolisch als Bild für die Uneinigkeit der Ketzer; die Ursprache bedeute die Einheit im Glauben[10]). Wer den spätestens damals geschriebenen Prolog zur „Lex Salica“ kannte, konnte daraus schließen, daß die Sprachentrennung die kirchentreuen Franken nicht be-

[8]) Versus de Asia et de universi mundi rota Nr. 9, MGH Poetae latini Bd. 4, 2 S. 551; Nr. 19 S. 553. Zur Lokalisierung Bruno Krusch, in: NA 35 (1910) 318–320.

[9]) Chronicon universale, Handschrift München, Staatsbibliothek, Cod. lat. 246, f. 12 r – 14 r (Mikrofilm benutzt). Zu Quellen und Tendenz Brincken, Weltchronistik 113 ff.

[10]) Pseudo-Beda, Quaestiones super Genesim, MPL Bd. 93, Sp. 298–301. Wigbod als mutmaßlicher Autor bei Stegmüller, Repertorium Bd. 2, S. 189 Nr. 1654 ff. Sein unvollständiger Kommentar: Liber quaestionum super librum Genesis, MPL Bd. 96, Sp. 1105–1168.

treffe. Das Streben nach Einheit überwog doch das Gefühl für Mannigfaltigkeit, zumal in diesen Jahren Karl der Große selber, z. B. gegenüber den Sachsen, die fränkische Universalität als kirchentreue Einheit verwirklichen wollte. Diese war auch das Anliegen von Karls Hauptratgeber, dem Angelsachsen und engeren Landsmann Bedas, Alkuin.

Der Benediktiner Alkuin von York (730–804) war so wenig wie einer seiner Zeitgenossen ein origineller Geist. *Nova fingere nomina* schien ihm, der sich um 793 zu den „Menschlein am Ende der Zeiten" zählte, nicht erlaubt[11]). Hieß das, daß Adam zu Beginn der Welt neue Namen bilden, Traditionen stiften konnte? Indes behielt sich Alkuin die Auswahl aus dem überkommenen Erbe vor, und er wählte mit Bedacht. Wir wissen, daß der junge Alkuin gern im oberelsässischen Kloster Murbach zu Gast war. Um 790 entstand dort der „Vocabularius Sancti Galli", und es fällt schwer zu glauben, Alkuin habe diese Handschrift nicht gekannt, zumal sie eine offenbar angelsächsische Vorlage kopierte. Sie gibt, in etwas verstümmeltem Wortlaut, die Stelle aus Augustins Johanneskommentar wieder, die von den drei Hauptsprachen handelt, hat aber bei Erwähnung der *Judaei in Dei lege gloriantes* das *Dei* ausgelassen, vielleicht ohne daß sich der Schreiber viel dabei dachte. Auch die Zahl der Jünger Christi setzte er willkürlich und gegen Luk. 10, 1 auf 42 fest, vielleicht von Matth. 1, 17 irregeführt. Daß Zarathustra mit dem Hamiten Misraim identisch sei, interessierte den Murbacher Mönch und seine Vorlage ebenso wie die Angabe der ältesten „Joca monachorum" über die Noachiden. Wieder erscheinen die *Greci* bei den Semiten, aus den hamitischen *Mauri* sind nun freilich *Mari* geworden, und bei den Japhetiten stehen nur noch *Galli et Spani*, die Italiener sind weggefallen[12]). Es wäre unmöglich, aus diesen Angaben auf die Weltsicht des Schreibers zu schließen; aber man muß diese brave und stumpfe Kompilation neben Alkuins Schriften legen, um den Rangunterschied zu spüren.

An Karls des Großen Hofschule übergesiedelt, schrieb Alkuin bald darauf, wohl zu Ende des 8. Jahrhunderts, in Frage und Antwort einen Genesiskommentar. Er pries besonders eindringlich die *consona vox hominum* des Anfangs; nur mit einem zögernden *ut putatur* nahm er seinem Hauptgewährsmann Hieronymus die Lehre von der hebräischen Ursprache ab. Gönnte er den Juden den Primat nicht? Doch anders als Cassiodor machte Alkuin nicht den riesigen *suppressor* Nimrod und nicht die Hebräer allein für die Verschiedenheit der Sprachen verantwortlich. Sie ergab sich aus der gemeinmenschlichen

---

[11]) Epistola 23, MGH Epistolae Bd. 4, S. 61. Zur konservativen Haltung der karolingischen Exegese SMALLEY, Study 37 ff.; LAISTNER, Thought 298 ff.

[12]) Georg BAESECKE, Der Vocabularius Sti. Galli in der angelsächsischen Mission, Halle 1933, S. 2–7 aus der Handschrift St. Gallen, Stiftsbibliothek, Cod. 913; zur Datierung S. 31. Zu Alkuin und Murbach HAUCK, Kirchengeschichte Bd. 2, S. 133.

Schuld: *Fecit ergo superbia diversitates linguarum*; sie ging also auch die Franken unmittelbar an. Diese bekamen aber andere Argumente in die Hand gelegt: Im Gegensatz zu Beda und im Einklang mit dem irischen Pseudo-Augustin glaubte Alkuin, daß in Babel keine ganz neuen Idiome erwachsen seien. Das war keine Herabsetzung der in Babel entstandenen Sprachen; Alkuin meinte nur, Gott habe nach dem Sechstagewerk nichts Neues mehr geschaffen, also auch in Babel nur die schon vorhandenen Sprachelemente, Formen, Zeichen und Silben verändert, so daß etwa von nun an *sidera* in der einen Sprache eiserne Geräte, in der anderen die Sterne bezeichne. Damit, daß Gott sich gewissermaßen unter das Gesetz der Tradition stellte, wurde wenigstens der Grundbestand der gegenwärtig gesprochenen Sprachen für dauerhafter erklärt, als Beda annahm. Christus wurde im hebräischen Volk geboren, damit zuerst in der Sprache das Heil der Welt verkündet werde, durch die zuerst der Tod in die Welt eintrat. Das war gewiß keine Kanonisierung des Hebräischen; aber fraglich ist nicht minder, ob damit eine Heiligung aller Sprachen, auch des Fränkischen, verbunden werden sollte. Merkwürdig schweigsam gab sich Alkuin, wenn er den unmittelbaren Zusammenhang zwischen Gott und den Sprachen streifte. Er zitierte zwar die Tradition von den 72 Völkern, die sich – nach Augustin – aus 15 Japhetiten, 30 Hamiten und 27 Semiten zusammensetzen, und brachte die 72 Jünger Christi – hier ist die Zahl, die der Murbacher Mönch nicht wußte – damit zusammen. Aber der Frage nach der Sprachenzahl wich Alkuin geflissentlich aus, obwohl ihm das Thema aus den „Joca monachorum", an deren Form ja das Frage- und Antwortspiel des Kommentars anknüpfte, wohl vertraut sein mußte und obgleich seine Vorliebe für Zahlensymbolik nur allzu gut bezeugt ist. Die Stelle Cant. 6, 8, die der jüdischen Exegese gelegentlich zur Festsetzung der Sprachen- und Völkerzahl diente, bezog sich bei Alkuin um 798 nur auf die Bischöfe der Kirche, aber nicht auf Völker und Sprachen, obgleich die Siebenzahl der ersten Schöpfung und die acht in der Arche Noah geretteten Seelen, *a quibus totius humani generis multitudo pullulavit*, dabei erwähnt wurden[13]). Die sonderbare Rechnung Gregors des Großen, die die Zahl der 120 Jünger an Pfingsten rechtfertigen soll, wiederholte sich bei Alkuin an drei Stellen, aber ohne alle Konkretisierung[14]). Der Hofschulmeister sagte auch im Genesiskommentar nur: *Linguae variae, diversae* entstanden in Babel. Doch ließ sich Alkuin auch bei der Völkertafel nicht auf eine Interpretation ein und brachte nur wie die „Joca monachorum" und der Mönch von

[13]) Epistola 81, MGH Epistolae Bd. 4, S. 123 f. (Zahlensymbolik; dazu GROSSMANN, Zahlensymbolik 50); ep. 133 S. 200 f. (Cant. 6, 8; dazu überspitzt Heinrich FICHTENAU, Das karolingische Imperium, Soziale und geistige Problematik eines Großreiches, Zürich 1949, S. 48 f.).

[14]) Expositio in psalmos graduales, Prolog, MPL Bd. 100, Sp. 619; 133, 3 Sp. 638; Enchiridion, Prolog Sp. 572. Dazu GROSSMANN, Zahlensymbolik 49.

Murbach die drei Erdteile mit den Erbteilen der drei Noachiden voll zur Deckung, so daß Japhet als Stammvater Europas erschien. Aber daß die Spanier und Gallier Japhets Kinder seien, interessierte Alkuin nicht[15]).

Er sah die große Einheit, nicht die Vielfalt; vielleicht konnte er darum den Sprachen keinen unmittelbar theologischen Sinn abgewinnen? Besonders kennzeichnend ist sein Johanneskommentar von 801, den er auf Bitten von Karls des Großen Töchtern schrieb, weil ihnen Augustins Kommentar zu gelehrt vorkam. Da eignete sich Alkuin nicht Isidors Rede von den drei *linguae sacrae* an, sondern folgte nur Augustin: Hebräisch, Griechisch, Latein waren einst und dort Hauptsprachen *(ibi prae caeteris eminebant)*; heilig sind sie nicht. Alkuin, der selber kein Hebräisch und kaum Griechisch verstand, ließ ihnen einen gewissen Vorrang: Christus hat hebräisch gesprochen; aber das heiligt die Judensprache noch längst nicht. Bei dem sonst wörtlich und exakt wiedergegebenen Satze Augustins, das Hebräische rage hervor durch den Vorrang der Juden *in Dei lege*, hat Alkuin wie der „Vocabularius" den Genitiv *Dei* ausgelassen[16]). Das Gottesvolk sind die Juden also nicht. Aber auch kein anderes Volk besitzt einen theologischen Rang. Mit den Sprachen steht es nicht anders; das sagt uns der Grammatiker Alkuin deutlicher als der Exeget.

Die menschliche Rede ist wohlgeordnet und sauber abgestuft; Ding, Einsicht und Sprache reichen einander die Funktionen zu. Wir nehmen die *res* mit der Vernunft wahr, lernen sie durch die *intellectus* kennen und äußern die *res intellectae* mit den *voces*. Freilich gibt es auch unartikulierte *voces* ohne Sinn, wie Geräusche, Lärm und Gebrüll, und neben den *voces litteratae* stehen die *illitteratae*, die sich nicht niederschreiben lassen. Aber dies alles ist ein immanentes, schlüssiges System, ohne die Zweifel des Boethius, dem es entlehnt ist, doch auch ohne metaphysische Verbindlichkeit; das *verbum* lautet bei den Griechen anders als bei den Lateinern, ist also *secundum placitum*[17]). Dasselbe System tritt uns entgegen in der „Disputatio Pippini cum Albino scholastico", die sich als Gespräch Alkuins mit Karls des Großen drittem Sohn Pippin gibt und aller Wahrscheinlichkeit nach von Alkuin stammt. Die Disputation fragt gleich an zweiter Stelle nach dem Wesen des Wortes; es ist „Verräter des

---

[15]) Interrogationes et responsiones in Genesim Nr. 141–151, MPL Bd. 100, Sp. 532 ff. Zu Datierung und Quellen Arthur KLEINCLAUSZ, Alcuin (Annales de l'Université de Lyon III, 15), Paris 1948, S. 206; Eleanor Shipley DUCKETT, Alcuin, Friend of Charlemagne, His world and his work, New York 1951, S. 266. Die drei Erdteile auch in Epistola 81, MGH Epistolae Bd. 4, S. 124; dazu FISCHER, Oriens 80.

[16]) Commentarius in Joannem VII, 19, 19 f., MPL Bd. 100, Sp. 981. Dazu DUCKETT (o. Anm. 15) S. 264. SCHWERING, Idee 5 f. geht am Wesentlichen vorbei.

[17]) Grammatica, MPL Bd. 101, Sp. 854 (res, intellectus, voces), 874 (verbum). Zu dem Werk KLEINCLAUSZ (o. Anm. 15) S. 50 ff.

Sinnes" *(proditor animi)*, nicht Spiegel der Dinge. Die Zunge bringt das Wort hervor; sie ist nur „Geißel der Luft". Erst die Luft ist „Wächterin des Lebens", aber als Atem, nicht als gesprochenes Wort. Die Wahrheit der inneren, vielleicht von Gott eingegebenen Sprache wird geradezu geleugnet: Der Gesprächspartner berichtet, ein Unbekannter habe mit ihm *sine lingua et voce* gesprochen; des Rätsels Lösung: „Ein Traum quälte dich vielleicht". Und es gibt Wörter, die nur einen Namen und keine Wirklichkeit ausdrücken, z. B. das Wort „Nichts". *Quid est quod est et non est? – Nihil. – Quomodo potest esse et non esse? – Nomine est et re non est*[18]). Die Sprache hat also einen „nominalistischen" Aspekt, sie ist kein Numen – eben damals, vor der von Alkuin vielleicht mit vorbereiteten Kaiserkrönung Karls, begann man das *nomen imperatoris* von der kaiserlichen *potestas* zu trennen[19]). Es ist schwer, durch alle Negationen Alkuins hindurch den positiven Grund seiner Anschauungen zu finden; am ehesten dürfte er in dem „neuen abendländischen Weltgefühl" der Zeit zu suchen sein[20]). Die Welt ist gut geordnet und einheitlich, ihre gleichsam natürliche Heiligkeit bedarf der früheren und fortdauernden Wunder Gottes kaum noch.

*

Die entgegengesetzte Mentalität findet sich freilich dicht daneben, beinahe als Ergänzung zum Weltgefühl: der Glaube, der Gott zur einzig wahrhaften Realität macht; „alle Worte der Sprache, für verschiedene Bereiche geprägt, scheinen zu wenig, um diese Tatsache auszudrücken"[21]). Besonders in den nichtkarolingischen Randländern Europas, in Irland und Spanien, herrschte diese Sicht vor. Der Ire Josephus Scottus (gest. nach 791) zählte in einem Gedicht an Karl den Großen die Namen Christi auf: Es sollen unzählige sein, Gott soll als der Sprache weit übermächtig dargestellt werden; so erscheinen nicht die etwa 70 Namen Isidors, sondern deren 96; dem Iren kommt die sonst so vertraute 72 nicht mehr recht in den Griff[22]).

Die Spiritualisierung herrscht auch in Spanien. Ein Mitstreiter Alkuins im Kampf gegen den Adoptianismus, mit dem Karls Hoftheologe auch Briefe

---

[18]) Disputatio regalis et nobilissimi juvenis Pippini cum Albino scholastico, hg. Lloyd William Daly – Walther Suchier, Altercatio Hadriani Augusti et Epicteti philosophi (Illinois Studies in Language and Literature 24, 1–2), Urbana 1939, S. 137–143. Zu Alkuins Autorschaft hier S. 84; Manitius, Literatur Bd. 1, S. 284 f.; Duckett (o. Anm. 15) S. 114 ff.; Laistner, Thought 198 ff.

[19]) Löwe, Theoderich 381 f.; anders Herbert Grundmann, in: Bericht über die 21. Versammlung deutscher Historiker in Marburg/Lahn 13.–16. September 1951, Offenburg-Stuttgart (1951), S. 12 f.

[20]) Wattenbach-Levison, Geschichtsquellen 234.

[21]) Fichtenau (o. Anm. 13) S. 209.

[22]) Carmen 5, MGH Poetae latini Bd. 1, S. 156 f.; dazu Manitius, Literatur Bd. 1, S. 548.

wechselte[23]), war der asturische Benediktinerabt Beatus von Liebana (gest. um 800), der Lehrmeister seiner Königin. Zu seinen Lebzeiten wollten die Araber unter Hischam I. mit starken Heeren die Eroberung Asturiens erzwingen und den christlichen Rest Spaniens vernichten. In solcher Lage hielt Beatus nicht viel von der Gegenwart und erwartete den Einbruch des Antichrist. Er sah rings um sich nur teuflische Verwirrung: *Babilon omnis mundus intelligitur*; Babel ist die *confusio id est commixtio* von Gottes- und von Teufelsbürgern, begonnen durch den Turmbau des *Nebroth gigas*. Die wahren Christen sind nach Beatus nur eine kleine Schar, ein Drittel der Menschheit. Jedermann denkt sofort an die Kinder Japhets, nur Beatus nicht: Abraham, nicht Noah, teilte die Welt in sechs, nicht in drei Teile; jedes Drittel der Noahkinder spaltete sich in eine *ecclesia* und eine *synagoga*. Das heißt, daß der Teufel sich *sub nomine christianitatis* auch unter die Kinder Japhets mengt, daß aber auch aus Hamiten und Semiten sich das Gottesvolk konstituiert, also auch aus den anstürmenden Arabern. Hier ist die Zeitgeschichte und das irdische Getümmel in wahrhaft augustinischem Geist überwunden und beiseitegeschoben. Daß der Heilige Geist an Pfingsten mit feurigen Zungen auf die 120 herabstieg, erinnert den Abt weder an die Zahl der Jünger noch überhaupt an die Sprachen: das alles ist *Babilon*[24]). Dabei kannte Beatus das Griechische und etwas Hebräisch. Aber Irdisches und Himmlisches, Fakten und Deutung griffen nicht mehr recht ineinander.

Die illustrierten Handschriften von Beatus' Werk akzentuierten scheinbar den natürlichen Ablauf der Dinge; sie brachten von Beatus wohl selbst eingefügte genealogische Tabellen mit Porträts, die zu den ältesten uns bekannten abendländischen Darstellungen von Stammbäumen gehören. Die Linie von Adam bis Christus ist durch außerbiblische Personen und Nachrichten erweitert; nicht nur der semitische Zweig der Noachiden, aus dem Christus hervorging, wird wie bei Luk. 3,23 ff. abgebildet. Beim Namen Noahs findet man einen Kreis, der geteilt ist in das temperierte semitische *Asia*, das kalte japhetitische *Europa* und das heiße hamitische *Libia*. Noah und die Seinen sind nicht als Juden, sondern naturalistisch als Afrikaner gezeichnet; ihre Augen sind dunkel und von hervorstechendem Weiß, ihre Haare kraus, ihre Bärte zwei-

[23]) Wilhelm LEVISON, England and the Continent in the Eighth Century, Oxford 1946, S. 314 ff.

[24]) Beati in Apocalypsim libri duodecim, hg. Henry Arthur SANDERS (Papers and Monographs of the American Academy in Rome 7), Rom 1930, S. 12, 35, 435 (Babel), 374 (Nimrod), 338 f., 374 (Dreiteilung der Welt), 187 u. ö. (christianitas), 397 (Pfingsten). Zu Tendenz und Quellen Mateo DEL ALAMO OSB, Los comentarios de Beato al Apocalipsis y Elipando, in: Miscellanea Giovanni Mercati, Bd. 2 (Studi e Testi 122), Città del Vaticano 1946, S. 16–33, hier S. 19 ff.; zur Enderwartung BRINCKEN, Weltchronistik 107 f. KAMLAH, Apokalypse, behandelt Beatus nicht.

spitzig. Den Noachiden sind ihre Abkömmlinge nach Isidors Wortlaut zugeordnet, freilich bei den Japhetiten um ein Glied verschoben: Japhet selber wäre nun der Ahnherr der Galater und Gallier, Gomer der Skythen und Goten, Magog der Meder, Madai der Griechen und – am erstaunlichsten – Javan der *Spani*; Tubal hingegen wird mit den Kappadokiern abgefunden. Der Verdacht, daß der Kopist aus tieferem Grund so zerstreut war, verstärkt sich, wenn man im beigegebenen Text liest, daß zu Phalegs Zeit die Erde geteilt wurde, daß die Sprachen sich schieden und daß der Riese Nimrod seinen Turm mit Marmortempeln und Edelsteinen zierte. Was diese drei Fakten mit dem Stammbaum der Japhetiten, auch der Spanier, und untereinander verband, erfuhr der Leser nicht; kein Bild vom Babelturm prägte es ihm ein [24a]). Auch die übrigen spanischen, katalanischen Bibelillustrationen der Zeit ließen den Turm von Babel links liegen[25]).

Man kann hier zwischen Inbrunst und Weltfremdheit von ferne bereits die spezifisch spanischen Töne vernehmen, die uns später als eine Harmonie aus Spiritualismus, Toleranz und Gleichgültigkeit begegnen werden. Sie klingen auch schon durch die Klagen des Paulus Albarus (gest. um 862) aus Córdoba durch, dessen Vorfahren Juden waren, der Arabisch konnte und die Unterschiede zwischen Hebräisch und Arabisch wahrnahm, aber seine Kenntnisse 854 nur benutzte, um nachzuweisen, daß Mohammed der Antichrist und Leviathan sei. Er mußte traurig konstatieren, daß die spanischen Christen sich wenig um die Bibel kümmerten, aber dafür Arabisch, *Chaldaicas verborum pompas*, lernten und ihre eigene Sprache vergäßen[26]). Es klang daneben blaß und abgeleitet, wenn Albarus den Vers Aldhelms von den 72 Bibelbüchern wiederholte, als beschlössen sie noch den Kosmos in sich[27]).

Aber schon damals stand Spanien isoliert. Anderswo, in der Mitte Europas, erhielt das Eigene, die Gegenwart und die Besonderheit des Einzelnen einen ungewohnten Akzent, keineswegs immer im fränkischen Sinne. Etwa die burgundischen Adligen, die die Eigenstaatlichkeit ihrer Heimat verfochten und den Aufstieg Karls des Großen mit gemischten Gefühlen erlebten, fanden im letzten Drittel des 8. Jahrhunderts einen Bundesgenossen in dem Mönch von Acaunum in Wallis, der die Geschichte des vorletzten Burgunderkönigs

[24a]) Wilhelm NEUSS, Die Apokalypse des Hl. Johannes in der altspanischen und altchristlichen Bibel-Illustration (Spanische Forschungen der Görresgesellschaft II, 2–3), 2 Bände, Münster 1931, hier Bd. 1, S. 119 ff.; Bd. 2, Abb. 18–19.

[25]) Wilhelm NEUSS, Die katalanische Bibelillustration um die Wende des ersten Jahrtausends und die altspanische Buchmalerei (Veröffentlichungen des romanischen Auslandsinstituts der rheinischen Friedrich-Wilhelms-Universität Bonn 3), Bonn-Leipzig 1922, S. 35 ff.

[26]) Indiculus luminosus c. 35, MPL Bd. 121, Sp. 555 f.; dazu MANITIUS, Literatur Bd. 1, S. 424; WATTENBACH-LEVISON, Geschichtsquellen 364 f.

[27]) Carmen IX, 145, MGH Poetae latini Bd. 3, S. 136.

Sigismund verherrlichte. Volltönend setzte er ein mit der aus den langobardischen Ursprungssagen entwendeten Behauptung, die Burgunder seien skandinavischer Herkunft. Der alten burgundischen, inzwischen durch Isidor wiederholten Tradition zufolge wurden sie dann von den Römern zur Bewachung ihrer Burgen eingesetzt und trugen ihren Namen davon [27a]). Germanischer Blutadel und römischer Dienstadel konnte auch ohne Trojanersage den Franken frei gegenübertreten.

Ganz verwandte Hintergedanken hegten die Langobarden, denen Karl der Große 774 die Freiheit genommen und die größere Einheit gegeben hatte. Der langobardische Grammatiker Petrus von Pisa (gest. vor 799) dichtete um 783 in Karls des Großen Auftrag ein Preisgedicht auf seinen Landsmann Paulus Diaconus, das diesen zum Verbleib im Frankenreiche bewegen sollte und dabei die Pflege des Hebräischen, Griechischen und Lateinischen, mehr für die weltliche als die geistliche Bildung, warm empfahl [28]). Der edle Paulus Diaconus (ca. 720–ca. 797) erwiderte darauf kurz und etwas ärgerlich, er könne nur drei oder vier Silben Griechisch und Hebräisch. Das war, wenigstens was das Griechische betraf, übertriebene Bescheidenheit; Paulus wußte davon mehr, als er zugab [29]). Von „heiligen Sprachen" redeten weder Petrus noch Paulus; der letztere suchte seine Aversion gegen sie kaum zu bemänteln. Man brauchte diese biblischen Traditionen nicht überall.

Umgeben von der Beschaulichkeit des Monte Cassino, verzichtete Paulus gegen Ende seines Lebens, in seiner Langobardengeschichte, auch auf die Stammbäume des Jordanes; statt aller biblischen Anknüpfung begnügte er sich mit der nordischen Herkunft der germanischen Völker, auch der Langobarden, wie sie seine Vorlage, die „Origo gentis Langobardorum", gelehrt hatte. Die Romanen waren längst nicht so sehr wie die Germanen auf uralte Stammbäume erpicht; bei Paulus schwang wohl mehr romanisches Selbstgefühl als langobardischer Stammesstolz mit; denn er nannte die Nordgermanen unbelehrbare und barbarische Nationen mit einer barbarischen Sprache. Er achtete zwar auf Völkerverwandtschaft und Spracheigenart: Avaren und Hunnen wurden miteinander verkoppelt; Paulus hielt die Sprache der Langobarden, Bayern und Sachsen für ein und dieselbe; daß Bulgaren auf italienischem Bo-

---

[27a]) Passio sancti Sigismundi regis c. 1, MGH SS rer. Merov. Bd. 2, S. 333; dazu Wattenbach-Levison, Geschichtsquellen 108. Vgl. Isidor, Etymologiae IX, 2, 99; zur Politik des burgundischen Adels Zöllner, Stellung 117 ff.

[28]) Versus Petri grammatici Nr. 11, MGH Poetae latini Bd. 1, S. 48 f.; dazu Manitius, Literatur Bd. 1, S. 453.

[29]) Versus Pauli Nr. 12, MGH Poetae latini Bd. 1, S. 49 f. Zu dem Gedichtaustausch Karl Neff, Die Gedichte des Paulus Diaconus (Quellen und Untersuchungen zur lateinischen Philologie des Mittelalters III, 4), München 1908, S. 56 ff., 63 ff.; Duckett (o. Anm. 15) S. 101 f.

den Latein sprachen, aber auch ihre alte Sprache bewahrten, vermerkte er. Paulus selber dürfte aber das Langobardische, das er oft und oft ohne weiteren Zusatz *lingua propria*, „meine Sprache", nennt, nicht mehr als Muttersprache beherrscht haben: eben seit dem 8. Jahrhundert begann sich die italienische Sprache zu bilden[30]). Freilich war Paulus auch kein Italiener, eher ein „Römer". Er überschaute das Blickfeld weit über die Stammesinteressen hinaus, und dennoch hatte die Theologie auch hier keinen Ort. Paulus hat vor 774, so wie einst Vergil, die Römer durch Aeneas auf die Trojaner zurückgeführt, aber dann auch konsequent antikisch und ohne jeden biblischen Beiklang. Der erste Römer war Janus, dann kam Saturn auf der Flucht vor Jupiter nach Latium und verbarg sich da *(latitavit)*. Nun konnte man nach dieser Etymologie nicht mehr Vergils König Latinus zum Heros eponymos der Latiner machen; um so bedeutungsvoller ist die Funktion in der Volksgeschichte, die Paulus ihm statt dessen zuschreibt. Er entnahm sie wohl nicht den römischen Ursprungssagen, sondern Isidors Schema der lateinischen Sprachgeschichte, präzisierte aber: Nachdem die Mutter des Latinus den Lateinern die Buchstaben geschenkt hatte, korrigierte *(correxit)* ihr Sohn zur Zeit des Trojanischen Krieges die lateinische Sprache. Woher sie kam, blieb offen, aber sie war vortrojanisch und alt[31]). Den Karolingern mochte Paulus diese Vergangenheit nicht nachsagen; sie waren – anders als bei Vergil von Salzburg – nicht Römer und Trojaner, sondern nur Trojaner. Zwar kam Aeneas von Troja nach Italien, aber *gens Francorum . . . a Troiana prosapia trahit exordium*[32]). Die bisherige, „vorkarolingische" Welt mit ihren Völkern und Sprachen war vielgestaltig und nicht leicht auf einen Nenner zu bringen, nicht auf den der biblischen Völkertafel und auch nicht auf den der pfingstlichen Gemeinschaft des Gottesvolkes.

Die Forderung der Stunde ließ sich nicht aus Ahnentafeln herleiten. Ob darum Karl der Große nicht von den Römern abstammen wollte? Fast möchte man an eine solche „Sprachregelung" glauben, wenn man nach 787 den Iren Dungal in einem der frühesten Hofgedichte aus Karls Kreis die Franken prei-

---

[30]) Historia Langobardorum I, 1, MGH SSRG Bd. 48, S. 52 f. (Langobarden); I, 4 f. S. 54 (Nordgermanen); I, 27 S. 80 f. (Hunnen, langobardische Sprache); V, 29 S. 197 (Bulgaren); VI, 6 S. 214; VI, 24 S. 222 (lingua propria; dazu Walter GOETZ, Italien im Mittelalter, 2 Bände, Leipzig 1942, hier Bd. 1, S. 30 ff.). Über die Quellen Theodor MOMMSEN, Die Quellen der Langobardengeschichte des Paulus Diaconus, in: NA 5 (1880) 51–103, hier S. 57; Ludwig SCHMIDT, Paulus Diakonus und die Origo gentis Langobardorum, in: NA 13 (1888) 391–394.

[31]) Historia Romana I, MGH AA Bd. 2, S. 6. Theodor MOMMSEN, Zu der Origo gentis Romanae, in: Hermes 12 (1877) 401–408, hier S. 405 konnte keine römischen Parallelstellen finden.

[32]) Liber de episcopis Mettensibus, MGH SS Bd. 2, S. 264; dazu GRAU, Herkunft 27 f.

sen hört als königliches, von den Mauern Trojas stammendes Volk. Den Umweg des Aeneas über Rom verschwieg man hier, obwohl doch einst gerade das Interesse an Rom den fränkischen Blick auf die Trojanerfabel gelenkt hatte. Die Einzelheiten vergangener Großtaten und Völkerwanderungen waren nun allerdings auch gleichgültig geworden; der Dichter wies auf Karl, *cui cedunt proceres et gloria celsa priorum*[33]). Das Heute übertrumpfte die Vergangenheit; die schon beim späten Beda spürbare Gewichtsverlagerung auf die eigene Gegenwart verstärkte sich. Die Traditionen pausierten, und alles drängte auf die gegenwärtige Einheit hin.

Etwas beklommen tat das ein vor 794 in der Regensburger Gegend entstandener liturgischer Text, das sogenannte Prager Sakramentar. Es erflehte von Gott als Pfingstgeschenk an die Kirche nicht die Fülle der Sprachen, sondern die Einheit des Glaubens und betete, *ut gentium facta dispersio divisione linguarum ad unam confessionem tui nominis celesti munere congregetur*, so wie der Heilige Geist einst den Aposteln *cunctis gentibus inbuendis et deitatis scientiam dedit et loquillam*[34]). In Gottes Kirche redete man also nicht in allen Zungen, sondern in der Einheit des von Gott geoffenbarten Glaubens. Noch waren die Avaren nicht besiegt, und über der Eintracht vergaß man die Mannigfaltigkeit. Sie fiel auch hier nicht in den Bereich der Theologie, und das hieß nicht mehr, daß sie verachtet, sondern daß sie freigesetzt war.

Die Mondseer Fragmente aus dem Ende des 8. oder Anfang des 9. Jahrhunderts, ebenfalls in Bayern aufgezeichnet, aber möglicherweise in Lothringen, schwerlich in Alkuins Schule, entstanden, zogen die Sprachen enger an die Theologie heran, aber wieder ohne auf ihre Vielfalt zu achten. Nicht die Zeit, nicht die Willkür, sondern die Kraft des allmächtigen Gottes verwirrte in Babel die Sprachen. Sie sind verschieden und getrennt voneinander, „barbarische" Sprachen, *mannum elidiutic spraha in gateilteru stimnu.* Keine hat einen Vorrang, weil keine allgemein verständlich ist, barbarisch ist nach 1 Kor. 14, 11 eine jede Sprache; nur Gott versteht sie alle. Doch das heißt nicht, „das Recht aller Sprachen vor Gott" verfechten, die Trennung bleibt das Schicksal der Menschheit, aber über sie hinweg erfaßt die rettende Einheit der Gotteskirche den Einzelmenschen. Auch das Pfingstwunder dient nur der Erfüllung des Wortes „Alle Völker, lobet den Herrn!", nicht der Aufhebung der Sprachenvielfalt[35]). Wiederum ist diese von Gott abgerückt und ihr Wert im Un-

---

[33]) Hibernicus exul (Dungal ?), Carmen II, 85 f., MGH Poetae latini Bd. 1, S. 398 (Trojaner; dazu Grau, Herkunft 27); V, 13 S. 401 (Übertrumpfung der Vergangenheit). Datierung nach Manitius, Literatur Bd. 1, S. 373; nach 800 datiert Pfeil (o. S. 464 Anm. 83) S. 102.

[34]) Das Prager Sakramentar, hg. Alban Dold OSB – Leo Eizenhöfer OSB (Texte und Arbeiten, hg. Erzabtei Beuron I, 38–42), Bd. 2, Beuron 1949, S. 78* Nr. 128.

[35]) The Monsee Fragments Nr. XXVI ff., hg. George Allison Hench, Straßburg

gewissen gelassen; nicht die Vielfalt war das brennende Problem der Theologen. Ähnlich verfuhr ein anonymer Abecedarius aus dem 8./9. Jahrhundert, der einprägsam Babel und Pfingsten miteinander konfrontierte, ohne über die noch heute fortbestehende Sprachenvielfalt ein Wort zu verlieren. Hatte *summa Dei trinitas* die Sprache der Hochmütigen verwirrt, so wuchs die heilige Kirche unter den *multiplicatis linguis* der in Act. 2, 9 ff. und Kol. 3, 11 genannten Völker und erhielt in ihrer Demut die Kraft des Heiligen Geistes; wieder ist nicht gesagt, daß an Pfingsten alle Sprachen erklangen[36]). Würde sich die Erwartung des Gottesvolkes mit der fränkischen Machtsteigerung, die Religion mit der Politik, die Eintracht mit der Einheit verbrüdern können?

*

Aber wo blieben denn nun die Franken als neues Gottesvolk mit ihrer Sprache? Fragen wir den Herrn des Kontinents selber. Karl der Große hat in den erst 826 vollendeten, aber wohl von ihm angeregten Bilderzyklus der Ingelheimer Pfalzkirche zwischen das Bild von der Sintflut und die Darstellung Abrahams nicht den Turm von Babel setzen lassen. Das mag Zufall sein, kann auch daran liegen, daß es im Abendland keine Vorbilder gab: der frühesten bildlichen Darstellung des Turms werden wir hier erst im 11. Jahrhundert begegnen. Auch die karolingischen Bilderbibeln stellten den Turmbau nicht dar[37]). Aber wenn auch die orientalischen Anregungen noch nicht bis zu den Malern von Ingelheim und Tours gedrungen sein sollten, symptomatisch ist es doch, daß Karl auch als Gegenbild zu seinen Bemühungen die große Zerstreuung aller Sprachen und Völker in Babel nicht gebrauchen konnte. Ninus, Alexander, Romulus und Hannibal verkörperten auf diesen Bildern die Weltherrscher; zu ihnen rechnete sich Karl, der „neue Konstantin", nicht[38]). Auf ein universales Weltreich war er nicht erpicht, darum durfte

---

1890, S. 40–44; dazu Hans NAUMANN, Karls germanische Art, in: Karl der Große oder Charlemagne? Acht Antworten deutscher Geschichtsforscher, Berlin 1935, S. 30–40, hier S. 36 (Recht aller Sprachen). Richtiger Helmut DE BOOR, Geschichte der deutschen Literatur von den Anfängen bis zur Gegenwart, Bd. 1 und 2, 2. Aufl., München 1955, hier Bd. 1, S. 31 ff.

[36]) Agius atque ingenitus Str. 7, MGH Poetae latini Bd. 4, 2 S. 649 (Babel); Str. 17 f. S. 651 (Kirche). Dazu Wilhelm MEYER aus Speyer, Lateinische Rhythmik und byzantinische Strophik, in: Nachrichten von der Kgl. Gesellsch. d. Wiss. zu Göttingen aus dem Jahre 1908, Philol.-Hist. Kl., Berlin 1908, S. 194–222, hier S. 215, 219.

[37]) KÖHLER (o. S. 436 Anm. 85) S. 118 ff. Die für die Turmbaudarstellungen vielleicht ergiebigen Handschriften von Augustinus, De civitate Dei konnte ich nicht heranziehen; das Buch von Alexandre Léon Joseph DE LABORDE, Les manuscrits à peintures de la Cité de Dieu de Saint Augustin, Paris 1909 ist im deutschen Leihverkehr nicht zu bekommen.

[38]) Ermoldus Nigellus, In honorem Hludowici IV, 191 ff., MGH Poetae latini

wohl auch das warnende Gegenbeispiel Nimrods fehlen. So sehr Karl bestrebt war, aus Aachen ein „neues Rom" zu machen, die alten heidnischen Weltstädte verachtete er. Als die „Libri Carolini" Rom und Babel zusammenfaßten, beide hätten in ihrem Götzendienst und in ihrer Macht alle Völker der Geschichte übertroffen[39]), bemerkte Karl dazu, wohl 791/92: „Wunderbar!"[40]). Was er plante und tat, lag auf anderer Ebene und in engeren Grenzen, denen des rechten Glaubens und des Abendlandes. Er betonte das nicht ohne Selbstbewußtsein. Alles Vergangene sollte nur Vorstufe sein; er wollte nirgends eine Wiederherstellung des Alten, sondern seine lebendige Fortbildung, er wollte *in melius reformare*. Weniger als seinen Ratgeber Alkuin beschwerte den Herrscher dabei die Furcht, Gedanke und Tat, Wort und Sache könnten auseinanderklaffen. Über die These, das Nichts sei eine Realität, forderte er von Dungal ein Gutachten ein, das sich halten solle an *nudum sermonem nudamque litteram rem nudam significantem*. Sprache und Wirklichkeit kongruierten, wenn man sie nur nackt, ohne Allegorie und Bild, miteinander konfrontierte[41]).

Welche Sprache man dabei benutzte, war zweitrangig. Die Einheit, die Karl anstrebte, war nicht die römisch-lateinische, auch nicht die fränkische, noch weniger die aller Sprachen und Völker, sondern die des Gottesvolkes aus vielen Sprachen. Das ist wohl auch der Hintergrund für den vielerörterten Beschluß der Frankfurter Synode von 794, die sich unter dem persönlichen Vorsitz des Königs vorwiegend mit dem byzantinischen Bilderstreit befaßte und energisch den Gebrauch aller Sprachen beim Gebet verteidigte: *Ut nullus credat, quod nonnisi in tribus linguis deus orandus sit, quia in omni lingua deus adoratur et homo exauditur, si iusta petierit*[42]). Die moderne Forschung ist fast einhellig der Auffassung, *in omni lingua* bedeute hier „auf fränkisch". Gemeint ist aber wirklich „jede Sprache", auch Fränkisch, aber auch Avarisch und Dänisch. Diese Bestimmung bezweckte keine Gleichsetzung der fränkischen Volkssprache mit den drei „heiligen Sprachen", schon gar nicht ihre ausdrückliche Erhebung zur „messianischen Sprache" neben diesen „heiligen Sprachen" – das Fränkische ist nicht erwähnt, die drei Sprachen sind nicht als heilig be-

---

Bd. 2, S. 64 ff.; dazu Herbert GRUNDMANN, Studien über Joachim von Floris (Beiträge zur Kulturgeschichte des Mittelalters und der Renaissance 32), Leipzig-Berlin 1927, S. 202 f.

[39]) Libri Carolini III, 15, MGH LL Sectio 3, Bd. 2, Supplement, S. 135.

[40]) Wolfram von den STEINEN, Karl der Große und die Libri Carolini, Die tironischen Randnoten zum Codex authenticus, in: NA 49 (1932) 207–280, hier S. 256 f.

[41]) Epistola generalis, MGH LL Sectio 2, Bd. 1, S. 80 (reformare; dazu FICHTENAU [o. Anm. 13] S. 97); Epistola 35, MGH Epistolae Bd. 4, S. 552 (sermo, res; dazu Hans LIEBESCHÜTZ, Wesen und Grenzen des karolingischen Rationalismus, in: AKG 33 [1951] 17–44, hier S. 23).

[42]) Synodus Francofurtensis c. 52, MGH LL Sectio 2, Bd. 1, S. 78. Zur Synode HAUCK, Kirchengeschichte Bd. 2, S. 311 ff.

zeichnet[43]). Karls „germanischen Drang zur Sprache der Väter" kann man aus dem Satz auch nicht herauslesen – er hat wie die Merowinger das Lateinische als Verwaltungs- und Amtssprache beibehalten und nicht das Hochfränkische, selbst wenn es die formstrenge Sprache von Heer und Gericht war, daneben als Hochsprache des Reiches gesetzt[44]). Noch weniger enthüllt der Kanon einen Gegensatz zwischen Karl und Alkuin – letzterer war bei der Frankfurter Synode Karls Hauptratgeber und hat ja bald danach den drei Sprachen ebenfalls das Attribut *sacrae* verweigert[45]). An eine fränkische Liturgiesprache dachte Karl am allerwenigsten; daß er die fränkische Predigtsprache, die Predigt *vivo sermone*, vorschrieb[46]), ist etwas ganz anderes und in allen Missionsländern selbstverständlich, sobald die Mission sich von den Gebildeten und Hochstehenden der Masse des Volkes zuwendet. Mehrere Synoden des beginnenden 9. Jahrhunderts haben dieselbe Anordnung getroffen und die Volkssprache *(barbarice)* auch als Gebetssprache eingeschärft; das hatte sich für Columban und Bonifatius längst von selbst verstanden[47]). Was in Frankfurt 794 geschah, war auch keine Revolution gegen die Patristik, die vor Isidor von der Heiligkeit der drei Sprachen nichts gewußt hatte und besser als manche Gelehrten unserer Zeit die Bibel- und Liturgiesprache von der Predigt- und Gebetssprache zu scheiden wußte[48]). Karl zog nur die schon

---

[43]) Georg BAESECKE, Das Nationalbewußtsein der Deutschen des Karolingerreiches nach den zeitgenössischen Benennungen ihrer Sprache, in: Der Vertrag von Verdun 843, Neun Aufsätze zur Begründung der europäischen Völker- und Staatenwelt, hg. Theodor MAYER, Leipzig 1943, S. 116–136, hier S. 126 f.; Heinz LÖWE, Deutschland im fränkischen Reich, in: Bruno GEBHARDT, Handbuch der deutschen Geschichte, 8. Auflage, hg. Herbert GRUNDMANN, Bd. 1, Stuttgart 1954, S. 78–159, hier S. 144 (fränkische Volkssprache); Eugen ROSENSTOCK-HUESSY, Frankreich-Deutschland, Mythos oder Anrede, Berlin 1957, S. 98 (messianische Sprache).

[44]) NAUMANN (o. Anm. 35) S. 35 f. (germanischer Drang). Zu Karls Sprachenpolitik JACOBS, Landessprachen 366 ff.; Karl HAMPE, Die Persönlichkeit Karls, in: Karl der Große oder Charlemagne (o. Anm. 35), S. 9–29, hier S. 25; Joseph CALMETTE, Karl der Große, Innsbruck-Wien 1948, S. 255.

[45]) Falsch JACOBS, Landessprachen 370; NAUMANN (o. Anm. 35) S. 35 f. Richtig WEISGERBER, Volksname 130; Luitpold WALLACH, Charlemagne and Alcuin, Diplomatic Studies in Carolingian Epistolography, in: Traditio 9 (1953) 127–154, hier S. 136 ff.

[46]) Capitulare de presbyteris admonendis c. 1, MGH LL Sectio 2, Bd. 1, S. 237; dazu JACOBS, Landessprachen 369.

[47]) Capitula ecclesiastica des Bischofs Haito von Basel c. 2, MGH LL Sectio 2, Bd. 1, S. 363; dazu HAUCK, Kirchengeschichte Bd. 2, S. 245, 253. Andere Belege bei LOT (o. S. 437 Anm. 88) S. 104 ff.; vergl. GREGORIUS, Muttersprache 116 ff. (Karl), 50 ff. (Mission); Erna PATZELT, Die karolingische Renaissance, Beiträge zur Geschichte der Kultur des frühen Mittelalters, Wien 1924, S. 65 f.; Karl HAUCK, Mittellateinische Literatur, in: Deutsche Philologie im Aufriß, hg. Wolfgang STAMMLER, Bd. 2, Berlin 1954, Sp. 1841–1904, hier Sp. 1864 (Vorgänger).

[48]) Franz Guntram SCHULTHEISS, Geschichte des deutschen Nationalgefühles, Eine historisch-psychologische Darstellung, Bd. 1, München-Leipzig 1893, S. 65, 69 nahm

längst vertraute, im mozarabischen Missale vorgebildete, aber bereits bei Tertullian angedeutete Konsequenz aus dem christlichen Gottesvolk-Glauben und der Pfingsthoffnung, aus all den Hymnen, die „die Kirche aus allen Zungen" besangen. Revolutionär war Karls Satz höchstens, weil die Franken zuvor wenig von solchen Gedanken hatten wissen wollen; er richtet sich gegen die Exklusivität des Altfränkischen und gegen den magisch begründeten, den Wahrsagetexten und Zaubersprüchen des Althochdeutschen nahestehenden Aberglauben, dem schon der spätantike Synkretismus mit seiner Verehrung ägyptischer und chaldäischer Wörter gehuldigt hatte[49]). Was Karl bekämpfte, war – in verwandelter Gestalt – der Götzendienst von Babel und Rom, der Glaube an die magische Macht einer Sprache.

Karl hat das Fränkische und Deutsche gepflegt, für eine fränkische Grammatik, die Sammlung der alten Heldenlieder und germanische Monatsnamen Sorge getragen, aber er hat mit gleichem Eifer das Lateinische von den Schulmännern nach Aussprache, Rechtschreibung, Grammatik und Stilistik reinigen lassen; er selbst hat Latein und später Griechisch gelernt, *nec patrio tantum sermone contentus*; und alle diese Bestrebungen hängen miteinander zusammen[50]). Sie dienten alle der Überwindung von Dünkel und Beschränktheit, an deren Stelle keine tyrannische Uniformität treten sollte. Es ist wahr, nur sehr wenige seiner Untertanen fühlten sich als christliche Weltbürger und nicht mehr als Franken, Sachsen und Langobarden. Aber die Grenzen verblaßten; in der Tat ist die sogenannte Karolingische Renaissance ein Stück internationaler Beziehungen[51]). Karl, der *pater Europae*, ist in Wahrheit der Patriarch des Kontinents, den er vielleicht nicht vollständig und politisch, aber doch geistig erst zu einer mannigfach gegliederten Einheit gemacht hat[52]).

Der Geist an seinem Hofe freilich war der eines kurzen, glücklichen Augen-

---

lateinische Gebetssprache der Laien an. JACOBS, Landessprachen 370; SCHWERING, Idee 6 f.; DAUBE, Muttersprache 3 ff. haben hier heillose Verwirrung gestiftet. Gegen die Theorie von der lateinischen Predigtsprache GRENTRUP, Muttersprache 195 ff.

[49]) Georg GRUPP, Kulturgeschichte des Mittelalters, Bd. 2, 3. Aufl., Paderborn 1923, S. 82.

[50]) Einhardi Vita Karoli Magni c. 29 f., MGH SSRG Bd. 25, S. 33 (Fränkisch); c. 25 S. 30 (Latein und Griechisch); dazu Josef FLECKENSTEIN, Die Bildungsreform Karls des Großen als Verwirklichung der Norma rectitudinis, Freiburg i. Br. 1953, S. 60 ff.; LAISTNER, Thought 189 ff.

[51]) FICHTENAU (o. Anm. 13) S. 87 (wenige Weltbürger); François-Louis GANSHOF, Le moyen âge (Histoire des relations internationales 1), Paris 1953, S. 29; SESTAN, Nazione 313 ff. (internationale Beziehungen).

[52]) Leopold von RANKE, Weltgeschichte, Bd. 5, Leipzig 1884, S. 243; DERS., Über die Epochen der neueren Geschichte, hg. Hans HERZFELD, Laupheim o. J., S. 74, 76 (Patriarch); WALLACH, Gemeinschaftsbewußtsein 11 f.; FISCHER, Oriens 78 ff. Zum Streit um Europas Einheit vgl. die Kontroverse zwischen Geoffrey BARRACLOUGH, Die Einheit Europas im Mittelalter, in: Die Welt als Geschichte 11 (1951) 97–109 und Gerhart LADNER, Das Heilige Reich des mittelalterlichen Westens, ebenda S. 143–153.

blicks, jene „beruhigte und beruhigende Ausgeglichenheit der Stimmung“, in der der Mensch „sich in der göttlichen Sphäre und eingebettet zugleich in den ganzen Kosmos, beheimatet und geborgen weiß“ [53]). Karls Biograph, der Franke Einhard (ca. 770–840), hat diese überfränkische Haltung des Kaisers auf seine schlichte Weise wohl begriffen. Obwohl sich der Alkuinschüler selber für einen *homo barbarus et in Romana locutione perparum exercitatus* ausgab, schrieb er ein sehr gepflegtes Latein und scheute sich nicht, seine und Karls fränkische Muttersprache als „barbarisch“ zu bezeichnen. Die Eigenart der Sprachen, auch der slavischen, bemerkte er hellhörig und ohne Dünkel. Wo bleibt hier der „germanische Drang zur Sprache der Väter“? Einhard suchte seinen Helden nicht durch Rückgriff auf „die Väter“ zu legitimieren: der erste bei ihm erwähnte Karolinger war Karls des Großen Vater, von Herkunftssagen verlautete gar nichts. Es war schon das Äußerste, daß die Avaren mit einem *sive* zu den Hunnen der Völkerwanderungszeit gestellt wurden, ohne jede weitere, gar biblische Erläuterung. Noah und Japhet, aber auch Arminius und Chlodwig traten bei Einhard nicht auf. Selbst daß Karl der Große mit etwa 72 Jahren starb, veranlaßte den Biographen nicht zu einer erbaulichen Allegorie [54]). Noch 830, lange nach Karls Tode, als sich inzwischen alle Wertungen gewandelt hatten, hielt Einhard an seiner nüchternen Beurteilung von Sprache und Volk fest, auch als er nun den halb magischen Reliquienkult verteidigte. Ein taubstummer Junge war 828 wunderbar geheilt worden und sprach nun, obgleich er bisher nur „barbarisch“ hatte reden hören, *non barbaro, sed Latino sermone*. Wäre also Latein die Sprache des Himmels? Weit gefehlt. Ein sechzehnjähriges Mädchen aus Höchst, das nur die *barbara lingua* kannte, wurde von einem bösen Geist ergriffen, und dieser Dämon sprach aus ihr lateinisch. Nach seiner Austreibung wußte das Mädchen nichts mehr vom Latein [54a]). Wäre also die germanische Muttersprache Einhards Ideal? Die beiden Wunder sprechen deutlich genug: Die Sprache der Kirche ist zugleich die Sprache Satans; keine Sprachform hat einen Vorrang, es gibt keine heilige Sprache, nur die zahllosen Sprachen der Heiligen. Das war Geist vom Geiste Karls des Großen.

---

[53]) Michael Seidlmayer, Weltbild und Kultur Deutschlands im Mittelalter (Handbuch der deutschen Geschichte I, 6), Darmstadt (1953), S. 23 f.; ähnlich Fichtenau (o. Anm. 13) S. 102, 110.

[54]) Vita Karoli Magni, Prolog, MGH SSRG Bd. 25, S. 2 (über sich); c. 29 S. 33 (fränkische Sprache; dazu Jacobs, Landessprachen 376); c. 12 S. 15 (slavische Sprachen; dazu Zöllner, Stellung 197); c. 2 S. 4 (Karls Vorfahren); c. 13 S. 15 (Avaren); c. 30 f. S. 35 f. (Karls Lebensalter; andere Quellen sprechen von 71 oder 70 Jahren).

[54a]) Translatio et miracula sanctorum Marcellini et Petri III, 17, MGH SS Bd. 15, 1 S. 254 (Junge); III, 14 S. 253 f. (Mädchen). Dazu Max Buchner, Einhards Künstler- und Gelehrtenleben, Ein Kulturbild aus der Zeit Karls des Großen und Ludwigs des Frommen, Bonn-Leipzig 1922, S. 287 f., 319 f.; Liebeschütz (o. Anm. 41) S. 39 ff.

Noch immer waren die ehrwürdigen Traditionen nicht wieder in ihre alten Rechte eingesetzt; auch dem fränkischen Adel lag allenthalben wenig an der Herkunft, alles an der Macht[55]). Zu neu war, was geschah. Die „Annales regni Francorum", seit 788 fortlaufend geführt, ersetzten in der nach 800 im Kreis um Karl und Alkuin vorgenommenen stilistischen Überarbeitung systematisch das *Avari* der ersten Fassung durch *Huni* und ließen es nur in den späteren Teilen zweimal zu. Jedermann sieht, daß die Ahnenreihe herabsetzen sollte: Wer von den alten Räuberhorden stammt, gehört nicht zu den Besten. Dieses genealogische Odium blieb den Avaren denn auch bis ins 16. Jahrhundert[56]). Hinter die Völkerwanderung griff kaum ein Franke zurück.

Es war zunächst nicht die Welt- und Heilsgeschichte, die von Karls neuem Bildungswillen profitierte, eher schon die Grammatik und Sprachphilosophie. Ihre Fragen scheinen Karl und den Hof sehr beschäftigt zu haben; sonst hätte nicht Alkuin mit Karls Sohn über das Wort und das Nichts diskutiert, und sonst hätte nicht der Angelsachse Fridugis (gest. 834), Alkuins Schüler und Nachfolger in Tours, der Hofgesellschaft zwischen 804 und 814 erneut die Frage vorgelegt, ob das Nichts eine Realität sei. Alkuin hatte verneint – aus Skepsis; Fridugis bejahte – aus Religion. Jeder Name bedeutet eine Realität, auch der Name „Nichts": *Omne itaque nomen finitum aliquid significat*. Denn die Namen sind den Dingen zugleich mit ihrem Sein vom Schöpfer gegeben worden: *Vocabulum ... ab eodem conditore inpressum est ... Conditor etenim rebus, quas condidit, nomina inpressit, ut suo quaeque nomine res dicta agnita foret*[57]). Die Rolle Gottes bei der Sprachschöpfung wurde damit so stark wie selten irgendwo vorher betont; Augustin sogar dachte hierin humanistischer als der karolingische „Humanist". Fridugis ging später, um 829, nachdem er zum Kanzleichef Ludwigs des Frommen avanciert war, noch weiter und behauptete, der Heilige Geist, der den Aposteln an Pfingsten alle Sprachen verlieh, habe auch den Autoren der biblischen Bücher nicht nur den Sinn ihrer Worte und den Stil ihrer Darstellung inspiriert, *sed etiam ipsa corporalia verba extrinsecus in ore*

---

55) Gerd TELLENBACH, Vom karolingischen Reichsadel zum deutschen Reichsfürstenstand, in: Adel und Bauern im deutschen Staat des Mittelalters, hg. Theodor MAYER, Leipzig 1943, S. 22–73, hier S. 30 f., auch in: Herrschaft und Staat im Mittelalter, hg. Hellmut KÄMPF (Wege der Forschung 2), Darmstadt 1956, S. 191–242, hier S. 199; ähnlich FICHTENAU (o. Anm. 13) S. 121, 153.

56) Annales regni Francorum, MGH SSRG Bd. 6, S. 60 f., 80 f., 82 f., 96 f., 98 f., 102 f., 119 f.; spätere Partien: S. 135, 159. Zur Nachwirkung Arnulf KOLLAUTZ, Die Awaren, Die Schichtung in einer Nomadenherrschaft, in: Saeculum 5 (1954) 129–178, hier S. 131.

57) Epistola de nihilo et tenebris, MGH Epistolae Bd. 4, S. 553 f.; dazu ROTTA, Filosofia 143 f., der aber statt *finitum* ein *finctum* druckt, so den Sinn verkehrt und daraus falsche Schlüsse zieht; Fridugis war alles andere als ein Aristoteliker. Zu Fr. WATTENBACH-LEVISON, Geschichtsquellen 305; LAISTNER, Thought 322 f. (nicht ganz zutreffend).

illorum ipse formaverit. Es sei undenkbar, daß der Heilige Geist, der den Aposteln die Kenntnis aller Sprachen vermittelt habe, einen grammatischen Schnitzer begangen habe. Der uns dies 830 berichtet, ist Agobard von Lyon, wir werden noch von ihm hören [58]). Fridugis gehört noch halb in den kurzen karolingischen Höhepunkt, der das Göttliche vom Irdischen nicht sonderte; aber der Akzent ist schon stark ins Theologische, um nicht zu sagen ins Magische, verschoben. Jetzt erklärten auch andere Schulmänner und Theologen, Iren und Spanier zumeist, Gott habe die Sprache bis in alle Einzelheiten inspiriert.

So behauptete der vielleicht spanische Abt Smaragdus von Saint-Mihiel (gest. ca. 820/30), der auch als Exeget hervortrat, in seinem „Liber in partibus Donati" rundweg, die Achtzahl der lateinischen Redeteile beruhe auf göttlicher Eingebung: „Da durch die Kenntnis des Lateinischen die Erwählten am ehesten zur Erkenntnis der Trinität kommen und unter ihrer Führung auf den königlichen Wegen – *via regia* nannte Smaragd nach Num. 21, 22 auch seinen Fürstenspiegel für Karl den Großen – hinauf in die himmlische Heimat schreiten, war es notwendig, daß die lateinische Sprache in solcher Anzahl der Teile vollendet würde." Wir erinnern uns, daß die Achtzahl schon bei Gregor dem Großen die Ewigkeit symbolisierte; aber daß Smaragd wie Fridugis die Heilige Schrift neben den Donat stellte, war denn doch neu und widersprach gerade Gregors des Großen Meinung [59]). Die „heiligen Sprachen" wurden hier wieder in ihre Rechte eingesetzt, trotz allem, was Karl, Einhard und Alkuin dagegen unternommen hatten. Smaragd betonte denn auch, daß die drei Kreuzessprachen vor anderen Idiomen hervorragen. Beim Zitat aus Augustins Johanneskommentar gönnte er wie Alkuin den Juden nur den Vorrang *in lege*, nicht *in Dei lege*; aber den Lateinern wurde wieder aktualisierend *iam tunc* die Herrschaft über viele und fast alle Völker zugeschrieben [60]). Nun konnte Smaragd kein Griechisch, und sein bezeugtes Interesse für das Hebräische ging wohl auch nicht tief, aber das Latein war tatsächlich nahezu heiliggesprochen. Andererseits machte Smaragd einen Unterschied zwischen dem klassischen Latein der *vera propriaque latinitas* und der Kirchensprache, erkannte also wie Isidor eine natürliche Sprachenentwicklung durchaus

---

[58]) Epistola 13, 12, MGH Epistolae Bd. 5, S. 215 f.; dazu MANITIUS, Literatur Bd. 1, S. 389.

[59]) Liber in partibus Donati I, 3, Handschrift Paris, Bibliothèque Nationale, Cod. lat. 13029, f. 2 v, zitiert nach MANITIUS, Literatur Bd. 1, S. 465 und nach Charles THUROT, Notices et extraits de divers manuscrits latins pour servir à l'histoire des doctrines grammaticales au moyen âge (Notices et extraits des manuscrits de la Bibliothèque Imperiale 22, 2), Paris 1868, S. 65; Übersetzung nach ARENS, Sprachwissenschaft 31. Dazu ROBINS, Grammatical Theory 71.

[60]) Collectiones in epistolas et evangelia, Passio domini nostri Jesu Christi, MPL Bd. 102, Sp. 190.

an[61]). So wußte er von der Verwandtschaft der gotischen mit der fränkischen Sprache, der *theodisca lingua*, und achtete auf die Veränderungen, denen hebräische oder gotische Namen im Lateinischen unterlagen[62]). Aber auf das Latein bezog sich doch alles, und die Betonung der Gegenwart ließ sich nun auf neue Weise fundieren: Hat sich die Sprache wie die Kirche selbst nicht erst nach Christus zur Vollkommenheit ausgebildet? Auch die Exegese, besonders des Alten Testaments, erhielt damit eine neue, unerhörte Würde. Erst die Kirchenväter haben z. B. die Psalmen voll verständlich gemacht:

Iam veterum nobis sancta preconium vatum
Lucidius patres exposuere novi[63]).

Immerhin war damit die unter Karl vernachlässigte Frage nach der Heilsgeschichte, auch nach der Geschichte der Sprache neu gestellt. Das bemerkte der Ire Clemens Scottus (gest. nach 826), der in der Palastschule Karls dozierte und noch Kaiser Lothars I. Lehrer war. Seine „Ars grammatica", nach 817 dem jungen Lothar gewidmet, erörterte die Sprachengeschichte im ganzen. Freilich kam dabei, an Isidor angelehnt, nur ein etwas farbloses Muster zum Vorschein. Die hebräische Ursprache, *una omnium nationum lingua*, wurde so erwähnt, als wäre die Teilung in Nationen der in Sprachen lange vorhergegangen. Die *superbia* der Babelbewohner führte dann zur Sprachenverwirrung, in der – nach dem irischen Pseudo-Augustin und Alkuin – die alten Zeichen neue Bedeutung erhielten und sich – nach Augustin – 72 Sprachen bildeten. Nun fehlten auch Isidors heilige *(sacrae)* drei Sprachen nicht mehr, es hieß wieder präsentisch: *toto orbe excellunt*. Ein besonderes Lob erhielt – im Anschluß an Cicero – das Griechische, das klangreicher sei als das Latein. Die lateinische Sprachgeschichte wurde anhand von Isidor referiert und dem Schüler eingehämmert, er müsse lateinisch reden wie zu König Latinus' und Ciceros Zeiten[64]). Die Fragen und Antworten bezogen sich auf die Schulatmosphäre; der heiße Atem der Jahrhundertwende war vergangen. Nun gediehen die Traditionen wieder, zu einem handlichen Corpus vereinigt; aber auch ihre geistige Verarbeitung im Lichte des Geschehenen hatte jetzt erst zu beginnen.

Jetzt besann man sich wieder auf die Genesis. Der Kommentar von 811, den wohl der Spanier Claudius von Turin (ca. 775–ca. 827) schrieb, war wesentlich

---

[61]) Jean Leclercq OSB, Smaragde et la grammaire chrétienne, in: RMAL 4 (1948) 15–22, hier S. 17, 22.

[62]) Max Manitius, Zur karolingischen Literatur, in: NA 36 (1911) 41–75, hier S. 63 ff.; dazu Zöllner, Stellung 51 f.

[63]) Irene Schmale-Ott, Ein unbekanntes Gedicht des Smaragdus, in: DA 10 (1953/54) 504–506.

[64]) Ars grammatica c. 37–39, hg. Johannes Tolkiehn (Philologus, Supplement 20, 3), Leipzig 1928, S. 22 f.

detaillierter als Alkuins Fragen und Antworten; aber obwohl Claudius, als er ihn schrieb, noch an König Ludwigs aquitanischem Hof Presbyter war, suchte er die Einheit des Vielvölkerraums nicht schon in der Bibel. Er unterschlug sogar den Zusatz Isidors, der die Italiener auch als Kinder Tubals in Anspruch nahm; nur die Spanier, Claudius' Landsleute, sollten von Tubal abstammen. Außer ihnen waren die Griechen die einzigen „alten", japhetitischen Völker. Bei der Aufzählung der 73 Völker, der 31 Hamiten, 27 Semiten und 15 Japhetiten, kam dem besten Augustinkenner der Zeit kein Zweifel daran, daß es *vel potius* 72 seien und also 72 Völker und Sprachen geben müsse, wiewohl die Völkertafel nicht alle Noachiden, sondern nur die Völkerstifter aufzählte. Hat er Bedas Skrupel nicht gekannt? Die Sprachverwirrung geschah *modis occultis et nobis incomprehensibilibus* durch Gottes Wunder; daran gab es, anders als noch bei Alkuin, nichts zu erklären. Nur die erbauliche Parallele zwischen Turmbau und Ketzerei fand Platz. *Sine ulla dubitatione* sei das Hebräische, die Sprache des frommen Gottesvolkes, die Ursprache. Die Beteuerung klingt fast, als gäbe es Gegner dieser Meinung; aber sie meldeten sich nicht mehr zu Worte[65]). Claudius argumentierte damit, daß das Hebräische die Sprache des Alten Testamentes war. Er gab theoretisch Augustin und Beda recht, wenn er sagte, man müsse der Sprache des Originals mehr vertrauen als einer Übersetzung[66]) – nur, wer verstand überhaupt noch Hebräisch? Es lebte in der Kirche, dem Hause Christi, weiter, so wie Adams *nomina etymologiarum* nicht nur die Tiere, sondern auch die Völker bezeichneten, denen Christus dann das *nomen christianitatis* brachte. Die These wurde zum sanften Ruhekissen; man verstand das Uralte sprachlich nicht mehr, aber dank der Tradition verstand es sich von selbst. Diese Haltung ist in der knappen Weltgeschichte recht spürbar, der „Brevis chronica" von 814, die wohl zu Recht unter Claudius' Namen geht. Hier wurde, in Bedas Gefolge, nur noch die chronologische Frage erörtert, ob Noah selbst die Sprachverwirrung miterlebt habe. Der noch eben bei Clemens Scottus angezweifelte Zusammenhang von Völkertrennung und Sprachenteilung stand hier ganz fest: *terra per linguarum confusionem divisa est*[67]). Das war eine Weltgeschichtsschreibung ohne historische Probleme, abgesehen allenfalls vom chronologischen. Die Vergangenheit hatte keine Folge, die Gegenwart war die Fülle.

---

[65]) Pseudo-Eucherius, Commentarii in Genesim II, MPL Bd. 50, Sp. 937–942 (Babel), 908 f. (Adam, Christus). Zur Verfasserschaft Dom Bellet, Claudio de Turín, autor de los comentarios „In Genesim et Regum" del Pseudo-Euquerio, in: Estudios bíblicos 9 (1950) 209–223 (mir nicht erhältlich).

[66]) Brevis chronica I, MPL Bd. 104, Sp. 918. Quelle ist Augustinus, De civitate Dei XV, 11, CCSL Bd. 48, S. 468, und Beda (o. S. 480 Anm. 126).

[67]) Brevis chronica II, MPL Bd. 104, Sp. 920. Zu dem Werk Wattenbach-Levison, Geschichtsquellen 259; Brincken, Weltchronistik 117 f.

Die kleineren Geister hielten es zunächst nicht anders. Das dürftige „Chronicon breve" vom Weltbeginn bis 809, im Frankenreich geschrieben, kümmerte sich anhand von Bedas kürzerer Chronik nur um die Sintflut, gar nicht um Sprachen und Völker in Babel[68]). In der aus dem „Chronicum universale bis 741" schöpfenden Chronik von Moissac, in Südfrankreich (nicht in Moissac) nach 818 geschrieben, drängte sich das chronologische Interesse wieder nach vorn, doch gab das aus Beda wiederholte Arnobius-Zitat ein Panorama der babylonischen Vorgänge; *ibi confusa (!) est labium universe terre et inde dispersit eos dominus super faciem cunctorum regionum*[69]). Daß die Allgemeinheit der Zerstreuung betont wurde, war vielleicht schon ein Symptom der erregten Zeiten Ludwigs des Frommen, der soeben 817 eine Ordnung des Riesenreiches versucht hatte, weil sie sich nicht mehr von selbst verstand.

*

In den Klöstern war man aber schon zuvor nachdenklich geworden: War die Gegenwart wirklich die Erfüllung? Da tauchte die Sehnsucht nach der pfingstlichen Sprachenkenntnis wieder auf. Ein schwer datierbares, aber wohl karolingisches Loblied auf St. Christophorus preist den Riesen vom unbiblischen Stamm der Kynokephalen, *loquela ceteris dissimilis*; Gott, der Tieren und Menschen Sprache verleiht, gab den Frommen die Sprachengnade: *Accepisti ceterarum lingua loqui gentium*[70]). Das Psalmenbrevier eines Pseudo-Hieronymus, dessen älteste Handschriften aus dem 9. Jahrhundert stammen, wußte, daß die Sprachen seit dem Turmbau geteilt sind. Es vertraute noch darauf, daß die Apostel an Pfingsten sämtliche Sprachen erhielten. Dennoch besang es bei Gelegenheit von Psalm 44 nicht mehr die auf Erden wirkende Kirche im Schmuck ihrer vielen Sprachen, sondern die Gerechten des Himmels, die zur Rechten Gottes stehen, *circumamicta varietate de septuaginta et duabus linguis, id est de diversitate gentium*[71]). Ist die Sprachenkenntnis nur dem Heiligen, die Harmonie der Sprachen erst dem Jenseits vorbehalten, löst sie sich dort nicht

---

[68]) Chronicon breve c. 13 ff., MGH AA Bd. 13, S. 349. Zu dem Werkchen Brincken, Weltchronistik 116.

[69]) Chronicon Moissacense, Handschrift Paris, Bibliothèque Nationale, Cod. lat. 4886, f. 4 v (Mikrofilm benutzt). Zur Quellenfrage Brincken, Weltchronistik 115 f.

[70]) Passio Christophori Str. 2 ff., MGH Poetae latini Bd. 4, 2 S. 809 f.

[71]) Breviarium in psalmos 54, MPL Bd. 26, Sp. 1041 (Babel); 18 Sp. 924 f. (Pfingsten); 44 Sp. 1016 (Gerechte). Eine Untersuchung des Kommentars steht m. W. noch aus; zum Alter der Handschriften Stegmüller, Repertorium Bd. 3, S. 60 Nr. 3333. Die bei Stegmüller nicht aufgeführte Handschrift München, Staatsbibliothek, Cod. lat. 3747 aus dem 10. Jahrhundert enthält zu Psalm 44 denselben Text; vgl. Germain Morin OSB, Etudes, textes, découvertes, Bd. 1 (Anecdota Maredsolana 2), Maredsous-Paris 1913, S. 375.

im hebräischen Halleluja auf? Trennte sich die geistliche Eintracht vollends von der politischen und sprachlichen Einheit?

Hier wurde auch die trostreiche Tradition von 72 Sprachen schnell wieder heimisch, wo man mehr den Himmel als die Erde sah. Es bezeichnet die Situation, daß zu dieser Zeit die Lehre von den 72 Sprachen überall auf dem Kontinent in den Klöstern, und zwar nicht in den Zentren karolingischer Hofkultur, fast kanonische Geltung erhielt und zum Schulbuchwissen wurde, stark schematisiert, ohne daß der Grund der Zählung zu erkennen wäre, als eine Sache, die man nicht zu ergründen und zu begreifen, sondern hinzunehmen, zu glauben und zu wissen hat. Wir finden diese Angaben in den „Joca monachorum", in denen sich die Mönche gegenseitig ihr Wissen abfragten, zumeist in barbarischem Latein. Hier begegnen wir wieder wie bei Alkuin der vergröbernden Gleichsetzung von Japhets Erbteil mit dem Erdteil Europa. Hier treffen wir in Handschriften des 9. Jahrhunderts wieder die uns schon vertraute Frage nach den Provinzen und Sprachen der Erde; die Antwort lautet in einer Münchener Handschrift: 32 Provinzen und 72 Sprachen[72]). Eine andere bayrische Handschrift meint, von den 12 Aposteln ausgehend, es gebe nur 12 Provinzen. Die Geschichte der Sprachen und Völker wurde nur sehr kursorisch erörtert: Daß Adam den 36 Arten von Fischen den Namen gab – Beda hatte das bezweifelt – und daß die Sklaven von Cham stammen, ist alles, was davon übrigblieb; aber Adam hatte wie bei den Iren 30 Söhne und 30 Töchter ...[73]). Von 33 Söhnen und 30 Töchtern Adams erzählt eine Schlettstädter Handschrift dieser Zeit. Ihr Schreiber mißtraute großen Zahlen: Provinzen konzedierte er nur 32, Sprachen lediglich 22, von Gott gesegnet waren überhaupt bloß drei, Hebräisch, Griechisch und Latein; und selbst davon war das Griechische als die Sprache von Bileams Esel noch verdächtig. Doch wußte der Mönch nun ziemlich genau über die Sprachenteilung Bescheid. Erster Weltherrscher war ihm zwar Ninus, nicht Nimrod, und Babylon war nicht die erste, sondern die dritte Stadt auf Erden. Trotzdem wurden dort die Sprachen verwirrt. Gen. 11, 1–9 folgt in wörtlichem Zitat, danach der merkwürdige Satz: *et condormierunt meridiano, ut mutatae sunt linguae eorum*. Hätte also Gott die Bauleute von Babel am hellichten Mittag einschlafen lassen, um ihnen die Sprache zu verwirren? Nicht das Warum, aber das Wie interessierte sichtlich, und über allem und jedem stand erkennbar die

---

[72]) Suchier, Joca 115 f. nach der Handschrift München, Staatsbibliothek, Cod. lat. 19410.

[73]) Wilhelm Wilmanns, Ein Fragebüchlein aus dem neunten Jahrhundert, in: ZDA 15 (1872) 166–180, hier Nr. 32 S. 168 (zwölf Provinzen); Nr. 35 f. S. 168 f. (Adam); Nr. 37 S. 169 (Cham); Nr. 21 S. 168 (Töchter Adams). Nach der Handschrift München, Staatsbibliothek, Cod. lat. 19417.

Hand Gottes[74]). Andere waren lakonischer. *Quid (!) provincie sunt? CXXX. – Quante lingue? LXXII.* So liest man es in einem französischen Manuskript des beginnenden 9. Jahrhunderts[75]), genau wie im irischen Pseudo-Beda[76]). Das war wißbegierigeren Mönchen zu wenig, und so schloß sich in Frankreich, ebenfalls im 9. Jahrhundert, an die 122 Provinzen und die 72 Sprachen die Ergänzungsfrage an: *Ubi mutata (!) sunt? Niniven, in turre (!)*; auch die Zahl der 72 Jünger Christi schien nachtragenswert[77]). Daß der Turm von Babel nicht in Babel gebaut worden sein soll, störte niemanden; Nimrod und Babel, Ninus und Ninive, das machte wenig Unterschied. Dies alles hatte man zu wissen, nicht aber, aus welchen Quellen die Angaben genommen waren; die Quellen wurden nirgends mitnotiert, und so bekamen die Antworten jene allen Schulbüchern eigene unverdiente Autorität. Das Gerüst der Bildung zu retten, war noch immer wie bei den Iren der Zweck von Sammlungen fremder Alphabete, besonders des Hebräischen und Griechischen, also der „Heiligen Sprachen"; aber auch ägyptische und chaldäische Phantasie-Alphabete mußten dazu herhalten[78]). Und allenthalben kündeten die Formeln von den Geheimnissen Gottes, nicht von der Klugheit der Menschen.

In der dunklen Zeit der Dänen- und Normannen-Invasionen blieb allerdings vor allem jenseits des Kanals kaum etwas anderes übrig als diese Gelehrsamkeit im Gehäuse, die, wenn sie nicht trockene Schulbücher schrieb, leicht ins Fabulieren kam. Zu den Erzählfreudigen gehörte auch der Kymre Nemnius, ein Schüler des Klosters Bangor, der wohl gegen 826, in einer Pause der seit 787 andauernden Dänenüberfälle, die Genealogien der englischen Könige bis 796 anhand der „Historia Brittonum" überarbeitete. Auch für ihn war der Japhetit und Alanus-Enkel Britto der römische Konsul Brutus, und den Stammbaum dieses *Britus exosus* knüpfte auch Nemnius an die Trojanersage an, aber mit ganz anderer Tendenz. Auch den großartigen europäischen

[74]) Eduard Wölfflin-Troll, Joca monachorum, Ein Beitrag zur mittelalterlichen Rätselliteratur, in: Monatsberichte der Kgl. Preuß. Akad. d. Wiss. zu Berlin aus dem Jahre 1872, Berlin 1873, S. 106–118, hier S. 109–112 nach der Handschrift Schlettstadt, Stadtbibliothek, Cod. 1073. *Condormire* wird S. 112 mit „aufhören" übersetzt; seit Plautus heißt es stets „einschlafen". – Dieser Handschrift scheint nächstverwandt Salzburg, Stiftsbibliothek St. Peter, Hs. a III 13, nach Suchier, Joca 131 ff.

[75]) Handschrift Paris, Bibliothèque Nationale, Cod. lat. 2796, f. 56r, Anfang 9. Jahrhundert (Abschrift von Mlle Marie-Thérèse d'Alverny benutzt). Beschrieben in: Bibliothèque Nationale, Catalogue général des manuscrits latins, Bd. 3, Paris 1952, S. 90 ff.

[76]) The Dialogue of Salomon and Saturnus, hg. John Mitchell Kemble, London 1848, S. 326; Suchier, Joca 91 f., 138 verkennen die irische Herkunft.

[77]) Henri Omont, Interrogationes de fide catholica (Joca monachorum), in: Bibliothèque de l'Ecole des Chartes 44 (1883) 58–71, hier S. 62, nach der Handschrift Autun G III; vgl. S. 69 f. die ähnlichen Eintragungen des Liber comicum aus der spanischen Abtei Silos, 11. Jahrhundert.

[78]) Bischoff, Geheimschriften 20 f.

Stammbaum der Vorlage griff er auf; doch er brachte nun heimtückisch den Brutus-Aeneas-Zweig, die Briten also, in Verruf, indem er die Ahnentafel des Aeneas weiter zurückverfolgte und über Jupiter und Saturn bei dem *Cam filius maledictus* enden ließ – eine niederträchtige Rache an der britischen Vorlage. Die Iroschotten kamen selbstverständlich besser weg, indem ihrem Ahnherrn *Partholomus* nun die ägyptische Pharaonentochter *Scozza* zur Frau gegeben wurde – so hatte man gleich eine Erklärung für Schottlands Namen und die „skythische" Herkunft der Schotten. Daß auch die Ägypter Hamiten waren, wurde natürlich verschwiegen[79]). Während man auf dem Festland die europäische Genealogie der „Historia Brittonum" kopierte, betrieben die späteren Schotten mit Eifer das Pharao-Spiel. Dabei lernte man wenig und vergaß viel.

Bei den Angelsachsen, deren Widerstand gegen die Dänen sich um Wessex konzentrierte, hatte man andere Sorgen, aber auch andere Interessen. Die älteste volkssprachliche Bibeldichtung des Abendlandes, die man früher dem Dichter Caedmon des 6. Jahrhunderts hat zuschreiben wollen, die Angelsächsische Genesis, ist in den uns angehenden Teilen wohl nach 850 in Wessex als klösterliche Gemeinschaftsarbeit verfertigt. Hier bot die Abstammung der Völker und die Verschiedenheit der Sprachen kein brennendes Problem. Den Erdbewohnern war noch nach der durch Noah vollzogenen Aufteilung der Erde die Sprache gemeinsam; nur noch zum Abschied bauten sie als Erinnerungsmal den unseligen Turm „über menschliches Maß", und da griff Gott ein und machte „ungleich die Reden den Erdbewohnern, daß sie nicht mehr hatten den Nutzen ihrer Sprache". Die Getrennten zerstoben in die vier Teile der Welt. Gottes mächtige Kraft bewirkte alles; an sie klammerte sich wohl auch für die Gegenwart die Hoffnung der Mönche. Vielleicht war der Horizont schon so eingeengt, daß die Unterschiede der Sprachen und Völker, gar ihre Zahl unwesentlich wurden; statt dessen gab die Dichtung eine neue Deutung der Teilung unter die drei Noachiden, wenn sie Japhets und Sems Nachkommen als Edelinge bezeichnete[80]). In Babel sind also eigentlich gar nicht die Völker, sondern die Stände geschieden worden. Die auf Gen. 9, 25 beruhende Angabe der „Joca monachorum", die Hamiten seien Sklaven, mochte dazu die Anregung geben. Gern werden sich die Engländer selbst als Semiten emp-

---

[79]) Historia Brittonum cum additamentis Nennii, MGH AA Bd. 13, S. 147, 151 f., 157; auch bei LOT (o. S. 472 Anm. 108) S. 151 ff.

[80]) Die ältere Genesis v. 933–1085, hg. Ferdinand HOLTHAUSEN (Alt- und mittelenglische Texte 7), Heidelberg-New York 1914, S. 35 ff.; in der Faksimileausgabe The Caedmon Manuscript of Anglo-Saxon Biblical Poetry, hg. Israel GOLLANCZ, Oxford 1927, Blatt 78 ff. Übersetzung nach Christian Wilhelm Michael GREIN, Dichtungen der Angelsachsen, Bd. 1, Neudruck Heidelberg 1930, S. 47. Datierung nach Eduard SIEVERS, Caedmon und Genesis, in: Britannica, Max Förster zum 60. Geburtstage, Leipzig 1929, S. 57–84, hier S. 60 ff.

funden haben, wie es zum ersten Mal schon Gildas angedeutet hatte, als er Britannien *praesens Israel* nannte[81]). Die Teilung der Sippen nach Ständen konnte nur in festen Sozialordnungen und kleinen Kreisen interessieren; die Vorstellung kam anscheinend dem germanischen Denken entgegen. Wir erinnern uns an die ähnliche Situation im Alwis-Lied der Edda; noch im 11. Jahrhundert ist diese Anschauung im keltischen England oder in Norwegen ins Heidnische „rückübersetzt" worden. Vielleicht basiert sie auf einem alten indogermanischen Mythos, der uns in den indischen Brahmanas schon begegnete; jedenfalls aber wurde sie durch das christlich-angelsächsische, möglicherweise auch das irische Medium stark gewandelt. Ein Lied der Snorra-Edda erzählt von dem Gott *Rig*, der drei Familien besucht und dort drei Söhne gezeugt habe, aus denen die drei Stände, Knechte, Bauern und Edle, hervorgingen[82]). Auf die Nachwirkungen dieser Erzählung werden wir noch öfter stoßen; sie konnte, anders als die fränkische Ständegenealogie von Francus und Vassus, inmitten aller Unglücksfälle dem Menschen den Trost spenden, daß sein Schicksal und sein Lebenskreis vom Himmel vorgezeichnet seien. Zunächst fand der Gedanke freilich kein Echo auf dem zerrissenen Kontinent, der um seine verlorene Einheit focht und doch bereits in Nationen zu zerfallen begann.

*

Hier drangen unter Ludwig dem Frommen (778–840) die Gedanken in die Welt, die die Mönche bewegt hatten; nun bekam fast alles Denken einen theologisch-gelehrten Zug, der freilich vom Gottesvolk-Gedanken belebt wurde. Darum wurde das Verhältnis des Geistlichen zum Weltlichen, der Einheit zur Mannigfaltigkeit erst recht zum Problem. Ludwig selbst, den Mönchen zugetan, suchte die kirchliche Idee des Universalreiches mit den fränkischen Traditionen zu verbinden und, etwa mit seiner „Ordinatio imperii" von 817, ein Gleichgewicht zwischen *unitas* und *divisio* im Geist von 1 Kor. 12, 4 ff. zu finden, *ad . . . totius populi christiani perpetuam pacem*[83]). Doch der Kaiser stand

[81]) De excidio et conquestu Britanniae c. 26, MGH AA Bd. 13, S. 40. Herbert Schöffler, Abendland und Altes Testament, Untersuchung zur Kulturmorphologie Europas, insbesondere Englands (Das Abendland 5), 2. Aufl., Frankfurt/Main 1941, S. 36 ff. kennt die mittelalterliche Vorgeschichte seines Themas nicht.

[82]) Merkgedicht von Rig, übers. Felix Genzmer, Thule, Bd. 2, Jena 1920, S. 112 ff.; dazu Philippson (o. S. 438 Anm. 4) S. 64 ff.; Vries, Literatur Bd. 2, S. 62 ff. (Datierung); Schneider (o. S. 471 Anm. 105) S. 215 f., 601 (indogermanischer Mythos; vgl. o. S. 61 Anm. 21); Wolfgang Mohr, in: Germanische Altertumskunde, hg. Hermann Schneider, 2. Aufl., München 1951, S. 69 (irischer Einfluß); Helmut de Boor, ebenda S. 368 f. (christlicher Einfluß).

[83]) Ordinatio imperii, MGH LL Sectio 2, Bd. 1, S. 270 f.; dazu Roland Faulhaber, Der Reichseinheitsgedanke in der Literatur der Karolingerzeit bis zum Vertrag von Verdun (Historische Studien 204), Berlin 1931, S. 24 ff. Allgemein Theodor

ganz auf Seiten der geistlichen Einheit; er konnte im Unterschied zu seinem Vater nicht nur Latein *sicut naturalem (linguam)*, sondern auch einigermaßen Griechisch. Aber er mißachtete das wild Gewachsene; um die Pflege der fränkischen Traditionen, der *carmina gentilicia*, kümmerte er sich nicht. Sein Biograph Thegan rühmte 837/38 zwar, der Kaiser habe den spirituellen, moralischen und anagogischen Sinn aller Schrift gut erfaßt, aber vom historischen Schriftsinn schweigt der Trierer Chorbischof[84]). Ludwigs Hauptratgeber, Benedikt von Aniane (gest. 821), arbeitete in ähnlichem Sinn. Der adlige Gote verwehrte schon als Abt von Aniane den gelehrten unter den Mönchen den Gebrauch der Muttersprache; sie sollten, um ihre Kenntnis der Heiligen Schrift zu vertiefen, nur Latein reden[85]). Die Symbolzahl 72 sollte die Einheit im Spirituellen verkünden: Das 817 veröffentlichte „Capitulare monasticum" hatte möglicherweise in der Urfassung 72 Kapitel, eines weniger als die Benediktinerregel selbst, wie die es nun im Orden befolgt werden sollte[86]). Auch sonst entfernte sich die Allegorese von der geschichtlichen Wirklichkeit. Um 819/22 sprach der Franke Amalar von Metz (ca. 775–ca. 850), Alkuins Schüler, Lehrer an der Aachener Palastschule, davon, daß die Sonne in 72 Stunden dreimal *omnes mundi partes* umkreise, und daß diese 72 Stunden die Jünger Christi bedeuteten. Um zu deren Verdiensten aufzusteigen, müsse man 3 Tage lang fasten, und zwar viermal im Jahr, *quia quatuor sunt plagae mundi*[87]). Obwohl Amalar aus Bedas Sonnengleichnis schöpfte, ignorierte er die dort miterwähnten 72 Sprachen und Völker; sie paßten nicht zur asketischen Tendenz und gehörten allzusehr zur Welt.

Umgekehrt entzog sich das Weltliche zusehends stärker der geistlichen, symbolischen Ordnung. Darum wohl konnte der recht irdisch gesonnene Lobredner Ludwigs des Frommen und Pippins, der aquitanische Geistliche Ermoldus Nigellus, 826/28 die Zahlensymbolik beiseitelassen, wenn er von den dem Kaiser untertanen Völkern Europas sprach, *claudi quae numero*

Schieffer, Die Krise des karolingischen Imperiums, in: Aus Mittelalter und Neuzeit, Gerhard Kallen zum 70. Geburtstag, Bonn 1957, S. 1–15, hier S. 5 ff.

[84]) Vita Hludowici imperatoris c. 19, MGH SS Bd. 2, S. 594; dazu Wattenbach-Levison, Geschichtsquellen 303.

[85]) Sogenannte Murbacher Statuten, MPL Bd. 99, Sp. 744; dazu Hauck, Kirchengeschichte Bd. 2, S. 593; berichtigend Lehmann (o. S. 364 Anm. 3) S. 77.

[86]) Leo Marsicanus, Chronica monasterii Casinensis I, 16, MGH SS Bd. 7, S. 592; dazu Hauck, Kirchengeschichte Bd. 2, S. 595 f. Kritisch zu der Ausgabe in MGH LL Sectio 2, Bd. 1, S. 344 ff. P. B. Corbett – François Masai, L'édition Plantin de Cassien, de la règle des pères et des capitulaires d'Aix pour les moines, in: Scriptorium 5 (1951) 60–74, hier S. 65 ff.

[87]) Epistola ad Hilduinum c. 59 f., hg. Johannes Michael Hanssens SJ, Amalarii episcopi opera liturgica omnia, Bd. 1 (Studi e Testi 138), Città del Vaticano 1948, S. 352. Datierung nach Allen Cabaniss, Amalarius of Metz, Amsterdam 1954, S. 110 f.

nequeunt. Diese Haltung war, in der einen wie in der anderen Richtung, die einseitige Fortsetzung der karolingischen, auch darin, daß Ermoldus lediglich den Sarazenen biblischen Ursprung von Sarah zugestand, und das war gewiß keine Auszeichnung dieser *gens tetra nimis*. Die Franken, zu denen Ermoldus sich rechnete und deren Sprache er liebte, stammten von den *Deni*, auf fränkisch *Nortmanni*, her, wie die Langobarden des Paulus Diaconus. Der Name der Franken kam von dem Wort „wild", beileibe nicht von dem Trojaner Francus[88]). Ermoldus betonte sonst die Kontinuität des israelitischen Gottesvolkes im Römerreich und im Frankenreich; aber keine biblische Genealogie stützte sie. Bei den Zeitgenossen fand allenfalls die antike Ahnentafel Gnade; die Genealogie Ludwigs des Frommen wurde damals an eine gallisch-römische Senatorenfamilie angeknüpft; erst nach ihr fanden die Trojaner Platz[89]). Auch hier griff man nach dem Nächstliegenden, nicht nach dem Weitherkommenden, lange Vergangenen und weithin Nachschwingenden. Volle Realität besaß nur das handgreifliche Einzelne und andererseits das überall präsente Heilige, das zugleich unirdisch war.

Fast alle rissen die Sphären auseinander, auch der Erzbischof Agobard von Lyon (769–840), ein Spanier und einer der freiesten Geister seiner Zeit. Wir kennen ihn schon als Widersacher des Fridugis: über ihn spottete Agobard 830, ob nicht die Stimme von Bileams Esel, den Num. 22, 28 erwähnt, vom Heiligen Geist geformt sei? An Verbal-Inspiration der Bibel mochte er nicht glauben; Übersetzungen seien stets ungenau, es komme auf den Sinn des Bibelwortes an, nicht auf das hebräische Wort. Hätte der Heilige Geist etwa hebräisch zu den Propheten gesprochen? Das konnte der Judengegner Agobard nicht zugeben, obwohl er selber etwas Griechisch und Hebräisch verstand; 827 schon wehrte er sich gegen die These des jüdischen „Buchs der Schöpfung", die Buchstaben des hebräischen Alphabets seien von Ewigkeit her: Sprache und Schrift, so muß Agobard gemeint haben, sind nicht Sache Gottes, sondern des Menschen. Aber waren sie damit nicht ganz ins Profane abgedrängt? Was Agobard heilig war, gehörte jedenfalls nicht in die Kategorie der Vielfalt: Durch die Erlösungstat Christi sei die Menschheit mit allen Nationen und trotz aller Unterschiede ein Körper geworden, schrieb er; zwar war es Anlaß genug zur Eintracht, daß das Menschengeschlecht aus dem einen Adam hervorging, aber wichtiger war die Wende unter Christus: seither darf es nach Kol. 3, 11 keine Heiden und Juden mehr geben, keine Barbaren, Skythen, Aquitanier, Langobarden, Bur-

---

[88]) In honorem Hludowici III, 267 f., MGH Poetae latini Bd. 2, S. 48 (Völker Europas; dazu Fischer, Oriens 85 f.); I, 145 S. 9 (Sarazenen); IV, 11 ff. S. 59 (Frankenherkunft; dazu Grau, Herkunft 13); I, 344 S. 15 (Frankenname).

[89]) Domus Carolingicae genealogia c. 1–3, MGH SS Bd. 2, S. 308 ff.; dazu Zöllner, Stellung 98, 103.

gunder, Alemannen, sondern nur den spirituellen Verband der Gottesdiener, der sich in keinem irdischen Staatswesen, in keiner Abstammungsgemeinschaft voll verkörpern kann[90]).

Wem stand aber dann noch biblische Herkunft an außer den Exoten und den Märtyrern und Heiligen des Himmels? So meinte mit 16 oder noch weniger Jahren der besinnliche Schwabe Walahfrid Strabo (808/9–849) auf der Reichenau. Er begann vor 825 die Lebensbeschreibung eines Märtyrers aus Caesarea mit den Versen:

Urbem Cappadoces habitant, quos ille refertur
progenuisse Mosoch, veniens de semine Jafeth[91]).

Aber im übrigen klafften zwischen Mensch und Gott, auch zwischen Vergangenheit und Gegenwart große Lücken. Sie zu schließen, hat sich Walahfrid sehr bemüht. Zwar sah der junge Walahfrid, einer der wenigen Griechisch-Kenner seiner Zeit, um der „Ehre der lateinischen Sprache" willen auf seine barbarische Muttersprache herab und darf wohl auch nicht als Schöpfer einer althochdeutschen Schriftsprache gelten[92]); als Lehrer des jüngsten Kaisersohnes schmähte er auch Bulgaren, Sarazenen, Iren, Briten, Dänen und Afrikaner als Barbaren[93]). Doch später wurde ihm, um 841, der Zusammenhang der Zeiten und die Differenzierung der Räume zu einer ernsthaften Frage jenseits aller Schablonen. Viele Dinge gebe es, die bei manchen Völkern unbekannt waren und erst spät übernommen wurden, zugleich mit dem zugehörigen Wort, *vel integre vel corrupte cum nova intellegentia*. So entlehnten sich von den Hebräern die Griechen, Lateiner und Barbaren die Worte *Amen*, *Alleluia*, *Hosanna*; von den Griechen empfingen die Lateiner und alle, die ihre Sprache reden, das Wort *ecclesia*; von den Lateinern nahmen die Deutschen ihre Bezeichnungen für Fenster, Kelch, Vater, Mutter, obgleich sie zuvor ihre eigenen Ausdrücke dafür besaßen. Es wandert also nicht nur das Wort der Sprache, sondern die Sache selbst. Auch das Heilige wird nicht linear in der Aufeinanderfolge der drei Hauptsprachen übertragen; bisweilen wird ein Glied übersprungen. Das Wort „Kirche" in unserer *barbaries, quae est Theotisca*, ist griechischen Ursprungs;

---

[90]) Epistola 13, 12, MGH Epistolae Bd. 5, S. 216 (Esel); ep. 13, 7 S. 213 f. (Übersetzungen); ep. 8, 10 S. 189 (Juden); ep. 2, 2 f. S. 158 f. (Einheit; dazu FAULHABER [o. Anm. 83] S. 25 ff.) Zum Ganzen Allen CABANISS, Agobard of Lyons, Churchman and Critic, New York 1953, S. 63 ff., 75 ff.; gegen seine Überschätzung von A.s Sprachkenntnissen (S. 11, 116 ff.) protestiert Heinz LÖWE, in: DA 13 (1957) 278.

[91]) De vita et fine Mammae monachi v. 1 f., MGH Poetae latini Bd. 2, S. 277. Datierung nach MANITIUS, Literatur Bd. 1, S. 302.

[92]) Vita sancti Galli II, 9, MGH SS rer. Merov. Bd. 4, S. 318; dazu ZÖLLNER, Stellung 150; Werner SCHRÖDER, Kritisches zu neuen Verfasserschaften Walahfrid Strabos und zur „althochdeutschen Schriftsprache", in: ZDA 87 (1956/57) 163–213, hier S. 190 ff., 212 f.

[93]) De imagine Tetrici v. 253 f., MGH Poetae latini Bd. 2, S. 378.

es reiste mit im Gepäck der Barbaren, die im römischen Heere Dienst taten und durch Griechen und Lateiner zum Christentum bekehrt wurden. Gemeint sind die *Gothi qui et Getae*, die – wie schon Smaragd wußte – *nostrum, id est Theotiscum, sermonem* hatten. Es ging nur nebenbei um die Sprachgemeinschaft von Goten und Franken, überhaupt nicht um die naive Kontinuität des Verwandten, sondern um geschichtliche Tradition, die weitergereicht wird und sich dabei verändert, aber doch im Zusammenhange bleibt, den für die Völkergenealogie die Gleichung Geten = Goten andeuten sollte. Auch das Gottesvolk ist den Gesetzen der Tradition unterworfen; die *diversitas* der lokalen kirchlichen Riten erkläre sich einesteils aus der *varietas gentium ac linguarum*, andernteils aber aus der *temporum mutatio* oder der *magistrorum studiosa institutio*[94]). In diesem Satz wird, vielleicht zum ersten Mal, das Zusammenwirken von historischer Situation, persönlicher Inspiration und differenzierter Tradition zum Thema geistesgeschichtlicher Betrachtung.

Walahfrid wollte, unpolitisch und konziliant wie er war, damit die zeitliche und räumliche Vielfalt erklären und wohl auch verteidigen; nicht allzuviele seiner Zeitgenossen unterstützten ihn darin. In die Nähe seines „karolingischen Humanismus" gehört wohl noch die sogenannte Alkuin-Bibel, die unter Abt Adalhard (834–843) in Tours bebildert wurde. Sie zeigt nicht den Turmbau, wohl aber die Benennung der Tiere. Links steht Adam, rechts Gott, beide mit erhobener Rechten; die Tiere laufen und fliegen von Gott zu Adam hin, um sich ihre Namen geben zu lassen. Selten ist so schlicht und ausgeglichen die Mittelstellung der Sprache zwischen göttlicher Schöpfung und menschlicher Willkür illustriert worden[95]).

Zahlreicher waren jene, die die Entscheidungen liebten und die Zusammenhänge zertrennten. Ihr Führer wurde der Schüler und berufene Nachfolger Alkuins, Hrabanus Maurus (780–856). Für die Vielfalt der Geschichte hatte er um so weniger Verständnis, je eifriger er die Einheit der Kirche verfocht; die Vielzahl der Sprachen blieb ihm verschlossen, selbst vom Griechischen wußte er nur ein paar Floskeln, vom Hebräischen gar nichts. Trotzdem nannte er es 819 die *una lingua perfecta*, die weit über den *variae linguae* steht[96]). Diese Vielgestalt der Idiome hemmte die Gültigkeit des heiligen Wortes und nahm der menschlichen Sprache ihre Würde. Nach Priscians Muster, aber einseitiger

---

[94]) De exordiis et incrementis quarundam in observationibus ecclesiasticis rerum c. 7, MGH LL Sectio 2, Bd. 2, S. 481 (Sprachgeschichte; dazu einseitig WALLACH, Gemeinschaftsbewußtsein 11; besser LAISTNER, Thought 240); c. 26 S. 507 (Verschiedenheit).

[95]) Theodor EHRENSTEIN, Das Alte Testament im Bilde, Wien 1923, S. 4 Abb. 4. Zur Datierung Bonifatius FISCHER OSB, Die Alkuin-Bibel (Aus der Geschichte der lateinischen Bibel 1), Freiburg i. Br. 1957, S. 11, 16.

[96]) De clericorum institutione III, 3, MPL Bd. 107, Sp. 380. Dazu LAISTNER, Thought 306 ff.

lösten sich so die Probleme der Sprachtheorie: Die Eigenart des Wortes liegt nur in der *aeris percussio*, nicht in der zutreffenden Bezeichnung der inneren und äußeren Welt. Nur die artikulierten und schriftfähigen Laute machen die *voces* eigentlich aus; alle anderen Laute sind wenig nütze[97]). Alkuins „Nominalismus" wurde für Hraban der Anstoß, sich nach festeren und einheitlicheren Fundamenten umzusehen, die seiner intellektualistischen und formalistischen Denkweise eher entsprachen.

Für solche Sicherungen gegen Skrupel boten sich die prägnanten Formeln der Überlieferung an. Zunächst, in einer Jugendschrift von etwa 814, die er 831 überarbeitet Ludwig dem Frommen widmete, las er Aldhelms Hinweis auf die 72 Bibelbücher auf, fand die 72 Jünger vergleichbar und bezog auch die 72 Sprachen und Völker mit ein, beteuerte sogar noch, diese Lehre sei *vera opinio*, fügte aber zu ihrer Begründung nichts weiter hinzu[98]). Die einfachen Lehrsätze der „Joca monachorum" und der Iren zogen ihn an. Sein Matthäuskommentar von 821/22 verstand nach dem Muster des irischen Pseudo-Hieronymus die drei Weisen aus dem Morgenland (Matth. 2, 1) *mystice* als Vertreter der ganzen Welt, die aus den drei Söhnen Noahs hervorgegangen und aus den drei Kontinenten zu Christus gekommen sei. Die Weisen kamen aus dem Orient und verkörperten doch die Erde, aber der Orient ist nach Zach. 6, 12 Christus und die Welt ist die Kirche[99]). Was sollte nach solchen Allegorien noch die Zuweisung der Noachiden an die einzelnen Erdteile? Das Geordnete und Gute hob sich ins Überirdische; dort war Hrabans geistige Heimat. Er unterließ die genauen Nachweise auch, als er vor 829 seinen Genesiskommentar schrieb. Aus Beda entnahm er den Satz von der hebräischen Ursprache. Wie bei Isidor wurden die Generationssummen Augustins geglättet: 27 Semiten, 30 Hamiten und 15 Japhetiten ergaben ohne Umweg die begehrte 72. Der Turmbau kennzeichnete die *superbia mundi* und die *curiositas non licita*; das waren seit Isidor herkömmliche Ausdeutungen, die sich bewußt von allzu rauhen Realitäten fernhielten. Von Alkuin stammte der Lehrsatz, in Babel seien nur die alten Formelemente der Sprache neu zusammengesetzt worden; die Erläuterung der Völkertafel enthielt keinen neuen Vorschlag über die Gleichungen des Josephus und Hieronymus hinaus, doch verschwieg Hraban auch die Bemerkung des Kirchenvaters nicht, daß von den Gog und Magog die Goten herkämen[100]). Bei

[97]) Excerptio de arte grammatica Prisciani, MPL Bd. 111, Sp. 613. Die veränderte Vorlage ist Priscian (o. S. 188 Anm. 104) I, 1 f. S. 5 f.

[98]) De laudibus sanctae crucis I, 21, MPL Bd. 107, Sp. 233 (Hinweis von Prof. William Foerste-Münster).

[99]) Commentaria in Matthaeum I, 2, MPL Bd. 107, Sp. 760; etwas ausgeweitet bei Pseudo-Beda, In Matthaei evangelium expositio I, 2, MPL Bd. 92, Sp. 13. Über Christus als Orient Fischer, Oriens 71 f.

[100]) Commentarii in Genesim I, 14, MPL Bd. 107, Sp. 483 f. (Ursprache; aus Beda, Hexaëmeron I, MPL Bd. 91, Sp. 50); II, 10 f. Sp. 526–530 (Turmbau und Teilung).

der Wiederholung der Völkertafel-Exegese in einem anderen Kommentar mag Hraban die letztere These nun doch zu obsolet oder auch zu zeitnah gefunden haben; er ließ sie weg, obgleich er anderes, wie Pseudo-Philos Bemerkungen über die Noachidenführer Nimrod, Joktan und Suphen hinzutat[101]). Er meinte später wie Ermoldus Nigellus, alle Deutschsprechenden seien Nachfahren der Nordmänner, die er nun freilich unbedenklich mit den Markomannen gleichsetzte[102]). Weiter zurück verfolgte er die Ahnenreihe nicht; hätte sie nicht bei den Goten und bei Gomer geendet? Aber Hraban überschritt diese Grenze nie: Die Sprachen- und Völkervielfalt war ein theoretisches Problem, ein antiquarisches Spiel, keine Frage, die ihm wie manche anderen Probleme auf den Nägeln brannte; sie war allein nach den Spielregeln der Exegese zu behandeln.

So wurde auch die Zahlensymbolik zu einem gelehrten, aber unverbindlichen Teil der Auslegung. Der Abt vom Petersberg meinte einmal, die Zahl der Menschen und Stämme sei nicht bestimmbar; er schloß also Deut. 32, 8 aus dem Spiel aus wie Gregor der Große und bezog die Stelle auf die künftige Auserwählung [103]). Anderswo zählte er nach Ex. 15, 27 70 Jünger Christi[104]), dachte aber um 844 wieder an 72 Älteste der Juden und 72 Jünger Christi und fand trotzdem, es müsse 70 mosaische Älteste und 70 *generationum linguae in hoc mundo diffusae* geben. Vielleicht redete ihm dabei der gelehrte Jude zu, den Hraban bisweilen um Rat fragte oder er stützte sich hier, wie auch sonst, auf Schriften, die von der jüdischen Exegese zehrten. In dem gleichen Werk entnahm er aus Isidor dessen Erklärungen vom Turmbau und den drei heiligen Sprachen und hörte da auch von Augustins „*LXXIII vel potius ut ratio declarat LXXII*" Sprachen. Das Präsens zeigt, daß er die Phrase nicht am Augustintext nachprüfte (dort stand *declaratura est*) und auf Augustins Begründung nicht neugierig war; er hielt sich Wort für Wort, auch bei der Völkertafel, an Isidor. Das Schwanken zwischen 70 und 72 verrät bei Hraban nicht mehr wie bei Isidor und Beda kritischen Sinn, sondern eher Gleichgültigkeit. Ein eigener Ton klang erst durch, als der getreue Anhänger Ludwigs des Frommen und später Kaiser Lothars, der Paladin der kirchlichen Einheitspartei, hervorhob, stets widersetze sich die *superbia* der *simplicitas atque unitas* und habe so zur Sprachverwirrung geführt; erst durch die Demut und Milde Christi und der Apostel sei das Übel beseitigt worden, *linguarum diversitas coadunata est*[105]). Das hört sich

---

[101]) Expositio in Paralipomena I, 1, MPL Bd. 109, Sp. 281–285.

[102]) De inventione linguarum, MPL Bd. 112, Sp. 1581 f.; dazu Grau, Herkunft 13; Zöllner, Stellung 52. Zur Verfasserfrage Levison, England 290 f.

[103]) Enarratio super Deuteronomium IV, 2, MPL Bd. 108, Sp. 972.

[104]) Commentarii in Exodum II, 6, MPL Bd. 108, Sp. 77.

[105]) De universo XVIII, 3, MPL Bd. 111, Sp. 493 (72 Älteste und Jünger; dazu Grossmann, Zahlensymbolik 53); III, 1 Sp. 53 (70 Sprachen); XVI, 1 f. Sp. 435 ff.

fast an wie ein strafender Kommentar zu den Straßburger Eiden, mit denen sich zwei Jahre zuvor die aufständischen Brüder gegen den Kaiser zusammengetan hatten.

Hraban hielt es zwar nach seinen eigenen Worten und im Sinne Alkuins für Arroganz, etwas Neues und Eigenes zu sagen[106]); aber offenbar hat er aus der Tradition nicht überall gleich sorgfältig das ihm Gemäße ausgesucht. Wenigstens im Bezirk der Exegese, der ihn wenig berührte, herrscht bei ihm der Mechanismus. Bei anderen Fragen hat er sehr viel sorgfältiger das Alte benutzt und seiner Zeit durch Auslassungen und Änderungen angepaßt[107]). So durchdachte er etwa seinen Barbarenbegriff genau. Er folgt fast wörtlich der Definition des Ambrosius; daß die Barbaren Nichtrömer sind, leuchtete auch Hraban ein. Aber vor *sunt gentiles* fügte er kurzerhand ein *non* ein: das Barbarische ist nicht das Heidnische, also auch nicht das Minderwertige[108]). Nach dem Korintherbrief ist die Bezeichnung „Barbar" nur relativ; *per incognitam linguam* nennen sich Gesprächspartner gegenseitig Barbaren[109]). Man spürt Hrabans Bestreben, die Unterschiede der Sprachen und Völker theologisch möglichst zu entschärfen; in echten Glaubensfragen durfte nur die Einheit herrschen. Hier bezog Hraban unzweideutig Stellung, etwa in einem Brief an Otgar von Mainz, 829 geschrieben, bevor Hraban selbst Otgars Nachfolger wurde. *Differentia non debet esse in diversitate nationum, quia una est ecclesia catholica per totum orbem diffusa.* Diese Äußerung ist die „weitestgehende Folgerung aus dem Dogma von der *unitas* des Menschengeschlechtes, die in der karolingischen Zeit keine Vorläufer hat"[110]); sie verrät: die Sprachen- und Völkervielfalt, ja die Mannigfaltigkeit schlechthin fällt nicht nur aus Hrabans theologischem Kirchenbegriff heraus, sie läuft ihm strikte zuwider. Die Überspitzung dürfte früheren Verfechtern des Gottesvolk-Glaubens von Tertullian bis Beda unverständlich gewesen sein; aber dieser streng gefaßten Einheit hatte nach Hraban

(Isidor und Augustin; zu H.s Methodik Ceslas Spicq OP, Esquisse d'une histoire de l'exégèse latine au moyen âge [Bibliothèque thomiste 26], Paris 1944, S. 39 f.); II, 1 Sp. 35 (Einheit, Verschiedenheit). Zu H.s jüdischen Vorlagen Louis Ginzberg, Die Haggada bei den Kirchenvätern I, Diss. phil. Heidelberg, Amsterdam 1899, S. V.

106) Commentarii in Ezechielem, praefatio, MPL Bd. 110, Sp. 497 f.

107) Johann Baptist Hablitzel, Hrabanus Maurus, Ein Beitrag zur Geschichte der mittelalterlichen Exegese (Biblische Studien 11, 3), Freiburg i. Br. 1906, S. 102 f. (Mechanismus); Bernhard Blumenkranz, Raban Maur et Saint Augustin, Compilation ou adaptation? in: RMAL 7 (1951) 97–110, hier S. 110 (Sorgfalt; Hinweis von Prof. Otto Herding-Münster); gegen den Vorwurf des Plagiats Paul Lehmann, Zu Hrabans geistiger Bedeutung, in: Sankt Bonifatius, Gedenkgabe zum zwölfhundertsten Todestag, 2. Aufl., Fulda 1954, S. 473–487; zu seiner Originalität Karl Helm, Hrabanus Maurus und die Volkskunde, in: PBB 71 (1949) 466–470.

108) Expositio in epistolam ad Romanos 1, 14, MPL Bd. 111, Sp. 1292.

109) Enarratio in epistolam I ad Corinthios 14, 11, MPL Bd. 112, Sp. 131.

110) Epistolarum Fuldensium fragmenta 11, MGH Epistolae Bd. 5, S. 520. Zitat aus Faulhaber (o. Anm. 83) S. 27.

auch die Exegese und die Geschichtsschreibung zu dienen. Beides steht in dem gewichtigen Satz, mit dem Hraban zwischen 822 und 829 seinen Genesiskommentar an Frechulf von Lisieux übersandte: *Per patrum historicam generationem sanctae ecclesiae mysticam edicse fecunditatem*[111]). In der Allegorese, in der Beziehung auf die Kirche lag der exemplarische Wert der menschlichen Urgeschichte. Daß sie aus gelebten und erlittenen Wirklichkeiten bestanden hat, ging den Exegeten, aber auch den Politiker nichts an.

Der Adressat dieses Briefes und des Genesiskommentars war Hrabans Studienfreund, der vielleicht oberdeutsche Bischof Frechulf von Lisieux (gest. vor 853). Er revanchierte sich mit einer Weltchronik, die er zwischen 825 und 830 auf Anregung von Ludwigs des Frommen Kanzler schrieb und deren zweiten Teil er der Kaiserin Judith widmete. Es war schon viel, daß man im Umkreis der kirchlichen Einheitspartei überhaupt die ganze Weltgeschichte zu Hilfe rief. Aber weder die Idee der Heilsgeschichte noch die des Gottesvolkes und der einen Kirche beherrschte Frechulfs Chronik; sie bot nur einen vorwiegend profan- und kulturgeschichtlichen, aber antiquarischen Zusammenhang, eine Historie der Alten Welt, die die geschichtlichen Abläufe eher voneinander isolierte als miteinander, sei es auch nur chronologisch, verband; sie diente auch nicht indirekt der Gegenwart. In der biblischen Völkertafel fand Frechulf nur die von Josephus und Hieronymus entdeckten Völker, also von den Europäern nur Griechen und Spanier, nicht einmal die Italiener, Gallier und Goten Isidors. Die Goten überging er anscheinend sogar bewußt; aus Hraban und Jordanes mußte er wissen, daß die Goten mit den Gog und Magog verbunden werden konnten. Dafür machte es ihm nichts aus, Assur statt des Arphaxad zum Ahnherrn der Chaldäer zu ernennen: die Gegenwart, die die Chronik nicht mehr schilderte, hatte zu diesen fernen Zeiten und Räumen kein Verhältnis. Nicht als ob Frechulf zeitfremd gewesen wäre: die Trojanerherkunft der Franken und ihr erwählter König *Francio* fanden sich bei ihm ein. Neben diesen antiken Stammbaum setzte er höchstens indirekt, über die Skythen und Goten, einen biblischen, vor allem aber wieder einen germanischen: Die Franken wurden mit Jordanes und wie bei Hraban von den Nordgermanen, diesmal den Goten hergeleitet. Auch die Sprache der *nationes theotiscae* kommt aus dem Norden; daher und nicht von Babel stammt die auch von Smaragd und Walahfrid beobachtete Verwandtschaft des Fränkischen mit dem Gotischen.

Frechulf achtete auf Babel, aber er nahm die Babylonier fast in Schutz; sie hätten *ineruditi et ideo inobedientes* gehandelt. Damit distanzierte sich Frechulf zugleich von ihnen; seit der Belehrung durch das Alte und das Neue Testament ist die Menschheit klüger und auch besser geworden. Gottes Heilsplan, der

---

[111]) Epistola 8, MGH Epistolae Bd. 5, S. 394.

doch auch über diesem fernen Ereignis schon gestanden haben müßte, bleibt undurchsichtig und wird durch die Zahlensymbolik nur schüchtern angedeutet: Frechulf ließ nur nebenbei, ohne die Schwankungen Hrabans, ohne die Skrupel Bedas, das Sätzchen fallen: *Divisiones autem linguarum septuaginta duas fuisse historia declarat.* Er sagte nicht einmal, welche *historia* er meinte; daß in „der" *historia*, in der Bibel, nichts davon stand, mußte ein Bischof eigentlich wissen. Auch die Zahlenharmonie faßte die Epochen der Heilsgeschichte nicht zusammen; Frechulf erkannte nur 70 Jünger Christi an. Aber Frechulf, der mit dem Perfekt *fuisse* seine Gleichgültigkeit schon begründet hatte, gestand ganz offen ein, daß er mit Babel nichts anzufangen wisse; er schrieb dem Genesiskommentar des Claudius von Turin die These nach, Gott habe die Sprachen geteilt *modis occultis nobisque incomprehensibilibus*[112]). Nun gut, waren nicht wenigstens die Ziele und die Folgen dieses unbegreiflichen Wunders interessant? Nicht für Frechulf. Man hat mit Recht bemerkt, daß Frechulfs Werk weniger der historischen als vielmehr der exegetischen Literatur zuneigt[113]). Aber das ist eine Frage der Quellen, nicht der Geschichtsanschauung; manche Bibelkommentare verraten mehr geschichtlichen Sinn als viele Chroniken. Auch diese bedeutendste Weltchronik des karolingischen Zeitalters vermochte zwar eine Menge Stoff halbwegs kritisch zu sichten, aber an einer Idee der Weltgeschichte fehlte es. Denn die Einheit der Kirche, wie sie Hraban und sein Kreis verstanden, durfte keine *varietas*, keine Geschichte haben; sie war unmittelbar zu Gott, auch als irdische Institution. Auf Vorbilder für diese Verachtung der *varietas* konnte man sich kaum stützen; das Wort hatte in der lateinischen Vulgata an keiner Stelle einen pejorativen Beigeschmack; auch späterhin duldete man die *varietas* wenigstens dort, wo sie theologisch nicht relevant wurde. Die unbedingte Ablehnung begegnet vor Hraban selten, z. B. in einem vielleicht ziemlich alten Gebet des Römischen Meßbuchs: Gott, der die Sinne der Gläubigen zu einem Willen vereint habe, möge seinen Scharen *(populis)* gewähren, das zu lieben, was er vorschreibe, das zu ersehnen, was er verspreche, *ut inter mundanas varietates ibi nostra fixa (sint) corda, ubi vera sunt gaudia*[114]). Im 9. Jahrhundert und im Kreis um Hraban war dieser feste Punkt in der Erscheinungen

---

[112]) Chronica I, 1, 27, MPL Bd. 106, Sp. 933 ff. (Völkertafel); I, 2, 17 Sp. 967 (Herkunft der Franken; dazu GRAU, Herkunft 13; ZÖLLNER, Stellung 52); I, 2, 16 Sp. 961 (Skythen); I, 1, 28 Sp. 936 (72 Sprachen); II, 1, 7 Sp. 1122 (70 Jünger); I, 1, 34 Sp. 940 (Sprachentrennung). Zu Quellen und Tendenz LANDSBERG, Weltchroniken 47 ff.; BRINCKEN, Weltchronistik 120 ff.; WATTENBACH-LEVISON, Geschichtsquellen 351 f.

[113]) Bertha SCHELLE, Frechulf von Lisieux, Untersuchungen zu Leben und Werk, Diss. phil. (Masch.-Schr.) München 1952, S. 149; hier S. 79, 139, 144 zum Fehlen einer Grundidee.

[114]) Missale Romanum, Dominica IV post Pascha, Oratio. Zum Alter der Orationen Josef Andreas JUNGMANN SJ, Missarum sollemnia. Eine genetische Erklärung der Römischen Messe, 3. Aufl., 2 Bände, Freiburg i. Br. 1952, hier Bd. 1, S. 478 f.

Flucht nicht nur Gott, sondern auch die irdische Kirche, keinesfalls aber die Welt der Sprachen und Völker oder der Heimatkreis von Dialekt und Stamm.

Am ehesten sollte man ein völkisches Weltverständnis im altsächsischen „Heliand" erwarten, der vielleicht im Fulda Hrabans, wahrscheinlich um 830 im Auftrag Kaiser Ludwigs des Frommen, von angelsächsischen Bibeldichtungen angeregt und auf Hrabans Bibelkommentar gestützt, den Sachsen das Leben Christi in der *Theodisca*, *Germanica lingua* erzählte. Aber der unbekannte geistliche Autor kam dem germanischen Sprach- und Sippendenken nur dort entgegen, wo es sich mit dem christlichen vertrug. Die Macht der göttlichen Sprache, das *hêlag himilisc uuord,* hat die Welt geschaffen und sagt dem Menschen vernehmlich, was er tun soll; auch die Apostel verkünden in Christi Auftrag dieses heilige Wort. Es steht ganz in der Hand Gottes; der Name des Menschen definiert nur dann sein Wesen, wenn Gottes Auftrag zuvor die Verbindung hergestellt hat. Kein Mensch kann das stille Machtwort Christi verstehen, keiner dem ausgesprochenen widerstehen. Gott kann auch dem Weisen die Sprechfähigkeit entziehen; des Menschen Zunge ist schwach, nur Gott gibt ihrem Wort Gewicht. Die Sprache ist also keine rationale Schöpfung des Menschen, sondern, fast noch wie in den Edden, allein Gottes Werk. In welches irdische Idiom sie sich kleidet, interessiert den Autor nicht. Wir erfahren nichts über die Sprache Christi, nichts über die drei Sprachen an seinem Kreuz, nichts über den galiläischen Dialekt des Apostels Petrus; alles irdisch Besondere wird ausgeschieden. „Mächtig in allen Sprachen" sind nur die Propheten Christi, nämlich der orientalische Ahnherr der drei Weisen aus dem Morgenland und die jüdischen Rabbiner von Jerusalem, die Herodes nach dem Messias befragt; auch ihre universale Kenntnis ist Gottes Gnade, nicht menschliche Leistung. Vom Stolz des Dichters auf seine angestammte Muttersprache hören wir keine Silbe.

So wenig der Heliand-Dichter die allegorische Auslegung liebt, seine pralle, lebensnahe Darstellung gibt uns kein Panorama der Völkerwelt zur Zeit Jesu, geschweige denn vom Stammesgefüge des Frankenreiches. Die ganze Welt, *middilgard,* ist vielmehr eins; das Volk Gottes ist eine Sippe von Brüdern, die aus den Völkern von Ost und West zusammenströmt, auch aus der *elithioda,* dem Volk der Barbaren. Zu allen kam Christus und lehrte sie; auch zu den Sachsen kommt nun das Wort Gottes. Die Dichtung selbst soll den sprachlichen und völkischen Eigensinn der Neubekehrten erweichen und darf schon darum – ganz anders als eine Generation später Otfrid von Weißenburg – die Besonderheiten nicht noch betonen [114a]). Im „Heliand" und im Umkreis

---

[114a]) Heliand und Genesis, hg. Otto BEHAGHEL – Walther MITZKA (Altdeutsche Textbibliothek 4), 7. Aufl., Tübingen 1958: Praefatio S. 1 (lingua); v. 15 S. 4; v. 40ff. S. 5; v. 1069 ff. S. 39 (Gottes Sprache); v. 1409 f. S. 51; v. 1725 S. 62 (Apostel);

Hrabans wurde das Christentum nicht „germanisiert“, nicht auf die fränkische Frühstufe zurückgedrückt. Aber das war bald nur noch die eine Partei.

*

Für die andern wurde der ruhende Punkt das eigene Volk. Weniger die langsame und deshalb in ihrer Datierung und Motivierung umstrittene Neubildung von Staaten[115]) als der tägliche Umgang bezeugte das für die auf Ludwig den Frommen folgende Generation. Im Jahre 839 wurde einem fränkischen Adligen Reginar nachgesagt, er hasse alle Menschen romanischer Nation und Zunge *quodam gentilicio odio* und wolle sie nicht sehen noch hören, auch wenn sie Mönche wären. Der westfränkische Autor, Wandalbert von Prüm (813 bis nach 848) hielt Reginar für *stultissimus*, *immo superbissimus* und einen Frevler, der zur Strafe bald gestorben sei[116]); nicht umsonst hat Wandalbert seine Gedichte Kaiser Lothar I. gewidmet, der in Prüm gestorben ist. Wandalbert und Reginar verkörpern den wachsenden Gegensatz zwischen der kirchlich-universalen und der „nationalen“ Richtung recht plastisch.

Zur letzteren gehörte auch der fränkische Geschichtsschreiber Nithard (gest. 844), Karls des Kahlen getreuer Parteigänger. Er erwähnte 843 mit einem gewissen Stolz Franken und Barbaren in einem Atemzug, obwohl er sie nicht miteinander in eins setzte, und er war es, der die Differenzierung der deutschen und französischen Sprache in den Straßburger Eiden nicht nur schilderte, sondern durch wörtliche Wiedergabe der vielleicht sogar von ihm selber redigierten beiden Texte dokumentarisch belegte, während manche seiner Zeitgenossen sich noch um Mehrsprachigkeit bemühten. Nithard erwähnte nicht mehr die eine fränkische Sprache, von der noch Ermoldus Nigellus schwärmte; sie war auseinandergebrochen in die *Romana* und die *Teudisca lingua*; die Herr-

---

v. 210 S. 11 (Name); v. 2037 ff. S. 72 (stilles Wort Christi); v. 4853 f. S. 168 (ausgesprochenes Wort Christi); v. 164 ff. S. 9 f. (Sprechfähigkeit); v. 3063 f. S. 107 (menschliche Zunge); v. 5549 ff. S. 191 (Kreuzinschrift); v. 4974 f. S. 172 (Petrus); v. 571 f. S. 23 (Orientale); v. 613 S. 24 (Rabbiner); v. 51 S. 6 u. ö. (middilgard); v. 1439 ff. S. 51 f. (Sippe); v. 2131 ff. S. 75 (Ost und West); v. 488 S. 20; v. 2819 S. 99 (Barbaren). Die Umdatierung bei Wattenbach-Levison, Geschichtsquellen 303 überzeugt mich nicht.

[115]) Martin Lintzel, Die Anfänge des deutschen Reiches, Über den Vertrag von Verdun und die Erhebung Arnulfs von Kärnten, München-Berlin 1942, S. 88 ff.; dagegen Gerd Tellenbach, Die Entstehung des Deutschen Reiches, Von der Entwicklung des fränkischen und deutschen Staates im 9. und 10. Jahrhundert, 3. Aufl., München 1946, S. 92 ff.; wieder anders Karl Gottfried Hugelmann, Stämme, Nation und Nationalstaat im deutschen Mittelalter, Stuttgart 1955, S. 294 ff. (von der Sprache her).

[116]) Miracula sancti Goaris c. 7, MGH SS Bd. 15, 1 S. 365; dazu Waitz, Verfassungsgeschichte Bd. 2, 1, S. 72; Schultheiss, Nationalgefühl 112; Huizinga, Nationalbewußtsein 145; Kirn, Nationalgefühl 40 f.; Zöllner, Stellung 261.

schaftsbereiche hatten nun je ihre *propria lingua*. Das Wort *unitas* kommt bei Nithard nicht mehr vor, er erstrebte die „völlige Rückkehr zur Stammestradition“[117]).

Die Auflösung war nicht nur politischer Natur. So gering man meist die Rolle der Sprache veranschlagt, sie wirkte bei der Differenzierung des Karolingerreiches zumindest mit, auch wenn die politischen Grenzen, die sich jetzt festigten, nicht mit den Sprachgrenzen zusammenfielen[118]). Im Osten wurde das Sprachadjektiv „Deutsch“ ungefähr um diese Zeit zum Volksadjektiv[119]), selbst wenn es vielleicht noch nicht die Deutschen, sondern allgemeiner die Germanen bezeichnet haben sollte. Allerdings waren auch die Stammesbereiche nicht sprachlich geschlossen[120]), weitere Unterteilungen legten sich nahe. Im Westen bildeten sich um dieselbe Zeit die Wurzeln der französischen Nationalität[121]); auch begrifflich sonderte sich „Westfranken“ von dem Gebiet jenseits des Rheins, von „Ostfranken“ oder „Germanien“, wenngleich die Sprachenverschiedenheit zunächst nicht als Kriterium der Trennung galt[121a]). Aber bald, etwa seit dem Tode Karls des Dicken, spätestens seit dem 10. Jahrhundert, sollte sich das Wort *franciscus* vom „Fränkischen“ trennen und das Französische bezeichnen[121b]). Den Wandel im Westen spürte man sogar bei den Exegeten.

Der Mönch Angelom von Luxeuil (gest. um 855), der auch für Kaiser Lothar schrieb und sich meist an die Werke Hrabans hielt, muß in seinem frühesten Buch, der Genesiserklärung von etwa 845, die relativ originell war, etwas von der veränderten Situation gemerkt haben. Daß die *superbia* die Sprachverschiedenheiten verursacht habe, wußte jeder Exeget; aber erfuhr der Autor

---

[117]) Historiae I, 1, MGH SSRG Bd. 44, S. 1 f. (Franken, Barbaren); III, 5 S. 35 ff. (Straßburger Eide; dazu Wattenbach-Levison, Geschichtsquellen 356 f.). Zur Mehrsprachigkeit Kirn, Nationalgefühl 37 ff. Zitat aus Faulhaber (o. Anm. 83) S. 87 f.

[118]) Petri, Sprache 188 ff.; Zöllner, Stellung 262 ff. (Sprache); Paul Kirn, Politische Geschichte der deutschen Grenzen, 3. Aufl., Leipzig 1944, S. 19 f. (Grenzen).

[119]) Weisgerber, Volksname 137 ff.; Baesecke (o. Anm. 43) S. 125 ff.

[120]) Tellenbach (o. Anm. 1) S. 6 bzw. 176 (Germanen); Gerd Tellenbach, Königtum und Stämme in der Werdezeit des Deutschen Reiches (Quellen und Studien zur Verfassungsgeschichte des Deutschen Reiches in Mittelalter und Neuzeit VII, 4), Weimar 1939, S. 5 f. (Stammesbereiche).

[121]) Fritz Schalk, Die Entstehung der französischen Nation, in: Der Vertrag von Verdun (o. Anm. 43) S. 137–149, hier S. 149.

[121a]) Walter Mohr, Die begriffliche Absonderung des ostfränkischen Gebietes in westfränkischen Quellen des 9. und 10. Jahrhunderts, in: ALMA 24 (1953) 19–41, hier S. 40 f.

[121b]) Wendelin Foerster, Romanische Etymologien: 7. français, in: Zeitschrift für romanische Philologie 16 (1892) 244–248; ergänzend Gustav Groebner, ebenda S. 286–288; Rosenstock-Huessy, Frankreich-Deutschland 62 ff. Der spätere Ansatz bei Marc Bloch, La société féodale (L'évolution de l'humanité), 2 Bände, Paris 1949, hier Bd. 2, S. 235 ff.

nicht in seiner Gegenwart, wie sich Völker aus Sprachen zu bilden und voneinander zu trennen begannen? *Per linguas divisae sunt gentes dispersaeque per terras*; und Angelom betrachtete die *diversitas linguarum*, die Zerstörung der *unitas* nicht mehr wie Hraban als verderblich. Seine Erklärung der biblischen Völkertafel lehnte sich an Hraban an und vergaß nicht, wie Frechulf, die These von den getisch-gotischen Gog und Magog aufzuführen. Es fehlte auch nicht der augustinische Seufzer, daß man die meisten Namen nicht identifizieren könne, aber Angelom glaubte doch wie Hieronymus und Hraban, daß die hier erwähnten Völker alle, wenn auch vielleicht unter veränderten Namen, „heute" noch zu finden seien; daß etwa Völker spurlos untergehen könnten, ging dem Mönch nicht in den Kopf. Deshalb breitete er die alten gelehrten Konjekturen, *sicut in doctoribus reperimus*, noch einmal vor seinen Lesern aus mit der Begründung, *ne indiscusse praeterisse videremur*[122]). Das setzte wenn nicht beim Verfasser, dann doch bei den Lesern ein bislang ungewohntes Interesse an der Völkertafel voraus; sie begann allem Anschein nach seit dem Vertrag von Verdun aktuell und modern zu werden.

Deutlicher bemerkt man die Wandlungen des Bewußtseins an jener westfränkischen Gruppe von Gelehrten, die sich um Auxerre konzentrierte und zu der wohl als erster Haimo von Auxerre (gest. 855) mit der Mehrzahl der ihm zugeschriebenen Bibelkommentare gehört. Er betonte nach 840 scharf, daß der Mensch allein Sprache habe und die Engel nicht sprechen könnten; das wandte sich gegen die Smaragd und Frigudis, gegen die karolingischen Einheits-Theologen. Von den 72 Sprachen redete Haimo, nur um sie zu bagatellisieren: „Wenn ich alle 72 beim Turmbau geteilten Sprachen der Menschen spräche und hätte der Liebe nicht ..."[123]). Der Apokalypsenkommentar wiederholte die Formel, aber wieder einschränkend: Aus allen 72 Sprachen seien einige Prädestinierte zum Glauben berufen. Von der allumfassenden irdischen Kirche des Hraban spürt man hier wenig, zumal die Zahl 72 auch sonst schillernd geworden ist. Ein mittleres Talent hat 72 Pfund; es gibt aber auch Talente zu 120 und zu 50 Pfund. Das in Apoc. 16, 21 erwähnte Talent ist aus unerfindlichem Grund ein mittleres, kein großes, obwohl der Vers gleich zweimal „groß" enthält. Die sehr gekünstelte Parallele soll indes nur besagen, daß die verworfenen Sünder aus allen 72 Sprachen verdammt sind. Weniger kursorisch behandelte Haimo die Völker. Er meinte, ganz ähnlich wie Arnobius, daß es

---

[122]) Commentarius in Genesin 10, MPL Bd. 115, Sp. 163–168. Dazu Johann Baptist HABLITZEL, Angelom von Luxeuil und Hrabanus Maurus, in: Biblische Zeitschrift 19 (1931) 215–227, hier S. 217 ff. (Vorlage); Max Ludwig Wolfram LAISTNER, Some Early Medieval Commentaries on the Old Testament, in: The Harvard Theological Review 46 (1953) 27–46, hier S. 28 ff. (Selbständigkeit).

[123]) In epistolam I ad Corinthios 13, MPL Bd. 117, Sp. 581. Zu Haimo SMALLEY, Study 39 ff.

mehr Völker als Sprachen gebe, und bot dafür ein modernisiertes Beispiel: *... cum una lingua multae gentes loquuntur, sicut Romani, Itali, Franci, Burgundiones, Aquitani, Gotthi, licet quasdam unaquaeque gens habeat proprietates*[124]). Da hatte man die Völker der Romania – Spanien ausgenommen – vor sich; auch die germanischen Völker des Raumes wurden mit aufgeführt, denn sie alle, so sehr sie sich voneinander unterschieden, sprachen Vulgärlatein. Dieses romanische Gemeinbewußtsein gab nahezu direkte Antwort auf das Wort „Deutsch", *theodiscus*, das sich ebenso auf die Sprache gründete. Hier lagen, das muß Haimo gespürt haben, die aktuellen Probleme. Alle anderen Bibelstellen, die von der Ursprache oder von der pfingstlichen Wiedervereinigung der Sprachen reden, wurden bei ihm nicht so handfest ausgelegt, sondern spiritualisiert, sogar Phil. 2, 11: *Omnis lingua..., id est omnis homo*, als wäre es absurd, daß alle Sprachen Gott loben, als hätte die Sprache mit dem Gotteslob nichts zu tun[125]). Auch das war noch karolingisches Erbe, aber nun schieden sich die Sphären, die Wünsche zielten entweder auf die Vergeistlichung der Welt und auf ihre Einheit, oder auf die getrennten Gemeinschaften. Beides zugleich, die Einheit in der Mannigfaltigkeit, schien nicht mehr wie bei Walahfrid Strabo noch möglich zu sein, außer im kleinen Rahmen: *licet quasdam unaquaeque gens habeat proprietates*.

Die Spiritualisierung des Diesseits war das Anliegen des sächsischen Mönches und Grafensohnes Gottschalk von Orbais (ca. 804–868/9), der vornehmlich in und auf Westfranken wirkte. Doch sie gelang ihm nicht ganz, auch bei ihm zerfielen die Bereiche. Gott ist der ganz andere, seine Sprache der menschlichen inkommensurabel. Die irdischen Sprachen aber müssen erlernt, beherrscht und beobachtet werden; mit Generalisierungen ist wenig gedient. Theologische Termini lasse man sich als Lateiner am besten von Boethius erläutern, der in beiden Sprachen, Latein und Griechisch, gewandt war. Als die vier Hauptalphabete nennt Gottschalk Hebräisch, Griechisch, Latein und Chaldäisch; auch sonst fließt ihm der Vergleich zwischen den drei Sprachen Hebräisch, Griechisch und Latein leicht aus der Feder. Doch sie sind keine heiligen Idiome, jede andere Sprache hat dasselbe Recht; auch die *barbara locutio* der *gens teudisca* – hier erscheint zum ersten Mal in der Geschichte der Begriff „Deutsches Volk" – enthält vernünftige Ordnungen und fast dieselben Casus wie das Lateinische. Die barbarische Sprache ist nicht weniger logisch als Lateinisch oder Griechisch und obendrein *divinitus naturaliter indita et generaliter insita:* Gott hat die barbarische Muttersprache dem Menschen ins Herz gelegt. Eine Bildungssprache allein taugt wenig: Die Griechen der dalmatinischen Küste, die kein

---

[124]) Expositio in Apocalypsin II, 5, MPL Bd. 117, Sp. 1020 (Sprachen); V, 16 Sp. 1138 (Talent).

[125]) Expositio in epistolam ad Philippenses II, MPL Bd. 117, Sp. 741.

Latein können, gelten als *agrestes*. Gottschalk aber, dessen Griechischkenntnisse allerdings bescheiden sind, zieht zum Vergleich die griechische Sprechweise, Redewendungen der Venezianer und Dalmatiner, Ausdrücke der *Afri*, *Romani*, *Itali* und *Beneventani* heran und warnt davor, die *rustica loquutio* zu verachten. Sogar ein ägyptisches Wort – nach Josephus – wird inseriert und den Bibelübersetzern eingeschärft, sie hätten auf die Eigenart ihrer Sprache, *idioma linguae nostrae*, genau zu achten. Auch die Vulgata übersetzt gelegentlich schlecht. Trotzdem gilt sie wie bei Fridugis als vom Heiligen Geist selbst diktiert; nach ihr habe sich die lateinische Grammatik zu richten. Das merkwürdige Schwanken Gottschalks wiederholt sich in Fragen der Zahlensymbolik. Sie scheint ihn nicht zu interessieren, die 70 Seelen von Gen. 46, 27 kommen nur in anderen Bezügen vor; aber eines seiner Gedichte enthält 73 Strophen. Er schwankt, ob er nach der Erdteil-Lehre von drei oder nach Is. 11, 12 und Apok. 20, 7 von vier Teilen der Welt sprechen soll; er schwankt überhaupt, ob er die Welt und die Sprachen als genaue Ordnung Gottes oder als Menschenwerk betrachten soll, ob Gott fern oder präsent ist[126]).

Nur auf die höhere Welt war jener Ire eingeschworen, der am Hofe Karls des Kahlen schrieb und wohl dort erst seine ungewöhnlichen Griechischkenntnisse erwarb, der an den Neuplatonismus anknüpfende Philosoph Johannes Eriugena (ca. 810–ca. 877), ein besonderer Schützling Karls. Auch für ihn, der als Grammatiker und als Übersetzer die Probleme der Sprache genau kannte, zerfiel die Welt in das Diesseitige und das Jenseitige, nahezu ohne Brücke zwischen beiden Ufern. Die Menschen geben, wie es 851 hieß, nach Willkür *vocum signa*, die die Natur nicht treffen, jene Natur, „die allein das wahre Sein hat", die Natur Gottes[127]). Die Sprache ist lediglich der Dolmetsch des Geistes; nur Gottes Sprechen ist Schaffen, er steht himmelhoch über der menschlichen Rede[128]). Freilich bewahrte auch das Irdische noch einen Abglanz Gottes; im Jahre 867 mochte Eriugena die Ordnung und Schönheit der *vicissitudines ac*

---

[126]) Oeuvres théologiques et grammaticales de Godescalc d'Orbais, hg. Cyrille Lambot OSB (Spicilegium sacrum Lovaniense 20), Louvain 1945, S. 126 (Gott und Sprache), 133 (Boethius), 472 (vier Hauptalphabete), 385, 397, 487 (drei Sprachen), 195 f. (gens teudisca; dazu Klaus Vielhaber, Gottschalk der Sachse [Bonner historische Forschungen 5], Bonn 1956, S. 40, 86), 494 (agrestes), 377 (griechische Sprechweise), 208 (Venezianer, rustica loquutio), 376 (Afri usw.), 461 (Ägyptisch), 398 (Bibelübersetzer), 354, 464 (schlechte Vulgata; dazu Vielhaber S. 65), 381, 390 f. (inspirierte Vulgata; dazu Vielhaber S. 39), 288 (Gen. 46, 27). 73 Strophen nach Vielhaber S. 29. Lambot S. 314 (Drei- oder Vierteilung).

[127]) Liber de praedestinatione IX, 1, MPL Bd. 122, Sp. 390. Zu E.s Sprachkenntnissen Bischoff, Bildung 45 f.; zu seinen grammatischen Werken und Übersetzungen Maïeul Cappuyns OSB, Jean Scot Erigène, Sa vie, son œuvre, sa pensée (Universitas Catholica Lovaniensis, Dissertationes II, 26), Louvain-Paris 1933, S. 68 ff., 128 ff.; Laistner, Thought 246 ff.

[128]) Commentarius in evangelium Joannis, Fragment I, MPL Bd. 122, Sp. 304.

varietates ... per loca et tempora, also die Geschichte, nicht einfach als Sündenstrafe aburteilen; aber das alles diente doch zuerst zur Belehrung des Menschen, der, des Wandelbaren müde, zum Unwandelbaren geführt werden soll. Im Grunde ist die Welt die Selbstwerdung Gottes, die Sprache darum Gottes Werk und, auch wenn Adam sie gab, mit den Dingen aufs engste verbunden, aber freilich in ihrer menschlichen, üblichen Form nur eine trübe und dunkle Spiegelung der göttlichen Klarheit. Sie muß versuchen, das Geistige, Körperlose, Geheime und Unbegreifliche durch Zeichen, Wörter und Buchstaben zu vergegenständlichen – ein hoffnungslos paradoxes Unterfangen[129]). Bei Eriugena durchkreuzte der Neuplatonismus den reinen Spiritualismus; auch die fernste Emanation Gottes muß noch Geist von seinem Geiste sein. Wie kam es zur Trübung der Sprache? Gab, wenn man schon Adam und die Urzeit nannte, nicht der Turm von Babel die nächstliegende Erklärung? Eriugena war zu wenig Historiker und Exeget, um das auszuführen. Aber seine Schüler nahmen ihm die Arbeit ab; seine Feinde erleichterten sie ihnen.

Der mächtigste Gegner des Iren und Gottschalks war der Erzbischof Hinkmar von Reims (ca. 806–882), zwischen Lothar, dann Ludwig II. und Karl dem Kahlen geschickt lavierend, Politiker und Jurist, ganz auf die Praxis eingestellt. Im selben Jahr 867, in dem Eriugena schrieb, sah Hinkmar die Sprache fast als Attribut nicht eines Volkes, sondern einer Kirche; er wandte sich gegen die Griechen – gemeint war Photios – mit den Worten: *Tam ecclesiam Romanam specialiter quam omnem generaliter, quae lingua Latina utitur, conantur reprehendere*[130]). Eine seltsame Einengung des Begriffs *ecclesia*, den eben noch Walahfrid Strabo so einsichtig vom Griechischen hergeleitet hatte: Die Römische Kirche ist für Hinkmar nicht etwa die allgemeine Kirche, sondern nur ein Teil einer größeren Einheit, aber auch diese Einheit ist nicht die Gemeinschaft des Gottesvolkes aus allen Sprachen, sondern die lateinisch sprechende Kirche. Nicht nur der Gegensatz zwischen Lateinern und Griechen, auch das Selbstbewußtsein des Metropoliten gegenüber Rom sprach sich hier aus. In der gegen Eriugena gerichteten Schrift von 859 hatte Hinkmar noch anerkannt, daß auf hebräisch, griechisch und lateinisch die *catholica veritas* verkündet werde, aber schon da fehlte unter den elf aufgeführten *regiones terrae* des Christentums nicht *Italia* und erst recht nicht *Gallia*, wohl aber *Graecia* und, anscheinend stillschweigend inkorporiert, *Germania*; nur Spanien und Britannien wurden unter den europäischen Ländern noch erwähnt, obwohl Hinkmar der Predigt der Kirche alle

---

[129]) De divisione naturae V, 35, MPL Bd. 122, Sp. 959 (Wandelbares); I, 14 Sp. 459 ff.; IV, 7 Sp. 768 f.; III, 4 Sp. 633 (Sprachphilosophie; dazu Rotta, Filosofia 144 ff., der den Zusammenhang zwischen Wort und Ding bei E. allzu eng sieht).

[130]) Epistola 14 an Bischof Odo von Beauvais, MPL Bd. 126, Sp. 93, mit einer Textverbesserung von Jacobs, Landessprachen 367.

drei Erdteile, alle vier Weltecken und alle 113 Erdprovinzen zuwies und sich selbst zum Vertreter der ganzen abendländischen Kirche berufen fühlte[131]).

Die Tatkraft des Prälaten vereinfachte die Umrisse der Welt wie der Geschichte. Die Vita seines fernen Amtsvorgängers Remigius sollte 878 den Adel der Reimser Kirche erweisen und benutzte dazu die Trojanerfabel, freilich ohne Nennung des Heroen Francus oder anderer Herrscher; die Genealogie mußte, wenn sie dem Erzstuhl nutzen sollte, im Ungefähren bleiben[132]). Auch als Zeitgeschichtsschreiber blieb Hinkmar dem Tage verbunden und hielt die *vetera saecula* für überholt. So oft dabei von den inneren Zwistigkeiten des Reiches und den Kämpfen und Verhandlungen mit Sarazenen, Ungarn, Normannen, Slaven, Bulgaren und Griechen die Rede sein mußte, die Sprachen und die Herkunft der Völker wurden nirgends auch nur angedeutet. Jede Schandtat eines Ausländers fiel unter das Kollektivurteil „nach der Gewohnheit dieses Volkes", jede Ruhmestat eines Herrschers unter die schematische Kategorie „nach der Weise seiner Vorfahren". Der Hauptmaßstab war auch hier wieder die *Romana ecclesia, immo omnis ecclesia quae Latina utitur lingua*; dagegen rennen nur die *aethnici atque barbari* an. Kirchlich – barbarisch, das ist auch das Schema bei der Beurteilung der Sprachen: Es fand lobende Erwähnung, daß der päpstliche Sekretär Anastasius Bibliothecarius zum Ruhm und Vorteil der Lateiner auch Griechisch verstand; aber als Karl der Dicke 873 vom Teufel besessen war, schrie er *patria lingua*, also auf deutsch[133]). Vierzig Jahre vorher hatten die Teufel auch Latein beherrscht; damit war es nun vorbei, Latein war jetzt die Sprache, „die die Kirche benutzt". Und nur in der Kirche herrschte die Ordnung Gottes. Am Lebensende unterstellte Hinkmar, wie Pseudo-Isidor kurz zuvor, die 72 Jünger Christi den 12 Aposteln als Priester zweiter Ordnung; die Zahl wurde zum Symbol hierarchischer Stufung, nicht mehr weltweiter Mission. Die sonst kaum ausgebildete Zahlensymbolik bei Hinkmar verrät uns zu allem Überfluß das nüchterne, praktische, aber nicht mehr universal gerichtete Denken des Kirchenfürsten, der mehr Kanonist als Theologe war und die subtilen Halbheiten der Eriugena und Gottschalk verabscheute[134]).

Wohl in seiner Reimser Erzdiözese wurden zwischen 847 und 852 die Pseudo-Isidorischen Dekretalen angefertigt, freilich zu dem Zweck, die Macht der Bi-

---

[131]) De praedestinatione dissertatio posterior c. 34, MPL Bd. 125, Sp. 351 f.; ähnlich Explanatio in ferculum Salomonis, MPL Bd. 125, Sp. 819 f. Dazu GANSHOF, Relations 27.

[132]) Vita Remigii episcopi Remensis c. 11, MGH SS rer. Merov. Bd. 3, S. 291.

[133]) Annales Bertiniani a. 862, MGH SSRG Bd. 5, S. 59 (vetera saecula); a. 863 S. 66 (Ausländer); a. 873 S. 121 (Vorfahren); a. 867 S. 89 (lateinische Kirche); a. 868 S. 94 (aethnici, barbari); a. 872 S. 120 (Anastasius); a. 873 S. 123 (Karl der Dicke).

[134]) De ordine palatii c. 4, MGH LL Sectio 2, Bd. 2, S. 519. Dazu GROSSMANN, Zahlensymbolik 26 ff. (H.s Zahlen); Heinrich SCHRÖRS, Hinkmar, Erzbischof von Reims, Sein Leben und seine Schriften, Freiburg i. Br. 1884, S. 174 (Kanonist).

schöfe und mit ihnen des Papstes gegen die Metropoliten zu stützen. Sie beriefen sich auch zahlensymbolisch auf eine weitere Universalität als der Metropolit Hinkmar und verglichen wie Beda die Bischöfe den 12 Aposteln, die Priester den 70 Jüngern; auch die *chorepiscopi* wurden auf diese Stufe der 70 Ältesten und 70 Jünger herabgedrückt, und soweit hätte Hinkmar nichts einwenden können. Aber der weltumspannende Gehalt der Zahl wurde hier doch deutlicher als von Hinkmar erkannt. Die Versammlung der Bischöfe habe, so heißt es, 325 in Nikäa vereinbart, die 80 beschlossenen *capitula* des Konzils, 40 in griechischer, 40 in lateinischer Sprache, zu reduzieren auf 70 *ad formam LXX discipulorum vel totius orbis terrae linguarum*. Wir erinnern uns, daß in Rom seit dem „Constitutum Silvestri" die Lehre von den 70 Richtern eines Bischofs im Schwange war; anscheinend gab diese Formel zusammen mit Ex. 15, 27 das Muster ab, nach dem nun auch 70 Sprachen angenommen wurden, ohne daß man erneuten jüdischen Einfluß vermuten müßte[135]). Hinkmar korrigierte – wohl nach Luk. 10, 1 – die Zahl, aber nicht sein engeres Weltbild.

Politisch zurückhaltender, aber auch farbloser war Hinkmars Amtsbruder, der Erzbischof Ado von Vienne (ca. 800–875), doch er schrieb die einzige Weltchronik der zweiten Jahrhunderthälfte. Spätestens im Jahr des Vertrags von Mersen, 870, beendet, wurde sie noch weniger als Frechulfs Werk von einer universalen Idee beseelt, eher von der Vorliebe für die eigene Bischofsstadt und für allegorische Exkurse, die die Heilsgeschichte fast als unwirklich erscheinen ließen. Noch stärker geriet die Profangeschichte ins Hintertreffen. Der Völkerstammbaum blieb nahezu ganz unberücksichtigt; sogar die Trojanerfabel fehlte. Anstatt Isidors ausführliches Völkerverzeichnis in den „Etymologien" zu benutzen, exzerpierte Ado aus demselben Werk die Kurzchronik Isidors und auch daraus nur den nicht eben instruktiven Satz: *Ab Arphaxad Samaritae vel Indi*. Von der Sprachenvielfalt meldete Ado das Ergebnis, aber so: 72 Sprachen seien entstanden, 28 Semiten, 30 Hamiten und 15 Japhetiten. Das flüchtige Exzerpt aus Isidor war, wenn der Rechenfehler nicht zu Lasten der Edition geht, keine arithmetische, aber auch keine exegetische Meisterleistung, denn gleich danach folgte, wie der größere Teil des Stoffs aus Beda entnommen, das Arnobius-Zitat mit seinen 27 Semiten, 22 Hamiten und 24 Japhetiten, und das ergab wieder unbesehen 72. Ado hätte, wenn er richtig gerechnet hätte, auf Augustins Ratio zurückgreifen können, die 72 aus 73 machte; doch das war dem Bischof wohl zu umständlich. Da er nicht nur die zwei Berechnungsarten nebeneinander stehenließ, sondern auch seine Gewährsmänner verschwieg, konnte der Leser auf keine Weise sich vergewissern, wieviele Sprachen die Japhetiten denn nun wirklich hatten, 24 oder 15. Wichtiger war dem

[135]) Decretales Pseudo-Isidorianae et capitula Angilramni, hg. Paul Hinschius, Leipzig 1863, S. 82 (70 Jünger), 264 (chorepiscopi), 452 (Nikäa).

Exegeten die allegorische Auslegung von der *unitas fidei* und der *superbia* der Juden und Ketzer, die er aus Isidors Genesiskommentar entnahm. Das Ganze zeugt von ziemlich ratloser Konfusion, die sich auch vor der Stellungnahme zu den Fragen der eigenen Zeit zu fürchten schien; darum blieb Ados Werk blaß und schal[136]).

Mutiger und geistvoller schrieb man in der Schule von Auxerre. Ihr Haupt war inzwischen Heiric von Auxerre (841–nach 876) geworden, ein Schüler Haimos und Eriugenas, der auch Griechisch verstand und Karl dem Kahlen nahestand. Er betonte, einseitiger als sein irischer Lehrer, nur die menschliche Macht über die Sprache: die *voces* seien *secundum positionem hominum*[137]). Wenn Heiric, wie man vermutet, auch einen anonymen grammatischen Traktat des 9. Jahrhunderts verfaßte, dann hat er seine Auffassung reizvoll exemplifiziert in der Erzählung, die Römer hätten Fürsten aus allen ihnen unterworfenen Ländern nach Rom kommen lassen, damit sie alle *latinitatem, videlicet linguam Romanam* erlernten, unter anderem, damit die späteren Nachfahren an ihrer Sprache noch erkannten, daß ihre Voreltern den Römern untertan waren. So wurde die Entstehung der romanischen Sprachen eigenwillig erklärt, mit dem Römerstolz eines Provinzialen, mit dem Sinn für rationale Ordnung, den auch Heirics Zahlensymbolik widerspiegelt, und vielleicht mit einer Spitze gegen die Ostfranken Ludwigs des Deutschen. Man sieht, wie sich Heiric die Entwicklung einer Sprache dachte: Von Menschenmacht für Jahrhunderte vorgeplant, entfaltet sie sich autonom, ohne Gottes Eingreifen[138]).

Das war kühn. Heirics Schüler und Nachfolger, Remigius von Auxerre (ca. 841–908), stand indes seinem Lehrer nicht nach; er übertraf ihn auch in seinen Griechisch-Kenntnissen. Daß Adam Hebräisch sprach, gab Remigius gerne zu; dies war die Sprache, in der die Schlange den ersten Menschen verführte – also alles andere als eine heilige Sprache –, aber eben deshalb mußte wie bei Alkuin um der heilsgeschichtlichen Proportion willen auch Christus, der *alter Adam*, in dieser Sprache reden und den Bannfluch lösen. Damit war offenbar nach der Meinung des Remigius die Rolle des Hebräischen ausgespielt. Zwar ließ er auch die anderen Sprachen wenigstens zur Hälfte aus dem Hebräischen hervorgehen, indem er Alkuin folgend in Babel nur Veränderung

---

136) Chronicon II, MPL Bd. 123, Sp. 27 f. (wörtlich), 33 f. (allegorisch); dazu Wilhelm KREMERS, Ado von Vienne, Sein Leben und seine Schriften, Diss. phil. Bonn 1911, S. 82 f.; WEIGAND, Languages 255. Zu A.s Leistung allzu positiv KREMERS S. 79, kritisch LANDSBERG, Weltchroniken 33 ff.; BRINCKEN, Weltchronistik 126 ff.

137) Glossen zu den Kategorien des Aristoteles, zitiert nach Carl PRANTL, Geschichte der Logik im Abendlande, Bd. 2, 2, Leipzig 1927, S. 40 f.

138) THUROT, Notices 68; zur Verfasserfrage hier S. 6. Zu H.s Zahlensymbolik CURTIUS, Literatur 495 f.

der Formen, nicht Neuschöpfung der Idiome annahm; aber Remigius faßte nun einen grandiosen Gedanken, der vielleicht von Bedas dunklen Vermutungen und wahrscheinlich von Eriugenas zwiespältigen Äußerungen angeregt wurde; er führte zum ersten abendländischen Versuch, heiligen Ursprung und irdische Gegenwart der Sprache in ein vernünftiges Verhältnis zueinander zu setzen. Nach der babylonischen Verwirrung hätten die Völker alle Dinge *secundum proprietatem et placitum suum* benannt. Babel war also der Anfang der natürlichen Sprachgeschichte, neben der noch eine Weile, bis zu Christus, die religiöse Sprachgeschichte weiterlief; aber mit ungewöhnlicher Schärfe wurde etwa die Aristeas-Legende von der göttlichen Inspiration der LXX-Übersetzung zurückgewiesen: Auch dabei ging es menschlich zu. Hieronymus mochte recht haben, daß die Bibel durch die Übersetzung nur immer besser werde, aber das verdankte man verantwortlicher, fleißiger Arbeit, nicht göttlichem Eingriff. Der Schluß auf die eigene Gegenwart war dann einfach, denn es mußte so sein, daß jedes Volk seine Sprache selbst bestimmte. Die Völker traten in dem lückenhaften und sonst auf Allegorien erpichten Genesiskommentar hinter die Sprachen zurück, obwohl Remigius die Zahl der 72 Völker angab, die der Sprachen nicht. Doch schrieb er, einem ungenannten *quidam* folgend und anscheinend auf Isidor gestützt, dem biblischen Magog statt der Skythen und Goten die Massageten zu. Er verwechselte also wohl die iranischen Massageten mit den thrakischen Geten und diese wiederum, wie seit Cassiodor üblich, mit den Goten; aber der neue Vorschlag war nicht nur ein Versehen, er sollte die biblischen Völker möglichst weit aus dem aktuellen Gesichtskreis rücken. Denn auch die von Isidor vorgeschlagene Ausdehnung von Tubals Nachkommenschaft auf die Italiener machte Remigius nicht mit; allem Anschein nach trennte er Vergangenheit und Gegenwart der Völker weiter auseinander als bei den Sprachen[139]).

Die Zukunft der Kirche, aber erst recht der Völkerwelt blieb dabei ganz unbestimmt; wenn wirklich ihm der unter Haimos von Halberstadt Namen gehende Jesaja- und Sephaniakommentar angehört, dann hat Remigius genau wie Haimo alle Bibelstellen, die andere auf die Endsprache und Himmelssprache bezogen, transponiert und allegorisiert[140]). Dasselbe tat er nach 896 in einem Brief an Bischof Dado von Verdun auch mit der Deutung der Gog und Magog.

---

[139]) Commentarius in Genesim 2, 19, MPL Bd. 131, Sp. 62 f. (Benennung); 10, 2 ff. Sp. 79 ff. (Babel und Sprachen; Massageten nach Isidor, Etymologiae IX, 2, 63); Prolog Sp. 53 f. (Aristeas). Zur Verfasserfrage STEGMÜLLER, Repertorium Bd. 5, S. 65 Nr. 7194.

[140]) Pseudo-Haimo, Commentaria in Isaiam II, 19, MPL Bd. 116, Sp. 811; Enarratio in Sophoniam c. 3, MPL Bd. 117, Sp. 208. SPICQ, Exégèse 51 schreibt die Kommentare dem Remigius zu, STEGMÜLLER, Repertorium Bd. 3, S. 7 f., 11 Nr. 3066, 3070, 3083 dem Haimo von Auxerre.

Daß dies die eben nach Europa einbrechenden Ungarn wären, sei eine zwar weitverbreitete, aber frivole Meinung. Ezechiel habe doch die Völker genannt, die zu den Gog und Magog gehörten: Mosoch, also die Kappadokier, Tubal, also die Iberer oder Spanier oder *secundum Hebraeos* die Italiener, Gomer, also die Galater, Togarma oder die Phryger, und Magog, die nach den Juden und ihren Nachbetern *(Judaizantes)* die *gentes Scythicae* bedeuteten. Nun begreifen wir Remigius' Verfahren im Genesiskommentar; er lehnte die „jüdischen" Modernisierungen ab und stillschweigend mit ihnen den heiligen Hieronymus, der sie tradiert hatte. Nein, die Gog und Magog bezeichneten nicht die Ungarn, überhaupt im Grunde nicht *corporaliter* bestimmte Völker, sondern die Häretiker, die die Kirche bedrängen. Die Ungarn aber seien ein junges, bisher unbekanntes Volk, das seinen Namen *Hungri* nach einer Hungersnot erhielt[141]). Wir mögen über diese – übrigens deutsche – Etymologie lächeln, müssen aber den Ernst des Exegeten respektieren, der sich nicht durch die Last der Tradition, nicht durch die Befürchtungen der Zeitgenossen in der schlichten Analyse des Textes und seiner Wirklichkeit beirren ließ. Remigius schrieb keine Weltchronik, aber er war ein besserer Historiker als Ado von Vienne.

Sehr anders redete der Psalmenkommentar, dessen Zuschreibung an Remigius mit Recht angezweifelt wird; in ihm kam der lange verschollene Gottesvolk-Gedanke wieder zum Vorschein. Die *varietas* in Psalm 44 wurde wie bei Augustin erklärt als *varietas, subaudis linguarum, quoniam variis linguis ecclesia Christi adunata est*; auch beim 54. Psalm wurde der Bezug zur *divisio linguarum facta in aedificatione turris* besonders erwähnt, und der Kommentar zum 18. Psalm unterstrich gebührend, daß die Apostel seit Pfingsten alle Sprachen redeten, um anzudeuten, daß der eine Christus, den sie predigten, aus allen Menschen aller Sprachen zu versammeln sei: hier setzte der Exeget die Kirche mit Christus gleich[142]). Man sollte meinen, das hätte ein Verteidiger der Kircheneinheit geschrieben, keiner der Theologen von Auxerre, die ihren Bund mit der Wirklichkeit der getrennten Völker und Sprachen so konsequent verteidigten.

Beide auseinanderstrebenden Richtungen, die gottbegnadete Eintracht der apostolischen Kirche und die angestaute Erwartung der geschiedenen Völker, begegneten sich in der Bilderbibel, die heute in San Paolo fuori le mura in Rom liegt und um 870 in Reims oder Umgebung entworfen wurde. Ihr Pfingstbild, eines der ältesten abendländischen überhaupt, zeigt die Muttergottes und die Apostel inmitten eines geschlossenen Mauerkranzes mit Zinnen und Türm-

---

[141]) Epistola 1, MPL Bd. 131, Sp. 966 ff. Zur Verfasserschaft Ernst Dümmler, Zum Remigius von Auxerre, in: NA 26 (1901) 565–567; Manitius, Literatur Bd. 1, S. 518f. Der Vergleich mit dem Genesiskommentar, von Dümmler und Manitius unterlassen, stützt ihre Ansicht.

[142]) Enarrationes in psalmos 44, MPL Bd. 131, Sp. 380; 54 Sp. 415; 18 Sp. 238. Zur Verfasserfrage Manitius, Literatur Bd. 1, S. 516; Spicq, Exégèse 52.

chen. Aus einem kleinen Tor eilen zwei Männer wild gestikulierend hinaus vor die Mauer, wo sich in vier Gruppen 16 zutiefst erregte Gestalten versammelt haben. Das sind nicht, wie Karl Künstle meinte, Männer aus Jerusalem; sie tragen zwar alle die gleiche bartlose Haartracht und haben dieselbe Gesichtsfarbe, aber ihre Kleider sind verschieden. Sie sollen offenbar die Völker von Act. 2,9 ff. repräsentieren. Mag die Darstellung auch auf verlorene byzantinische Vorbilder zurückgehen, wir haben selbst aus dem Orient und aus Byzanz keine frühere Abbildung der Völker beim Pfingstwunder. Ihre Rolle ist bescheiden, sie stehen klein in die äußersten Ecken des Bildes gedrängt, halb so groß wie die Apostel; sie bleiben draußen vor der Tür. Aber schon sind die Boten unterwegs, um sie in den Mauerring der Gottesstadt, in den Bund zwischen Kirche und Welt hineinzuholen[142a]). Auf welche Weise dies geschehen konnte, ohne den geistlichen Auftrag der Kirche preiszugeben, war nicht nur in Westfranken die große Frage.

*

Die Einheit der Kirche und der Welt wurde nicht nur im Kreise um Ludwig und Lothar verfochten, sondern auch in Rom, und hier war der Gottesvolk-Glaube ebenfalls noch lebendig. Papst Nikolaus I. (gest. 867) vertrat ihn zusammen mit dem päpstlichen Primat energisch. Die Pseudo-Isidorischen Dekretalen, die er als erster zitierte, leisteten ihm dabei gute Dienste; er stellte allerdings 860 die gebräuchlichere Form wieder her und sprach wie Hinkmar von 72 Herrenjüngern, die auch diesmal betont von den 12 Aposteln distanziert wurden; der neue Anspruch des Papsttums trat hervor, der sich Hinkmar und Photios gegenüber bewähren mußte. Der byzantinische Kaiser Michael III. antwortete im Sommer 865 auf diesen Anspruch mit Hohnlächeln; die Hauptstadt des Westens sei herabgekommen, das Latein des Papstes sei eine Mischung aus Barbarisch und Skythisch. Der Papst ließ der Feder seines Sekretärs Anastasius Bibliothecarius freien Lauf. In der geharnischten Erwiderung nennt Anastasius die Verachtung des Lateinischen eine Beleidigung Gottes, der diese Sprache geschaffen habe; auch in ihr werde Christi Ruhm gepredigt, auch sie habe mit Hebräisch und Griechisch zusammen auf seinem Kreuz gestanden. Das Schreiben regt ironisch an, wenn die Byzantiner Latein als barbarisch betrachteten, weil sie es nicht verstünden, sollten sie doch aufhören, sich nach

[142a]) KÜNSTLE, Ikonographie Bd. 1, S. 518, 522 (Abb.); Stephan SEELIGER, Die Ikonographie des Pfingstwunders unter besonderer Berücksichtigung der deutschen Buchmalerei des Mittelalters, Diss. phil. (Masch.-Schr.) München 1956, S. 4 f., 30 f., 71; DERS., Pfingsten, Die Ausgießung des Heiligen Geistes am fünfzigsten Tage nach Ostern (Lukas-Bücherei zur christlichen Ikonographie 10), Düsseldorf 1958, S. 10, 12, 23 f. und Abb. 4.

diesen römischen Barbaren *Romanorum imperatores* zu nennen[143]). Man spürt, daß mit dem Angriff auf das Latein ein höchst empfindlicher Punkt getroffen worden war.

Sechs Jahre danach griff derselbe Redaktor Anastasius Bibliothecarius dasselbe Thema wieder auf; diesmal hatte er einen Brief Kaiser Ludwigs II. an Kaiser Basilios I. aufzusetzen und den Titel des *imperator Romanorum* gegen Byzanz zu verteidigen. Wieder spielte die Sprache eine gewichtige Rolle. Die Byzantiner nannten den Kaiser *rix*. „Und wenn du alle Sprachen nach Art der Apostel, ja der Engel sprächst, zu welcher Sprache *rix* gehört oder welchem Rang dieser barbarische Laut *rix* entspricht, kannst du nicht übersetzen", es sei denn, es bedeute *rex*. Natürlich wußte Anastasius genau, daß das byzantinische *ῥῆξ*, das *rix* ausgesprochen wurde, tatsächlich ein Fremdwort aus dem Lateinischen war. Wenn dies sich so verhalte, sollten die Byzantiner das Wort nicht als barbarisch, sondern als lateinisch auffassen und getreulich ins Griechische übersetzen: dort laute es nämlich *βασιλεύς*; das war der byzantinische Kaisertitel. Freilich könnten die Byzantiner das nicht wissen, denn sie hätten ja „nicht nur die Stadt und den Sitz des Reiches, sondern auch das römische Volk und sogar seine Sprache" längst aufgegeben[144]). In Rom dagegen, an der päpstlichen Kurie, suchte man das Lateinische rein zu erhalten; nicht umsonst legte 872/3 Johannes Diaconus (ca. 825– vor 882) großen Wert darauf, daß am Hofe Papst Gregors des Großen der Geist des Lateinischen geherrscht habe und in Sprache und Kleidung keine Spur des Barbarischen wahrzunehmen gewesen sei[145]). Aber konnte dieses Latein wirklich überall so, wie auch Hinkmar meinte, die Sprache der Kirche bleiben? Wie, wenn die Mission ernsthaft über den Rahmen des alten römischen und des neuen karolingischen Reiches hinausgriff?

Rom konkurrierte mit Byzanz vor allem in der Slavenmission. Nikolaus starb über der schweren Frage, wie man sich zu den Missionaren Konstantin (Kyrill, 826/27–869) und Method (ca. 815–885) zu verhalten habe, die nicht nur, wie die deutschen Missionare vorher, in slavischer Sprache predigten, sondern auch die Messe in ihr zelebrierten. Die beiden Slavenapostel hatten aus Byzanz den Slaven mit der religiösen und literarischen Belehrung in der „kirchenslavischen" Sprache und der dazu erfundenen glagolitischen Schrift einen ersten Ansatz zu slavischem Selbst- und Einheitsbewußtsein gebracht. Es war eng verknüpft

[143]) Epistola 82, MGH Epistolae Bd. 6, S. 434 (72 Jünger); ep. 88 S. 459 (Latein).

[144]) Epistola, MGH Epistolae Bd. 7, S. 390 f.; dazu Werner Ohnsorge, Das Zweikaiserproblem im früheren Mittelalter, Die Bedeutung des byzantinischen Reiches für die Entwicklung der Staatsidee in Europa, Hildesheim 1947, S. 41 ff.; Louis Halphen, Charlemagne et l'empire Carolingien (L'évolution de l'humanité), Paris 1949, S. 410 ff.

[145]) Vita Gregorii Magni II, 13, MPL Bd. 75, Sp. 92

mit der Verwandtschaft der slavischen Sprachen; die Viten von Kyrill und Method sprechen im Singular von der slavischen Sprache, von dem slavischen Volk. Ihm brachten sie den christlichen Glauben in seiner Sprache. Als die Deutschen Kyrill auf den Vorrang der drei theologischen Schriftsprachen verwiesen, verglich dieser die Lateiner spöttisch mit Pilatus: Der Mörder Christi hatte den dreisprachigen Titel an Christi Kreuz befestigen lassen. Die wahren Christen hingegen hielten sich wie die orientalischen Kirchen der Armenier, Perser, Iberer, Goten, Avaren, Türken, Ägypter und Syrer an 1 Kor. 14, 5 ff.: „Sie loben Gott, jedes in seiner eigenen Sprache." Das mußte auch den Slaven vergönnt sein. Die Sprachenvielfalt bedeutete ja seit Pfingsten kein Hindernis mehr; Kyrills Vita erzählt bewundernd, wie rasch der Missionar, vom Heiligen Geist beflügelt, Russisch gelernt habe. Das Gottesvolk und seine Sprache war überall, nicht nur bei den Juden und Semiten, auch im Hause Japhets, „von dem wir kommen"[146]). Das große Programm der Slavenapostel ließ sich nicht in Mähren verwirklichen; es prägte alsbald den kirchenslavischen, orthodoxen Kulturkreis.

Daß die Westslaven dann schließlich doch römisch-katholisch wurden, war ein Erfolg der deutschen Missionspolitik, nicht etwa päpstlicher Engstirnigkeit. Denn Papst Johann VIII. (gest. 882) vermochte den päpstlichen Primat zwar weder in Byzanz noch im Frankenreich durchzusetzen, aber dem deutschen Widerstreben gegen die Tätigkeit der Slavenapostel gab er wenigstens theoretisch nicht nach. Er schrieb 880 *auctoritate sacra* dem Mährenfürsten Svatopluk, daß Gott in allen Zungen zu loben sei, nicht nur in den drei *linguae principales* – das war Augustins Ausdruck, ohne das *sacrae* Isidors –, denn Gott habe alle Sprachen geschaffen und an Pfingsten den Aposteln verliehen *ad laudem et gloriam suam*, wie der 116. Psalm sagt[147]). Mochte auch in der Formulierung die Erregung über Byzanz mit seiner vermeintlichen Exklusivität des Griechischen nachklingen, mochte auch in der Praxis die in Sprachenfragen höchst tolerante byzantinische Mission ein Beispiel setzen, das nicht unterboten werden durfte, im Grunde war die Haltung des Papstes die Konsequenz

[146]) Vita Constantini, übers. Francis Dvornik, Les légendes de Constantin et de Méthode vues de Byzance (Byzantinoslavica, Supplement 1), Prag 1933: c. 15 f. S. 373 ff. (alle Sprachen); c. 8 S. 359 (Russisch); c. 10 S. 366 (Japhet). Dazu Hauck, Kirchengeschichte Bd. 2, S. 720 ff.; Hildegard Schaeder, Geschichte und Legende im Werk der Slavenmissionare Konstantin und Method, in: HZ 152 (1935) 229–255, hier S. 243; Franz Dölger, Europas Gestaltung im Spiegel der fränkisch-byzantinischen Auseinandersetzung des 9. Jahrhunderts, in: Der Vertrag von Verdun (o. Anm. 43) S. 203–273, hier S. 254 ff., auch in F. D., Byzanz und die europäische Staatenwelt, Ausgewählte Vorträge und Aufsätze, Ettal 1953, S. 282–369, hier S. 346 ff.

[147]) Epistola 255, MGH Epistolae Bd. 7, S. 223 f. Zur Vorgeschichte des Briefes Gregorius, Muttersprache 125 ff.; Cyrille Korolevskij, Liturgie en langue vivante, Orient et Occident (Lex orandi 18), Paris 1955, S. 116 ff.

aus der Vorstellung vom Gottesvolk; das war der Geist der Frankfurter Synode von 794. Aber nun suchte nicht der deutsche König, sondern der Papst gegen die Nachfolger der Frankfurter Konzilsväter den Sprachbesonderheiten und der Mannigfaltigkeit, auch in der Liturgie, erneut Raum zu schaffen. Die sprachlich geteilte Welt wurde damit realistisch anerkannt, aber der Kern blieb unangetastet: In der Vielfalt der Völker manifestiert sich die Einheit des Glaubens.

Dieser Glaube beherrschte noch den Neapolitaner Eugenius Vulgaris (gest. vor 908), so „römisch" er auch dachte und so sehr er antikischen Träumen nachhing. Sein geographisch-historisches Weltbild war ungewöhnlich breit. Schon vor der Sintflut hätten Adams Nachkommen Asien und Europa besetzt; Kain gründete Damaskus, Griechenland wurde besiedelt; die Städte und wohl auch die Völker bildeten sich. Doch erst nach Babels Bau suchten die Nachkommen des ältesten Japhetiten Gomer die isolierten Inseln der Erde auf – auch Italien? Die dreigeteilte Welt blieb auch dann noch in aller Differenzierung einheitlich[147a]). Ihr Zusammenhang reichte bis ins graue Altertum zurück; auch die jetzt neu beachtete Antike durfte sich nicht ausschließen. Darum wiederholte sich nun der Streit zwischen Kaiser Julian und Kyrill von Alexandria, ob die homerische Gigantomachie oder der babylonische Turmbau die Wahrheit sei. Der den Streit zugunsten des Turmbaus entschied, ist der rätselhafte Theodul, der im 9. oder 10. Jahrhundert, vielleicht in Italien, heidnische und biblische Mythologie miteinander verglich – im Grunde doch in der Absicht, sie zu vereinen[147b]). So sehr dabei die Sprengwirkung des babylonischen Sprachwunders abgeschwächt wurde, es betraf die ganze *posteritas Adae*; so ernst war der Wille zur durchgängigen Ordnung.

*

Solche Gedanken hatten sich auch im Osten, in den Ländern Ludwigs des Deutschen, erhalten, freilich nicht überall. Zwischen 863 und 871 wurde als späte Frucht hrabanischer Bildung das Evangelienbuch des ehemaligen Fuldenser Mönches Otfrid von Weißenburg fertiggestellt. Otfrid verkündete da, daß auch die Franken Gott in ihrer Sprache lobsingen dürften – aber nicht etwa, weil alle Sprachen vor Gott gleich sind, sondern weil die Franken ebenso kühn sind wie die Römer und Griechen, Meder und Perser. Der Angriff richtete sich weniger gegen die *edilzungun*, die drei Hauptsprachen, als vielmehr gegen die Kaisermacht Byzanz, die damals mit Ludwig II. im offenen Konflikte

---

[147a]) Sylloga 34, MGH Poetae latini Bd. 4, S. 434. Zu E. Schramm, Renovatio Bd. 1, S. 50 ff.

[147b]) Ecloga v. 85 ff., hg. Johannes Osternacher, Linz 1902, S. 35; dazu Curtius, Literatur 226, 266; Laistner, Thought 333 f.

lag, und vielleicht auch gegen die Männer vom Schlag des Anastasius Bibliothecarius, die sich auf ihr Latein so viel zugute taten. Um das karolingische Recht zu bekräftigen, unterstrich der Weißenburger, daß die Franken selbst von Alexander dem Großen abstammen, also nicht minderen Rechtes sind als die Griechen und auch der römisch-trojanischen Ahnenreihe nicht bedürfen. Zwar sagte der Mönch in dem lateinischen Widmungsbrief, der Mensch sollte Gott in der Sprache preisen, die ihm der Schöpfer verliehen habe; das klang wie bei Gottschalk weitherzig und selbstlos, zumal das Deutsche als barbarisch, ungeschult und bäurisch gescholten wurde. Doch in Wahrheit dachte Otfrid nur an die Franken, die *in ánder gizúngi firnéman iz ni kúnni*[148]). Nicht ohne Grund hat man sich dabei an den Prolog der „Lex Salica" erinnert gefühlt. Die Sprache war nicht Otfrids Problem. Die Vermittlung der Erkenntnis, Ursprung und Wesen, Zeitlichkeit, Verschiedenheit und Klang der Sprache beschäftigten ihn nicht, nur ihre Funktionen, in denen er selber dachte und dichtete[149]).

Die ostfränkische Heimat ging doch über alles in der Welt. In dieser Beschränkung auf das Eigene traf sich Otfrid mit den Historikern, so mit dem vielleicht fränkischen Mönch Rudolf von Fulda (ca. 790–863), einem Schüler und Vertrauten Hrabans. Als er sich nach 851 mit der Germania des Tacitus und der Herkunft der Sachsen befaßte, betonte er zwar, daß sie durch die Taufe dem Gottesvolk einverleibt worden seien „bis auf den heutigen Tag", aber eine biblische oder antike Genealogie zu konstruieren, fiel ihm nicht ein. Die *antiquitas* überliefere, daß das Volk der Sachsen von den Angeln, den Bewohnern Britanniens, ausgegangen und übers Meer nach Sachsen gekommen sei[150]). Beda hatte noch die richtige, umgekehrte Abfolge der sächsischen Wanderung vom Festland nach Britannien gekannt; aber wichtiger ist uns, daß Rudolf aus Tacitus nicht den Germanenstammbaum nahm, daß er ihn nicht durch die Fränkische Völkertafel erläuterte – sie enthielt die Sachsen – und daß

---

[148]) Evangelienbuch, hg. Oskar Erdmann – Ludwig Wolff (Altdeutsche Textbibliothek 49), 3. Aufl., Tübingen 1957: I, 33 f. S. 12 f. (Gotteslob auf fränkisch); I, 53 S. 12 (edilzungun); I, 59 f., 85 ff. S. 12 f. (Römer, Griechen, Meder, Perser, Alexander); I, 119 f. S. 14 (das Zitat); Widmungsbrief S. 7 (Gotteslob), 5 (Deutsch). Boor, Literatur Bd. 1, S. 80 bezieht O.s Angriff auf die drei heiligen Sprachen.

[149]) Schultheiss, Nationalgefühl 114; Joachimsen, Volk 13; Rosenstock-Huessy, Frankreich-Deutschland 96 (Lex salica); Arno Schirokauer, Otfried von Weißenburg, in: DVLG 4 (1926) 74–96, hier S. 84 (Sprachprobleme), auch in: A. S., Germanistische Studien, Hamburg 1957, S. 119–147, hier S. 131 f.

[150]) Translatio sancti Alexandri c. 1, hg. Bruno Krusch, Die Übertragung des H. Alexander von Rom nach Wildeshausen durch den Enkel Widukinds 851, Das älteste niedersächsische Geschichtsdenkmal, in: Nachrichten von der Gesellsch. d. Wiss. zu Göttingen aus dem Jahre 1933, Philol.-Hist. Kl., Berlin 1933, S. 405–436, hier S. 423; dazu Grau, Herkunft 14 ff.; Walther Lammers, Die Stammesbildung bei den Sachsen, Eine Forschungsbilanz, in: Westfälische Forschungen 10 (1957) 25–57, hier S. 29 f.

er keine Trojanerfabel und keine biblische Völkertafel bemühte. Warum er den Blick in die Runde nicht tat? In seinem Annalenwerk erscheinen die Böhmen als treulose Barbaren; deutsche Stämme und ihre Dialekte sind nirgends barbarisch genannt[151]). In derselben Spur schritt Rudolfs Nachfolger als Leiter der fuldischen Klosterschule. Dieser wohl gleichfalls fränkische Meginhard von Fulda (gest. 888) gab zwar slavische Ortsnamen „in der Sprache jenes Volkes" wieder, bezeichnete sie aber kurzerhand als „unaussprechlich". Verständlicher noch schienen ihm die Stimmen der bösen Geister, die man hören und begreifen konnte; sie sprachen wohl wie der im Fegefeuer gepeinigte Ludwig der Fromme lateinisch. Als Meginhard, der auf Seiten Ludwigs des Deutschen gegen Karl den Kahlen stand, von der Teilung im Rießgau 876 berichtete, erfüllte es ihn mit Genugtuung, daß die Brüder sich gegen Karl den Kahlen *theutonica lingua* verschworen[152]). Es war nur konsequent, daß Hrabans Schule die Vielfalt der Idiome nicht liebte.

Aber während das Kaisertum den Deutschen entglitt und die Entfremdung vom Westen immer deutlicher wurde, erhoben sich noch einmal andere Stimmen. Sie äußerten sich fast nur noch in historischen Schriften, die die Ereignisse der Gegenwart schilderten; Exegeten hat das ostfränkische Reich in diesen wirren Zeiten nicht mehr aufzuweisen; Hraban hatte in diesem Fach keine Schüler. Um 880 wurden der sächsischen Klausnerin Liutbirg nicht nur prophetische Einsichten, sondern auch exegetische Kenntnisse nachgerühmt[153]); das ist auch schon alles. Die „Annales Xantenses", die seit dem Ende der 840er Jahre von mehreren Friesen geschrieben worden sein dürften, berichteten besorgt von den Angriffen der heidnischen Sarazenen, Böhmen, Mährer und Normannen auf die *christianitas*, auf Irland, Frankreich und Italien; inmitten aller Gefährdung, die auf das baldige Auftreten des Antichrist verwies, hielten sie an der abendländischen Einheit fest, nannten freilich auch die Angreifer und ihre Sprachen nirgends barbarisch[154]). In ihrer Nähe forderte 865 der Bremer Erzbischof Rimbert (gest. 888), man müsse die Heiden, die *ignotae ac barbarae nationes*, aufsuchen und mit ihnen verkehren, um sie zu bekehren[155]). Freilich

---

[151]) Annales Fuldenses a. 849, MGH SSRG Bd. 7, S. 38; dazu Wolfgang HESSLER, Die Anfänge des deutschen Nationalgefühls in der ostfränkischen Geschichtschreibung des neunten Jahrhunderts (Historische Studien 376), Berlin 1943, S. 15.

[152]) Annales Fuldenses a. 864, MGH SSRG Bd. 7, S. 62 (Sprache jenes Volkes); a. 869 S. 69 (unaussprechlich; dazu HESSLER [o. Anm. 151] S. 39; ZÖLLNER, Stellung 197); a. 870 S. 72 (Stimme böser Geister); a. 874 S. 82 (Ludwig d. Fr.); a. 876 S. 89 (Rießgau).

[153]) Das Leben der Liutbirg c. 35, MGH Deutsches Mittelalter Bd. 3, S. 40 (Prophetie); c. 5 S. 13 (Exegese).

[154]) Annales Xantenses a. 871, MGH SSRG Bd. 12, S. 30 (Sarazenen, Mährer, Antichrist); a. 849 f. S. 16 f. (Böhmen, Normannen). Zur Abfassung Heinz LÖWE, Studien zu den Annales Xantenses, in: DA 8 (1951) 59–99.

[155]) Vita Anskarii c. 7, MGH SSRG Bd. 55, S. 27; dazu HESSLER (o. Anm. 151) S. 69.

führte diese übernationale Einstellung bisweilen auch zur Verachtung des Angestammten. Ein Paderborner Kleriker bezeichnete zur Zeit Arnulfs von Kärnten nicht nur seine sächsischen Stammesbrüder als halbheidnische Barbaren, sondern auch die deutsche Sprache als barbarisch[156]). Sein Landsmann, der sogenannte Poeta Saxo, tat zur gleichen Zeit, um 890, dasselbe, verachtete dann aber die *gens perfida* der Slaven nur um so abgründiger[157]). War denn niemand mehr fähig, über den Extremen das Verbindende zu sehen? Aber vielleicht mußte man, um es zu können, nicht in Bayern, Fulda, Friesland und Sachsen schreiben, sondern in Wandalberts Prüm und in Trier, im ehemaligen lotharischen Mittelreich.

Der vornehme rheinische Benediktiner Regino von Prüm (ca. 850–915) erklärte 906 in seinem Handbuch des kanonischen Rechts, die Kirche sei zwar über die ganze Welt verbreitet und in der *unitas fidei* überall dieselbe, aber doch in ihren Gebräuchen nicht einheitlich, *sicut diversae nationes populorum inter se discrepant genere, moribus, lingua, legibus*. Regino wußte von völkischen Unterschieden, aber überwölbte er sie durch „eine in ihren wesentlichen Zügen übervölkische Frühstufe adliger Gesittung"[158])? Die Sprache rückte an die dritte Stelle der Unterscheidungsmerkmale, sie trennte nicht mehr allein, weil sich inzwischen die Nationen staatlich gefestigt hatten. Aber Regino nahm diese Verschiedenheiten leicht, nicht als Adliger, sondern als Christ. Unausgesprochen verglich er die Völker wie Beda den verschiedenen Gnadengaben und Gliedern der Kirche. Die gleiche Blickweite zeigte Regino auch in jener 908 vollendeten Weltchronik, die das letzte Zeugnis karolingischen Geistes war. Sie begann nicht mit der Schöpfung, sondern erst mit Christi Geburt, denn Regino wollte, ebenso wie die drei Mustervölker der Hebräer, Griechen und Römer früher ihre Gegenwart, nun die seine beschreiben und ließ darum das Alte Testament beiseite. Dieser Vergleich lebte, ganz anders als der Otfrids, von dem Glauben, daß Gott allen Völkern seine Gnade schenkt und sie in ihrer Eigenart gelten läßt, auch in den gegenwärtigen Zeiten, *longe inferioribus temporibus*. Die Profangeschichte wurde, wenigstens in den älteren Partien, weithin vernachlässigt, soweit sie nicht das eigene Volk betraf. Aber wie die Chronologie ganz am Rande blieb, so fehlten auch Genealogien vollständig, sowohl innerhalb der Christenheit (auch die Trojanerfabel ist weggelassen) wie bei der Erwähnung der auch sprachlich nicht abgesonderten Sarazenen, Normannen, Bulgaren und

---

[156]) Translatio sancti Liborii c. 2 und 5, MGH SS Bd. 4, S. 150 f.; dazu HESSLER (o. Anm. 151) S. 94.

[157]) Poeta Saxo a. 772, MGH Poetae latini Bd. 4,1 S. 8; a. 814 S. 56.

[158]) De synodalibus causis, praefatio, MGH SSRG Bd. 50, S. XX; dazu KIRN, Nationalgefühl 36; ZÖLLNER, Stellung 45 (völkische Unterschiede); Heinz LÖWE, Regino von Prüm und das historische Weltbild der Karolingerzeit, in: Rheinische Vierteljahrsblätter 17 (1952) 151–179, hier S. 153 ff. (Frühstufe).

Ungarn. Die letzteren wurden zwar geographisch mit Skythien, aber nicht genealogisch mit den Skythen, ja nicht einmal mit den Hunnen in Verbindung gebracht, sie waren wie bei Remigius von Auxerre *(gens) retro ante seculis ideo inaudita quia nec nominata*; Völker haben keinen Ewigkeitswert. Die christliche Welt galt Regino noch einmal als Ganzes; den Hochmut der Cassinenser Mönche, die die Franken eine *barbara et ignota gens* nannten, billigte Regino gewiß nicht. Westfranken wurde ausgiebig erwähnt, obwohl die Chronik dem Lehrer des ostfränkischen Karolingers gewidmet war und Regino auf Seiten Arnulfs stand; er hatte sich vor Karl dem Einfältigen zu hüten. Auch das Kaisertum und das Papsttum, das sich *ac si dominus orbis terrarum* gebärdete, wurden nicht als universale, alle umschließende Größen anerkannt; über ihnen steht, von Herkunft und Sprache unberührt, ohne den Charakter einer festen Institution, die Gemeinschaft der Gläubigen aus allen Zungen, heute und hier gegenwärtig[159]).

Das gleiche Ideal klang noch einmal an bei Notker dem Dichter (ca. 840–912) von St. Gallen. Er wußte recht wohl, wie unvollkommen das Irdische und wie weit es vom Ursprung entfernt ist; in seiner nur bruchstückhaft erhaltenen Gallus-Vita beschrieb er, wie der Hochmut des Babelturms dem Goldenen Zeitalter der Anfänge ein jähes Ende setzte[160]). Und doch sang Notker in seiner Pfingstsequenz:

Tu divisum
per linguas mundum et ritus
adunasti, domine,
idolatras
ad cultum dei revocans,
magistrorum optime[161]).

Wie schon in frühchristlichen Werken, so hing auch für Notker Turmbau und Götzendienst, Einheit der Sprache und des Gottesdienstes eng zusammen; aber die neu gewonnene Einheit war nicht die des Hraban, sondern die Reginos: Sprachen und Riten der Welt bleiben getrennt. Wie bei Regino bedeutete die Anerkennung der Mannigfaltigkeit in der Einheit zugleich ein neues geschichtliches Selbstbewußtsein. Man wurde allenthalben empfindlich und ver-

---

159) Chronica, praefatio, MGH SSRG Bd. 50, S. 1 (Vorhaben); a. 889 S. 131 f. (Ungarn); a. 746 S. 42 (Cassino; hier interpretiert HESSLER [o. Anm. 151] S. 53 einseitig); a. 868 S. 94 (Papsttum; dazu LÖWE [o. Anm. 158] S. 168). Zu Quellen und Tendenz LANDSBERG, Weltchroniken 36 ff.; BRINCKEN, Weltchronistik 128 ff.; zur politischen Haltung Albert SCHULZE, Kaiserpolitik und Einheitsgedanke in den karolingischen Nachfolgestaaten (876–962), Diss. phil. Berlin 1926, S. 44.

160) Vita sancti Galli I k, MGH Poetae latini Bd. 4,2 S. 1104.

161) Liber Ymnorum, hg. Wolfram von den STEINEN, Notker der Dichter und seine geistige Welt, Bd. 2, Bern 1948, S. 56, auch bei DREVES-BLUME, Hymnendichtung Bd. 1, S. 107; dazu STEINEN Bd. 1, S. 182 ff.

bat sich eben zu Notkers Zeit in oberdeutschen Formularen einen ortsfremden Bischof, *ignotus ignotis vel etiam linguae*[162]). Notker, der Karl den Dicken noch persönlich kennenlernte, sah mit dessen Großvater eine neue Zeit beginnen, die sogar über die vier danielischen Weltreiche hinausragt. Auch diese Welt ist differenziert. Notker, der auch ein wenig Griechisch konnte, setzte mit einem selbstsicheren *nos* die deutsche Sprache, *theutonica sive teudisca lingua*, von der lateinischen und wohl auch von der französischen ab und diffamierte die außerhalb des Reiches stehenden Slaven als Barbaren, ihre Sprache als unverständliches Gemurmel. Den Franken gegenüber hegte der Alemanne längst keine Animositäten mehr, aber nicht nur das ist erstaunlich an seiner Auslegung von Zach. 8, 23. Wenn in jenen Tagen zehn Männer aus allen Sprachen der Heiden einem Juden dienend nachfolgen, so heißt das nach Notker: Wegen des Ansehens Karls des Großen rühmten sich Gallier, Aquitanier, Häduer, Spanier, Alemannen – auch Alemannen ! – und Bayern nicht wenig, sie dienten den Franken. Was der Prophet den Juden für die Endzeit verheißen hatte, war für Notker ein erfülltes Präteritum, nicht anders als Daniels Prophezeiung[163]). So wären denn die Franken das auserwählte Volk und all die andern von Spanien bis Bayern Heiden, obendrein alle mit verschiedener Sprache, und sie verkörperten alle Sprachen der Erde ? Man muß die Frage nur so stellen, um Notker auf seinem Kurzschluß zu ertappen. Das Karolingerreich war ihm die Welt; auch er verwechselte Idee und Institution. Innerhalb der Institution schlossen sich freilich, wie bei Karl dem Großen, beide Gedanken, der der Einheit und der der Differenzierung, ineinander ein.

Was Regino und Notker gelang, resümierte noch einmal die höchsten Leistungen der karolingischen Zeit, zugleich aber das beste Erbe Isidors und Bedas. Die irdische Vielfalt ist nicht satanisches Getümmel, sondern göttliche Ordnung; die wahre Kirche Gottes ist darum eine und zugleich vielfältig; Sprachen und Völker gehören noch als getrennte in dieses Bild. Wie bei Beda war auch in der Karolingerzeit diese Stimmung mit einer besonderen Hochwertung der menschlichen Kraft und der jeweiligen Gegenwart verbunden: erst wo die Mannigfaltigkeit positiv gewertet wurde, konnte auch das eigene, scheinbar so besondere und einmalige Erleben der Autoren unter einem fruchtbareren Gesichtspunkt als dem der Dekadenz und des irdischen Jammertals gesehen werden. Leicht kam dabei, über der Freude an der Entfaltung der Vielheit, die Rückbesinnung auf die Ursprünge zu kurz: Adams Sprache, das We-

---

[162]) Collectio Sangallensis Nr. 1, MGH LL Sectio 5, S. 395; dazu Kirn, Nationalgefühl 55.

[163]) Gesta Karoli I, 1, MGH SS Bd. 2, S. 731 (Neubeginn unter Karl d. Gr.); I, 10 S. 735 (Deutsche und Franzosen); II, 12 S. 755, 757 (Slaven); I, 10 S. 735 (Zach. 8, 23; dazu Kirn, Nationalgefühl 70; Zöllner, Stellung 151 f.). Zu N.s Griechisch-Kenntnissen Laistner, Thought 243.

sen des Wortes, die Anfänge der Völker standen nicht im Mittelpunkt der zeitgenössischen Diskussion, wohl aber die Sprachverwirrung von Babel und ihre Folgen. Gottes Macht über die Sprache und das Wunder von Pfingsten wurden nicht bezweifelt, aber kaum benötigt.

Wir werden erst später, im 12. Jahrhundert, eine gleiche Höhe universaler und das Einzelne doch wertender Betrachtung wiederfinden. Die geistige und politische Einheit des karolingischen Reiches, prekär wie sie war, hat lange, aber verdeckt nachgewirkt; das bestimmende Moment wurden nun die Sonderbestrebungen der Völker und der feudalen Herren, wenigstens auf dem Boden des zerfallenen Karolingerreiches, wo immer häufiger neben die Prediger kirchlicher Einheit die Vorkämpfer für völkische Besonderheit und feudale Eigenrechte traten. Bei den Slaven hallte der Ruf Kyrills lange nach; die westlichen Ränder Europas, England, Irland und Spanien, bewahrten das Erbe Isidors und Bedas und machten es fruchtbar. In Mitteleuropa ging es nicht unter, aber es wirkte fast wie der Stachel des schlechten Gewissens. Es soll uns ferne liegen, die folgenden eineinhalb Jahrhunderte geringer zu schätzen, weil sie für unser Thema viel Aufschlußreiches, aber wenig den bisher besprochenen Autoren Gleichwertiges zu bieten haben. Denn in ihnen zerfiel die Einheit des Gottesvolkes; sowohl die universalen wie die partikularen Bestrebungen verhärteten und verkörperten sich zu Institutionen und Nationen und mußten Sprachenvielfalt und Völkerstammbaum nun parteiisch beurteilen. Regino wurde nicht der Apostel des neuen Jahrhunderts.

5. Herrscher und Völker im 10. und 11. Jahrhundert

In den Jahren zwischen etwa 890 und 1060 gingen die universalen Mächte und Ideen nicht unter, aber sie traten unter das Gesetz der sich konzentrierenden Völker und der greifbaren Institutionen. Daß hier kein weitblickendes Interesse an der Geschichte der Völker und Sprachen im ganzen lebte, nimmt nicht wunder; das Geschichtsdenken richtete sich vorwiegend auf die Einzelgruppen. Es entstand kaum eine Weltchronik; die Bibelexegese lag darnieder; von Sprachtheorie war weit und breit nichts zu spüren. Das Zeitbewußtsein war schwach entwickelt, die gliedernde Zahl wenig geschätzt. Der Blick in die Runde wurde durch die feudale Zersplitterung erschwert, die Berufung auf die Vergangenheit durch mangelhafte Kenntnisse behindert; die Geistlichen, denen die Schriftkunde das Wissen präsent hielt, waren am täglichen Getriebe nicht intensiv beteiligt. Die führenden Laien-Familien hatten nur sehr kurze Ahnentafeln vorzuweisen, und die Historiker halfen ihnen nicht nach; man klammerte sich an das vermeintlich Alte, das doch jeder Augenblick verwandelte.

Das Leben zog sich in die Niederungen der feudalisierten Welt zurück oder erschöpfte sich in der Anstrengung, Völker zu konsolidieren. Allerdings verband sich nun nicht, wie in früheren Zeiten regelmäßig, mit der Entstehung des Nationalgefühls der Glaube, das auserwählte Volk der Erde zu sein, zumal diese neuen Völker ethnisch und sprachlich in sich wenig geschlossen waren und zum Auseinanderfallen in „Stammesnationalitäten" neigten[1]). In diesem Spannungsfeld konnte es nicht leicht zur religiösen Übersteigerung des kollektiven Bewußtseins kommen – religiöse Weihe haftete in der Erinnerung noch dem karolingischen Einheitsgedanken an –; geschichtliche Tiefe suchte man noch immer selten, und so spielten partikulare wie biblische Völkergenealogien keine hervorragende Rolle. Andererseits bildete die Sprache bei der Entstehung der westeuropäischen Völker nirgends so wie im Osten das wichtigste Unterscheidungsmerkmal[2]); so wurden auch ihre Probleme nicht theologisiert und selten zur Stützung des jeweiligen Selbstbewußtseins verwendet. Die allgemeine Kultursprache, das Latein, entfernte sich von der Rede des Alltags so weit, daß jede Niederschrift einer Übersetzung gleichkam; unter dem Schleier lateinischer Konventionen verloren die Gedanken Kontur und Frische. Nur zögernd begann man im 10. Jahrhundert, in der Volkssprache zu schreiben; doch man hielt auch dann die altertümelnde Dichtung eher fest als das Leben hier und jetzt. Dennoch haben sich gerade in diesem Zwielicht auf fast allen Gebieten entscheidende und zukunftsträchtige Wandlungen angebahnt [2a]). Die Nationen bildeten sich überall in verschiedenen Formen, aber für unseren Fragenkreis hebt sich der mittel- und westeuropäische Block des ehemaligen Karolingerreiches heraus, auf den die eben angedeuteten Kriterien mehr oder weniger zutreffen. Was in Frankreich, Deutschland und Italien geschah, fand in den europäischen Randstaaten nur ein schwaches Echo. In ihnen blieben die älteren Impulse lebendiger.

Die Angelsachsen, von denen einst die Franken ihren Glauben, ein gut Teil ihres Wissens und ihre Weltläufigkeit erlernt hatten, ließen sich durch die Däneninvasionen des 9. und die inneren Wirren des 10. und beginnenden 11.

---

[1]) Bloch, Société Bd. 1, S. 119 f. (Zeit, Zahl), 140 ff. (Geschichte); Bd. 2, S. 3 ff. (Genealogie); Goetz, Italien Bd. 1, S. 64 (Sendungsglaube); Marcel Handelsman, Le rôle de la nationalité dans l'histoire du moyen âge, in: Bulletin of the International Committee of Historical Sciences, Bd. 2,2, Paris 1929, S. 235–247, hier S. 242; Wallach, Gemeinschaftsbewußtsein 16 ff.; Hugelmann, Stämme 231 ff. (Stammesnationalitäten).

[2]) Erich Maschke, Das Erwachen des Nationalbewußtseins im deutsch-slavischen Grenzraum, Leipzig 1933, S. 4 urteilt anders; einschränkend schon Kirn, Nationalgefühl 77.

[2a]) Bloch, Société Bd. 1, S. 121 ff. (Latein); Laistner, Thought 362 f. (Volkssprache); Symposium on the Tenth Century, in: Medievalia et Humanistica 9 (1955) 3–29 (Wandlungen).

Jahrhunderts nicht beirren; das einzige germanische Volk, das schon damals seine eigene Sprache auch beim Schreiben benutzte, hielt sich den Blick weithin offen. Man lebte inmitten starker sprachlicher Schwankungen und Sonderungen: Nicht nur das Keltische und das Altnordische traten zum Altenglischen seit dem 9. Jahrhundert in Konkurrenz, auch die örtlichen Dialekte entfalteten sich[3]). In solchen vielschichtigen Verhältnissen trieb der Nationalstolz nur kärgliche Blüten. Das älteste historische Werk in einer germanischen Sprache, die Angelsächsische Chronik, von Mönchen zwischen 855 und 891 zusammengetragen und später vielfach erweitert, strich die ganze Urgeschichte der Insel. Das Getümmel keltischer Heroen berührte den zuletzt auf die Insel gekommenen Stamm nicht, sein Vorläufer – der erste Name, den die Chronik nennt – war der Eroberer Caesar im Jahre 60 v. Chr. Auch die Trojanerfabel verfing nicht. Die angelsächsischen Königslisten bis zu Wodan wurden aufgenommen; aber die Chronisten führten den letzten erwähnten König Aethelwulf von Wessex über sie hinaus bis auf Noah und Adam zurück. Die Liste von Wodan bis Adam wurde aufgefüllt mit heidnischen Göttern, unter ihnen *Fin* und *Geat*. Die Reihen weichen in den verschiedenen Rezensionen der Chronik, deren Filiationen umstritten sind, voneinander ab, aber allem Anschein nach hieß Noahs Sohn *Sceaf*, ein Name, der schon im „Beowulf" vorgekommen war. Noahs Sohn sei in der Arche geboren worden – denselben Kunstgriff gebrauchte die syrische „Schatzhöhle", um einen vierten Noachiden hervorzuzaubern. In einer anderen, vielleicht späteren Redaktion sind nach Noah drei Generationen, *Sceaf*, *Bedwig* und *Hwala* ausgefallen; auf diese Weise wurde Hwalas Sohn *Hathra* zu Noahs Sohn, auch er ein insularer Heros[4]). Wie auch immer, man bedurfte der Völkertafel von Gen. 10 nicht und wollte auch nicht zu den Japhetiten gehören, nur von dem berühmten Weltpatriarchen herstammen.

---

[3]) Peter Hunter BLAIR, An Introduction to Anglo-Saxon England, Cambridge 1956, S. 301 ff.

[4]) Two of the Saxon Chronicles parallel, hg. Charles PLUMMER – John EARLE, Bd. 1, Oxford 1892, S. 66 f., auch in: The Parker Chronicle (832–900) a. 855, hg. Albert Hugh SMITH, 3. Aufl., London 1951, S. 22 f. Datierung nach George Norman GARMONSWAY, The Anglo-Saxon Chronicle, London 1953, S. XXXIV f. Dazu Rudolf HENNING, Sceaf und die westsächsische Stammtafel, in: ZDA 41 (1897) 156–169; Hector Munro CHADWICK, The Origin of the English Nation, Cambridge 1907, S. 269 ff., 274 ff.; HACKENBERG, Stammtafeln 12 ff.; Alois BRANDL, Die Urstammtafel der Westsachsen und das Beowulf-Epos, in: A.B., Forschungen und Charakteristiken, Berlin-Leipzig 1936, S. 45–65 (lehnt S. 58 ff., 63 die patronymische Deutung von *Sceafing* ab). Nicht erreichbar ist Bruce DICKINS, The Genealogical Preface to the Anglo-Saxon Chronicle (Occasional Papers, University Department of Anglo-Saxon), Cambridge 1952. Über die wirklichen Verwandtschaften G. H. WHEELER, The Genealogy of the Early West Saxon Kings, in: English Historical Review 36 (1921) 161–171.

Der walisische Bischof Asser von Sherborne (gest. 910), der Lehrer, Günstling und Biograph Alfreds des Großen, suchte auf diese Weise gleichfalls den Ruhm von Aethelwulfs Sohn Alfred noch bei dessen Lebzeiten, 893, zu erhöhen. Hier erscheinen aus der Angelsächsischen Chronik unmaskiert Wodan und die beiden Heidengötter *Finn* und *Geta*; auch *Hathra* findet sich ein. Sein Urgroßvater, Bedwigs Vater, ist Seth, Noahs Sohn. Der heidnische Sceaf ist durch den biblischen Seth verdrängt; an irgendeiner, wenn auch an der falschen Stelle mußte der Mönchsbischof seine Bibelkenntnisse anbringen. Seth war „eigentlich" nach Gen. 4, 25 Adams Sohn und trat als solcher acht Generationen vor dem Noachiden auch in Assers Liste auf. Vielleicht strich darum Asser bei dem Noahsohn Seth den Zusatz, er sei in der Arche geboren. Noah ist Adam, diese Fehlleistung zeigt, daß man noch immer einen ganz eigenen Stammbaum suchte, den man mit keinem Volk der Erde teilen mußte. Seit der Angelsächsischen Genesis lag Sem als Ahnherr nahe genug, aber er fiel erst dem 12. Jahrhundert ein[5]). Allerdings begnügte sich schon im 9. Jahrhundert der Nächstbetroffene, Aethelwulfs Sohn, nicht mit dieser gewiß von ihm gebilligten, aber etwas sauertöpfischen Ahnensuche.

König Alfred der Große (ca. 848–899) wußte sich der Traditionen schöpferisch zu bedienen; er machte den westsächsischen Dialekt seiner Heimat durch zahlreiche Übersetzungen lateinischer Bücher „in eine allen verständliche Sprache" der Schrift gefügig. Denn er bedachte, nach seinen Worten, „daß das Gesetz zuerst in der hebräischen Sprache ersonnen wurde; und dann, als die Griechen es erfuhren, übersetzten sie es ganz in ihre Sprache, und alle anderen Bücher auch. Und ebenso ließen die Römer, als sie es kennenlernten, alles durch kluge Dolmetscher in ihre eigene Sprache übertragen. So übersetzten auch alle anderen christlichen Völker einen Teil davon in ihre Sprache"[5a]). Was den drei Mustersprachen recht war, war dem Angelsächsischen billig. Es gab kein Sprachtabu; man mußte sich die heilige Überlieferung aneignen und sie nicht nur von ferne verehren.

Alfred belebte die Antiquitäten. Der Kirchengeschichte des Orosius stellte er in seiner Übersetzung eine umfangreiche Sichtung der Völkerwelt voran, die weit über die Vorlage hinausging und, insbesondere für die Völker rund um die Nordsee, eine wertvolle Quelle darstellt – aber eine Anknüpfung an die Bibel war dabei nicht Alfreds Absicht[6]). Etwas anders verfuhr der König mit den

---

[5]) Asser's Life of King Alfred, hg. William Henry STEVENSON, Oxford 1904, S. 2 f.; dazu HACKENBERG, Stammtafeln 23 ff.

[5a]) King Alfred's West-Saxon Version of Gregory's Pastoral Care, EETS Bd. 45, S. 4 ff. Zu A.s Sprachkenntnissen GRUNDMANN, Litteratus 35 ff.

[6]) King Alfred's Orosius I,1, EETS Bd. 79, 1 S. 8–28; dazu Kemp MALONE, King Alfred's North: A Study in Mediaeval Geography, in: Speculum 5 (1930) 139–167; DERS., On King Alfred's Geographical Treatise, in: Speculum 8 (1933) 67–78;

Sprachen. An der Stelle der „Consolatio philosophiae", wo Boethius über die Sprachenvielfalt als Hindernis des irdischen Ruhms klagte, berichtete der Übersetzer einschubweise vom babylonischen Turm, der des hamitischen Giganten Nimrod Neugier befriedigen sollte: wie weit es bis zum Himmel sei, wie breit und wie fest der Himmel sei oder was etwa über ihm liege. Der Wind habe den Turm umgeblasen; da hätten sich 72 Sprachen gebildet und auf die 72 Völker verteilt. Seither verstünden sich die Völker nicht mehr, und darum sei heutzutage die Verbreitung des Ruhms über die Sprachgrenzen hinweg so schwierig, wie Boethius sage[7]). Daß der Dänensieger diesen Einschub für nötig hielt, erklärt sich, wenn man an den „Beowulf" denkt; daß der Ruhm um die Erde wanderte, war dem Dichter eine fast notwendige Fiktion gewesen. Daß er es nicht tat, mußte noch dem König hart in den Ohren klingen, und so bot seine Erklärung auch keine Rechtfertigung, sondern eher eine Verurteilung der Sprachenvielfalt; es waren Hamiten, obendrein Giganten, die die Schuld trugen. Alfred verknüpfte, wie zur selben Zeit die Byzantiner, die Giganten noch mit Saturns Kindern; die Heiden, nicht die Angelsachsen verursachten also die Sprachenteilung. Auch der König rückte wie seine Mönche die insulare Gegenwart weit von den Verwicklungen des Alten Testamentes ab; doch Alfred war realistisch genug, um zuzugeben, daß die Folgen von Babel alle Menschen trafen. Wie in seiner Völkerbeschreibung war er auch in der Behandlung der Sprachgeschichte von unbefangener Einsicht, die dem eigenen Volk nicht viel mehr als anderen gönnte. Zugleich wurde das gegenwärtige Übel auf vergangene Schuld zurückbezogen; der Herrscher spürte die Last der Geschichte und warf sie nicht von sich, etwa durch die Beteuerung, das Vergangene werde nun übertrumpft. Alfred konstruierte kein „angelsächsisches Pfingstwunder".

Spuren der gleichen Weltsicht findet man auch im Widsith-Lied, dessen Abfassungszeit kontrovers ist und das um 930 bis 940, wiederum in Wessex, abschließend redigiert sein dürfte. Der anonyme Sänger gab da einen großzügigen Überblick über die ihm bekannten Völker, und wenn auch die Vermutung, er habe genau 72 Völker aufzählen wollen, sicher irrig ist, so sind es doch rund 70 Namen. Die Liste nannte die Völker der Nordseeküsten und Ostseeländer, die Dänen, Schweden und Finnen, die Schotten und die Pikten; die deutschen

Gustav Hübener, König Alfreds Geographie, in: Speculum 6 (1931) 428–434 (über A.s Selbständigkeit).

[7]) King Alfred's Old English Version of Boethius De consolatione philosophiae, hg. Walter John Sedgefield, Oxford 1899: XVIII, 2 S. 42 (Einschub nach II, 7, 7, CSEL Bd. 67, S. 40); XXXV, 4 S. 99 (Einschub nach III, 12, 10, CSEL Bd. 67, S. 75); dazu Weisgerber, Volksname 44 f.; Baesecke (o. S. 499 Anm. 43) S. 119, der fälschlich von 172 Völkern spricht; dieser Irrtum ist wiederholt bei Georg Baesecke, Die Karlische Renaissance und das deutsche Schrifttum, in: DVLG 23 (1949) 143–216, hier S. 179.

Stämme, die Friesen mit ihrem König *Fin*, Franken, Sachsen, Schwaben und Thüringer; die Germanen, Ostgoten, Rugier, Langobarden, Burgunder und Gepiden; aber auch Hunnen, Griechen und Römer fanden Platz, und dann erschienen Israel, Assyrer, Hebräer, Inder, Ägypter, Meder, Perser und andere. Mag diese Völkertafel auch keine intimen Kenntnisse verraten – die Verdoppelung Israel-Hebräer könnte darauf schließen lassen, daß der Autor nur möglichst viele Namen zusammensuchte –, alle diese Namen gehören in das Gedicht hinein. Nur gelehrte Kurzsichtigkeit konnte hier an Interpolationen denken, von gelehrten „Schmarotzern" sprechen oder bei *Moidum* an die Insel Mœn, bei *Persum* an Paris erinnern. Man kannte den Orient aus der durch Alfred den Großen vermittelten Geographie des Orosius, und die Verquickung von germanischer Heldensage und biblischer Gelehrsamkeit war bei den Angelsachsen wahrhaftig nicht neu [8]). Sie wurde nun aktiviert.

Wo man sich den Blick so wenig trüben ließ, mußte auch die Überlieferung von der Völker- und Sprachengeschichte, harmonisiert zu lernbaren Thesen, lebendig bleiben. Erzbischof Wulfstan von York (ca. 950–1023) erwähnte, daß von Noah und seinen drei Söhnen alle heutigen Menschen abstammen; stillschweigend wurden die insularen Heroen mit Sceaf an der Spitze beiseitegeschoben. Doch zwischen Sem und Abraham standen nur die teuflischen Werke der Götzenanbeter, nicht Turmbau und Sprachenteilung [9]). Aber was die moralisierende, wortgewaltige Predigt übergehen konnte, wurde der antiquarischen Gelehrsamkeit zum ernsten Problem. Englands bedeutendster Gelehrter im 10./11. Jahrhundert, der Benediktiner Aelfric Grammaticus (ca. 955–ca. 1020), verwies in seinen Predigten seit 990 eindringlich darauf, daß anfangs eine Sprache unter den Menschen herrschte. Da wollten sie eine Stadt und in ihr einen Turm bauen, so hoch, daß sein Dach bis zum Himmel reichen sollte. Gott fuhr dazwischen und gab jedem Mann, der dort arbeitete, eine besondere Sprache. „Dann waren dort ebenso viele Sprachen, wie dort Menschen waren, und keiner von ihnen wußte, was der andere sagte", und sie zerstreuten sich weithin über die Erde. Die Pfingstpredigt trug nach, daß sie Riesen waren und

---

[8]) Widsithlied, hg. Raymond Wilson CHAMBERS, Widsith, A Study in Old English Heroic Legend, Cambridge 1912, S. 191 ff., auch bei Kemp MALONE, Widsith, London 1936, S. 67 ff. und bei Gudmund SCHÜTTE, Gotthiod und Utgard, Altgermanische Sagengeographie in neuer Auffassung, Bd. 1, Kopenhagen-Jena 1935, S. 95 ff., 116 ff. Dazu Robert L. REYNOLDS, Le poème anglo-saxon Widsith: realité et fiction, in: Le moyen âge 60 (1953) 299–324, hier S. 324 (Datierung, abweichend von Frank Mary STENTON, Anglosaxon England, 2. Aufl., Oxford 1947, S. 193); Reinhart MICHEL, Zweiundsiebenzig Völker, in: PBB 15 (1891) 377–379 (Zahl 72, dagegen mit Recht Klaudius BOJUNGA, Die 72 Völkerschaften im Widsidh, in: PBB 16 [1892] 545–548); SCHÜTTE S. 118 f. („Schmarotzer"); MALONE S. 175 (Moidum); CHAMBERS S. 215, MALONE S. 181 (Persum); dagegen BAESECKE, Vorgeschichte Bd. 1, S. 148; REYNOLDS S. 313 ff. (Orosius).

[9]) Sermo 6, hg. Dorothy BETHURUM, The Homilies of Wulfstan, Oxford 1957, S. 146 ff.

eine „unbekannte Sprache" erhielten; Nimrod wurde nicht genannt, aber sein Epitheton aus der LXX galt hier wie bei König Alfred für alle Beteiligten. Diese Giganten waren einzelne, kein Volk; Aelfric übernahm also Theophils These, gegen die Augustin und Isidor protestiert hatten. Dadurch wurden die Riesen nur noch mehr von den späteren Völkern abgehoben; einen Grund für ihren Bau wußte Aelfric ohnehin nicht anzugeben; man erstellte ihn gegen Gottes Willen, das genügte. Pfingsten machte den Schaden wieder gut: Der Heilige Geist schenkte der demütigen Gemeinschaft der Apostel, was die hochmütige Schar von Babel verscherzt hatte, die Kenntnis aller Sprachen. Wie Beda wagte Aelfric den Charakter dieses Wunders nicht mehr einseitig festzulegen: Die Apostel redeten in allen Sprachen, aber es schien zugleich jedem, der einen Apostel predigen hörte, als spräche er gerade das Idiom dieses Zuhörers, ob er nun Hebräer, Grieche, Römer, Ägypter oder was immer war[10]). Dieses doppelte Wunder distanzierte wiederum Pfingsten von Aelfrics Gegenwart, in der man nur mühsam fremde Grammatiken lernen konnte; ein Abglanz pfingstlicher Hoheit ruhte freilich noch immer auf jeder Sprache. Als Aelfric Priscians Grammatik in Auszügen und mit Zusätzen in die *Anglica lingua* übertrug, bekannte das lateinische Vorwort, daß er auf den Tadel vieler rechne. Dennoch dürfe man die eigene Sprache pflegen, ja die lateinische könne zugleich eine Einführung in die angelsächsische Grammatik sein. Die Grammatik ist also in allen Sprachen dieselbe. Aelfric war wohl der erste, der diesen in der Hochscholastik immer wiederkehrenden Gedanken aussprach; bei ihm bedeutete er noch die volle Anerkennung aller, auch der „barbarischen" Sprachen. Zwar sagte der Mönch, Gott sei der Grammatik nicht unterworfen; aber galt dann entgegen Smaragd und Fridugis nicht auch der umgekehrte Satz? Oder dokumentierte sich in der überall gleichen Grammatik so etwas wie die Ursprache oder Pfingstsprache? War dann die Ansicht des Boethius nicht doch zu pessimistisch, daß nur die Naturlaute überall identisch seien, ist nicht umgekehrt die Vernunft allerorts dieselbe? Jedenfalls stieg die irdische Würde der Sprache; aus dieser Würde – nicht aus einem halb magischen Gebrauch heiliger Worte – erklärt sich wohl auch Aelfrics These, der Ehre Gottvaters sei die Aussprache *pater* mit langem *a*, *honorifice producta sillaba*, angemessen[11]).

Nicht nur dem Lateinischen und Angelsächsischen, auch allen übrigen

---

[10]) The Sermones Catholici or Homilies of Aelfric, hg. Benjamin THORPE (The Homilies of the Anglo-Saxon Church 1), London 1844, S. 22, 318; dazu Albert Stanburrough COOK, Biblical Quotations in Old English Prose Writers, London 1898, S. 80 f.

[11]) Aelfrics Grammatik und Glossar, hg. Julius ZUPITZA (Sammlung englischer Denkmäler 1), Berlin 1880, S. 1 f.; dazu ROBINS, Grammatical Theory 71 ff.; Friedrich KAINZ, Sprachpsychologisches zum Thema „Religion und Sprache", in: Die Sprache 1 (1949) 101–115, hier S. 105.

Idiomen gebührte Ehrfurcht; Aelfric übernahm gegen Ende des Jahrtausends bei der Übersetzung von Alkuins Genesiskommentar aus diesem die Lehre von der hebräischen Ursprache; sie habe auch an Christi Kreuze zuoberst gestanden. Die 72 Nochidenkinder erschienen gleichfalls; die Zahl der 72 Völker, aus 27 Semiten, 30 Hamiten und 15 Japhetiten zusammengesetzt, blieb bestehen; zu ihnen waren ja die 72 Jünger Christi gesandt. Aelfrics pädagogische Tendenzen ließen ihn den Konnex zwischen Altem und Neuem Testament enger fassen als andere: Das Hebräische, die Ursprache, dient auch noch der Erlösung, die 72 Völker und die 72 Jünger gehören zusammen. Ausführlicher als Alkuin erzählte Aelfric in diesen der religiösen Unterweisung der Laien dienenden Schriften wieder vom Bau der „großen Burg", die bis an den Himmel reichen sollte und bei der sich die 72 Sprachen schieden – Alkuin hatte von ihnen nichts gesagt. Auch an anderen Stellen erwähnte er gelegentlich die 72 dort geteilten Sprachen[12]). Weit stärker als Alkuin betonte er Gottes Wirken bei der Sprachverwirrung; immer wiederholt schärfte er ein, eine ganz neue Sprache sei in Babel, beim Bau der „wunderlichen Burg", jedem der 72 Beteiligten gegeben worden; jeder damals lebende Mensch habe ein eigenes Idiom erhalten. Nun wurde auch, anders als in den Predigten, die Entstehung der Völker unmittelbar von Babel hergeleitet; wie Nemnius setzte Aelfric die Erbteile der drei Noachiden mit den Erdteilen gleich und zog die Linie in die Gegenwart weiter: von Japhet stammen „die nördlichen Menschen an der Nordsee"[13]). Hier endlich ist der von Wulfstan schon gelockerte Bann gebrochen, in den die Angelsächsische Chronik und Asser die biblische Völkertafel getan hatten; von nun an standen auch die Angelsachsen in der Reihe. Die Gegenwart stellte sich wie von selbst in die Traditionen; den besonderen Rang, den sie bei Beda noch eingenommen hatte, billigte Aelfric ihr nicht mehr zu. Auch das eigene Volk durfte nicht abseits stehen bleiben.

Eifrig notierten sich nun in England wie überall im Abendland die Mönche des frühen 11. Jahrhunderts die Formeln der „Joca monachorum" und weiteten sie aus zu der *Interrogatio: Quot sunt lingue in mundo? Responsio: Septuaginta due. Int.: Cur non plures vel pauciores? Resp.: Propter tres filios Noe, Sem, Cham et Japhet. Sem habuit filios XXVII, Cham habuit filios XXX, Japhet habuit filios XV. His simul iunctis fiunt LXXII*[14]). Wie aus Noachiden Sprachen wurden,

[12]) George Edwin MacLean, Aelfric's Version of Alcuini Interrogationes Sigeuulfi in Genesin, in: Anglia 6 (1883) 425–473; 7 (1884) 1–59, hier S. 38 ff.; dazu Marguerite-Marie Dubois, Aelfric, Sermonnaire, docteur et grammarien, Paris 1943, S. 101.

[13]) De veteri testamento, hg. Christian Wilhelm Michael Grein, Bibliothek der angelsächsischen Prosa, Bd. 1, Kassel-Göttingen 1872, S. 4.

[14]) Interrogatio, Handschrift London, British Museum, Ms. Stowe 944, f. 61 v (Photokopie benutzt), auf einem Einzelblatt isoliert; beschrieben in: Catalogue of the Stowe Manuscripts in the British Museum, Bd. 1, London 1895, S. 630. Derselbe

brauchte nach Aelfric nicht mehr erläutert zu werden. Bald wechselte dieses Frage- und Antwortspiel in die angelsächsische Volkssprache hinüber und blieb dort bis ins 16. Jahrhundert hin heimisch[15]); auch in angelsächsische Liturgietexte drang der Topos von 72 Sprachen[16]). Nicht nur die kindliche Freude an exaktem Wissen, auch die Geborgenheit in Gottes immer präsenter Weltordnung ließ nach solchen Formeln greifen.

Wenn die Überlieferungen so gegenständlich wirksam wurden, ist es gewiß kein Zufall, daß in England die erste bildliche Darstellung des Turms von Babel auftauchte, und zwar in einem Kodex aus dem endenden 10. oder beginnenden 11. Jahrhundert, dem sogenannten Caedmon-Manuskript. Bis dahin hatte man in den abendländischen Genesisbildern des frühen Mittelalters den Turmbau ausgelassen und nicht wie in den syrischen und byzantinischen Bilderbibeln zwischen Sintflut und Abraham abgebildet[17]). Dieses älteste abendländische Babelbild, von einem dem Utrechtpsalter nahestehenden Illustrator der Reimser Schule gezeichnet, hat nun, wie es scheint, zu den östlichen Miniaturen, die zur selben Zeit neu gestaltet wurden, keine Beziehungen. Die Bibel-Illustration erstrebte hier keine enzyklopädische Vollständigkeit: Sie enthält 49 Bilder zur Genesis, darunter manche Zeichnungen mit Adam, aber die in den orientalischen Bibeln beliebte Benennung der Tiere lag, wie bei Alfred und Aelfric, weit jenseits der interessierenden geschichtlichen Zone. Sie wird markiert durch den Babelturm. Auf einem ersten Bilde sieht man Nimrod, der aus dem mauerumringten Babylon sechs seiner Fürsten aussendet, mit Schlegeln in den Händen. Das folgende Bild zeigt ihn, an der Spitze von mindestens fünfzehn Bewaffneten, auf der Jagd. Nimrods Macht war bereits etabliert, Babel stand schon; der Stadtherr plante noch das Wahrzeichen. Das nächste Bild berichtet vom Ergebnis. Rechts erhebt sich inmitten anderer Bauwerke ein hoher, mehrstöckiger Turm, dessen unterstes Geschoß eine Säulenhalle ist. Ein Rathaus, einen Palast mit Wandelhalle mochte man sich so vorstellen, keine Kirche. Daran werken noch zwei Maurer, einer auf der Spitze des Turms. Links daneben gehen mehrere Handwerker ab und zu. Von ganz links oben naht mit

---

Text, nur mit dem Rechenfehler *LXX* am Schluß, steht als *De numerositate linguarum* in Biblioteca Apostolica Vaticana, Cod. Regin. lat. 421, f. 14 v (Abschrift von Dr. Reinhard Elze-Bonn); beschrieben bei André Wilmart OSB, Codices Reginenses latini, Bd. 2 (Bibliothecae Apostolicae Vaticanae codices manuscripti 17), Città del Vaticano 1945, S. 511.

[15]) Kemble (o. S. 508 Anm. 76) S. 182, 192, 217, 220 druckt einiges ab.

[16]) Christian Wilhelm Michael Grein, Sprachschatz der angelsächsischen Dichter, neu hg. Johann Jakob Köhler (Germanische Bibliothek I,4,4), Heidelberg 1912, S. 690 s. v. tvegen. Die hier angegebene Stelle konnte ich nicht verifizieren.

[17]) Anton Springer, Die Genesisbilder in der Kunst des frühen Mittelalters, mit besonderer Rücksicht auf den Ashburnham-Pentateuch (Abhandlungen der Kgl. Sächs. Gesellsch. d. Wiss., Philol.-Hist. Kl., Jg. 9, Nr. 6), Leipzig 1884, hier S. 691–704.

befehlender Gebärde Gott. Er ist nicht größer als die Bauarbeiter... Aber links unten trennen sich die Völker; drei Scharen von je fünf Leuten ziehen auseinander. Nur eine Frau blickt sich wehmütig nach den Genossen um. Die Stille des Bildes wirkt erschütternd und wird durch die sonst so lebensnahe und temperamentvolle Technik der Federzeichnung nur noch bedrückender. Keine Katastrophe ist eingetreten, der Turm ist nicht umgestürzt, die Maurer sind nicht vom Gerüst gefallen, kein Sturmwind hat sich erhoben. Der dramatische Moment des schrecklichen Wunders ist ausgespart, das Vorher und das Nachher nur angedeutet; archaisch starr stehen und schreiten die Figuren des gewaltigen Spiels, das sie nicht durchschauen. Der Kontrast zu den wildbewegten östlichen Turmbaubildern könnte nicht größer sein[18]).

War dieser germanische Schicksalsglaube christlich? Vielleicht empfand man alsbald die unerträgliche Furchtbarkeit dieses Bildes, das Fatalismus atmet. In eine Handschrift, die Aelfrics metrische Pentateuch-Paraphrase enthielt, malte man im zweiten Viertel des 11. Jahrhunderts in der Augustinus-Abtei in Canterbury ein neues, menschlicheres Turmbaubild. Die Miniatur des Canterbury-Kodex zeigt einen unübersichtlichen romanischen, kirchenähnlichen Bau, an den die Werkleute noch die letzte Hand legen; aus der Höhe kommt Gott herab, von einem Engel begleitet, um die emsige Arbeit zu stören, und es ist, als benutzte er die Leiter der Bauleute. Nicht Gottes Übermacht allein, auch nicht nur die technische Arbeit der Bauarbeiter ist eingefangen, sondern das noch ungelöste Übereinander vergeblicher menschlicher Bemühung und göttlicher Macht. Kirchenbau und Engel halfen der Phantasie des Betrachters nach und milderten zugleich die Wucht des Ereignisses; die Völker sah man nicht davonziehen. Wer ungenau hinsieht, mag wie die Herausgeberin meinen, Gott stehe auf der Leiter, um den Bau zu beaufsichtigen, oder er wolle hier Kirchweihe feiern: Das Bild wird in die Vorstellungswelt der Betrachter hereingeholt. Der Turm von Babel wurde auch hier als ein allgemeingültiges Symbol aufgefaßt, das jeden Menschen gleich unmittelbar angeht[19]).

Dieselbe Offenheit für das Allgemeine muß den flämischen Benediktiner und Hagiographen Goscelin (ca. 1035–nach 1100) aus Saint-Bertin berührt haben, der noch vor Wilhelm dem Eroberer nach England gekommen war und um 1082/3 in Canterbury meinte, im Himmel werde man dereinst wohl Hebräisch, die *mater linguarum*, als Verkehrssprache benutzen, um in der Himmelsstadt die

---

[18]) The Caedmon Manuscript of Anglo-Saxon Biblical Poetry, im Faksimile hg. Israel GOLLANCZ, Oxford 1927, Blatt 81 f.; dazu Einleitung S. XLVI. Diese und die folgende Abbildung fehlen in der Aufstellung von Walter ANDRAE – Rolf FRITZ, Der Babylonische Turm, Erläuterungen zum Kabinett des babylonischen Turms in der vorderasiatischen Abteilung der Staatlichen Museen zu Berlin, Berlin 1932.

[19]) Margaret RICKERT, Painting in Britain: The Middle Ages (The Pelican History of Art, Z 5), London 1954, S. 47 und Tafel 35.

Gemeinsamkeit zu wahren; aber die Heiligen verstünden daneben auch alle anderen Sprachen: *Omnes scient omnes linguas, sed usitatius una loquentur matre linguarum Hebrea, ut sit una civitas omnium concordia.* Hier hatte sich also die Verflechtung von Einheit und Mannigfaltigkeit ungestört erhalten und wurde sogar, unbekümmert um alles, was man seit Hieronymus von der hebräischen Himmelssprache wußte, ins Jenseits projiziert. Dort werden sich, so träumte Goscelin, die Völker in ihren Sprachen alle begegnen, die Bewohner von Paris, Tours, Poitiers, England, Skythien und – Winchester. Unermeßlich ist ihre Zahl; man nennt zwar nach den 72 Jüngern 72 Sprachen der Menschen, aber es gibt mehr als 72000 *gentes* und *nationes*. In Indien allein zählt man schon 5000 Großstädte und 9000 Stämme. Doch vereinen sich ja viele *gentes* in einer Sprache, zur griechischen die Athener, Thebaner, Danaer, zur französischen die „Franken", Allobroger, Auvergner, Bituriger, Normannen, Cenomannen, die Leute aus Anjou und Poitou, die Basken und die aus Barcelona; und Deutsch sprechen Alemannen, Bayern, Ostfranken, Sachsen, Thüringer, Lothringer, Brabanter und Flamen, aber auch Dänen und Engländer. So geläufig wie die germanische Sprachenfamilie war dem Flamen die Vielfalt der Völker; mochte sie sich auch mit Augustins Argument auf die 72 Sprachen reduzieren lassen, ihren Wert behielt sie doch[20]). Das war keine Augenblickslaune Goscelins. In seiner Lebensbeschreibung Augustins von Canterbury sprach er mit den Worten des 44. Psalms und Gregors des Großen feierlich aus, daß die Kirche, *varietate circumamicta*, triumphiert. Wie eine Blumenkrone aus vielfarbigen Blüten besteht und ein goldenes Halsband vom Schimmer der Edelsteine geschmückt wird, so singen wir in der Kirche trotz der verschiedenen Sprachen *(diversis vocum discriminibus)* doch alle einen Gesang[21]). Von diesem Standpunkt aus, dem höchsten der Epoche, legte man in England, inmitten aller Thronkämpfe, auf das Alter des eigenen Volkes und der eigenen Sprache wenig Wert.

Die benachbarten Iren konnten sich über die Bedingungen ihrer Clan-Organisation nicht mehr so souverän erheben. Sie bildeten seit dem 10. Jahrhundert die mittelirische Literatur aus, in der christliche Chronisten die ausgedehnten heidnischen Mythologien zu Stammbäumen von Götterdynastien zusammenrafften. Diese Versuche zogen sich durch Jahrhunderte hin; ihrem literarischen Ergebnis werden wir erst seit dem 11. Jahrhundert begegnen. Sicher datierbar

---

[20]) Liber confortatorius, hg. Charles Hugh Talbot, in: M. M. Lebreton – Jean Leclercq – C. H. Talbot, Analecta monastica, Textes et études sur la vie des moines au moyen âge, Troisième série (Studia Anselmiana 37), Rom 1955: IV S. 115 (Himmelssprache), 113 (Völker im Himmel); III S. 86 f. (irdische Sprachen und Völker; dazu Kirn, Nationalgefühl 37).

[21]) Vita Augustini Cantuariensis minor, MPL Bd. 150, Sp. 753. Zu G. Levison, England 199 f.

ist aus der Zeit zuvor die Lebensbeschreibung des Iren Kaddroe (gest. 978), verfaßt von einem Landsmann, der um 1000 als Mönch im Kloster Waulsort bei Lüttich lebte. Hier deuteten sich die Tendenzen der irischen gelehrten Urgeschichte, der „bei weitem reichsten der mittelalterlichen Urgeschichten“[22]), bereits an. Die frommen Formeln der altirischen Gelehrsamkeit, aber auch deren ehrfürchtige Scheu vor dem Uralten schwanden; keck gab der Mönch seinem Volk eine Ahnentafel, die sich mit der fränkischen Trojanerfabel messen konnte. Die Ägypterin *Scotta* war schon Nemnius vertraut; ihr Gemahl war nun nicht mehr der Skythe Partholomus, sondern *Nelus* oder *Niulus*, und das ist nicht nur der personifizierte Nil, sondern der Sohn des Lakedämoniers Aeneas[23]). Auf die japhetitische Herkunft, die das 7. irische Jahrhundert betont hatte, verlegte sich der Mönch nicht; antiker Adel ging ihm über biblisches Alter. Doch war auch das nur ein Experiment, viele andere sollten ihm in Irland noch folgen.

*

Dagegen stellte die allmählich beginnende Reconquista die Spanier vor eine höhere Aufgabe, da sich in dem von Paulus Albarus beklagten Zusammenwohnen mit Mauren und Juden auf der Pyrenäenhalbinsel ein dem angelsächsischen verwandtes Klima entwickelte. Im Land der vielen Sprachen und der drei Religionen konnten Ideal und Wirklichkeit, Einheit und Vielfalt schwer übereinkommen; aber die im Gottesvolk-Gedanken liegende Spannung, die Beatus von Liebana schon formuliert hatte, mußte durchgehalten werden. Nicht allen gelang es. Aus der Gegend von Oviedo, der Hauptstadt Asturiens und Keimzelle des christlichen Spanien, stammt die Chronik von Albelda, 881/83 unter König Alfons III. verfaßt. Der Chronist gab nicht nur wie das Widsithlied eine große Völkerliste, neben Aufzählungen der Meere, Inseln, Länder, sondern, was mehr ist, eine Charakteristik der ihm bekannten Völker. Sie erinnert von ferne an die Sprachenpsychologie Stephans von Siunik und Wardans des Großen, urteilte aber viel abfälliger als die Syrer. Immerhin enthielt der Völkerspiegel außer den starken Goten und händlerischen Galliern, außer hochmütigen Römern, wilden Franken, harten Sachsen, zornigen Briten, unkeuschen Schotten auch die neidischen Juden, die weisen Griechen, die klugen Chaldäer, die habgierigen Perser und die friedliebenden Äthiopier. Wer am fernsten wohnte, erhielt die lobendsten Attribute; nur die Goten wurden glimpflich behandelt, Isidors Gotenlob wirkte noch. Es ist kein Zufall, daß

---

[22]) Andreas HEUSLER, Die gelehrte Urgeschichte im altisländischen Schrifttum (Abhandlungen der Kgl. Preuß. Akad. d. Wiss., Philos.-Hist. Kl., Jg. 1908, Nr. 3), Berlin 1908, S. 9.

[23]) Vita Kaddroae abbatis, zitiert nach MANITIUS, Literatur Bd. 2, S. 237.

unter den 12 Völkern die Mauren fehlen, aber nicht etwa, weil sie nicht alter Herkunft wären [24]).

Ein mozarabischer Geistlicher, vielleicht Dulcidius, der Vertraute Alfons' III., gab 883 in seiner „Prophetischen Chronik" nähere Auskunft über die Geschichte der Muslime. Sie stammen von Abraham ab, und die hier gegebene Genealogie der Mohammedaner tauchte noch im 13. Jahrhundert bei Matthäus Paris und öfter wieder auf. Doch sie sind Nachfahren nicht der Sarah, sondern der Magd Agar, wie schon bei Isidor zu lesen stand; sie sind also unedel. Die starken Goten waren zugleich adlig; das Reich von Asturien fühlte sich als Fortsetzung des Gotenreiches, bei Oviedo steht heute noch die westgotische Königshalle. Die Goten stammten, wie bei Isidor, auf den der Chronist sich berief, von Magog. Auch Gog erschien, sollte aber anscheinend nur als letzte Silbe des Namens Magog gelten. *Gog quidem gens Gotorum est, . . . ex Magog venit.* Und das Land Gog ist *Spania*. Damit war aber der Schatten Ezechiels beschworen, und der Chronist wich ihm nicht aus. Doch was der Prophet wirklich gesagt hatte, klang den Gog und Magog nicht freundlich – sollten denn die Mohammedaner das von ihnen verfolgte Gottesvolk sein? Rechtzeitig stellte sich eine apokryphe Ezechiel-Weissagung ein, die den Sinn der Ezechielstelle buchstäblich verkehrte. Aus dem Gottesvolk Israel wurde der mächtige Ismael, der Repräsentant der Mohammedaner, der das Land Gog der unschuldigen Gotteskinder überfällt [24a]). Dem Eiferer mochte Asturien als einzige Insel in einer verderbten Welt erscheinen; er scheute auch die holprigste Auslegung nicht, wenn sie dem Ruhm Asturiens diente. Dennoch blickte auch er immer wieder in die Runde und in die Ferne, mißtrauisch und doch sehnsüchtig.

Dieselbe Spannung – oder soll man sagen Aporie? – beherrschte auch den wohl aus Toledo stammenden, vermutlich mozarabischen Anonymus, der nach 1000 in einer pseudo-isidorianischen Chronik die 72 Generationen Noahs aufzählte, von denen die Welt abstammt, und zwar die gegenwärtige Welt. Sem zeugte die Semiten Vorderasiens, Cham die Afrikaner. Die Berber, mit denen es die Spanier zumeist zu tun hatten, aber auch die Wandalen und sogar die christlichen Jakobiten rangierten bei den Söhnen des Verfluchten. Nicht immer gab die Geographie den Ausschlag; unter den Semiten findet man den Sagen-

[24]) Chronicon Albeldense, c. 5, MPL Bd. 129, Sp. 1126 (Völkerliste, auch in MGH AA Bd. 11, S. 389; dazu Zöllner, Stellung 53). Zu dem Werk Benito Sánchez-Alonso, Historia de la historiografía española, 3 Bände, Madrid 1941–50, hier Bd. 1, S. 108 ff.; Cesar Emil Dubler, Geschichtschreibung im spanischen Mittelalter, Barcelona 1943, S. 17 (allzu abwertend); Brincken, Weltchronistik 134 ff.; Wattenbach-Levison, Geschichtsquellen 366. Nicht zugänglich war mir J. C. Russell, Chronicles of Medieval Spain, in: Hispanic Review 6 (1938) 218–235.

[24a]) Crónica profética, hg. Manuel Gómez-Moreno, Las primeras crónicas de la Reconquista: el ciclo de Alfonso III., in: Boletín de la Academia de la Historia 100 (1932) 562–628, hier S. 622 ff.; dazu Wattenbach-Levison, Geschichtsquellen 367 f.

helden Artus. Und Japhet? Seine Kinder wurden kurzerhand zu halben Spaniern gemacht: Von Gomer kommen nicht wie bei Isidor die Gallier, sondern die Gascogner, von Magog wieder die Goten; Javans Griechen ließen sich nicht wegleugnen, aber *prius Hispaniam inhabitaverunt*. Tubal stiftete natürlich die Spanier und auch die *Yberi qui Navarri dicuntur*, *qui prius Hitali fuerunt*; so bekam Isidors Vermutung Farbe und die Italiener hatten das Nachsehen. Zum guten Schluß, kurz und kühn: *Ex Tiras Troiani*[25]). Die Spanier waren älter als die Trojaner, Tubal ist der ältere Bruder des Tiras; so mochten die Franken bei der Trojanerfabel bleiben, aber nur nicht glauben, daß sie damit der biblischen Genealogie entwischt wären. Das Schicksal Spaniens, die Isolierung vom Abendland, schien hier bereits unabwendbar vorgezeichnet; um so eindrucksvoller ist es, daß der stolze Spanier unter islamischer Herrschaft gar nicht anders konnte, als die andern Nationen Europas, ja die ganze Welt mit im Blick zu behalten.

Eine Lockerung des spanischen Selbstgefühls schien sich im frühen 11. Jahrhundert anzubahnen; sie wird bezeugt durch den berühmten Kodex aus der Kathedrale von Roda, im ausgehenden 10. und beginnenden 11. Jahrhundert geschrieben, und durch eine in unseren Abschnitten gleichlautende Handschrift aus dem Dominikanerkloster der alten Bischofsstadt Plasencia, die eben den Mauren abgewonnen worden war. Da schrieben sich zwei Anonymi nebst Auszügen aus Orosius und Isidor eine „Istoria de Mahomet" ab. Nach diesen spanischen Autoren und spanischen Anliegen folgte der Völkerspiegel des „Chronicon Albeldense"; doch der romtreue Schreiber der Plasencia-Handschrift machte aus der *superbia Romanorum* des Chronicon, die der Roda-Kodex beibehielt, die *patientia Romanorum*. Aber Rom war nicht die Welt; so schrieben beide anschließend nach einer kaum älteren gemeinsamen Vorlage die erste Aufzählung der 72 Weltsprachen nieder, die im lateinischen Sprachbereich seit Hippolyt überhaupt bekannt wurde[26]). Hippolyts Diamerismos wurde benutzt und durch Namen aus der Bibel erweitert; so erschienen die Empfänger der paulinischen Briefe. Diese biblische Reminiszenz erhält ihren Sinn, wenn man im Roda-Kodex an späterer Stelle von den *libri LXXII qui canonibus recipiuntur* liest. Bibelbücher und Weltsprachen traten, anders als noch bei Paulus Albarus, auf dieselbe Ebene. Andere Namen der Sprachenliste, wie *Tirones*, *Milites*, *Aruspices* sind antike Bildungsreste; manches gab Isidors neuntes Etymologienbuch. Doch es bleibt eine erkleckliche Zahl „moderner"

---

[25]) Cronica Gothorum a sancto Isidoro editum c. 2, MG HAA Bd. 11, S. 378 f. Zu dem Werk SÁNCHEZ-ALONSO, Historia Bd. 1, S. 115 f.

[26]) Theodor MOMMSEN, MGH AA Bd. 11, S. 259 irrt, wenn er diese Liste für ein Exzerpt aus dem Liber generationis (MGH AA Bd. 9, S. 107) hält; sie ist ohne bekanntes Vorbild.

Namen, und zwar aus verschiedenen Bereichen, und nur zum Teil wurde dabei die Völkertafel des „Chronicon Albeldense“ benutzt: romanische Stämme wie Franzosen und Gascogner, germanische wie Goten, Gepiden, Wandalen, Alemannen, Sachsen, Franken, Burgunder (?), Thüringer (?), Schweden (?) und der kleine Stamm der Taifalen, aber auch osteuropäische wie *Isclaui* und *Pannoni*, und endlich arabische wie *Ali*; Perser, Ägypter, Chaldäer runden das Bild ab. Daß die Mauren, Berber und Sarazenen nicht fehlen, gibt der Liste einen Anstrich überlegener Toleranz, und sie spricht unüberhörbar aus dem Satz, den beide Kopisten, der von Roda in der interpolierten „Prophetischen Chronik“, einfügten: *De Jafeth nati sunt Goti et Mauri*. Die Bosheit des Prophetischen Chronisten löste sich also: Es ist derselbe Magog, dessen Kinder Goten und Muslime sind. Das war kein geographischer Schematismus: Islamische und christliche Spanier als Kinder desselben Vaters! Für die Hamiten blieben nur die Philister und der erste Riese Nimrod; Semiten waren nur Abrahams Nachfahren. Solange wir die Quellen dieser einzigartigen Kompilation nicht kennen, müssen wir noch die Kompilatoren bewundern; aber tun wir es nicht zu früh. Die Sprachenliste, in der die *Spani* längst nicht an erster Stelle stehen, endet mit einem Satz, dessen spanische Selbstironie nur noch gesteigert wird durch das halb spanische Latein: *Et fiunt LXXII generationes, ex quibus elegit dominus tres, id est Ebrea, Grega et Latina*. Soweit konnte man ähnliche Sätze auch in den „Joca monachorum“ anderswo finden. Was folgt, ist keinem vorher über die Lippen gekommen: *Ceteras vero velut canes latrantes*[27]). Nun hatte also auch die eigene Sprache nichts mehr vor dem Hundegebell, das eigene Volk nichts mehr vor den Gegnern voraus; heilig war nur das Kreuz Christi, und es hatte mit der Fülle der Sprachen und Völker, die Goscelin in den Himmel hob, nichts mehr gemein. Darum aber waren alle lebenden Sprachen und Völker im Rang einander gleich und mochten sich in eine zahlenharmonische Ordnung fügen. Von dieser Ordnung hielten wenigstens unsere beiden Schreiber nicht viel; sie hätten die Zahl der Dubletten leicht vermehren können, um die angekündigten 72 Namen zu erreichen, aber nach 69 Namen brachen sie ab. Auch ihre Völkergenealogie machte kaum Rangunterschiede, obgleich die muselmanische Gegenseite nicht daran dachte, ihre Gegner der eigenen Urgeschichte zuzurechnen; nur den Andalusiern, deren Land bis ins 13. Jahrhundert unter mohammedanischer Herrschaft stand, wurde zugebilligt, daß ihre Ahnen seit der Sintflut im Lande säßen und von den Magiern stammten. Die Goten standen bei den Mohammedanern in gutem Ruf, aber in der Bibel

[27]) Zacarías García Villada SJ, El códice de Roda recuperado, in: Revista de filología española 15 (1928) 113–130, hier S. 117 ff., 122 f., 126; Gómez-Moreno (o. Anm. 24a) S. 588, 622. Edition und Erläuterung der Sprachenliste unten Bd. II,2 Anhang II.

suchte man sie nicht[28]). Die verächtliche Liebe, mit der der Spanier die Welt um sich besah, war auch in Spanien nicht von Dauer; andernorts war sie unverständlich. Franzosen, Italiener und Deutsche fühlten sich nicht als bellende Hunde – sie empfanden nur ihre Nachbarn so.

*

In Frankreich nannte bereits der nüchterne, sachliche Domkapitular Flodoard von Reims (ca. 893–966) bloß, wenn es um eine Seuche oder ein Konzil ging, die Nachbarn, *cunctae Germaniae Galliaeque gentes*, in einem Atemzug; die Engländer, *Transmarini*, wurden nur als Rompilger mit den Franzosen zusammen erwähnt oder als Umrahmung höfischen Prunks, mit Griechen, Italienern „und anderen Völkern". Die Spanier traten gar nicht auf, um so öfter die eben in Frankreich angesiedelten, zum Teil noch heidnischen Normannen. Aber daß sie eine andere Sprache redeten als die Franzosen, mit denen sie sich schlugen, erfuhr man nicht; obwohl Flodoard gewissenhaft die französisch-normannischen Verhandlungen buchte, verlautet über die Verhandlungssprache nichts. Die einzige Stelle, die eine fremde Sprache nennt, betrifft König Ludwig IV. Auf der Ingelheimer Synode von 948, an der Flodoard selber teilnahm, mußte man Ludwig und Otto dem Großen das Latein in die *teutisca lingua*, also wohl nicht nur ins Altfranzösische und nicht nur ins Deutsche, sondern in beide Sprachen, in die jeweilige Volkssprache übersetzen, weil die Könige das gelehrte Idiom nicht verstanden. Daß auch bei den Herrschern die Einheit des lateinischen Mittelalters zerbrach, scheint Flodoard nicht bedauert zu haben. An ihre Stelle sind nach seiner Auffassung die gleichberechtigt nebeneinanderstehenden Reiche, Könige und wohl auch Sprachen getreten[29]).

Der größte Geist des Jahrhunderts, Gerbert von Aurillac (ca. 940–1003), ein geistig Heimatloser, kannte zwar die Welt und sogar die Araber, aber auch er konnte nicht Einheit und Vielfalt zugleich denken. Vor Otto III., dem er 996 Herkunft vom edelsten griechischen Blute nachrühmte [30]), nahm er 997

[28]) Hans Dieter LEICHT, Abendland und Islam in der Karolingerzeit, Politische Auseinandersetzung und wechselseitige Betrachtung, Diss. phil. (Masch.-Schr.) Münster 1951, S. 213 ff.

[29]) Annales, hg. Philippe LAUER (Collection de textes), Paris 1905: a. 927 S. 37; a. 956 S. 142 (Seuchen); a. 948 S. 108 f. (Konzil); a. 940 S. 79 (Engländer); a. 949 S. 122 (andere Völker); a. 948 S. 113 (Übersetzung aus dem Lateinischen, nach LAUER ins Altfranzösische, nach Georg Heinrich PERTZ, in: MGH SS Bd. 3, S. 396; SCHULTHEISS, Nationalgefühl 148; KIRN, Nationalgefühl 39 ins Deutsche). Dazu Gian Andri BEZZOLA, Das Ottonische Kaisertum in der französischen Geschichtsschreibung des 10. und beginnenden 11. Jahrhunderts (Veröffentlichungen des Instituts für österreichische Geschichtsforschung 18), Graz-Köln 1956, S. 28, 35 f.

[30]) Epistola 187, hg. Julien HAVET, Les lettres de Gerbert (983–997) (Collection de textes), Paris 1889, S. 173; dazu Carl ERDMANN, Das ottonische Reich als Imperium

mit etwas fahriger Emphase Italien, Griechenland, Frankreich, Deutschland und Skythien, also wohl das Land der Magyaren, als Teile des Imperiums in Anspruch; die Teile dieses Ganzen lassen sich nicht national und sprachlich scheiden[31]). Die Scheidung stellte sich aber für den lateinisch Gebildeten beinahe von selbst ein, der das Romanische noch als lateinischen Dialekt empfinden konnte; das Deutsche ist barbarisch. Über der Verschiedenheit dieser Sprachen steht kein Ganzes[32]). Unter dem Eindruck solcher Divergenzen nahm Gerbert die Sprachen mehr dialektisch als synthetisch. Er interpretierte in seiner Reimser Domschule Aristoteles' Perihermeneias oder wenigstens Boethius' Kommentar dazu, vermutlich doch in beider Sinne; denn er disputierte 980 in Ravenna vor Otto II. über seine These, nicht jede Sache könne nur mit einem einzigen Namen benannt werden[33]). Jeder wußte so gut wie Gerbert 987, daß ein Volk mehrere Namen hat, daß etwa die „Sarmaten" *ea lingua*, in ihrer eigenen Sprache, *Guinidi*, Wenden, heißen[34]), aber wer zog daraus so radikale Folgerungen? Traten hier wie bei Aristoteles Wort und Sache auseinander, so wurde dabei die Sprache zu einem Notbehelf, zu einer Vereinbarung. Man kann sich schlecht vorstellen, daß Gerbert an ihren göttlichen Ursprung geglaubt haben könnte.

Der von Gerbert angeregte Mönch Richer von Reims, den man nicht ganz zu Recht den ersten französischen Geschichtsschreiber genannt hat, begann zwar 995/8 sein Werk großspurig mit einer *divisio orbis* nach Orosius; aber rasch war er bei den Galliern und bei Caesar, bei Chlodwig und schon mitten in der westfränkischen Zeitgeschichte. In ihr ist bei aller unbefangenen Würdigung auch der rechtsrheinischen Brüder von der Einheit auch nur des Frankenreiches nichts mehr zu merken. Richer, der unseres Wissens Reims nur einmal für eine Reise nach Chartres verlassen hat, pries die Kapetinger als Herren über viele Völker, Gallier, Britannier, Dänen, Aquitanier, Goten, Spanier, Gas-

Romanum, in: DA 6 (1943) 412–441, hier S. 424; Mathilde Uhlirz, Untersuchungen über Inhalt und Datierung der Briefe Gerberts von Aurillac, Papst Sylvesters II. (Schriftenreihe der Historischen Kommission bei der Bayer. Akad. d. Wiss. 2), Göttingen 1957, S. 167 f.

[31]) De rationali et ratione uti, Vorwort, Havet (o. Anm. 30) S. 237. Datierung nach Percy Ernst Schramm, Die Briefe Kaiser Ottos III. und Gerberts von Reims aus dem Jahre 997, in: Archiv für Urkundenforschung 9 (1926) 87–122, hier S. 112. Zu Gallia Bezzola (o. Anm. 29) S. 98 ff.; zu den „Skythen" Mathilde Uhlirz, Die „Scythae" in den Briefen Gerberts von Aurillac, in: MIÖG 59 (1951) 411–415.

[32]) Epistola 45, Havet (o. Anm. 30) S. 43.

[33]) Richer, Histoire de France, hg. Robert Latouche (Les classiques de l'histoire de France au moyen âge 12 und 17), 2 Bände, Paris 1930–37: III, 46 Bd. 2, S. 54 f. (Aristoteles); III, 63 S. 76 (Sache und Sprache). Dazu Jean Leflon, Gerbert, Humanisme et Chrétienté au Xe siècle (Figures monastiques), S. Wandrille 1946, S. 53 ff., 97 ff.

[34]) Epistola 91, Havet (o. Anm. 30) S. 83 f. Zur Datierung Uhlirz (o. Anm. 30) S. 75 ff.

cogner; „aber der stolze Namensflitter entblößte die Not, statt sie zu bergen". Richer empfand ihn schwerlich so; Frankreich stand auf der höchsten Stufe, die Deutschen konnten sie nicht überbieten. Die französischen Bischöfe seien nicht weniger adlig und mächtig und sogar gelehrter als die deutschen. Man kann diesen Gegensatz als feudal-dynastisch bagatellisieren; aber es ist doch etwas mehr, wenn Richer erzählt, daß Otto II. gern mit seinen Lateinkenntnissen prunkte und daß darum 981 Hugo Capet bei der Unterredung mit ihm einen Bischof als Dolmetscher brauchte: Die Schilderung soll Otto, nicht Hugo herabsetzen, welch letzterer offensichtlich auch das Deutsch des Ottonen nicht verstand. Und zum Jahre 920 erzählte Richer in einer Stelle, der erst nachträglich am Rande der scharfe Akzent einkorrigiert wurde und die man nicht leichthin abtun kann, bei Verhandlungen der Könige hätten junge Deutsche und Franzosen aus dem beiderseitigen Gefolge *linguarum idiomate offensi* einen blutigen Streit begonnen[35]). Wenn nicht alles trügt, vertrat Richer wie Flodoard das Recht auf Vielfalt der Völker und Sprachen, das Recht auch auf die Volkssprache bei Herrscher und Adel; die eine gelehrte Sprache sollte Sache des Klerus sein. Im Frankreich der Kapetinger sollten sich irdische Vielfalt und geistliche Einheit begegnen, ohne sich zu verschmelzen; erst recht sollte draußen das Geschiedene gesondert bleiben. Mit der Heilsgeschichte hatte es nichts zu tun.

Es hätte nahe gelegen, die Wurzeln des Streits von 920 in Babel zu suchen, aber dabei hätten beide Partner und Gegner schlecht abgeschnitten. Im flandrischen Grenzraum um Arras, dort, wo die Sprachgrenze verlief und sich immer mehr verschärfte, muß man Gewinn und Gefahr dieser Parallele bemerkt haben. Das „Chronicon Vedastinum", wohl gegen Ende des 10. Jahrhunderts in St. Vaast verfaßt, berichtete nach Isidor oder Beda ausführlich von den drei Söhnen Noahs, die mit ihren 27, 30 und 15 Geschlechtern zusammen 72 *gentes* ausmachten. Aber dann folgte abrupt: *factaque linguarum divisio*, als hätten Völkerzahl und Sprachentrennung nicht denselben Anlaß, als wollte der Chronist die Bildung der Völker nicht zu nahe an den Turm von Babel rücken. Er mochte den Streit der Völker nicht neu entfachen; vielleicht beschwor er darum das karolingische Einheitsreich, die Fortsetzung des römischen[36]). Wie-

[35]) Histoire (o. Anm. 33) I,1 Bd. 1, S. 6 ff. (Erdteilung); IV, 50 Bd. 2, S. 224 (Reise nach Chartres); IV, 12 S. 162 (Kapetinger; dazu KIRN, Nationalgefühl 62 f.; Zitat aus Walther KIENAST, Deutschland und Frankreich in der Kaiserzeit [900–1270], Leipzig 1943, S. 23 f.); IV,96 S. 306 (Bischöfe; dazu KIRN, Nationalgefühl 23; bagatellisierend BEZZOLA [o. Anm. 29] S. 110 ff.); III,85 S. 106 (Otto und Hugo; dazu KIRN, Nationalgefühl 39); I, 20 Bd. 1, S. 48 (Sprachenstreit; dazu Heinz ZATSCHEK, Das Volksbewußtsein, Sein Werden im Spiegel der Geschichtsschreibung, Brünn-Prag 1936, S. 12 ff., 83 f.; KIRN, Nationalgefühl 42 f.).

[36]) Handschrift Douai, Bibliothèque Municipale, Cod. 795, f. 3 r-v (Mikrofilm benutzt). Datierung nach Wilhelm WATTENBACH, Deutschlands Geschichtsquellen im

der ließ man die Weltgeschichte des Alten Testaments lieber im Hintergrund. Auch genealogisch war sie überflüssig. Die französische Geschichte des Mönches Aimoin von Fleury (ca. 970–1008) wollte sich vor 1004 zwar besonders um die Genealogie der Herrscher kümmern, aber sie begann, im Anschluß an Fredegar und den „Liber historiae Francorum", nur bei der trojanischen Herkunft der Franken, bei ihrem Namen, der *Attica lingua* ihre Wildheit bezeichnen sollte, und bei Francio und Pharamund. Es war schon beachtlich, daß Aimoin an einzelnen Wörtern Kenntnis der *lingua Germanorum* nachweisen wollte; die Vielfalt der Welt und ihrer Geschichte wurde sonst kaum sichtbar. Die umfassendste historische Vergangenheit schien die fränkisch-karolingische zu sein[37]).

Auch die Weltchroniken wanden sich gern an den heiklen Fragen vorbei. In der einzigen französischen Weltchronik der Zeit, im „Chronicon Luxoviense breve", benutzte ein ungenannter, vorwiegend chronologisch interessierter Mönch des Klosters Luxeuil nach 1023 die *divisio linguarum* nur, um einen chronologischen Fixpunkt zwischen Adam und Abraham zu erhalten; der Vorgang selbst wurde ebenso ausgespart wie alle Völkergenealogien, die trojanischen wie die biblischen, obgleich der Autor die Listen Hippolyts, vielleicht aus dem ersten Fredegarbuch, kannte. Die Versponnenheit dieses Mönches ist eine Ausnahme, aber doch bezeichnend[37a]). Die Historie lebte entweder ganz im antiquarischen Gehäuse oder aber ganz im Tage, für den Tag.

Der brave Benediktiner Ademar von Chabannes (ca. 988–1034) begann 1028 seine Chronik wieder wie einst der „Liber historiae Francorum" mit den flüchtigen Trojanern, von denen über den Priamus-Enkel Faramund die „wilden" Franken, die Merowinger und Karolinger abstammten; sie wurden pathetisch, aber nur chronologisch, nicht genealogisch, mit Adam verbunden, einmal nach der Jahreszählung der *septuaginta interpretes*, einmal nach der *veritas Hebraica*. Doch es bedurfte der ohnehin nur auf die eigene Geschichte zugeschnittenen Rückgriffe zum Vergangenen gar nicht; der Dynastiewechsel von 987 war dem Mönch auch ohne genealogische Legitimation recht, *quia Deus judicio suo meliorem elegit*. Dieser Regierungsantritt der Kapetinger hinderte eher die historische Besinnung, als daß er sie förderte; die Konservativen, die auf das Recht der Karolinger pochten, starben aus, und der Erfolg brauchte keinen Stammbaum, keine Vergangenheit. Kein Seitenblick auf die Völkertafel, kein Hin-

---

Mittelalter, Deutsche Kaiserzeit, hg. Robert HOLTZMANN, Bd. 1, Tübingen 1948, S. 120; zu Quellen und Tendenz BRINCKEN, Weltchronistik 141 ff.

[37]) Historia Francorum I, 1 ff., MPL Bd. 139, Sp. 637 ff.; I,16 Sp. 654 (Trojaner); II, 13 Sp. 675 (lingua Germanorum). Dazu MANITIUS, Literatur Bd. 2, S. 240 f.

[37a]) Handschrift Montpellier, Bibliothèque de la Faculté de Médecine, Cod. 151, f. 89 r (Mikrofilm benutzt). Dazu BRINCKEN, Weltchronistik 162 ff.

weis auf die Sprachenwelt störte den geraden Gang der Geschichte ohne Tradition. Die Iren haben zwar ihre eigene Sprache, aber wenigstens die lateinische Schrift; die Normannen vollends nahmen zum Glück den christlichen Glauben an, gaben ihre *gentilis lingua* auf und gewöhnten sich an den *latinus sermo* – gemeint ist Französisch. Muß ein rechter Christ nicht Französisch reden? Ademar bemerkte zwar, daß etwa die Berber nicht Arabisch sprechen, aber nicht, um sich darüber zu wundern, sondern um fortzufahren, daß diese Sprache wie das Jaulen junger Hunde klinge[38]). Der Spanier, der auch seine eigene Sprache mit dem Gebell der Hunde verglichen hatte, fand in Frankreich keinen Partner.

Bei den Normannen stand es fast ebenso. Seit 911 in Nordwestfrankreich angesiedelt, begannen sie zur selben Zeit, als sie die Sprache des Gastlandes annahmen, auch die Ahnentafel der Franzosen zu usurpieren. Dudo von St. Quentin (970–1043) suchte nach 1015 die Normannenherzöge neben die Herrscher des alten Rom zu stellen und wußte zu diesem Zweck auch die Trojanerfabel nutzbar zu machen mit Hilfe des etymologischen Kunststücks, daß die *Daci* und *Dani*, die Vorfahren der Normannen, wie man sehe, von den *Danai* Antenors abstammen. Die Danaer und ihre trojanischen Gegner wurden durcheinandergeworfen; der Erfolg war in jedem Falle sicher. Denn traten die Normannen als *Daci* oder *Dacigenae* auf, so wurden sie mit den thrakischen Dakern, Roms Feinden und seit Trajan Roms Bürgern, identisch – der Name Dacien blieb den Dänen das ganze Mittelalter hindurch. Zu den germanischen Blutsbrüdern suchte man keine Verbindung: Mit Hilfe der „dakischen“, also der normannischen Sprache verstand der Herzog Wilhelm I. nach Dudos Bericht zwar die Witzeleien lothringischer und sächsischer Krieger über die Normannen, aber das rief nur einen Tumult hervor; weiter war die germanische Sprachverwandtschaft nicht von Belang. Aber auch die Bibel wurde nicht um Rat gefragt, obgleich ihre Exegeten nun seit langem die Ahnherren der Trojaner, Griechen und Thraker zu kennen glaubten und in Spanien soeben den thrakischen Tiras zum Völkervater der Trojaner ausriefen. Erst recht war die Geographie Dudos unbiblisch, und nur die Gleichsetzung *Getae, qui et Gothi* verriet dem Kundigen, daß der Autor die Exegese der Völkertafel kannte[39]). Der Turm von Babel war ihm gleichgültig, wenn nur das Normannische im Antiken seine Wurzel hatte. Dabei schuf zu Lebzeiten Dudos Knut der Große (988–1035)

---

[38]) Chronique, hg. Jules Chavanon (Collection de textes), Paris 1897: I,1 ff. S. 5 f.; II,1 S. 65–69 (Stammbaum); III,30 S. 150 f. (Dynastiewechsel); III,55 S. 117 (Iren); III,27 S. 148 (Normannen; dazu Bloch, Société Bd. 1, S. 73 f.); III,52 S. 175 (Berber).

[39]) De moribus et actis primorum Normanniae ducum I, MPL Bd. 141, Sp. 621 (Trojaner); III Sp. 668 (Dacigenae), 671 f. (Wilhelm I.). Zu D.s Tendenzen Bloch, Société Bd. 1, S. 49; Bezzola (o. Anm. 29) S. 178 ff.

sein nordisches Reich, und seine Gemahlin Emma war eine Normannin. Aber erst als die Großmacht wieder zerfallen war, wurde sie im Rückblick nach 1040 von einem Mönch aus Saint-Bertin als ein Reich von Völkern verschiedener Sprachen gefeiert; unbeholfen genug versuchte sich der Chronist an englischen, nordischen und deutschen Etymologien. Aber auch das blieb gelehrtes Stückwerk ohne historische Tiefe[40]). Die Sprachen und die Völker strebten auseinander, und die Zeitgenossen starrten wie gebannt auf das Wohin; das Woher gab keine Norm mehr.

*

In Italien finden wir ebensowenig Spuren eines weltumspannenden Denkens. Man kann kaum von „Italien" reden; es war faktisch seit Jahrhunderten keine Einheit und begann literarisch erst in der Zeit Ottos des Großen wieder aufzutreten. Aber etwa der aus Lüttich stammende Bischof Rather von Verona (ca. 890–974) war zwar das Exempel eines eigensinnigen, doch nicht das Muster eines universalen Denkers. Dabei wußte Rather, der auch eine verlorene Grammatik schrieb, in der Sprachtheorie einigermaßen Bescheid, ein weißer Rabe in seiner Zeit. In der Fastenpredigt von 964 verurteilte er die allzukörperliche Auffassung von Gott und den Engeln, wie sie damals in Vicenza – und wohl nicht nur da – herrschte. Es sei Unfug, zu glauben, der Erzengel Michael könne eine Messe singen, denn Gott und die Engel hätten keine Lippen, keine Lunge, keine Zunge, keine Zähne, um Worte zu formen und Sprache zu bilden. Gott und Engel sprächen ohne Bewegung der Zunge, ohne Lärm der Stimme, denn sie seien geistlich. Rather konnte sich dabei auf Gregor den Großen berufen und scheint geahnt zu haben, daß diese Absonderung von Gottes Sprache die Vielfalt des Irdischen freisetzte, denn er zitierte auch Gregors Satz, daß in einem Glauben verschiedene Gewohnheiten möglich seien. Aber sein Temperament siegte über die Konsequenz; gleich darauf verhöhnte Rather die lächerliche Torheit derer, die andere als die ihm vertrauten Fastenzeiten hielten. Die Einheit der Menschen im jenseitigen Glauben und in der diesseitigen Vielheit blieb bei Rather eine Phrase; die *gentes* reizten ihn nicht einmal zur Mission, sie kamen ihm wie eine Legion Teufel vor[41]). Die *veteris Adae posteritas* wurde nicht im Ernst als Einheit genommen; der Inder und der Brite, der Franke und der Parther haben miteinander nichts gemein. Die großartige Geste, daß Griechenland ihn, Rather, dem Orient, Spanien ihn dem Okzident zeige, war nur rheto-

---

[40]) Cnutonis regis gesta sive encomium Emmae reginae II, 17, MGH SSRG Bd. 22, S. 25 (verschiedene Sprachen); II,8 S. 17 (Englisch); II,18 S. 25 (Nordisch, Deutsch).

[41]) Sermo II de Quadragesima, hg. Friedrich Wilhelm SCHOEPFF, Ratherii episcopi Veronensis libri selecti, Dresden 1860: c. 34 ff. S. 55 ff. (Engelsprache); c. 5 S. 36 (Gewohnheiten); Itinerarium S. 5 (gentes).

risch aufgeputzte Eitelkeit, denn in Wirklichkeit sah er die *garrulitas* der Griechen und die *mera Latinitas* als die größten Gegensätze. Wenn es um den Besitz seines Bistums ging, rief Rather *universam Italiam*, *Galliam atque Germaniam* zusammen; aber in Wahrheit galten ihm schon die nächsten Nachbarn überm Berge, die Bayern, als *gens effera et nobis barbara*[42]). Die Vielfalt der Sprachen gab Gelegenheit zur prunkvollen Demonstration, daß die Zichorie (gemeint ist wohl der Rettich) *franciloquo sermone* als *radix* bezeichnet werde, aber weiter dachte Rather nicht[43]). Das Getrennte war ihm kein Fragment eines größeren Ganzen. Er erkannte das Kaisertum an, aber es hatte keine staatsrechtliche Erscheinungsform; sie wurde allein in der Vielzahl der *regna* sichtbar[44]). Die Welt scheint, wenn man Rathers Briefe liest, in große Wunschräume und kleine, aber wirkliche Bezirke aufgeteilt; den Zusammenhang sieht man nicht.

Bildkräftig ist diese Denkweise wiedergegeben in einem jener „Arbores juris", mit denen man sich seit dem 8. Jahrhundert zu juristischen Zwecken die Verwandtschaftsgrade verdeutlichte. Eine italienische Tabelle dieser Art, aus dem 9. oder 10. Jahrhundert, läßt an der Spitze der Großväter und Onkel, der Basen und Nichten den Urvater Adam thronen: Durch ihn sind wir alle miteinander verwandt. Aber im Grunde ist Adam doch nur ein patriarchalischer italienischer Familienvater, nicht der Ahn der Weltvölker[44a]).

Nicht viel anders dachte der einheimische Bischof Liutprand von Cremona (ca. 920–972). Auch er rief gerne die *humanitatis communitas* an und machte den Versuch, eine Allgemeine Geschichte, wenigstens des christlichen Europa, zu schreiben; den Byzantinern gegenüber, mit deren Sprache er gern renommierte, stellte er sich schützend vor die Einheit der *gens Latina et Teutonica*, und wenn es um den Anspruch auf Süditalien ging, war ihm die Sprache der Bewohner das rechte Beweismittel für die Einheit Italiens. Aber die großen Worte hatten auch hier ihre kleine Kehrseite: „Europa gilt ihm recht wenig; der Begriff ist kraftlos und gleichgültig"[45]). Die Römer wurden durch Liutprand aus Italiens Einheit ausgeschlossen, weil sie von dem Hurenkind und Brudermörder Romulus herstammten; im christlichen Europa gab es die *Burgundiones*,

---

[42]) Epistola 7, MGH Briefe der deutschen Kaiserzeit Bd. 1, S. 41 (Adam); ep. 11 S. 64 (Inder, Brite usw.); ep. 7 S. 34 (Orient und Okzident); ep. 5 S. 30 (Griechen und Lateiner); ep. 8 S. 43 (ganz Italien usw.); ep. 1 S. 17 (Bayern; dazu Fritz WEIGLE, Zur Geschichte des Bischofs Rather von Verona, in: DA 5 [1942] 347–386, hier S. 383 ff.).

[43]) Praeloquia I, 7, MPL Bd. 136, Sp. 152.

[44]) Hans Martin KLINKENBERG, Versuche und Untersuchungen zur Autobiographie bei Rather von Verona, in: AKG 38 (1956) 265–314, hier S. 310.

[44a]) Max CONRAT, Contributo alla letteratura degli Alberi genealogici (Stemmata), in: Archivio storico italiano, Serie 5, Bd. 49 (1912) 3–10, hier S. 6 f.

[45]) Francesco COGNASSO, Storiografia medievale, in: Questioni di storia medioevale, hg. Ettore ROTA, Como-Mailand 1946, S. 785–837, hier S. 793 (Geschichte des christlichen Europa); anders FISCHER, Oriens 104 f. (hier das Zitat).

Romanorum aliquando servi, die der Bischof am liebsten *gurguliones* nennen möchte, *quod ob superbiam toto gutture loquantur*. Hatte nicht Isidor die gutturale Aussprache noch dem semitischen Gottesvolk zugeschrieben? Wenig blieb von der *humanitas*, wenn die Hunnen als ein Volk bezeichnet wurden, das keinen Stammbaum hat, „uns allen unbekannt", ein Volk, wie die Propheten des Alten Testaments Assur geschildert hatten, dessen Sprache man nach Jeremia 5, 15 nicht kennt und dessen Rede man nicht versteht, aber auch gar nicht verstehen will. Was endlich blieb von der Völkertafel, wenn nur die Sarazenen davon hergeleitet wurden, die nach dem biblischen Assur nun *Assyrii* heißen sollten? Es blieb nichts als die nächste zeitliche und räumliche Umwelt[46]).

Der Bischof Atto von Vercelli (ca. 885–960) zog sich schließlich ganz auf seinen akademischen Kreis lateinischer Bildung zurück. Im Kommentar zum ersten Korintherbrief erkannte er, auf Haimo von Auxerre gestützt, an, daß es auf der Welt 72 Sprachen gebe; aber die Engelsprache deutete er doch als *lingua doctorum*, also als Latein[47]). Auch in seinem Römerbriefkommentar war er unversöhnlich: Barbar heißt ein jeglicher, der nicht Latein kann[48]). Atto zeigte zu Ende seines Lebens, wie gut er es konnte; sein letztes Werk strotzt von gesuchten und seltenen Wörtern, die auch der heutige Gelehrte nicht alle versteht – und es handelt vom Nachteil fremder Tyrannei und ihrer Truppen „aus mancherlei Kriegsvolk, verschieden nach Stamm und Sprache. Es sind Menschen, denen es unmöglich ist, mäßig zu leben"; die Vielfalt selbst, wie das ottonische Heer in Italien sie aufwies, ist barbarisch. Atto rühmte sich seiner vornehmen langobardischen, also auch „barbarischen" Abstammung; aber nur das nicht mehr aktuelle Alte bekam die lateinische Patina: Atto wollte in der hebräischen „Sprache Adams" reden, offenbar in der Sprache der ersten Unschuld[49]). Wer war zu Attos Zeit noch ein so paradiesischer Römer?

Als bald nach 972 zum ersten Mal seit Jahrhunderten ein Römer, Benedikt von St. Andreas, wieder Weltgeschichte in monströsem Latein, aber gut informiert, schrieb, da drehte sich das Werk nur um das Kloster des Verfassers. Das

---

[46]) Antapodosis I,13, MGH SSRG Bd. 41, S. 15 f. (Menschheit); Legatio c. 37 S. 194 (Lateiner und Deutsche); c. 7 S. 179 (Süditalien; dazu HUGELMANN, Stämme 347 f.); c. 12 S. 182 f. (Römer; dazu Martin LINTZEL, Studien über Liudprand von Cremona [Historische Studien 233], Berlin 1933, S. 62 ff.; KIRN, Nationalgefühl 31; GOETZ, Italien Bd. 1, S. 72 f.); Antapodosis III,45 S. 97 f. (Burgunder; dazu ZATSCHEK, Volksbewußtsein 5 f.); I,5 S. 7 (Hunnenherkunft); II, 16 S. 45 (Hunnensprache; dazu KIRN, Nationalgefühl 18); Legatio c. 39 S. 195 f. (Sarazenen).

[47]) Expositio in epistolam I ad Corinthios 13, MPL Bd. 134, Sp. 386.

[48]) Expositio in epistolam ad Romanos 1,14, MPL Bd. 134, Sp. 137.

[49]) Polypticum, hg. Georg GOETZ, Attonis qui fertur Polipticum (Abhandlungen der Sächs. Akad. d. Wiss., Philol.-Hist. Kl., Jg. 37, Nr. 2), Leipzig 1922: c. 11 S. 20 (Fremde); c. 19 S. 25; S. 54 (Sprache Adams). Dazu Percy Ernst SCHRAMM, Studien zu frühmittelalterlichen Aufzeichnungen über Staat und Verfassung, in: ZRG GA 49 (1929) 167–232, hier S. 180 ff.

„italienische Nationalgefühl“ äußert sich hier, wie bei Atto und anders als bei Liutprand, nur in starker Abneigung gegen die Ottonen und die Deutschen. Otto der Große habe 961 auf seinem Italienzug *gentes nationes* bei sich gehabt, deren Sprache man nicht verstand. Sollte das wieder eine Drohung im Stil der Propheten Jesaja und Jeremia sein? Die Zeiten des Alten Testaments lagen unserem Chronisten freilich fern. Wir wissen nicht genau, wann er einsetzte, denn die einzige erhaltene Handschrift beginnt mit Julian Apostata; hinter Christi Geburt kann auch das Original nicht zurückgeführt haben[50]). Am Augenblicke hängt, nach ihm drängt alles.

Ähnlich pompös und nicht minder beschränkt zeigte sich das unterhaltsame „Chronicon Salernitanum“. Hier schrieb nicht lange nach 974 ein Mönch, vielleicht der Abt, von St. Benedikt in Salerno *inculto sermone*, nämlich in schändlichem Latein, die Geschichte seiner Tage, als gäbe es nur Rom, die Hauptstadt der drei Erdteile. Die Engel sprechen selbstverständlich Latein, und zwar in Versen. Verächtlich sind alle anderen Völker, die *Graeculi* und erst recht die barbarische und pfiffige *Agarenorum gens*, deren Herkunft dem Chronisten keine Zeile seines Pergaments wert ist. Aber auch die Ursprünge von Amalfi werden nicht biblisch verbrämt. Universal ist nur Rom, und dazu dient hier die Zahl 70, die wir seit dem „Constitutum Silvestri“ und der Vita des tarsischen Bonifatius im römischen Umkreis fanden. Jetzt soll sie den Ruhm Roms steigern: Auf dem Kapitol hätten einst 70 Statuen gestanden, *in honorem omnium gentium*, wie der Autor sagte, in Wahrheit um zu zeigen, daß alle Welt, die also in 70 Völker geteilt wäre, Rom untertan war[51]). Um 1030 hat dasselbe Motiv in den „Graphia aurea“ der Stadt Rom, die nun wieder die Trojanerherkunft der Römer geschäftig propagierten, dazu geführt, daß man dem in Rom gekrönten Kaiser 72 Glöckchen am Krönungsmantel zugestand, wie nach dem Babylonischen Talmud der jüdische Hohepriester 72 Glöckchen am Mantel trug. Man möchte, zumal angesichts der 70 Völker der Chronik von Salerno, an regen Einfluß italienischer Juden denken, die damals im Sepher Hajaschar und in Josippons Chronik ihre Geschichtsdeutung umstürzten; aber woher die Motive auch kommen mögen, sie wurden nicht universal, sondern lokalpatriotisch verwendet[52]). Andere ließen die Traditionen unverändert fortleben, wie etwa

---

[50]) Chronicon, FSTI Bd. 55, S. 175. Zu Tendenz und Datierung BRINCKEN, Weltchronistik 138 ff.; zum Nationalgefühl SCHRAMM, Renovatio Bd. 1, S. 66.

[51]) Chronicon Salernitanum, hg. Ulla WESTERBERGH (Studia latina Stockholmiensa 3), Stockholm 1956: c. 9 S. 11 (inculto sermone; dazu WESTERBERGH S. 233 ff.); c. 122 S. 136 f. (Engelsprache); c. 60 S. 59 f. (Graeculi); c. 60 S. 59; c. 72 S. 70; c. 99 S. 99 (Sarazenen); c. 88 S. 88 f. (Amalfi); c. 131 S. 143 (70 Statuen; dazu Ferdinand GREGOROVIUS, Geschichte der Stadt Rom im Mittelalter, hg. Waldemar KAMPF, Bd. 1, Tübingen 1953, S. 700 ff., 763).

[52]) Graphia aurea urbis Romae, FSTI Bd. 90, S. 102. Dazu Percy Ernst SCHRAMM, Herrschaftszeichen und Staatssymbolik, Beiträge zu ihrer Geschichte vom dritten bis

Landulfus Sagax in seiner römischen Geschichte um das Jahr 1000. Da ist wie bei Paulus Diaconus Janus der erste Römer und Latinus korrigierte vor der Ankunft des Aeneas in Italien die lateinische Sprache[53]).

Aber war die Zurückdrängung des östlichen, trojanisch-griechischen Elements nun nicht doch wieder ein Politikum und eine Wendung gegen Byzanz? Im Kodex von Cava bei Salerno, aus den ersten Jahren des 11. Jahrhunderts, meint man sie deutlicher zu spüren. Der Band, in Benevent geschrieben, sammelte die Gesetzgebung der Langobarden; der langobardischen „Origo" und dem Edictus Rothari mit seiner Stammtafel stellte er noch die Fränkische Völkertafel voran. Die Namen sind arg verstümmelt, aber klar erkennbar. Die Walagoten, inzwischen ausgestorben, fehlen; aus den längst verschollenen Gepiden sind *Brigidi* geworden, der unverständliche *Loringus* ist durch die *Tusci*, die Toskaner, ersetzt, die so zu nächsten Verwandten der Langobarden, Burgunder und Bayern werden. Hier ist also wieder vereint, was Rather von Verona trennte; auch Liutprand hatte im Streit gegen Byzanz Süditalien mit Langobarden und Norditalienern verknüpft. Wer der *Mulius rex* ist, der an Stelle des taciteischen Mannus als Vater von *Armen*, *Tingus* und *Ostius* auftritt? Die römische Gründungssage kannte einen übel beleumundeten König von Alba Longa, Amulius, Sohn des Procas; Romulus habe ihn erschlagen. Die Kunde von Amulius war durch Paulus Diaconus und Landulfus Sagax tradiert worden; aber schwerlich rühmte sich ein Römer dieses schon von Livius in schwärzesten Farben geschilderten Ahns. Unsere Genealogie verschweigt die Griechen und Trojaner; sie umgeht also die klassisch-antike Mythentradition und weist statt dessen beharrlich nach dem Norden. Ist die Vermutung zu kühn, daß ihre Niederschrift zusammenhängt mit dem Aufstand, der dann 1009 in Süditalien gegen die byzantinische Herrschaft ausbrach? An seine Spitze stellte sich Melus aus Bari, der sich langobardischer Herkunft rühmte und dem die ersten Normannen halfen[54]). Ohne auf das mögliche Wortspiel Mulius-Melus viel zu geben, könnte man doch wenigstens die Möglichkeit erwägen, daß mit der Stammtafel politische Propaganda getrieben worden wäre.

Daß die Ahnensuche dadurch und durch lokalpatriotischen Übereifer in Mißkredit geriet, bezeugt 1053 der vielleicht langobardische Glossator Papias.

---

zum sechzehnten Jahrhundert (Schriften der MGH 13), 3 Bände, Stuttgart 1954–56, hier Bd. 2, S. 554–559.

[53]) Historia Romana I,1, FSTI Bd. 49, S. 3 f.

[54]) MGH SS Bd. 8, S. 314, auch in: Codex legum Langobardorum, hg. Bernardo GAETANI D'ARAGONIA OSB, in: Michele MORCALDI – Mauro SCHIANI – Sylvano DE STEPHANO OSB, Codex diplomaticus Cavensis, Bd. 3, Mailand 1876, Anhang S. 1 ff. (mit unzulänglichen Erläuterungen); dazu Alban DOLD OSB, Zur ältesten Handschrift des Edictus Rothari, Stuttgart 1955, S. 46 ff. (Hinweis von Prof. Percy Ernst SCHRAMM-Göttingen). Zu Melus Lothar von HEINEMANN, Geschichte der Normannen in Unteritalien und Sicilien, Bd. 1, Leipzig 1894, S. 29 ff.

An Isidor angelehnt, fragte der sonst nicht eben kritische Lexikonschreiber: Ist Rom von dem Trojaner Aeneas, von Euander oder von Romulus begründet worden? *Multi dissentiunt*[55]). Sollte man die Vergangenheit nicht lieber ganz ruhen lassen? Das taten die Venezianer. Der Sekretär des Dogen, Johannes Diaconus, begann um 1008 die älteste venezianische Chronik ohne Umschweife bei Totila und Narses, mitten im Tageslärm[56]). Von ihm hat die gesamte Historie der Lagunenstadt bis ins 16. Jahrhundert den unpathetischen, unverschleierten Egoismus geerbt. Alle universalen Beziehungen scheinen in Italien wie abgeschnitten und wenig bleibt, auch bei den Geistlichen, von dem universalen christlichen Gemeinschaftsgefühl[57]).

*

Selbst die Deutschen fanden sich mit der geteilten Welt über alles Erwarten rasch ab; sie sahen sich in demselben gegenwartsnahen Bild ohne geschichtliche Tiefe wie ihre westlichen und südlichen Nachbarn. Unter den zahlreichen Belegen für das Sprachadjektiv *theodiscus*, *teutonicus* befindet sich keiner, der das Wort mit der Geschichte dieser einen Sprache, vollends mit dem babylonischen Turm in Verbindung brachte[58]); stets wurde die eigene Sprache von der Gegenwart her, als eine natürliche Realität mehr empfunden als begriffen. Das könnte damit zusammenhängen, daß mit den Ottonen ein neuer Adel aufstieg, ein Adel wohl auch vornehmer Abstammung, aber vorwiegend ein Adel des Grundbesitzes und des hohen Amtes, der seine Stammbäume nicht sehr weit in die Vergangenheit zurückverfolgen konnte oder wollte[58a]).

Die alten größeren Einheiten tauchten gelegentlich noch einmal auf; aber das Walthariuslied, dessen Entstehung man auf die Zeit um 890 und den Raum Eichstätt hat festlegen wollen, fand nichts Erstaunliches oder Betrübliches an der Tatsache, daß Europa, der dritte Teil der Welt, keine innere Einheit hat,

moribus ac linguis varias et nomine gentes
distinguens cultu, tum relligione sequestrans.

Immerhin war das Subjekt des Satzes noch Europa, als ob der Erdteil sein Geschick selbst gewählt hätte. Aber der Bibel bedurfte man dabei nicht, auch dort

---

55) Nach der Handschrift hg. Schramm, Renovatio Bd. 2, S. 138 f. Vgl. Isidor, Etymologiae XV,1, 1.

56) Chronicon Venetum, FSTI Bd. 9, S. 59. Dazu Manitius, Literatur Bd. 2, S. 247 ff.

57) Goetz, Italien Bd. 1, S. 67.

58) Fritz Vigener, Bezeichnungen für Volk und Land der Deutschen vom 10. bis zum 13. Jahrhundert, Heidelberg 1901, S. 29 ff. gibt die handlichste Zusammenstellung.

58a) Gerd Tellenbach, Studien und Vorarbeiten zur Geschichte des großfränkischen und frühdeutschen Adels (Forschungen zur oberrheinischen Landesgeschichte 4),

nicht, wo ein Franke mit Worten Vergils gerühmt wurde, *ex longa generatus stirpe nepotum*. Er war blutsverwandt mit dem Trojaner Pandaros, den Homer und Vergil kennen. Auch Hagen „von Tronje" wurde ausdrücklich *de germine Troiae* hergeleitet. Nur bei den Hunnen, die der Autor oft Avaren nannte und dadurch aktueller machte, als sie waren, wurde erwähnt, daß sie seit mehr als tausend Jahren Herrschaft ausübten, und das könnte, wie man vermutet hat, eine Reminiszenz an die biblischen Gog und Magog sein. Doch jeder biblische Universalismus fehlt im Walthariuslied; es nannte die ungehobelte Sprache eines Sachsen *Celtica lingua*, „Kauderwelsch", und beleidigte mit dieser Ironie halb Westeuropa[59]).

Auch als Otto der Große das karolingische Imperium wieder auf sich nahm, schrittweise und mehr gedrängt als ehrgeizig, gab sich das neue Kaisertum zuerst vielleicht eschatologisch, aber es meldete keinen universalen Anspruch an; in dem „Jahrhundert der norddeutschen Vorherrschaft" war das Denken sehr viel stärker auf das Partielle gerichtet. So traten auch in der „Ottonischen Renaissance" Theologie und Philosophie stark hinter der Geschichtsschreibung zurück, und diese klammerte die Heilsgeschichte der Alten Welt zunächst ganz aus[60]). Otto selbst lernte nicht mehr wie Karl der Große Latein und Griechisch, sondern nur *lingua Romana*, also wohl Altfranzösisch, und *Sclavanica*, die Sprachen der nächsten Nachbarn; selten genug gebrauchte er sie[61]). In Rom mußte ihm Liutprand das Latein in seine geliebte *loquela propria, hoc est Saxonica*, übersetzen, die er auch in der Aussprache, *ore iucundo saxonizans*, nicht verleugnete[62]).

Freiburg i. Br. 1957, S. 5; DERS., Kaisertum, Papsttum und Europa im hohen Mittelalter, in: Historia Mundi, Bd. 6, Bern 1958, S. 9–103, hier S. 12.

[59]) Waltharius v. 1 ff., MGH Poetae latini Bd. 6, S. 24 (Europas Teilung); v. 726 ff. S. 53 f. (Trojanerherkunft); v. 28 S. 25 (Hagen); v. 10 S. 24 (Hunnen; dazu Paul von WINTERFELD, Deutsche Dichter des lateinischen Mittelalters, 3./4. Aufl., München 1922, S. 236); v. 765 S. 55 (Celtica lingua; dazu Waltharius, hg. Karl STRECKER – Peter VOSSEN, Berlin 1947, S. 156; anders WEISGERBER, Volksname 211). Zur Datierung Karl HAUCK, Das Walthariusepos des Bruders Gerald von Eichstätt, in: Germanisch-Romanische Monatsschrift 35 (1954) 1–27; dagegen Kurt REINDEL, in: DA 11 (1954/55) 262.

[60]) GRUNDMANN, Grundzüge 332; Hansmartin DECKER-HAUFF, in: SCHRAMM, Herrschaftszeichen Bd. 2, S. 596 ff. (eschatologische Richtung; dagegen Martin LINTZEL, Die Kaiserpolitik Ottos des Großen, München-Berlin 1943, S. 37 ff.); Robert HOLTZMANN, Der Weltherrschaftsgedanke des mittelalterlichen Kaisertums und die Souveränität der europäischen Staaten, Neudruck Tübingen 1953, S. 8 ff. (mangelnde Universalität); Michael SEIDLMAYER, Deutscher Nord und Süd im Hochmittelalter, Diss. phil. München 1928, S. 35 ff. (norddeutsche Vorherrschaft); Robert HOLTZMANN, Geschichte der sächsischen Kaiserzeit (900–1024), 3. Aufl., München 1955, S. 236 (Theologie usw.).

[61]) Widukind von Korvei, Sachsengeschichte II,36, MGH SSRG Bd. 60, S. 96; dazu Robert HOLTZMANN, Kaiser Otto der Große, Berlin 1936, S. 137.

[62]) Liutprand von Cremona, Historia Ottonis c. 11, MGH SSRG Bd. 41, S. 167 (Dolmetscher); Arnold von St. Emmeram, De miraculis beati Emmerammi I,7, MGH SS Bd. 4, S. 552 (Aussprache; dazu HUGELMANN, Stämme 231).

Ottos des Großen Geschichtsschreiber, der Mönch Widukind von Korvei (ca. 925–nach 973), war nicht bloß ein beschränkter Provinzler, aber auch er nahm 968 die Gegebenheiten ungerührt hin. Wenn einige aus Ottos Heer *Gallica lingua ex parte loqui sciebant*, war das schon der Erwähnung wert, aber die Sprachkenntnis diente nicht der Völkerverbrüderung, sondern nur einer Kriegslist. Die *nostra lingua* wurde gar nicht mehr mit dem Attribut „sächsisch" versehen; es verstand sich von selbst, obwohl Widukind lateinisch schrieb. Ähnlich behandelte er den Völkerstammbaum. Für die Herkunft der Sachsen gebe es zwei Thesen. Nach der einen kämen sie von den Dänen und Normannen. Das ist eine Weiterbildung der Ansicht Rudolfs von Fulda, die Widukind kannte; es ist aber auch die Übertragung der Frankenthese von Ermoldus Nigellus und Hraban auf die Sachsen. Wenn auf diese Weise die Sachsen zu den nächsten Verwandten der Franken werden, läßt sich auch genealogisch die Translation des Kaisertums von den Franken an die Sachsen rechtfertigen. Oder aber – das ist der Alternativvorschlag, den Widukind in seiner Jugend aus mündlicher Überlieferung gehört haben will und offenbar vorzieht – die Sachsen seien Reste des Alexanderheeres. Das ist erst recht ein Pendant zur fränkischen Sage, denn schon Otfrid hatte die Franken gleichfalls auf Alexander den Großen bezogen. Mag sich in beiden Thesen so etwas wie eine Geschichte des Sachsen-Franken-Verhältnisses verbergen, das von der Rivalität zur Nachahmung und Nachfolge führte, hier wie in Widukinds ganzem Werk fiel kein einziger Name aus den Büchern Mosis; Caesar, Homer, sogar Apollo und Saturn wurden wenigstens genannt. Der tiefste Grund dieser Vorliebe für die Antike war hier noch immer der gleiche wie bei der Erfindung der fränkischen Trojanerfabel: Man suchte alte, aber partikulare Tradition; welchen Adel konnte, streng genommen, die biblische Völkertafel verleihen, die alle Welt zu Kindern Noahs machte? Widukind stufte seine Stammbäume auch zeitlich nach dem Adel des Volkes, und freudig griff er die Erzählung des Jordanes auf, nach der die Hunnen und Avaren und Ungarn, durch Widukind genealogisch miteinander verkettet, nur von gotischen Giftmischerinnen herstammten; sie waren ein altes, aber von Anbeginn anrüchiges, unedles Volk. Die Sachsen selbst erwiesen sich auf Grund etymologischer, durch Rudolf von Fulda angeregter Argumente als Verwandte der Angeln, die in manchem den Brauch der *gens antiqua* „bis heute" bewahrten. Welches dieses „alte Volk" war, wurde nicht mehr erläutert; es war adlig. Die Edelsten herrschten auch jetzt, wenn nach Widukinds panegyrischem Wort dem Kaiser Europa ganz, Asien und Afrika schon zum Teil unterworfen waren. Auch dieser Europabegriff Widukinds war in seinen Grundlagen fränkisch; er umging Rom[63]).

[63]) Sachsengeschichte II,17, MGH SSRG Bd. 60, S. 82 (Gallica lingua); I,7 S. 7 (nostra lingua); I,2 S. 4; I,12 S. 20 f. (Sachsenherkunft; dazu GRAU, Herkunft 16 f.;

Noch enger war das Blickfeld der ersten deutschen Dichterin, der adligen Nonne Hrotsvitha von Gandersheim (ca. 935–nach 975). Geographisch war es begrenzt: Die Sarazenen sind ein unbändiges, perfides Volk; die *Avares*, die Ungarn, sind zum Glück von Otto dem Großen besiegt; ein besonders schmutziger Mensch erinnert die Nonne sogleich an die Äthiopier; selbst ihre Rom-Vorstellung ist antikisch und antiquiert. Sprachlich reichte ihr Blick nicht weiter: Daß Mariens Name *lingua latina* „Meerstern" heiße, wird gelehrt demonstriert; die anderen Übersetzungen Isidors fallen weg. Geschichtlich und theologisch umkreiste sie das Nächstliegende, das sie kunstvoll geordnet darbot; zwischen Adam und Abraham nannte sie keinen biblischen Namen[64]). Einen Zusammenhang zwischen Ungarnnot und Völkertafel sah sie nicht.

Die Gegner vor den Toren schienen an den Grenzen der Erde zu wohnen. Das meinte um 1000 wohl der „Modus Ottinc", wenn er die auf dem Lechfeld Besiegten als *Parthi* bezeichnete und Otto den Großen dadurch den weltbeherrschenden Römern verglich[65]). Wie konnte da ein Verständnis für die Feinde, ein Verständnis für das Weltganze aufkommen? Man kannte ja nicht einmal die gelehrten Sprachen mehr; Ottos des Großen Bruder, Erzbischof Bruno von Köln (925–965), wurde wegen seiner griechischen Kenntnisse besonders gerühmt[66]). Als der Eichstätter Bischof Reginold (gest. 989) *literis non solum Latinis et Grecis, sed etiam Hebreis imbutus* auftrat, verwunderten sich darüber noch hundert Jahre später die Chronisten[67]). Dem ersten deutschen Papst, Gregor V. (972–999), rief es noch seine Grabschrift nach, daß er, wiewohl *lingua Teutonicus*, in drei Sprachen beredt war, *Francisca, vulgari, Latina*, also in Deutsch, Italienisch, Latein[68]). Hebräisch und Griechisch waren nicht mehr unter den Idiomen, die der deutsche Fürstensohn beherrschte. Um 1032 versicherte ein Mainzer Dom-

---

BEUMANN [o. S. 461 Anm. 69] S. 168 ff.; Richard DRÖGEREIT, Die sächsische Stammessage, in: Niedersächsisches Jahrbuch für Landesgeschichte 26 (1954) 194–197; LAMMERS [o. S. 536 Anm. 150] S. 27 ff.); I,15 S. 25 (Sachsen und Franken; dazu Heinrich GÜNTER, Kaiser Otto der Große, 2. Aufl., Stuttgart-Berlin 1943, S. 149 ff.); I,17 f. S. 28 (Hunnen, Avaren, Ungarn); I,6 S. 7 (Angeln; dazu Helmut BEUMANN, Widukind von Korvei, Untersuchungen zur Geschichtsschreibung und Ideengeschichte des 10. Jahrhunderts, Weimar 1950, S. 59 f.); II, praefatio S. 61 (Asien und Afrika; dazu FISCHER, Oriens 102 f.).

[64]) Hrotsvithae opera, hg. Karl STRECKER, Leipzig 1930: Pelagius v. 24 S. 55 (Sarazenen); Gesta Ottonis v. 378 S. 242 (Avares); Dulcitius IV,3 S. 144 (Äthiopier); Maria v. 276 S. 12 (Name Maria). Zu Tendenz und Aufbau Hugo KUHN, Hrotsviths von Gandersheim dichterisches Programm, in: DVLG 24 (1950) 181–196.

[65]) Carmina Cantabrigiensia Nr. 11, MGH SSRG Bd. 40, S. 33 f. Zu dem Werk HAUCK, Geblütsheiligkeit 231. – Auch das Carmen de bello Saxonico III,66, MGH SSRG Bd. 17, S. 16 nennt nach 1075 die Ungarn noch *Parthi*.

[66]) Ruotger, Vita Brunonis c. 4 und 7, MGH SSRG NS Bd. 10, S. 5, 8.

[67]) Anonymus Haserensis c. 12, MGH SS Bd. 7, S. 257; dazu BISCHOFF, Bildung 50.

[68]) Grabschrift, MGH Poetae latini Bd. 5,2 S. 337. Wilhelm von GIESEBRECHT, Geschichte der deutschen Kaiserzeit, Bd. 1, 5. Aufl., Braunschweig 1881, S. 711 übersetzt: „Fränkisch, Romanisch, Latein". Meine Übersetzung nach Edward SCHRÖDER,

schüler fast etwas kokett auf lateinisch, er könne kein Griechisch und gerade eben Latein[69]). Vom Hebräischen ganz zu schweigen. Der Mailänder Geistliche und Rhetor Anselm von Besate, der später an Heinrichs III. Hofe Kaplan war, hielt kurz vor 1050 Hebräisch für die teuflische Sprache der Zauberer: *verba... Hebraica vel potius diabolica.* Was er davon niederschrieb, waren – griechische Buchstaben[70]).

Nicht alle freuten sich dieser sprachlichen Ignoranz und Isolierung, aber nur wenige sprengten sie. Bischof Brun von Querfurt (973/4–1009) staunte 1004 nicht wenig über die Kühnheit des heiligen Adalbert von Prag, der als Schüler einmal die strenge Regel durchbrach, nach der in Gegenwart des Lehrers nur Lateinisch gesprochen werden durfte: Als dieser ihn prügelte, schrie Adalbert „in drei Sprachen statt einer“, Böhmisch, Deutsch, Lateinisch. Immerhin, man mußte ihn erst prügeln...[71]). Brun selbst berichtet, wie starr die Schranken sonst waren, wie man im Ausland die Leute *suae linguae* liebte, wie die Missionare bei den Slaven und Polen die – Brun selbst vertraute – *ignota lingua* fürchteten; nur von einem Priester konnte er melden, daß er das Slavische rasch lernte und gut sprach[72]). Allenthalben also sprachliche Beschränkung auf den kleinsten Raum. Was wurde da aus den Ansprüchen des Kaisertums?

Es hörte sich bescheiden an, als 967, 981 oder 1013/14 ein Preisgedicht auf Otto II. oder Heinrich II. nur 10 Nationen nannte; aber die Liste übertrieb noch immer und schloß Griechen, Sarazenen und Punier ein, die dem Herrscher untertan seien oder um seine Hilfe bäten[73]). In Wahrheit war nicht einmal die innere Kohärenz der deutschen Stämme völlig gesichert, wenn anläßlich der Wahl Ottos III. auf dem Reichstag zu Verona 983 zwei Chronisten schrieben von dem *conventus Saxonum, Francorum, Lotharingorum, Bawariorum, Italicorum aliorumque natione, lingua et habitu dissimilium*[74]). Man konnte darin den über-

---

Die Grabschrift Gregors V., in: ZDA 73 (1936) 243 f.; anders ROSENSTOCK-HUESSY Frankreich-Deutschland 33.

[69]) Ältere Wormser Briefsammlung Nr. 26, MGH Briefe der deutschen Kaiserzeit Bd. 3, S. 48.

[70]) Rhetorimachia c. 3, MGH Quellen zur Geistesgeschichte des Mittelalters Bd. 2, S. 143; dazu Karl MANITIUS, Magie und Rhetorik bei Anselm von Besate, in: DA 12 (1956) 52–72, hier S. 55, 58 f. (mit Abbildung), 72.

[71]) Vita sancti Adalberti c. 5, MGH SS Bd. 4, S. 597. Zu A.s Sprachkenntnissen GRENTRUP, Muttersprache 227.

[72]) Vita quinque fratrum Poloniae c. 3, MGH SS Bd. 15,2 S. 720 (sua lingua); c. 6 S. 722 (ignota lingua); c. 10 S. 727 (Slavisch-Kenntnis). Dazu Reinhard WENSKUS, Studien zur historisch-politischen Gedankenwelt Bruns von Querfurt (Mitteldeutsche Forschungen 5), Münster-Köln 1956, S. 109 ff.

[73]) Lobpreisung Kaiser Ottos II. als Herrn der Nationen, hg. SCHRAMM, Renovatio Bd. 2, S. 59 ff.; dazu Bd. 1, S. 76 f. (frühere Datierung); Norbert FICKERMANN, Zum fünften Poetaeband, in: DA 6 (1943) 102–117, hier S. 107 ff.; ERDMANN (o. Anm. 30) S. 436, 439 (spätere Datierung).

[74]) Annales Magdeburgenses a. 983, MGH SS Bd. 16, S. 157; Annalista Saxo a. 983,

nationalen Charakter des Kaisertums manifestiert sehen; bei Gerbert und Richer fanden sich ähnliche Gedanken, und dasselbe meinte um 997/8 jene Miniatur vom Kloster auf der Reichenau, die Otto III. mit vier huldigenden Provinzen darstellte, zwei mit bleicher, zwei mit dunkler Hautfarbe. Sie sollten zeigen, daß das Kaisertum in der Oberherrschaft über viele Völker besteht; aber ihre Namen, *Roma*, *Gallia*, *Germania*, *Sclavinia*, die der Realität des Reiches noch immer nicht ganz entsprachen, erhoben doch geringere Ansprüche als das Lobgedicht auf Otto II. und Gerberts Rede; wenigstens die *Graecia* wurde hier dem Sohn der Theophano, der Griechisch konnte, nicht untergeordnet[75]).

Diese Bescheidung erstreckte sich auch auf das geistliche Gebiet. Auf der Reichenau hat man um 980 zum ersten Mal in der deutschen Malerei eine geschlossene Bilderfolge zum Leben Christi gemalt; sie schließt mit dem schönsten uns bekannten abendländischen Bild vom Pfingstfest. In diesem „Codex Egberti" sieht man vor den 12 Aposteln neun meist bärtige Männer mit voneinander unterschiedener Kleidung, aber alle in Hosen, während die Apostel Tuniken tragen; die Bärtigen haben alle dieselbe weiße Gesichtsfarbe und vertreten nicht einmal die 15 in der Apostelgeschichte genannten Völker, geschweige denn alle Völker der Welt. Immerhin hatte bis dahin keines der bekannten ostchristlichen Pfingstbilder eine solche Zahl von Völkern mit abgebildet; auch hierin wie im Künstlerischen sind die vermutlichen Vorlagen des 4./5. Jahrhunderts übertroffen und in die eigene Zeit übersetzt worden. Auch die karolingische Bibel von St. Paul gab Anregungen; aber dort waren die 16 winzigen Vertreter der *gentes* draußen vor der Tür geblieben. Im „Codex Egberti" treten die *populi*, Anwärter auf das Gottesvolk, gleichgroß in den Kreis der ihnen zugewandten Apostel; sie stehen im Abendmahlssaal. Dennoch lag nicht bei den vielgestaltigen Völkern das Schwergewicht der Darstellung, sondern, wie die Beschriftung ausweist, bei der vom Heiligen Geist beflügelten *communis vita* der Apostel. Unter apostolischem Leben verstand die Zeit noch vorwiegend die *vita communis*; sie war eher eine mönchische Abschließung vor der Welt und verwies nicht auf die Weltmission als die an Pfingsten gestellte Aufgabe der Kirche[76]). Zwischen Beschriftung und Bild klafft also ein gewisser

---

MGH SS Bd. 6, S. 630; dazu HUGELMANN, Stämme 93, 229 f.

[75]) Percy Ernst SCHRAMM, Die deutschen Kaiser und Könige in Bildern ihrer Zeit, Bd. 1, Leipzig-Berlin 1928, Tafelband Abb. 73–74; Textband S. 92–95.

[76]) Franz Xaver KRAUS, Die Miniaturen des Codex Egberti in der Stadtbibliothek zu Trier, Freiburg i. Br. 1884, Tafel LX = f. 103 r des Kodex. Dazu Hans JANTZEN, Ottonische Kunst, München 1947, S. 74 f.; SEELIGER, Ikonographie 30 f., 71; Pfingsten 13, 23 und Abb. 6 (Vorlagen, Stil); Herbert GRUNDMANN, Neue Beiträge zur Geschichte der religiösen Bewegungen im Mittelalter, in: AKG 37 (1955) 129–182, hier S. 149 (vita communis).

Widerspruch. Das Bild paßt eher zu dem Reichenauer Pfingsthymnus des 10. Jahrhunderts: Der Heilige Geist erfüllte die Apostel, damit sie Gottes heiliges Siegeszeichen durch die viergeteilte Welt trügen, mit „göttlichen Gaben" und mit seiner Gnade[77]). Freilich, die göttlichen Gaben wurden nicht als die Sprachen der Welt gekennzeichnet, und so erweist sich auch hier, wie auf dem Pfingstbild und der Darstellung der huldigenden Provinzen, die geschilderte Universalität entweder als spirituell oder als partiell, also als scheinbar. Etwas weiter sah wohl bald darauf der Dichter des „Modus Carelmanninc"; er verherrlichte die *novae linguae*, die der Heilige Geist den zwölf Aposteln verliehen habe, damit sie zu jenen Völkern die Worte des Lebens brächten, die von den Juden verachtet worden waren[78]). Doch auch damit bezeugte Pfingsten eher die Translation des Gottesvolkes als die Verwandlung der ganzen Welt, eher eine abgeschlossene Entwicklung als eine Aufgabe ohne Grenzen: die verstockten Juden waren damit überrundet worden.

Die Animosität gegen die Juden und das hohe Alter ihres Volkes brach vollends in der deutschen Weltchronistik durch, die von den großen Ereignissen der Ottonenzeit wenigstens spät und vorübergehend wieder belebt wurde. Die beiden ältesten Werke sind verloren: Die um 973 von einem Hersfelder Mönch geschriebenen, recht knappen „Annales Hersfeldenses" müssen sich für die ältesten Zeiten auf Isidor und Beda gestützt haben; verloren sind auch die auf dieses Werk wenig später gegründeten kaisertreuen Größeren Hildesheimer Annalen. Beide Weltchroniken wurden bald ausgebeutet, die Hersfelder durch Lampert, der uns noch begegnen wird; auf die Größeren Hildesheimer Annalen stützten sich um 1007/8 die „Annales Quedlinburgenses", von einem den Ottonen nahestehenden Kaplan des Quedlinburger Nonnenklosters kompiliert. Der Autor, vielleicht schon seine Vorlage, las Bedas merkwürdigen Satz über die zweite Aetas und ihren Vergleich mit dem Jugendalter und schloß daraus, daß also die hebräische Sprache zwischen Noah und Abraham erfunden worden sei: *In qua aetate lingua est Hebraea inventa*. Beda hatte von dieser Aetas gesagt: *Quae in lingua inventa est, id est Hebraea*. Herausgeber und Kommentatoren haben den Unterschied zwischen „erfinden" und „vorfinden" nicht beachtet, obwohl er zur Folge hat, daß dem Hebräischen seine göttliche Würde und sein Altersprimat genommen wurde; denn Adams Sprache war dann eben nicht das Hebräische. Man mag an Theodoret und den Ambrosiaster denken, denn seither hatte im Abendland niemand geglaubt, das Hebräische sei etwa zu Abrahams Zeit erst erfunden worden. Der Quedlinburger Kaplan, dessen Interessen mehr der germanischen Heldensage und der Vergangenheit seines Volkes galten, ahnte wahrscheinlich nicht, wie umstürz-

[77]) In festo Pentecostes Str. 3, AH Bd. 34, S. 38.
[78]) Carmina Cantabrigiensia Nr. 5, MGH SSRG Bd. 40, S. 10 f.

lerisch er Beda auslegte: die Sprache hätte also mit Gottes Heilsplan und menschlicher Schuld nichts zu tun und wäre auch ohne den Turm von Babel geteilt worden. Es wird den Geistlichen nicht verwundert haben, daß die Welt differenziert ist, denn er sah sie vorwiegend von seiner Umwelt und Gegenwart her, also gar nicht als Ganzes; auch „Europa“ war ihm im Grunde nur das ottonische Reich, und dessen Vorgeschichte war kurz. Aus dem „Liber historiae Francorum“ wußte der Autor von den „wilden“ Franken, ihrer trojanischen Herkunft und ihrem ersten deutschen König Faramund. Doch aus der sächsischen Stammessage erwähnte er nur die Landung der Sachsen in Hadeln; er sagte nicht, woher sie kamen. Gewichtiger schien ihm, daß sie ihrer Kraft wegen in der Welt gefürchtet wurden und daß darum die wilden Franken bald mit ihnen das Bündnis schlossen, auf dem das ottonische Reich aufbaute[79]). Die unverbrauchte Kraft mußte sich nicht auf den fernen Ursprung berufen, um zu überzeugen.

Kaum verständnisvoller stützte sich der Autor der Kleineren „Annales Hildesheimenses“ zwischen 1020 und 1040 auf die Größeren Hildesheimer Annalen. Er exzerpierte Isidors Notizen; sie gaben nicht viel: daß von *Arfaxat* die Chaldäer, von dessen Sohne *Salom* die alten Samaritaner oder Inder, daß von Heber die Hebräer, von Ismael die jetzigen Sarazenen kamen, daß zu Phalegs Zeiten der Turm gebaut wurde und die Sprachen sich teilten, wann danach Skythen, Ägypter, Assyrer und Griechen, Trojaner und Römer auf der Bildfläche erschienen. Aber woher zu Ende des 9. Jahrhunderts die Ungarn, später die Slaven kamen, wußte der Annalist nicht zu sagen; auch für ihn war Europas Kernraum Deutschland[80]).

Aber wenigstens die „allgemeine Chronik der Reichs- und Weltgeschichte unter den sächsischen Herrschern“, die zwischen 1012 und 1018 der Bischof Thietmar von Merseburg (975–1018) schrieb, erhob sich über das allgemeine Niveau. Auch sie hielt von der biblischen Urgeschichte nicht allzuviel; sie begann mit den Römern, brach aber rasch ab, *quia antiquorum sagaci memoria certum indagare nequeo nec per scripta invenio, ne mendax inveniar, prorsus omitto.* Damit fielen sämtliche, nicht nur die biblischen Ahnenreihen und Herkunftssagen; lediglich die Ungarn wurden mit den Avaren identifiziert. Das Religiöse blieb sorgfältig eingegrenzt, wenigstens kommt die Zahl 70 nur bei den Wundern

[79]) Annales Quedlinburgenses, MGH SS Bd. 3, S. 22, 30, 32. Zur Quellenfrage Robert HOLTZMANN, Die Quedlinburger Annalen, in: Sachsen und Anhalt 1 (1925) 64–125, hier S. 92; WATTENBACH-HOLTZMANN, Geschichtsquellen 40 ff.; zur Tendenz LANDSBERG, Weltchroniken 40 ff.; BRINCKEN, Weltchronistik 144 ff.; zum Europabegriff FISCHER, Oriens 107 ff.

[80]) Annales Hildesheimenses, MGH SSRG Bd. 8, S. 2 f. (aus Isidor); a. 875 ff. S. 19 (Ungarn, Slaven); a. 862 ff. S. 18 (Europa). Zu Quellen und Tendenz BRINCKEN, Weltchronistik 147.

St. Kilians vor, hingegen nicht bei den heidnischen 99 Kult-Opfern der Nordgermanen, wo Adam von Bremen kein Jahrhundert später 72 setzte. Das bedeutete keine Geringschätzung des Unvertrauten, die Sprache der Fremden wurde mit keinem herabsetzenden Beiwort versehen. Zwar vermerkte Thietmar befriedigt, daß Otto II. auf lateinisch beichtete, aber er verachtete die Ungebildeten nicht; das Wort *barbarus* fehlt völlig, obwohl Thietmar dauernd über die Streitigkeiten an der deutsch-slavischen Sprachgrenze zu berichten hatte. Mit leichtem Schmunzeln erzählte er von den Späßen, die sich die Slaven mit ihren deutschen Missionaren erlaubten; die Missionare beherrschten die Landessprache so unvollkommen, daß slavische Witzbolde leichtes Spiel hatten. Thietmar selber kannte selbstverständlich die slavische Sprache und erklärte slavische Namen sachkundig und überlegen [81]). Seine Haltung erinnert lebhaft an die andere Missionsgrenze der Zeit, in Spanien; nur war der slavische Gesprächspartner traditionsloser als der mohammedanische, so daß sich Thietmars freundliche Toleranz ganz der Gegenwart widmete.

Aber auch der Bischof Adalbold von Utrecht (gest. 1026), der Thietmars Buch kannte, hielt von Genealogien nicht viel und glaubte für den Adel seines Helden, Kaiser Heinrichs II., genugsam gesorgt zu haben, wenn er seine Ahnentafel bei Karl dem Großen enden ließ, *ut ab his, qui genealogias computare noverant, audivimus* [82]). Mittlerweile hatten freilich die Franzosen ihre Ansprüche geltend gemacht, die genealogisch nicht sehr weit reichten, aber überboten werden mußten, und so ließ Wipo (ca. 990–nach 1046), der Kaplan des ersten Saliers Konrad II., seinen Kaiser *de antiquo genere Troianorum regum* abstammen, während die Kaiserin Gisela „nur“ vom Geschlecht Karls des Großen herkam. Wieder verbündeten sich Gegenwartsbezogenheit und antike Tradition gegen die Bibel; Vater Aeneas wurde von Wipo ebensooft zitiert wie der fromme Abraham, die Helden der Völkertafel ließ er ganz ruhen. Es schien ihn nicht zu beunruhigen, daß eine Stadt *vulgari sermone* anders heißt als auf lateinisch, daß

---

[81]) Chronicon I,2, MGH SSRG NS Bd. 9, S. 4 (Urgeschichte); I,15 S. 20 (Ungarn); I, 4 S. 8 (Kilians Wunder); I,17 S. 24 (nordische Opfer); III,25 S. 128 (Otto II.); II,37 S. 84 ff. (Witzbolde; dazu MASCHKE, Nationalbewußtsein 8); I,3 S. 6; III,21 S. 124; IV,55 S. 194; V,9 S. 230; VI,26 S. 304; VI,42 S. 326; VI, 49 S. 336 (Übersetzungen). Die Anlehnung an Gen. 11,7 in VII, Prolog S. 397 *(Verax mendaces hic confudit modo linguas)* gehört der Korveier Bearbeitung von 1120 an. Das Zitat aus WATTENBACH-HOLTZMANN, Geschichtsquellen 54.

[82]) Vita Henrici II imperatoris c. 1, MGH SS Bd. 4, S. 684; dazu Fritz KERN, Gottesgnadentum und Widerstandsrecht im früheren Mittelalter, Zur Entwicklungsgeschichte der Monarchie, 2. Aufl., Darmstadt 1954, S. 25 f.; Robert FOLZ, Le souvenir et la légende de Charlemagne dans l'Empire germanique médiéval (Publications de l'Université de Dijon 7), Paris 1950, S. 96 f.; HAUCK, Geblütsheiligkeit 225 f. Zu den mutmaßlichen Verwandtschaften Emil KIMPEN, Zur Königsgenealogie der Karolinger- bis Stauferzeit, in: Zeitschrift für die Geschichte des Oberrheins 103 (1955) 35–115, hier S. 57-63.

Name und Wesen nicht übereinstimmen – der aufstrebenden Dialektik stand er fern; er wußte ein geradezu konfuzianisches Heilmittel dagegen: *Mundi rectores aequent cum nomine mores*, ganz als wäre die Festsetzung der Begriffe Menschenrecht und Herrscherpflicht. Eine Vielfalt des Disparaten konnte Wipo nicht wohl gelten lassen, und wieder richtete sich seine Hoffnung auf den Salier, wenn er Gottes und Konrads Majestät besang:

Necnon variam
mundi discordiam
se movendo concordem
dare fecit
armoniam.

Die Sprachen mochten davon unbehelligt bleiben; die Welt mußte eine sein unter Gott und Kaiser[83]).

Es klang wie eine Kritik an Wipo, wenn sich die bis 1044 reichende Bischofschronik von Cambrai eingangs fragte, wer der Gründer von Cambrai sei, und darauf resigniert antwortete, das wisse man nicht; nicht einmal Roms Ursprung sei sicher: stammt es von Romulus, von den Aboriginern oder den Trojanern? Dieselbe Frage stellte wenig später in Italien auch Papias. Wenigstens Arras glaubte der unbekannte Domherr schon in Caesars Zeiten nachweisen zu können, aber weiter zurück wagte er sich nicht. Freilich pries er die Städte insgesamt als Stätten wahrer Gemeinschaft, Kultur und Frömmigkeit und ihre Gründung als eine Wohltat. Obgleich er dabei den Pentateuch zitierte, verschwieg er doch das Gegenbeispiel Babels: Der Rückgriff zur Vergangenheit war gefährlich und zweischneidig[84]). Auffällig vorsichtig schrieb auch Abt Bern von Reichenau (1008–1048) um 1044 an Kaiser Heinrich III., Konrads II. Sohn; er ließ nichts von Wipos Anliegen, vom Trojanerstammbaum der salischen Franken, verlauten und eröffnete, wie Adalbold von Utrecht, mit Karl dem Großen die *nobilis genealogiae linea* des Kaisers[85]). Kritisches Mißtrauen gegen lange Stammbäume machte freilich das Vergangene überhaupt verdächtig und konnte dazu führen, daß man sich in der geteilten Welt erst recht häuslich einrichtete.

Zwischen 1043 und 1046 hat der Dichter der „Ecbasis captivi", vielleicht ein Mönch aus Toul, sich deutlich genug über lange Ahnentafeln und fremde

---

[83]) Gesta Chuonradi imperatoris c. 2, MGH SSRG Bd. 61, S. 16 (Trojaner; dazu Grau, Herkunft 29); c. 4 S. 24 f. (Karl d. Gr.; dazu Hauck, Geblütsheiligkeit 225; Kimpen [o. Anm. 82] S. 63-69); c. 1 S. 11 (vulgari sermone); Proverbia v. 66 S. 70 (nomen, mores); Cantilena in Chuonradum Str. 2 S. 103 (armonia).

[84]) Gesta episcoporum Cameracensium I,1 f., MGH SS Bd. 7, S. 402 f.

[85]) Epistola 1, hg. Carl Erdmann, Forschungen zur politischen Ideenwelt des Frühmittelalters, Berlin 1951, S. 113; dazu Franz-Josef Schmale, Zu den Briefen Berns von Reichenau, in: ZKG 68 (1957) 69–95, hier S. 87 Nr. 26.

Sprachen mokiert. Ein Igel tritt auf und brüstet sich, seine Burgen seien stärker und höher als die des Königs Konrad; er stamme vom großen Cato ab, und wer seine Genealogie nachzeichne, werde erfahren, daß er aus dem Blut großer Könige stamme. Dennoch schickt man ihn zum niederen Küchendienst und tut dem Vasallen aus Königsblut nicht mehr die Ehre an, die Vergil von Salzburg ihm gespendet hatte. Der hochnäsige Igel redet wie die ganze Tierversammlung lateinisch und entschuldigt einen deutschen Ortsnamen; der Chor der Tiere singt auf griechisch und trägt Gottes biblische Werke in hebräischer, griechischer und lateinischer Sprache vor – währenddessen schmaust der Hof des königlichen Löwen. Einige Tiere ziehen davon, um über Normannen und Inder zu herrschen – ihr König sucht den Schwarzwald auf[85a]). Alles dies mahnt zur Mäßigung und Demut, auch zur Bescheidung mit dem vor Augen Liegenden.

Doch kommt diese Bescheidung der Exklusivität recht nahe; zwei Hauptwerke der Echternacher Buchmalerei zeigen es uns. Dort hat man wohl zwischen 1039 und 1043 in dem Perikopenbuch für Heinrich III. unter den 72 Szenen aus dem Evangelium auch das Pfingstwunder abgebildet, scheinbar ganz nach dem Muster des „Codex Egberti", dessen Original den Malern vielleicht vorlag. Aus den neun Vertretern der *populi* sind hier sieben Männer mit verschiedener Haartracht geworden, die unter den Aposteln stehen. Der beigeschriebene Text belehrt uns: *Flaminis hic sancti dono complentur et isti*. Das heißt, hier stehen nicht mehr die Völker der Welt, sondern die Jünger, die „Kleriker"[85b]). Und kann man hier noch im Ungewissen bleiben, was der Buchmaler sagen wollte, so schwindet jeder Zweifel angesichts des berühmten „Codex aureus" von Echternach, der in derselben Schule um die gleiche Zeit, um 1040, vielleicht kurz nach dem Perikopenbuch, entstand. Auch dabei gab der „Codex Egberti" die Vorlage ab; die Beschriftung der Bilder stimmt sonst mit der des Perikopenbuchs weithin überein. Nicht so beim Pfingstbild. Den Aposteln wird nun ausdrücklich die plötzliche Kenntnis aller Sprachen zugeschrieben: *Sumunt omnigenas subito de pneumate linguas*. Die acht Männer aber, die um sie geschart und in die *communis vita* mit ihnen aufgenommen

---

85a) Ecbasis cuiusdam captivi per tropologiam v. 660 ff., MGH SSRG Bd. 24, S. 23 f. (Adelsstolz des Igels); v. 687 S. 24 (Deutsch; dazu STRECKERS Note S. 45); v. 978 ff. S. 34 (Griechisch, Hebräisch, Latein); v. 1075 S. 37 (Normannen, Inder). Datierung nach Carl ERDMANN, Konrad II. und Heinrich III. in der Ecbasis Captivi, in: DA 4 (1941) 382–393, hier S. 392. Zu der mißglückten Zuschreibung des Gedichts an Humbert von Silva Candida vgl. Paul LEHMANN, in: DA 14 (1958) 256 ff.

85b) Handschrift Bremen, Stadtbibliothek, Codex 21, f. 72 v; Abbildung bei Albert BOECKLER, Das goldene Evangelienbuch Heinrichs III., Berlin 1933, Abb. 185, vgl. dort S. 44. SEELIGER, Ikonographie 30 f.; Pfingsten 24, 39 spricht hier und beim „Codex aureus" fälschlich von Völkern.

sind, tragen jetzt alle die gleiche Haartracht und Kleidung, und ihre Inschrift lautet:

Centum viginti fuerant his consociati,
Qui fiunt pleni de munere pneumatis almi.

Das sind also die 120 Jünger von Act. 1, 15, nicht mehr die Völker der Erde[85c]). Den Kunsthistorikern ist die Veränderung bisher nicht aufgefallen; aber ist sie nicht höchst bedeutsam? Die große Geste, mit der im „Codex Egberti" die Völker in den Kreis der Apostel zugelassen wurden, war unverständlich geworden; nun sind wieder die Heiligen und Geistlichen unter sich, und die Welt ist viel gründlicher als in der Bibel von St. Paul ausgesperrt. Das Sprachenwunder im Saale ist nicht mehr öffentlich, es bleibt intern und ohne Folge für die Erde, ja vielleicht sogar für die Kirche.

Bischof Bruno von Würzburg (gest. 1045), Vetter Konrads II. und Neffe Gregors V., verkündete nach 1034 in seiner Psalmenerklärung beim 44. Psalm nicht – wie Augustin und noch Pseudo-Remigius von Auxerre – das Lob der mannigfaltigen Sprachen in der Kirche, sondern bezog die *varietas* auf die verschiedenen Tugenden der Apostel. Auch beim Psalm 54 folgte Bruno nicht der üblicheren Auslegung, sondern Cassiodors boshafter Bemerkung, es geschehe den Juden ganz recht, daß sie unter alle Sprachen verstreut seien und ihr vermaledeites Werk nicht zum Ende führen könnten. Die abschätzige Bewertung der Barbaren *ut fera* stammt ebenfalls von Cassiodor, ist aber auch für Bruno bezeichnend, ebenso wie die einsilbige Erwähnung des pfingstlichen Sprachwunders beim 18. Psalm[86]). Die sichtbare Einheit, auch die der Sprache, galt als hohes Gut; aber ihr Besitz wurde nicht als Folge des Pfingstwunders dankbar empfunden, und auch ihr Verlust erinnerte niemanden mehr an den babylonischen Turm, an Vorgänge der fernsten Vergangenheit; wie die Welt nun einmal eingerichtet war, mußte Gott sie auch gewollt haben. Darum beklagte sich nach 1054 ein erboster Kleriker, der vielleicht aus Franken stammte, bei seinem Bischof, daß seine sächsischen geistlichen Mitbrüder ihn wegen seiner Mundart hänselten. Der Beschwerdeführer nannte seinen Dialekt etwas bombastisch *naturalis lingua* und fuhr im gleichen Tonfall fort: *Quod Deus me fecit, ausus sum esse.* Schafft also Gott das Süddeutsche täglich neu? Wollte Gott, daß es in

---

85c) Handschrift Nürnberg, Germanisches National-Museum, Hs. 2° 156 142, f. 112 r; Abbildung bei Peter Metz, Das goldene Evangelienbuch von Echternach im Germanischen National-Museum zu Nürnberg, München 1956, Abb. 86; vgl. dort S. 83. Zur Priorität des Perikopenbuchs Hermann Schnitzler, Fulda oder Reichenau? in: Wallraf-Richartz-Jahrbuch 19 (1957) 39–132, hier S. 72 (Hinweis von Dr. Max Imdahl-Münster).

86) Expositio psalmorum 44,11, MPL Bd. 142, Sp. 188 (varietas); 54,9 Sp. 215 (Sprachen); 113, 1 Sp. 414 (Barbar); 18,3 Sp. 100 (Pfingsten). Quellenanalyse bei Manitius, Literatur Bd. 2, S. 72 f.

Deutschland keine einheitliche Sprache gab? Die Erinnerung an den Turm von Babel hätte den Dialektpatrioten nur in seinem Stolze stören können, und an größere Einheit inmitten der Vielfalt dachte er ohnehin nicht[87]).

Selbst im Kloster Notkers hatten sich die alten Ideale verkrustet. Als sich der Mönch Ekkehard IV. von St. Gallen (ca. 980–nach 1057) um 1053 gegen die lothringische Klosterreform zur Wehr setzte, zitierte er zwar großspurig den 44. Psalm und verteidigte die Mannigfaltigkeit der Wege zu Gott, aber nur soweit es um die Freiheit seines Klosters ging. Dieselbe Mannigfaltigkeit mochte er den Rivalen im Mönchshabit nicht zugestehen, wieviel weniger den vielfältigen Sprachen! Er registrierte sie gelegentlich. Die Schotten haben ihr eigenes Idiom; Otto der Große konnte zwar Romanisch, mußte sich aber von seinem Sohn einen lateinisch geschriebenen Brief ins Sächsische übersetzen lassen. Hier lugt schon fast der Spott hervor, der sich dann breit über den armen Rätier ergießt, der nicht gut Deutsch kann, über den unglücklichen Churwelschen vor allem, der im Bade ruft: *Cald est!* und darum durch den deutschen Klosterknecht nur noch mehr ins Schwitzen gebracht wird. Vollends die Ungarn, diese Barbaren, denen Ekkehard nicht einmal die Abstammung von Agar und den Namen *Agareni* gönnt, geben nur scheußliches Grunzen und hundeartiges Gebell von sich. Gelehrter Dünkel steht hinter solchen Wertungen; stolz verzeichnet Ekkehard, daß in der Klosterschule in St. Gallen nur Latein gesprochen werden durfte; anerkennend blickt er auf Tutilo, der in beiden Sprachen, also Latein und Deutsch, dichtete, und erst recht auf die schwäbische Herzogin Hedwig, die Latein und Griechisch konnte. Töricht sind ihm die Leute von barbarischem Wesen, die nur Deutsch reden; als der Teufel in Gestalt eines Hundes erscheint und von Notker dem Dichter beschworen wird, da schreit er in barbarischer, also deutscher Sprache: *Au weh!* Hinkmar ist über Einhard Sieger geblieben[88]).

Wie eng der Kreis der Interessen und darum auch der Kenntnisse sich zusammenzog, zeigt im Schlaglicht die Diskrepanz zwischen dem deutschen Papst Leo IX. und seinem Biographen und Landsmann Wibert von Toul, der nach 1058 schrieb. Leo hat nach Wiberts Zeugnis noch als Fünfzigjähriger Grie-

---

[87]) Hannoversche Briefsammlung Nr. 39, MGH Briefe der deutschen Kaiserzeit Bd. 5, S. 83; dazu Carl Erdmann, Studien zur Briefliteratur Deutschlands im 11. Jahrhundert (Schriften der MGH 1), Leipzig 1938, S. 173 f.; Kirn, Nationalgefühl 69.

[88]) Casus sancti Galli, hg. Gerold Meyer von Knonau (St. Gallische Geschichtsquellen 3 = Mitteilungen zur Vaterländischen Geschichte 15–16), St. Gallen 1877: c. 87 S. 310 f. (Psalm 44); c. 100 S. 358 (Mannigfaltigkeit der Wege); c. 2 S. 10 (Schotten); c. 132 S. 422 (Otto I.); c. 130 S. 419 (Übersetzung ins Sächsische); c. 72 S. 256 (Rätier); c. 88 S. 314 (Cald est); c. 52 S. 198 (Ungarn als Barbaren); c. 82 S. 297 f. (Kritik an „Agareni"); c. 54 S. 205 (Grunzen); c. 64 S. 231 (Gebell); c. 89 S. 317 (Klosterschule); c. 34 S. 129 (Tutilo); c. 90 S. 323 f. (Hedwig); c. 80 S. 286 f. (barbarische Deutsche); c. 41 S. 148 (Au weh).

chisch gelernt, um die Bibel in dieser Sprache lesen und mit den Byzantinern diskutieren zu können: Die Septuaginta schien noch einmal lebendig zu werden, ganz kurz bevor der Bruch von 1054 alles Griechische aus dem Abendland verbannte. Aber Wibert war engherziger als der Papst, vielleicht auch nationalbewußter: Lateinisch reden in Rom der Hahn, der Hund und der Papagei; der Papst aber habe in seiner Todesstunde deutsch gebetet[89]). Ob man mit Ekkehard dem Lateinischen, mit Wibert dem Deutschen den Vorzug gab, stets wies man das Fremde weit von sich und dachte nicht an die Einheit der menschlichen Sprachen; eher schob man die fremden Idiome den Tieren zu.

Daß die Tiere *doctis loquelis* sprechen, vermeldete auch der Tegernseer Mönch, der um 1050 den „Ruodlieb" dichtete, den ersten abendländischen Abenteuerroman. Aber so nahe der Dichter dem Hofe Kaiser Heinrichs III. stehen mochte, die vielsprachige Welt der hellenistischen Romane war längst versunken; nur *Afri* vertreten die unbestimmte Ferne, eine Goldmünze erinnert an Byzanz. Die fremden Zungen klingen erst recht nicht mehr durch die lateinischen Verse, nur deutsche Wörter haben Zutritt. Alle historischen und biblischen Reminiszenzen sind schwammig[90]). Den Exegeten ging es kaum anders. Als 1055 der Regensburger Mönch Otloh von St. Emmeram einen wahren Hymnus auf die Harmonie der Vielfalt schrieb, da erwähnte er zwar den Austausch der Güter zwischen verschiedenen Provinzen, aber obgleich ihm sein Zitat aus 1 Kor. 12,10 die *genera linguarum* greifbar nahe brachte, fand er über die Harmonie der Vielsprachigkeit nichts zu sagen. Auch der enthusiastisch geschilderte Einklang der Verschiedenheit im Himmel brachte ihn nicht wie den Flamen Goscelin auf die Sprachen der Engel und Heiligen. In seiner Darstellung der Zahlenharmonien fehlt die Zahl 72[91]). Die Zahlensymbolik ist auch hier ein verläßliches Barometer. Was bei solchem Denken aus der benachbarten Universalzahl 70 wurde, demonstrierte noch 1084 der sächsische Geistliche Bruno. Nicht mehr der geordnete Kosmos spiegelte sich für ihn in der Zahl, sondern die Kraft seines Stammes: Ein Sachse gelte 70 Schwaben, höhnt man im Niedersächsischen und glaubt sich einer Welt gewachsen. Die einzige größere Einheit, die diesen Zwist überwölbt, hieß für Bruno *cunctae gentes Teutonicae linguae*. Sie war, wir sahen es, eine schwache Stütze[92]). Denn überall wurde der Zug zur National-

---

[89]) Vita Leonis papae II,12, MPL Bd. 143, Sp. 501 (Griechisch); II,4 Sp. 490 f. (Tiere); II, 14 Sp. 503 (Deutsch).

[90]) Ruodlieb, der älteste Roman des Mittelalters, hg. Friedrich SEILER, Halle 1882: V,136 und 172 S. 231 f. (Tiersprache); XI, 42 S. 276; XVI, 5 S. 292 (Afri); V, 323 S. 238 (Goldmünze); XVII,12 f. S. 295 (deutsche Wörter). Zur Entstehung des Romans Karl HAUCK, Heinrich III. und der Ruodlieb, in: PBB 70 (1948) 372–419.

[91]) Dialogus de tribus quaestionibus c. 43 ff., MPL Bd. 146, Sp. 119 ff. (Harmonie); c. 34 ff. Sp. 103 ff. (Zahlen). Dazu MANITIUS, Literatur Bd. 2, S. 89 f.

[92]) Buch vom Sachsenkrieg c. 21, MGH Deutsches Mittelalter Bd. 4, S. 27 (70

sprache gehemmt durch klerikale Bildung, universale Erinnerung und lokale Sonderungen; diese ließen ihrerseits allgemeinere Einsichten nicht recht zu Worte kommen. Selten schloß sich das Denken so eng der sich vollziehenden Geschichte an wie in diesen anderthalb Jahrhunderten; selten auch wurde es weniger über sie Herr.

*

Während in Frankreich, Italien und Deutschland die Spannungen der inneren Konzentration freiere Gedanken über Ursprung und Entfaltung, Einheit und Vielfalt verwehrten, während sich hier insbesondere auf dem Gebiet der Völkergenealogie ein jeder seinen Sektor ausschnitt, mehr im mißtrauischen Blick auf die anderen als im synthetischen Erfassen des Ganzen, währenddessen bildeten sich am Ostrand des Abendlandes christliche, katholische Staaten. Was Polen und Böhmen damals über Sprachenvielfalt und Völkerstammbaum dachten, haben sie uns nicht schriftlich hinterlassen; sie mögen nach Kyrills Forderung und ähnlich wie die zeitgenössischen Russen die Gleichberechtigung ihrer Sprachen und ihrer Stämme im allgemeinen Verband zumindest der Christenheit, aber dadurch auch schon der Menschheit, besonders hervorgehoben haben.

Deutlicher sehen wir die Einstellung der Ungarn. Im Abendland hat man die Räuberhorden rasch an die Avaren angeknüpft, bisweilen, wie bei dem Geographen von Ravenna und bei Widukind von Korvei, auch schon auf die Hunnen zurückgegriffen, die dann seit dem 11. Jahrhundert allgemein und allein als Ahnen der Ungarn galten; andere haben sie mit den Sarazenen mehr verwechselt als gleichgesetzt; wir hörten, wie Ekkehard IV. dagegen protestierte[93]). Wenn man sie religiös verstand, lag der Hinweis auf die Endvölker Gog und Magog nahe; schon Remigius von Auxerre mußte sich gegen diese allzu einfache Deutung verwahren. Um 1000 erwähnte ein Chronist, die Ungarn, die „Hunnen", brüsteten sich, von den Juden abzustammen, also dem alten Gottesvolk anzugehören[94]). Aber im westlichen Abendland dachte niemand daran, die Ungarn wirklich in der biblischen Völkertafel aufzu-

---

Schwaben; dazu KIRN, Nationalgefühl 71. Entferntes Vorbild könnte Persius, Satire V,191 gewesen sein); c. 130 S. 122 (Teutonica lingua).

[93]) Ernst DÜMMLER, Geschichte des ostfränkischen Reiches (Jahrbücher der Deutschen Geschichte), Bd. 3, Berlin 1865, S. 449 zusammenfassend. Dazu etwa für „Avaren": Liber monasterii S. Wandregisili, RHF Bd. 7, S. 44; Papst Johann XII. beim Annalista Saxo a. 962, MGH SS Bd. 6, S. 616. Für „Hunnen": Lupus Protospatarius, Annales Barenses a. 920, MGH SS Bd. 5, S. 53; Translatio S. Senesii, RISS Bd. 1,2 S. 195 f.; Vita Bennonis II,6, MGH SSRG Bd. 56, S. 6. Für „Sarazenen": Annales Sangallenses maiores a. 892 ff., MGH SS Bd. 1, S. 77; Leo Marsicanus, Chronica monasterii Casinensis II,34, MGH SS Bd. 7, S. 650 usw.

[94]) Heriger von Lobbes, Gesta episcoporum Tungrensium et Leodiensium c. 17, MGH SS Bd. 7, S. 171 f.

suchen; der Zutritt zur europäischen Ahnengalerie blieb den Eindringlingen versagt.

Die Ungarn selber warfen ihre alten heidnischen Genealogien rasch über Bord, nach denen die Arpaden von ihrem Totem-Tier, dem Turul-Vogel, stammten[95]); auch an die Avaren wünschten sie nicht angeschlossen zu werden. Wollten sie sich isolieren? Wenn sie sich als Nachfahren der Juden ansahen, könnte man meinen, sie hätten auch ihre in Europa völlig vereinzelt stehende Sprache für die von Gott auserwählte, einzig rechte gehalten. Statt dessen treten uns königliche Worte von einer souveränen Überlegenheit entgegen, die wir in der Mitte des Abendlandes nicht fanden, die wir aber von Attila und Dschinggis Chan, von den Nomadenvölkern und auch von den Russen her noch im Ohr haben: Die Verschiedenheit der Sprachen und Bräuche ist der Schmuck des Reiches, Sprachenkenntnis ein Ruhmesblatt. *Sicut enim ex diversis partibus provinciarum veniunt hospites, ita diversas linguas et consuetudines diversaque documenta et arma secum ducunt, quae omnia regiam ornant et magnificant aulam et perterritant exterorum arrogantiam. Nam unius linguae uniusque moris regnum imbecille et fragile est.* Man wird an Augustins Auslegung des 44. Psalms erinnert, nach der die Kirche sich mit der Vielfalt der Zungen schmückt, aber wer wagte es um 1030, sie zur Beschämung der abendländischen Arroganz auf einen angeblichen Räuberstaat anzuwenden? Natürlich war es ein Heiliger, König Stephan I. (997–1038) von Ungarn. Er hatte den Turmbau von Babel dabei nicht im Sinn; er suchte ihn – wie auf irgendeine Weise fast alle Zeitgenossen – zu eliminieren und seine Folgen zu überwinden. Freilich erleichterte ihm die alte ungarische Doppelsprachigkeit diese Absicht sehr[96]). Es lag nahe, daß die mindermächtigen Randstaaten auf Toleranz drängten und die Vielfalt betonten, während die Mächtigen in der Mitte Europas eher die Einheit auf den Schild hoben; Stephans Seitenblick auf die *exteri* ist dafür bezeichnend. Aber wer hat in dieser ganzen Epoche seinen Standpunkt so hoch gewählt wie der Ungarnkönig und in England sein Gesinnungsgenosse Goscelin?

Es hat sich ergeben, daß im abendländischen 10. und beginnenden 11. Jahrhundert die bisher gekoppelten Vorstellungsgruppen Ursprung und Entfaltung, Einheit und Vielfalt auseinandertraten. Beide Richtungen konnten für sich ältere Traditionen anführen, doch war die stärkere, der Einheit abgeneigte Partei weniger als ihre Gegenspieler gewillt, auf die Vergangenheit zurückzugreifen und räumlich die Welt zu umspannen; die zur lokalen, nationalen Einheit drängenden Herrscher und ihre Völker strebten über die getrennten

[95]) Moritz ZIKAN-ZICHY, Ungarn unter den Arpaden, in: RANDA, Handbuch 1373.

[96]) De morum institutione ad Emericum ducem c. 6, MPL Bd. 151, Sp. 1240; dazu MANITIUS, Literatur Bd. 2, S. 82 f.; Bálint HÓMAN, Geschichte des ungarischen Mittelalters, Bd. 1, Berlin 1940, S. 60, 187 f.

Länder und deren Schicksale nicht allzu weit hinaus. Sie zogen auch die Hüterin der universalen Traditionen, die Kirche, weithin in den Bann der feudalen Welt. Das ältere Erbe erhielt sich vorwiegend in den Randstaaten Europas, die nicht zu den Nachfolgern des Karolingerreiches gehörten; die ersten Turmbaubilder aus England sind das Symbol dafür. Im Zentrum Europas waren die alttestamentlichen und auch die antiken Leitbilder der Kultur stark verblaßt; in der Wirklichkeit wie in der folgsamen Reflexion der Zeit standen die eben sich sondernden Völker und Sprachen im Blickpunkt, nicht Adam, Babel, Pfingsten oder der himmlische Jubel. Diese Situation wurde völlig umgekehrt durch den Mann, der 1083 Stephan von Ungarn unter die Heiligen erheben ließ und die universale Einheit zum religiösen, allein herrschenden Prinzip erklärte, durch Gregor VII.

6. Kirchenfreiheit und Volksbewußtsein

Seit etwa 1060 suchte sich die Kirche, die im vorigen Jahrhundert wenig Initiative entwickelt und den Gedanken vom Gottesvolk aus allen Sprachen nicht mehr energisch vertreten hatte, aus dem Gefüge der feudalen Welt zu lösen, nicht um sich vom Diesseitigen zu befreien, sondern um es unter eine neue Ordnung zu stellen. Der Ruf nach dieser Ordnung, nach der Libertas ecclesiae erstrebte dreierlei: die Freigabe der Kirche von allen äußeren Fesseln, ihre Unterordnung unter den Papst allein und die von der Kirche durchzuführende rechte Ordnung der Welt nach christlichen Leitbildern. Von diesen Idealen aus erschienen auch Ursprung und Vielfalt der Sprachen und Völker unter ganz neuem Aspekt. Die Mannigfaltigkeit war nicht mehr ein unabänderliches Schicksal, dem man allenfalls durch Spiritualisierung oder Isolierung entgehen konnte; sie gehörte mit in die Ordnungsaufgabe der Kirche und mußte sich ihrer Freiheit und Einheit fügen. Wie weit dabei die Realitäten sprachlichen und völkischen Lebens noch geachtet wurden, war die eine kritische Frage. Die gefestigten Völker wurden durch dieses Programm erst recht zu bewußtem Selbstgefühl erweckt; der völkische Gedanke begann, sich der Wirklichkeit frei gegenüberzustellen und sie auf ihre Ordnungsmöglichkeiten zu untersuchen. Auch hier konnte die Freiheit nach außen, die Einheit und Ordnung nach innen zum Programm werden. Wie weit es sich dem universalen Anruf, sei es der Kirchenreform, sei es einer Menschheitsidee, öffnen würde, war die andere durchaus offene Frage. Die Tendenzen schienen sich zu begegnen: Das Papsttum förderte die Randvölker und die Gegner des Imperiums und damit meist auch das Volksbewußtsein; es zertrümmerte die politisch-feudale Einheit und setzte dadurch scheinbar die Vielfalt frei, freilich nur, um seine eigene Zentralgewalt durchzusetzen; und damit beginnt der Streit von neuem[1]). Wie bisher stets sind die Meinungen über Sprachen und Völker nur ein Sektor des Ringens, aber wieder ein besonders symptomatischer Ausschnitt, weil sich hier Stoff und Form, Tradition und Tendenz sehr nahe berührten. Es ging – das hat gleich der erste Kirchenreformer klar gesagt – im Jahre 1058 um den Turm von Babel.

Der lothringische Benediktiner-Kardinal Humbert von Silva Candida (ca. 1000–1061) spürte wohl, daß die neuen Forderungen mit den alten Begriffen schlecht auszudrücken waren; wie bei allen Revolutionen mußten sich die Neuerer erst ihre eigene Sprache aus den ererbten Wörtern schaffen[2]). So hatte Humbert recht, wenn er 1058 für die gegenwärtige Welt das Bild vom babylonischen Turm brauchte, nun aber mit einer unerhörten Aktualität versah: Daß man den Übermut der Ketzer mit der Hoffahrt der Turmbauer verglich, war seit Isidor nicht neu, wohl aber, daß man nicht nur die dogmatisch Abweichenden damit bezeichnete, sondern überhaupt alle, die *diversa de religione christiana* reden; jede Besonderheit war in Humberts Augen ein kleiner Babelturm[3]). Die *diversitas linguarum* sollte geistlich überwunden werden durch Unterordnung der Welt unter die Priester Gottes. Humbert verglich darum erneut wie Pseudo-Isidor, den er kannte und benutzte, die Priester mit den 72 Jüngern Christi, in jenem Buch, das einen Neubau des Kirchenrechts einleitete[4]). Der Bruch mit Byzanz, von demselben Humbert 1054 besiegelt, ergab sich fast mit Notwendigkeit aus diesen Gedanken; er schuf geradezu eine neue Grenze des lateinischen Abendlands gegen Osten hin. Sie war faktisch, so scharf wie wenige andere, eine Sprachengrenze; aber nicht Sprache und Abstammung, nicht die Geschichte, sondern die Theologie gab die Erläuterung und zwingende Begründung dieser Scheidung[5]). Das Grenzenlose selbst steckte die Fronten ab.

[1]) Gerd TELLENBACH, Libertas, Kirche und Weltordnung im Zeitalter des Investiturstreites (Forschungen zur Kirchen- und Geistesgeschichte 7), Stuttgart 1936, S. 130 ff., 151 ff., 164 ff., 190 (libertas); Gerhart LADNER, Theologie und Politik vor dem Investiturstreit, Abendmahlstreit, Kirchenreform, Cluni und Heinrich III. (Veröffentlichungen des österreichischen Instituts für Geschichtsforschung 2), Baden bei Wien 1936, S. 78 ff. (Papsttum und Randvölker).

[2]) Eugen ROSENSTOCK-HUESSY, Die europäischen Revolutionen und der Charakter der Nationen, Stuttgart-Köln 1951, S. 476 ff. (allgemein); Friedrich HEER, Aufgang Europas, Eine Studie zu den Zusammenhängen zwischen politischer Religiosität, Frömmigkeitsstil und dem Werden Europas im 12. Jahrhundert, Wien-Zürich 1949, S. 88 ff. (für das 11. Jahrhundert).

[3]) Adversus Simoniacos II,23, MGH Libelli de lite Bd. 1, S. 167. Zu H.s Gedanken August NITSCHKE, Die Welt Gregors VII., Studien zum Reformpapsttum, Diss. phil. (Masch.-Schr.) Göttingen 1950, S. 33 ff.

[4]) Anton MICHEL, Die Sentenzen des Kardinals Humbert, das erste Rechtsbuch der päpstlichen Reform (Schriften der MGH 7), Leipzig 1943, S. 52.

[5]) WALLACH, Gemeinschaftsbewußtsein 13 ff.; Paul Egon HÜBINGER, Abendland, Christenheit, Europa, Eine Klärung der Begriffe in geschichtlicher Sicht, in: Das Parlament, 3. 2. 1954, S. 37–43, hier S. 40 (neue Grenze); MICHEL, Sprache und Schisma 65 ff. (Sprachgrenze); Anton MICHEL, Humbert und Kerullarios, Studien I

Daß das religiöse Denken sich schwer auf eine festumrissene, begrenzte Institution einengen ließ, macht Humberts Gegenspieler deutlich, der milde Einsiedlerkardinal Petrus Damiani (ca. 1007–1072). Er suchte die Einheit alles Lebens nicht auf dieser Erde und milderte darum auch das Gleichnis vom Babelturm ab. Er bezog es ähnlich wie Philon und seit ihm so viele auf die lasterhaften *perversi*, deren Taten und Werke Gott in Verwirrung bringt; nicht Einheit, sondern Tugend war das erstrebenswerte Ideal[6]). Auch das Pfingstfest wurde neu interpretiert: Die Apostel seien nach Act. 2, 13 den Umstehenden als Betrunkene erschienen, da der Heilige Geist *a sensu vitae praesentis scienter alienat*[7]). So wenig wie Babel die Sprachen trennte, so wenig vereinte Pfingsten sie; Askese und Entrückung führen zur wahren Vereinigung alles irdisch Geschiedenen. Darum deutete etwa der Name der Äthiopier nicht auf ein fernes, vielleicht reines und glückliches Volk hin, auch nicht auf die schwarzen Nachfahren Chams, sondern auf die Welt außerhalb des Klosters als den Inbegriff der Sünde[8]). Der wahre Friede erwartet die heimatlose Seele freilich erst im Paradies, wo sie, alles Wandelbaren entkleidet – und das heißt: der Geschichte enthoben –, ihren Ursprung, die Eintracht der Geister und jubelnde Harmonie wiederfindet[8a]). Dies alles kann die irdische Betriebsamkeit nie gewähren. Damiani hat das Ideal des büßenden Asketen nicht aller Welt aufzwingen wollen, konnte sich aber mit stiller Kontemplation nicht begnügen: Mußte man nicht die Welt verwandeln, statt sie zu verlassen? Dann aber wurden auch Damianis Thesen revolutionär: sie durchbrachen die objektive und geschichtliche Ordnung, die symbolische Entsprechung zwischen irdischer Form und göttlichem Gedanken und forderten eine Vergeistlichung des Diesseits. Es zielte in die gleiche Richtung, wenn der Italiener Lanfranc (ca. 1003 bis 1089), zuletzt Erzbischof von Canterbury, das pfingstliche Zungenreden im Anschluß an Ambrosius und Augustin als reine Ekstase, als *lingua incognita* und *extranea* auslegte und nicht als die gesprochene und vernommene Sprache; dagegen verstand er das Aufhören der *linguae* in 1 Kor. 13, 8 von der Vielfalt der gesprochenen Idiome und, im gleichen Atemzug, von der weltlichen Wissenschaft[9]). Man begreift, daß Damiani und Lanfranc die neue Dialektik be-

---

(Quellen und Forschungen aus dem Gebiet der Geschichte 21), Paderborn 1924, S. 9 (Theologie).

[6]) Expositio mystica historiarum libri Geneseos c. 18, MPL Bd. 145, Sp. 849. Zu D.s Exegese Fridolin DRESSLER, Petrus Damiani, Leben und Werk (Studia Anselmiana 34), Rom 1954, S. 211; SPICQ, Exégèse 53.

[7]) Sermo XXI de Spiritu sancto et eius gratia, MPL Bd. 144, Sp. 621.

[8]) Matthäus BERNARDS, Speculum virginum, Geistigkeit und Seelenleben der Frau im Hochmittelalter (Forschungen zur Volkskunde 36–38), Köln-Graz 1955, S. 103.

[8a]) Carmen 226 de gloria paradisi Str. 10 ff., MPL Bd. 145, Sp. 981 f.

[9]) In epistolam I ad Corinthios 13 f., MPL Bd. 150, Sp. 200 ff. Zu seiner Haltung LADNER (o. Anm. 1) S. 14 ff.

kämpften, letzterer vor allem Berengar von Tours; sie mißtrauten der angemaßten Eigenmacht des Irdischen. Konnte dieser tätige Spiritualismus sich nicht in Humberts kirchenpolitische Entwürfe fügen?

Papst Gregor VII. (ca. 1021–1085), der Humberts Ideen verwirklichte, erstrebte die spirituelle Einheit dieser Welt. Er sah den Turm von Babel, den er nirgends direkt zitierte, dort aufgerichtet, wo weltliche Herrscher ihre Macht behaupteten; denn das besagt wohl die Briefstelle von 1081, in der Gregor die Herrschaft der Könige herleitete von den *Deum ignorantes*, die mit *superbia* und blinder Herrschsucht die von Natur aus gleichen Menschen unterjochen. Damit kann nur auf Nimrod als den ersten Tyrannen angespielt worden sein. Von den geteilten Sprachen sagte Gregor nichts, er erkannte sie nicht an, weil es für ihn nur die eine rechte Sprache gab. So machte er einem Armenier gegenüber die *garrulitas* der Griechen und alle abweichenden Bräuche der orientalischen Kirchen verächtlich und verkündete die gute *latinitas* als unentbehrliches Kennzeichen kanonischer Richtigkeit. Als 1080 die Slaven von ihm die Liturgie in ihrer Sprache forderten, antwortete Gregor anders als Johann VIII. zweihundert Jahre früher, Gott habe mit Grund angeordnet, daß die Heilige Schrift an einigen Orten nicht verstanden werde, um sie der Verachtung und dem Mißverständnis zu entziehen. Die *primitiva ecclesia* mochte hierin milder geurteilt haben; ihr Vorbild verpflichtete nicht, wo es um rationale, korrekte Einheit ging. Es war nur konsequent, daß Gregor in seinen Briefen den Pfingstbericht der Apostelgeschichte nirgends zitierte und den 44. Psalm nicht auf den Lippen führte[10]).

Dieser Vereinheitlichung, in der sich Gregor radikal von seinem ersten päpstlichen Namensvetter unterschied, hatten sich auch die abendländischen Riten zu beugen; *omnes Latinae linguae ecclesiae* sollten die Messe auf ein und dieselbe Weise feiern, das *mysterium totius linguae Latinae* müsse eines sein, keine Harmonie, sondern ein Unisono. Und diesen Gedanken Gregors VII. schreibt ein Zeitgenosse ausgerechnet Gregor dem Großen zu[11]). Das Gottesvolk war

[10]) Registrum VIII,21, MGH Epistolae selectae Bd. 2, S. 552 (Brief von 1081); VIII,1 S. 513 (garrulitas); I,33 S. 54 (latinitas); VII,11 S. 474 (slavische Sprache). Daß Gregor in VIII,21 an Nimrod dachte, vermutete August Friedrich Gfrörer, Bauriß des Planes, den Papst Gregor VII. während seines Pontifikats befolgte, in: Historisch-Politische Blätter für das katholische Deutschland 36 (1855) 514–537, 621–643, hier S. 519; dagegen nicht überzeugend Josef Funkenstein, Das Alte Testament im Kampf von regnum und sacerdotium zur Zeit des Investiturstreits, Diss. phil. Basel 1938, S. 48 f. Zur Stelle August Nitschke, Die Wirksamkeit Gottes in der Welt Gregors VII., Eine Untersuchung über die religiösen Äußerungen und politischen Handlungen des Papstes, in: Studi Gregoriani, Bd. 5, Rom 1956, S. 115–219, hier S. 144 f., 190 f.

[11]) Landulfus senior, Historia Mediolanensis II,4, RISS NE Bd. 4,2 S. 32 f. Dazu Gerd Tellenbach, Die Bedeutung des Reformpapsttums für die Einigung des Abendlandes, in: Studi Gregoriani, Bd. 2, Rom 1947, S. 125–149, hier S. 133 ff.

damit der lateinischen – und das hieß jetzt im Gegensatz zu Hinkmar der römischen – Kirche gleichgesetzt. Man braucht sich nur an Reginos und Goscelins Worte von der Mannigfaltigkeit der Sprachen und Riten in Gottes Kirche zu erinnern, um die Tragweite der neuen Entscheidung zu erkennen und den Abstand von der Karolingerzeit zu ermessen. Wenn um 1085 Gregors Parteigänger, der Kanonist Bonizo von Sutri (ca. 1045–1090/1), die Einheit des Karolingerreiches als das verlorene Ideal pries, wußte er nicht, wonach er verlangte, oder vielmehr „das Gewesene muß nach dem Willen des Gegenwärtigen sein"; die Geschichte wird angerufen, ihre Ergebnisse werden negiert[12]). Im gleichen Sinn wandte sich Bonizo gegen alles Nichtrömische: um dieselbe Zeit brach sein Haß gegen die *inlitterati et barbari* hervor, die das römische Recht und seine Sprache nicht beherrschten, aber über die Römer zu Gericht säßen, seitdem das Römerreich den Barbaren in die Hände gefallen sei. Man konnte die Folgen der Völkerwanderung und die Herrschaft der Deutschen, auch ihrer Sprache, nicht mehr dulden[13]). Was die Reformer wollten, war ein rationaler, spiritualistischer und lateinischer Neubau der Weltordnung, nicht die Anerkennung der geschichtlichen Vielfalt in der Einheit.

Klar begriffen hat das der Abt von Monte Cassino und Kardinalbischof von Segni, Bruno von Asti (1045/9–1123), ein eifriger Gregorianer und ein ganz hervorragender Exeget. Die Stelle Ex. 15, 27, die in allen Bibelversionen von 12 Wasserbrunnen und 70 Palmbäumen spricht, wurde von Bruno um 1103 allein auf die Einheit der Kirche gedeutet: Die 72 Jünger Christi – man denkt an Humberts Vergleich zwischen ihnen und dem Priestertum – sollten die 12 Apostel versiebenfachen, damit die Welt sehe, daß sie alle von der siebenfachen Gnade des Heiligen Geistes erfüllt seien[14]). Von der Divergenz zwischen 70 und 72 ganz abgesehen, 7 mal 12 ergab nicht 72; aber auch die Arithmetik hatte sich zu fügen. Die naheliegende und von Haimo, Brunos Vorlage, erwähnte Parallele zu den 72 Völkern und Sprachen zog der Symbolist weder hier noch in seinem Apokalypsenkommentar[15]). Die Harmonie aller Völker und Sprachen war nicht das Anliegen der Reformer, ja die angebliche kosmische Ordnung der Völkerwelt schien Bruno suspekt. Bei der Erklärung von Deut.

---

[12]) Liber ad amicum III, MGH Libelli de lite Bd. 1, S. 578; dazu WALLACH, Gemeinschaftsbewußtsein 12. Zum Geschichtsverständnis der Reformer Wolfram von den STEINEN, Canossa, Heinrich IV. und die Kirche (Janus-Bücher 5), München 1957, S. 40 ff. (hier das Zitat).

[13]) Quot sunt genera judicum, hg. GIESEBRECHT (o. S. 569 Anm. 68) Bd. 1, S. 894, auch in MGH LL Bd. 4, S. 664. Dazu SCHRAMM (o. S. 563 Anm. 49) S. 224 f.

[14]) Expositio in Exodum 15, MPL Bd. 164, Sp. 267. Zu B.s Exegese Bernhard GIGALSKI, Bruno, Bischof von Segni, Abt von Monte-Cassino (1049–1123), Sein Leben und seine Schriften (Kirchengeschichtliche Studien 3, 4), Münster 1898, S. 206 ff.; KAMLAH, Apokalypse 15 ff.; SPICQ, Exégèse 113 f.

[15]) Expositio in Apocalypsim 5, MPL Bd. 165, Sp. 632.

32, 8 sagte er, die Menschheit sei in ebenso viele Teile geteilt worden, wie es Stämme Israels, Winde und Apostel gebe, nämlich in zwölf Teile. Dieselbe Ausdeutung begegnete uns im „Hirten des Hermas“ und in der spätjüdischen Exegese schon; sie hat hier ganz ähnliche Hintergedanken wie dort, wenn man annimmt, daß Bruno die Kirche als das neue Israel betrachtete. Die lästige Lehre von der sprachlich differenzierten Welt, von den 72 gottgewollten Sprachen und Völkern wurde auf alle Fälle verschwiegen; Babel mußte aus der Heilsgeschichte ausgegrenzt werden. Das leistete der dieser Berechnung vorangehende Satz: *Haec autem divisio gentium et haec separatio filiorum Adam illa esse videtur, quae in turris aedificatione facta est, sive potius, quae in eius* (Gottes) *dispositione erat ante saecula.* Die Zwölfteilung der Erde war also keine Folge von Babel, sondern von Gottes ewigem Ratschluß; sie zertrennte eigentlich nicht die eine Welt, die durch die Apostel der einen Kirche zugeführt wurde[16]).

Die kirchliche Welt ist auch sprachlich eins: Der nach 1100 abgefaßte, auf Haimo und Cassiodor gestützte Psalmenkommentar Brunos prangerte die Juden an, sie sprächen nicht mehr wie früher ihre eigene Sprache, sondern hier Griechisch, dort Latein, anderswo „Barbarisch“, und zwar, weil sie *usque hodie* zänkisch und unverträglich seien. Das heimliche Gegenbild zu dieser Synagoge kann man unschwer erkennen; die Erläuterung zum Psalm 44 ist auch hier wieder ein untrügliches Symptom: Die Braut, die mit der *varietas* umgürtet ist, sei die Kirche, mit allen Tugenden weit mehr als Juden und Heiden geschmückt – kein Wort von Augustins Interpretation der einen Kirche im Schmuck der vielen Sprachen. Die Apostel zwar redeten an Pfingsten, des Heiligen Geistes voll, in allen Sprachen, zum Zeichen ihrer Eintracht[17]). Dieses Pfingstwunder hatte indes einen sehr rationalen Zweck; Bruno meinte, die Sprachengabe sei früher für die Mission vonnöten gewesen. Doch gelassen fügte er hinzu, heute beherrsche kaum einer oder gar niemand mehr alle Sprachen; jedem genüge ja seine eigene Sprache, da heute ein jeder nur noch in seiner Heimat zu predigen brauche[18]). Die Weltmission, das Gespräch mit Byzanz wurde unnötig. Die Heilsgeschichte gab der Gegenwart keine Weisungen mehr. Alle Welt verstand Latein, und nur auf die Rechtgläubigen kam es an; nichts anderes besagt auch die Turmbau-Geschichte. Brunos Genesiskommentar erklärt, *omnes mundi nationes* hätten sich vor dem babylonischen Ereignis mittels der hebräischen Sprache verständigt und auch fernerhin verständigen können, wenn nicht der irrsinnige Turmbau sie *quasi irrationales* und

[16]) Expositio in Deuteronomium 32, MPL Bd. 164, Sp. 536 f. Dazu KRETSCHMER, Erdkunde 147 (Lehre von 12 Winden).

[17]) Expositio in psalmos 54, MPL Bd. 164, Sp. 893 (Juden); 44 Sp. 858 (Kirche); 18 Sp. 757 (Apostel).

[18]) Sententiae III,3, MPL Bd. 165, Sp. 908.

dadurch einander unverständlich gemacht hätte. Die vollendete Weisheit ruhte in der einen Sprache, die Adam in Gottes Schule erlernte[19]). Babel war also die Folge von akutem Irresein; das rationale Weltverständnis konnte mit dem Ereignis nichts anfangen. Bruno interpretierte in seinem Kommentar auch die Völkertafel nicht. Das gregorianische Programm wurde hier exegetisch gerechtfertigt: Die rational geordnete, lateinisch-christliche Welt muß in sich eins sein und darf als Unterteilungen nur schematisch von Gott vorgezeichnete Bezirke kennen, nicht aber gewachsene Gebilde wie Sprachen und Völker, die von Menschen ins Leben gerufen wurden.

In der metrischen Lebensbeschreibung des treuen Gregorianers Anselm von Lucca hat sein dritter Nachfolger, Bischof Rangerius von Lucca (gest. 1112), die Sprachtheologie vollends in Moraltheologie verwandelt. Die Ausschweifung habe einst die *varios barbara lingua sonos* eingeführt – die Vielfalt selber ist also wie bei Atto von Vercelli schon barbarisch –, sie bringe auch die Dissonanzen in der Moral hervor, so viele, wie Proteus Gesichter habe. Sprachen und Völker folgen keiner Ordnung, keiner höheren Weihe, sie waren ja schon immer nur Anlaß zu Frevel und Sünde.

Ut Babylon quondam linguarum de novitate
Addidit antiquis deteriora malis,
Sic et de numero populorum multiplicato
Exoritur scelerum multiplicanda seges.

Wie viele Theologen hatten seit der Völkerwanderung in der Trennung der Sprachen und Völker Gottes weisen Ratschluß gerühmt, der die Sünde gemeinsamen Stolzes dämpfte! Noch niemand hatte geglaubt, daß Gottes Eingreifen in Babel die Welt vollends ins Verderben stürzte, daß die Geschichte insgesamt ein viehisches Getümmel sei. Nur die hitzigste Leidenschaft des Kampfes kann Ranger so weit geführt haben, denn auch er glaubte an eine sichere Insel in diesem Chaos. Nicht alles Volk und jegliche Sprache war verbrecherisch; nur die Deutschen, die den Papst und seine Stadt bedrohten, galten ihm wie Bonizo als Barbaren, deren Sprache kaum mehr menschlich zu nennen sei[20]). Im Grunde, das mußte doch auch dieser Gregorianer glauben, lenkte Gott alles; die Wut der Stunde ließ freilich glauben, daß er alles Irdische zu Gericht und Verdammnis lenke. Es war eine Konkretisierung solcher Gedanken, daß gegen Ende des 11. Jahrhunderts am Antependium in der Kathedrale von Salerno, in der Gregor VII. Zuflucht suchte und noch heute ruht, der Turmbau von Babel dargestellt wurde, vielleicht nach byzantinischen Mustern, aber sehr zeitgemäß

---

[19]) Expositio in Genesim 11, MPL Bd. 164, Sp. 186 (Babel); 2 Sp. 164 (Adam).
[20]) Vita Anselmi Lucensis v. 4537 ff., MGH SS Bd. 30,2 Sp. 1252. Dazu Alfred Overmann, Die Vita Anselmi Lucensis episcopi des Rangerius, in: NA 21 (1896) 401–440, hier S. 408 ff.

und ganz anders als in England kurz zuvor. Dort hatte man Gott und Menschen noch gleich groß gezeichnet; in Salerno spricht die gewaltig überhöhte Gestalt Gottes mit erhobener Rechten den Fluch über die kleinen Menschen und ihren lächerlich unbedeutenden, sündigen Bau, an dem sie noch immer flicken[21]).

Am Ende der Periode, 1118, als der Friedenspapst Paschal II. starb, öffnete sich zwar auch Italien zum ersten Mal seit Benedikt von St. Andreas wieder der Weltchronistik, aber der Weltpriester Guido von Pisa entnahm sich aus Isidor, bei dem doch noch einiges andere zu finden gewesen wäre, nur einen Satz, der den Turmbau nicht als epochales Ereignis darstellte: *Hoc tempore divise sunt lingue et per orbem terre facta est dispersio in edificatio (!) turris*[22]). Wer wurde da zerstreut? Was für Sprachen wurden damals geteilt? Wohin gerieten die Völker nach Babel? Man hatte Wichtigeres erlebt. Dabei hat gerade Guido die Erdbeschreibung des Geographen von Ravenna interessiert abgeschrieben und ergänzt. Aber was ihn dazu reizte, war wohl der Stolz auf Ravenna, das an Adel und *autentu regio* – Guido schrieb vielen Städten trojanischen Ursprung zu – die anderen Siedlungen überragte. Ravenna gebührte auch die Universalzahl: Während Guido nur 70, nicht 72 Jünger Christi annahm, zählte er zwischen Durazzo und Ravenna 72 Städte, von denen er dann freilich nur 71 benannte[23]). Hier verbündete sich der Lokalpatriotismus auf die sonderbarste Weise mit der ganz anders gearteten Kirchenreform; immerhin verband die lateinische, nicht universale Tendenz. Gemeinsam verachteten alle die Vielfalt und die Geschichte, selbst der Geograph und Historiker, der nur eine unbedeutende Randfigur des Geschehens war. Wie bei den meisten Revolutionen bedurfte man der Geschichte zunächst nicht; sie stand nur den neuen Forderungen im Wege und bot höchstens antiquarische Belehrungen. Ihre Erfahrungen und Mahnungen hörte man nicht.

*

Anders bei den Deutschen. Sie vernahmen den Anruf der Reform, aber sie antworteten nicht vorwiegend mit Exegese, sondern mit Historie. Und selbst

---

21) EHRENSTEIN, Bild 125 Abb. 1; ANDRAE-FRITZ, Turm 5 Abb. 2a. Byzantinische Vorlagen vermutet TIKKANEN, Genesismosaiken 261 f. Verfehlt ist die Deutung von Paul BRANDT, Schaffende Arbeit und bildende Kunst, 2 Bände, Leipzig 1927–28, hier Bd. 1, S. 244, der in der mächtigen Gestalt nicht Gott, sondern den Bauherrn Nimrod sieht.

22) Chronicon, Handschrift Brüssel, Bibliothèque Royale, Cod. 3897–919, f. 58 r (Mikrofilm benutzt), wörtlich aus Isidor, Etymologiae V, 39, 6. Zur Handschrift und Quellenbenutzung MANITIUS, Literatur Bd. 3, S. 616 f.; BRINCKEN, Weltchronistik 211 f.

23) Geographica, hg. Joseph SCHNETZ (o. S. 445 Anm. 35): c. 20 S. 117 (Ravenna); c. 113 S. 137 (70 Jünger); c. 117 S. 138 (72 Städte).

ihre Exegese war historisch. Das zeigen ungedruckte Danielglossen eines Bamberger Anonymus aus dieser Zeit. Er exzerpierte aus Hieronymus, Josephus und, wie es scheint, aus einer lateinischen Übersetzung des Theodoret alles, was sich auf konkrete Verhältnisse der Geschichte, der Sprachen und der Völker bezog: Alexander der Große fand breiten Raum; der Skrupel des heiligen Hieronymus wegen der hebräischen oder chaldäischen Sprache Abrahams und Daniels wurde aufmerksam und ohne Isidors Entscheidung wiedergegeben; man liest, daß das Danielbuch selber mit hebräischen Buchstaben, aber in chaldäischer Sprache, *quam hic Syriacam vocant*, geschrieben sei; aus Isidors Erläuterung der Artaba von Dan. 14, 2 geht hervor, daß es auf der Welt 72 Sprachen gibt[24]). In diesen Glossen finden sich wenig neue Gedanken, aber gerade das ist bezeichnend, daß die Deutschen sich an die Traditionen klammerten und sie noch immer konkret auf die hiesige Welt bezogen, daß sie geschichtlich dachten.

Wir können noch deutlich erkennen, wie sie sich schrittweise zurücktasteten. Der erste Vorort dieses „Historismus" wurde das im 10. Jahrhundert noch ganz anders geartete Kloster auf der Reichenau. Die hier etwa 1040/45 auf Grund reicher Quellensammlungen geschriebene verlorene Schwäbische Weltchronik und die darauf aufbauende, bis 1054 reichende Chronik des Reichenauer Mönches Hermann des Lahmen (1013–1054) eröffneten eine neue Phase der Weltgeschichtsschreibung. Sie stand der Gegenwart nahe und begann, wie der letzte bedeutende Vorgänger Regino von Prüm, bei Christus und Augustus; erst dort, wo der Abriß von Eusebius-Hieronymus abbrach, setzte man breiter ein und achtete auf die Vielzahl der Völker, freilich nicht auf ihre Herkunft und Sprache[25]). Aber bereits die andere Ableitung aus der Schwäbischen Weltchronik, die sogenannte „Epitome Sangallensis", zwischen 1043 und 1057 in St. Gallen geschrieben, gab sich damit nicht zufrieden und benutzte die vielleicht schon der Schwäbischen Weltchronik vorangestellte Chronik Bedas als Wegweiser bis zur Weltschöpfung zurück. So erfuhr das deutsche 11. Jahrhundert, daß in der Jugendzeit des Gottesvolkes nach Noah die hebräische Sprache gefunden wurde, und das darauf folgende lange Zitat aus Arnobius belebte die Lehre von den 1000 Vaterländern und den 72 Sprachen aufs neue[26]).

---

[24]) Glosse in Danielem, Handschrift Bamberg, Öffentliche Bibliothek, Cod. Bibl. 22, f. 47 r (Theodotius), 32 v (Abraham und Daniel), 84 v (Arbata). (Original eingesehen). Beschrieben bei Friedrich LEITSCHUH – Hans FISCHER, Katalog der Handschriften der Königlichen Bibliothek zu Bamberg, Bd. 1,1, Bamberg 1895, S. 21.

[25]) Chronicon, MGH SS Bd. 5, S. 74 ff. Dazu LANDSBERG, Weltchroniken 55 ff.; BRINCKEN, Weltchronistik 150 ff.

[26]) Epitome Sangallensis, hg. Johannes PISTORIUS – Burkhard Gotthelf STRUVE, Rerum Germanicarum scriptores, 3. Aufl., Bd. 1, Regensburg 1726, S. 117, 120 (hier fälschlich unter dem Namen Hermanns des Lahmen). Dazu BRINCKEN, Weltchronistik 152 f.

Es mag spitzfindig sein, aus der Wahl der Vorlagen und Zitate auf die Situation des Kompilators zu schließen, vor allem bei einem „durchaus mittelmäßigen Werk"; aber warum hatte Guido von Pisa, warum hatten die italienischen Reformer überhaupt Beda-Arnobius und die 72 Sprachen nicht zitiert? Bei den Deutschen stand das Alte, Gewachsene, einfach Geordnete in höherer Achtung.

Als wäre das nicht genug, hielt sich der Würzburger Stiftsgeistliche, der vielleicht 1057 das „Chronicon Wirziburgense" schrieb, hier nicht wie sonst an die Weltchronik von 741, an die Epitome von St. Gallen und an Beda, sondern suchte sich in Isidors größerer Chronik genauere Angaben. So hörte man nun gleichsam in Neuauflage, daß von den drei Söhnen Noahs 72 *gentes* abstammten, und zwar 15 Japhetiten, 30 Hamiten und 27 Semiten, daß die Chaldäer Arphaxads Kinder seien und von Sale die *Samaritae vel Indi* herkämen, daß der Turmbauer Nimrod ein Riese gewesen sei[27]). Das war wieder nichts Neues, aber der Würzburger schien weniger die Entstehung der Sprachen als die Geschichte der Völker mit besonderer Anteilnahme zu verfolgen und aufmerksam auf die Stimmen der Vergangenheit zu horchen, freilich am intensivsten auf die der altdeutschen Mythologie.

War das nicht Flucht vor der Gegenwart? Fast scheint es so, wenn man den nordirischen Inklusen Marianus Scotus (1028–1082) in seiner Mainzer Zelle aufsucht. Er wollte den Leidenstag Christi und den ersten Tag der Schöpfung chronologisch genau bestimmen und schrieb darum 1073 eine wahre Weltgeschichte. Aber war es so weltfremd, in einer aufgeregten Zeit die beiden Punkte zu suchen, durch die alle Linien auch der Gegenwart hindurchliefen? Marianus ließ der geschichtlichen Entfaltung gerne ihren Platz; auch bei ihm wies wie in der Epitome von St. Gallen das Arnobius-Zitat auf die 1000 *patriae* und die 72 Sprachen hin; auch der riesige Bauherr und Feueranbeter Nimrod, die nach oben sich verjüngende Form des 2174 Schritt hohen Turmes und seine mit Gold und Edelstein geschmückten Marmortempel wurden registriert[28]). In seinen irischen Schriften schrieb der merkwürdige Mann in etwas verschrobenem Symbolismus, der auf die „Joca monachorum" zurückgeht, der Stammutter Eva bereits 72 Töchter zu, und damit wäre, wenn man der Zahlensymbolik bei Marianus soweit trauen kann, die Differenzierung in der Einheit seit jeher, seit der Schöpfung und Verbreitung der Menschen, das Gesetz der Welt[29]). Marianus liebte seine Iren; aber ihre wirren und fabelhaften Stammbäume hielt er sich vom Leibe; alle partikularen Traditionen versanken vor

---

27) Handschrift Karlsruhe, Badische Landesbibliothek, Cod. 504, f. 171 r (Mikrofilm benutzt). Dazu BRINCKEN, Weltchronistik 155 f.

28) Chronicon universale I,15, PISTORIUS-STRUVE, Scriptores Bd. 1, S. 474 f. Dazu LANDSBERG, Weltchroniken 42 ff.; BRINCKEN, Weltchronistik 166 ff.

29) Book of Ballymote, hg. B. MACCARTHY, The Codex Palatino-Vaticanus no. 830 (Royal Irish Academy, Todd Lecture Series 3), Dublin 1892, S. 26.

dem großen Gang der Heilsgeschichte, die in all ihren Verästelungen immer dieselbe war und alle anging, auch die lärmenden Parteien der Gegenwart. Denn „der Sinn erschöpft sich in dem einzelnen Vorgang nicht, Gottes Plan mit uns reicht von Adam bis zum Jüngsten Tag, und in diesem Gesamt, dem Ende schon nahe, vollzieht sich das Schicksal unserer Gegenwart“[30]).

Auch die Laien ließen sich diesen Zusammenhang nun in der Volkssprache erklären, nicht chronologisch differenziert, sondern in den Versen der Bibeldichtung und der Biographie komprimiert. Die mittelhochdeutsche Wiener Genesis wurde vor 1075 wohl in Kärnten von einem Geistlichen geschrieben, dem die alten Traditionen sehr vertraut waren. Gott schuf Adam so, *daz diu zunge spreche*; Adam gab den Tieren Namen, die sie *unze an disen hutigen tach* behielten. Um so auffälliger hielt sich der Autor gegenüber der hebräischen Ursprache zurück; er sagte nur, daß am Anfang *in allem manchunne* eine Sprache herrschte; welche es war, blieb offen. Einige *(sumeliche)* Bösewichter bauten den Turm von Babel; der Riese Nimrod kam dabei nicht vor. Gott teilte ihre Rede in 72 Sprachen und trennte die Völker, oder besser die Stände. Denn hierin klingt die Wiener an die Angelsächsische Genesisdichtung an: von Cham stammen die Knechte; vor seiner Sünde wider Noah waren alle gleich frei und edel gewesen[31]). Das Gedicht bot ein recht distanziertes Bild, ohne Vergleich mit der Gegenwart, aber es sah die Sprachen- und Völkergeschichte als einen alle Menschen und Zeiten umfassenden, universalen Hergang, als eine Geschichte ohne Chronologie und Epochen. Vielleicht scheute sich der Dichter deshalb vor der Festlegung der Ursprache; vielleicht sprach er deshalb lieber von Ständen als von Völkern. Er schrieb für Laien, und ihr Interesse für allgemeine, jeden einzelnen berührende geschichtliche Vorgänge auch der ferneren Vergangenheit war nicht weniger stark als bei den Klerikern. Die Laien dachten allerdings einfacher; sie bemerkten zwischen Vergangenheit und Gegenwart keinen Bruch und stellten sich der Tradition nicht kritisch gegenüber. Das war erst nach dem Streit zwischen Gregor VII. und Heinrich IV. möglich.

Farbenreicher ist dann schon das Annolied, das wahrscheinlich zwischen 1080 und 1085 von einem Mönch des Klosters Siegburg geschrieben wurde. Hier treten Welt und Kirche bereits auseinander, auch die Vergangenheit und ihr Verhältnis zur Gegenwart nuancierte sich. Köln und sein *heiliger bischof Anne* wurden nicht in die Profangeschichte verflochten; aber die Geschichte der weltlichen Reiche von Ninus bis Augustus lief auf die Heilsgeschichte zu,

---

30) Steinen (o. Anm. 12) S. 93.

31) Die altdeutsche Genesis nach der Wiener Handschrift, hg. Viktor Dollmayr (Altdeutsche Textbibliothek 31), Halle 1932: v. 254 S. 8 (Zunge); v. 579 ff. S. 17 (Namen); v. 1530 ff. S. 44 ff. (Babel). Datierung und Würdigung nach Boor, Literatur Bd. 1, S. 150 f.

um unter Petrus in sie einzumünden. In diese weltliche Vorgeschichte reichten die Wurzeln aller deutschen Stämme zurück: die Franken kamen von *Franko* und wie die Römer von den vornehmen Trojanern, die Sachsen immerhin von Alexander dem Großen, der in Babel starb; auch die Schwaben sind schon zur Römerzeit *ubir meri* gekommen, und die Wiege der Bayern stand in Armenien, *da Noe uz der arkin ging* und wo man jetzt noch Deutschsprechende findet; die beiden letztgenannten Stammessagen tauchen im Annolied zum ersten Mal auf. Die Deutschen sind den Römern also an Adel und Alter ebenbürtig. Auch ihre Sprache kommt von weit her, vom Schauplatz der biblischen Urgeschichte. Doch warum traten die Deutschen nicht am Turm von Babel auf? Der Turmbau wurde vom Dichter geschickt nach dem Bericht über Ninus und Semiramis erzählt, als ob er schon mitten in der Epoche der heidnischen Weltreiche stattgefunden und mit ihr eng zusammengehangen hätte. Er war das Werk von Giganten, die unter Leitung des Riesen Nimrod *widir godis vortin* ihre Himmelswarte bauten, bis Gott sie *mit sinir gewalt* aufzuhören zwang und ihre Rede in 70 Zungen teilte; *so steit iz in der werlti noch*[32]). Wieder wie schon in der Wiener Genesis und bei den Angelsachsen war es nicht die Schuld der ganzen Menschheit und noch weniger der Deutschen, daß die Sprachen geteilt wurden, sondern belastete nur einige ferne Fabelwesen, sichtlich Heiden; aber ihr Tun hat die Welt bis „heute" spürbar verändert, und zwar einmal für immer, über alle deutlich empfundenen Epochenscheiden hinweg. Daß die Zahl der 70 Sprachen, der Dialekt der armenischen „Deutschen" sich inzwischen gewandelt haben könnte, war undenkbar. Die Wurzeln der Gegenwart lagen auch für die deutsche Sprache im vorchristlichen Bereich, außerhalb der eigentlichen Heilsgeschichte. Daß das Lied von 70 statt von 72 Sprachen kündet, hat die Forschung unnötig beunruhigt[33]); die Variante steht u. a. bei Hrabanus Maurus. Bedeutsamer ist, daß das Annolied, das wenig mit dem „Gedankengebäude des salischen Reichsanspruchs" zu tun hat, fast gregorianisch zwischen Staat und Kirche scheidet; sie gehören zu den *zua werilte*, von denen der Dichter spricht; aber der Mensch

---

[32]) Das Annolied, hg. Karl MEISEN (Literarhistorische Bibliothek), Bonn 1946: v. 97 S. 19; v. 352 f. S. 27; v. 391 ff. S. 28 (Franken); v. 327 ff. S. 26 (Sachsen); v. 286 S. 25 (Schwaben); v. 311 ff. S. 25 f. (Bayern; dazu GRAU, Herkunft 17 ff., 30 ff.; TELLENBACH, Kaisertum [o. S. 567 Anm. 58a] S. 29); v. 153 ff. S. 20 f. (Babel).

[33]) Wilhelm WILMANNS, Beiträge zur Geschichte der älteren deutschen Literatur, Heft 2, Bonn 1886, S. 15 f.; Max ROEDIGER, Einleitung zu seiner Ausgabe, MGH Deutsche Chroniken Bd. 1, 2 S. 113; MEISEN (o. Anm. 32) S. 45; WEIGAND, Languages 247. Heinrich Ernst BEZZENBERGER, Maere von Sente Annen, Erzebiscove ci Kolne bî Rîni (BDNL 25), Quedlinburg-Leipzig 1848, S. 101 f. bemerkte, daß die Varianten „70" und „72" einander nicht ausschließen. – Datierung und Charakteristik nach BOOR, Literatur Bd. 1, S. 151 ff. Anders Wolfgang STAMMLER u. a., Die deutsche Literatur des Mittelalters, Verfasserlexikon, 5 Bände, Berlin-Leipzig 1933–55, hier Bd. 1, S. 88 f.; Max ITTENBACH, Aus der Frühzeit rheinischer Dichtung: Das Annolied, in: Dichtung und Volkstum 39 (1938) 17–28, hier S. 19 („salisch").

– und, fügen wir hinzu, seine Geschichte – gehört beiden Welten zugleich an. So sind auch vorchristliche und christliche Geschichte nicht antithetisch, sondern eher komplementär nebeneinandergestellt; aus dieser Geschichte begreift sich der Mensch, aus ihr soll der Leser auch Annos Gestalt verstehen.

Die Besinnung auf die ferne Vergangenheit war also keine Flucht vor den Nöten der Gegenwart, aber die Versuchung war groß, die ganze Weltgeschichte nicht nur zur Ouvertüre eines Bischofslebens, sondern auch zum Prolog eines kirchenpolitischen Programms zu machen. Bald nach 1073 benutzte der spätere Mönch Bernold von St. Blasien, ein strenger Gregorianer, die Schwäbische Weltchronik oder die St. Gallener Epitome in seinem Sinn. Wie Marianus chronologisch stark interessiert, schrieb Bernold Bedas Satz unverändert ab, nach dem die zweite Aetas in der Sprache gefunden wurde, das heiße in der hebräischen. Aber Bedas historische Bemerkung wurde sofort ins Aktuell-Religiöse verwandelt durch Bernolds vorangestellte Behauptung, diese zweite Aetas sei sozusagen die Jugend des Gottesvolkes gewesen. In ihrer Jugend sprach die Kirche Hebräisch. Wie bei Atto von Vercelli und Bruno von Asti erbte das Lateinische diesen Rang. Man gewinnt „beim Lesen von Bernolds Chronik vielfach den Eindruck, als ob die Welt eigentlich nur mit Geistlichen bevölkert sei“[34]).

Wie bei den italienischen Reformern blieb meist die autonome Geschichte der Völker und Sprachen unbeachtet. Aber man suchte in Deutschland gern die Rechtfertigung vor ihr, sonst hätte der Franke Lampert von Hersfeld (ca. 1025 bis nach 1081) seine um 1077/80 verfaßten Annalen nicht bei der Weltschöpfung begonnen, obgleich er sein Werk ganz dem Tage verschrieb: der Mönch, nicht eigentlich päpstlich gesinnt, ergriff eigenwillig gegen Heinrich IV. Partei und wurde darum später nach Hasungen versetzt. Wollte Lampert seine politische Befangenheit wirklich nur universalhistorisch bemänteln? Sein Buch wandte doch auf den Turm von Babel einen selbständigen Gedanken, der wohl nicht in den Lampert vorliegenden, uns verlorenen älteren Hersfelder Annalen zu finden war: Lampert wandelte das mißverständliche Beda-Zitat, wie es die Quedlinburger Annalen und Bernold wiedergaben, ab und sprach anstatt von der Erfindung des Hebräischen in der zweiten Aetas nun wie Isidor und die Hildesheimer Annalen von der *linguarum divisio*. Anschließend ließ er aber Bedas Vergleich stehen, nach dem Mensch und Welt erst in dieser zweiten Aetas das Sprechen lernten. Im Zusammenhang Lamperts gelesen, heißt das, daß die Sprachen als geteilte entstanden, daß es keine gemeinsame Ursprache gab; Lamperts dramatisches Talent mag den Schwerpunkt auf das eine Ereignis von Babel verlegt haben. Vorher und nachher war bei ihm von Sprachen und Völ-

[34]) Chronicon, MGH SS Bd. 5, S. 400, 402. Dazu Brincken, Weltchronistik 158 f. Zitat aus Manitius, Literatur Bd. 3, S. 406.

kern selten die Rede, es sei denn, daß Lampert, der selbst nach Jerusalem gepilgert war, erzählte, wie Pilger sich mit Arabern durch Dolmetscher verständigten und daß, wie er von Jordanes wußte, die Geten auch Goten hießen. Aber obwohl Lamperts Interesse ganz auf die Gegenwart konzentriert war, unterschied er sich doch von den italienischen Reformern und von Bernold in dem einen Punkt, auf den es uns ankommt: Als in Bamberg 1075 Regularkanoniker vertrieben und Mönche an ihre Stelle gesetzt wurden, protestierte der Bamberger Klerus in Worten, die an die anders gemeinte Stelle 1 Kor. 15, 41 anknüpften und die sich der Mönch Lampert mit innerer Wärme aneignete: ... *quia, licet stellae ab stellis differant in claritate, unam tamen caeli faciem decentissime distinguant sua varietate; et licet membra disparia sint et suis singula functa officiis, concordi tamen, licet dispari, famulatu necessitatem expleant unius eiusdemque corporis*. Selten ist der Gedanke vom vielfältigen Gottesvolk, von der Harmonie der *varietates* in ein schöneres Bild gefaßt worden als dieses vom Sternenhimmel. Was Lamperts Textveränderung am Beda-Zitat vermuten ließ, bekräftigt sich hier: Uniformität war nicht sein Ideal, er achtete die Geschichte und ihre Ergebnisse[35]).

Von dieser Haltung entfernte sich ein kaisertreuer Hersfelder Mitbruder Lamperts nicht allzuweit, wenn er um 1092/3 im „Liber de unitate ecclesiae conservanda" die *unitas* nicht als rationale Durchorganisierung, sondern als gewachsene, auf das Alte gestützte Einheit auffaßte und das Gleichnis vom Turm zu Babel gegen Gregor VII. und die Hirsauer Mönche, seine treuen Helfer, kehrte. Der Turm sei ein Werk der *impietas* gewesen, von jenen errichtet, die sich ihre eigenen *dogmatum superbiae* zimmerten und *curiositate non licita* – das stammt von Isidor und Hraban – in die Höhen des Himmels empordringen wollten; ganz ähnlich verhielten sich heute gewisse Mönche, die durch ihre neuen Lehren Kirche und Staat verwirrten; sie zerrissen jene liebevolle Einheit, die an Pfingsten der Heilige Geist mit der Sprachengabe verliehen habe[36]). Humberts Geistesblitz traf nun seine Freunde; und wurde nicht auch dem Papst sein Vorwurf zurückgegeben, die weltlichen Herrscher seien Nimrods Nachfahren? Denn wer war der Nimrod dieses in Hirsau errichteten Babelturms, wenn nicht Gregor VII.?

War die Gegenwart nicht sogar viel schlimmer als der Frevel von Babel? Der wallonische Benediktiner Sigebert vom Gembloux (ca. 1030–1112), ein überlegener und ruhiger Verfechter der kaiserlichen Ansprüche, wollte vor 1105 mit seiner Chronik im Anschluß an Eusebius und Hieronymus ein festes

---

[35]) Annales, MGH SSRG Bd. 38, S. 3 (Sprache); a. 1065 S. 96 f. (Dolmetscher); a. 1071 S. 130 (Geten-Goten); a. 1075 S. 204 (varietas). Dazu Brincken, Weltchronistik 148 f.

[36]) De unitate ecclesiae conservanda II,42, MGH Libelli de lite Bd. 2, S. 274.

chronologisches Gerüst der Zeiten aufstellen und begann daher dort, wo Hieronymus 381 aufgehört hatte, nicht bei der Weltschöpfung. Der Turm von Babel blieb also auch in dieser besten Weltgeschichte des Mittelalters unerwähnt, als wäre er durch die späteren Ereignisse übertrumpft. Die Franken, zu denen Sigebert sich selbst rechnete, wurden zwar auf „Fredegars" Manier bis zu den Trojanern zurückgeführt, aber das war nur eine fast lokale Entgleisung. Alle übrigen von Sigebert erwähnten Völker – und sein räumlicher Horizont ist erstaunlich weit – entstanden viel später; die Völkertafel wurde nicht benötigt, auch nicht für Goten und Sarazenen[37]). Das war keine Verachtung des biblischen Altertums; Sigebert räumte seiner Gegenwart in der Chronik nicht mehr Platz ein als früheren Jahrhunderten und nahm in Metz die jüdische Bibelversion – wahrscheinlich in chronologischen Fragen – ausdrücklich gegen alle Übersetzungen in Schutz[38]). Ein Sinn für Gleichgewicht und Gerechtigkeit zeichnete Sigebert aus; gerade darum mußte ihm die Maßlosigkeit der neuen Forderungen mißfallen. Wie wenig fortschrittsgläubig er war, erhellt aus einem scharfen Brief, den er 1103 gegen Papst Paschal II. schrieb: Die babylonische Verwirrung sei nicht so verderblich gewesen wie die vom Papst verschuldete gegenwärtige Konfusion in der Kirche; in Babel hätten sich nur die Sprachen der Völker verwirrt, heute aber trennten sich Sprache und Sinn der Gläubigen[39]). Durch die Negation hindurch bemerkt man Sigeberts Idealbild von der guten Vergangenheit und von der einen Kirche; es ist von den gregorianischen Gegnern bereits zur Hälfte entlehnt. Zwischen Altem und Neuem bahnte sich schon ein Ausgleich an; Sigebert hat in seiner Chronik den Bewegungen der Völkerwelt, auch der nichtchristlichen, viel Forscherfleiß gewidmet, aber dem Gedanken der *varietas* in der Kirche nicht mehr sehr nahegestanden.

Wie dabei auch den Kaiserlichen allmählich die lebendige Verbindung zur Vergangenheit entglitt, spürt man an der großen bis 1101 geführten Weltchronik des Benediktinerpriors Frutolf (gest. 1103) vom Michelsberg bei Bamberg. Hier sind zwar, umsichtig, harmonisierend und über Euseb-Hieronymus hinausgehend, die theologischen Traditionen von der Sprachengeschichte zusammengestellt, die hebräische Ursprache und das Delikt von Babel nach Jordanes, die 72 Sprachen nach den Worten Frechulfs. Aber wieder wie bei Sigebert wurde dieses Kapital nicht genutzt. Frutolf, der sonst gerne die Vorlagen kritisch miteinander verglich und scharf auf Varianten und *dissonantiae* achtete,

---

[37]) Chronica, MGH SS Bd. 6, S. 300 ff. Dazu Landsberg, Weltchroniken 57 ff.; Brincken, Weltchronistik 182 ff.

[38]) Godescalc, Gesta abbatum Gemblacensium c. 72, MPL Bd. 160, Sp. 641; dazu Manitius, Literatur Bd. 3, S. 333.

[39]) Epistola Leodicensium adversus Paschalem papam c. 1, MGH Libelli de lite Bd. 2, S. 451; dazu Wattenbach-Holtzmann, Geschichtsquellen 731 f.

ließ sich bei der Wiedergabe der biblischen Sprachen- und Völkergeschichte vom Strom der Traditionen treiben. So interessiert er die Stammtafel der Karolinger, Ottonen und Salier und die ganzer Völker aufzeichnete, die Franken ließ er – nach Fredegar – nur von den Trojanern abstammen, die Sachsen von den Dänen und Normannen, den Makedonen oder aus England, die Hunnen nur von den Skythen, auch die Goten nicht von Magog. Ohne Querverbindung standen daneben, aus Isidor entnommen, die 72 Noachidenvölker; wie zufällig, ohne an Christi Ahnen oder ähnliches zu erinnern, folgte auf 72 byzantinische Kaiser Karl der Große. Das Universale war nicht ausgeschlossen, aber abgekapselt; die fortwirkende Geschichte begann erst lange nach Babel, obgleich Frutolf genau wußte, daß in ihr geschiedene Sprachen herrschten[40]). Auch die kaisertreuen Verfechter der Welteinheit begannen, die Geschlossenheit der Heilsgeschichte preiszugeben; die von den beiden Parteien gewünschte Einheit umfaßte auch ideell nicht das Ganze der historisch überschaubaren Welt; weite Bereiche mußten, der Übersichtlichkeit und der Ordnung halber, abgeblendet werden.

Sie entschwanden leicht in den unverbindlichen Kreis der gelehrten Verseschmiede. Von dem Dichter, der sich pseudonym Eupolemius nannte, wissen wir weder die Lebenszeit noch die Herkunft; er könnte ins Oberrheinische und in die Zeit um 1100 passen. Eupolemius gab in seiner Messiade eine regelrechte Geschichtsdichtung, und da er einige Wörter Hebräisch und ein wenig Griechisch konnte, verzierte er sie mit allerlei gelehrten Schnörkeln; vom Ganges bis nach Irland paradierten die Weltvölker, die deutschen Stämme mitten unter Wandalen und Exoten. Aber dieses Gewimmel dramatisch am Babelturm ausbrechen zu lassen, versäumte Eupolemius. Der Turmbau war nach dem abgewandelten Muster des Theodul nur das einmütige Werk von Riesen, die in den Himmel dringen wollten und darum die Einheit der Sprache verloren:

Voluere gigantes
Una mente poli pulsare cacumina quondam
Sideria turri, sed virtus summa superbos
Confundens lathomas (!), quod nomen huic dedit urbi,
Ceptum linquere opus per dissona compulit ora.

Daher komme, fuhr der Dichter wichtig fort, die griechische Sage von den Giganten, die den Ossa und Pelion auf den Olymp stülpen wollten; aber daher kam nicht die Vielfalt der Sprachen. Eupolemius war wohl Gregorianer[41]).

[40]) Chronicon universale, MGH SS Bd. 6, S. 35 (Sprachen und Völker), 176, 194 (Stammtafeln; dazu Brincken, Weltchronistik 191), 115 (Franken), 176 (Sachsen), 123 (Hunnen), 169 (Kaiserreihe; dazu Brincken, Weltchronistik 190), 213 (verschiedene Sprachen). Dazu Landsberg, Weltchroniken 61 ff.; Brincken, Weltchronistik 187 ff.

[41]) Max Manitius, Die Messias des sogenannten Eupolemius, in: Romanische Forschungen 6 (1891) 509–556, hier I,666 ff. S. 533 (Babel); II,488 ff. S. 548 ff. (Erdbe-

Auch der ihm nahestehende Kleriker Warnerius von Basel erzählte ungefähr dasselbe; er wußte zusätzlich zu berichten, wie nach der Himmelfahrt Christi der Heilige Geist herniederkam und den Aposteln allerlei Sprachen schenkte[42]). In Wundern vollzieht sich die Heilsgeschichte, sie schwebt über dem Irdischen und seinen Epochen; die Gedanken stoßen sich nicht im Raume. Die Profangeschichte verliert ihren Sinn; ist nicht gerade das Alte besonders belastet und verkrustet, darf wie im Annolied das Vorchristliche noch eine prophetische Bedeutung haben?

Der lothringische Gregorianer und Benediktiner Hugo von Flavigny (ca. 1065–nach 1115) schob darum schon den Gegnern die längere Vorgeschichte zu. Er schrieb um 1102 in seiner Chronik Geschichte der Kirche, mit Christus beginnend; sie sank dann zu einer „Hauschronik des Verduner Bistums und des Klosters Flavigny" herab. Nur am Rand spielten die weltlichen Mächte mit. Als Hugo die Stämme der Völkerwanderung, Goten, Wandalen und Hunnen, zu behandeln hatte, griff er auf den Stammbaum der „Historia Brittonum" zurück, der diese Völker über *Neugio* (Negue) und Alanus von Japhet, Noah und Adam abstammen ließ; hinzugefügt wurden lediglich die Alanen, keine neueren Völker. Auch die Sarazenen erhielten biblische, wenn auch anrüchige Verwandte; sie kämen von den wilden Stämmen in den kaukasischen Bergen, die Alexander der Große eingeschlossen habe[43]). Das waren die Gog und Magog. Sollten die germanisch-nomadischen wie die mohammedanischen Völker der vorchristlichen Zeit zugewiesen werden, um sie von Gottes Kirche zu scheiden? Hätte Hugo ihnen zeigen wollen, daß auch sie in Gottes und der Kirche Hand stehen, so hätte er nicht nur die Eindringlinge, sondern alle Völker und die Kirche selber an ihre Vorgeschichte erinnern müssen. Er tat es nicht, und in dieser wirren Zeit verstand sich fast nichts mehr von selbst. In der zweiten Phase des Streites tauschten die Gegner schon ihre Methoden aus; die Gregorianer gaben sich historisch, die Kaiserlichen betonten die Sonderstellung der Gegenwart. Auch für Kaiseranhänger – Hugo ist später zu den Kaiserlichen übergewechselt – wurde die Geschichte nun zur gelegentlichen Dreingabe, eher zur Belastung als zur Begründung und Grundlage. Allenthalben lenkte man in die alten abgegrenzten Bahnen zurück; der historisch argumentierende Lokalpatriotismus sah auch in Deutschland seine Stunde gekommen.

---

schreibung). In Datierung und Lokalisierung folge ich nicht MANITIUS (auch in: Literatur Bd. 2, S. 599), sondern ERDMANN (o. S. 575 Anm. 85) S. 130 f.

[42]) Johann HUEMER, Zur Geschichte der mittellateinischen Dichtung. Warnerii Basiliensis Synodicus, in: Romanische Forschungen 3 (1887) 315–330, hier v. 104 ff. S. 322; dazu MANITIUS, Literatur Bd. 2, S. 577, doch dürfte auch hier nach ERDMANNS Ansatz zu korrigieren sein.

[43]) Chronicon I, MGH SS Bd. 8, S. 313 f. (Germanen), 323 (Sarazenen). Zitat aus MANITIUS, Literatur Bd. 3, S. 513; sonst zu H. BRINCKEN, Weltchronistik 160 f.

Um 1101 wollte ein Mönch von St. Eucharius in Trier, unbekümmert um den Investiturstreit und seine Folgen, seine Diözese und Vaterstadt in den Himmel heben und bot in den „Gesta Treverorum" zu diesem Zweck eine kleine Weltgeschichte. Die drei Erdteile wurden den drei Söhnen Noahs zugesprochen, als wären noch die Zeiten der „Historia Brittonum" und der „Joca monachorum". Die Völkertafel des Trierers ist ebenfalls den „Joca monachorum" abgelauscht; aber was im 6. Jahrhundert revolutionär war, wirkte jetzt armselig: Von Sem stammen Hebräer, Chaldäer und Griechen, von Japhet die Italer, Gallier und Spanier; nur die Romanen haben die biblische Ableitung verdient, die Germanen erscheinen erst bei den von Japhet okkupierten Ländern. Kennzeichnend war die bissige Zuweisung der Byzantiner an die Semiten. Was den orientalischen Christen und den frühen lateinischen Mönchen zur Ehre gereicht, die Eingliederung der Griechen in das Gottesvolk, war nun ein Symptom der Scheelsucht: Seit 1054 gehörte Byzanz nicht mehr zu Europa, sondern nach Asien. Im Grunde gipfelte der ganze Stammbaum in dem Nachfahren Gomers *Trebeta*, denn er war der Stadtgründer Triers und Ahnherr der Gallier. Möglicherweise ist Trebeta, Kind des Ninus und Stiefsohn der Semiramis, der eigenen Phantasie des Chronisten entsprossen, jedenfalls tritt er hier seinen jahrhundertelangen Zug durch die Chroniken an; Triers Ruhm der ältesten Stadt Europas war gesichert. Daß nun auch noch der Namenspatron des Klosters, Eucharius, unter den 72 Herrenjüngern *in ordine tertius* war, enthob den Schreiber aller weiteren Verpflichtungen, Welt und Kirche als Ganzes zu betrachten[44]). Immerhin benutzte auch der Lokalpatriotismus die Heilsgeschichte als Kulisse; er blieb nicht Abklatsch und Nachklang des im 10. und beginnenden 11. Jahrhundert üblichen Geschichtsdenkens. Die eigene Eitelkeit mit einem weltgeschichtlichen Mäntelchen zu drapieren, war damals nicht an der Tagesordnung gewesen; das Egoistische hatte sich auch offen zu seinen Einseitigkeiten bekannt. Das wagte man nun nicht mehr. Die Deutschen der Zeit besannen sich immer umfassender auf die Welt- und Heilsgeschichte, sie konnten aber damit nicht ihre Gegenwart meistern, nur die alten begrenzten Tendenzen und die neuen Ideen der Kirchenreform mit historischem Beiwerk umkleiden. Beiden wurde dadurch die Stoßkraft genommen, aber eine konservative Gegenrevolution kam nicht zustande. Die historische Vielfalt der Sprachen und Völker wurde in Deutschland nur mit halbem Herzen verteidigt, weil die alte Enge hinderte und weil gerade darum der Gedanke einer rationalen und doch realistischen Weltordnung viele der Besten bestach.

---

[44]) Gesta Treverorum c. 1 f., MGH SS Bd. 8, S. 130 f. (Völker, Trebeta); c. 14 S. 145 (Eucharius). Dazu Siegmund Hellmann, Zu den Gesta Treverorum, in: NA 38 (1913) 451–468, hier S. 460 ff. (Völkergenealogie); Wilhelm Levison, Aus rheinischer und fränkischer Frühzeit, Ausgewählte Aufsätze, Düsseldorf 1948, S. 7 ff., 25 (72 Jünger).

Unter ihnen war auch der größte deutschblütige Exeget der Epoche, eine der seltsamsten Erscheinungen dieser außerordentlichen Zeit. Aus Annos Köln gebürtig, lange Domscholaster in Reims, von dort im Kampf für die Kirchenreform vertrieben und nach manchen Zwischenstationen in Süditalien zum Stifter des Karthäuserordens geworden, hatte der weitgereiste Heilige Bruno der Karthäuser (ca. 1032–1101) dennoch für die Vielfalt wenig Sinn. Wo sie im Psalm 44 auftauchte, verstand er sie als Vielfalt der Tugenden, mit denen die Kirche sich schmückt. Das schloß ihn eng an die italienischen Reformer, an seinen Namensvetter vor allem, an. Der 18. Psalm erinnerte ihn wohl an die Idiome aller Völker, die den Aposteln an Pfingsten zuteil wurden, aber zugleich auch an die dialektische und rhetorische Rede mit ihren Gattungen; so verwischten sich die Gegensätze und Verschiedenheiten, sie würden im Lobe Gottes alle zusammenklingen. Alles, was getrennt blieb, war Bruno verdächtig, war es doch Strafe Gottes und peinlicher Erdenrest. Der Psalm 54 bittet Gott, die Feinde Davids zu zerstreuen und ihre Sprache zu teilen. *Dum in patria sua sunt, una tantum eis lingua necessaria est. Sed tu eos ubique terrarum disperge, et sic eis erit necesse diversas linguas habere*[45]). Die Stelle sagt nichts von der babylonischen Sprachverwirrung; aber Bruno wird sie sich ähnlich vorgestellt haben. Gott tut kein Sprachwunder und kein Hörwunder; er zerstreut nur die Menschen in die weite Welt – die Sprachen in ihrer Vielfalt entstehen dann ganz von selbst. Nicht das Wunder, sondern die Notwendigkeit bewegt die Sprachentwicklung.

An ihrem Anfang stand allerdings die Strafe Gottes; Völkertrennung und Sprachenteilung sind genau im gleichen Maß Strafe. Sie wird nicht durch Synthesen, sondern durch strenge spiritualistische Absonderung des Minderwertigen aufgehoben, wie Brunos Paulinenkommentar unterstreicht. Nüchtern und desillusionierend weist er das ekstatische Zungenreden, das Damiani noch gefeiert hatte, als Verwirrung zurück und vergleicht es in bis dahin unbekannter Schärfe mit dem babylonischen Tumult: *non esse appetendam confusionem linguarum*. Klarheit ist wichtiger als Vielfalt. Zwar gebe es unendlich viele Sprachen auf der Welt – die Zahlensymbolik zerflattert –, in einzelnen Sprachen habe alles sein besonderes Wort; aber diese Vielschichtigkeit sei der Kirche nicht zu Nutzen und nicht vonnöten. Darum solle man auch das Sprachenlernen, das rationale Gegenstück zum Zungenreden, lassen: *Et ne intendatis varietatibus linguarum, quia illa dona appetere debetis, quae valeant ad aedificationem ecclesiae*. Was die Kirche braucht, ist Einheit des Glaubens und Lebens, nicht

[45]) Expositio in psalmos 44, MPL Bd. 152, Sp. 831 (Vielfalt); 18 Sp. 709 (Pfingsten); 54 Sp. 881 (Sprachentstehung). Zu dem Kommentar Herrmann Löbbel, Der Stifter des Carthäuser-Ordens, der heilige Bruno aus Köln (Kirchengeschichtliche Studien 5, 1), Münster 1899, S. 201 ff.

des Sprechens[46]). Bruno stellt sich rigoros zwischen alle Fronten; das Unbequeme wird weder ignoriert noch assimiliert noch glorifiziert, es wird bloßgestellt. Daß Bruno eifrig die Kommentare des Remigius von Auxerre benutzte, führte ihn nicht zur Historisierung; sie mag ihm als Relativierung erschienen sein. Er durchschnitt den gordischen Knoten und neigte nicht wie manche deutsche Dichter und Historiker der Zeit dazu, die Probleme historisch zu erklären, anstatt sie zu lösen.

*

Nicht umsonst schrieb Bruno seine Kommentare vor 1081 in Reims; auch die Franzosen waren an der geschichtlichen Fülle der Stämme und Zungen ganz und gar nicht interessiert. Sie suchten nicht das Wunder und nicht die historischen Hintergründe, sondern das rationale Verständnis der einfachen Realitäten, die sie umgaben. Das altfranzösische Rolandslied, das um 1100 unter dem Eindruck der Kreuzzugsbegeisterung entstand und ursprünglich kein gelehrtes, geistliches Produkt war, repräsentiert unter den Geschichtsdichtungen die Parallele zum Annolied, aber auch den tiefgreifenden Unterschied. Auch hier sind auf den ersten Blick Heiden und Christen geschieden, aber nicht geschichtlich-komplementär, sondern abrupt und zeitlos: Die Mohammedaner, häßlich und mißgestaltet, stammen aus Babylon; sie sind der Antichrist. Auch hier herrscht wie in den „Gesta Treverorum" Lokalpatriotismus, aber er gebärdet sich nicht universal und ist tatsächlich westeuropäisch. Und beide Tendenzen verquicken sich. Unter den 36 heidnischen Völkern befinden sich nicht nur Neger, Türken, Petschenegen, Hunnen und Avaren, sondern auch Armenier, Kappadokier, Bulgaren, Ungarn und Slaven, alles Völker, die in Wirklichkeit seit langem christlich waren. Der Autor schätzt nur *la dulce France* und die 12 Völker des christlichen Westeuropa, das bei den Bayern, Sachsen und Friesen zu Ende ist und zu dem nur ausnahmsweise Konstantinopel gezählt wird. Die Scheidung ist hart: Die Heiden werden beim Tod sofort von Teufeln abgeholt; die Neger sind eine verfluchte Rasse von Schurken. Dem entspricht es durchaus, daß weder im Rolandslied noch sonstwo im Altfranzösischen die Zahl 72 als Symbolzahl verwendet wird, obgleich die Zwölf und ihre Vielfachen ihren Platz haben; man will gar nicht universal sein. Trotzdem aber verstehen sich im Rolandslied nicht nur die Christen, also etwa Bayern und Franzosen; auch die so scharf getrennten Parteien, Christen und Heiden, Franken und Sarazenen, Heilige und Teufel reden in Gesandtschaften und im Schlachtengetümmel miteinander ohne Dolmetscher, als sprächen sie

---

[46]) Expositio in epistolam I ad Corinthios 14, MPL Bd. 153, Sp. 198 f. Zu dem Kommentar Löbbel (o. Anm. 45) S. 218 ff.

dieselbe Sprache. Selbst wilde Bären reden, wenigstens im Traum des Kaisers, *altresi cume hum*[47]). Die Verschiedenheit der Menschennatur, der Sprachen, der Völker war überhaupt kein ernstzunehmendes Problem; nicht hier fielen die großen Entscheidungen.

Auch in der lateinischen, zumeist monastischen Gelehrsamkeit der Franzosen war das Echo auf die Fragen der Sprachen- und Völkervielfalt recht schwach. Als der Kluniazenser Udalrich den Hirsauer Mönchen nach 1077 die strenge Regel seines Mutterhauses darlegte, war ihm die Sprachverschiedenheit zwischen Deutschen und Franzosen so selbstverständlich, daß er von den Klöstern nicht etwa schrieb, sie lägen in Deutsch„land“ oder Frank„reich“, sondern *vel in Teutonica vel in Romana lingua*[48]). Die Mönche verstanden sich über die Grenze hinweg, wie die enge Verbindung von Cluny nach Hirsau zeigt; es begann das Zeitalter einer lateinischen Mönchsökumene. Akademisch blieb die Frage nach den Sprachen und Völkern auch bei den Mönchen, die sie besser als der Dichter des Rolandsliedes kannten. Als der ritterliche Benediktinerabt Guibert von Nogent (1053–ca. 1124) zwischen 1084 und 1112 die Genesis moralisch auslegte, überschlug er die Kapitel 10 und 11, obwohl zumindest der Turmbau genug Stoff liefern konnte. Die drei Noachiden vertraten lediglich Glaube, Hoffnung und Liebe, als ob sie immer zusammen wirkten und zusammenhingen. Dabei machte Guibert sich seine eigenen Gedanken über das Problem, wie Gott zu den Menschen sprechen könne, und betonte, Adam habe den Dingen die Namen nach ihrer Qualität und nicht, wie so oft üblich, nach Meinung und Schätzung gegeben. Die Nutzanwendung lautete dann allerdings, wir modernen Menschen hätten uns an die Väter zu halten, *qui veri fuere Adam*, und damit war längst nicht mehr nur die Sprache, sondern die Lehre der Patristik gemeint[49]). Zwar notierte Guibert im alltäglichen Leben sehr wachsam Sprachverschiedenheiten und Kenntnisse, allerdings vorwiegend in den drei

---

[47]) Das altfranzösische Rolandslied nach der Oxforder Handschrift, hg. Alfons Hilka – Gerhard Rohlfs (Sammlung romanischer Übungstexte 3–4), 4. Aufl., Tübingen 1953: v. 3220–3262 S. 88 f. (Heidenvölker); v. 2922 S. 80 (Bulgaren); v. 2322–2332 S. 64; v. 3026–3080 S. 83 f. (christliches Europa); v. 1268 S. 35; v. 1553 S. 42; v. 3647 S. 100 (Heiden und Teufel); v. 1212 S. 33 (Schurken); v. 1916 S. 52 (Neger); v. 122 ff. S. 4; v. 426 ff. S. 12; v. 1188 ff. S. 32; v. 3589 ff. S. 98 f. (Wechselreden Franken-Sarazenen); v. 2559 S. 70 (Bären). Dazu Robert Fawtier, La chanson de Roland, Etude historique, Paris 1933, S. 65 ff., 104, 214 (Entstehungsweise); Anton Rauschmaier, Über den figürlichen Gebrauch der Zahlen im Altfranzösischen (Münchener Beiträge zur romanischen und englischen Philologie 3), Erlangen-Leipzig 1892, S. 87, 103, 106 (Zahlen); Karl Heisig, Die Geschichtsmetaphysik des Rolandsliedes und ihre Vorgeschichte, in: Zeitschrift für romanische Philologie 55 (1935) 1–87, hier S. 29 ff., 43 (Antichrist, Babylon).

[48]) Consuetudines Cluniacenses, Widmungsbrief, MPL Bd. 149, Sp. 637.

[49]) Moralia in Genesin III, 9, MPL Bd. 156, Sp. 108 (Noachiden); II, 19 Sp. 68 (Adam). Dazu Roth, Predigttheorie 32 ff. (Sprachtheorie).

gelehrten Sprachen. So leicht nahm er die historische und sprachliche Mannigfaltigkeit, daß er von der Kreuzzugsstimmung im *Latinus orbis* schrieb, ohne den Widerspruch in der Beifügung zu bemerken[50]. Als er 1108 die Kreuzzugsbegeisterung näher schilderte, erzählte er, es hätten sich Menschen zum Zuge gemeldet, deren Sprache und Volk völlig unbekannt sei. Es waren Iren oder Schotten... Auch die deutschen Barbaren müssen sich den *Franci* fügen, wenn der Zug gelingen soll. Keine Frage ist schließlich, daß die orientalischen Sprachen barbarische Idiome sind. Die Kreuzzüge nach Jerusalem, dem Mittelpunkt der Erde, sind von den Propheten des Alten Bundes vorherverkündet worden; sie stellen die Vergangenheit in den Schatten und eröffnen eine neue, bessere Epoche unter französischer Führung[51]. Gelehrte Theorie und nationale Konzentration taten sich zusammen; und der Preis war die Geringschätzung der vergangenen und geschehenden vielfältigen Geschichte.

Der einzige französische Universalhistoriker der Epoche, der Mönch Hugo von Fleury (gest. nach 1118), ein Freund Ivos von Chartres, zeigte sich in seiner Weltgeschichte von 1109/10 zwar als gemäßigter Gegner der Gregorianer, aber im Grunde war er längst von ihrer Dialektik angesteckt. Er begann nicht bei der Weltschöpfung, sondern bei dem Assyrerkönig Ninus und seinem Zeitgenossen Abraham; nicht die einheitliche Abstammung der Menschheit, schon eher die Abfolge der großen profanen Reiche bildete den roten Faden der Geschichte, vor allem aber die Idee des auserwählten Volkes und der Kirche, die erst in Christus voll aufblühte. Neben und vor ihr stand die Vielzahl der *regna*. Manche antiken Völker, sogar Karthager und Parther, wurden dabei gesondert dargestellt; nur die Vielfalt und Einheit der Sprachen und Völker wurde vergessen[52]. Auch hier sind Heiden und Christen, nun auf historische Weise, schroff geschieden, und das gesuchte Ganze ist eigentlich nur eine Hälfte. Was in Frankreich in dieser Zeit gedieh, kam erst in der folgenden Epoche ganz zur Reife, nachdem die Dialektik Berengars von Tours es ausgesät hatte; es war das Streben nach klaren, gestuften Distinktionen und theoretischer Erkenntnis. Die Dinge mochten mehrschichtig sein und der Zerlegung bedürfen, aber die babylonische Konfusion, die nur das geschichtliche Verständnis begreiflich hätte machen können, weckte tiefste Antipathie. Der dichtende Erzbischof von

---

[50]) Histoire de sa vie, hg. Georges BOURGIN (Collection de textes), Paris 1907: II, 5 S. 120; III, 4 S. 141; III, 5 S. 147 (Sprachkenntnisse usw.); II, 5 S. 118 (Latinus orbis).

[51]) Gesta Dei per Francos I, 1, RHC Bd. 4, S. 124 f. (Iren; dazu MANITIUS, Literatur Bd. 3, S. 417); II, 1 S. 136 (Deutsche); Fragment S. 262 (Arabisch). Zur Geschichtsanschauung Laetitia BOEHM, Studien zur Geschichtsschreibung des ersten Kreuzzugs: Guibert von Nogent, Diss. phil. (Masch.-Schr.) München 1954, S. 126 ff.

[52]) Chronicon, hg. Bernhard ROTTENDORF, Münster 1636, S. 1 ff. Dazu LANDSBERG, Weltchroniken 90 ff.; BRINCKEN, Weltchronistik 193 ff.

Tours, Hildebert von Lavardin (1056–1133), ein Verehrer Berengars, war zwar bis Sizilien gereist und kannte die Welt; aber Babel gehörte ins Reich der Fabel, zu den homerischen Giganten:

Gignunturque viri magno de corpore miri,
In turri quorum variatur vox labiorum[53]).

Die tölpischen Riesen, deren Zunge verwirrt wurde, sind längst ausgestorben. Die Trümmer des babylonischen Turms erschüttern den christlichen Humanisten nicht wie die Ruinen von Rom; die Vielfalt der Sprachen bedeutet dem feingebildeten Latinisten wenig.

Hildeberts Gesinnungsgenosse, Balderich von Bourgueil (1046–1130), berauschte sich, bevor er Erzbischof im bretonischen Dol wurde, gleichfalls lieber an der Antike als an der Bibel; eine Genesisdichtung ließ er halbfertig liegen. Zwischen 1099 und 1102 beschrieb er in prunkvollen Versen eine Enzyklopädie in Bildern, die er im Schloß der Gräfin Adele von Blois gesehen hatte. Bei den *historie veteres* aus dem *genus Hebreum* folgte auf die anschaulich geschilderte Sintflut sofort Abraham; Saturn, Jupiter, die Historie der Trojaner und Normannen bis zu Adeles Vater, Wilhelm dem Eroberer, fanden leichter Platz als der Turmbau, der nicht einmal als Gigantomachie erschien. Bei der Abschilderung der Erde, ihrer drei Teile und der *varie gentes innumereque tribus* wurde kein einziger Heros der biblischen Völkertafel erwähnt. Die Sprache war in den Kreis des Triviums gebannt: Ihr Ursprung wurde nach Horazens Vorbild gedeutet: *Labor humanus . . . urbibus imposuit nomina que placuit*. Die *dissona lingua* von Demosthenes und Cicero versinnbildlicht nur die Macht der Rhetorik, die in beiden klassischen Sprachen gleich groß ist; die Dialektik ist zungengewandt und *linguarum jam non quarumlibet expers*; für die Darlegung der lateinischen Grammatik wünscht sich Balderich die hundert *lingue* Vergils *vel plus*. Die Krone der Wissenschaften ist die lateinische Sprache. Leidenschaftlich trat Balderich um 1106 dafür ein, daß die lateinische Sprache und Dichtung auch die Bücher und Mythologien der Heiden, der Hebräer und der *barbara Grecia* heranziehen solle, *ut totus mundus velut unica lingua loquatur*[53a]). Der Wunsch war bereits erfüllt; der christliche Humanismus besaß diese eine Weltsprache schon, die der römischen Kirche und der romanischen Bildung.

Und seit Pfingsten ist alles verändert; die Einheit der Kirche übergreift alle Divergenzen:

---

[53]) De ordine mundi, MPL Bd. 171, Sp. 1225.

[53a]) Les oeuvres poétiques de Baudri de Bourgueil, hg. Phyllis Abrahams, Paris 1926: Nr. 238, v. 165 f. S. 342 (Genesis); Nr. 196, v. 97 ff. S. 199 ff. (Bilder); v. 783 ff. S. 217 ff. (Erde); v. 779 f. S. 216 (nach Horaz); v. 1150 S. 226 (Rhetorik); v. 1198 S. 227 (Dialektik); v. 1248 S. 228 (Grammatik); Nr. 238, v. 123 ff. S. 341 (Juden, Griechen; dazu Curtius, Literatur 367).

Quaque gaudet ecclesia
iam nunc una
catholica
loqui lingua
effecta
nova ac robusta.

So verkündete der Pfingsthymnus von St. Martial im westfranzösischen Limoges um die Wende des Jahrhunderts [54]). Man kann auch das eine Fiktion nennen, aber sie funktionierte. Wir werden dieser rationalistischen Tendenz immer wieder begegnen; sie paarte sich hier schon trefflich mit der Neigung, die eigene Kultur als die allgemeine auszugeben[54a]).

Ähnliche Bestrebungen zeigten sich bei den Normannen. Auch bei ihnen gab es noch staunende Gläubige wie Johann von Bayeux (gest. 1079), der als Bischof von Avranches zwischen 1061 und 1067 fand, das hebräische *Alleluja* klinge erhabener als das lateinische *Laus tibi, Domine*; Griechisch, Latein und alle übrigen Sprachen nähmen sich neben dem Hebräischen ärmlich aus[55]). Aber ließen sich noch so einfach, beinahe magisch, irdische und subjektive Wertungen ins Jenseits transponieren, standen nicht vielmehr alle Sprachen diesseits des Vakuums, das uns vom Himmel trennt? Der Vater der Scholastik war zwar Italiener, aber im Kloster Bec in der Normandie schrieb Anselm von Canterbury (1033–1109) seine großen Werke, die seit 1060 auch die Sprachtheorie revolutionierten. Schon in seiner frühesten Schrift sah er den Zusammenhang von Wort und Ding, unter ausdrücklichem Bezug auf Aristoteles, aber fast noch im Glauben an die Identität: *Quoniam voces non significant nisi res, dicendo quid sit quod voces significant, necesse fuit dicere quid sint res*[56]). Doch diese *res* bestehen nur in der Außenwirklichkeit, nicht im Geist des Sprechenden. Die Dinge sind die Ursache der Aussage und geradezu deren Wahrheit; die *res enunciata* veranlaßt die *veritas enunciationis*. Die Dinge der Außenwelt liegen demnach, wie schon Boethius lehrte, außerhalb und vor der Sprachwirklichkeit[57]). In deren Grenzen nur ist die Entsprechung genau: Der Mensch kann die Dinge denken, und dann stellen sich die Worte dazu ein: *tot verba sunt in mente cogitantis, quot sunt res cogitatae*. Doch das sind gedachte, nicht wirkliche Dinge, und

---

[54]) Prosarium Lemovicense Nr. 76 In festo Pentecostes, AH Bd. 7, S. 89.

[54a]) Ernst Robert Curtius, Die französische Kultur. Eine Einführung (Frankreich, Bd. 1), Berlin-Leipzig 1930, S. 9 ff.

[55]) Liber de officiis ecclesiasticis, MPL Bd. 147, Sp. 44.

[56]) Dialogus de grammatico c. 17, hg. Franz Salesius Schmitt OSB, Opera omnia, 5 Bände, Edinburgh 1946–51, hier Bd. 1, S. 162. Dazu Friedrich Überweg – Bernhard Geyer, Die patristische und scholastische Philosophie (Grundriß der Geschichte der Philosophie 2), 12. Aufl., Tübingen 1951, S. 196.

[57]) Dialogus de veritate c. 2, Schmitt (o. Anm. 56) Bd. 1, S. 177.

ihre Worte sind Abbildungen und Ähnlichkeiten, die nur im Bewußtsein sind; sie sind „vom Bewußtsein *(memoria)* geboren“ und nur „nach Ähnlichkeit mit dem Ding“ gestaltet. Gleiche Namen können sehr Verschiedenes bedeuten; nicht immer erfassen sie das Wesen. Unsere Sprache gibt nur Gleichnisse und Bilder, sie ist um so wahrer, je näher sie an dem gemeinten Ding bleibt, je weniger sie sich in ihren Winkel einspinnt; ganz wahr ist sie nie. Nur bei Gott erstreckt sich der Zusammenhang zwischen Sprache und Erkenntnis, zwischen Wort und Ding auch auf die Wirklichkeit; Gott ist nicht nur im Geist, auch in der Wirklichkeit das größte Denkbare; seine Sprache ist er selbst und zugleich das Wesen der Dinge selbst. Ja, Gottes Wesen läßt sich beinahe nach der Analogie der Sprache verstehen: Der Vater ist die sprechende Weisheit, der Sohn das gesprochene Wort, der Geist ist der Hauch, der das Wort spricht. Nur in Gott ist jene *locutio* im Vollsinn, deren Worte Anselm als *naturalia et apud omnes gentes eadem* bezeichnet. Wo der Philosoph Boethius beruhigend „Natur“ gesagt hatte, setzt der Theologe Anselm „Gott“ und reißt damit die Kluft ganz auf. Nur in Gott ist Vielfalt und Einheit zugleich, *multitudo . . . ordinate variata*. Was bei allen Völkern gleich ausgedrückt wird, ist eigentlich Gottes Sprache, die mit der Wirklichkeit voll übereinstimmt. Sie besteht unter den Menschen nicht, so sehr alle menschliche Sprache nach ihr strebt; da gibt es nur die erfundenen Begriffe, die aus der *cogitantis inspectio* entspringen und oft die Dinge benennen, ohne die Wirklichkeit zu kennen, so wie man einen Menschen beschreibt, den man nur im Spiegel sieht[58]).

Damit hatte Anselm, aufbauend auf der Sprachtheorie des geliebten Augustin, der kommenden Scholastik bereits das Programm gegeben; man mußte wieder wie die alten Griechen den Bezug der Sprache zu den ausgedrückten Dingen analytisch untersuchen und psychologisch erläutern – nicht historisch. Die Entstehung der Sprache und ihre Verzweigung stand nicht zur Debatte, man hatte vielmehr das gegenwärtige Phänomen einer vielerorts verschiedenen, von Menschen erdachten, ihrer Willkür ausgelieferten und die Realität nicht genau treffenden Sprache zu beschreiben. Wie es zu dieser Unvollkommenheit kam, mochte die Theologie erklären; meist – wie eben schon bei Anselm selber – unterließ sie es. Anselms Vorstoß zerriß alle Schleier der schönen Täuschungen und stellte das Peinliche bloß: „Anders denkt man eine Sache, wenn man nur das Wort denkt, das sie bezeichnet; anders, wenn man die Sache selbst er-

---

[58]) Monologium c. 62, SCHMITT (o. Anm. 56) Bd. 1, S. 72 (res cogitatae); c. 48 S. 63 (Wort, Bewußtsein, Ding); c. 26 S. 44 (Name, Bedeutung); c. 15 S. 28 (Name, Wesen); c. 31 S. 48 (Bild und Gleichnis); c. 29 S. 47 f. (Gottes Rede); c. 33 S. 52 f.; c. 57 S. 68 f. (Analogie); c. 10 S. 25 (naturalia); c. 7 S. 22 (multitudo); c. 63 S. 73 (inspectio); c. 65 S. 76 (Spiegelgleichnis). Dazu Wolfram von den STEINEN, Vom heiligen Geist des Mittelalters, Anselm von Canterbury, Bernhard von Clairvaux, Breslau 1926, S. 34 ff.

kennt." Mit dem naiven Glauben an die Realität der Worte ist es nichts; die Welt will neu durchdacht, von der Sprache abstrahiert und errungen sein – und zu Gott ist der Weg weit. Der Glaube an Gottes hebräische Sprache, an die drei heiligen Idiome, an eine Himmelssprache war nie sehr mächtig gewesen und nur gediehen, solange man die Sprachtheorie des Boethius, überhaupt die Philosophie, der Dogmatik ferngehalten hatte. Anselms *fides quaerens intellectum* gab den verhärteten Traditionen eigentlich schon den Todesstoß; alle vorschnellen Anwendungen fielen dahin[59]). Anselms Gesprächspartner in seinem Hauptwerk weist einmal auf Deut. 32, 8 hin: Nach der Meinung Gregors des Großen und der Lesart der LXX bedeute die Stelle, daß sich die Zahl der Auserwählten nach der Zahl der guten Engel richte; die andere Auslegung, daß damit die Zahl der Völker hier und jetzt zu ermitteln sei, wagt er schon nicht mehr vorzubringen. Anselm wehrt beide zugleich ab: Beide Übersetzungen bedeuteten entweder dasselbe oder aber Verschiedenes ohne Widerspruch – die Formel der Scholastik *diversa non adversa* klingt an –; wie man den Satz auch nehme, er besage, daß es auf Erden solange Völker geben werde, bis die vorbestimmte Zahl der Himmelsbürger erfüllt sei[60]). Anselms Exegese schneidet also die geographische und historische Auslegung ab, sieht die Völker nur als Reservoir der Engel, nicht als irdische, wirkende Gemeinschaften und setzt auch hier an die Stelle kollektiver Sicherheit die augustinische Unruhe der suchenden Seele. Dialektik und Historik begannen sich allenthalben zu scheiden.

Was in der Normandie an historischer Besinnung übrigblieb, zeigt uns um 1070 der Mönch Wilhelm von Jumièges, zur gleichen Zeit, als Wilhelm der Eroberer mit päpstlichem Segen nach England hinüberfuhr. Dem Eroberer widmete auch Wilhelm sein Werk, das bereits von der Tendenz geprägt war, die lokalen Traditionen in universalen Zusammenhang zu stellen, zeitlich noch vor den „Gesta Treverorum". Wilhelm ging nämlich über seinen Vorläufer Dudo von St. Quentin hinaus und bezeichnete die Ahnherrn der Normannen, die Dänen, nicht nur als Nachfahren der Trojaner, sondern zusätzlich auch als Erben der Goten und damit – nach Isidor – des biblischen Magog[61]). Was war aus Japhets anderen Kindern geworden? Zu einer wirklich universalen Überschau erhob sich niemand; statt dessen begann sich die harte und konsequente Mentalität der Normannen auch literarisch zu profilieren.

Ähnliches geschah in England. Seit 1066 herrschten dort Normannen, also

---

[59]) Proslogium c. 4, SCHMITT (o. Anm. 56) Bd. 1, S. 103 (Zitat); Prolog S. 94 (fides quaerens intellectum).

[60]) Cur Deus homo I, 18, SCHMITT (o. Anm. 56) Bd. 2, S. 81 ff.

[61]) Gesta Normannorum ducum I, 3 f., MPL Bd. 149, Sp. 782 f. Ausgabe von J. MARX, Paris-Rouen 1914 nicht zugänglich.

Träger einer fremden, der französischen Sprache. Mühsam hatten sich die Angelsachsen noch bis ins 14. Jahrhundert hinein gegen die Vorherrschaft des französischen Idioms zu wehren und gewannen in diesem Widerstand erst allmählich das Bewußtsein vom Wert ihrer eigenen, von der Oberschicht zunächst verachteten angelsächsischen Muttersprache. Darum blieb auch hier eine allgemeinere Betrachtung der Sprachgeschichte aus, obgleich sie gerade auf der Insel die älteste und von Goscelin soeben noch erneuerte Tradition hatte. Nachdem der nüchterne Heinrich I. mehr trotz als wegen Anselms von Canterbury den Frieden mit dem Papsttum geschlossen hatte, regte sich die Welthistorie zum ersten Mal seit Beda wieder. Man nennt als Autor dieser Weltchronik herkömmlicherweise Florenz von Worcester (gest. 1118), obgleich auch sein Mitbruder Johannes sie im ersten Drittel des Jahrhunderts geschrieben haben könnte[62]). Der Benediktiner stützte sich bei der lateinischen Bearbeitung der Angelsächsischen Chronik auf Beda und Marianus Scotus; so erfuhren nun auch die Engländer Bedas Ansicht über die Entstehung des Hebräischen und das Arnobius-Zitat des Beda von neuem. Aber diese Weltgeschichte war ganz vom englischen Standpunkt aus geschrieben. Mit dem Herzen war Florenz erst dabei, als er der Gegenwart näher kam und es um die Vereinigung von Sachsen, Angeln und Jüten zu einem Volke ging: Da war er zur Hand mit den alten Stammbäumen der Angelsächsischen Chronik und Assers. Schon bei Asser war Adams Sohn Seth als Noachide in die englische Ahnengalerie geraten; „Florenz" beließ es dabei, ohne die biblische Völkertafel weiter zu befragen und ohne die normannischen Herrscher mit einzubeziehen[63]). Zur engeren Verquickung von Lokaltradition und biblischer Gelehrsamkeit kam es hier nicht. In der gesamten mittelenglischen Literatur wurden die Kapitel 10 und 11 der biblischen Genesis, die Nahtstellen zwischen der Universal- und der Völkergeschichte, nur in einer einzigen Predigt einmal erwähnt[64]). Aelfrics Nachwirkung scheint durch die normannische Eroberung wie weggeblasen. Die Besonderheit englischen Denkens können wir hier noch nicht erkennen; daß das Jahr 1066 einen tiefen Bruch im englischen Selbstverständnis bedeutete, daß es sich seither von den einst stammverwandten Deutschen und den nachbarlichen Franzosen abhob, ist schon deutlich.

*

[62]) Petri, Sprache 188 (Sprache); Ralph Reginald Darlington, Anglo-Norman Historians, London 1947, S. 13 ff. (zu „Florentius").

[63]) Chronicon ex chronicis, hg. William Howard, London 1592, S. 10 f. (Arnobius); hg. Benjamin Thorpe, Bd. 1, London 1848, S. 1 ff. (Sachsen, Angeln, Jüten), 272 (Stammbaum; dazu Hackenberg, Stammtafeln 34 ff.). Zur Tendenz des Autors Manitius, Literatur Bd. 3, S. 459; Brincken, Weltchronistik 173 ff.

[64]) Mary Winslow Smyth, Biblical Quotations in Middle English Literature before 1350 (Yale Studies in English 41), New York 1911, S. 249.

Verträumt und in sich gekehrt lebten die Iren, kaum mehr von Wikingerfahrten erschreckt. Hatten sie einst den Angelsachsen die Erstlinge ihrer Bildung geschenkt, so kamen jetzt die Früchte zurück. Zu den wuchernden, unendlich komplizierten und verworrenen Stammessagen und -genealogien trat nun noch die „Historia Brittonum" hinzu. Sie findet sich in irischer Bearbeitung im „Leabhar Breathnach" des 11. Jahrhunderts, dessen Verfasser vielleicht Gilla Coemgin (gest. 1072) ist. Die antikisierenden Konstruktionen der Vita Kaddroes wurden nicht wiederholt; von neuem wurde die Fränkische Völkertafel mit dem Japhetiten Alanus bemüht, dessen Ahnenreihe man wieder über Fabelnamen bei Javan münden ließ. Wieder stand daneben die Trojanerherkunft der Briten, die wie für Nemnius bei den Hamiten endete, nur daß nun zusätzlich unter Jupiters Ahnen auch Misraim und sein Sohn Zoroaster auftraten: So war denn auch die antike Götterwelt zu den Zauberern vom Schlag Zarathustras gestellt. Aber wo fand der Ire die Gründer seines Volkes? Er blieb bei dem aus Ägypten geflohenen Skythen *Partholon* und der Pharaonentochter *Scozza* stehen und wagte nicht den Schritt zur Bibel. Der *Jobath* der „Historia Brittonum" stand noch immer als Sohn Javans unter den Vorfahren der Briten; daß er im 7. Jahrhundert als Glied des Iren-Stammbaums ins Leben getreten war, hatte man scheinbar vergessen. Man ließ ihn als *Joban* auch den Angelsachsen, denen über den Wodan-Stammbaum noch die Reihe Alanus-Japhet aufgesetzt wurde[65]). Alle Nachbarn hätten biblische Ahnen, nur die Iren nicht?

Vielleicht gab diese Enttäuschung den letzten Anstoß zu der Sammlung aller irischen Traditionen in dem gewaltigen „Buch von der Einnahme Irlands", Leabhar Gabála Erenn, das vielleicht auf eine Prosafassung von Gilla Coemgins Werken zurückgeht, aber in den Jahren bis 1168 zu fünf verschiedenen Redaktionen mit zahllosen Einschüben und Widersprüchen anschwoll[66]). Daß die Gaelen, die Iroschotten also, Kinder Japhets seien, ist der Grundtenor des Buches in allen seinen Schattierungen; aber wie, warum und mit welchen Schicksalen, das wurde zum Gegenstand endloser *experimenta*, die den Text dieses Buches noch weit komplizierter machen als den der „Historia Brittonum".

Die erste Redaktion, im Buch von Leinster, griff die Erklärung des 7. Jahrhunderts wieder auf: Die Gaelen stammen von Magog, also von den Skythen; zwanglos fügte sich hier der Skythe Partholon als Magogs Enkel ein. Aber er kam erst 1300 Jahre nach der Sintflut auf die Grüne Insel; lange vor ihm,

---

[65]) Nennius interpretatus, MGH AA Bd. 13, S. 149 (Völkertafel), 151 (Briten), 154 ff. (Iren). Dazu LOT (o. S. 472 Anm. 108) S. 135 ff.

[66]) Rudolf THURNEYSEN, Die irische Helden- und Königsage bis zum siebzehnten Jahrhundert, 2 Teile, Halle 1921, hier S. 35 f., 47 f.; O'RAHILLY (o. S. 473 Anm. 109) S. 193 ff., 263 ff.; DILLON (o. S. 466 Anm. 93) S. 51 ff. zur Entstehungsgeschichte.

40 Tage vor der Sintflut, war eine Frau *Cessair* hier zu Besuch gewesen – das ist von Caesars britannischem Feldzug übriggeblieben. Jetzt mußten aber auch die anderen Völker biblisch erläutert werden. 30 Semiten erschienen, darunter *Persius* als Ahnherr der Perser; auch bei den 30 Hamiten und 15 Japhetiten wurden manche nichtbiblische Namen zugelassen, *Dannai*, der erste Danaer, neben ihm ein besonderer *Gregus* und ein *Hispanus:* die Stationen der skythisch-irischen Wanderung wurden markiert. Einschübe korrigierten und verwirrten: Sem hatte nicht 30, nur 27 Kinder, es gab also nicht 75, sondern 72 Noachiden. Gomers Sohn ist dann wie schon beim Dichter des 7. Jahrhunderts der vertraute Ibath; er ist noch nicht wieder ganz heimgeholt, sondern der Urgroßvater des *Elinus*. Wir erkennen den Alanus der Fränkischen Völkertafel, und da ist sie schon mit den drei taciteischen Namen und den 15 Nachfahren, genau wie in der irischen Bearbeitung der „Historia Brittonum". Aber war Ibath nicht ein Ire? Neuer Versuch: Gomer und sein Nachfahre Ibath sind die Stammväter der Gaelen; Ibaths Enkel heißt *Feinius* – auch er ein verlorener Sohn der altirischen Sagen, der lange als Vorfahr der Angelsachsen fungieren mußte –; später folgen *Partholon* und die ägyptische *Scota*, und ihr Sohn ist nun endlich *Gaedel*, der Namengeber und Urahn der Iren. Sind alle wichtigen Heroen im irischen Stammbaum untergebracht, so bleibt noch die irische Sprache auf ähnliche Weise zu verherrlichen: Gaedel hat sie erfunden, aber nicht etwa am babylonischen Turm, sondern er hat aus allen 72 Sprachen die guten Elemente gesammelt. So enthält das Irische alle Weisheit der Sprachen in sich.

Die klaren, in ihrer Tendenz leicht durchschaubaren Thesen beunruhigten andere Bearbeiter; sie verglichen und ergänzten, konjizierten und emendierten. Die zweite Redaktion gab Gomer seinen biblischen Sohn wieder, nun unter dem Namen *Riaphat Scot*. Riphat war nach zweien der altirischen Gedichte in Kleinasien heimisch gewesen; nun wurde er der Ahnherr der Schotten. Die Pharaonentochter war nicht mehr hoffähig genug, sie hatte erst in der dritten Generation nach Riphat ihren Auftritt. Nun war es Riphat, der das „Schottische" vom Turm zu Babel mitbrachte, denn er war einer der sechs Häuptlinge, die an Nimrods Turm mitbauten. Gaedels künstliche Schöpfung war also noch nicht alt genug; lieber nahm man die ältere, aber anrüchige Herkunft von Babel auf sich. Diese Redaktion gab sich betont biblisch und distanzierte sich von der national-irischen ersten Fassung.

Als volle Synthese setzte die dritte Bearbeitung ein, im Buch von Ballymote erhalten. Sie begann mit universaler Geste: Alle Menschen auf Erden hatten eine Sprache. Da ergriff eine Hungersnot (?) die Menschen, sie wollten sich eine königliche Burg bis zum Himmel empor bauen. Gott verwirrte ihre Rede zu der Menge der unbekannten Sprachen, 72 an der Zahl. Nach diesem Vorspann aber ist kein Halten mehr, eine wahre Sturzflut von Exzerpten und Theorien überschüttet uns: Die hebräische Ursprache taucht auf; Noah teilt die Erde; Augustins Satz vom schnelleren Wachstum der Völker, vom langsameren der Sprachen wird angeschwemmt; daß die Gallier von Gomer stammen, kommt von Isidor; die Rheginer des Josephus, Hippolyts Sizilianervater Elisa sind zu erkennen. Plötzliche Besinnung auf das Eigene, *Rifath Scot* ist identisch mit Ibath; Magogs Kinder gehören zusammen, die Goten heißen „auch" Gaelen. Antike Reminiszenzen: Kittim ist Vater Saturns, Großvater Jupiters; ein Nachfahre Tubals ist der erste Römerkönig Janus. Streit erhebt sich: Ist Ibath der Sohn des Magog und Ahnherr der Römer, nicht der Gaelen? Ist *Alainus* samt seinem ganzen Anhang der Fränkischen Völkertafel der Sohn Ibaths oder der Urenkel? Kam Ibath schon 17 Jahre vor der Sprachverwirrung nach Europa, war er also an dem Debakel von Babel gar nicht beteiligt? Ist etwa Feinius einer der Häuptlinge von Babel gewesen? Dazwischen wieder Zusätze: die heiligen drei Sprachen, eine Liste der 72 Sprachen, diesmal mit 75 Namen – ebensoviele Noachiden zählte die erste Redaktion. Ein andermal sind es 65 Völker. Die Völkertafel des 7. Jahrhunderts wurde ergänzt um Phönizier, Parther, Karer, Syrer, Hebräer, Arkadier, Pelasger, Tripolitanier, Meder, Perser, Sachsen und – Gaelen; dafür fehlten nun die „Schotten" und einige weniger berühmte Stämme Kleinasiens. Noch immer war das eine gelehrte Liste, die auf die zeitgenössischen Völker Europas keine Rücksicht nahm. Überhaupt zeugt das ganze Werk von gelehrtem Ethos: Die einfachen, durchschlagenden Thesen wurden nicht – wie bei Franken und Briten die Trojanerfabel – kritiklos propagiert; wie die zeitgenössischen Deutschen sammelten die Iren immer noch mehr historischen Stoff. Aber auch jeder Zweifel, jede Variante wurde notiert, selbst wenn im Wust der Fußnoten die Leitidee des Textes völlig verloren ging[67]).

Ließ sich dieses Konglomerat von gelehrten Vermutungen nicht doch kritisch ordnen und dadurch in eine verständliche historische Reihenfolge bringen? Das versuchte, anscheinend auf dem Leabhar Gabála aufbauend, das „Elementar-Schulbuch", Auraceipt na n-éces, das Endprodukt einer mindestens dreihundertjährigen gelehrten Bemühung. Es wählte sich zum Mittel- und Angelpunkt nicht die Genealogie, sondern die Sprache; und von hier aus gewann das Bild tatsächlich Form und Farbe. Das Hebräische ist die Ursprache, es wird auch nach dem Jüngsten Gericht die einzige sein, nach einigen wäre es auch die Sprache der Engel. Hier blieben die Iren bei den einfachen Konkreti-

---

[67]) Lebor Gabála Erenn, The Book of the Taking of Ireland, hg. u. übers. Robert Alexander Stewart MACALISTER, Bd. 1 und 2 (Irish Texts Society 34–35), Dublin 1938–39: Bd. 1, S. 21–23; Bd. 2, S. 9, 11, 13, 15 ff., 33 ff., 177, 269 (erste Redaktion); Bd. 1, S. 35-39 (zweite Redaktion); Bd. 1, S. 141–167; Bd. 2, S. 45, 57, 78–89 (dritte Redaktion; zur Sprachenliste die Noten Bd. 2, S. 148–155).

sierungen; ob sie Anselm von Canterbury oder auch nur Goscelin verstanden hätten? Ihre ganze Arbeit drängte doch nach der plastischen Rekonstruktion des Faktischen. Darum stand nun der Babelturm im Zentrum. Vor der Zeit des Ninus gab es auf Erden keine Könige, wohl aber eine Räteregierung von 72 Räten. Ihr mächtigster Mann war der Kuschit Nimrod, ein bedeutender Jäger. Er drängte dem Parlament seinen Willen auf; man beschloß, einen Turm zu bauen. Die „Fraktionsvorstände" werden uns genannt: Phaleg, sein Großvater Heber, Nimrod und Assur sind die einzigen Vertreter aus der Bibel; ein biblischer Bastard ist der Gomeride *Riabad Scot*; auch Ibath kennen wir. Die Repräsentanten der späteren Völker stellen sich vor: *Latinus*, *Longbardus*, *Brittus*, *Germanus*, *Gotius* dürften ihre Wahl der Fränkischen Völkertafel verdanken; Skythen und Sardinier sind zur Stelle, in einer der Fassungen auch der Gomeride *Gregus*. Die Stammväter der Völker waren also schon vor Babel die führenden Köpfe der Welt, und in dieser Clan-Regierung wirkten alle mit, auch die Juden. Faktisch war Nimrod zwar König; aber erst Ninus, Nachkomme von Tiras, Assur und Sem – Tiras war also hier Semit –, wurde auch nominell zum Monarchen. Nimrods Absicht beim Turmbau, von der er seine Kollegen zu überzeugen wußte, war dreifach: Man wollte einer neuen Sintflut entgehen, körperlich in den Himmel steigen und seinen Namen berühmt machen. Der Bau begann; Gott störte ihn, die Sprachen trennten sich; die Turmbauer gingen auseinander, 72 Rassen und Sprachen. Ihre Namen wurden wieder, in mehreren Fassungen sogar, mitgeteilt und sind den älteren Listen entnommen; dabei wurde geglättet und ausgeglichen. So standen nun Gaelen und Schotten, Goten und Geten nebeneinander in der Tafel; vor allem sind es jetzt genau 72 Namen. Auf diese Zahl kam nun alles an: 72 Räte, 72 Rassen, 72 Sprachen, 72 Völker, 72 Bauleute beim Turm, 72 Baumaterialien, 72 Schritt Turmbreite. Andere erinnerten sich wohl an die Grammatik Smaragds und gaben nur 9 Baumaterialen zu, von denen sie obendrein nur 8 aufführten: Nomen, Pronomen, Verbum, Adverb, Partizip, Konjunktion, Präposition und Interjektion. Der Turm von Babel besteht also aus den 8 Redeteilen! Die Abirrung ins Allegorische enthüllt, wie zentral der Turmbau verstanden wurde: nicht als Bild für hochmütige Ketzer und abweichende Denker, sondern als Symbol der menschlichen Sprache selbst. Es gibt keine Sprache außer Babel.

Und die irische? Sie ist die Quintessenz aus allen 72. Ihr Erfinder ist Magogs Nachfahre *Fenius*, der irische Sagenheld Finn. Es war strittig, ob er zu Javans griechischen Kindern, über Riphat zu Gomer oder über Magog zu den Skythen gehörte; der Einfachheit halber machte man ihn zum skythischen Griechen, der auch die gotische Ahnentafel eröffnete. Er war der Jüngste und zugleich der Anführer einer Schule von 75 „Dichtern", die in Skythien lebten und lange Jahre nach der Sintflut begannen, die Sprachen zu sammeln. Sie zogen zum

Turm von Babel, in der Meinung, daß dort, wo die Sprachen verteilt worden waren, auch das Sprachenstudium am leichtesten sei. Von den 75 Dichtern war einer für jede Sprache zuständig, drei Weise betreuten die drei Hauptsprachen, die also nicht zu den 72 zählten. Sie sind ihnen überlegen, weil viele Werke in ihnen geschrieben sind, weil sie sich mit jeder Sprache vermischt haben und weil sie an Christi Kreuze standen. Aber das Irische steht auch über ihnen. Als nämlich Fenius am Babelturm die Sprachen nicht mehr vorfand, schickte er die Kommission in alle Welt, jeden der 72 in ein anderes Land mit anderer Sprache. Sieben Jahre lang wartete Fenius in Babel und lehrte derweilen alle Völker der Welt – als ob sie dort noch versammelt gewesen wären. Dann kamen die Kommissionsmitglieder zurück. Einer der drei Weisen – auch sie waren offenbar nachträglich auf die Reise geschickt worden – brachte aus Ägypten eine Sprache mit, die nach einer Andeutung dort Moses hinterlassen hätte: das spätere Irisch; der Weise hieß Gaedel. Dieses Idiom wurde nun auserlesen zur Grundlage der neuen, vollkommenen Sprache; mit den Lauten aller anderen Zungen wurde es ausgeschmückt. Diese Komposition fand in Athen, in Babel oder in Dakien statt. Fenius kannte schon vorher die drei Hauptsprachen, nun wurde der Reichtum aller 72 Sprachen in diese eine, wahrhaft auserwählte zusammengefaßt[68]).

Der Ausgleich der Traditionen ist nur unvollkommen gelungen: An Gaedels Stelle ist Fenius gesetzt, aber das Verhältnis zwischen den beiden irischen Heroen bleibt unklar, erst recht die Chronologie: Ist Fenius Zeitgenosse des Turmbaus oder nicht[69])? Ist das Irische eine der 72 Sprachen oder eine spätere künstliche Schöpfung? Sind die drei Hauptsprachen erst in Babel geteilt worden oder älter? Schickten die Völker nur ihre Räte nach Babel, waren sie also schon konstituierte Gemeinschaften oder erwuchsen sie erst später? Diese und andere Unsicherheiten zeigen, daß das „Elementarschulbuch" mehr auf der Ebene der „Gesta Treverorum" als der Sigebert und Frutolf stand. Es legte wenig Wert auf historische Exaktheit, sondern sah mehr auf die lineare Entwicklung der irischen Sprache, die aus den Unternehmungen der beiden 72-Männerkollegien unter Nimrod und unter Fenius als die Auswahl des Besten erwuchs. Die mittelirische gelehrte Urgeschichte will das Eigene über jedes Maß hinaus erhöhen. Aber die gelehrten Traditionen selbst hindern daran; Hebräer, Griechen, Lateiner, Skythen, Ägypter sollten mitspielen und verlangten nach einer passenden Rolle. Wenn auch nur in der Idee vom Weltparlament und von der Weltsprachenkommission, alle mußten beteiligt werden.

---

[68]) Auraicept na n-éces, The Scholar's Primer, hg. u. übers. George Calder, Edinburgh 1917, S. 2–22, 82–96, 172–181, 225.

[69]) Howard Meroney, Fénius and Gáedel in the Lebar Cindfáelad, in: Modern Philology 43 (1945) 18–24 sucht den Wirrwarr zu klären.

Spätere irische Schriften haben diesen Reichtum romantischer und drastischer Erzählungen benutzt, kritisiert und verändert; es ist bezeichnend, daß sie von der hebräischen Himmelssprache nichts mehr wissen wollten[70]). Im wesentlichen blieb der Bestand bis ins 17. Jahrhundert, wo wir ihm wieder begegnen werden, derselbe. Die Sage vom Irischen als der Auswahl aus allen 72 Sprachen wurde den Späteren ein Trost im Niedergang ihres politischen Daseins, eine Stütze des Volksbewußtseins.

Skandinavien und Ostmitteleuropa lagen noch stumm; soeben erst dem Christentum, noch nicht der Literatur geöffnet, fanden sie nur auswärtige Beobachter, darunter freilich einen vom Rang des scharfsichtigen Domscholasters Adam von Bremen (gest. nach 1080), der „mit seiner Weite und mit seinem Wissen von Völkern und Ländern und der Beschaffenheit des Erdenrunds alle Köpfe des mittelalterlichen Abendlandes vorher und noch viele Generationen nachher turmhoch überragt". Unbefangen prüfte er zwischen 1074 und 1080 die Sprachen und Völker der nordischen und östlichen Welt. Er sah die Sprachverwandtschaft zwischen Polen und Böhmen, erwähnte wenigstens die unverständliche Sprache der Nordpol-Nachbarn und forderte, man solle Mission nur in der Landessprache betreiben. Als Vorbild nannte Adam den Obodritenfürsten Gottschalk, der die Predigt der Priester seinem Volk ins Slavische übersetzte, ganz ähnlich wie einst der angelsächsische König Oswald. So wenig Adam an der Sprachgeschichte lag, so viel hielt er von der Völkergenealogie, und das Weitherkommende hatte seine besondere Sympathie. Nur Harald Schönhaar, Norwegens erster König im 9. Jahrhundert, durfte einheimische Sagengiganten zu Vorfahren haben, und die Sachsen kamen wie bei Rudolf von Fulda nur aus Britannien. Aber Adalbert von Bremen rühmte sich, nach Adams Bericht, seiner byzantinischen Ahnen. Schweden und Skythen wurden identifiziert, ebenso Goten und Geten gleichgesetzt, Geten und Skythen nebeneinandergestellt, die Türken in beider Nähe gerückt, und am Ende waren die in Schweden sitzenden Goten die bei Ezechiel 39,6 genannten Völker Magog. Isidors Gleichung, auf die spanischen Goten gemünzt, wurde auf die schwedischen übertragen; der Hinweis auf die Ezechielstelle war vielleicht nicht einmal abschätzig gemeint, obgleich Ezechiel von den Vorboten Satans und des Endes gesprochen hatte. Hätte Adam die Schweden in so düsterem Licht gesehen, dann hätte er schwerlich erzählt, daß im heidnischen Heiligtum in Uppsala genau 72 Opfertiere hingen. Die Zahl besagt nicht zuerst, wie man gemeint hat, daß den Altgermanen die 72 heilig war, denn Thietmar hatte zwei Generationen

---

[70]) Tom Peete Cross, Motif-Index of Early Irish Literature (Indiana University Publications, Folklore Series 7), Bloomington (1952): Nr. A 541.1 S. 19; A 1333 S. 36; A 1600 ff. S. 42 ff. sammelt die Zeugnisse; zum Hebräischen Nr. A 1482. 1 S. 40.

früher noch von 99 Opfern berichtet, und Adam nennt als seinen Gewährsmann einen *aliquis christianorum*, der gewiß das Heiligtum nicht selbst betreten durfte, aber dafür die Symbolzahl 72 um so besser kannte. Adam billigte sie, unbefangen wie er war, auch den Heiden zu[71]).

Das Gesamtbild der Periode zwischen 1060 und 1120 ist so verwirrend wie nur möglich; ihr Denken ist es nicht minder. Die Kirche, einst die Hüterin des Gottesvolk-Gedankens, suchte sich in der Welt durchzusetzen als geschlossene Macht, der die lateinische Einheit und die hierarchische Ordnung wichtiger als die vielfältige Freiheit und die Geschichte war. Die Völker, die sich in den Jahrhunderten zuvor gebildet hatten, schufen sich auch geistig ihren abgerundeten Kosmos, in selbstbewußten Traditionen, die sich nun nirgends mehr eigenbrötlerisch dem Universalen verschlossen, es aber doch vorwiegend als Kulisse brauchten. Das Denken der Völker differenzierte sich; selbst die in der vorigen Epoche parallel laufenden Gedanken in der Mitte Europas traten auseinander und je zu neuen Feldern zusammen. Man wird nicht allzuviel auf angebliche Nationalcharaktere geben dürfen; dennoch wurden nun Unterschiede fühlbar: Bei diesen Monaden überwog im Romanischen das rationale Denken, im Deutschen und Irischen die geschichtliche Synthese. Nur bei den Deutschen und ein wenig bei den Iren, in beiden Fällen vorwiegend in der volkssprachlichen Literatur, lebte noch etwas von der alten Einheit, die Ursprung und Entfaltung, Eintracht und Geschiedenheit zusammenband. Nur hier gediehen noch die alten Formeln von der Sprachen- und Völkergeschichte mit ihrem einfachen Realismus; schon begann ihn die Sprachtheorie zu unterhöhlen. Doch war alles Vergangene nur Wirrwarr, und war die Gegenwart geschichtslos? War nicht das rationale System der Zwecke auch in früheren Zeiten erkennbar, und stand nicht auch die gegenwärtige Welt in diesem heilsgeschichtlichen Ablauf? Sind Vergegenständlichungen wie Kirche und Nationen, Völker und Sprachen wirklich die gültigen Bekundungen des Seins und die letzten Ziele des Geschehens? Ist das gemeinsame Thema des rationalen und des historischen Denkens nicht vielmehr der im Angesichte Gottes handelnde und leidende Mensch, wie er geworden ist und wie er immer ist?

---

[71]) Gesta Hammaburgensis ecclesiae pontificum II, 21, MGH SSRG Bd. 2, S. 76 (Polen, Böhmen); IV, 32 S. 266 (Nordpol); III, 72 S. 220 (Mission); III, 20 S. 163 (Gottschalk); II, 25 S. 84 (Harald Schönhaar); I, 4 S. 7 (Sachsen); III, 32 S. 174 (Adalberts Ahnen; dazu Herbert LUDAT, Die Patriarchatsidee Adalberts von Bremen und Byzanz, in: AKG 34 [1952] 221–246, hier S. 230 f.); I, 60 S. 58 (Schweden und Skythen); Scholion 134 S. 253 (Geten, Goten); Scholion 116 S. 237 (Skythen, Geten); Scholion 122 S. 245 (Türken); I, 26 S. 32 (Magog); IV, 27 und Scholion 141 S. 259 f. (72 Opfertiere; dazu SCHRÖDER, Germanentum 10). Das Zitat aus LUDAT S. 226.